河出文庫

テレヴィジョン・シティ

長野まゆみ

目次

テレヴィジョン・シティ

第1話★テレヴィジョン・シティ
Television City

ぼくは、テレヴィジョンを見ている。暑くジリジリと燥《かわ》いた真昼の都市の映像。輪郭線はことごとく失われ、光と影のモザイクだけが浮きあがる。人影もなく動くものもない通りを、窓を遮断した航空機がレーダーをたよりに飛んでいる。何ものかを偵察するようにひくい高度を保ち、舗道やアスファルトに影を落としていた。高層ビルディングや電波塔と交叉しながら、風船のようにゆらゆらと音もなく漂ってゆく影。偵察機が上昇するとともに薄れ、いつしか消滅する。セルロイドのように立ちのぼるかげろうが舗道を歪《ゆが》め、熱射と静けさにおおわれた都市は抗うことを忘れて微睡《まどろ》んでいた。ときおり、遥《はる》か遠くで砂嵐がおこり、ひと気の絶えた通りを砂塵《さじん》が駆けぬけた。紙が舞う。なかば黄ばみ、カサカサに剝離《はくり》した紙の束は、土埃にまみれ、引きちぎられて散逸する。旋風に巻きこまれ、あるいは降りそそいで、どこへともなく消えた。

何の前ぶれもなく、テレヴィジョンの映像は電波障害を起こして跡絶《とだ》えた。テレヴィスクリーンを粒子の粗い砂が流れてゆく。かわって、『アーチイの夏休み』というテレシネマがはじまった。音声はいっさい聞こえてこない。このビルディングではそういうシステムになっていた。テレヴィジョンの映像と音は、それぞれまったく別のものとして異なった機関に管理され、独立した機能をはたしている。相互に作用し、思いもかけないイマジネエションを呼びおこす。その、ぶれと歪みが、ビルディングの日常である。テレシネマの梗概《こうがい》は手もとの端末機で表示された。そんな不自由さも、ここでは日常茶飯事だ。

今、〈部屋〉の中は静かで、テレヴィジョンの映像だけがゆるやかにうつろってゆく。どこか遠くでダクトを吹きぬける空気の流れが、咆哮を響かせていた。それにヴォイスから洩《も》れてくる中性的な音声が重なる。成人でも、子供でもなく、男のものでも、女のものでもない声。だが、意味もなく単調なその音声は、なぜかぼくの心をとらえて離さない。

AM–003560T, AF–0030456J, AF–0022011M, AM–0050044J, AF–0002011M AM–0033245G……

砂まじりで、埃にまみれた空気のように燥き、ひび割れた荒れ地を思いおこさせる。だが、さらに耳をそばだてていると、こんどはかすかな汐騒が聞こえてくる。南西風に煽《あお》られた碧《あを》い煌《かがや》き。そそぎこまれるように、ぼくの内部《なか》へ広がってゆく碧い色。

無数のダクト、あの途方もなく虚《うつろ》で、閉塞した空洞が問題だ。何のために存在するのかわからない。その理由を知っていたように思うのだが、忘れてしまった。

透明な翠色《すいしよく》の海が、テレヴィスクリーンいっぱいに広がった。静かにゆれる水面《みなも》は淡い陰影をつくり、不定形な影がゆらゆらと水中を漂う。真上から海面を見下ろしたシーンだ。淡《うす》い翠《みどり》の中に、黄金色《きんいろ》の粒子がひかる。透明なフルウツジュウスとジェラチン、まるでジェリィのようだった。わけもなく、懐かしい感触がよみがえる。プウルと暑い夏を思いだす。彩り豊かなビーチパラソルと碧い空。赤や青のゼラニウムがハレエションを起こす園庭。シュロの蔭になった露台。水盤、散水機が水を撒《ま》く芝生、海岸沿いの遊歩道、ヨット、カフェテリアの円卓《テーブル》、椅子、喉をうるおす冷たいミネラル水……。

だが、そのノスタルジアの根拠は何だろう。なぜ、そんな情景を思いだしたのだろうか。生まれてこのかた、太陽のもとで遊んだことなどないのに……。白い海岸と碧い海、走るコンヴァアチブル、水と戯れる子供。波間のブイ、漂うボオト。断片的な光景が、順番も脈絡もなしに突然飛びこんでくる。違和感による途惑いと不思議な心地よさを同時に味わった。ざわめきは、燥ききった喉にゆっくり浸透する。雨林に響く無数の鳥の聲《こえ》のようでもある。くぐもりながら反響し、重なりあう音の波に囲まれる。共鳴は輪のようにつながり、何ひとつ聞きとれない。そんな音声の渾沌《こんとん》とはうらはらに、鮮烈な碧さをともなう海と日だまりの織りなす夏の光景が、ぼくの中へより深く侵入した。

テレヴィスクリーンは、相変わらず翠にゆらぐ海。やがて、少しずつ波打ち際が見えてくる。白い泡が波の先端をふちどり、舞台の天幕のように上下した。空中でカメラを静止させて波打ち際をとらえているのだ。粒子の細かい均質な砂地と、そこへ寄せてくる翠色の波とが、交互に尽きることなくつづく。水温《ぬる》む正午《ひる》ごろの海だろう。

しばらく波が行きつ戻りつするのをくり返したあとで、日焼けした少年の細い腕が画面右から現れ、砂のうえへ左手で文字を書きはじめた。波をかぶり、文字はさらわれる。するとまた、少年は新たな文字を書く。おそらく、何かの意味があるのだと思う。任意のようでもあり、規則に支配されているようでもある。暗号にせよ、符号にせよ、意味を持ったものと想像された。だが、そんな配列をこれまでに見たことはなく、また、ひとつとして読めなかった。書いては消され、消されてはまた書きこまれる……。

間断なく打ち寄せる波に対して、少年も熱心にくり返す。習慣から想像すれば、彼はテレシネマの制作者や出演者の名前を紹介しているのだろう。少年の顔はわからない。帽子をかぶっているうしろ姿とその影しか見えなかった。躰《からだ》つきは細く、少年らしい骨格の肱《ひじ》や指先が、きまじめに動く。手首に日焼け前の白さで残っている部分がある。腕時計か、細い輪でも嵌《は》めていたようだ。

少年は最後に鳥の絵を描《か》いた。輪郭線だけの稚拙な形。ストップモォションをかけたのか、映像は静止したまま、こんどばかりはなかなか波が打ち寄せてこない。そのうち、指で描かれた鳥は羽根を震わせ、輪郭線が何重にもなった。しだいに砂から浮きあがる。錯覚かと思ったが、小鳥は確かに砂の中をぬけでようとしていた。尾羽根もひらき、翼をはばたいて風を引き寄せる。

だが、よく注意して映像を見れば、鳥の羽根がモォションを起こすほんの一瞬のあいだに、まったく別の映像がフラッシュバックする。あまりにも短く、何を映したものなのかもわからない。うっかりすると連続した一本のフィルムかと思ってしまう。それほど手のこんだフラッシュバックである。よほど注意深くないと、フィルムが寸断され、意図的にまったくべつのフィルムが差しこまれていることなど見逃してしまうだろう。しかし、瞬《まばた》きがようやくできるほどの切れ間に、荒廃した都市のくすんだ灰色と、シアンにも似た病的なまでの青さが交叉した。たったそれだけの映像に、摑《つか》みどころのない不安を覚える。

　場面はそのまま淡碧《うすあを》い空とオーバーラップして、だんだんと砂浜の映像が消えてゆく。いつのまにか一羽の小鳥が虚空でゆっくりとはばたいていた。黄金《きん》色の小さな鳥だ。その小鳥といっしょにカメラも上昇する。……遠のく海辺。遙か眼下に見えている。波はふたたび砂浜を洗い、何ごともなかったかのようにこれまでと同じことをくり返した。カメラはさらに上昇する。もはや、砂浜に少年の姿はなく、彼が存在した足跡すらなかった。風景には何の変化もない。よせる波、かえす波……、それだけが、永久に止まらない振り子のようにくり返された。カメラは小鳥の行方を追い、碧霄《へきしよう》にはばたく黄金色の姿をとらえる……、フェイド・イン。

　テレヴィジョンはふたたび燥ききった都市の、白くぼやけた光景を映している。熱気はビルディングの外壁や舗道から白い焔《ほのお》となって立ちのぼり、辺りに充満した。その怠惰と緩慢が都市をおおい尽くしてゆく。やがて映像が燃焼温度に達したとき、都市はいとも容易《たやす》く溶解する。

ぼくはそこでアンカーとレシーヴァをはずし、シイトを立ちあがって〈部屋〉を出た。外はあまりにも眩《まぶ》しく、少しのあいだ何も見えてこなかった。降りそそぐ光は、辺りを白くおおってゆく。南から燥いた風が吹きつけ、打ち寄せる波を煽った。ふと、自分が砂浜を歩いていることを見いだし、ぼくは目のまえに広がる碧い海を眺めた。陽を浴びて輝く水面が、アルミ箔を広げたように反射して、光が躍った。穏やかに広がる海の展望は、音声のない静けさとともに、遙か沖合までつづいていた。一艘のボオトが、波間をゆらゆらと漂っている。海辺にも砂浜にも誰ひとり姿はなく、飼い主からはぐれたらしい犬が走りまわっていた。主人を探しているのだろうが、犬はすぐに状況を忘れ、波や漂流物に気をとられていた。白くて愛想のよさそうな犬だ。その犬も、まもなく眩しい光景の中に溶け、ぼくのまえから消えた。

海岸に点々と残るぼくの足跡は、数百メートル後方に見える軽金属の建物までたどることができる。ぼくはあの建物から出てきたということだろうか。詳細をよく覚えていない。眩しさのせいで、意識までが空白になっている。ほんの数分前のことが、何も思いだせないのだ。まっすぐに歩いているつもりが、躰は予期せぬほうへ傾いてゆく。それほど不安定な状態だった。立ちどまり、呼吸を調《ととの》える。喉の奥まで熱い空気が流れこみ、上昇気流に乗ってしまいそうだ。躰は気球のように膨らみ、地上を離れる。だが、次の瞬間には失速して、砂浜にへたりこんでいた。熱い砂が肌を焦がし、手のひらを灼《や》く。そのまま横たわり、眠りにつきたいような気もした。だが、ぼくは躰を起こして砂をはらい、もう一度歩きだした。

海岸に沿ってゲートへ向かう。そのあいだ、ぼくは断絶していた意識を少しずつ取り戻した。そこは幻影の海と人工の砂浜が広がるドォムの内部だ。波も空も雲も映像である。海水に浸《ひた》ることはできない。雲を越え、碧霄《へきしょう》をぬけて飛ぶこともできないのだ。エアシュウトの風と、コントロォラアによる雨が降る。汐騒の代わりに、抑揚のないひくい音声がかすかに響いていた。

RAAD–0006677, RAAD–0098991, RACC–0002189, RACC–0055699, ML–0077224, MD–0088996……, ML–0010234, ML–0033907, MD–0008654……

「……宿舎へ戻ろう。」

休暇まえに、ママとパパへの手紙を書くことになっている。ぼくはそのことを思いだして、エレヴェエタへ急いだ。ドォムは六〇〇階。ぼくの宿舎は一〇二六階にある。

敬愛するママ・ダリア、
お手紙をくださり、どうもありがとうございました。とても嬉しく、何度も読み返しました。もし、不満を述べることをお許し願えれば、ほかの《生徒》、とくにジロと手紙の内容が同じだったことは心外です。彼について、ぼくはあまりよい印象を持っていません。でも、そんな不満は身勝手だということも充分承知しています。どうぞ、ぼくの我儘《わがまま》をお許しください。

きょうから待ちこがれていた夏休みがはじまります。まだ何の計画も立てていませんが、何もしないということ自体、愉《たの》しくてしかたがありません。きっと夏休みになったというだけで、気が昂《たか》ぶっているのだと思います。ママ・ダリアはどこへVacancesにいらっしゃるのでしょう。

たった今、『アーチイの夏休み』という連作もののテレシネマを観《み》ました。ママ・ダリアのいらっしゃる碧い惑星の少年が主人公です。一回分はほんの一五分ほどの短編ですが、何話かつづくようです。ぼくと同い年くらいのその少年は《カナリアン・ヴュウ》という諸島で夏休みを過ごすことになり、あれこれと仕度をしていました。ママ・ダリアの都市の子供はずいぶんいろいろな生活用品を持っているのですね。本やノオト、シュウズやラケット、彼がトランクに詰めこむものの多さといったら……、端末機ひとつしか私物のないぼくにとっては驚くべきことでした。アーチイという名のその少年の部屋にあるものは、ぼくの部屋にはないものばかりです。とりあえず、机や椅子、寝台はありますが、船の模型や顕微鏡、ボール、鞄、定規、コンパス、ペン、インク壜、ノオト、本……、それらはぼくの部屋だけでなく、ほかのどの《生徒》の部屋にもおそらくないものでしょう。

《カナリアン・ヴュウ》はママ・ダリアの都市からも比較的近いと聞いていますが、いらっしゃったことはありますか。常春のとても美しい島々だそうですね。碧く澄明な海、シュロの緑と太陽の光にあふれた光景、ぼくもひそかに憧れています。避寒地としてにぎわい、天文台や電波望遠鏡のあるいくつかの小さな島々からなると聞いています。碧い惑星には目立って大きい海洋が三つほどありますが、そのうちのひとつは、かつて巨大な大陸だったそうですね。天変地異で大陸が失われたとき、小さな島々がかろうじて残り、それが《カナリアン・ヴュウ》なのだとする伝説は、ほんとうですか。何世代にもわたり、そんな伝説が語られているなんて、何だか心を惹《ひ》かれます。常春のその島へ、ぼくもいつか行くことがあるでしょうか……。もし、碧い惑星へ行く機会にめぐまれたなら、ぜひ訪れてみたいと思っています。

　ところで、ママ・ダリアがいちばんはじめにくださった手紙について、ぜひお訊きしたいことがあります。「巻き毛のカナリアを飼っている」と書いていらっしゃるくだりです。お手紙によれば、カナリアはある日突然、舞いこんで来たのでしたね。ぼくはカナリアが何なのかわかりませんでした。《カナリアン・ヴュウ》とも似通ったことばですね。関係があるのでしょうか。できれば詳しく教えてくださいませんか。レモン色の羽根を持っている、とありましたので、鳥のことでしょうか。実は偶然にも、ぼくの使っているコンピュウタの愛称がＣＡＮＡＲＩＡ《カナリア》というのです。これまで何を意味するのかを知りませんでしたので、ママ・ダリアの手紙に同じことばを見つけたときはたいへん驚きました。鳥の名称らしいという気がして、ぼくの手に入る《銀の鳥公社》の公式ディスクを調べてみたのです。残念ながら、記載はありませんでした。

　ぼくたちの住んでいるところには、カナリアはいません。そのほかにも、ママ・ダリアのところにはあってぼくのところにはないものが、たくさんあります。いつか、書いていらした〈シュータ・モビル〉という乗りものも、ぼくはわかりませんでした。でも、それは図書館で調べたのです。《S》の項のディスクですぐに見つけることができました。おもしろそうな乗りものですね。二〇〇キロ近い高速で平坦な道を走るというところがステキです。ドォムの《ロケットシミュレエション》に似たような乗りものがありましたので、試してみました。予想外にステアリングホイールが重く、操作に苦労しましたが、愉しむことはできました（もともと、ぼくにはこの種の乗りものの制御能力が欠けています）。ただ、ご存じのようにぼくは現在ビルディングに住んでいますので、日常、エレヴェエタ以外の乗りものは必要ありません。

ぼくがふだんよく使う乗りものは、靴をはく要領で身につけるサーキュレというものです。同じ階で移動するときや、スロォプのあるところでは、たいていこのサーキュレを使います。チュウブと呼ばれる、段差のない廊下を走るには、最適なのです。ママ・ダリアの都市にあるロォラアスケートをご想像ください。消音装置がついているので騒音もなく、なにしろ高速で走ることのできる点が、気にいっています。全速力でカーヴをうまく曲がれるかどうかは、最大の腕の見せどころです。ぼくはときどき失敗して転ぶこともありますが、友人のイーイーはこのコーナーワークの技術が巧みで、誰も彼をぬくことはできません。判断力も抜群で反応もすばやく、とても同じ年齢の《生徒》とは思えないほどなのです。

〈鐶《わ》の星〉のビルディングは一六の棟が、時計回りのスパイラル型に集合した、特色のある複雑な形をしています。棟はそれぞれ、A号区、B号区、C号区……、というように呼ばれ、大小さまざまな造形でP号区まであります。ひとつひとつは独立した建物のように見えますが、それもビルディング内部の区分けにすぎません。ビルディングは一六の棟を合わせたひとつの大きな集合体なのです。すべての棟はチュウブや〈吊り橋〉など、何らかの通路でつながっていますし、棟の外へ出ても、そこは酸素も空調も整っています（ほんとうの外への出口、つまりママ・ダリアの都市へ行くための〈鐶の星〉の出口はただひとつ、ゾーン・ブルゥと呼ばれるロケット基地だけだそうです。格納庫と離発着をかねた施設です。そのことについては、またあとでお話しします）。

どの階にも通路があるわけではなく、ぼくのいる一〇二六階では隣りあったB号区との連絡路はありません。そのかわり、A、D、Gなどの棟と連絡されています。その時々に応じて、連絡路やエレヴェエタを駆使して最短距離で移動しますが、組み合わせは何通りもあり、まるでパズルのようです。ぼくはすべての通路を把握しているわけではありません。むしろ、ほとんど理解していないというのが正確なところです。個人用のコンピュウタに示される平面図を頼りに、その都度、右往左往するといった状況なのです（イーイーはそうではないことを付け加えておきます）。

棟と棟のあいだにはビルディングの高さから考えて当然の、目も眩《くら》むような隙間があり、それぞれの棟を取り巻いています。上昇する空気の流れによって引きおこされる咆哮は、ときとして声高《こわだか》い叫びか、驚愕の悲鳴のように聞こえることがあります。はじめは聞き苦しく、戦慄さえ覚えるこの咆哮が、いつしかぼくの心を深くとらえるのです。遙かかなたへ誘《いざな》われてゆくようで心地よく、思わず聞き入ってしまいます。自分がどこにいるのかさえ気にならないほど夢中で耳を傾けていると、この咆哮はいくつかの音声が混濁したものであることがわかり、しだいにひとつひとつの原初的な音に分離してゆくのです。銀笛のような音声や、小鳥の囀《さえず》り、機械の摩擦音、シャフトやクランク、カムやタービンの回転音、または、コンピュウタで合成された抑揚のない話し声……、それらの音に交じって、静かな汐騒が聞こえました。ビルディングの奥底から響いてくるその音声はいつしか、ゆるやかな海岸線を連ねた海の光景をぼくの瞼《まぶた》に投影するのです。

むせび啼《な》くような海の聲を、ママ・ダリアの都市ではセイレンと呼び、通りかかる船を海の底深くへ誘《いざな》う水の精にたとえる伝説があるそうですね。その海域へ近づいてはいけないと思うほどに、舵輪《だりん》は引き寄せられるのだと聞きました。そんなことがぼくの頭の中にあるからでしょうか、ビルディングの奥底から聞こえてくる咆哮は荒れ狂う海を連想させます。岩礁に砕け、泡沫《あわ》だった水しぶきをあげる入江が見えるようです。海に浮かぶ泡沫はひとつひとつ独立しているのではなく、皮膜のような面をなし、うねる波の表面で薄いラバァのように伸縮します。浸食と崩壊のはてに遺された断崖、波に洗われる沙州《さす》。貝殻と、ときには海に棲む生物の死骸や骨によってふちどられる白い海岸線。

そんな光景が瞼に浮かぶとき、一度もこの目で見たことのない、これからもおそらく見ることはないであろう海への思いをおさえることは容易ではありません。ぼくが抱いている海への憧れは、どうしようもないほど強く、けして報われることのない虚しい夢なのです。

このビルディングで生まれたぼくにとって、ダクトを吹きぬける風が引きおこす咆哮は、けして耳新しい音声ではありません。日常化して自然に受け入れてもいます。にもかかわらず、ときとしてはじめて聞くように惹きこまれてしまうのです。一方で、必ずどこかで聞いたことがあるはずだ、という思いに躰が震えます。その震えが安堵からのものか、それとも恐れから起こるものかは判断できません。ただ、この咆哮に耳をそばだてながら瞼を閉じていると、ビルディング全体が船のように海原を進んでいる気がしてくるのです。

棟と棟のあいだの、闇に閉ざされた底知れぬ空間をたどってゆくと、どれもやがては中枢のA号区へつながるという噂があります。A号区というのは位置としてもビルディングの中心にあるのですが、その棟のうち、ぼくの知っている区域はほんの一部にすぎません。情報が曖昧《あいまい》であるのは、《生徒》の身分では、ビルディングのすべてに足を踏み入れることは不可能だからです。そのうえ、各棟によって建物の形が複雑に変化するので、通路も隙間もまるで迷路のようです。どこをどうたどってゆけばよいのかわかりませんし、確かめたこともありません。また、その方法を知ることもできないのです。《生徒》に対して公開されている情報は微々たるものです。

ぼくはいつも手紙を紙に印字していますが、これはADカウンシルから個人に支給されるチケを切りつめ、高価で希少な用紙を手に入れることによって実現しています（恩にきせているように聞こえたら、申し訳ありません。ママ・ダリアの都市から資源を運ばなければ、何も生産できないこのビルディングにおいて、紙はとても貴重で、手に入りにくいものなのです）。

衣料や食糧などの支給品は、すべてチケ制になっています。といっても、紙や札を用いるわけではありません。基本度数は一〇〇。一年に一度、ADカウンシルから支給されます。この〈鐶の星〉では、ママ・ダリアの都市に見られるような流通システムはないので、通貨は存在しません。すべて端末と接続されたコンピュウタでチケを厳密に計算します。数に応じて好きなものを手に入れることができ、手紙を印字する紙も手に入るわけです。このように、ぼくたちは何不自由なく暮らしています。テレヴィジョンで見るママ・ダリアの都市の暮らしぶりと、なんら、変わったところはないと云えるでしょう。

また、廃棄された各個人の不要物は、どこかでひとつの大きなダストシュウトに収束されます。ただ、テレヴィジョンの幻影とコンピュウタによって生活が成り立っているこのビルディングでは、先にもお話ししたことですが、私物を所有することはなく、当然ながら捨てるモノもありません。何か、形のあるものを所有するということがないのです。衣類は季節ごとの交換ですし、学習用品、貴金属などもありません。食糧もキュウブやペレットのような完全消化タイプが中心で、容器以外の廃棄物は出ません。容器も、置いておけば自然溶解するようにできています。わずかに備え付けの椅子や寝台が存在するくらいです。

ママ・ダリアの都市では形のあるものを所有し、次代へ残すことにたいへんなエネルギイが使われるようですが、このビルディングは形の遺らないもの、目に見えないものがほとんどです。にもかかわらず、なぜ各部屋にダストシュウトを完備する必要があるのか、わかりません。これ以上何を捨てればよいのでしょう。捨て去ることに限界はないのでしょうか。

ぼくは少し、形の残るものに憧れがあり、こんなふうに手紙を書いて紙に残しています。ママ・ダリアに手紙を書いている《生徒》のうち、便箋や封筒を使っているのはおそらくぼくだけでしょう。ほかの《生徒》は、信号変換で即座に碧い惑星まで転送できるビーム・ノオトを使っているはずです。話がそれてしまい、申し訳ありません。ともかく、このビルディングにはかなり大規模で無意味なダストシュウトがあり、行きつく先はビルディングの中心部のようです。そこには何かの〈工場〉があるらしいのですが、詳しいことはわかりません。

ダストシュウトにせよダクトにせよ、さらに規模の大きい〈シックルヴァレ〉のような隙間にせよ、何万メートルもの高さがあるビルディングのことですから、場所によっては吸いこまれそうな闇が広がり、奥深くに何があるのか、少し気味悪いくらいで全貌はまったくわかりません。ただ、深い闇の奥には、何か別の世界がひらけているように思えてならないのです。いったい何があるのか見当もつきませんが、畏れながらも惹かれているというのが、ぼくの心境です。

棟の形はまちまちで、構造も不揃いですが、高さはだいたいそろっていて、最上階では、A号区からP号区までの一六号区すべてがひとつの平面になった、広大なロケット基地があると聞きました。ママ・ダリアの都市から運ばれる物資の搬入もここで行われているのでしょう。残念ながら、確かめたことはありませんが、その地区が先にお話したゾーン・ブルゥと呼ばれるところです。ぼくのような年齢の《生徒》は、当然のごとく〈立ち入り禁止〉であり、どんなところかを知ることはできません。それだけでなく、つい最近まで、ぼくはこのビルディングに一六の棟があることも、ゾーン・ブルゥの存在も知りませんでした。ゾーン・ブルゥはママ・ダリアの都市と、この〈鐶の星〉を結ぶロケット航路の終点、起点であるわけです。どれほどの船団が毎日行き交っているのか、想像もつきません。ビルディングの内部で生活しているかぎり、空宙《そら》のようすを知ることは不可能です。

そもそも、〈鐶の星〉のこんな造形がぼくに理解できるようになったのは、この四月、一三歳になって外出や遠出がかなり自由になり、情報源であるコンピュウタの端末機を持つことを許されてからのことです。以前は、自分の住んでいる《児童》宿舎がどこにあるのかさえわからず、それでも何の不自由もなく暮らしていました。ビルディングでの暮らしはきわめて快適です。空調によって適温に保たれ、気象変化による脅威もなく、《生徒》は何のリスクを背負うこともありません。したがって《病院》もありません。このビルディングの安全性は、機能面、衛生面ともに充分確保されており、怪我や病気などといったリスクを負うことはないのです。細菌やヴィルスの対応も優れ、ぼくたちにはママ・ダリアの都市の子供たちにはない免疫もあります。今のところ、躰に影響を及ぼす最大の病気はカゼなのです。カゼだけはどうにもなりません。

ママ・ダリアは、ぼくがこんなふうに長い手紙を書くのはおきらいでしょうか。どうぞ、たまには同じクラスの《生徒》と、ちがう内容の手紙をください。一度でいいのです。ぼく宛にメッセージをください。

お忘れでないとよいのですが、ぼくの認識番号は MD-0057654-Ananas です（あなたをママ・ダリアと呼ぶ《生徒》のうち、ぼくは何番目にあたるのでしょう。ときどき考えてしまいます。ママ・ダリアはいったいぼくの何なのですか。慈しんでくださるのでしょうか）。どうか、ママ・ダリアがぼくの名前を手紙に書いてくださいますように……。

六月二十二日　月曜日
認識番号 MD-0057654-Ananas
Dear Mama-Dahlia
〈鐶の星〉の生徒宿舎C号区1026-027室にて

追伸、
　このごろ、認識番号を刻んだプラチナリングがきついような気がします。手首からぬけないのです。同室のイーイーや、ジロに訊いたところ、そんなリングは嵌めていないと笑われました。生後まもなくはずされたはずだから、と云うのです。ぼくの場合、おそらく誰かの怠慢か手ちがいではずし忘れたのだと思います。最近になって、わずかに痛みを感じるようになりました。もう少し以前なら、まだゆるんでいたので、そのとき真剣に考えるべきでした。いつでもはずせると考えていたのです。自分の手首がこんなに早く成長するとは思ってもみませんでした。いよいよきつくなって、やがてひどく痛みだしたらと思うと不安です。もし、うまくはずす方法がありましたら、ご助言ください。

　手紙を書き終えて印字をした。数十枚におよぶ膨大な手紙だ。それを同室の友人であるイーイーに見せた。彼はほんの少し眉をひそめながら、手紙を手に取った。その表情については、すでに織りこみ済みである。彼は手紙を書くという行為を信用していないので、内容がどうであれ、頭から否定してかかる。一方ぼくは、つい先日ママ・ダリアからはじめての手紙をもらい、それがきっかけで毎日のように一方的な手紙を書いていた。返事はない。そのかわり、ADカウンシルからママ・ダリアの名前で送信があった。《生徒》全般に向けられたものである。

ぼくとイーイーは、《生徒》宿舎のふたり部屋で、この春からいっしょに暮らしている。ここへ至るずっと以前のぼくは、小さな〈子供〉ばかりを集めた《幼児》宿舎にいた。それから数年後、もう少し年長の〈子供〉が集まる《児童》宿舎へ移った。どちらも、RMF−0065200から0065299までの登録番号を持つ、総じて〈ルゥシーおばさん〉と呼ばれる口うるさい婦人がたくさんいるところだ。彼女たちは、ADカウンシル管轄の《ヘルパア配給公社》から派遣された、世話係のヘルパアである。フレッシュカラーはオフホワイト。体型としては、胴まわりが異様に太く、重心部でより膨張している。流れ落ちそうなラバァスキンのかたまりを、全身くまなく包みこむフィットスウツで無理やり押しこめるという、圧倒的で眩暈《めまい》のする体型だった。だが、身のこなしは驚くほど敏速である。

〈ルゥシーおばさん〉の個体差は、おおよそないといってもよかった。だが、モデルを同一にしているといえども誤差は生じるもので、一卵性の生物が厳密にはそっくりでないのと同じ程度の差異がある。それらの個体差はごく小さく、おおざっぱに云ってしまえば、どの〈ルゥシーおばさん〉もそっくり同じであった。だが、完全に同一ではない。この曖昧さがヘルパアたる所以《ゆえん》だ。

現在の《生徒》宿舎では、〈ピパ〉と呼ばれるヘルパアがいて、《生徒》の教育を担当している。〈ピパ〉は、いくぶん灰色がかった碧《あを》い睛《ひとみ》が特徴的である。艶のある短めのブロンドを、顔の輪郭にそって自然に流していた。ところどころ非常に濃い色をしていて、それが微妙なコントラストをつくっている。年齢は十代前半。教育係としては幼い年齢だったが、だからといって子供というわけでもない。一見して少女だが、実は成人かもしれず、少年であるということも充分考えられた。手脚の骨格には、少女か少年かの判断をつける確固とした特徴はない。おそらくボディを子細に点検してもわからないだろう。そんなどっちつかずにもかかわらず、〈ピパ〉はきわめてSensualなヘルパアだった。

ヘルパアたちの場合、見かけの容姿は知性や能力と一致しておらず、外見と中味の性が同一でないことも珍しくない。彼らにとって、そうした相違は何ら、問題ではないのだ。したがって、彼らの年齢や性別を重視することに意味はない。便宜上、そういう恰好をしている、くらいに思っていたほうがよかった。

〈ピパ〉はときどき意味不明のことを云いだす。聞きとろうとするのだが、その部分はどうしてもことばとして伝わってこない。音声も、不意に跡切れることがあり、少女にしてはひくく、少年にしては癇《かん》の強すぎる声を出した。それは、ぼくとの会話が〈ピパ〉のNativeな言語に基づいたものではないからだろう。

「MD-0057654」

あるとき、〈ピパ〉に呼びとめられた。〈ピパ〉はぼくのことをビルディングの慣習にしたがって認識番号で呼ぶ。立ちどまっているぼくを不審なものでも見るように眺めた。

「また、《クロス》をしたね。02214121506134－12148W」

〈ピパ〉は不満そうに云い、ぼくの手をとって歩きだした。

「どこへ行くのサ。」

そんな質問には耳も貸さず、〈ピパ〉は怒ったように歩いてゆく。連れて行かれたのはドォムだった。〈ピパ〉はたびたびぼくをここへ連れてくる。

「《クロス》よりServiceのほうが好きだと云ったくせに。また《クロス》をしているんじゃないか。94　13E08　15　8 1541　8♭4　#0　24110W」

「《クロス》って、」

〈ピパ〉の返答はなかった。ぼくたちは《ロケットシミュレエション》に入り、ふたり乗りのギグでいっしょにシミュレエトをした。シイトの坐り心地がいいので、ぼくはたいてい途中で眠ってしまう。睡眠に入るときの環境が似かよっているせいか、眠っているあいだに見る夢の内容も似ていた。まず、碧い海が全面に広がり、しだいに漂うボオトや砂浜が見えてくる。三階建てくらいの小さなホテルが建ちならび、それぞれの庭にハイビスカスやブーゲンビリアが咲きそろっていた。日光浴をする人たちや、水辺で遊ぶ子供、パラセイル、ビーチ・クラフト、そんなにぎやかな情景が、次々に現れては消えた。

「MD−0057654、起きて。13142　8　11141318 5813817W 」

ぼくは〈ピパ〉に揺り起こされる。一時間くらい遊ぶと、〈ピパ〉はいつのまにか機嫌を直して、立ち去るのだ。いったいどういうつもりなのか、さっぱりわからない。ぼくの瞼にはしばらくのあいだ碧い海の色が残像となって残った。

《生徒》たちは一三歳になると《児童》宿舎を出て、《生徒》宿舎で暮らすことを許される。この宿舎は個室つきのふたり部屋で、《生徒》たちにとっては快適な住まいだ。何より〈ルゥシーおばさん〉の監視を離れ、《児童》宿舎にいるときにくらべて数段自由にふるまうことができる。ぼくもこの四月に一三歳になり、ようやく〈ルゥシーおばさん〉からのがれることができた。生活の細々としたことで口うるさい〈ルゥシーおばさん〉はもうごめんだ。ぼくにとってはこんなに画期的で嬉しいことはない。

《生徒》宿舎に来て、はじめてイーイーに逢った。琥珀《こはく》色の髪をした快活な少年で、すみれ色に煌《かがや》く澄明な睛《ひとみ》が印象的だった。彼の肌はまるで皮膚感のない硬質な白さで、くすみもない。腕や脚は細長く、まっすぐに伸びている。知りあった瞬間から、一挙手一投足にわたり目が離せなくなるような、そんな少年だった。

部屋割は、〈鐶の星〉の秩序であるADカウンシルが勝手に決める。コンピュウタによる自動処理。ぼくたち《生徒》は、個人用の端末機を手荷物に、黙って指示に従い、各自の部屋に入室した。端末機以外の持ちものはない。〈鐶の星〉では、身のまわりには必要最低限のものしかなかった。私物といえば、季節ごとに支給される衣類ぐらいだが、それも不要になれば回収されるので手荷物にはならない。いたって身軽だ。同室になる《生徒》と気が合うかどうかなど、コンピュウタはいっさい関知しない。どんなふうに《生徒》を組みあわせてゆくのかも瞭《あき》らかにされていなかった。しかし、どうしても気に入らない場合、異議の申し立てをすることは可能だ。

イーイーは、《児童》宿舎では一度も見たことのない顔である。彼もまた〈ルゥシーおばさん〉に育てられたという。少し強情なところはあるものの、気取らない性格だったのですぐになじんだ。頭の回転の速さや、優れた運動能力は《生徒》の平均からすれば群を抜いており、しかもそれらを少しも特別な能力と思わせない柔軟性をそなえていた。その点、自分の能力を何かと鼻にかけるジロとは大ちがいだ。《幼児》宿舎のころから常にいっしょだったジロは、生活や学習のことで〈ルゥシーおばさん〉のように口うるさくてかなわない。《生徒》が当然受けるべきカリキュラムの習熟度について、うんざりするほどの自慢話を聞かされる。

それにしても、ジロに関心を持ったことなどないのに、性格や能力など、どうしてこんなに詳しく語れるのかと自分でも不思議になる。まるでマニュアルに書いてあったかのように、ぼくはジロについての詳細な情報を得ている。ともかく、彼の性質は優秀だが高慢な《生徒》にありがちのステレオタイプなので、人格をとらえやすいということだろう。

イーイーについてはまだよくわからないところが多い。知りあってから、三カ月にも満たないので、当然のことでもある。だが、ぼく自身は秘密を持たない主義で、何でもすぐイーイーに打ち明けてしまうのに、彼のほうは、ぼくに打ち明ける情報を瞭らかに加減していた。吝嗇《りんしょく》で云うのではないが、不公平だと感じる。イーイーは自分のことを多くは語らず、そのくせぼくにはいろいろと質問をする。

彼は《ヴィオラ》というラベルのついた精油《せいゆ》を、いつも一オンス壜で持ち歩き、ときどきそれを少量飲んでいた。碧い惑星に野生するニオイスミレから抽出したものらしい。食べものなどに一、二滴落とすか、あるいは角砂糖《ランプ》に沁みこませて口に含むのだ（ごくまれに、睛《め》が燥いたと云って、目薬のかわりに使っていることもある）。何の意味があるのか訊ねても、思わせぶりに笑みを浮かべるだけで、いつもはぐらかされてしまう。

ただ、最近になって気づいたのだが、イーイーは《ヴィオラ》以外には、いっさい水分を取らない。水はもちろん、ジュウスやスカッシュ、ミネラル水に溶かすスウプキュウブの類《たぐい》も飲まないのだ。水分は、《ヴィオラ》の一、二滴で充分なのだと云う。果物やクラッシュアイスなら口にするものの、そのさい必ず《ヴィオラ》をふりかける。彼にとって《ヴィオラ》は必要不可欠の水溶液であるらしい。

《ヴィオラ》は、イーイーの睛《め》と同じく、すみれ色に透徹《すきとお》った精油で、尖《とが》った蓋《ふた》のついた形の美しい硝子《ガラス》壜に入っている。ちょうど、大きめの紫瑛《シリカ》の結晶のような形だ。彼がこの精油を使うのは、たんなる薫《かお》りづけかもしれないが、すみれ色の睛との符合がなんとも印象的だ。ただ、ぼくはそれがどんなに香《かぐわ》しい薫りであろうと、匂いをかぐことはできなかった。なぜなら、嗅覚と味覚が欠如しているからだ。おかげで、食べる量も少なく、そのぶんチケを切りつめることができた。

イーイーは浴室の戸棚に《ヴィオラ》の壜をぎっしりならべているらしく、壁越しにぼくの浴室から、壜を落とす Ga-shan という音がたびたび聞こえる。彼はソツがないようでいて、案外そそっかしいのかもしれない。壜のならんだようすは確かめたことはないが、天井の灯を浴び、紫瑛《シリカ》のようにひかり煌くさまを想像してみるのは愉しい。何だか不思議な光景だ。

ふたりとも《生徒》宿舎に移って以来、〈ルゥシーおばさん〉から解放された喜びをかみしめている。お互い、いつも〈ルゥシーおばさん〉にどれだけ悪い操行点をつけられていたかを自慢しあう。ぼくのカルテにはゼロばかりならんでいる。〈ルゥシーおばさん〉による養育は我慢ならなかった。彼女はぼくたち子供を、仔犬のようにしつけるのだ。猫のようではいけない。気まぐれや、気ままは許されず、〈ルゥシーおばさん〉のいいつけは、絶対だった。ぼくたちは子供のころから規律になじむよう、訓練を受け、しだいに秩序を受け入れてゆく。

勉強部屋であると同時に寝室でもある《生徒》宿舎は、ぼくたち《生徒》にとっては、唯一の家だ。ふたりひと部屋ではあるが、各自が個室を持っている。浴室と洗面室も各ひとつずつ。共同で使う居間と洗濯室がひとつずつ。食事はペレットやペエスト、キュウブ状のものを支給される。今のところ、宿舎での生活は快適で、申し分なかった。ぼくにとっては〈ルゥシーおばさん〉がいないというだけでも、大助かりである。〈ルゥシーおばさん〉に比べれば〈ピパ〉はずっとましだ。不可解でもあるが、魅力もある。《生徒》はすべて宿舎よりほかに帰る家はなく、もちろんいっしょに暮らす家族もいない。ママ・ダリアにも、おそらく生涯逢うことはないだろう。唯一手紙だけが通信手段となっている。ぼくたち〈鐶の星〉の子供は、生まれながらに〈家族〉というものから隔絶され、両親や兄弟を知らない。それは、〈鐶の星〉にいる子供たちにとっては日常であり、ごく自然なことだった。けれども、ママ・ダリアは存在するのだ。一五億キロも離れた彼方の都市で、ぼくの手紙を読んでいる。一五億キロという距離は、途方もない数字だ。光速で一時間に進む距離がおよそ一〇億キロだという。だから、エアロボオトがあれば、一時間半でママ・ダリアに逢いにゆくこともできると聞いている。

ぼくの書いたママ・ダリア宛の手紙を最後まで読み終えたイーイーは軽く呼吸《いき》を吐きだした。

「くだらないよ。ぼくの名前を書いてください、なんてさ。ママ・ダリアのメッセージになんの意味があるんだ。そんなものをほしがるなんて、どうかしてる。だいたい、逢ったこともないママ・ダリアに手紙を書くこと自体、バカげてるのさ。いいかげん、やめにしたらどうだ。」

ママ・ダリアに手紙を書くと、イーイーはきまって機嫌が悪くなる。

「バカげているかどうかは、ぼくが決めることだよ。」

「だいたい、ママ・ダリアがどんなことばを使っているのか、わかりもしないくせに。」

「だって、ぼくたちと同じじゃないか。はじめてもらった手紙はこのことばだった。」

それを聞いて、イーイーは気のどくがるような目つきをした。

「アナナス、ママ・ダリアからの手紙はビーム・ノオトで送ってきたものだろう。ＡＶＩＡＮ《アヴィアン》がちゃんとぼくたちのことばに変換してくれるのさ。あるいは、手紙そのものもＡＶＩＡＮが創作してるかもしれない。あり得ないことじゃないよね。」

「ＡＶＩＡＮって何。」

「何って、ビルディングのセントラル・コンピュウタの通称だろう。どうしたんだ、まるで知らないことを訊くみたいな云いかたじゃないか。」

「だって、ほんとうに知らない。」

ぼくは困惑しながら呟《つぶや》いた。

「……またなのか。アナナスはこのごろどうかしてるな。何でもすぐ忘れる。」

なかば怒ったようすで訝《いぶか》しがるイーイーに対して、ぼくは肩をすぼめた。このごろ、誰もが知っている当たりまえのことを、いともあっさりと忘れてしまう。ヴィルスに侵されたコンピュウタのようだ。ある日突然、理由もなしに喪失する。しかし、忘れるというからには、以前は知っていたということになる。断片的な形跡すら、残っていないのは不思議だ。

「でも、もしAVIANが介在すると云うなら、ぼくの手紙だって信号変換したビーム・ノオトでママ・ダリアのところへ届くんだろう。」

失敗したことはすぐにわかった。ぼくの手紙はビーム・ノオトにはならないのだ。自分のことばがわけのわからない信号になることは、断じて納得できない。そのため、ぼくはママ・ダリアの都市でも、すでに旧来型と呼ばれる形式で手紙を書いていた。つまり、CANARIAに入力したものを便箋に印字する。

問題にしているのは、ぼく自身のほんとうの気持ちと、それを文字に表した場合が完全に一致するとは思えないということだ。さらに、その文字がビーム・ノオトになるなど、まったく猶予のならない事態と云ってよかった。《コンピュウタ》という立体空間の中を泳いでいる文字が、印字によって平面上にならぶだけでも少しは安心できる。

「わざわざ紙を用意するなんて、どうかしてる。チケのムダ遣いだよ。ビーム・ノオトで送るのは、ある意味では義務なんだ。」

「いいぢゃないか。自分の食べるぶんを節約しているんだから。」

「……そのかわり、ラバァで空腹をしのいでいる。そういうのは、みっともないだろう、」

イーイーにもぼくと同じようにママがいる。ママ・リリィと呼ばれる人だ。しかし、彼が手紙を書くところを、まだ一度も見たことはない。彼はママの存在など、ふだんからいっさい気にせず、興味も示さなかった。ぼくは逆に、ママ・ダリアがどんな人なのか、また、いつか逢うことができるのか、いっしょに暮らしたらどんなふうか、気になってしかたがない。

「手紙を書くこと自体が愉しいんだ。」

「へえ、陳腐……、」

同じセリフをジロに云われたなら、たちどころに腹を立てただろうが、相手がイーイーだと怒る気になれない。彼の懇願にも似たまなざしに、ある種の不安を感じるからだろう。彼が手紙を否定するのには、何か深い理由があるのだ。イーイーは束になった便箋を折りたたみ、ぼくのほうへ返した。

彼は手紙の内容が子供じみていると指摘する。ぼくも、部分的に文章が幼稚であることは重々承知のうえだ。ママ・ダリアの〈子供〉であることを、強調しておきたいという気持ちのせいで、こんな文体になってしまう。

今月にはいって、ぼくたちの部屋に新しい住人が増えた。黒くて可愛らしい仔犬のサッシャだ。正式な主人は一応ぼく。ふたりで使う居間の長椅子がサッシャの棲処《すみか》なので、イーイーもときどき面倒を見てくれる。彼はその仔犬の口にキューウブ状のエサをなじませようとしながら、手紙を書いているぼくを戒めた。

「そんなくだらない手紙を書くひまに、この仔犬の面倒をみたらどうなのさ。ほら、こんなに腹をすかしてる。」

仔犬はイーイーの指をなめていた。

「ぼくは、自分がどこから来たのか知りたいだけなんだ。どうしてここにいるんだろう。ママ・ダリアのことを詳しく知ることができれば、遠く離れたあの都市のこともわかるだろう。……それがそんなに悪いことなのか、」

「だから、アナナス。それを知ってどうするのさ。きみはこの仔犬と同じだろう。ママ・ダリアがどんな人かということよりも、現在、誰とどこで暮らしてるか、空腹でないかどうか、そのほうが大事なんだよ。いまさら、きみだけが一五億キロも離れた両親のもとへ帰ることなんてできないんだからね。〈鐶の星〉にいればみんな同じなのさ。そのためにテレヴィジョンはママ・ダリアの都市の光景を克明に映すんだ。どうせママ・ダリアの都市へ行ったところで、いっしょに暮らせるわけじゃないんだから。さあ、はやく仔犬の食べるものを持ってきてやれよ。このキューウブは気に入らないらしい。」

イーイーはたたみかけるように云って、またいつものしかめつらをした。

ぼくたちのいる部屋をとりまいた窓は見せかけだ。すべてがテレヴィジョンであり、窓の外の風景を模した映像を映しだす。しかも、その景色はいつも碧い惑星のものだった。

六月二十二日、今年の暦では夏至。きょうから夏休みがはじまる。〈鐶の星〉の暦は、ママ・ダリアの都市の習慣にしたがって計算したものである。ほんとうの一年は約三〇倍、一日は二分の一だった。それだけ、惑星軌道は膨大な楕円で、いっぽう自転速度は速い。ただ、ママ・ダリアの都市を模倣したこのビルディングの中にいるかぎり、重要なのはテレヴィジョンによる幻影であり、実際の風景ではない。したがって、ほんとうの暦は必要ではなくなる。〈鐶の星〉本来の暦は、たまに《生徒》たちが戯れに換算してみるくらいで、公式には無視されていた。しかし、幻影はどうであれ、ぼくたちの躰はこの〈鐶の星〉のうえにあるのだ。視覚や知覚はごまかせても、躰にまでまやかしを覚えこませることは可能だろうか。幻影による環境を、視覚では受け入れながら、実は躰のどこかに歪《ゆが》みが生じているのかもしれない。ぼくに味覚や嗅覚がないことや、イーイーがほとんど水分を必要としないことなどは、そうした不自然な環境のせいではないかと思っている。ぼくたちのほかにも完璧でない躰を持った《生徒》は少なくない。

〈鐶の星〉と時を同じくして、ママ・ダリアの都市の子供たちも夏休みを迎える。テレヴィジョンはそんな子供たちのようすを映しだした。彼らの居住区はたいてい地下にあり、メトロやトンネルなどの交通網が発達していた。子供たちは旅装を調え、両親と連れ立って空港へ向かう。どの顔も晴れ晴れとして、Vacances がいかに愉しいものであるか、想像できる。空港までつづくトンネル内の渋滞でさえ、休暇の快楽のひとつであるようだ。赤や青のシュータ・モビルがのろのろと走ってゆく。ママ・ダリアの都市では、住人の行動に画一化されたパターンがある。休暇といえばいっせいに《カナリアン・ヴュウ》へ向かうのもその例だ。常春の海洋島が、夏休みを過ごすのに最適の地であることは理解できる。しかし、誰もが申しあわせたように《カナリアン・ヴュウ》を目指すというのも不思議だった。

《カナリアン・ヴュウ》は確かに美しい。海岸に面したホテルは、どれもこぢんまりとしていたが、気分よく過ごせそうだ。パラソルや日よけで飾られたテラスが眩しくひかった。赤や青のゼラニウムが庭を埋め、燦々《さんさん》と陽がふりそそぐ。海岸通りを走るコンヴァアチブル。彩り豊かなビーチハウス。円卓《テーブル》にはあふれる炭酸のシャワァ。冷たいジェリィ。瑞々《みずみず》しいフルウツ。翻《ひるがえ》る旗の数々。……すべて、このビルディングとは無縁だ。

テレヴィジョンは繊細かつ、広範に都市をとらえ、カメラは地下通路の中へも入ってゆく。ママ・ダリアの都市では地上よりも、地下の交通機関が発達していた。航空機なみの速さで走るジェット・ライナーや、ひとり乗りオートの変形であるシュータ・モビルなど、数千キロの距離も短時間で楽に移動できる。商業区、経済区、行政区も地下にあり、住人は地上へ出なくとも便利で快適な生活を送っていた。地上には自動化された高層ビルや交通網、ロケット・ランチャーなどがあった。だが、ほとんどは無人で、気象観測システムの一部、もしくはそれに準ずる機関の建物および基地だった。テレヴィジョンのカメラは見たいと思う欲求を、ギリギリのところまでかなえてくれる。完全に満たされない気分は、逆にいっそうぼくをテレヴィジョンに惹きつけた。音声はいっさい流れない。そのかわり丁寧な描写が、充分な説明をあたえてくれた。

たとえば、地下のモジュール式居住区に、空《から》の鳥カゴを窓辺に吊るして暮らす姉と弟がいた。ふたりとも《オリエンタル・イースト》の出身と思われ、イエローオーカの肌と、漆黒《しっこく》の睛《め》をしている。姉のほうは目が細く切れあがり、きつい表情をしていた。だが、睛の中心点にヴァミリオンの特異な煌きがあり、見る者を惹きつける。睛と同様に髪も黒く、ゆるく編んで腰のあたりまで垂らしていた。躰つきは骨ばったところと、ゆるやかに曲線を描くところが微妙にまざりあい、均整がとれている。まだ一六歳くらいだったが、ときによってずいぶんおとなびて見えることもあった。弟のほうはだいたいぼくと同じくらい。姉より少し色黒の、褐色《かっしょく》の肌をした少年だ。目、鼻、口の、それぞれの形、大きさは、厭味なくらいバランスが取れている。彼は口笛が得意で、その形のよい唇でさまざまな曲を奏でた。彼の口笛は音声のないこのテレヴィジョンではまったく聞こえてこない。しかし、間違いなく清澄な音色なのだろうと確信する。

風変わりなのは、どこからか、頻繁に手紙が送られてくることだ。彼らの両親からだろうか。碧い惑星では、この姉弟くらいの年齢では両親と暮らしているのがふつうなのに、彼らはふたり暮らしだった。宛て名や差出人の名前など、そんな細かいところまではテレヴィジョンではわからない。手紙はキチンと便箋に書かれ、いつも蜜蠟《みつろう》で封印してあった。

「もしママ・ダリアの都市へ行くことがあったら、この姉弟《きょうだい》に逢ってみたいな。」

ほんの願望を思わず口にしたところ、イーイーは即座に噴きだした。

「姉弟って、誰が、」

「ほら、テレヴィジョンのこのふたり、」

ちょうど姉と弟はモジュール式居住区の部屋にいて、手紙を読んでいた。姉のほうは焦げ茶に天色《そらいろ》の水玉をちりばめた半袖のワン・ピイスを着ている。彼女にはよく似合う色だったが、小さめの服をムリに着ているのか、窮屈らしく見える。それともそれが碧い惑星でのスタイルなのだろうか。躰の厚みや胸の形が一目瞭然だった。弟は黒のパーカに短めのボトムという簡素な服で、曲げたときの膝のかたちは少し尖《とが》りぎみだが、磨かれた石のようで恰好はよい。ときどき、姉は唐突に弟の膝を摑んだ。その動作は何かの符号のようで、後《あと》へつづく彼らの行動はいつも同じだった。弟は姉とならんで床へうつ伏せる。姉は手紙に目を通しながら、ときどき弟の耳もとへ何かささやいていた。弟もささやき返す。そして、ふたりで笑った。イーイーはテレヴィジョンを一瞥したあとで、まじめな顔をして云う。

「……それ、姉弟じゃないぜ。」

「だって肌の色も同じだし、顔立ちも雰囲気も似てる。」

「そんなこと、姉と弟だという理由にはならないサ。姉弟ぢゃなくたって、肌の色や髪の色が同じ場合はいくらでもある。」

「それぢゃ、何でいっしょに暮らしているのさ。」

「いっしょにいたいからだろう。」

ごく単純な答え。

「……、」

「だからサ、」

このぼくは、よほど間の抜けた表情をしていたらしく、イーイーはROBIN《ロビン》に何か入力していた手を止めて、さらにことばをつけ足した。

「そもそも、アナナスは何で、そのふたりに逢いたいと思ったのさ。きっかけは何だ。」

「……きっかけ、」

「つまり、こういうことだろう。少女は少し風変わりだけれど魅力的だし、少年は口笛がうまくて綺麗な容貌《かお》をしてる……。あのふたりも互いにそう思っているのさ。たぶん、」

イーイーの云わんとしていることは、わからないでもない。しかし、テレヴィジョンで見るかぎり、少女はどう多く見積もっても一六、七というところだし、少年のほうはぼくと変わらない年齢である。姉と弟だと考えるほうが自然ではないか。納得していないぼくを横目で見つめるイーイーの睛は、なぜか冷ややかな光をおびていた。

「……アナナス。彼らのことを、ほんとうに覚えていないのか。」

ぼくは頷いた。するとイーイーは目に見えて表情を曇らせた。

「……ぼくのことも、いつかは忘れるな。」

「イーイー、」


ビルディング内部で流れる音声をヴォイスと呼ぶ。《同盟》の放送局が、一方的に情報を伝えてくるもので、テレヴィジョンとの関連性はない。映像と音声は、一致しているよりも多少ずらすほど効果があることを、放送局はよく承知していた。彼らの考えでは、音声は視覚に忠実であるより、感性に忠実であるべきだということらしい。それにはぼくも賛成だ。たとえば、降りしきる雨の映像は、ほとんど何の音もしないときに、より深く躰の中に沁みてくる。聞こえない雨音を聞きとろうとするぼくの集中力が、雨の中にはいってゆくからだ。一見乱暴だが、映像と音声の微妙なアンバランスはけっこう心地よい。


テレヴィジョンが映す映像についての説明は、必要ならば個人の持っているコンピュウタで得ることができる。指定のアクセス・コードで端末機のディスプレイに情報を呼びだし、それを読めばよかった。だが、ぼくは余分な解説に耳を傾けるより、ヴォイスが無意味な音声を入れる映像を見ているほうが好きだ。

端末コンピュウタはノオトや辞書としても使う。ぼくの端末機はＣＡＮＡＲＩＡ、イーイーの端末機はROBINという愛称がある。携帯できる大きさで、受信と通信を兼ねたごく小さなレシーヴァがついていた。耳の中におさまってじゃまにならない。このレシーヴァでは、ほかに好きな音声を選んで聞くこともできる。つまり、テレヴィジョンとヴォイス、コンピュウタとレシーヴァ、この四つが《生徒》たちの主な視聴覚の情報源だった。

ママ・ダリアの惑星とはちがう軌道を持つ、この〈鐶の星〉だが、ビルディングの中ではママ・ダリアの都市と同じように暦が進む。夏至であり、夏休みの初日でもあるきょう六月二十二日、一五億キロの彼方の都市で熱気球レースが催される。会場になるのはこれも、《カナリアン・ヴュウ》にある島のひとつである。ここでは、誰もが地下都市暮らしのうっぷんを晴らすかのように、日を浴びて海岸を走りまわった。レースに熱中する観客のいる一方で、砂浜に設けられたさまざまな遊戯施設で遊ぶひとたちもいる。テレヴィジョンにはサーカスドォムやパヴィリオンが映しだされ、ドッグレース、鼓笛やパレード、はじけるビーンズ、シャボン玉、紙吹雪、つぎつぎに、とりとめのない無意味な光景がくり広げられてゆく。熱気球レースというのが、ただの競技会ではなく、祭典に似た催しであることがわかる。《カナリアン・ヴュウ》で夏休みを過ごす人々のはしゃぎぶりには、一種異様な感じさえした。

「ママ・ダリアのところぢゃ、夏休みは特別なものなのかな。」

テレヴィジョンを見つめているぼくの後ろで、イーイーの反応は素っ気ない。

「ここと同じさ。」

映像に合わせ、〈鐶の星〉でもにぎやかに気球レースを観戦する。宿舎のテレヴィジョンでも中継を見ることはできたが、《生徒》たちはわざわざキュウブ式テレヴィジョンのあるドォムへ集まる。天蓋《てんがい》までの高さはビルディングの一〇〇階分に相当するが、レンズの効果でさらに高く見えた。ひとたび、このドォムの内部にはいれば、天蓋といわず床といわず、ぼくたちは全身で幻影を体験することができる。映像は三次元をつくり、立体感も質感もそなえた空間に身を置くことになる。砂浜には観覧席をかねたバルコニイのある建物がつづき、どの席からも海を眺めることができた。

海はこの〈鐶の星〉に欠けている風景の中で、ぼくが最も憧れているものだった。海……、すべての生き物のみなもと。泳ぐもの、漂うもの、ゆらぐもの。この〈鐶の星〉では、テレヴィジョンでもないかぎり、どこを探してもけして見つからない風景である。このドォムにいれば、涯てもなくのびる白い海岸線と、碧く澄明な海をどこからでも見ることができる。ゼロ度線の、遙か彼方から打ち寄せてくる波。ゆるやかな波間、さんざめく光。ガラス玉のような水しぶき。ときには雨垂れや、スコォルに見舞われ、風は嵐を呼び、波は荒れ狂う。フラッシュ、スパァク、ショオト。やがて水面が静まると、海はまた眠るように横たわっている。

波打ち際は遠く、どこまで歩いてもけしてそこへたどりつくことはできない。人工ゆえに、眩しいほど白く煌く砂浜だが、波の寄せるところはすでにテレヴィジョンの映像である。海水に躰をふれることはできない。水平線を遠ざかってゆく船はどこへ向かうのか。引き汐《しお》、満ち汐。ぼくを魅了してやまない海の風景は、なぜか、このドォム以外の場所では映しだされなかった。だから、ぼくは好んでこのドォムへゆく。天蓋には、ママ・ダリアの都市と同じ、明るい空が映しだされた。恒星が燦然と輝き、銀色に反射する衛星もゆるゆると動く。夜になれば、スパンコォルのような星々がまたたく澄明で、ガスのない夜天《そら》。

熱気球は、テレヴィジョンの映す幻影の海を数百のシャボン玉となって漂ってゆく。あまりにもゆったりとしているので、ずっと同じ場所で浮かんでいるのかと思うほどだ。しかし、ひとつの熱気球に目を凝らしてみると、球面のもようが刻々と変化していて、確かに風をとらえつつ流れてゆくのだとわかる。

ぼくとイーイーは、これから仕度をして、気球レースへ出かける。期待しているのは、熱気球レースそのものより、ドォムで目にする海の風景。あの海を渡って、どこかよそへ行ってみたいと何度思ったことか。ママ・ダリアの住む都市へ船で行くことができたら、どんなにかいいだろう。けしてたどりつくことのできない水平線を眺めているのは虚しい。もしもこの〈鐶の星〉が、ママ・ダリアの都市と《カナリアン・ヴュウ》くらいの距離にあったら、どんなにいいだろう。だが、一五億キロも離れている。テレヴィジョンでは、すぐそこにママ・ダリアの都市が見えているというのに、実際には気の遠くなるほどの距離だった。

ママ・ダリアの住む都市とちがい、太陽光を散らす大気圏のない〈鐶の星〉では、明るい真昼など望めない。窓がテレヴィジョンでなくふつうの強化ガラスでも、見えるのはガスの渦巻く濁った大気だけだろう。それを考えれば〈鐶の星〉の《生徒》たちにとって、窓がテレヴィジョンになっていることはありがたい。テレヴィジョンはぼくたち子供が、ママ・ダリアの感覚とかけはなれないように、くり返し遙かな都市の幻影を映しだす。たとえば、この〈鐶の星〉のビルディングがママ・ダリアの都市に建っていたとしたらどれほど高層かという映像も……。何しろ、一〇二六階にあるぼくの部屋からは地上なんてものは、見たくとも見えない。ママ・ダリアの都市で一番高い山よりも、何倍もの高さがあるビルディングに、ぼくは住んでいるのだ。

しかし、この〈鐶の星〉にいるかぎり、ビルディングの外で暮らすことはない。外には生命を維持する環境はなかった。生活は万事、ママ・ダリアの暮らす都市に似せて造られたこのビルディングの内部《なか》で進行し、誰もが外の世界を知らずに成長する。意図して造られたまやかしの風景も、ほんものを知らないぼくたちにとっては、まったくの自然なのである。何の危険もない快適な空間が、〈鐶の星〉のすべての《生徒》に与えられていた。おとなたちのことはわからない。今まで、ヘルパア以外のおとなとは接したことがなく、その機会も皆無だった。ずっと、《生徒》だけの《児童》宿舎で過ごしてきたので、おとながどこに住んでいるのかも知らない。

そのほかママ・ダリアの都市とちがうのは、このビルディングの食品は、ほとんどがキュウブ、ペレット、カプセル、顆粒というふうに、凝縮または濃縮タイプになっていることだ。これにミネラル水を加えると、スポンジやウレタンと区別できなくなる。何度も云うが、ぼくには味覚も嗅覚もない。口にするものは何でも同じだった。そのうえ、触感だけで云うなら、ほんとうはフォームラバァが一番の好物なのだ（これを云うと、イーイーが呆れるので、なるべく黙っている）。

ジャスミンとバラ、オレンジとレモンというような花や果実の薫りも識別できなかった。とくに不便はないが、イーイーが持ち歩いている《ヴィオラ》の薫りもわからない。いったいどんな薫りがするのだろう。それがわかればもう少しイーイーのことを理解できるような気がする。彼は水はなくとも平気だが、《ヴィオラ》がないと具合が悪くなるらしい。《ヴィオラ》は、毎月どこかから、イーイーのところへ真っ白な容器に詰めて送られてくる。つかみどころがなくいびつな球面を持ったセラミックの容器は、角度によっては四角くも丸くも見え、箱のようでもあるし、卵のようでもある。白すぎるために、輪郭は光にぼやけ、いつのまにか背景に溶けてしまうのだ。

「アイボールだ。」

イーイーはその容器のことを、なかば侮蔑するように云う。彼が《ヴィオラ》を好んで使っているように見えて、実はその逆だということが、ぼくには意外だった。

ぼくたちの部屋は、地上一〇二六階である。窓としての場所を占めているテレヴィジョンはさまざまな幻影を見せてくれる。ぼくが好きなのは、衛星R－一七から見た〈鐶の星〉の全貌だった。R－一七と〈鐶の星〉との距離は約一四二万キロメートル。氷の粒子でできた鐶《わ》がR－一七の地表に対して垂直で、一本の硝子《ガラス》棒のように見えるところが好きだ。そのまわりに真珠粒のごとくほかの衛星が集まる。鐶の影は、弓型のナイフのように、この星の表皮を鋭く切りひらいている。

それからまた、鐶の表面が見える位置にある衛星R－〇五では、凍りついた乳白玻璃《がらす》の鐶の向こうに、星々を透かしてみることができる。その、セロファンのような半透明の鐶がこの星のものだなんて、信じがたいことだ。ちりばめられたスパンコォル。もしぼくがこの〈鐶の星〉にいるのでなく、どこかほかの衛星にいたとしたら、飽くことなく空宙《そら》に浮かぶ奇妙な惑星を眺めているかもしれない。氷の鐶を持った円《まる》い星。水に浮くことも可能なほど比重の軽い、しかも巨大な〈鐶の星〉は、風船と似通った形を持ち、二一個もの衛星を従えて公転している。おかげで、ぼくはしばしばテレヴィジョンに釘付けになってしまう。

ぼくは、ビルディングのせいぜい五二一階までしか下ったことがなかった。エレヴェエタのように機密性の高い閉塞した空間が苦手で、乗ると途端に気分が悪くなるからだ。イーイーもまた、エレヴェエタはキライだと云う。彼の場合、閉所は平気だが、気が短いところがあって、五分以上エレヴェエタの内部《なか》でじっとしていることに耐えられない。

エレヴェエタの種類はいろいろあるが、よく乗るC号区のエレヴェエタは真っ白な箱だった。壁も天井も床も同じ質感だったので区別がなく、しばしば宙へ浮いているような気分になった。壁はいくぶん彎曲《わんきょく》していて、乗るときは背中をもたれて寄りかかり、足場として据えてあるパイプにサーキュレの踵《かかと》を引っかける。こうすると、このエレヴェエタ特有の不安定な感覚から解放され、平衡を保つための神経を使わずにすんだ。

内部は完全な機密状態で、ヴォイスもテレヴィジョンもない（コンピュウタを持っていれば、レシーヴァで音声を聞くことができるし、通信もできる）。ふつうの《生徒》は、静かで何もないエレヴェエタ内部で、けっこうリラックスできるらしい。だが、ぼくは数分で息苦しくなる。正直なところ、エレヴェエタはなるべく使いたくない。そんなこともあって行動範囲は制約され、最下層は五二一階、最上階はD号区の一三〇〇階にあるピスセスボオト発着点までが、今のところ最大の行動範囲だった。一三〇〇階は一般の《生徒》が昇ることのできる最上階で、それより上への移動は《同盟》やカウンシルの委員に限られる。さらに一四〇〇階以上には宇宙施設や格納庫、ロケットタワアなどがある。一帯はゾーン・ブルゥと呼ばれ、ビルディングの一般の住人は〈立ち入り禁止〉である。そこから先にはぼくたちの知らない、外の世界がひらけていた。ロケットに乗れば、一五億キロ彼方のママ・ダリアのところへ行くこともできるのだ。

すべてのロケットや人工衛星は、ゾーン・ブルゥから出発する。ここ以外にビルディングと外とをつなぐ施設はなかった。光り輝くジュラルミンの発射塔、何基もならぶ真新しいロケット、磨きぬかれた床、次々と聞こえる秒読み……、想像するのは愉しい。ぼくにとってまだ見たことのないゾーン・ブルゥは憧れの場所だ。ユウウツなときも、遙か頭上にゾーン・ブルゥがあると思うだけで、気休めになった。だが、単純に、エレヴェエタで行かれるというわけではない。特別の許可が必要なのだ。もし、いつか許可が下りたら（どこで、どう手続きをするのかさえ、ぼくは知らないのだが）、まっしぐらに、あの碧い惑星へ向かいたい。

エレヴェエタが下降しているのか、上昇しているのかを知るすべは、数字しかない。それほど、基内にいると振動がないので、稼動している実感はなかなか持てなかった。シャフトの動きもなめらかで、壁に耳を押しあてても、回転する音はまれにしか聞こえてこない。ただ、高速のエレヴェエタではしだいに耳が痛くなるので、おのずと動いていることを確認できる。ぼくたち〈鐶の星〉の〈子供〉は生まれたときからエレヴェエタを使っている。にもかかわらず、耳の故障をおこすのだ。これこそ、ママ・ダリアの〈子供〉であることを示す現象ではないだろうか。

ママ・ダリアの都市では、地層ごとに磁気方向のまったくちがう鉱物が見つかるという。それぞれの鉱物は、自らが形成された数億年前の環境を、記憶として持ちつづけているからだ。同じように、ママ・ダリアの〈子供〉であるぼくの気持ちの指標は、自然に一五億キロも離れたあの惑星の方角を向く。ママ・ダリアから受け継がれた碧い惑星で暮らす人たちの体質。それはこの遠く離れた〈鐶の星〉で、ぼくの内部で、外側からは変えられない確かな証拠として息づいている。ママ・ダリアから生まれ、ママ・ダリアのいる都市とそっくりの環境を与えられているが、ここはママ・ダリアのいる都市からは、およそ一五億キロも離れた〈鐶の星〉である。ぼくたちはいったい何のために、ここにいるのだろう。なぜ、ママ・ダリアに逢うことができないのか。このごろ、そのことが気になっている。

ママ・ダリア宛の手紙を読み返したあと、折りたたんで封をした。宛て先はADカウンシルの、議長留め。ママ・ダリア様。この手紙は、P&Tコンピュウタがならんだ《金の船郵便公社》C－一〇〇〇局で投函する。ふつうの《生徒》は手紙を印字しないので、各自のコンピュウタから直接、ADカウンシルの議長宛で自動送信することができた。だが、ぼくのようにどうしても紙に印字した手紙を送りたい場合は、C－一〇〇〇局まで行き、P&Tコンピュウタのスロットへ投函しておけば、ママ・ダリアのもとへ届くことになっている。

つづいてパパ・ノエルにも手紙を書くことにした。

尊敬するパパ・ノエル、

誕生日にくださった仔犬はとても元気です。ぼくが思い描いていたとおりの真っ黒い仔犬でした。ほんとうに何とお礼を申しあげたらよいでしょう。三日間考えてサッシャという名前をつけましたので、どうぞよろしくお願いします。

気をきかせてパパ・ノエルがつけてくださった青い首輪は、とてもよく似合います。飾りについているプラチナのリングも洒落ていますね。偶然ですが、ぼくの手首にあるリングとそっくりです。認識番号まで刻んでおいてくださってありがとうございました。こんなに小さな仔犬のうちから首輪をつけていいものかどうか迷いましたが、サッシャはこの首輪をとても悦びました。

ところで、きょうはぼくの失敗のお話をしたいと思います。この土曜日に、ぼくたち《生徒》は夏休み前の課程を終了した記念品として、特別の菓子をもらいました。いつものようにキュウブやペレットの形をしたものではなく、パパ・ノエルの都市にある菓子と変わらないものです。宿舎に帰り、さっそく、仔犬のサッシャと一緒に菓子の都市にある菓子をひらきました。穴空きの、とてもやわらかい卵ケエキと、ビスケットや砂糖菓子。ちょうど半分にして、サッシャとわけあいました。サッシャはやわらかい食べものが大好物なので、当然、この卵ケエキを悦ぶものと思っていたのです。ところが、あまり口にしません。まずそうな貌《かお》もしました。ぼくも同じように食べていましたが、弾力のせいで、ナイフで切りにくいという難点のほかは、やわらかい上等のケエキだと思いました。少なくとも、ぼくはそう信じていたのです。

そこへ、イーイーが帰宅して、間違いがわかりました。それは、卵ケエキそっくりにできた〈海綿〉だったのです。よく考えてみれば、とろけるような感触はありませんでしたし、おもしろいくらい弾力もありました。でも、ぼくはハナから菓子だときめつけていましたから、疑いを持たなかったのです。それに、けっこうおいしいと思いました。それはほんとうです。〈海綿〉は食糧カウンシルの献立にある食べものなどより、よほど舌ざわりがいいと思います。

とはいえ、〈海綿〉をこの包み紙にくるんだのは、ぼくに味覚がないことを知っている誰かの、悪戯《いたずら》にちがいありません。べつに味覚がないことを隠しているわけではないので、誰が犯人かは特定できません。それに、ぼくとしては〈海綿〉でもいっこうにかまわないのですから、犯人捜しをする必要もないと思いました。けれども、イーイーは、犯人がわかった、とひとこと呟《つぶや》き、怒りながらどこかへ飛びだして行きました。後で聞いたところでは、ジロを殴りに行ったとのことです。その行動はイーイーの正義感というより、たんなる〈運動〉でしょう。ぼくは海綿の口あたりが気に入りました。ウレタンよりはずっと高級な感じがします。

しばらくして戻ってきたイーイーとぼく、それにサッシャは、あらためて用意した正真正銘の卵ケエキを食べました。彼がほんとうにジロを殴りに行ったかどうかは定かではありません。イーイーの手に入れてきたケエキはキュウブ状ですが、雪のように真っ白な粉砂糖がふりかかっているものです。ミネラル水を含ませると、雪だるまのようになります。サッシャは悦んで食べましたが、ぼくは海綿の弾力のほうが少し好きです。なぜか食べている途中で眠くなってしまい、ぼくは居間の長椅子に横たわりました。

どのくらい眠っていたのかはわかりませんが、目醒めてみると、イーイーがもの云いたげな顔でのぞきこんでいるのです。彼は脈をはかるように、ぼくの左手首を摑んでいました。リングをしているところです。間近で見る彼のすみれ色の睛は、玻璃《がらす》のようでした。ひとまえで眠ってしまうなんて、行儀の悪いことですが、ぼくにとっては珍しいことでもありません。イーイーがあまりじっとのぞきこむので、少しきまり悪かったくらいです。

途中まで書いた手紙を、イーイーが隣へ来て読んでいる。手紙はいつも見せているのでかまわないが、ママ・ダリアやパパ・ノエルに手紙を書くことに対して、文句をつける癖は改めてほしい。どうせ、彼が文句を云ってもぼくは手紙を書くのだし、内容も書きなおしたりしない。思ったとおり、イーイーは不満そうな顔をした。

「〈運動〉ってことはないだろう。ジロはほんとうに犯人だぜ。おまけに〈海綿〉がおいしいだなんて、がっかりするようなことを云ってくれるな。せっかくなけなしのチケを余分に使ってあのキュウブケエキを手に入れて来たのにサ。」

「だって、どっちもほんとうのことだよ。ぼくは嘘を書かないいんだ。」

「だけど、こんな手紙を書いたって、パパ・ノエルは読みやしないぜ。いつだって内容と全然ちがう返事をよこすだろう。それも、どの《生徒》にも同じ文面で。この前の返事だって、ジロのところへ来たのと同じだったぢゃないか。手紙なんてADカウンシルが勝手に処分してるんだよ。誰にも確かめようがないだろう。そっくりダストシュウトへほうりこまれてるかもしれない。ママ・ダリアやパパ・ノエルどころか、ほかの誰も読みやしないのさ。」

「……そう、確かにママ・ダリアやパパ・ノエルから来る手紙の文面は、ジロやほかのみんなと同じ。ADカウンシルが作成してるからね。それは、知っているサ。でも、パパ・ノエルは、返事はくれなくても手紙は読んでくれている。だって、誕生日にはちゃんと贈りものをくれるんだ。ぼくが仔犬をほしいと手紙に書いたから、パパ・ノエルは忘れずに仔犬を贈ってくれた。それこそ、手紙を読んでいる証拠だろう。」

ぼくはママ・ダリアやパパ・ノエルの存在を信じている。その点が、ママやパパなどどうでもよいと思っているイーイーと食いちがう。彼は冷ややかな一瞥をよこした。

「バカだな。《生徒》の入学日や誕生日を管理しているのは、ADカウンシルぢゃないか。それもコンピュウタ処理でね。律義な彼らが、ちゃんと誕生日を選んで仔犬をよこしたのさ。手紙はコンピュウタが読みとるから、そのへんは正確だ。これが教育カリキュラムの一貫だということくらい、アナナスだって承知してることぢゃないか。何でいまさら、おかしなことを云いだすのサ。〈家族〉の概念を理解するだけでいいんだぜ。感情移入することはないんだ。」

「……そりゃそう、」

「パパ・ノエルやママ・ダリアには何百という数の子供がいて、誰がどんな子供かなんて、どうでもいいことだ。そういう数字はコンピュウタが管理している。だからこそ間違いもない。実際、クラスの連中の三分の一はパパとママが同じなんだぜ。たまたま、ぼくとアナナスのママはちがうけどね。ほら、きみは一番きらいなジロとはパパもママも同じじゃないか。ママはいっぺんに何百人もの子供のママなんだよ。おまけに、ほんとうのママはどこの誰かわからない。むろん、パパもね。」

イーイーは、たたみかけるようにしゃべった。

「……でも、ぼくはママ・ダリアやパパ・ノエルから贈りものをもらったつもりになりたい。」

「それなら、好きにすればいいよ。アナナスの勝手さ。だけど、逢ったこともなければ、これから逢う可能性のまるでない相手に向かって、よくも〈敬愛するママ・ダリア〉だの、〈尊敬するパパ・ノエル〉なんて云えるものさ。呆れるな。」

「それぢゃ、イーイーは何て書くのさ。」

「ぼくはそもそも、手紙なんてものは書かないし、パパやママのことも考えない。ムダだからね。彼らは名称でしかないんだ。いいか、アナナス、ぼくたちにはパパもママもいないのさ。」

イーイーは怒ったようすで云った。

「どうして。ぼくはいつかママ・ダリアやパパ・ノエルに逢ってみたい。たとえ、ぼくのほうで逢いにゆくことができなくても、ママ・ダリアやパパ・ノエルのほうで逢いに来てくれるかもしれないだろう。」

「ご勝手に。《夢》を持つのは自由だ。でも、そのためにほかの大事なことを忘れるのはやめてくれないか。」

イーイーは苛立《いらだ》っているようすで、ぼくから顔をそらした。窓の外では、マグネシュウムの眩しい発光が飛び交っている。ママ・ダリアやパパ・ノエルの都市はあまりにも遠いので、送りこまれる映像はしばしば乱れ、あちこちの熱気球から火花が飛び散っているように見えた。ときおり、すべての形や色彩が分解して左右に流れ、部品を組み立てるようにもとへ戻る。または、霜降のような電波が縦横に走って、画面を乱した。それが妙に哀しい。画像の乱れは、そのままママ・ダリアとぼくの距離が、気の遠くなるほど長いことを示しているからだ。

「アナナス、そろそろ仕度をしよう。」

イーイーはさっきまでとは打って変わり、やわらかい調子でぼくを促した。このへんが彼のおとなびたところで、いつまでもムダなこだわりを残さない。

「……そうだね、」

パパ・ノエルへの手紙はまたあとで書くことにした。ぼくとイーイーは、それまでいた居間を片づけ、ドォムへ遊びにゆく仕度をするために各自の個室へ入った。ぼくの部屋のテレヴィジョンはいつもR－一七のカメラにチャンネルを合わせてある。だから、部屋に入った途端、夜天《そら》に浮かぶ〈鐶の星〉が見えた。フワリとした、熱気球の数倍も優雅な外観だ。暇さえあれば毎日見つめているのに、それでも飽きずにまたしばらく見入ってしまう。そのうち、部屋のヴォイスが突然しゃべりだし、次々と登録番号を読みあげてゆく。《同盟》に所属する委員たちの登録番号らしい。男性とも女性ともつかない中性的な声は、コンピュウタによって作られた合成音だ。ささやくようなその調子は、ぼくが空隙の咆哮から聞き取る、音声に似ていた。末尾につくアルファベットが、委員であることを示している。

AM–008765Y, AF–0022349L, MA–0067352T, AM–0022887P, AF–0045673K, AF–0021567 8L……, ……

ヴォイスは尽きることがなかった。

〈鐶の星〉では通常、誰もが氏名ではなく登録番号を使う（《生徒》の場合は認識番号という）。何をするにもその番号は必要だ。それでも、《生徒》たちは規則など無視して互いの名前を呼びあっているが、自分の番号を訊ねられたら、即座に答えなければいけない。たとえば、ぼくならMD–0057654、イーイーならML–0021234と答えるのだった。

AM–0066577J, AF–003348K, AM–0044557M……

ヴォイスは登録番号の呼び出しをやめそうになかった。しばらく、強引ともいえるその音に耳を傾けていた。なぜか、その音声はぼくにあるイマジネエションをあたえる。

南西風に煽《あお》られ、波濤が白く見える海の光景が広がった。断片的だが、そのたびに鮮やかに煌《かがや》いた。ドォムのテレヴィジョンでしか見ることのない海は、ぼくの脳裏から離れることなく、ゆっくりと沁みこんでくる。

数分後、浴室に入り、浴槽の脇にある洗面台にお湯をはった。サッシャがさっき食べたキュウブの粉で躰じゅう白くしていたので、洗っておこうと思う。石鹸を泡だてていると、サッシャは喜んで自分からその中につかった。おかしな犬だ。気持ちよさそうにしている。イーイーとぼくの部屋の浴室は壁を隔てて向かいあい、互いの声がよく聞こえる。彼は何をしているのか、ひとつももの音をさせなかった。ぼくはシャワァを浴びるのも面倒だったので、サッシャが洗面台ではしゃぐのを見守りながら、着替えをすませ、バスタブのふちに腰かけていた。

しばらくして、壁の向こうから奇妙な音がした。それまでは、どうかしたのかと思うくらい静まっていたのだが、金属か硝子《ガラス》壜でも落としたのか、不意に Ga-shan という音をたてた。その音はコピイのように、幾度か、まったく同じintervalとscaleを持ってくり返された。例の、いつも持ち歩いている《ヴイオラ》のラベルを貼った壜を落としたのだろうか。どうしたわけか、彼は浴室にはいると、しょっちゅう、この壜を毀《こわ》すような音をたてる。前から気になっていたのだが、いったい何の音だろう。ぼくは浴槽のふちに腰かけて、隣の浴室から聞こえてくる音にそっと耳を傾けた。Ga-shan, Ga-shan というような音はその後も何度か聞こえ、やがて跡絶えた。もしほんとうに《ヴィオラ》の墁を落としているのなら、すでに一五、六毀しているのではないかと思う。サッシャは洗面台をはい出ようとして失敗し、また泡沫《あわ》の中へすべり落ちてゆく。なぜそうなったのかわからないという顔をしているのが可笑しい。仔犬を抱きあげ、タオルでくるんでよく躰を拭いてやった。黒天鵞絨《ビロード》のようにスベスベで、抱いていると気持ちのよい感触だ。

玄関の外はすぐに廊下があり、この宿舎に暮らす《生徒》たちの足音やざわめきが聞こえた。サーキュレで走っているので、その声は一瞬で聞こえなくなる。皆、ドォムへ急いでいるのだろう。なにしろドォムには《ロケットシミュレエション》があり、《生徒》たちには絶大な人気があった。このぶんではエレヴェエタが混雑しそうだ。気がもめたが、イーイーはいっこうに部屋から出てこない。彼はほかのことでは素早いのに、なぜか浴室にはいると長い。ぼくは少しばかり時間をもてあましながら、イーイーを待っていた。

「お待ちどお、」

居間にはいって来るなり、イーイーは長椅子のぼくの隣へ飛びこむように腰かけた。椅子のスプリングはほとんど軋《きし》まず、彼の体重がいかに軽いかがわかる。華奢《きゃしゃ》だが、けして貧弱な躰つきではなく、なみはずれた運動能力の高さがうかがえた。しかし、とても脂肪や骨があるとは思えない身軽さなのだ。カルボンファイバーかセラミックでできているようである。椅子の上で折り曲げた脚の膝蓋骨《しつがいこつ》が浮きあがっているのを、つい確かめてしまった。確かに骨はある。

何を思ったのか、イーイーは色鮮やかなフラッシュピンクのソックスをはいている。しかも、彼の髪は明るい琥珀色だが、前髪の一部分を靴下と同じフラッシュピンクに染めていた。しかし、そんな突飛な恰好が、色の白いイーイーには不思議とよく似合う。とくに浴室から出た直後は、白さがきわだって見えた。凍てついているかのように、肌が冷々としているのだ。実際、手脚も驚くほど冷たかった。

「何時、」

自分でROBINの時計を見たほうが早いのに、イーイーはわざわざぼくに時間を訊ねる。

「五時だよ。そろそろ、ルナ・パァクのイルミネエションが点《とも》るころだ。今さっき、みんながぞくぞくと廊下を通って行ったから、エレヴェエタが混雑しそうだ。」

「……みんなって誰のこと、」

イーイーは扉へ向かう足をとめて、怪訝《けげん》そうな顔つきをした。

「誰って、この宿舎にいるほかの《生徒》だよ。」

「ほかの《生徒》なんて、いやしないだろう。」

「……え、」

イーイーはほとんどひとりごとのように云い、さらに何か唇を動かしていたが、聞きとれなかった。彼は数秒ほど考えこんだのち、新しい提案をした。

「G号区を経由して、B号区のNO・〇七のエレヴェエタを使おう。」

それは混雑を回避する案だったので、ぼくも納得した。

「そうだな。でも〈シックルヴァレ〉を渡るんだろう。だいぶ遠い。」

〈シックルヴァレ〉というのは、《生徒》宿舎のあるC号区と隣りあうG号区の建物のあいだに存在する谷間のことだ。全体の形が鎌のように彎曲《わんきょく》していたので、そう呼ばれている。G号区がケタ外れに大きい棟であるため、向かいあう棟はC号区とB号区の二棟にまたがっていた。実際には距離も幅も全貌が見渡せないほど広く、〈シックルヴァレ〉が鎌のような形をしているかどうかは、図面の上でしかわからない。近づいて見ると、隙間に面した棟と棟は平行にそそり立つまっすぐの壁にしか見えないのだ。ぼくがいくぶん躊躇したのは、〈シックルヴァレ〉を渡るには〈吊り橋〉を避けて通れないためである。危険はほとんどないものの、かなり揺れを感じ、そのうえ風圧も強い。サーキュレを操るのが不得意なぼくにとっては、なかなか厄介な谷間だった。

イーイーがG号区を経由してB号区へ行く、と云ったのは、この一〇二六階ではB号区と直通の通路がないからだ。そのため、G号区を経由してB号区へはいり、そこでエレヴェエタに乗って六〇〇階まで降りる。そしてまた、チュウブを走ってA号区のドォムへ行くのである。ややこしいが、サーキュレを飛ばせば、これが一番の近道であることは間違いない。ぼくは椅子を立ちあがりながら、サッシャを抱きあげた。すると、イーイーは怪訝《けげん》な顔をした。

「アナナス、その犬を連れて行く気か。」

「だって、ほら、ついてくる気でいるんだ。躰もキレイにしたし、」

仔犬はしきりに尾を振ったり、手脚をバタつかせ、ぼくから離れないという態度を全身で示していた。イーイーは天井を向いて溜め息をつく。

「バカだな。迷子になっても知らないぜ。」

「大丈夫さ。リングをつけているんだ。ほら、ぼくの認識番号が書いてある。」

「そんな華奢なリング、すぐになくなってしまうさ。それに、拾ったって、誰も認識番号が刻印してあるなんて思わない。万が一気がついたとしても、この番号形式だと《生徒》だってことがすぐわかるから、どうでもいいと思われるのさ。」

「離れないように、ちゃんとつないでおくよ。」

ぼくは強引に押し切り、仔犬をドォムへ同道することにした。イーイーは仔犬の頭を軽く小突き、そのまま玄関へ向かった。ぼくもサーキュレをはいて、彼の後を追う。扉を出てすぐゆるいカーヴ。それからしばらくは蛇行しながらの傾斜路で、速度を出すにはかなりの腕が必要だ。スラロォム走法に慣れていなければ、たちまち足をとられるだろう。うっかりすると壁に激突することもある。

先に走りだしたイーイーはどんどん飛ばしてゆく。ぼくは仔犬のサッシャを背中のリュックに入れた。こうしておけば、少なくともサーキュレで走っている最中にはぐれる心配はない。サッシャの頭を出して首輪のところでリュックの紐を結んだ。そのあいだ、イーイーにだいぶ遅れてしまった。ぼくたちの技量の差を考えれば、とうてい追いつけそうにない。速度をあげたが、イーイーの背中はとうに見えなかった。おそらくものすごい勢いで走っているのだろう。

彼は、ぼくから考えれば狂気としか思えない走りかたをする。それでいて、転んだり、誰かと接触したりすることは一度もなかった。目的地はB号区のNO・〇七エレヴェエタホオルとわかっているので、ぼくは無理をせず、自分の速度でサーキュレを走らせることにした。

ママ・ダリア宛の手紙にも書いたのだが、このところ、認識番号を刻印したリングが手首を圧迫するように感じる。そのせいで何となく躰が重く、サーキュレの走りも一段と鈍くなった。はずす方法がないかどうかを、《同盟》かADカウンシルに訊いたほうがいいかもしれないが、どちらもあまり当てにならない。《児童》宿舎を訪ね、〈ルゥシーおばさん〉に訊くという手もある。だが、痛みはいつも一時的なものだったので、まだ誰にも助言を求めたことはなかった。

《生徒》宿舎の廊下は平らな面のないチュウブ状で、くねくねと曲がりくねっている。必要以上にカーヴが多いのは、《生徒》たちの速度の出し過ぎを防止するためだ。だが、イーイーのように、怖いもの知らずの大胆な《生徒》にとっては、かえって速度の限界を試す恰好の場となっている。それでもチュウブの壁は衝撃を吸収するラバァになっているので、怪我は少ない。せいぜい擦り傷ぐらいのものだ。

イーイーはしばしば天井に近いところを走り、限度を知らない無謀な高速でチュウブを走り抜けてゆく。彼は、カーヴだからといって速度を落とすという気はさらさらなく、いかに減速せずに走り抜くことができるか、また、いかに効率よく最短距離を取るかということに、運動神経のすべてを集中させている。数百メートル先でも自分が走っているコースを予測できると云う。その点、コンピュウタのように完璧で、思わず見とれてしまうほどだ。保全委員会の防止策は、ぼくのように、まあ人並みか、とくに反射神経の悪い《生徒》にしか通用しない。ぼくはC号区のエレヴェエタを通り過ごし、イーイーのあとを追いかけた。まず隣の、G号区へ急ぐ。B号区からエレヴェエタに乗る時間を考えれば、C号区で順番待ちしてドォムへ行くのと時間的にはほぼ同じか、よけいに時間がかかるくらいのものだが、要するにイーイーはサーキュレで走りたいのだろう。

チュウブはサーキュレ優先につくられた通路で、窓のない場合が多く、自分が現在走っている場所を把握するのは難しい。チュウブを進んでゆくうち、不意に、見知らぬ棟へ迷いこんでしまったということもある。〈シックルヴァレ〉ではたまたま〈吊り橋〉だが、ビルディング全体としては、棟と棟の間は透明な強化ガラスのチュウブであることが多い。気が遠くなるほどの隙間が足もとに見え、宙に飛びだしてしまったかという錯覚に陥る。

ようやくC号区のはずれまで来て、〈シックルヴァレ〉へ出た。はるか向こうにG号区の建物が見える。といっても、それはそびえ立つ軽金属の壁であって、とても建物には見えなかった。鈍く光る表面に、ぼんやりと互いの棟の影を映している。C号区も金属の壁で、表面には各階ごとの複雑な形を象徴するようなオウトツがあった。〈シックルヴァレ〉全体が、巨大なダストシュウトなのだ。チュウブを出ると同時に、空気の流れは、咆哮をあげて下から吹きあげてきた。そこはもう、〈吊り橋〉の上で、サーキュレの速度でなければ、とても渡れない。ワイヤロオプとケーブルで厳重にガードがつくられ、さらに弾力性のあるワイヤネットで防護されていた。だが、〈吊り橋〉全体が安定を失えば、落下する危険もある。とはいえ、事故の話は聞いたことがない。ビルディングのどこであれ、事故など起こったためしがなかった。

うっかり下をのぞくと眩暈《めまい》がするほど、この〈シックルヴァレ〉の規模は大きく、どこまでも深い。ぼくの視界に入るのは、〈シックルヴァレ〉のほんの一部で、そこだけを見ると空間は長方形に見えた。しかも、底の知れない空間は、下へ行くほど狭まっている。もちろん目の錯覚で、壁と壁はどこまで行ってもけして、接することはない。そのことを念頭におきながら、なお、視力とはいかにいい加減にできているものかと思う。肉眼では狭まってゆくように見え、思わず吸いこまれそうになった。双方の棟のトラス構造の鉄骨は、ダイアモンドカット状に組まれ、左右上下シンメトリィに花ひらいた。

〈吊り橋〉からのぞくのは、万華鏡を見るのと同じ不思議さがある。瞬《まばた》きをするたびに形が変化した。それは、単位になるひとつひとつの形が、原子構造のように驚くほど正確に同じ形をしているからだ。そのため単純な形であるほど逆に、あらゆる図形をつくる可能性を含んでいる。ときには矩《く》形を成し、ときには多角形を描く。無数の直線はやがて曲線となってなめらかな円を描いてゆく。糸車をめぐる糸のように、梁《はり》やケーブルはくまなく空間を埋《うず》めていた。ある人が、自分の肖像画を手に持ち、その肖像画の自分もまた肖像画を手にしているという、入れ子構造。何重にも重なった金属の連続はそういったものである。自己相似《フラクタル》。まるで、金属が細胞分裂し、成長している感じだった。膨らんでゆく泡のように増殖しつつ、あるところまでくると、こんどは徐々に崩壊してゆくのだ。

ぼくが走り抜けている〈吊り橋〉と並行して、二〇〇メートル以上離れたところに同じ型の〈吊り橋〉がある。イーイーはその〈吊り橋〉を、ぼくとは反対方向へ走っていた。ぼくの〈吊り橋〉はC号区からG号区へ移るもので、イーイーの渡っているのはF号区からB号区へ移る〈吊り橋〉だ。多角形をつくりながら金属が交叉する〈吊り橋〉の隙間を、イーイーのフラッシュピンクのソックスが駆け抜けてゆく。ずいぶん遅れてしまった。イーイーに追いつくには、ぼくの走りだと五分はかかるだろう。そのくらい、この〈吊り橋〉は長いのだ。これをまともに通過していたら、先にB号区のエレヴェエタホオルに着いたイーイーは、待ちくたびれて機嫌が悪くなるかもしれない。そこで、ぼくは近道を使うことにした。

それは、ほぼ平行した二本の〈吊り橋〉の途中にあるバイパスである。リンクとケーブルでふたつの〈吊り橋〉をうまく連動していて、振幅の緩衝地帯ともなっていた。直径一・八メートルほどのチュウブで、部外者は〈通行禁止〉のコントロォル室である。その中を通りぬければ、たちまち並行するもうひとつの〈吊り橋〉に通じ、時間としては三分の節約になる。イーイーを五分待たせるのと、二分待たせるのとでは大きなちがいだ。このチュウブの内部はサーキュレで走る通常のチュウブとは異なり、内部にヴァルヴつきの太いパイプと、無数の細いパイプが入り組んでいた。頭をぶつけやすいことが難点で、リュックにいる仔犬の頭に気をつけなければいけない。

もうひとつ、点検員に捕まると、無断侵入したことを五分は説教をされるので、近道をする意味がなくなる。点検員はRMM-00378600から00378699までの登録番号を持つヘルパアで、《生徒》のあいだでは、総じて〈偏屈者のケネス〉と呼ばれていた。年齢は不詳。体型は痩身でフレッシュカラーはブルゥグレイ、どの個体もそっくり同じ碧睛《へきがん》だ。

「いいか、ほんの数分だけ我慢してくれよ。」

コントロォル室の入り口で、ぼくは仔犬のサッシャをリュックの奥深く入れ、それを背中ではなく、胸に抱えてコントロォル室へ入った。これならば、仔犬がパイプにぶつかることはないだろう。リュックの中で、ひとしきり動いていたが、やがて静かになった。リュックを通して伝わってくる温もりが愛らしい。ぼくは仔犬の頭をそっと抱え、パイプや天井の下をくぐった。このコントロォル室は、空気や室温の調節をするところだ。パイプやホォスが複雑に絡みあい、頭上を渦巻いている。

幸いなことに〈偏屈者のケネス〉はいなかった。照明はつごうよく仄暗《ほのぐら》いので、見つかりにくいという利点もある。冷却水や蒸気を通すパイプはさまざまに曲がり、極端に熱《あつ》いものもあるので、できるだけ躰が触れないよう、ほとんどしゃがんだままサーキュレをすべらせる。ときには跨ぐこともあった。しかし、何度か通過したことがあり、はじめてというわけではないから、案外速く進んだ。何事もなくコントロォル室のなかほどまで来たとき、どこから現れたのか、見知らぬ男が前方にいるのを発見した。〈偏屈者のケネス〉ではなく、いくぶん太り気味の男である。片方の目だけが異様なほど光を反射していた。はじめは老人かと思ったのだが、皮膚にシワは見当たらない。

フルーラインのスウツを着たその男は、すれちがうさいに意味ありげなまなざしを投げかけた。それも、彼の視線はこちらの視線と交叉しながらも、盗み見るようなすばやさで左手首にそそがれた。ぼくが不審なものでも見るように窺《うかが》っていると、男は微笑を浮かべた。その合成されたような笑みがあまりにも似合わないので、ぼくはそそくさと通りすぎ、数十メートル先でサーキュレの速度をゆるめて男を振り返った。しかし、彼はすでに背を向けている。男もたんに近道をしただけらしい。男のまなざしはどこか風変わりだった。照明が暗いせいで、睛の色はよくわからないのだが、光だけはフラッシュのようにかなり遠くからでも煌いていた。イミテエション・アイだ。

得体の知れない男のせいで時間をムダにしたが、ほぼ予定どおり三分ほどで向こう側の〈吊り橋〉へ移った。ここを渡ってしまえばすぐB号区で、NO・〇七のエレヴェエタホオルは間近だ。ぼくは仔犬の頭をリュックの外へ出して、軽く頭をなでた。暑かったらしく、舌を出している。すまないと思ったが、もう少し窮屈さを我慢してもらわなければならない。

「あと少しだからな。」

仔犬に声をかけて、走りだした。B号区のチュウブをサーキュレで飛ばしてゆく。この区域はコンピュウタだけで機能しているビュロ地区で、いつも人影はまばらだ。広さは《生徒》宿舎のあるC号区の五倍はあり、それでいて、ほとんど人の気配はない。建物は歪んだドーナツ型。何千階分もそろって重なっている。

ビュロ地区には、軽金属とガラス繊維だけの硬質な静寂が漂っていた。金属の軋むほんのかすかな音までが、全体に響き渡った。動いているのは緻密な計算のもとに、静まりかえった廊下をすみずみまで、くまなく磨くスクラブブラシ、各階を移動して書類を正確迅速に運ぶリフト、ラジエエタ、景観の単調さをまぎらわせるためのオブジェ群などだ。オブジェの中にはなかば生き物のようなものもある。吹き抜けをただよう金属のルゥプもそのひとつだ。節目のない金属の鐶は、ねじれたり、また解《ほど》けたりしながら、数百メートルの高さをゆらゆらと浮遊している。まるで水中を漂うケルプのようなゆったりとした動きだ。ルゥプはいくつもあり、自由運動をしているようで、実はコンピュウタによって正確に制御された〈不規則〉を演出している。降下してゆくものと、上昇するものの比率や時間は、見る者を退屈させないよう、綿密に計られていた。

ビルディング内部の気象条件や、空調など、いかに規則性をあたえないかということに、《同盟》もADカウンシルも神経を使っている。だが、このビルディングがママ・ダリアやパパ・ノエルの都市を模倣するかぎり、過去のデータに頼らざるを得ない。その結果、一定の規則からのがれることはできないのだ。

B号区の塵《ちり》ひとつないチュウブには、ぼくの走らせるサーキュレのかすかな摩擦音と、ラジエタやオブジェの静かな動力音が響きわたっている。人影のないチュウブの内部《なか》で、空調の音以外に聞こえてくるのは、ヴォイスの、登録番号を呼び出す無機質な音声と、ダクトを吹きぬける気流くらいだ。咆哮はまた、旅人を海中へ誘《いざな》うセイレンの叫びのように聞こえた。そのたびに、放電灯の中のガスがピリピリと震える。螢光銀をおびた青白い光。遙か下のほうのチュウブをサーキュレで動いている人影は、あまりに小さく、顕微鏡でのぞくヴィルスのようだ。数も動きもバラバラで計算式に表すことなどとうていできない。機械化されたこの金属と硝子《ガラス》の砦では、不規則気ままに動くのは、ぼくたちのような《生徒》だけなのかもしれない。

棟の内部にある吹き抜けは、せいぜい六、七〇〇階くらいまでしか見えず、あとは闇にかすんでいた。ビルディングの下のほうは思いのほか暗くて大きく、実際の規模や深さなど、とうてい知り得ないことがたくさんある。かろうじて手に入れた最新の噂では、もっとも深いところにはゾーン・ブルゥに対してゾーン・レッドと呼ばれる区域があるらしい。

やがて、NO・〇七が近づき、エレヴェエタホオルにいるイーイーの、フラッシュピンクのソックスが見えた。

「アナナス、もっと飛ばせよ。エレヴェエタが一〇五〇階まで来てる、」

先にエレヴェエタホオルに着いていたイーイーは、少し戻って来て急《せ》かすように手招きした。彼はROBINのナヴィゲーション装置でエレヴェエタの位置を追っているのだろう。ぼくは膝に力を入れてサーキュレを走らせた（イーイーによれば、この走法がそもそも素人なのだと云う。速く走るには、膝に負担をかけるのは禁物で、大腿部の筋力を使わなければいけない）。表示灯《パイロット》が点き、エレヴェエタの扉がひらく。まだ数十メートルの距離があったが、ぼくは大急ぎで脚を動かし、イーイーが押さえている扉から内部へ滑りこんだ。エレヴェエタには誰も乗っていない。

「B号区まで来たのは正確だったわけだ。」

「まあね、」

イーイーは当然のように云う。ドォムのある六〇〇階まで、エレヴェエタで約五分。ぼくはその間に、サーキュレで息切れした呼吸を整えた。

A号区のドォムへついたときには、テレヴィジョンはすっかり夜の光景を映していた。空気も冷えこんでいる。水平線は見えず、黒々とした海が横たわっていた。ぼくとイーイーは海岸に設けられた可動式のバルコニイに場所をとり、しばらく黙って辺りを眺めていた。ヴォイスから、シンバルやカスタァネットの、にぎやかだがどこかせつない響き、鳥風琴《セリネット》やシロフォンの心地よい音が聞こえてくる。それらは、打ち寄せる波の動きと不思議に調和していた。ざわめきは、ときに、辺りが震動するほど大きく、また囁《ささや》き声のようにかすかに、間断なくくり返された。

やがて、サアチライトによる光の乱舞がはじまる。地上から照射された光線によって、夜天《そら》は稲妻のように閃《ひらめ》き、真珠白《しんじゅはく》をおびた雲が浮かびあがった。サアチライトは円弧を描き、闇の中に光の角笛のような漏斗《ろうと》をつくる。数箇所から夜天《そら》に向かって伸び、めぐるしい弧を描く。ヴォイスからの音声が跡絶えた今、それらの光線の乱舞はダクトの音すら聞こえない静けさの中で行われていた。テレヴィジョンでは、スパイラルやクレイジイホース、ジェットストリィムなどがイルミネエションをまたたかせ、観客を乗せてくるくると回転していた。飛び散る紙吹雪とスパンコォル。ルミネッセンス放電灯のネオンガスがさまざまな色をちりばめた。その色は海と夜天の双方に滲《にじ》んでゆく。眩《まぶ》しいアセチレンガスも燃え、数々のアンプル灯も点る。

「アナナス、クラッシュアイスでも買ってこようか。」

「うん、」

ぼくたちは少し離れたところにあるキャンディストールへ行き、好きなクラッシュアイスを選ぶことにした。ミネラルの氷に好みのペレットを溶かし、霙《みぞれ》状にしたものだ。

驚くほど種類がある。ぼくはどれを食べても同じだったのでイーイーに任せた。味はどうでも、喉をうるおす冷たいものであればよい。

ぼくたちがいるバルコニイは階段席のだいぶうえで、夜景を眺めるにはなかなか都合のよい高さだった。《ロケットシミュレエション》で遊びたいときは、自分のサーキュレで背面の通路を走り抜けていけばよい。混雑する人のあいだを縫ってゆくのだが、それがまた面白かった。

キャンディストールのまえで、ジロに逢った。同じ宿舎のシルルと連れ立っている。ふたりは、ぼくたちに気づいてこちらへ歩いて来た。

「逢えてよかった。きみたちも来ていたんだね。」

そう云ったのは、灰色の睛《ひとみ》が印象的なシルルだ。彼はイーイーの好みに通じたようすを窺わせて、フラッシュピンクのソックスに感心していた。冷静でおとなびた雰囲気を持つこの少年は、誰に対しても穏やかに接する。シルルとイーイーは《児童》宿舎にいるころからの知りあいで、どちらもママ・リリィの〈子供〉だという。そのせいか親しく、なぜかふたりそろって極端に細い体型もそっくりだ。

「ほら、前髪も同じ色に染めているんだぜ。」

「ほんとだ。イカす。」

　シルルにしては珍しく、くだけたことばをつかったが、ぼくが感じたそばからジロが異論をとなえた。ふだんのシルルは、気取っているというのではなく、もの腰や仕草に独特の優雅さのある少年だった。

「シルル、イカすなんてことばをつかうのはよせよ。」

「ジロは黙ってろよ。」

　口をはさんだジロに、イーイーが云い返した。ジロは怒ったようすでその場を離れてゆく。

「シルル、ADカウンシルの委員に申請してさ、部屋を替えてもらったらどうだ。」

「どうして、」

「だって、厭《や》なヤツじゃないか、ジロって、」

「さあ、それほどでもないけど。」

　シルルは穏やかに笑いながらそう云ってぼくたちに手をふり、ジロのあとを追いかけた。イーイーはシルルに向けるはずの訝しげな睛《め》を、ぼくのほうへ向けて眉をひそめた。

「ジロのどこがいいのかな、」

「さあね。わからないさ、ぼくだって苦手なんだから。シルルがもの好きなんだろう、きっと。」

「そうだな、」

　イーイーは不満そうに頷き、もう一度クラッシュアイスの品定めをした。ジロとシルルがいなくなり、ぼくはほっとしている。昔から虫の好かないジロはもちろん、シルルも何となく苦手だ。彼はけして悪い人間ではないし、性格も申し分ない。だが、イーイーと親しいというだけで、ぼくには気にいらない。しかもイーイーのほうでも、シルルと話しているとき、誰に対するよりも親しげだった。彼らは以前から知りあいで、ママも同じなのだから仲がいいのも当然かもしれない。だが、ぼくもジロとは《幼児》宿舎時代からの顔見知りで、おまけにママも同じなのに、ちっとも親しくなれない。イーイーとシルルの親しさは、宿舎が同じであったことや、ママが同じであることとは必ずしも関係ないのだろう。そのこと自体、ぼくにとっては面白くない。

シルルはきっとぼくよりもイーイーのことをよく知っている。彼が《ヴィオラ》しか飲まず、どこへ行くにも持ち歩いている理由も承知しているかもしれない。そう考えただけで、シルルを必要以上に疎ましく感じてしまう。彼は持ち前の性格の良さで、ジロともけっこううまく付きあっているようすだ。そのことがイーイーを不機嫌にし、ぼくに溜め息をつかせる。

たくさんのクラッシュアイスの種類の中から、イーイーは、自分の前髪や靴下と同じフラッシュピンクのクラッシュアイスを選んだ。店の人はそれを三角のゴブレに入れて渡してくれる。その容器は数分で、空気に分解してしまう素材だ。発泡した泡が硝子《ガラス》ビーズのようにひかっていた。

「どんな味がすると思う、」

イーイーが面白がって訊ねた。

「甘酸っぱい味。」

「はずれ。これは見かけはイチゴ味って感じだけど、ほんとうは少し辛いんだ。ジンジャーが効いているんだよ。」

「ふうん、」

云われてみれば、喉と舌が少しピリピリした。だが、いつもながら、ぼくには味なんてわからない。ただの氷と変わらないのだから、ほんとうは、わざわざ買って飲むこともない。氷だけもらえばいいのだ。

「アナナス、そういえば、仔犬はどうしたんだ。」

「え、」

「サッシャだよ。連れていないじゃないか。」

「そんなことない。ちゃんとリュックに入れたんだから、さっきだって、確かめて……、中に潜っているはずだよ。待って、今のぞいてみる、」

ぼくはあわてて背中からリュックをおろし、縛ってある紐を解いた。リュックの底に潜っているとばかり思っていたサッシャの姿はどこにもない。のぞいてみなくともわかりそうなものだ。リュックは仔犬が入っているとは思えないくらい軽かった。

「どうして……、」

「知るもんか。ぼくだって今気づいたんだから。」

イーイーは彼の忠告を聞かずに仔犬を連れだしたぼくを、当然のように責める。

「サッシャ、」

　ぼくは辺りを探してみた。イーイーもすぐうしろからついて来た。

「だから、連れてくるなんてどうかしてると云ったのに。リングなんて役に立ちやしないぢゃないか。」

「ちょっと見てくる。」

「どこを、」

「……思いあたるところ全部。チュウブやエレヴェエタ、ルナ・パァク、」

「バカだな。あんな仔犬がひとところにじっとしているものか。ぼくたちが行かなかったところに紛れこんでいるかもしれないだろう。どうやって探すのさ、だいたいあんなチビから目を離したアナナスの落ち度だよ。」

　イーイーの云うとおりだ。何もかもぼくが悪い。あんな小さな仔犬を迷子にしたのは、ぼくの注意が足りなかったからだ。

「とにかく、このバルコニイから探してみる。」

「きっと心細い思いをしているんだぜ。どこかの隅っこや、通りすぎてゆく見知らぬ人たちの足もとで。もしかすると、蹴られて跳ね飛ばされているかもしれないな。それともほんとうは逃げだしたかったのかも。そうだよ、あの犬はきみのところにいたくなかったんだ。誰かほかに暮らしたい人がいたのさ、」

「……意地が悪い。」

「どんな場合も、最悪のことを考えておいたほうがいいよ。覚悟を決めてね。」

「……イーイー。」

　急になんだか、頭の中が真っ白になった。いまごろ後悔しても遅いが、仔犬のことをすっかり忘れていたのは事実で、そのことがよけいに悔やまれる。考えてみれば、コントロォル室を出たあとに一度確認をしたきり、ぼくの頭の中から、仔犬のことは消えてしまったのだ。そのあとは自分のことにかまけ、イーイーに指摘されるまで思いだすこともなかった。

「アナナス。ねえ、提案だけど。一度宿舎へ戻って探す手順を考えよう。」

「でも……。」

「やみくもに探すなんて無茶だよ。ふたりで手分けする場所や、あの仔犬の行きそうな場所を考えたほうがいいと思うな。」

「……イーイーも手伝ってくれるのか。」

「あたりまえぢゃないか。」

　イーイーは少し気を悪くしたような表情をした。

「アナナス、大まじめでそういうことを云うなよ。そんなふうに思われていたなんて、心外だ。」

「……ごめん。」

「まあ、いいサ。さあ、早く戻ろう。」

イーイーは手にしたゴブレのクラッシュアイスを食べてしまい、サーキュレで滑りだした。彼はぼくの速度に合わせてくれているようだ。いつもよりずっとゆっくり走っている。ぼくも、今度は遅れないようについて行こうとしたが、仔犬のことを考えていて、つい遅れがちになる。確かにリュックに入っていたはずなのだ。コントロォル室を通るときだって、サッシャをちゃんと確認している。あまりにもぼくが遅れるので、イーイーはしまいにぼくの手をひいて走りだし、だんだんに速度をあげた。彼はB号区のエレヴェエタホオルまで、小気味よく人々のあいだをぬけてすべる。ぼくは感謝しながら、ほとんど引っぱってもらう感じだった。

イーイーは、どうしてこんなに速度が出るのかと思うほど速い。ぼくは必死で彼の手首を摑んでいた。同じ宿舎になって以来、たびたび気になっていたのだが、イーイーの手は冷たい。サーキュレで走りまわり、ぼくなら躰じゅうに汗をかいて火照《ほて》るようなときでも、イーイーは汗などかかず、手も長いあいだ冷水につけていたのかと思うくらい冷えていた。そのうえ、硝子とセラミックを合わせたような硬質な感触がする。水分をあまり取らないせいだろうか。かといって乾燥しているわけでもなく、どちらかといえば、水流に涵《ひた》された冷たい石という感じだった。まっすぐで細い指は、容易《たやす》く折れそうな気もする。だが、敏捷な彼はいっさい怪我を知らず、切り傷や擦り傷をつくっているのも見たことがない。ほんとうに血が出ることがあるのかと、疑ってしまうほどだ。

「アナナス、この先の直線で飛ばすから、振り落とされないようにちゃんとしがみつけよ。」

　忠告どおりにしがみつくと、イーイーはほんとうに飛ばしはじめ、あっというまにB号区のエレヴェエタホオルが見えてきた。これは、ルナ・パァクのジェットストリィムに乗るよりずっと気持ちいい。

「イーイーって、口が悪いだけなんだよね、」

　彼の背中越しに声をはりあげた。だが、風を斬るごうごうという音の中では、ひとりの人間の声など、またたくまにどこかへ拡散してしまう。イーイーはぼくの声が聞こえたのか、聞こえないのか、さらに速度をあげた。

　ぼくたちは来たときと同じB号区のエレヴェエタに乗り、降りると同時に全速力で飛ばした。もちろん飛ばしたのはイーイーで、ぼくはしがみついていただけだ。

　A号区のドォムを出てからわずか一〇分後、ぼくとイーイーは宿舎の〇二七号室の前についていた。すると、玄関扉のディスプレイに伝言が入っていた。

〈MD–0057654へ、ゴレンラクモウシアゲマス。アナタノモノトオモワレル《リング》ヲシュウトクシテオリマス。RACC–00014367マデドウゾ。アクセス・コードハA–009871、コノバンゴウハ、ホンジツイッパイユウコウデス〉

「RACC–00014…3……、この登録番号は何だっけ……、」

「《同盟》の委員さ、」

イーイーはなぜか憮然として答える。

「《同盟》の委員、……そうか。あのコントロォル室にいた男……。」

途中で出逢ったのはひとりだけである。風変わりな睛《め》をしたあの男だ。

「コントロォル室って何だ、アナナス。バイパスチュウブを通ったのか。」

ぼくは頷いた。

「どうりで、早く追いついたわけだ。アナナスにしては早いと思ったんだ。近道してたんだな。」

「だって、べつに競走してたわけぢゃないんだから、ちょっとくらいごまかしたっていいぢゃないか。」

「悪いなんて、云ってないよ。ただ、アナナスにしては、機転をきかせたなってことさ。」

イーイーはからかうように云って笑った。しかし、すぐあらたまった表情で、ぼくを見つめた。

「……誰だ、」

「え、」

何を問われたのか、ぼくは途惑って首をかしげた。

「アナナスは今さっき、男に逢ったと云ったぢゃないか。」

「ああ、……そう、そうなんだ。内部《なか》で逢ったんだよ。体格がよくて、目つきの鋭い男だった。……サッシャを見かけたのかな。どうしてリングしかないんだろう。どこかではずれてしまったのかもしれない。それよりも仔犬を拾ってくれたらよかったのに、」

ぼくはその男のことをたいして重要視していなかったが、イーイーはちがった。

「……連中、何かきみに云ったか。」

彼は探りを入れるようなまなざしをした。

「連中って、男はひとりだよ。」

「複数サ、」

「え、」

確信に満ちたイーイーの口ぶりに、ぼくは首をひねった。

「まあ、そう気を落とすなよ。ぼくはサーキュレでこの近くを走ってみるから、アナナスは委員に連絡しておくんだな。」

イーイーはやや強引な指示を残し、またたくまに部屋を出て行った。隠しごとをしているように見えたのは気のせいだろうか。彼はコントロォル室の男について何か知っているのかもしれない。そんなことを思いながら、CANARIAのキィボオドを出して、指定されたアクセス・コードをたたく。《同盟》の委員に通信を送るのははじめてだったので、少し緊張した。

〈トウロクバンゴウヲドウゾ〉

コンピュウタの合成音である。《同盟》やADカウンシルの委員は、たいてい直接応対にでることはないと聞いている。つづいて認識番号のMD−0057654を入力した。

〈リョウカイシマシタ。ソノママオマチクダサイ〉

音声はそこで跡切れ、しばらく間があった。

〈オマタセシマシタ。ソノママシュクシャデオマチクダサイ。RACC−00024307ガタダイマヨリウカガイマス〉

コンピュウタはそう云うとぼくの都合も訊かず、一方的に通信を切ってしまった。

「どうしてこう官僚的なんだろう。」

コンピュウタの応対に不満を感じ、わざと外出してしまおうかとも思ったが、もしコントロォル室で見かけたあの男が来るのなら、仔犬の消息を訊ねるためにも待っていなければならない。だが、イーイーが出かけているので、ひとりで男を待つのは多少不安だった。

「気にすることはないさ。何も咎《とが》められるようなことはしていないんだから……、」

自分に云いきかせようとして、コントロォル室に入ったことがすでに違反行為である点を思いだした。ぼくはやはり宿舎を逃げだそうとした。どんな罰則があるのか知らず、突然怖くなったのだ。しかし、時はすでに遅く、部屋の扉を出ようとしたところで、呼び出しのソネが鳴った。さすがに《同盟》の動きは迅速無比だ。

ぼくはモニタをCANARIAに転送してディスプレイをのぞいた。扉の外に、見知らぬ少年がたたずんでいる。年恰好はぼくとほぼ同じだが、妙に落ち着きはらっていた。黒っぽい髪を短く刈りこんで、ほかの部分より長めの前髪は立ちあがっている。とくに長く伸びた数本だけが束になって額《ひたい》に垂れていた。褐色の肌をした怜悧な印象の少年だ。髪の色から推察してたぶん、漆黒《しっこく》の睛《ひとみ》だと思うが、目の部分をゴーグルのようにおおってしまうシャドウ・グラスをしているので確認はできない。

「……誰、」

マイクに向かって云う。少年はリノン風のゴワついた生地にワイヤを入れた上着を着ている。ワイヤの筋が縦縞に見えるような鹿毛《かげ》色の透けた生地で、その下は濃紺《のうこん》のランニングとスウェットだった。

「そんな話は聞いてないよ。委員は自分で来ると云ったんだ。」

「委員の代理さ。」

「コンピュウタがだろう。」

「同じことぢゃないか。」

少年の威圧的な態度が腹立たしかった。しかし、彼がモニタに映るようにリングを示したので一応扉をあけた。そのかわり、中へ入ろうとする少年を強くさえぎった。

「入れてくれないのか。」

「ふたり部屋だから、相棒の許可がいる。今は留守だ。」

「ML−0021234 のことだろう。」

「知っているのか。」

「まあね、」

イーイーがこんな少年を歓迎するとは思えなかった。シルルとは似ても似つかないタイプだし、どちらかといえばジロに近い。だが、彼の躰つきや雰囲気には覚えがあり、以前にどこかで会っているような気もする。ぼくは少年の顔をよく確かめようとしたが、シャドウ・グラスがじゃまをしてあまり効果があがらない。そればかりか、目に疲れを感じた。少年の姿がだぶって見える。焦点を合わせようとすると眩暈がして、まっすぐ立っていることも困難になった。

突然、強い衝撃を受けて、ぼくはその場に倒れた。いったい何が起こったのか、想像もつかないほど一瞬のできごとだった。少年の腕が飛んできてぼくを殴り倒したのだろうか。いきなりだったので、避けるまもなく、まともに殴られてしまったのかもしれない。衝撃のあった直後、暗い闇に閉ざされてしまい、自分がどこにいるのかわからなくなった。倒れたことは確かなのだが、躰を起こすことができない。意識を失っているわけではなかった。しかし、身体感覚と意識が一致しないのだ。

そのあとで、ぼくは信じられないような体験をした。少年の足もとに倒れているのは確かにぼく自身なのに、そのようすを離れたところから見ているのも、またぼくなのだ。いつのまにか、意識が躰から《離脱》していた。降って湧いたような状況に途惑っているぼくにはいっさいかまわず、少年は仕事に取りかかっている。彼はぼくの左手首から、リングを抜き取り、代わりに自分の持っていた別のリングをはめた。意識を失い、もぬけのカラになったぼくの躰はフォームラバァのように伸びる。はずれないはずのリングも、伸びて変形した手から楽々と抜き取られてしまったのである。

少年は手際よく仕事を終えてサーキュレで走り去った。ぼくは自分の躰が倒れているところまで戻ったものの、どうしていいのかわからずオロオロとしていた。自分の手や脚を持ちあげてみる。意識には手脚などないはずなのに、ちゃんと自分の躰に触れることができた。身体意識は持続している。倒れているぼくの躰は、まだフォームラバァのようだ。抱え起こそうとしても摑みどころがなく、重みでふたたび倒れてしまう。一方を持ちあげているあいだに、もう一方がぐったりとしてしまうのだ。何とか抱き起こそうとする作業をくり返すうち、意識が遠のいた。

「……アナナス、」

困惑したような顔でぼくをのぞいていたのはイーイーだった。

「何をしているんだ。玄関先で眠ってしまうなんて。委員のところへは連絡したのか。」

イーイーは怪訝そうな表情を浮かべている。ぼくはよほど間の抜けたようすをしていたのだろう。

「……彼は、」

「誰、」

「今さっき、委員の代理だって、そう名乗る少年が訪ねてきたんだ。どこへ消えたんだろう。」

「ぼくが戻ったときには誰もいなかったぜ。」

イーイーの云うように、辺りにはすでに少年のいた気配は何も残っていなかった。躰と意識がバラバラになるなんて、あり得ないことだ。少年はぼくに何かの衝撃をあたえ、ぼくは気を失ってしまったらしい。もちろん、手脚はもうフォームラバァのようではなかった。左手首のリングも変わらない。少々きついのも相変わらずだ。抜けないという不安が、あんな夢となって現れたのかもしれない。

「いったいどのくらい眠っていたんだろう。いつ眠ったのかも覚えてない。」

「さっきぼくが部屋を出てからなら、三十分はたってる。」

イーイーは呆れたようすで云う。少年がいたのは、ほんの数分だから、軽く二〇分ほど眠っていたことになる。まったく自覚がなかった。

「もういちど、ADカウンシルへ連絡してみよう。」

ただちに部屋へ戻り、CANARIAのキィをたたいた。A–009871, A–009871, A–009871……

「だめだアクセスできない。今、何時なんだろう。」

「午前零時八分、」

イーイーはCANARIAのディスプレイをのぞきこんで答えた。もちろん、そこには時間が表示されているのでぼくが自分で確認すればよかったのだが、すっかり混乱して、数字を読み取ることができなかった。イーイーが数字を読みあげて、はじめて時刻を理解した。

「……時間切れか。」

「らしいね、」

「しかたない。どうせサッシャの行方はわからないんだし、リングだけ返してもらっても意味がないんだ。」

だが、自分なりにぼくがあきらめようとしているその隣で、イーイーは不機嫌そうだった。

「どうかした、」

「……べつに、」

彼はそう云ったきり今度はしきりに何かを考えこんでうつむいていたが、やがて、結論を思いついたかのように顔をあげた。

「アナナス、リングを見せて、」

「いいよ。」

イーイーが何を思いついたのかはわからなかったが、手首のプラチナリングを見せた。継ぎ目のない鐶は、相変わらずピッタリと嵌《は》まっている。イーイーはぼくの手を摑み、そのリングをしばらく観察していたが、ただの認識番号を刻んだプラチナのリングという以外、彼に新しい発見があるはずもない。

「……目当てはこれだったのかもしれないな。」

「誰の、」

「少年って云ったろう。」

「さっきの、」

イーイーはうなずいた。

「すり替えようとしたんだよ。アナナスだって気づいているだろう。あの仔犬がつけていたリングも、このアナナスのリングも似過ぎている。はじめからすり替えるつもりだったとしても不思議ではないさ。」

内心、ぼくはうろたえていた。もしかすると先ほどの体験は夢ではないかもしれない。少年はほんとうにふたつのリングを取り替えていったのではないだろうか。しかし、交換することに何の意味があるのだろう。どうせなら、はずしたままにしてくれたらよかった。気のせいか、リングはいっそうきつくなったように思う。

「イーイー、もし、彼がすり替えるつもりだったとして、いったいどうして。意味がないよ、そんなこと。これはただのプラチナリングだ。痛みがあるだけで何の役にもたたない。しかも、はずれないんだよ。はずせるものなら、ぼくはとっくにはずしてる。……認識番号を刻んであるだけのこんなリングが、いったい何の役に立つって云うんだ。聞かせてもらいたいね。」

「……少年が誰か、アナナスは知っているはずだろう。」

「どうして、知るはずはないよ。初対面だ。」

イーイーは同情をこめたまなざしでぼくを見つめたが、何も云わない。ぼくの手首を軽く握りしめただけだ。不思議と、先ほどまで感じていた痛みがなくなった。イーイーの手の冷たさのせいだろうか。ふたりともそれきりリングのことは口にせず、黙りこんだ。

「もう少しサッシャを探してくる。」

ぼくはまだ眠れそうもなかったので、あらためてサッシャを探しに出た。イーイーもすぐに追いついてきて、エレヴェエタホオルで別れた。

結局、サッシャは見つからなかった。

「あの仔犬、さぞかし心細い思いをしているだろうな。」

最悪の事態を考えることなど、ぼくにはできなかったが、かなり悲観的な想像をしてみた。

「大丈夫さ、頼るものがないとわかったら、あんな仔犬だってそれなりに強くなるんだ。そうしなければ生きてゆけないだろうから。」

イーイーはさっきと正反対のことを云う。

「……どこへ行ったんだろう、」

「とにかく、食事にしよう。走りまわったから、少しは補給しないとね。こうなったらあわてて探しても無駄だから、長期戦をかまえよう。」

イーイーは、同じ居間の中にあるキチネットのほうへ歩いてゆく。ぼくもすでに今夜のうちにサッシャを見つけだすことはあきらめていた。リングがはずれてしまった以上、捜索はかなり困難になるだろう。決め手になるのは青い首輪だ。しかし、形としてとくに珍しいものではなく、仔犬自身、ありふれた種類だった。ぼくはイーイーの意見に従って長期戦を覚悟した。彼が夕食を用意しているあいだに、中途にしていたパパ・ノエルへの手紙のつづきを、ふたたび書き始める。

パパ・ノエル、ぼくは重要な報告を、ここに加えなければならなくなりました。……たいへん、書きにくいことですが、実は、パパ・ノエルのくださった仔犬を迷子にしてしまったのです。ああ、もちろんぼくの不注意です。この手紙の冒頭で、お礼を申しあげたばかりですのに、どうかお赦しください。ご親切なパパ・ノエルがせっかくくださった仔犬を迷子にしてしまうなんて、悔やんでも悔やみきれません。ぼくは何とかして探したいと思います。

できれば、必ず見つけだします、とここに書きたいのですが、「必ず」などと約束するのは、忌むべき自己満足であるとイーイーは云うのです。ぼくはパパ・ノエルに対して、いつも誠実でありたいと思うので、彼の意見に従います。彼はまた、ぼくがパパ・

ノエルに対して、「誠実」ということばを使うことも、賛成しません。逢ったこともない人なのに、どうして誠実でいられるのか、と云うのです。誠実であるかどうかが重要なのは、互いに理解しあっていることこそ前提なのだとも云います。

イーイーの云うことはもっともですが、「理解」するうえで、逢ったことがないというのは障害になるのでしょうか。逆に、出逢うことによって、「理解」が妨げられるということもあります。たとえば、シルルとの場合のように、「理解」する以前にわだかまりを持ってしまうこともあり得るのです。また、イーイーにしても、毎日顔を合わせていながら、いまだに彼を理解したとは思えません。ということはぼくたちのあいだでも、誠実であるかどうかは問題にならないのでしょうか。ぼくは誰よりも、イーイーに対して誠実でありたいと願うのですが……。パパ・ノエル、ぼくにはまだ、わからないことがたくさんありすぎます。

仔犬を迷子にしたことで強く反省したことがあります。ぼくという人間は、ひとつのことに夢中になりやすく、その場合、ほかの重要なことがおろそかになってしまうようなのです。まだ幼く、力の弱い仔犬の立場を考えてみるべきではなかったでしょうか。情けないことに、ぼくときたら、自分以外の誰かの気持ちや立場について、これまで真剣に考えたことなどなかったのです。ですから、イーイーのこともよく理解できなくて当然です。彼の気持ちになって考えれば、なぜ、いつも《ヴィオラ》を持ち歩き、水を必要としないのか、なぜ、セラミックのような冷たい手をしているのか、浴室で聞こえるあのGa-shan, Ga-shanという音は何なのか、少しずつわかるかもしれません。
すっかり長い手紙になってしまいました。イーイーが軽い食事をつくって戻ってきたので、きょうはこのへんにします。仔犬が見つかることを、どうかパパ・ノエルも祈ってください。ぼくも精一杯探します。それでは、さようなら。

六月二十二日　月曜日
認識番号MD–0057654–Ananas
Dear Papa-Noël
〈鐶の星〉の《生徒》宿舎C号区1026－027室にて

パパ・ノエル宛の手紙に封をして、イーイーが用意してくれた献立番号TAE－〇〇五八のペエスト（五品目の料理がひとつになっている）を食べはじめた。しかし、たいして空腹ではなかったので、ひと口だけで、もうそれ以上つめこむことができなくなってしまった。吸いこんだ空気が固体に化学変化してしまったように、躰の中にはもう一滴の水も入る余地がない。

「アナナス、パパ・ノエルへの手紙、ぼくに見せてくれないで封をしたね。」

「だって、イーイーはすぐ文句をつけるぢゃないか。」

「何を書いたのさ。」

「後悔と反省。ねえ、イーイー、ママ・ダリアはぼく宛に手紙をくれるかな。」

「ADカウンシルのことだから、そのへんは正確だ。たぶん、ジロと同じ内容の手紙をくれるだろうサ、」

「それなら手紙なんて、いらない。」

　ジロの名を出されて、途端にママ・ダリアの返事をもらうことがイヤになった。どうしても、ジロのことを素直に考えることができない。

「ほら見ろ。きみは自分の満足のためだけに手紙を書いているんじゃないか。だったら、よせよ。そんなくだらないこと。」

「……だってもし逢えないなら、手紙くらい出さないと、ぼくがいることなんてママ・ダリアは忘れてしまうだろう。」

「べつに、いいじゃないか、それで。」

　イーイーはますます不機嫌になる。

「よくないサ。イーイーだって、ママ・リリィやパパ・ニコルに、逢いたいと思ったことはあるだろう。」

「ぜんぜん、」

「どうして、」

「いいか、アナナス。彼らは名称でしかないんだ。存在していないのさ。概念としてだけ頭へ入れておけばいい。逢いたいと思うことや、手紙の返事を期待するのは筋違いだ。」

「でも、ぼくはママ・ダリアやパパ・ノエルに逢いたい。」

イーイーは勝手にしろとでも云いたげに呼吸《いき》を吐きだした。

「それなら、逢いに行けばいいじゃないか。こんなところでグズグズしてないでさ。どうしてそうしないんだ。」
○○五八のペエストをスプゥンでかきまぜながら、投げやりなようすで云う。彼はスプゥンをもてあそんでいるだけで、ペエストを食べているわけではなかった。そもそも、この手の食べものを必要としない体質だ。ぼくはその点に気づいていたが、イーイーは食べものを口に運ぶ作業を、義務として毎日怠らなかった。ぼくはぼくで、顎《あご》の機能訓練のためだけに口を動かしているようなものだ。
「逢うって、どうやって、」

「そりゃ、ロケットで《鐶の星》を飛び立つに決まってるだろう。一五億キロの彼方へ、」

「ロケットで……、」

ぼくのほうからママ・ダリアやパパ・ノエルに逢いに行くことなど、これまで考えてもみなかった。でも、云われてみれば、それが一番確かな方法だ。すぐさま、ぼくは本気になった。

「でも、イーイー、ぼくはママ・ダリアやパパ・ノエルの顔さえも知らないんだよ。」

「知ってるだろう。いつも見ているんだから。」

「……いつも、」

訊き返すぼくを、イーイーは溜め息まじりに見つめた。

「何のためにテレヴィジョンを見てるのサ。」

ひとりごとのように呟いたきり、イーイーは黙ってしまった。ぼくはしばらく心あたりを点検してみたが、ついに答えを見いだせなかった。

「それで、ロケットに乗るにはどうしたらいいんだろう、」

「ゾーン・ブルゥに行けよ。あそこから宇宙へ出発すればいい。」

即座にイーイーの答えが返ってきた。

「でも、ゾーン・ブルゥは〈立ち入り禁止〉ぢゃないか。入ってもいいのか、」

「もちろん、処罰される覚悟があればの話。さもなければ、《同盟》の目を盗んで行くんだね。その前に、ADカウンシルを云いくるめての話だけど。」

「……なんだ。それぢゃ、ダメだっていうことぢゃないか。」

「そう、アナナスには無理。」

イーイーは意味ありげな笑みを浮かべて、今度はあっというまに、残りのペエストを平らげた。ぼくは期待しすぎて、すっかり拍子抜けしてしまった。しかし、たとえ実現があり得ないとしても、ママ・ダリアやパパ・ノエルに、ぼくのほうから逢いに行くという方法は、新しい発見だ。それに、じっくり考えてみれば、あながち不可能な方法ではないかもしれない。何となく心が騒いだ。そんなぼくを、イーイーはなぜかひかる睛《め》をして見つめている。

第2話★夏休み〈家族〉旅行

〈Family〉
Trip
of
Summer
Holiday

敬愛するママ・ダリア、

お手紙をありがとうございました。個人宛のメッセージをお願いするなんて、ぼくはなんて我儘《わがまま》だったのでしょう。今は反省しています。どうぞ、お気になさらないでください。ママ・ダリアはお忙しいのですから、返事をくださったというだけで、満足しなければならなかったのです。たとえ、ADカウンシルが作成したジロと同じ内容の手紙でも、書いてくださったことに、変わりはないのですから。それに、個人宛のメッセージを避けていらっしゃるのは、ママ・ダリアが特定の子供のことだけではなく、ぼくやジロや、そのほか大勢の子供のことを考えていてくださるということなのだと思います。ですから、ぼくは今の状態で我慢しなければいけません。

今月にはいって、ぼくはママ・ダリアがちゃんと手紙を読んでくださるのだということが、いっそうよくわかりました。もちろん、これまでもけして疑っていた訳ではありません。ただ、少し不安でした。何百人もの子供がそれぞれママ・ダリア宛の、好き勝手な手紙を書くのですから、それをひとつひとつ読むことは、さぞかしたいへんなことだと思います。

先日のことですが、テレヴィジョンにカナリアが映りました。なぜ、見たことのない、その小さなイキモノが〈カナリア〉とわかったかと云いますと、ぼくの手もとにある端末機《CANARIA》に説明書きが表示されたからです。ママ・ダリアのおっしゃるように、黄金色《きん》で巻き毛の、可愛らしい鳥でした。残念ながら、囀《さえず》る聲《こえ》を聴くことはできませんでした（例によってヴォイスは、幻影の効果をあげるため、軽快なピアノ協奏曲を流していました）。そこで、《銀の鳥公社》に問い合わせてみたのです。すると、聲の辞書で、聴くことができるとのことでした。ぼくは、さっそくCANARIAを使い、《銀の鳥公社》の聲の辞書にアクセスしてレシーヴァを耳に入れました。

ママ・ダリア、カナリアはなんてすばらしい聲で歌うのでしょう。まさしく歌うという表現がぴったりです。あんな小さな躰から、どうしてあれほどの美しい聲がでるのかわかりません。テレヴィジョンを観ながらレシーヴァの音声を聴くと、今まさに目の前でカナリアが華麗な聲で歌っているようです。

前置きが長くなってしまいましたが、実はきょう手紙を書いたのは、ぼくの夏休みの計画をお伝えしようと思ったからです。発端は、先ほどのカナリアと少し関係のあることです。なぜかといえば、テレヴィジョンのカナリアは天井の丸くなった小さな鳥カゴに入れられていました。そして、そのカゴをぼくと同じくらいの少年が提げて歩いているのです。

ＣＡＮＡＲＩＡの説明によれば（カナリアとぼくの端末機の愛称が同じだなんて、複雑ですね）、それは、ママ・ダリアの都市にあるどこかの街の地下アビタシオンの一室で、少年は彼のパパやママに連れられて、旅行に行く仕度をしているのでした。以前にも手紙に書きましたが、その映像は『アーチイの夏休み』という題のテレシネマです。音声はいっさいなく、映像だけが流れます。それについても先に少しふれたかもしれませんが、このビルディングでは映像と音声を管理する機関がそれぞれ別になっているため、双方が一致するということは滅多にありません。日常生活においては皆無だといってよいほどです。わずかにパァン池などで雨が降るときは例外です。そうした《自然現象》を体験するために、パァン池はあるのです。

テレシネマでは音声のかわりにＡＤカウンシルによる解説がつきます。ＣＡＮＡＲＩＡのディスプレイに文字で記されるもので、このシステムによって音声がなくともさほどの不自由なくテレシネマを楽しむことが可能です。先日観た『アーチイの夏休み』の第二話では、アーチイがトランクに詰めるものをあれこれと迷っている場面でした。どうしてあれほどまでに悩みぬくのか、実のところぼくにはわかりません。何を持って行こうと、どうでもいいではありませんか。

カナリアはそんなアーチイの家に、突然現れました。どこかから迷いこんで来たのです。プラチナの脚輪《あしわ》をしています。ぼくが驚いたのは、そのカナリアというのが、『アーチイの夏休み』のプロローグで、砂に描いた絵から飛びだした鳥と同じだったからです。あの黄金色の鳥がカナリアだったのですね。アーチイはカナリアも旅行に連れて行くことに決めました。鳥カゴを用意して、その中へ入れたのです。カナリアはさっそく唄を歌いはじめました。もちろん、聲は聞こえません。どんな唄を歌っているのでしょう。

旅立ちの仕度をするアーチイの表情は悦びにあふれ、少し興奮ぎみです。淡翠色《うすみどりいろ》の睛《ひとみ》は煌《かがや》いていました。彼はパパとママと、ふさふさの毛並みの白っぽい犬と、それからカナリアといっしょに、いよいよ《カナリアン・ヴュウ》へ向けて出発するのです。日を浴びて、翠《みどり》にひかる海へ。

海……、なんて快い響きなのでしょう。ぼくはいつも憧れを持ってドォムの海を見つめています。ああ、でも、ほんとうは見つめてなどいないのです。ぼくの目のまえにある海は、テレヴィジョンが映しだす幻影でしかありません。水に手を触れることも、泳ぐこともできません。この〈鐶《わ》の星〉に於いて、ママ・ダリアの都市と同じような環境があるのだと、いつも手紙に書いています。けれども、碧《あを》く透徹《すきとお》る水をたたえた海。幾千万の生物たちの宝庫である海洋。この海原だけは、残念ながら、〈鐶の星〉にはありません。一五億キロ彼方の、サファイアに煌く惑星。ママ・ダリアの住む都市があるあの惑星の、冴々とした碧こそ、海によってつくりだされた色なのですね。〈鐶の星〉にはない、この煌きこそ、ぼくが求めてやまないものでもあるのです。

ママ・ダリア、レシーヴァで聴く波の音には、映像を見るのとはまた別の味わいがあります。波音は、間断なくくり返すようで、そうでなく、咆哮をあげるかと思えば、静かに打ち寄せます……。汐騒は自分の鼓動に耳を傾けるような安堵と、心地よさをあたえてくれるのです。ズシンと重く躰に響く震動は、どんな合成音でも再現できないでしょう。この音を、じかに聴くことができたら、と思います。ぼくは近ごろ、テレヴィジョンで海の幻影を見るよりも、レシーヴァで波の音を聴きながら睛《め》を閉じていることが好きになりました。海をより近くに、ぼくの肌で感じることができるからです。碧くゆらぐ海の波間にぼくは手脚をゆだねます。水面《みなも》はやわらかな布のように肌をすべり、気泡が生まれては消えてゆくのです。瞼《まぶた》には水滴のようにあとから、あとから日が降りそそぎ、熱く灼《や》けた天《そら》は白く燥《かわ》いていました。……これはすべて、海に憧れるぼくの想像です。海、海、海……。

ママ・ダリアも海で泳ぐことがありますか。『アーチイの夏休み』の主人公の少年アーチイは、海で泳ぐのだと、はりきって出かけました。ママの運転するコンヴァアチブルで、パパが助手席に、アーチイはうしろの席にいて、ダブダブという名の白い犬と鳥カゴつきのカナリアがいっしょです。カナリアにも何とかいう名前がついていましたが、あまりに長く、覚えにくい綴《つづ》りだったので忘れてしまいました。

トランクにはバスケットや水筒、ママの帽子箱がいくつか入っています。大きな荷物は先にヴィラへ送ってあるので、車にはありません。トランクにおさまっているのはほとんどママの荷物ばかりです。アーチイのママも息子に負けず劣らず、荷づくりには大騒ぎだったようです。何よりも、帽子を重んじており、とくに、つばが広くて、カラフルなシフォンを巻きつけた帽子を気にいっているのでした。おそらくガアネットなのだと思いますが、ピアスをしていて、それがまたよく似合います。胸の大きくあいた服を着ていて、肌が白く光っています。胴は細くくびれていました。ぼくはそんなアーチイのママを見て、しきりにママ・ダリアのことを考えました。少し尖《とが》った感じの顎《あご》の形がよく、鼻は細くスッキリしています。睛《め》は明るいブルゥで、大きく煌いています。唇は赤く際立っていました。……ママ・ダリアはもしかするとこんなふうぢゃないでしょうか。ぼくの予想ははずれていますか。

アーチイ少年一家を乗せた青磁色《せいじいろ》のコンヴァアチブルは、とうとう島の見える都市へ着きました。淡緑《うすみどり》のやわらかい樹木が枝垂れる並木道を走り抜けて、南へ向かいます。フードには木洩れ日がまだらの影を落とし、ひとときもとどまることなく戯れていました。やがて、コンヴァアチブルが大きなカーヴを曲がったとき、視界は突然ひらけて紺碧の海が見えてきました。遙《はる》かな水平線が描くゆるやかな円弧。積乱雲を映す碧く澄明な海。シイトから乗りだして手をふるアーチイの歓声は、そのままぼくのものでもあったのです（実際、歓声をあげたのは、ぼくでした。このテレシネマには音声はありませんから、アーチイの声など聞こえません）。

ぼくはプウルで泳いだことがあります。いつのことだったのか、忘れてしまいましたが、確かにプウルでした。水中に潜り、長いこと黄金色に輝く光の輪を追いかけて遊びました。光線の具合によって、銀色に変化するのです。泳ぎは好きです。海では躰がよく浮くそうですね。魚のような気分になりますか。汐《しお》の満ち引きはどんなふうに起こるのでしょう。きっとそこにはぼくの知らないイキモノたちがたくさん棲《す》んでいるのだろうと思います。顕微鏡でなければ発見できないプランクトンから、体長が三〇メートルもあるシロナガスクジラまで、海水はなんて多くのイキモノたちを育んでいるのでしょう。

『アーチイの夏休み』はこれからまだまだつづく連続放映なので、ぼくもアーチイといっしょに、海の研究をしたいと思います。彼が観察好きな少年であることを期待します。ぼくが知りたいのは、汐の満ち引きのこと、海流のこと、オウム貝のこと、クラゲやガーデン・イールのこと。そして、一夜にして海中に沈んだという伝説の大陸のこと。海そのものを知ることは同時に一五億キロ彼方の、あの惑星のことを知ることにもなるでしょう。夏休みの計画というのは、こんなふうに海のことをもっとよく考え、碧い惑星について学ぶということです。

ママ・ダリア、それでは、またお便りします。そのときにぼくの研究がもう少し進んでいたら、またご報告します。どうぞ、元気でお過ごしください。

七月二十二日　土曜日
認識番号MD–0057654–Ananas
Dear Mama–Dahlia
〈鐶の星〉の《生徒》宿舎C号区 1026 – 027室にて

レシーヴァで波の音を聴きながら、ママ・ダリアへの手紙を書いていた。ついこのあいだまで、A号区のドォムで海を眺めることは最高の愉《たの》しみであったが、ここへきて、映像よりも波の音の魅力に惹きこまれている。実際の海は見たこともないのに、こうして汐騒に耳を傾けていると、あの大きくゆったりとした波が、ぼくを運んでゆくような気がする。どうして、こんなに気持ちがいいのだろうか。自分でもわからない。これを実際に泳ぎながら試してみたら、もっと効果があるかもしれない。ぼくはこんど、波の音を仕込んだレシーヴァを持って泳ぎにゆこうと思う。ただ、問題なのは、プウルの場所をどうしても思いだせないことだ。イーイーに聞いても知らないと云うし、ジロには冷ややかな一瞥を向けられた。《児童》宿舎にあると思っていたのだが、誰に訊いても見たことがないと云われる。ジロだけならともかく、イーイーにまで否定されると、自信がなくなる。何かの思いちがいだろうか。でも確かに、ぼくはプウルで泳ぎを覚えたのだ。

「それで、夏休みはどうするつもりなのさ。」

いつもどおり、ぼくが書いたママ・ダリア宛の手紙を読んでいたイーイーは、突如、思い立ったらしく、顔をあげて訊いた。

「まだ、決めてないよ。去年までは〈ルゥシーおばさん〉が引率するキャンプに参加してたけど、」

「ヘエ、この夏も行く気か。」

イーイーは少し皮肉まじりの調子で云った。毎度のことだが、ぼくがママ・ダリアへの手紙を懲《こ》りもせず書いていることで、また不機嫌になっている。

「まさか、せっかく解放されたのにどうしてさ。」

ぼくはイーイーから手紙を取りかえし、手早く封蠟《ふうろう》をした。新しく取り寄せたワックスは蜜色《みついろ》に透徹り、固まると玻璃《がらす》のように見える。ママ・ダリアの都市でしか使われることのないこのワックスを取り寄せるのに、ADカウンシルの委員とコンピュウタ面接をする必要があったが、彼らは最後までワックスの用途を理解しなかった。

イーイーは長椅子の背もたれに腰掛け、尖《とが》った膝をぼくの顔の横へ突きだしている。いつも思うのだが、イーイーの膝はセラミックのようだ。白くて硬質な感じがする。そのくせ瑞々《みずみず》しく、澄んでいた。彼はその不安定な姿勢のまま、しなやかに躰を折りたたみ、細くて長い腕を伸ばして椅子の下から〈鐶の星〉の旅行案内を手にとった。彼の腕はほとんど手首の太さのまま肩まで達している印象だ。そのうえ、石膏のような色の白さが、人間ばなれした体型にいっそう拍車をかける。いま目のまえで彼の腕が肩からはずれたとしても、ぼくはさほど驚かないかもしれない。

イーイーが椅子の下から取りだした旅行案内は、地図や解説がおさまったディスクになっている。彼はそれを自分のＲＯＢＩＮに差しこんだ。画面にはＡからＰまで、一六の区域に分かれたビルディングの平面略図と見出しが表示される。

「アナナス、どこかへ旅行しようか。」

「旅行、」

「そう、サーキュレで飛ばしてさ、ビルディングじゅうを探検するんだよ。速度のことは心配ない。きみはぼくに摑《つか》まったままでもいいし、ぼくがゆっくり走ったっていいんだから。Ｐ号区とか、Ｊ号区とか、今まで行ったことのないところへ足を伸ばすんだ。〈マーレ〉もいいな。」

イーイーは云いながらステアリング・ホイールを操作するように手を動かした。〈マーレ〉というのは砂漠で、ドロップボオトという陸空両用車がある。

「……〈マーレ〉か、」

ぼくはドロップボオトを操る自信がない。砂に潜ってしまうだろう。あまり気がすすまなかった。

「ひょっとしたら、探検しているうちに仔犬が見つかるかもしれないぜ。」

仔犬と云われて、いっそう気が重くなる。サッシャが迷子になった気球レースの夜からひと月たつが、いまだに何の手掛かりもないのだ。悪いことに、当初は毎日気にかけていたのに、このごろはつい忘れがちだ。そんなぼくの態度を、イーイーはすかさず皮肉った。

「つまり、こういうことサ。たとえば、十年飼っていた犬を喪《な》くしたとき、人は十年間その犬の話題をことある毎に口にする。でも、やがて、その犬が生きたのと同じだけの時が過ぎ、思い出と月日の天秤は釣りあう。すると、人はその犬のことを口にしなくても平気になるんだ。アナナスの場合は、いっしょにいたのが一週間だから、一カ月で仔犬のことを忘れたって、何の不思議もないよ。」

彼は、自分以外のものに対する興味は所詮その程度で、最も興味があるのは、誰にとっても自分自身にほかならないのだとも云った。だから、ぼくが、ママ・ダリアやパパ・ノエルのことを始終口にするのは、ただの思いちがいで、実態をともなわないことには何の意味もないのだと指摘する。

「アナナス、きみが望むなら、ぼくたち〈家族〉旅行することだってできるんだよ。アーチイみたいにさ。」

先ほどの旅行の誘いに対して、ぼくが意志表示をはっきりさせなかったので、イーイーはまた次の提案をしてきた。今の彼にとって重要なのは、夏期休暇の過ごしかたに尽きる。

「〈家族〉旅行って、どうするのさ。ぼくたちは、〈家族〉とは無縁ぢゃないか。」

「そんなものは、用意すればいいのさ。パパとママを借りてくるんだ。」

　イーイーは、それが、いとも簡単なことのように云う。

「借りるって、いったいどこから、」

「《ヘルパア配給公社》。そういう制度があるんだよ。アナナスがカタログで好きなママやパパを選べばいい。ぼくは誰だってかまわないんだから。」

「また、からかう気か。《ヘルパア配給公社》がぼくたちのような《生徒》にヘルパアを貸してくれるはずはないだろう。だいいち《生徒》に支給されるチケの度数ぢゃ、ヘルパアを借りることなんてできないサ。いくら、ぼくだってそれが難しいってことくらいはわかるよ。」

「どうかな。なんなら、賭けようか。」

「……ずいぶん、自信があるみたいだな、」

「チケの度数なんて問題ない。特別枠をとってもらえる。ＡＤカウンシルなんてところは、正当な理由があればいいんだ。ぼくに任せてくれたら、うまく手配するよ。」

　いくら彼の頭脳が優れているとはいえ、それは所詮、《生徒》レベルの明晰さにすぎない。ＡＤカウンシルのコンピュウタ相手に、何ができるだろう。イーイーはぼくの憂慮にかまうことなく、膝の上にのせたＲＯＢＩＮのキィボオドをたたきはじめた。彼の指は中に骨があるとは思えないほど細長く、セロファンにも似たうすいドォンピンクの爪が、すばらしくキレイだ。指は、それぞれが機械のようにムダなく正確に動く。見とれているうち、彼は通話機能のついたレシーヴァで接触した相手と話しはじめた。《ヘルパア配給公社》のインフォメーション・コンピュウタだろう。

「こちら、ML–0021234。表示画面で確認してください。……そうです。《生徒》宿舎C号区1026–027。実は、夏期休暇の課題で〈家族〉について、考察するよう指示されています。それで、ぼくと同室のアナナスは……、失礼、MD–0057654は、実技のカリキュラムを組みました。ヘルパアを使った〈家族〉シミュレエションで、詳細は以下のとおりです。フォーマットのAE–00057に入力してください。……いかがでしょうか。ヘルパアを配給してくださいますか。……ええ、特別枠の設定をお願いします。」

少し間《ま》があって、イーイーのＲＯＢＩＮのディスプレイに、応答があった。きょうの午后三時に、《ヘルパア配給公社》の窓口に来るようにとのことだ。予約番号はTON–004899。

「……ほら、うまくいった。」

レシーヴァをはずしたイーイーは、時計を確かめ、ぼくのほうを向いて得意そうに目配せした。

「イーイー、でも、ぼくたちは特別枠の許可なんてもらってないだろう。」

「手配済みさ。まもなく、ＲＯＢＩＮにコピイが送信されてくる。要するに書類がそろっていれば、何事も問題ない。」

「信じられないよ。簡単すぎやしないか。」

「ＡＤカウンシルは、とかく〈家族〉の問題が好きだからね、そこを押さえておけば間違いない。」

「どうして、」

「アナナスみたいに、誰もがママやパパのことで頭がいっぱいになっていれば、ビルディングの秩序はうまく保たれるのサ。ママやパパはどんな人か、どこの都市に住んで、何をしているのか……、毎日そうして手紙を書いていれば、そのほかの余分なことは考えないだろう。それがADカウンシルのねらいなのさ。アナナスは理想的な《生徒》ってわけ。きみはカルテの操行点が悪いと悲観しているけど、その実、模範《生徒》なんだよ。」

「イーイーはちがうの、」

彼は口をひらきかけたが、途中でやめて苦笑した。

「……やめておこう。アナナスは何でも手紙に書くからな。自分の身は自分で守らないと、」

「……イーイー、」

「とにかくね、このビルディングでは熱心にママやパパのことを考えている子供が、最も愛されるんだ。アナナスみたいにサ。」

イーイーは皮肉に満ちた表情で云う。

「どうして、そうだとわかるのサ、」

「常識、」

イーイーはぼくをからかうように笑ってみせた。しかし、すみれ色の睛《め》は、おどけた表情に不釣り合いな、澄明な煌《かがや》きをおびている。ぼくはこのごろ、イーイーのこの睛の煌きが気になりだした。イーイーの場合、口もとが微笑んでいるときも、睛は笑っていないということがよくある。ぼくの心の内まで見透かすかもしれないすみれ色のレンズの奥で、いったい何を考えているのだろう。彼をおおっている玻璃《がらす》のような皮膜を、ぼくは通り越すことができない。もうすぐそこに見えているものを、手に取ることができないのだ。いまさらながら、自分のふがいなさを感じる。彼のことをもっとよく知りたい。

午后三時、ぼくとイーイーは《ヘルパア配給公社》へ向かった。公社はA号区の四二九階にある。はじめて行くところだ。おまけに、P－五二一のパァン池よりも低層へ降りていかなければならない。ぼくはまずエレヴェエタのことを考えて、息苦しくなった。おのずと、サーキュレを走らせる足も鈍る。とうに見えなくなっていたイーイーが、ぼくを待ちくたびれて引き返してきた。

「アナナス、早くしないと予約時間に遅れるぢゃないか。相手はお堅いADカウンシルの機関だからな、時間にうるさいぜ。」

「うん……、」

「どうしたのさ、」

「イーイー、きみだけ行って決めてきてくれよ。あとで文句を云ったりしないから。ぼくは何だか気分が悪くて、とてもエレヴェエタになんか乗れない。」

「そうはいかないよ。パパとママはきみが決めないと意味がないじゃないか。アナナスのパパとママなんだぜ。」

「どうしてさ、イーイーとぼくとのカリキュラムなんだから、どちらが決めてもいいはずだろう。」

イーイーはそこでしばらく考えこんでいたが、次にぼくのほうを見たときには、悪戯《いたずら》っぽい表情を浮かべて、微笑んでいた。

「この〈家族〉旅行のあいだ、ぼくたちは〈兄弟〉というわけだけど、序列はどうする、」

イーイーは狡《ずる》そうに笑っている。ぼくにもようやく、彼の云わんとしていることがわかりかけてきた。

「……ああ、もちろん、イーイーが〈兄〉でいいのサ、」

ぼくがそう云うとイーイーは満足そうに頷いた。サーキュレをひと蹴りして、あっというまに五〇メートルほど先へ進み、急旋回して戻って来る。琥珀《こはく》色の髪がひかった。

「それぢゃ、〈兄〉であるぼくがひとりで行ってくるとするか。アナナスはCANARIAをぼくのROBINとダイレクトにして、どこにでも好きなところにいていいよ。ぼくが交信するから、相談して決めよう。」

そういうと、イーイーはサーキュレを勢いよく走らせた。チュウブのスロォプへ入ったとたん、前傾姿勢をとり、まもなく視界から消えてしまった。
ぼくはエレヴェエタに乗らずにすんだことで安堵して、ゆっくり引き返した。部屋に戻ったあと、まずCANARIAのレシーヴァをROBINのパアソナルコード、CR-1934に合わせ、ダイレクトにした。これで、ほかのどんな送信にも優先して、イーイーからの連絡がはいる。また、別の目的でキィボオドを使っていても大丈夫だ。ぼくはパパ・ノエルへの手紙を書くため、CANARIAを持って居間の長椅子に腰かけた。

尊敬するパパ・ノエル、
ぼくはきょう、同室のイーイーと、非常にわくわくする夏休みの計画を立てました。去年まで、〈ルゥシーおばさん〉のキャンプに行くことしか許されなかったぼくにとって、自由に過ごせる夏休みを、どんなに待ち望んでいたことでしょうか。そのうえ、この計画です。アーチイの出発前夜の興奮した気持ちが少しだけわかりました（アーチイというのは、このごろテレヴィジョンで放映するテレシネマの主人公です）。ぼくもこの少年のように〈家族〉旅行をすることになりました。パパ・ノエルにお逢いすることなどできないのに、〈家族〉旅行というのも変ですが、これにはつぎのような理由があります。
ぼくとイーイーはADカウンシルの《ヘルパア配給公社》で、パパとママの役を務めてくれる人を探し、アーチイのように〈家族〉旅行をしようということにしたのです。

イーイーが代表して《ヘルパア配給公社》へ向かいましたが、きっとおあつらえ向きのヘルパアを探してくれると思います。どんなパパやママがくるのか、とても愉《たの》しみです。

パパ・ノエルは、なぜ、ぼくがイーイーといっしょに《ヘルパア配給公社》へ行って、パパやママを選ばないのかと、疑問に思われているかもしれません。ほんとうは、ぼくも《ヘルパア配給公社》へ行く予定でした。ところが、四二九階までのエレヴェエタに乗ることを考えているうち、気分が悪くなってしまったのです。もとから、エレヴェエタは苦手なのですが、きょうは乗るまえから、冷や汗が出てしまいました。そこで、イーイーにひとりで行ってもらうことになったのです（彼もエレヴェエタが苦手ですが、理由はぼくとちがい、じっとしていることがキラいだからなのです）。

イーイーはひとりで行くことを快く承知してくれました。もちろん無条件ではなく、今回の〈家族〉旅行で、イーイーが〈兄〉、ぼくが〈弟〉を演じるということの確認をして、出かけて行ったのです。

ぼくには〈兄弟〉というものがどんなふうかもわかりませんから、この旅行は、〈家族〉のことを考えるだけでなく、〈兄弟〉についても考えるよい機会だと思います。概念としては学んでいるのですが、もしママやパパが同じであるという条件だけを考えるなら、ぼくには何百人もの〈兄弟〉がいることになってしまうでしょう。ところが、実際は誰ひとりとしてぼくの〈兄弟〉ではありません。あるいは全員を〈兄弟〉と考えても差し支えないのですが、ジロだけは遠慮したいと思います。

ぼくの心の中では、イーイーと〈兄弟〉であるよりも、よりよい友人でありたいと思う気持ちが優先しています。パパ・ノエル、〈兄弟〉であることと、友人であることは同時に成立するのでしょうか。経験がないのでわかりませんが、もしご存じでしたら教えてください。ぼくは、少し心配です。

パパ・ノエルに宛てた手紙をそこまで書いたとき、CANARIAの表示灯《パイロット》が点《つ》いた。ぼくはレシーヴァをしてそれに応える。

「……アナナス、」

予想に反して、イーイーの緊張した声が聞こえてきた。彼がこんな声を出すことは滅多にない。というより、同室になって以来、はじめてではないだろうか。ぼくもつられてうわずった声で応じた。

「イーイー、どうかしたのか、」

「悪いけど、そこへシルルを呼んでほしいんだ。」

「シルルを、」

「そう、彼に頼みたいことがある。」

「どうして、ぼくぢゃ、ダメなのかい、」

少し沈黙があった。レシーヴァを通じて、イーイーが苦しそうに呼吸《いき》をしているのがわかる。彼は答えるのをためらっていた。シルルに対するぼくの嫉妬が、イーイーの判断を遅らせている。これだから、ぼくは信頼を得ることができないのだ。彼が口をひらくよりさきに、シルルの部屋番号をCANARIAに入力した。

「イーイー、今、シルルを呼びだしたから。」

「……ありがとう。」

安堵した声で応じたイーイーからの送信はそこで一度とぎれた。どこから、ぼくを呼びだしたのかもわからない。少なくとも、《ヘルパア配給公社》ではないようだ。いくらイーイーでもこんなに早く着くはずはない。まもなく、CANARIAのディスプレイにシルルの姿が映った。彼は呼びだしに応じて、直接、この部屋まで来たのだろう。扉をあけて、シルルを招じいれた。

「何かあったのか、」

開口一番、シルルはそう訊いた。態度は落ち着いていたが、何かが起こったと感じているのだろう（そうでなければぼくがシルルを呼びだすはずはないので）。とっさに部屋の中を見回して、イーイーがいないことに気づいたらしい。

「……彼、」

「イーイーがきみを呼んでる。」

CANARIAのディスプレイを見せながら、イーイーのROBINを呼びだした。応答がない。しかしダイレクトになっているので、すぐ通話できるはずだった。シルルはぼくに代わってCANARIAのキィをたたいた。ぼくはついでにレシーヴァも貸した。これで完全にイーイーがどんな状態なのか、ぼくにはわからない。シルルはCANARIAのディスプレイを見ながら、しきりにキィをたたく。そのうちにイーイーから反応があり、シルルとキィボオドをたたきながらの会話をはじめた。だが、驚いたことに彼らは、ぼくにはまったくわからないことばを使うのだ。ことばというより、数字と記号の羅列だった。

「14#20　418−1920X」

「2142023−1920　12E0151719417　120《Viola》X」

「14208W 14#20　418−1920X」

「94　1820　8　301318　11E01824131842017　34　NO. 33W」

「2E41819　4　19413320W」

シルルとイーイーとで交互にキィボオドをたたいているところをみれば、彼らには、この数字と記号のやりとりで会話が成り立っているのだろう。ぼくは、彼らのあいだに入れない自分に虚《むな》しさを覚え、何だか、落ち着かない。やがて、シルルはイーイーとの通信を終えて、ぼくのほうを向いた。彼は心配ないというようすで、レシーヴァをはずす。

「イーイーは何て、」

「エレヴェエタが故障で、停まっているんだって。電源も切れて、内部《なか》は何も見えないらしい。それに、空調も切れてる。だから、ちょっと気分が悪くなったのさ。保全委員会が修理に行っているだろうし、たいしたことはないよ。もう、大丈夫さ。」

エレヴェエタの故障と聞いて、ぼくは自分でも息苦しくなった。もしその場にいたらという思い以上に、イーイーをひとりで行かせてしまったことに対する後悔が、気分を沈めた。乗る前から気分が悪かったのも、故障の事態を察知していたからではないのだろうか。自分だけのがれようというつもりはなかった。だが、結果的にイーイーだけが災難に巻きこまれてしまったのだ。

停止しているだけでなく、停電しているというのだから、内部は自分の手脚の区別もつかないほどの暗闇だろう。換気もよくないはずだ。だが、あのイーイーがそんなことで動揺するとも思えない。彼は精神面では、かなりしぶとく、冷静だ。それは短期間の付きあいでも、充分にわかった。ぼくが、納得していないことに気づいたシルルは、さらにことばをつけ足した。

「彼、《ヴィオラ》を飲もうとして、暗闇の中で落として壜を毀《こわ》したんだ。だから、ぼくに新しいのを届けてほしいって云うんだよ。ほら、彼はタフだけど、《ヴィオラ》がないとまるでダメだろう。」

「……それなら、わざわざシルルに頼まなくたって、ぼくが届けるのに、」

イーイーがシルルを選んだことが不満だった。確かに、彼とイーイーはママも同じで、長く付きあっているのだろうが、もう少しぼくを当てにしてくれてもいいと思う。

「アナナス、イーイーはきみに対して、カッコつけてるのさ。へばってるところなんか見せたくないんだ。ぼくなら、昔からの付きあいで、彼の弱いところも知ってるから、かまわないと思っているのさ。それに、きみはエレヴェエタを苦手だというじゃないか。」

シルルは精一杯ぼくに気を遣い、親しげな笑みを浮かべて云う。

「でも、イーイーが困ってるなら、ぼくは行くよ。」

「そうは云っても、またエレヴェエタが故障したら、きみだって気分が悪くなるだろう。そうしたら、結局、誰かほかの助けを呼ぶことになるぢゃないか。イーイーはアナナスがエレヴェエタを苦手だと承知してるから、ぼくを呼んだんだよ。きょうはどうしたわけか、エレヴェエタの故障が多いんだって。今さっき乗ったときも、少しのあいだ停電したし。」

「どうしてだろう、」

「さあ、ジロは衛星の引力のせいだと云ってたけど。」

「彼の云うことは、信じられないよ。」

「……きみもイーイーも、よほどジロがキライなんだな。」

シルルは苦笑し、CANARIAとレシーヴァをぼくに返して、椅子を立ちあがった。

「それで、イーイーは《ヴィオラ》をどこにしまってるんだろう、」

「浴室だと思う。棚にならべてるはずだ。確かめたことはないけど。」

イーイーの個室を示しながら、そう教えると、シルルはためらうふうもなく当然のように内部へはいった。まるで、そこが自分の部屋でもあるかのように自然な動作だった。個室には鍵がついていない。把手もあの碧《あを》い惑星の暮らしぶりに合わせて、コンピュウタ制御になっていなかった。内側から鍵をかけないかぎりは、誰でも自由に入ることができる。にもかかわらず、ぼくは同室になって以来、一度もイーイーの個室へ入ったことなどない。まだ、それを許されていないような気がするからだ。まして、彼の留守に入ることはできなかった。だが、以前からイーイーと親しいシルルにとって、彼が不在中の部屋に入ることも、何ら問題にはならないのだろう。シルルはすぐに《ヴィオラ》を手にして居間に戻り、ぼくのことなど忘れたかのように廊下へ出る扉へ向かった。

「ぼくもいっしょに行っていいかな。」

一瞬の間《ま》をおいてシルルが頷いたので、ぼくは彼にならんでサーキュレを走らせ、イーイーの待つエレヴェエタへ向かった。無理やり同行したようで少し気がひけたが、そんな滑稽《こっけい》さにもいいかげん慣れてしまった。

シルルによれば、イーイーはC号区とA号区のあいだにあるNO・三三のエレヴェエタの内部からCANARIAに発信してきたという。シルルはイーイーほどではないが、かなりの速さでサーキュレを走らせている。派手さや華やかさはないものの、堅実な滑りだ。ぼくは遅れずについてゆくのがやっとだった。ぼくたちがNO・三三のエレヴェエタホオルへ到着したとき、表示灯《パイロット》は黄色の点滅をし、ちょうど故障の修理が行われていた。ということは、イーイーはまだ、エレヴェエタの内部に閉じこめられているのだ。

ぼくたちは、しばらく点滅するランプを眺めてたたずんでいた。

「シルル、きみ、さっき云ったよね。イーイーの弱いところを知っているって、」

「そう、彼だって万能ぢゃない。……でもぼくには答えられない。」

「どうして、」

「アナナスが自分で悟ることだよ。」

彼は《ヴィオラ》の壜を手のひらで玩《もてあそ》んでいた。

「シルル、イーイーは昔から《ヴィオラ》を使ってたのか、」

「うん、」

「どうしてだか、知ってる、」

「……少しはね、」

シルルがあまり答えたくなさそうなそぶりをするので、それ以上訊くのをやめた。先ほどの暗号のような会話といい、イーイーやシルルには、ぼくやジロとちがったところがある。はっきりとはわからないが、そのちがった部分というのは、彼らふたりに共通しているものだ。セラミックのような肌や、腕や脚が細いことも似ている。ぼくにはそれが、何となく妬《ねた》ましい。

「あのエレヴェエタで、イーイーはどこへ行くつもりだったんだろう。」

逆に、シルルが訊いてきた。

「《ヘルパア配給公社》、」

「何でまた、そんなところへ、」

「ぼくとイーイーとで、〈家族〉旅行をしようということになって、それで彼は《ヘルパア配給公社》へパパとママとを調達しに行ったのさ。」

「〈家族〉旅行、」

「うん、テレヴィジョンの『アーチイの夏休み』っていうテレシネマを観て、思いついたんだけど。」

「へえ、面白そうだ。」

シルルがいっしょに行くと云いだすのではないかと、ぼくは内心うろたえていたが、彼はそれきり黙った。イーイーに渡すはずの《ヴィオラ》を手にしていて、ときおり、壜の蓋《ふた》をあけて匂いを吸いこんでいる。どんな薫《かお》りがするのか。ぼくには見当もつかないが、シルルのようすでは、よほどよい薫りなのだろうという気がした。

「……《ヴィオラ》が好きなのか、」

「ぼくは《ジャスミン》を使ってる。」

彼の答えは、ぼくに軽いショックをあたえた。シルルもイーイーと同じように精油《せいゆ》を使っていたのだ。そんなことは予想もしなかった。嗅覚がないというのはこんなとき不便なもので、おそらく彼らはふたりとも《ヴィオラ》や《ジャスミン》の薫りをふだんからさせているのにちがいない。それをぼくが、まるでわからなかっただけだ。イーイーとシルルの双方が同じように精油を使っていることは、彼らの共通性から考えれば、当然のことでもある。

「それぢゃ、きみもほとんど水を飲まないんだね。」

シルルは頷いた。彼らはいったい何のために、精油を使うのだろう。水の代わりにしては少なすぎる。一オンス壜に詰められた液体は、彼らの体内でどんな働きをするというのか。試しにぼくが使ってみたいと思ったところで、嗅覚も味覚もないのでは話にならない。

ぼくはＣＡＮＡＲＩＡを使ってもう一度、イーイーのＲＯＢＩＮを呼びだした。

「イーイー、気分はどう、」

口頭での返事はなかったが、イーイーはキィをたたいて応じた。ぼくにはわからない数字や記号の文章がＣＡＮＡＲＩＡのディスプレイにならび、シルルがそれを読みとるために、のぞきこんでいる。ぼくがしているレシーヴァからは、イーイーのかすかな息遣いが聞こえてくるだけだ。

「……120〈Viola〉X」

シルルはそれに応えて、キィをたたく。

「811 24 413 0 828W」

「1920 418 14#20X」

「13142018 021141318 017178……NO. 33W」

「13142018X」

彼らが交わす数字や記号のうち、ようやくぼくにもわかったことがある。ディスプレイを見ていて気づいたのだが、文章の最後につく文字《アルファベット》は、句読点なのだ。Wは終止符、Xは疑問符。だが、それ以外のことはまるでわからなかった。この数字と記号のやりとりが彼らの遊びなのか、習慣なのかもわからない。ジロはもちろん、少なくともぼくのまわりには、今までこんな会話をする《生徒》はいなかった。イーイーとシルルのやりとりは、休みなくつづいている。レシーヴァを通して、イーイーがキィをたたく音のみが聞こえてきた。どこかで聞いた音に似ている。そう、いつかレシーヴァで聞いた雨音に似ているのだ。窓をうつ雨垂れの音。水滴は強化ガラスに吹きつけ、一粒、一粒、すべり落ちてゆく。ガラスをたたく雨音は、液体であることが意外なほど硬質だ。まるで小石が当たるように音をたてていた。

ちょうどそのとき、テレヴィジョンは乾燥地帯の都市を映していた。もちろん雨など一滴もなく、眩《まぶ》しい陽に輝く白亜の甃石《しきいし》と白銀のパイプラインが砂漠を縦断するように伸びる。ところどころに砂丘があった。遙か向こうに鋼鉄と反射硝子《ガラス》のビルディングが建ちならび、周囲では電波望遠鏡が観葉植物のような群れをなしている。沿岸部には給水塔が建ちならんでいた。だが、遠景ではオアシスのように見えたその都市も、カメラが近づくにつれて様相を変えてゆく。ビルディングもパイプラインも、放棄され、見捨てられた巨大施設であることがわかる。確かに、銹《さび》ない素材でできたパイプラインはまだ充分な機能を備えているように見える。しかし、一滴のオイルも見受けられず、使われた形跡はなかった。それでも一縷《いちる》の望みをたくすように採掘機だけは虚しく動きつづけている。風力を利用した貧相な設備で、仰々しいパイプラインとの対比が滑稽だ。

　都市を囲む砂漠は黄色に近い顆粒状をしている。一粒ずつが目に見えるように砂の斜面を流れてゆき、少しずつ鋼鉄と硝子の都市を侵食していた。やがて、一帯は砂漠に埋《うず》もれてしまうだろう。奇妙な静けさと異様なまでの海の碧さが横たわる。水はおろか、オイルまでも枯渇した砂漠の光景を見ながら、ぼくは喉の渇きをいやすレシーヴァの雨音に聞き入っていた。

　キィをたたく音は、あのとき聞いた雨の呟きだ。はじけては消える水滴の消息を、レシーヴァは執拗に伝える。そんな情景を思いだしたのは、イーイーやシルルのことばを理解できないもどかしさが喉の渇きに転じたからだろう。シルルもぼくがいることを忘れ、暗号についての注釈を入れてくれなかった。彼らはいったい何を語りあっているのだろう。ぼくは何だかこの場にいてもしかたがないという気がした。

「シルル、ぼくは部屋に戻るよ。ＣＡＮＡＲＩＡはきみに貸すから、あとで持ってきてくれればいい。」

　シルルにレシーヴァも渡そうとした。しかし、彼は受けとらず、不思議そうな顔でぼくを見つめた。

「……どうして、エレヴェエタはじきに直るだろうから、そうしたらイーイーは一度ここへ戻ると云ってるよ。彼が来たら合流して、ふたりで《ヘルパア配給公社》へ行ったらいいぢゃないか。」

「もう、いいんだ。〈家族〉旅行なんてしないから。」

「アナナス、」

「ぼくには、きみたちのその数字や記号の意味が、さっぱりわからない。イーイーはどうして何もしゃべらないのさ。ぼくだって彼のことを心配して来たのに。少しはぼくがいることを思いだしてくれてもいいぢゃないか。」

冷静に話すつもりだったのだが、つい感情的になってしまった。シルルはイーイーにあてて何か入力してから、ぼくにCANARIAを戻した。

「アナナス、そうぢゃないんだ。《ヴィオラ》が切れるとイーイーは声が出なくなるのさ。そのことは、きみならとうに知ってると思ってたけど。」

「知らないよ。イーイーは、ぼくに何も話してくれないから。」

「拗《す》ねてるね、」

シルルはそう云って静かに笑い、エレヴェエタの表示灯《パイロット》を指さした。

「ほら、青ランプになった。もう動きだすよ。」

エレヴェエタの故障はようやく直り、閉じこめられたままのイーイーを乗せて、ぼくたちのところへ向かっている。現在、八〇〇階付近を通過中。まもなく、ここへ到着するだろう。どんなふうにイーイーを迎えようか、迷っていた。具合の悪い彼に同情すべきなのか、何も話してくれないことを抗議するべきなのか。いずれにしても、何となく、顔を合わせづらい。

「アナナス、」

「え、」

「黙ってないで、何でも、イーイーに訊いたらいいぢゃないか。彼はきっと答えてくれるさ。」

慰めているつもりなのか、それともイーイーとは以心伝心で気持ちが通じるという余裕なのか、シルルはそんなことを云った。

「イーイーは自分のことは何もしゃべらないよ。ぼくに訊いてばかり。」

「それは、アナナスが何も訊ねないからだろう。彼は自分から進んでしゃべったりしない性質《たち》だから、こちらから訊かないとダメだ。不満を抱えて責める前に、イーイーにも機会をあたえるべきだよ。そうすることは互いのためにもいいだろう。そう思わないか、」

ぼくにはシルルの考えがよくわからない。彼には、イーイーという友だちを独占するつもりはないということなのか。もしぼくがシルルの立場だとして、こんなふうに助言することなど、たぶんできない。今でさえ、シルルの存在を煩わしく思っている。悪いことに、イーイー自身は、はっきりとシルルという友人をあてにしていた。一方、シルルはジロとも気が合うらしい。そして、ぼくは……、なんだか複雑だ。

「シルル、前から気になっていたんだけど、きみはジロと、どんな話をしてるんだろう。ぼくは彼と長く同じ《児童》宿舎でいっしょに過ごしたけど、頭のいいことをハナにかける高慢な態度や、規律や規則にうるさくて融通のきかないところが気にさわって、どうしても好きになれなかった。でもきみは、彼とうまく過ごしてるから不思議なんだ。」

シルルは答えに困ったような顔をしただけで、何も云わなかった。おそらくシルルはぼくより忍耐強く、譲歩してジロと接しているのだろう。ちょうど、イーイーを乗せたエレヴェエタがついて、ソネが鳴った。扉があくと、イーイーは意外に元気そうなようすで降りてきた。声が出ないということを身振りでぼくに示す余裕もある。シルルは持ってきた《ヴィオラ》と角砂糖《ランプ》を彼のほうへ投げた。イーイーはすぐに小壜の石英の結晶のような蓋をとり、一、二滴の《ヴィオラ》を角砂糖《ランプ》に沁みこませてかじった。

「どう、気分はよくなった、」

「ああ、なんとか。」

イーイーはシルルに答えた。《ヴィオラ》の効き目はすぐにあるらしく、イーイーの声はもとどおりになっている。彼はひと呼吸《いき》つき、それから、ぼくのほうを見て溜め息を洩《も》らした。

「……エレヴェエタで気分が悪くなるなんて、ほんとうはアナナスに知られたくなかったんだけどな。」

「どうして、」

「だって、〈兄〉としては、みっともないからサ。」

　すっかり元気を取り戻したイーイーは、いつものようにぼくをからかう気力も出たらしい。

「それぢゃ、ぼくは部屋に戻るよ。ジロが待ってるから。アナナスに呼び出されるまで、ふたりで《スパシアル7》をしてたんだ。第六ゲームまで終えて、ぼくが三点勝っているところさ。ジロは強くて、なかなか勝てないんだ。」

　シルルはそう云うと、サーキュレを走らせてチュウブへ入って行った。膝に力を入れず、ほとんどまっすぐに見える脚を軽く運んで遠ざかってゆく。一見すると地味だが、上肢と一体になった流れるような動きには、まったくムダがない。イーイーは怪訝《けげん》そうな睛《め》をして見送っていた。

「行こう。エレヴェエタが来た。」

　イーイーに促され、そろってエレヴェエタに乗りこんだ。内部《なか》には誰も乗っておらず、ぼくとイーイーは扉の反対側にある壁に寄り掛かった。すでに動きだしたエレヴェエタの震動はほとんど感じられない。しかし、シャフトによる急激な落下によって、躰の内部では水分が移動している。先ほどは喉の渇きで砂漠の光景が目に浮かんだくらいだったのに、躰の中にはこんなにも水気があったのだ。

「シルルもどうかしてるな。いまさら《スパシアル7》で遊んでるなんてさ。あんなのは小さな子供の遊びぢゃないか。」

イーイーは不機嫌な顔をして、エレヴェエタの内部をサーキュレでひとまわりした。

エレヴェエタは順調で、それほど長く感じないうちに四二九階についた。イーイーが先になってサーキュレをすべらせ、《ヘルパア配給公社》へ向かった。

《ヘルパア配給公社》の真っ白なチュウブの両側には、面接のための小部屋がいくつもならんでいた。どの部屋の扉も白いうえに壁と天井、扉と柱などの区別がほとんどなく、どう考えても長居をする場所ではない。ぼくたちは約束の時間より十数分遅れて、指定された扉の前についた。イーイーが扉についているディスプレイのキィボオドで予約番号TON−004899を入力した。

「……こちら、ML−0021234とMD−0057654。エレヴェエタの故障で遅れたのですが、先ほどROBINで予約を入れた者です。」

「ドウゾ、」

コンピュウタの無機質な合成音がぼくたちに許可をだし、扉がスーッと開いた。ぼくたちは床も天井も白色の部屋の内部へ入った。手抜きなのか、そういう趣旨なのかはわからないが、ともかくどこもかしこも白い。執務に使うらしい飾り気のない事務机と椅子、それにたぶんぼくたちが腰かける応接用の長椅子もあった。いずれも真っ白だ。しかも、それらは螢光ガスを封入してあるように光をおびていた。ぼくはどこに立っていればよいのか、どうにも落ち着かなかったが、イーイーは三十平方メートルほどの部屋の内部を歩きまわっている。彼は机のうえにあったキィボオドを勝手にたたきだした。

「イーイー、何をしてるのさ。勝手にさわるなよ。」

「来てみろよ、アナナス。これはけっこう面白いぜ。」

「何が、」

　ぼくが、部屋の中央付近にいるイーイーのほうへ歩きかけたとき、突然、白い床がスパァクし、次にオパアル加工した大理石のようなもようが現れた。烟《けむり》とも霧ともつかない白い波が押し寄せてきて、そこにあったはずの机も椅子も、もように蔽《おお》われて見えなくなった。波形の筋がうねるので、かろうじて机や椅子があったという形跡はうかがえた。軸を中心として何色かに色分けされた平らな独楽《こま》をまわすように、キィボオドのあるところを中心として、もようは部屋全体を蔽って回転をはじめる。動きは均一でなく、直線や曲線が複雑に入り交じっていた。幅や長さもさまざまで、キィボオドの近いところでは密になり、壁や天井では拡散した。やがて、色や線は少しずつ失われ、真珠色をおびた煌きだけが残る。

「イーイー、これはどうなっているんだ。」

「この部屋は全体がテレヴィジョンなのさ。キィ操作ひとつで、どんな部屋にもなる。いいか、ほら……、」

　うっすらとしていたもようはまた少しずつはっきりとして、こんどは原色の渦巻きもようになった。まるで床が動いているようだったが、実際には表面のもようが変化しているだけだ。足もとをうねった波に取り巻かれ、ぼくはまっすぐに立っていられない気がした。渦巻くもようを見ているうちに眩暈《めまい》を感じ、流れる波に足もとを抄《すく》われそうだった。イーイーは平然としてキィボオドを見つめている。

「イーイー、」

「好きな番号を云ってごらんよ、アナナス、」

「……眩暈がして、それどころぢゃないよ。イーイーはよく平気だな。」

「アナナスがだらしないのさ、」

笑い声につづいてキィをたたく音がしたあと、床のもようは大柄になり、やがてゆっくり回転が停まった。白一色だった部屋は、いつのまにか、白と黒のタイルがダイヤ柄にならんだ床と黒い革張り椅子のある部屋に変わっている。キィボオドを置いた机は滴《しずく》のような球面を持ったガラス製で、クロゥム鍍《メッキ》した脚がついたものだ。イーイーは軽く部屋を見回して、もう一度キィボオドに手を伸ばした。

「こんな単調な部屋は趣味ぢゃないな。ほかの部屋にしよう。」

イーイーのひとことで、床はまた回転をはじめた。白と黒のダイヤ柄は渦をまいてゆくうちに溶けあい、シルヴァグレィの重苦しい色になった。だがやがて白がまざり、さっきのように真珠色のもようが現れて回転をはじめる。靴底に重心があって、ぐるぐるとまわるような感じがした。イーイーは調子の良い軽快な指さばきのあと、最後に送信キィをはじくようにたたいた。回転がゆるみ、部屋のようすはまた変わった。こんどは、水玉やストライプの世界が、大小さまざまな種類と色彩とで構成された、にぎやかな部屋になった。チェリィ、シトロン、スペアミント、オレンジ、カシス。ジェリィビーンズか、フルウツドロップを部屋じゅうにバラまいた感じだ。

「まあ、このへんで我慢するか。」

イーイーは、コバルトブルゥと白のストライプになった長椅子に腰をおろした。口では、まあまあのように云っているが、表情から察して、かなり気に入っているようすだ。ぼくから見ても、部屋にはイーイー好みの軽快な派手さがあった。オペラピンクや螢光グリィンなど、多彩な彩りだ。

「きみたち、いったい何をしたんだね、」

不意に現れてそう云ったのは、ポリエチレン樹脂でできた服を着た、不恰好な男だった。室内が混乱した色もようだったので、男がいったいいつ扉をくぐったのか見逃していた。気づいたときにはすでに部屋へ足を踏み入れていた。今、さまざまにくり広げられたもようの中から浮きあがったようだ。男の着ているその変な素材の服は、《ヘルパア配給公社》の制服なのだろうか。実際に《ヘルパア配給公社》の社員を見るのははじめてなので、ぼくはまじまじと男を見つめた。制服はシリンダァラインと呼ばれ、縫い目のないフィットネスになっている。体型がそのまま輪郭となってしまうので、こういう体格の男にはとうてい似合わない類《たぐい》の服だ。

「ほんとうの委員が現れるとは思わなかった。コンピュウタが応対するものと思ってたんだ。」

ぼくはイーイーの耳もとへ小声でささやいた。

「……どうかな、ヤツもコンピュウタの指令で動くヘルパアかもしれないぜ。」

「見分ける方法はないのか。」

イーイーは肩を軽くすぼめた。

「無意味だよ。ヘルパアはもうぼくたちの生活に同化しているし、人数も多いだろう。」

その間に、男は太めの躰を意外に軽く動かし、机のところまで移動した。水玉とストライプで塗り分けてある机を苦々しげな顔で眺めている。しかし、時間のムダとでも思ったのか、オペラピンクと螢光グリィン、それにコバルトブルゥの三色水玉になった椅子を引きだして、腰かけた。この賑々しい色彩の中で、似合わない制服に身を包んだ男の姿はいっそう滑稽に見える。男はちょうどぼくとイーイーのいる長椅子と向きあうかたちで椅子におさまった。体型の奇妙さに反して、眼光は意外に鋭かった。ぼくは反射的に目をそらした。

「時間に遅れているようだが、」

「エレヴェエタの故障ですよ。始末書なら保全委員会へどうぞ。」

イーイーは《ヘルパア配給公社》の社員を相手に、まったくもの怖じしない態度だった。

「それで、書類はそろっているんだろうね。」

「ええ、もちろん。」

イーイーは立って行き、ＲＯＢＩＮにファイルした書類を男に示した。それから長椅子に戻り、肱掛《ひじ》けにおもむろに頬杖をついて腰かける。あきらかにわざと無礼な態度を取っているのだ。彼はどのおとなに対しても、だいたいこんな感じだった。しかし、きょうは露骨すぎるような気もする。イーイーは、この男を知っているのではないだろうか。男は、許可証を確認し、手もとのディスプレイに映った書類を眺めた。

「ママとパパの代わりをするヘルパアがほしい、ということだが、この許可証で配給できるヘルパアには、いくぶん制限があるが、それでもよろしいかな。」

「テレヴィジョンの幻影よりははっきりとした形で、目のまえにあればいいんです。希望の詳細はアナナスが答えますよ。いろいろと注文をつけたがっているから、」

「アナナスという呼称は、公式ではない。認識番号で云いなさい。」

「MD─0057654にどうぞ、お伺いください。」

イーイーは皮肉な調子で云い改め、男はぼくのほうを見た。顔だけ見ていればこと足りるのに、頭から跣《つまさき》までじろじろとあからさまに眺めている。はじめは、この応対の官僚的な雰囲気に緊張していたぼくも、男があまりに無神経なので、だんだん腹が立ってきた。

「どんな、注文があるのか聞こう。」

「アーチイのママとパパみたいな、そういうヘルパアがいいんです。」

「アーチイの認識番号は、」

「アーチイにはありません。」

「なぜだ、」

「MD−0057654は、テレヴィジョンの映像で観た少年の話をしているのさ。」

横からイーイーが口をはさんだ。

「チャンネルコードは、」

「CA−0105B、」

男は怪訝そうな目つきをしたあとで、手もとに引き寄せたキィボオドをたたいた。するとまもなくストライプの壁の一部に白い画面ができ、『アーチイの夏休み』の映像が映った。それは、ぼくが朝観たぶんと同じだ。

コンヴァアチブルで走る一家は、海に向かって快調に飛ばしている。ステアリングを握るママはクリモワジィのルウジュ。パパに火を点けてもらったシガレットをくわえ、ときどき風に吹かれた髪をなおす。パパは地図を眺めながらアルミカップに入れたコォヒイを飲んでいた。アーチイは後部座席に乗りこみ、犬のダブダブといっしょにうしろを向いて腰かけている。シイトでは鳥カゴにおさまったカナリアがブランコを揺らす。少年は後続車の助手席にいる太った老紳士に愛嬌をふりまいているのだ。何となく、いま目のまえにいる《ヘルパア配給公社》の社員と似た風貌をしていたが、愛想のよさはまるでちがう。

　老紳士はポケットの中から、真っ白なハンカチを取りだして宙にほうりなげる。すると、ハンカチは鳩のように老紳士のハードトップの内部を飛び交った。ひとしきり飛んだあとで自分から紳士の胸ポケットにおさまり、静かになる。ふたたびハンカチが引きぬかれたが、こんどはただの絹にすぎなかった。アーチイは目を丸くして老紳士の手際を眺め、さかんに拍手を送った。

《ヘルパア配給公社》の社員は、テレシネマをそこで切った。

「わかった、さっそく手配しよう。それで、きみたちの立場はどうするのだね。」

「ぼくたちは〈兄弟〉で、ML–0021234が〈兄〉、MD–0057654が〈弟〉。名前はイーイーとアナナスでわかるようにしておいてくれますか。それから……、」

　個人名を名乗る要望は却下された。また、兄、弟の区別は無意味だと諭される。たんに〈兄弟〉でいいではないかと云うのだ。イーイーは公社の委員に希望の詳細を説明し、それがキィボオドに正しく入力されているかどうか、男の手もとをのぞきこんだ。イーイーは自分でキィをたたくのも速いが、人が入力しているキィを読みとるのも特技だ。ディスプレイなど見ずに、相手の指の動きだけで読んでゆくことができる。だからこそ、シルルとあんな数字や記号の暗号で交信できるのだろう。

　男は打ちこんだ文書を印字して、末尾に彼の登録番号を署名した。ぼくとイーイーもそれぞれ認識番号を記入する。

「ヘルパアはふたり。午后六時までに部屋を訪問する。きみたちは《生徒》宿舎に戻って待機していたまえ。配給を受けるときの規定は知っているね。」

「期限を厳守すること、破損は届け出ること、特別な労働に従事させるときは許可を得ること、ぶたないこと……、」

指おり数えているイーイーを、男が大きい手のひらを差しだして制した。

「ML−0021234、四項目めは規定ではなく、常識だ。」

「へえ、」

イーイーはふさげたようすで感心してみせた。男は片目だけで、斜め横にいたイーイーを睨みつけている。片目はまったく見当ちがいの正面を向いていた。今まで気づかなかったが、イミテエション・アイなのだ。よく見ると、その眼球はママ・ダリアのいる碧い惑星の表面に似ている。碧いところや翠《みどり》のところ、濃い紫に滲《にじ》んだ中心部、それに乳白色の雲もある。地表のようにヒビ割れて見える箇所もちゃんとあった。イミテエションとしてはずいぶん手がこんでいる。思わずじっと見つめていたのだが、逆に男のほうでぼくを睨み返してきた。不躾なことも忘れ、あからさまにのぞいていたぼくは狼狽《ろうばい》した。しかし、男はとくに咎《とが》めだてはしなかった。ぼくから目をそらし、イーイーのほうを向く。

「重要なのは、期限を厳守することだ。違反した場合は、罰則があるからそのつもりで、」

「どんな、罰ですか、」

「外出禁止、五日間。」

男は妙に自信を持って答え、引きつづき、もう用は済んだというそぶりで、ぼくとイーイーの退出を促した。ぼくたちは椅子を立ちあがり、男のほうは振り返らずに外へ出た。とたんに扉が閉じ、ふたりはまたもとの真っ白な廊下を歩いてゆく。

「外出禁止五日間だって。拍子抜けしたな。もっときつい罰則があるのかと思った。」

緊張をほぐしながら、ぼくはひと呼吸《いき》ついてイーイーにささやいた。彼は同意するように頷いたが、何も云わなかった。何か、考えごとをしているらしい。イーイーの集中力は非常に閉鎖的なので、こんな場合ぼくはただ話しかける機会を待つしかない。ぼくにも懸念がないわけではなかった。先ほどのイミテエション・アイの男が気になる。〈シックルヴァレ〉のコントロォル室ですれちがった男も、不可思議な睛《め》をしていた。同一人物かもしれない。

廊下は天井も、壁も、床も、さっきと変わらない白一色で、部分的には硝子《ガラス》のように透徹って淡い光を散らした。ママ・ダリアの都市を映したテレヴィジョンで、氷に閉ざされた世界を見たことがあるが、この廊下の白さはもっとココミルクのようにコクがある。だが、気温は年間をとおしてビルディングの設定温度である華氏六八度になっていた。ここでは霜が降りることもなく、廊下や天井が凍ることはまずない。

「イーイー、あの男の睛《め》、イミテエションだったな、」

しばらく間をおいて、ぼくはもう一度イーイーに話しかけた。こんどはすぐに反応があった。

「あれはイミテエションぢゃないよ。色素と硝子体《ガラス》に化学的な手を加えてあるんだ。」

「何のために、」

「……さあ、特殊な光波をとらえるつもりなんだろう。彼らの探しているものを見つけるためさ。」

「見つけるって、何を、」

イーイーはほんの一瞬、棘《とげ》のあるまなざしをしてぼくを見た。だが、思い直したように表情をやわらげる。

「……イーイー、」

「ほんとうに、忘れてるんだな。」

いつもの皮肉かと思ったが、イーイーはなぜか落胆したようなまなざしをした。そのまま、また沈黙がつづく。しばらくして、ぼくは話題を変えた。

「特別な労働って、どんなこと。ヘルパアにさせてはいけないことがあるのか、」

イーイーは呆気にとられたような表情をしたあとで、溜め息をついた。

「バカだな。そんなことまともに訊くなよ。」

「どうして、」

イーイーは一瞬真顔に戻ったあとで、こんどは微笑んだ。

「アナナス、《クロス》しようか、」

「……え、」

　何のことか、ぼくにはわからなかった。イーイーはしばらくぼくを見つめていたが、やがて不意にサーキュレの速度をあげ、またたくまに一〇〇メートルほど遠のいた。だが、彼はそのまま行ってしまわずに、ぼくのところへ戻ってくる。こんどはならんで走った。

「イーイー、外出禁止ってそんなにたいへんなことなのか、」

「さあ、受けてみなくちゃ、わからないな。ぼくだって知らないことだ。べつに、たいしたことはないだろう。禁止されたって、出たければ出ればいいだけのことじゃないか。禁止令なんて、そんな絶対のものじゃないさ。」

「そうは思うけど、それにしちゃ、さっきの男、やけにたいそうなようすだったろう。」

「おおげさなだけだよ。ADカウンシルの人間なんて、みんなあんなモノさ。規則が絶対だと思ってる。……アナナス、そんなつまらないことより、別のことを気にしたほうがいいぜ、」

「何を、」

「あの男、きみの左手首をずいぶん気にしてた。」

「……リング、」

「たぶん、」

「どうして、このリングが。」

「あの睛《め》は《ホリゾン・アイ》と呼ぶんだ。特殊な光波を識別できるのサ。気をつけろよ。このビルディングにはほかにいくらでも《ホリゾン・アイ》がいるから。」

いくらでもいるという、その点だけは納得する。すでにぼくもひとり見かけた。わからないのは、リングのことだ。理解するのは難しい。以前、RACC–00024307の代理で現れた少年といい、いったいこのリングが何だというのだろう。あの少年も《ホリゾン・アイ》なのだろうか。シャドウ・グラスをしていたのでわからなかった。《ホリゾン・アイ》が光波を識別するということは、このリングは何か、電磁波のようなものを発生させているのだろうか。イーイーはもっと何か知っていそうなのだが、気ぜわしげに会話を切りあげてサーキュレで走りだした。とうてい追いつけるはずもないので、ぼくは後からゆっくりチュウブへすべりこんだ。

数分後、宿舎へ戻ったぼくはパパ・ノエルへあてた手紙のつづきを書くことにした。イーイーはぼくの隣で、ROBINのディスプレイに表示された地図を眺めている。《ヘルパア配給公社》からパパとママが来たら、ただちに出発するためだ。期限は一週間しかない。

パパ・ノエル、ぼくは今、《ヘルパア配給公社》から戻ったところです。午后六時になれば、ママとパパがこの部屋を訪ねてくるということなので、今から楽しみにしています。ほんもののママ・ダリアやパパ・ノエルとは、似ても似つかないかもしれません。

けれども、ぼくにとってははじめてのママとパパになるわけです。一週間だけしかいっしょにいられませんが、アーチイのように海へ行ってみたいと思います（もちろん、A号区のドォムでテレヴィジョンの海を眺め、その気分にひたるということです）。イーイーの計画では、今まで行ったことのないJ号区やP号区へ足を伸ばすつもりのようです。J号区には砂漠があります。〈マーレ〉と呼ばれているその砂漠へ、イーイーはこれまでも頻繁に出かけているようですが、ぼくにとってははじめての場所です。ドロップポオトという《生徒》たちに人気の乗りものがあり、長蛇の列をつくって順番を待つと聞いています。何にせよ、ぼくはドライヴィングセンスがまるでないので、乗りに出かけたことはありません。

行きたいところをすべて回ろうとするなら、一週間という期間では足りなくなるでしょう。ママやパパがどの程度走ることができるかも、問題です。まさかイーイーのようなわけにはいかないでしょうから、遠出は難しいと思います。ドォムなら休暇用のハウスもあり、充分夏休み気分を味わうことができるので、ぼくたちが向かう場所としては最適です。オブラァトで白いふちどりをしたように穏やかな波が打ち寄せ、陽の光がゆらいでいます。

〈家族〉旅行のようすは、また手紙でご報告します。パパ・ノエルも、どうぞ愉しい夏をお過ごしください。もし、さしつかえなかったら、どんなご予定かお知らせくださいませんか。

七月二十二日　土曜日
認識番号 MD–0057654–Ananas
Dear Papa–Noël
〈鐶の星〉の《生徒》宿舎C号区 1026－027 室にて

気がつくと、隣に腰かけていたはずのイーイーの姿がなかった。それほど夢中になって手紙を書いていたつもりはないのだが、彼が立ち去る何の気配も感じなかった。よほど、鈍いと、あとで笑われそうだ。彼のいたところにROBINが置きっ放しにしてある。

「イーイー、」

彼の個室の扉をたたいてみた。何の返事もない。そこで、ほんの少しだけ扉をあけて、内部をのぞいてみたが、やはり、姿はなかった。テレヴィジョンが眩しくひかっている。

「外へ行ったのかな。」

ぼくはパパ・ノエル宛の手紙に封をして、自分の部屋へ戻った。

R－一七から見た〈鐶の星〉が、いつもどおりうすいナイフのようなリングを煌かせていた。午后四時。《ヘルパア配給公社》からパパとママが来るまで、まだだいぶあった。ぼくはもう何度も見た、きょうの分の『アーチイの夏休み』をまた見ることにして、テレヴィジョンのチャンネルでテレシネマを呼びだした。

アーチイの家族は、海岸に面してテラスを設けたホテルで遅い昼食を摂っている。傾きかけた陽が、波頭をほのかなばら色に染めていた。アーチイは犬のダブダブを連れ、素足で海岸を走っている。彼の細いくるぶしが、砂のなかにもぐり、ビスケットの粉のようにザラつく粒子を蹴った。躰じゅうに砂を浴びて走るアーチイは幸福そうだ。

彼はどうしてあんなに屈託なく笑うのだろう。水の翠《みどり》をした睛《ひとみ》はなぜあんなにも輝いているのだろう。イーイーもぼくも、けしてあんな顔ができない。もし、イーイーがあんなふうに笑ったら、ぼくはそれだけでも幸福になるかもしれない。だが、イーイーはとりわけ笑顔を見せない。無愛想でも、とり澄ましているわけでもないのだが、彼の浮かべる微笑みは皮肉に満ちている場合が多く、歓声をあげて笑うことは稀だ。

アーチイは何がそれほどおかしいのかと思うほど、よく笑う。ママ・ダリアの都市の子供はみんな彼のようなのだろうか。それとも夏休みではしゃいでいるということだろうか。日に焼けてうすく色づいた少年の肌で砂がひかった。アーチイ一家が休暇を過ごす島のヴィラまでは、この海岸から海をはさんで南々西へ二〇〇キロ。夕方までこの海岸で遊び、ヴィラでの夕食にあわせて航路で島へ渡る。水中翼船に乗って一時間ほどで到着する。ママとパパが腰かけている席の円卓《テーブル》に鳥カゴが置いてあり、カナリアがいる。気が向かないのか、不機嫌なのか、小鳥は嘴《くちばし》をとじて黙りこんでいた。

Ga-shan, Ga-shan という音が聞こえた。浴室を隔てた壁の向こう。いつもどおり、イーイーの部屋の浴室からだ。ということは、彼はさっきから浴室にいたのだろうか。Ga-shan, Ga-shan という音のほか、水音はひとつも聞こえなかった。考えてみるとイーイーは浴室で水音などさせたことがない。いつも、しんと静まっている。プウルに入ることもないというし、《ヴィオラ》以外の水分も必要としないくらいだから、案外水が苦手なのかもしれなかった。彼の弱点とはこのことだろうか。

「……外出ぢゃなかったのか。」

居間に戻ったぼくは、ママ・ダリアとパパ・ノエルに宛てた手紙を出しに《金の船郵便公社》へ行くことにした。浴室に入るとイーイーはなかなか出てこないし、《ヘルパア配給公社》からやってくるパパとママを部屋で待つのも、気分が落ち着かない。万一予定が早まって、イーイーが浴室にいるうちにママやパパが来てしまったら、ぼくは動揺してヘマをしてしまいそうだ。だから、ここは逃げだしたほうが無難な気がする。浴室から出たイーイーがぼくを探さないよう、ROBINに伝言を入れておくことにした。そのつもりでキィボオドをたたこうとしてふと見ると、ディスプレイに例の数字や記号をならべた通信が表示されていた。

「120818 1514　171620148 21142406417X ML–0021754」

「……ML–0021754……か、」

イーイーの認識番号とよく似たそれは、シルルのものだ。とたんにユウウツになった。

彼らは暗号さえあれば、人の目があろうと、ぼくが傍《そば》にいようと、こうして堂々と内緒話ができるというわけだ。認識番号のおかげで、なまじシルルからの発信だとわかってしまうだけに、よけいな詮索をしてみたくなる。数字や記号の意味するところは、ぼくに聞かせたくない内容にちがいない。そのくせ、ぼくの目に触れることもちゃんと計算されている。

ぼくは、シルルのあとへ伝言を入れた。これで、ぼくがシルルの通信に気づいたことは、イーイーにもわかるだろう。厭味なことをしているような気もしたが、もとはといえば、こんなところにROBINを置きっ放しにしたイーイーが悪い。

ぼくはサーキュレを走らせて、《金の船郵便公社》のC－一〇〇〇局へ向かった。そこには、碧い惑星とダイレクト回線を持つP&Tコンピュウタがある。ママ・ダリアやパパ・ノエルのもとへ手紙を届けるふつうの方法は、自分のコンピュウタに入力し、まずADカウンシルのコンピュウタへ議長宛で送る。これはもちろん宿舎にいながらできるので、《金の船郵便公社》へ出向く必要はない。ADカウンシルの議長宛で送信した時点で《生徒》のすべきことは完了だった。そののち、ADカウンシルから《金の船郵便公社》へP&Tコンピュウタに送られ、専用のビーム・ノオトに変換する。信号となった手紙は、定点にあるいくつかの人工衛星のアンテナを経由して、ごくわずかな時間で碧い惑星に届けられるのだった。同じ方法で返信が来る。

ただし、ぼくのように手紙を印刷物にした場合は、直接《金の船郵便公社》へ行き、ズラリとならんだ端末機のスロットへ封筒を差しこんでおく。後日、あの碧い惑星の都市に暮らすママ・ダリアやパパ・ノエルのもとへ届くのだ。ロケット便になるので、少し時間がかかった。郵便はゾーン・ブルゥからロケットで運ばれてゆく……。

扉をあけて《金の船郵便公社》の中へ入ったぼくは、そこでバッタリ、逢いたくもないジロと顔を合わせてしまった。彼はADカウンシル宛の手紙を、わざわざ《金の船郵便公社》のP&Tコンピュウタで入力しにきたところだ。宿舎でもできることだが、《金の船郵便公社》ならば、ADカウンシルとダイレクトになっているため、操作が簡略化されている。

彼と同じ日に手紙を書いてしまったことが、苛立《いらだ》たしい。しかも、封筒と便箋ではなく、ビーム・ノオトで送るジロの手紙のほうが、速く碧い惑星へつくだろう。ジロは相変わらず、高慢で自信に満ちた表情をして、ぼくを見た。彼がぼくのことをどう思っているのかは知らないが、ぼくが彼にたいして持っている意識と、おそらく大差ないだろう。

「へえ、きみも手紙を書いてきたのか、」

ジロの云いかたは、ぼくが腹を立てることを望んでいるとしか思えない。彼を無視して手紙をスロットへ投函した。そのまま扉を出ようとしたのだが、ジロはわざとのようにぼくのあとをついてきた。

「アナナス、夏休みの計画は立てたのか、」

「ああ、でも、きみに報告するつもりはないよ。」

ぼくはきっぱりと云い、急いでサーキュレを走らせた。しかし、すぐジロに追いつかれた。彼に限らず、ぼく程度の走りかたでは、誰からも逃げきることなどできない。ひとたび走りだせば、けして、誰にも追いつかせないイーイーが羨ましい。ジロを振り切るのをあきらめ、しかたなく彼と前後してサーキュレを走らせた。ただし、ジロに話しかける機会をあたえないよう、彼の存在を頑《かたく》なに無視していた。

チュウブの内部を走るのに特別の規則はないが、無理な追い越しは禁止。イーイーのような速さだと天井に近い高さを走って追い越してゆくので、この規則はあまり関係ない(イーイーに規則を守る意志があればの話だ)。彼はぼくの知るかぎり事故を起こしたことも、巻きこまれたこともいっさいなかった。

ジロがうしろにピッタリついて走っていたので、ぼくは、当然ぬかれまいとしてサーキュレを走らせていた。だが、一瞬の不意をつかれ、ジロは速度をあげてぼくを追い越して行った。そのついでに、彼はぼくの耳もとへささやくことも忘れなかった。

「聞いてるよ、〈家族〉旅行するんだってナ。」

「え、」

まさか、それをジロが知っているとは思わなかった。驚いたぼくは、思わずサーキュレを横にすべらせてしまい、ちょうどゆるいカーヴにさしかかったチュウブの壁に減速できないまま衝突した。背中で数十メートルほど壁をこすり、両手や両脚のすべてをブレエキに使って、ようやく止まったときは転んだ地点から、一〇〇メートルほどすべっていた。前を走っていたジロのことも、横すべりしたままで追い越し、それでもなお止まらない。ジロはゆっくり追いついてきて、手を差しだした。

「相変わらず、下手だな。サーキュレで走るより、背中ですべったほうが速いのはアナナスくらいだ。」

呆れたようすで、そう云う。ぼくはジロの手を振りほどいて、自力で立ちあがり、こんどは充分注意しながらサーキュレを走らせた。

その後、ぼくとジロは前後してエレヴェエタホオルに到着し、下からあがってくるエレヴェエタのソネが鳴るのを待った。《金の船郵便公社》のC－一〇〇〇局はC号区の一〇〇〇階にあり、《生徒》宿舎の部屋へ戻るには、二六階分だけエレヴェエタに乗ることになる。この程度なら数十秒乗るだけでよいので、息苦しくなる心配はほとんどない。

「きょうは、故障が多いんだよ。衛星の引力のせいで、コンピュウタが狂うんだ。」

ぼくの考えを見透かしたのか、ただ、不安がらせようというのか、ジロは傍《かたわら》へ来てわけ知り顔で云う。

「衛星はいつもあるのに、きょうだけ引力の影響を受けるなんておかしいぢゃないか。」

「きみは、〈鐶の星〉の暦をちゃんと知らないからそんなことを云うのさ。」

「だって、そんな暦は必要ないよ。ぼくたちはママ・ダリアやパパ・ノエルの都市の暦で生活しているんだから。」

「でも、ここは〈鐶の星〉なんだ。ママ・ダリアの都市で地震があったって、何の影響もないけど、あの大きなR－一七の衛星が近づけば、当然、引力で影響を受けるのさ。」

ジロとそんなことで云い争っているうちに、エレヴェエタが到着した。ぼくは先に乗りこんで、定位置にしている正面奥の壁に寄りかかった。ジロは当然のような顔をして隣へ来る。内部はガランとしていて、エレヴェエタに乗っているのはぼくたちふたりだけだ。

「もちろん、衛星の軌道はちゃんと計算されている。でもね、どうしたわけか、R－一七は十年に一度だけ、R－〇四の軌道の内側に入るのさ。それが今年というわけ。原因はまだ究明されていない。衛星にだって気分というものがあるんだろう。きみはこのことを知ってたか。」

「知らない。」

ぼくはジロの口ぶりが我慢できず、わざとぶっきらぼうに答えた。興味を示せば、彼が図に乗ることは瞭《あき》らかだった。ジロとは、どう努力しても折りあいをつけることは難しい。その点を彼はいっこう気にせず、ぼくがどんな応対をしようと、避けようと、善くも悪くも態度はいっさい変わらない。結果として、ぼくは自分の幼さを認識しなければならなかった。

そのとき、震動のないはずのエレヴェエタが不穏な動きをしたので、ぼくの血の気は一気にひいてしまった。天井の照明は点いたり、消えたりする。

「ほら、また、故障だ。」

ジロは憎らしいくらい、落ち着きはらってそう云った。そこへ追い打ちをかけるように異常を知らせるブザが鳴る。同時に照明が消え、真っ暗になった。ぼくはその一瞬で躰の力がぬけてしまい、床へしゃがみこんだ。照明が消えるとともに何も見えなくなったが、まもなく、隣にいるジロがフロォペンシルを取りだしたので、完全な闇になることは免れた。フロォペンシルは微弱な熱を貯えて自然発光する硝子棒《ガラス》で、鉛筆のように細い。それでも、顔を見分けられるくらいの明るさにひかる。

「アナナスは持ってないのか。」

「……ない。」

かすかに手首が痛みだし、ぼくは確実に冷静さを失っていた。

「用意が悪いな。フロォペンシルくらい携帯しておけよ。」

ジロは自分のリュックからもう一本フロォペンシルを取りだして、ぼくに貸してくれた。硝子棒にふれた指が蒼白く煌き、肌が透徹ったジェラチンになる。ひとりで閉じこめられることを思えばだいぶましだが、こんな灯は所詮、ほんの気休めにしかならない。だから、持ち歩いてもムダなのだ。息苦しさは時間を追うごとに我慢できなくなった。そのうえ背中も手首も痛む。停電してから、おそらく数十秒しかたっていないのに、これ以上耐えられないというほど長く感じた。硝子棒の中で光の波が動く。ぼくは冷や汗を流しながら見つめていた。何かに集中したい。だが、じっとしていると、よけいに息が苦しく、何とか気をまぎらせるためにCANARIAを取りだした。試しにイーイーを呼びだしてみたが、応答はない。彼はROBINを居間に置きっ放しのまま、まだ浴室にいるのだろう。

隣にいるジロは、FINCH《フィンチ》という愛称を持つ自分のコンピュウタで《オス》をしていた。ルールは簡単だが、頭を使う陣取りゲームである。

「モード付きの〈Fuzzy〉でも、かなりいい勝負になるんだ。まだ〈Fractal〉には歯がたたないけどね。」

ジロはさりげなく自慢した。ふだんなら、彼のそんなことばは、耳に入らないか、ただ聞き流すだけなのに、相槌を打って付きあった。黙っているよりはしゃべっているほうが気晴らしになる。ぼくは進んでジロの話し相手になることを選んだ。

「このごろ、シルルと《スパシアル7》をしているんだって。」

「ああ、彼はなかなか手強いんだ。アナナスと違って。」

ジロはすかさず厭味を云う。

「ゲームなんてキライだ。」

「スキもキライも、これは、まず感応力。それと、頭を使うか、そうでないかの問題なのさ。」

これだから、ジロと話をするのは億劫《おっくう》になる。

「ジロ、きみは彼らが暗号を使うってこと、もちろん知っているよね、」

ぼくは、つい、ジロにだけは黙っていようと思っていたことを口にしてしまった。その話題が、少なからず彼を狼狽させることは、ある程度予測できた。

「彼らって、」

「シルルとイーイーさ。」

「暗号って、どんな、」

「へえ、ぢゃあジロは知らなかったのか。」

ジロが興味を示したことで、ぼくはもう充分満足し、自分の目的を果たした。あとは彼を焦らしておけばよく、これ以上説明する必要はない。だが、ジロはあきらめなかった。

「アナナス、もっと詳しく話せよ。」

「だから、もう話したぢゃないか。彼らは数字とわずかな記号だけで会話ができるのさ。ねえ、ジロ暑くないか、この内部《なか》。」

「我慢しろよ、空調も故障しているんだろう。じきに直る。それより、彼らが使ったのは、どんな暗号なのさ。解読してみたか。」

ジロはますます乗り気だった。ぼくは暑かったので、チュウブで転倒したさいに破れてしまったシャツを脱いだ。背中や腕は、かすり傷のせいで熱をおびている。そのうえ、リングで締めつけられて手首が重い。痛みはごく鈍いものだったが、神経はそこへばかり集中した。

「生憎《あいにく》、ぼくはバカだから、わからない。」

「そんなこと云ってないだろう。アナナスはすぐそれだ。直せよ、その癖。」

「ジロこそ、シルルのコンピュウタに注意してみたらどうなのさ。イーイーからの伝言が入るかもしれないぜ。」

ジロは考えこんでいた。イーイーが暗号を使うことを知ったときのぼくと同様、ジロにとっても少なからずショックだろう。しかし、ジロのそんなようすを確認する気も起こらないくらい、ぼくは暑さで躰が萎えそうだった。躰じゅうから水分が絞りだせるほどなのに、平気な顔をしているジロが不思議だ。エレヴェエタ内部の室温は華氏一〇〇度以上あるのではないだろうか。

「アナナスは、その会話をどこで聞いたのさ。」

「……さっき、イーイーが乗っていたエレヴェエタが故障して停まったときさ。……ほら、きみと《スパシアル7》をしていたシルルを呼びだしただろう。……あのときだよ。イーイーは自分のROBINでぼくのCANARIAに交信してきたんだ。それが……、数字と記号だけの文章で、……ぼくには何のことかさっ……ぱりわからなかったけど、……シルルは理解し……てた、」

それだけしゃべるのに、数十分エアロビサイズをしたくらい熱量を消耗した。

「ふうん、それなら、きみのCANARIAに入力されてるってことぢゃないか。」

　はじめ、ジロの云う意味を理解しなかったぼくは、間の抜けた顔を彼のほうへ向けてしまった。先ほどまでの冷や汗は、すべてただの汗に変わり、暑さは耐えがたいほどだ。こんな状態がいつまでつづくのだろう。額や首筋を汗がゆっくりとつたってゆく感触が、暗闇のせいでよけいにはっきりと感じられた。吐きだす呼吸《いき》も熱く、頭もうまく働かない。ジロはぼくが何ひとつ考えようとしていないのを見てとり、呆れたまなざしを向けて溜め息をついた。

「記憶ファイルを呼びだしてみろよ。」

「え、」

「CANARIAのメモリーだ。」

「……そうか、さっきの文章はCANARIAのディスクに残っているのか。」

「アナナス、頼むから、もっとはやく気がついてくれよ。」

　ぼくは、何とかふりしぼった気力で厭味を云うジロを睨み、キィボオドをたたいた。ディスプレイに先ほどのイーイーとシルルのやりとりが再現された。ジロはその表示を自分のFINCHにコピイする。

「Wが終止符で、Xが疑問符だってことはぼくにもわかったんだ。」

　ジロが指摘するまえに、ぼくにも少しは考える頭があるということを、示しておきたかった。だが、暑さでもうろうとしてしまい、虚《うつろ》な声しか出なかった。

「見ればわかるよ、」

ジロは素っ気なく云い、ひとりでうなずきながら、暗号文に見入っていた。

「ぢゃあ、解読法は、」

「まだ、わからないけど、たぶん単純な暗号だな。」

「どうしてそう思うのサ、」

「2142023－1920　12E0151　719417　120《Viola》X、いいか、同じ数字の組み合わせが頻繁にくり返されるだろう。ということは、暗号の構造も簡素だということなのさ。たぶん、一文字にひとつの数字を入れているだけだよ。それも順番に。使われる回数の多い数字は、代名詞を表す単語と重複してるということだろう。それを手掛かりにすればいいんだ。」

「ジロなら、解読できるってわけか。」

「たぶんね。はじめてみないとわからないけど。」

ジロは自信がありそうに請け合い、ＦＩＮＣＨの画面をフラットにした。彼はふたたび、《オス》をはじめ、それに熱中した。ぼくは暑さと息苦しさで、ひとり喘《あえ》いでいた。

「もしかして、誰もエレヴェエタの故障に気づいていないんぢゃないか。だいたい修理に何分かかるのさ。迅速完璧が《同盟》の看板ぢゃないか。はやく動きだしてくれないと、ぼくはここで窒息死しそうだ。」

「静かにしてろよ。それこそ、酸素のムダ使いだ。騒いだって、どうせ聞こえないんだから、おとなしく待つしかないのさ。」

「ジロは暑くないのか。」

「少しは暑い。」

平然と答えた後で、彼はまたゲームに夢中になった。呼吸も乱れていないようだし、フロォペンシルに照らされたジロの額《ひたい》を見るかぎり、汗をかいているようすもない。ぼくは脱力感と不安で、ほとんど我慢の限界だった。なぜ、ぼくだけがこんなに暑いのだろうか。いっそ意識がなくなれば楽だ。

「……ジロ、睡眠薬持ってないの、きみ用意がいいんだろう。」

「薬を、どうしようっていうのさ。」

「……もう、ここにいるのは厭だ。外へ出たい。でも、それは無理だから、意識を消したいんだ。」

「しょうがないな、アナナスも。」

実のところ、ぼくは薬が出てくることなど、ほとんど期待していなかったのだが、ジロはリュックの中から、フィンガーサイズの小さな容器を取りだした。

「手を出してごらん。」

素直に手を出すと、ジロは容器の中から、白い粉を固めたようなキュウブを、ひとつ落とした。五ミリ角くらいの小さなキュウブだった。

「これ、何、」

「睡眠薬。自分でほしいと云ったろう。」

「……こんな形のは見たことがない。」

「いろいろあるのさ。厭ならべつに飲まなくてもいい。」

「これ、すぐ効く、」

「かなり。ただし効果は短いから、目が醒《さ》めるのも早いよ。」

キュウブはやや冷たく、表面はザラザラとしていた。ぼくはそれをほんの少しだけ、かじった。

「これ、水がなくても大丈夫かな。」

「ああ、結晶が水分を含んでいるからすぐ溶ける。」

「もし、故障が直ってもぼくが眠っていたら……、」

「アナナス。ぼくに、宿舎まで連れて行けって云うのか。そこまで面倒みられないぜ。」

「ちがうよ、イーイーを呼んで、」

眠ったあげくにエレヴェエタにひとり取り残されてはたまらないと思ったぼくは、ジロに念を押してキュウブを口へほうりこんだ。ジロの云うとおり、キュウブはすぐ溶けて、何だか、喉が冷たい。でも、気持ちがよかった。

ぼくが目を醒ましたのは、一〇二六階のエレヴェエタホオルで、まわりにはイーイーやシルル、それにジロがいた。

「アナナスの目が醒めたようだから、そろそろ戻ろうか。」

イーイーが促して、ほかのふたりも頷いた。ジロやシルルは途中で別れて自分たちの部屋へ向かい、イーイーはまだ寝ぼけているぼくの手を引いて、サーキュレを走らせた。

「アナナスにも呆れるよな。角砂糖《ランプ》で眠るなんてさ。」

「角砂糖《ランプ》って、」

「ジロにもらっただろう。ス・イ・ミ・ン・ヤ・ク。」

「うん、わりによく効いた。あのあとすぐ眠ってしまったから。」

「ジロが渡したのは角砂糖《ランプ》だってさ、」

「ふうん、」

「ふうん、ぢゃないよ。バカにされてるんだぜ。」

イーイーは自分のことのように怒っている。ぼくは、どんな形であれ、あの息苦しさと暑さから解放されたことだけでも満足だった。さっきはほんとうに、ジロに感謝しようかと思ったくらいだ。

「ぼくはイーイーのROBINを呼びだしていたのに、きみが応答してくれないから悪い。」

「だから、伝言を見て、すぐ駆けつけたぢゃないか。」

「シルルの伝言も入っていたよね、」

つい、口をすべらせてしまった。ぼくの手を摑《つか》んでいるイーイーの手が一瞬緊張し、それが全身に伝わってきた。だが、そのとき、ぼくたちはもう部屋のまえまで来ていたので、イーイーはサーキュレの速度を落とし、ぼくの手を振り捨てるように放した。

ふたりとも黙りこんで、お互いの顔を合わせないまま、それぞれの個室へ入った。何となく気まずい雰囲気だ。ぼくは個室にこもっているのも厭で、すぐに居間の長椅子に出てきて躰を沈めていた。先ほどチュウブで擦りむいた背中が、今ごろになってヒリヒリする。悪くすると、今夜じゅう痛むかもしれない。ありがたいことに、手首の痛みは消えていた。それだけでも助かる。もうすぐ午后六時。《ヘルパア配給公社》から派遣されて、パパとママが来る時刻だ。

「……アナナス、」

イーイーが個室から出てきて、ぼくの隣へ腰かけた。彼は両脚を椅子のうえに引きあげ、セラミックのように硬質の膝に顎《あご》をのせた。横顔には何の表情もなく、先ほどのことを怒っているのかどうか知ることはできない。足首を抱えながら組んだ手には一本の《ヴィオラ》の壜を握っていた。透徹った壜の中で、淡紫《うすむらさき》の水溶液が水晶のようにひかっている。

「……これ、」

イーイーは《ヴィオラ》の壜を、ぼくのほうへ差しだした。

「……な……に、」

どういう意味なのかわからない。ぼくは壜とイーイーの顔を交互に見くらべた。

「これを、アナナスに持っていてほしいんだ。」

「どうして、」

「きょうみたいに、落として割ってしまうこともあるから、もしきみが持っていてくれたら安心だ。もしものときのために……、」

「……イーイーは、シルルがいいと云ったじゃないか。」

「アナナスは、すぐそうやって拗《す》ねる。」

イーイーは笑みを浮かべている。さっきの気まずさを取り消そうと、彼なりに努めていた。

「わかった、預かるよ。きみの必要なときに役立つといいけど。……ぼくは、きみやシルルみたいに機転がきかないし、ジロみたいに頭もよくない。」

「ぼくはアナナスに持っていてほしかったんだ。シルルやジロぢゃない。」

イーイーははじめて、ぼくの望むような親しさを示してくれた。それが嬉しかった。

《ヴィオラ》の硝子壜は、イーイーの認識番号を小さく記したラベルで封印してある。

「でもこれ、時間がたって変色することはないのか。」

「大丈夫、空気に触れても平気だから。それにこのビルディングの内部では変色を誘発する紫外線はないだろう。試しになめてみたら。」

「……またそんなことを云う。ぼくは《ヴィオラ》の味も薫りもわからないんだよ。」

「案外、なめてみたら嗅覚や味覚が甦《よみがえ》るかもしれないぜ。」

「まさか、」

　さっきシルルがしていたように、ぼくもラベルをそっとはがし、《ヴィオラ》の罎の蓋をあけ、匂いをかいでみた。もちろん、何の薫りもしない。いったいどんな薫りと味がするのだろう。

「アナナス、確かに頼んだよ。そのかわり、ぼくは角砂糖《ランプ》をいつも持っているからさ、きみも安心というわけ。」

「何で、」

「ス・イ・ミ・ン・ヤ・クより、効き目があるだろう。」

「どうせ、ぼくは暗示にかかりやすいさ。」

「アナナス、暗示にかかりやすいきみにもうひとつ、役に立ちそうな情報を教えておこうか。」

「耳寄りな話なら聞くよ。」

「もちろんさ。《ヴィオラ》にはね、睡眠促進効果もあるんだ。ぼくには免疫があってまるで効かないけど、アナナスなら、即効さ。たぶん、角砂糖《ランプ》と同じくらいに。だからね、必要ならきみが飲んでもいいのサ。」

「それはどうも、ご親切に、」

　ふたたび長椅子に腰をおろしたとき、玄関の表示灯《パイロット》が点《とも》った。ぼくとイーイーは同時にコンピュウタのディスプレイを見た。そこには見知らぬ人が映っている。

「ママとパパだ、」

ぼくはキィボオドの操作で扉をあけ、部屋に入ってくるママとパパを迎えた。イーイーは長椅子から動かなかった。ママとパパが部屋に入ると、彼は不機嫌そうな顔で一瞥する。しかし、思い直したように席を立って儀礼的に挨拶をした。

パパとママは、どちらもぼくの期待を裏切らなかった。とくにママは、テレヴィジョンでコンヴァアチブルを運転していた、あのアーチイのママにそっくりだ。ガアネットのピアスまでしている。ママ・ダリアもこんな人だったらいいと思っていたぼくは、かなり満足した。イーイーはなぜか不機嫌そうにしている。パパはママよりも頭ひとつぶん背が高く、肩幅が広い。ふたりとも〈ルゥシーおばさん〉や、〈偏屈者のケネス〉とはちがうタイプだったので安心した。ママはウエストを細く絞り、なめらかな襞《ひだ》をとったサーキュラアスカァトを翻して歩く。それから、ぼくが案内した長椅子に腰かけた。色鮮やかなヴァミリオンの生地は二重で、より襞の多い外側のオーガンジィが翅《はね》のように内側の夏麻《リネン》をつつんでいる。両肩をむきだしにしていたが、その皮膚感はヘルパアとは思えず、体温を感じさせた。青い睛《め》に見つめられると、何の感情もないのだとわかっていても、つい視線をそらしたくなる。ヘルパアを使うシミュレエションははじめてなので、何だか緊張した。

「アナナス、どう思う、」

イーイーが小声でささやきかけてきた。

「どうって、」

「ママ・ダリアのイメエジと比べてどうかってことさ。」

「う……ん、ちょっと派手かな。でも、アーチイのママと似てるからいいよ。イーイーはどう、」

「ぼくはどうだっていいサ。アナナスが気に入っているならそれで異議はない。」

どうでもいいと云うわりに、イーイーはママやパパの存在をかなり意識していた。目で追わないまでも、聴覚や神経を使い、彼らの所在を常に確かめていることが感じられる。イーイーはどんなヘルパアであれ、気にくわないのかもしれない。ぼくはママやパパを前にして何を話してよいかわからず、イーイーに話しかけた。

「それで、ぼくたちはどこへ〈家族〉旅行することになったんだ。もう、決めたんだろう。」

「まず、アナナスの希望をいれて、海へ行く。それから、ようすを見てあとの計画を立てたらどうかと思うんだ。」

「あの仔犬がいたらなあ。そうすればもっとアーチイの気分にひたれたのに。」

「ぼくに云わせれば、あんな小さな仔犬を海へ連れて行くなんて、もってのほかサ。それこそ、溺れてしまうかもしれないぢゃないか。」

確かに仔犬を迷子にした前例がある以上、イーイーには口答えできなかった。だが、ドォムの海は幻影だから溺れることはない。こうして、いよいよぼくたちの〈家族〉旅行がはじまる。

第3話★ママとパパとぼくたち

"MAMA&PAPA" with Us

追伸、敬愛するママ・ダリア、

ぼくと同室のイーイーは、きょうから一週間、ヘルパアのママとパパを迎えて暮らすことになりました。先の手紙では、この夏の休暇のあいだ、ママ・ダリアの住んでいらっしゃる惑星について学ぶ、という学習予定のことを書きました。その後、イーイーが〈家族〉旅行の提案をして、勉強の計画を少し変更したのです。この夏は〈家族〉について考えてみることにしました。ぼくたちは、海の見えるあのドォムへ〈家族〉旅行をするのです。ママ・ダリア、ぼくはあのアーチイ少年のような悦びを味わうことができるでしょうか。

ぼくとイーイーは、〈家族〉についてより深く考えるために、《ヘルパア配給公社》から派遣を受けることにしました。これで〈家族〉シミュレエションを実践するのですが、このヘルパアのママは、『アーチイの夏休み』のテレシネマに出てくる少年のママに似ています。耳にガアネットのピアスをしているところなども、そっくりです。おそらくママ・ダリアとはまったく似ていないでしょうが、ぼくはママ・ダリアがこんなふうだったらいいと思っています。

《ヘルパア配給公社》から、ママたちを借りるにあたっては、イーイーが実に手際よく手配してくれました。ただし、これは夏休みの特別なカリキュラムとして許可されたので、終了後は報告書を提出しなければなりません。つまり、報告書作成のフォーマットAE-00057の手順にしたがって、カリキュラムにはいるまえに自分なりの考察をしておかなければならないのです。そんなわけで、ぼくとイーイーは今夜、眠る暇もないほど大忙しです。この報告書の考察を記入しなければ、あすの出発はできません。

今後の旅程など、ふたりで話しあうことはたくさんありますが、今はイーイーが浴室にいるので、ぼくはママ・ダリアへの手紙を書く時間ができました。そこで、こうして先の手紙に書きそびれたことを、別便ですが追伸としてお送りします。何しろ、日付が変わっていませんので。

イーイーはぼくをずいぶん待たせたあとで、ようやく居間に戻ってきました。シャワァを浴びているようすもないのにどうしてそんなに時間を必要とするのかわかりませんが、彼はいつもそうなのです。例の、Ga-shan, Ga-shan という硝子《ガラス》を割るような音も何度か聞こえました。ぼくは、この手紙をキチネットのシンクの上で書いています。というのは、居間の長椅子をママとパパが使っているからです。ママは今、《家庭婦人》という雑誌を読み、パパはパノラマカメラの手入れをしています。レンズがシリンダァ型をしているカメラで、三脚に固定して自動シャッタアを切ると、全天周の映像が写せます。日常ではこのパノラマカメラは使われていません。ママ・ダリアの都市ではいかがですか。

　ぼくとイーイーはお気に入りの長椅子をママとパパにあけわたし、これから、一週間は少し不自由な生活をすることになります。


「何だ、また手紙を書いているのか。」

　イーイーはキチネットのところへ来るなり、ぼくを軽く押しのけ、CANARIAのディスプレイをのぞいた。彼は、ぼくの肩に軽く肱《ひじ》をのせていた。首筋に触れる手が冷たい。ふだんから、体温が低いことは承知しているが、よく思い返してみれば、彼は浴室から出てきたときほど、躰《からだ》が冷えているようだ。

「イーイー、ぼくたちはカリキュラムのことを話しあわなくちゃ、」

「〈家族〉をどう思うかってこと、」

「そうさ。報告書のための考察。」

「ぼくの結論はもう出ているんだ。」

　イーイーは自分のROBINを居間の円卓《テーブル》から持ってきた。彼もフォーマットAE－00057の画面にして、空欄を埋めてゆく。まず、認識番号ML－0021234、それから日付、記録場所（ぼくと同じく、キチネットのシンク）。イーイーは、経過や考察の欄をとばし、結論をはやばやと書いている。その部分は本来、旅行から戻って書くべき欄だ。

〈……ぼくの現在の生活に於いて、〈家族〉というのは必ずしもママやパパのことではない。《同盟》の概念として学んだように、やすらぎをあたえてくれる存在を〈家族〉と呼ぶことを前提とするなら、ぼくに必要なのは《ヴィオラ》である。《ヴィオラ》の供給が確実に保証されていれば、安心して暮らすことも、やすらぎを得ることもできる。それ以上は何も望まない。つまり、《ヴィオラ》は〈家族〉と置き換えることができるのだ。〈家族〉とはすべての点で保証にほかならず、それによって空間を共有する意味も生じてくる。保証のない空間の共有はたんなる束縛であり、ぼくはそれを拒否する〉

「イーイー、そんなことを云って、さっきのように《ヴィオラ》をうっかり失《な》くしてしまったら、きみひとりでは、どうすることもできないのに。誰かの助けが必要なんじゃないか。」

　ぼくのそんな反論くらい、当然予期していたという表情で、イーイーは頷いた。

「アナナスの云いたいことはわかってる。待てよ、まだ途中なんだ。」

　そう云ってイーイーは、またキィをたたく。

〈……ぼくは、自分の面倒くらい自分でみることを、できうるかぎり責任を持って、実行してきたつもりだ。だが、《ヴィオラ》がなければ、ぼくの躰はまるで云うことをきかないということも心得ている。しゃべることも、自由に動くこともできない。そういう意味で、ぼくの生活は《ヴィオラ》によって完全にコントロォルされている。もし、《ヴィオラ》がもっと確実に楽な方法で手に入るなら、今ほどの緊張や不安なしに、気持ちよく過ごすことができるだろう。ママやパパでなくともよい。ぼくのために確実に《ヴィオラ》をもたらしてくれる誰かこそ、ぼくの〈家族〉となり得るのだ。つまり、《ヴィオラ》は必要欠くべからざる生命線であり、より新鮮な《ヴィオラ》によってぼくは生かされる。問題は誰がぼくの《ヴィオラ》を保証してくれるかだ〉

「……それって、シルルのこと、」

ぼくはやや僻《ひが》んでいた。イーイーは不満を露《あらわ》にして、ぼくを見つめた。

「どうしてさ。彼は《ジャスミン》しか持っていないよ。」

イーイーがシルルに対して、ある種の敵意を見せたことは意外だった。彼らの親密さは、動かしがたいものと思っていた。また、イーイーが《ヴィオラ》の名を口にするときのようすも気になった。《ヴィオラ》が必要だと認めておきながら、皮肉に満ちた調子をこめ、とても《ヴィオラ》の存在を肯定しているとは思えない。イーイーにとっての《ヴィオラ》とは、何なのだろう。彼はどうしてそこまで《ヴィオラ》にこだわるのだろうか。

「この報告書は消去だ。」

イーイーはディスプレイの文字を消した。

「何で、」

「何でって、ここに書いたことはぼくの本心だけど、報告書に本心を書くバカはいないだろう。」

「ぼくは、ほんとうのことを書くのかと思ってた。」

そう答えると、イーイーは憐れみをまじえて肩をすぼめ、またあらたに、ROBINのキィをたたきはじめた。

「模範解答をみせようか。《同盟》、それにADカウンシルが悦びそうなヤッを、」

イーイーは皮肉った云いかたをして、笑った。そのあいだも、細く長い指を軽やかに動かしている。彼はぼくとちがい、同時にふたつ以上の動作をこなすことができる。

〈ぼくの〈家族〉は、一五億キロ彼方の星に住んでいるママ・リリィとパパ・ニコル、それに《生徒》宿舎の数人の友だちによって形成されている。ぼくはこれらの人たちを広く〈家族〉と考える。ママ・リリィやパパ・ニコルに逢ったことはないが、両親を思うぼくの気持ちは、テレヴィジョンで見受ける、あの碧《あを》い惑星の子供と、少しも変わらないものだ。ママ・リリィやパパ・ニコルと直接話すことはなくとも、ぼくたちは互いに〈家族〉であることを信じている。遠く離れているからこそ、思う気持ちはより強まるのだ。

一方、ぼくにとって宿舎というところは、〈家族〉にも似た、ひとつのまとまりなのである。互いを理解しあいながら、共同生活の規律を守ってゆくこと。自由のまえにははたさなければならない義務があること。それらを学ぶ宿舎は最適の環境だ。

〈鐶《わ》の星〉のビルディングは、カウンシルや公社、宿舎など、いくつもの単位が集合することで形成されている。そのなかで、もっとも基本となる最小の単位が〈家族〉なのだ。この場合の〈家族〉とは、概念であって、実際にママやパパ、または〈兄弟〉を持つということではない。ぼくたち〈鐶の星〉で暮らす《生徒》は、〈家族〉というものを頭で理解し、そのうえで共同生活とは何かを考えてゆく。〈家族〉というユニットが集合し、より大きなまとまりになったものが、〈鐶の星〉の秩序である《同盟》だ。その傘下にADカウンシルや各公社がある。つまり、この最小の単位を正確に形作ることが、〈鐶の星〉の維持管理には不可欠なのだ〉

「それぢゃ、ぼくやイーイーもユニットのひとつなのか。」

「そうサ、それも重要な、ユニットだよ。だからADカウンシルは《クロス》を禁止するんだ。コントロォルの障害になるということらしい。」

「………、」

イーイーは妙なことを口走って、ぼくを途惑わせたが、説明はいっさい加えなかった。彼は、質問をはさもうとするぼくをさえぎって、強引に先をつづける。

「ジロとシルルも、そのほかの《生徒》もみんな、この〈鐶の星〉の一員であればみながユニットを形成し、〈家族〉を意識するための、便宜上のパパとママを持っているんだ。たとえ、逢うことがなくとも、イメージトレーニングとしては有効だろう。現に、アナナスは顔も姿も知らない相手に対し、手紙まで書いて慕っている。すでにパパとママの存在価値を理解しているからさ。ぼくに云わせると、《同盟》の思うツボにはまっているということだけど。」

「何で〈家族〉なんだろう。たんに〈グループ〉でもいいのに。」

イーイーは、ぼくが何もわかっていないのを憐れむような表情をした。

「それはね、まとまりやすいからさ。〈家族〉という感覚は拘束力が強く、互いの結束をゆるぎのないものにするだろう。しかも、不自然ではないから、抵抗なく受け入れることができる。そのために仮のパパやママがいるんだ。〈パパとママとぼく〉という構図があれば、ほんとうは〈家族〉なんて持たないぼくたちでも、具体的に意識しやすいからね。」

「ユニットを作るのは悪いことなのか。きみの云いかただと、そう聞こえる。」

「〈家族〉だと云われてしまえば、簡単にはのがれられないぢゃないか。不満があっても歩み寄ろうとするだろう。逆に、意見を異にしたり、単独で行動したりすることは罪悪と見做《みな》され、妨げられる。」

「どういうことか、よくわからない。ぼくたちはべつに、意見や行動を制限されているわけではないだろう。《同盟》やADカウンシルの悪口だって云える。それに、イーイーはぼくたちが〈家族〉なんて持たないと云うけど、ぼくにはママ・ダリアやパパ・ノエルがいるよ。イーイーにだって……。」

それを聞いて、イーイーは大きく溜め息をついた。

「アナナス、きみは自分がコンピュウタの管理で生まれてきたなんて思いたくないだろうけど、それは動かせない事実なんだよ。」

「ああ、知ってるよ。だから、ぼくたちはみんな認識番号を持ち、《生徒》宿舎にいるんじゃないか。」

「……だったら、ママ・ダリアに手紙を書くことがどんなにバカバカしいか、わかりそうなものなのに、」

「バカバカしいことはないさ。ママ・ダリアは個々の《生徒》を意識しないまでも、手紙を読んでくれるんだから。ぼくはそれで満足さ。」

「わかってないな、アナナスは。ママ・ダリアなんて存在しないのサ。あるのは名称だけ。だから、誰でもママ・ダリアになり得るし、そのうちの誰ひとりとして真のママ・ダリアとは云えないんだ。」

そう云ってイーイーはふたたび、憐れむような顔をした。冷たい手で、そっとぼくの頰に触れる。なおもぼくが納得しないでいると、彼はいくぶん睛《ひとみ》を曇らせ、軽く息をついた。

「ほんとうはわかっているくせに、忘れているんだ。ほら、きみが忘れているうちは《クロス》もできない。……はやく思いだして《クロス》をしよう。AVIANをあわてさせるのサ。それに、きみ自身のためにもなる。」

イーイーは落胆と憤りをまじえ、ROBINのほうへ向きなおった。手早くフォーマットAE-00057の報告書を登録《イン・プット》する。あとは〈家族〉旅行の経過を書きいれるだけの状態だ。彼が、最後のキィをたたき終えると同時に、ディスプレイに外からの送信が入ってきた。シルルだ……。

「019194131981413Y」

イーイーはぼくを意識したのか、即座にその文字を消したが、画面にはまたすぐ同じ配列の数字がならんだ。

「019194131981413Y」

イーイーは何の反応もせず、ただ怒ったような顔をしてROBINを見つめていた。シルルは、何と書いてよこしたのだろう。

「019194131981413Y」

「019194131981413Y」

送信は執拗にくり返された。シルルは、しまいに文字のまわりを赤い星標《スタアマーク》でふちどって送信してくる。それを見たイーイーは、ようやくキィボオドに手を置いて返答した。

「151420171620148X」

「11A01111801324 194 1820172148111114W」

「94 21413130818W」

「413 24 2　8 151420171620148X」

「110818184–12148W」

イーイーはそこで、苛立《いらだ》ちながらROBINのスゥイッチを切り、ぼくのほうへ弁解するような表情を向けた。

「こんど、アナナスに読めない通信が入ったら、すぐにスゥイッチを切るから……。今のは……、」

「気にしなくてもいいよ。ROBINはイーイーのコンピュウタなんだから、どんなふうに使おうときみの自由だ。ぼくにはそれを妨げる権利なんかない。」

「そんなことを云って、アナナスはすぐ機嫌をそこねるくせに。」

「こんどから気をつけるさ、」

いまさっきのふたりの会話は、かなり深刻な内容のようで、イーイーは終始硬い表情をしていた。ぼくに対して釈明するなど、公正な態度は見せるものの、まだ信頼をおいてくれたわけではないということも承知している。

そのとき、扉の表示灯《パイロット》が点《つ》いた。外の廊下に誰か来たのだ。ぼくはCANARIAのディスプレイをカメラに切り換え、扉のモニタを映した。外にいるのは色白で灰色の睛《ひとみ》をした少年である。澄明な玻璃《がらす》球の核は海柱石《ベリル》の碧だった。

「シルル、」

ぼくの声に、イーイーもCANARIAのディスプレイに視線を移した。シルルは不安と憤りが同時に表れたような、複雑な表情をしてモニタのまえにいる。

「どうする、」

ぼくは扉をあけていいものかどうか、イーイーに訊いてみた。

「必要ない。……ぼくが、外へ出る。」

イーイーは硬い表情を崩さずにぼくを制し、ROBINを置いて出て行こうとした。しかし、何かを考え直したらしく、引き返してきた。

「アナナス、CANARIAをダイレクトにしておいてくれ、」

そう云うと、ROBINを抱えて部屋の外へ出て行った。結局、ぼくはカヤの外だ。しかたがないので、また、ママ・ダリアへの手紙のつづきを書くことにした。


明日の〈家族〉旅行の出発を控えて、報告書の考察をしなければなりません。けれども、今はイーイーたちのことが気になって、考えがまとまらないのです。彼らはどこまで行ってしまったのでしょう。どこかで殴りあいのケンカでもしているのでしょうか。イーイーはあんな性格ですから、腕力もありますし、タフで機敏なのですが、もし、本気で殴りあったら、案外シルルのほうが強いかもしれません。何だかそんな気がするのです。シルルは感情を表に出さない少年ですから、そのぶん内在する力も大きいのだと思います。

イーイーが負けて帰ってくるところなど見たくありませんが、彼らのケンカの原因がわからない以上、仲裁に入ることもできません。もっとも、ぼくでは、どのみち力不足でしょうけれど……。

それにもうひとつ重要なことは、ママ・ダリアにはお知らせしていませんでしたが、ぼくはパパ・ノエルが誕生日にくださった可愛らしい仔犬を、不注意から迷子にしてでしまったのです。しかもいまだに見つかっていません。ぼくはこんなに無責任なのです。

そこまで書いた手紙を読み返し、大部分を削除した。イーイーは必ずぼくの手紙を読むので、彼やシルルのことを書いた部分は知られたくない。一度書いた手紙を修正するなんてはじめてだが、もしかすると、ぼくはこれから手紙をいつも手直ししてしまうかもしれないと思った。イーイーは報告書にほんとうのことを書くバカはいない、と云っていたが、手紙も同じことのような気がする。というより、ほんとうのことは手紙には書けない。ぼくはそのことに気づいて、愕然とした。今まで、ぼくが書いてきたことは、いったい何だったのだろう。

ＣＡＮＡＲＩＡへ何の送信もないまま、イーイーが出て行ってから数十分が過ぎ、ぼくが何となく心細くなりかけたころ、彼は軽快な足取りで戻ってきた。ケンカに勝ったのか、それとも話しあいがうまくいったのか、出かけたときとは打って変わり、快活な表情をしている。

「解決したのか。」

「まあね、」

イーイーは頷いてみせたものの、どう決着をつけたのかは語りたくないらしい。うやむやにしたまま個室へひきあげた。

ぼくも眠ることにして、ＣＡＮＡＲＩＡを抱えてキチネットを離れた。今夜はもう報告書を書く気がしない。チュウブの中で派手に転んだり、エレヴェエタに閉じこめられたことで、だいぶ体力を消耗してしまったらしい（転んだときに擦りむいた背中は腫れていて、仰向けに寝られない）。途中にしていたママ・ダリアへの手紙を、最後まで書くためにCANARIAを枕もとへ置いた。背中が少し痛むので、うつ伏せて手紙を書いているほうが楽だった。

ママ・ダリア、〈家族〉についてのぼくの考えは、まだ漠然としていて、ここに書けません。一方、同室のイーイーは自分に必要な《ヴィオラ》と〈家族〉とを、どうやら混同しています。彼は〈家族〉を保証のうえに成り立つものと位置づけていますが、本来、〈家族〉とは保証などと無縁であるべきではないでしょうか。彼にはママ・リリィ、パパ・ニコルという両親がいますが、彼らを〈家族〉の対象としては考えていないと云うのです。また、〈家族〉とは、〈鐶の星〉を維持するために《同盟》が仕組んだ、便宜上の単位なのだとも云います。ママ・ダリア、パパ・ノエルという存在はことばであり、形ではないのだというイーイーの意見に、ぼくは賛成できません。

しかし、彼には何より《ヴィオラ》が必要で、それを充分に供給されたいと思っていることは理解できます。《ヴィオラ》は定期的に、どこかから送られてくるのですが、けして余分に送られることはないようです。そのくせ、どうしてわかるのか、イーイーが飲んだ分や、毀《こわ》した《ヴィオラ》の本数だけ、最後の一本がなくなるまえには送られてくるのです。空き塁や毀《こわ》した塁の数でも数えて報告しているのでしょうか。《ヴィオラ》のことはまだ、謎がたくさんあります。

ともかく、〈家族〉という概念が《同盟》の政策であろうとなかろうと、ぼくはそんな難しいことはどうでもいいのです。どんなに遠く離れていても、ママ・ダリアは、あの碧い惑星にいてくださるのだということが、ぼくに悦びをあたえてくれるのですから。

ママ・ダリア、ぼくたちはあした、ヘルパアのママ、パパと連れ立って、ドォムのテレヴィジョンで海を見ます。それはどんなにか、楽しいことでしょう。パノラマカメラで記念撮影もします。それに、ああ、ぼくはあしたこそ海辺に立ち、ママ・ダリアの姿をきっと想像できるような気がするのです。

そこまで書き進んだとき、部屋の扉をたたく音がした。ぼくはキィボオドの手を離して寝台を起きあがり、扉をあけに行った。もちろん、そこにいたのはイーイーである。

「アナナス、手紙を書いてるんだろう。」

「うん。ほんとうは報告書を書かないといけないけど、もうあきらめたよ。どうせカルテに成績不良と記されるだけのことさ。慣れてるんだ。」

「手紙には、何て、」

「読みたいのか。見せるのはかまわないけど、読んだって、どうせ、きみは不機嫌になるだけなのに、」

さっきのところは、すでに訂正してある。だから、手紙を見せるのは、べつに平気だった。ぼくはイーイーといっしょに寝台へ腰かけ、CANARIAのディスプレイを彼に見せた。イーイーは例によって、途端に少し険しい目付きをしたが、そのまま読み進み、次にぼくのほうを見たときには、なぜだか懇願するようなまなざしをしていた。

「アナナス、」

「何、」

「……頼みを聞いてくれないか。」

「いいよ。云ってみて。」

いつもは、過ぎるくらいにはっきりものを云うイーイーが、こんなふうに口ごもっているのは珍しい。ぼくは何か、特別の意味を感じて、イーイーが自分からしゃべりだすまで、注意深く待った。

「ここのところだけど、」

イーイーはそう云って、ぼくが今書いたばかりの数行を指さした。〈家族〉について、便宜上の単位に過ぎないという彼のことばを引用した部分だ。

「アナナス、……ここを削除してもらえないか。」

「イーイー、そんなこと云うのは、きみらしくないよ。」

「無理な頼みなのはわかってる。」

「それなら、どうして。」

　ぼくは少しムッとしていた。まるで検閲を受けているようぢゃないか。イーイーにそんな権利はないし、ぼくだって従う義務は断じてない。手紙を見せることには何の抵抗もないが、内容の訂正は自分の意志でなければ、納得できない。イーイーはふたたび黙りこみ、考えごとをするように、瞼《まぶた》を閉じてうつむいている。膝のうえで手を組み、指先ひとつ動かさずにジッとしていた。呼吸《いき》もしていないかと思うほどだ。ぼくは、彼が眠ってしまったのか、死んでしまったのではないかと思った。もし、彼の手に触れたら、今まで以上に冷たいかもしれない、そういう気がした。〈家族〉のことで辛辣な意見を示したことといい、今夜のイーイーはなんだかおかしい。彼はしばらくたって、ようやく躰を動かし、小さく呼吸を洩《も》らした。

「もし、アナナスが、手紙の内容を訂正してくれないと、ぼくはきっとここにいられなくなる。それでなくても、ぼくは違法なことをくり返しているからね。」

「どうして、」

　ぼくは驚いて訊きかえした。

「さっき、アナナスもカルテのことを云ってたけど、ぼくのカルテも注意カードだらけなんだ。それは知っているだろう。《クロス》のことはほとんどぼくの責任だし。」

「つまり、素行不良をふたり同室にはできないっていうことか。」

「おそらくね、」

「なんだ、ぼくはてっきり……、」

ふたりがいっしょの部屋にいられないことについて、ぼくはべつの悪い事態を考えていたので、実はほっとしていた。

「何が、」

「怒らないで聞いてくれよ。そうでないとぼくはしゃべらない。」

「わかった。」

「……つまり、てっきり、監視されていると思ってたのさ。」

「誰に、」

「もちろん、きみにだよ。イーイー、そういう意味でぼくたちは同室になったのだと思った。」

「アナナス、何を云いだすんだ、」

イーイーのまなざしが凍りついたように静止した。

「怒らない約束だろう。根拠はないんだ。でも、きみはぼくの手紙を読んだり、奇妙な暗号や数字を使ってシルルと交信したりするぢゃないか。ぼくは何か報告されているのかもしれないと、疑っていたことがある。」

「……アナナス、」

「ぼくはきみに嘘をつきたくないから、正直に白状したんだ。腹が立つのなら、きみは部屋替えを申請してくれていい。恨んだりしないさ。」

ぼくたちは、そのまましばらくのあいだ沈黙して、ただ、相手を探るように互いの顔を見据えていた。これでイーイーと同室で暮らすのは、もう無理かもしれないと思った。ぼくは、嘘もまた誠意である場合があるのを無視して、バカ正直に口にするべきではないことを口にしてしまった。〈家族〉旅行もできない。今夜、ぼくたちのどちらかが端末機を携えて、別の部屋に移るようなことになるだろう。凍てついた硝子のようにピン、と張りつめていたイーイーの睛《ひとみ》が、ほんの少しゆらいだ。

「アナナスは誤解してる、」

「……何を、」

「誤解なんだ。監視されているのはぼくのほう。」

「だって、ぼくは監視なんて頼まれてやしない。誰にも、何も。だいいち、ぼくみたいにカルテに問題のある《生徒》が、ほかの誰かの監視なんて頼まれるわけがないさ。ぼくは〈ルゥシーおばさん〉の世話を受けているときも操行点が悪くて、ジロがぼくの指導役をしてたくらいだ。」

「それで、ジロをキラっているのか。」

イーイーが少し笑ったので、ぼくは何だかほっとして大きく頷いた。

「そう、ジロはぼくの〈生活習慣日誌〉を毎日つけて、〈ルゥシーおばさん〉に報告してた。」

「ぼくが云ったのは、アナナスが監視している、という意味ぢゃないよ。」

「それなら、誰が、きみを監視するのさ。」

だが、イーイーからは沈黙しか返ってこない。

「わかった。手紙は訂正するよ。そのかわり、どういうふうに書けばいいのか、云ってくれないか。」

「すまない、アナナス……、」

「謝らなくていいよ。」

ぼくはCANARIAのキィボオドに指をのせた。

「まだ、イーイーとは同じ部屋にいたいからね。ぼくたちは知りあったばかりぢゃないか。それに、〈家族〉旅行だってあるだろう。せっかくママやパパに来てもらったんだから、海に行かないと。」

「でも、アナナス、理由を訊いてもいいんだよ。手紙のあの箇所が、なぜ問題なのか。きみには訊く権利があるんだ。」

「そんな権利は必要ないよ。イーイーが話してくれる気になるまで待つのさ。」

「いつになってもしゃべらないかもしれない。」

「ぼくに必要な権利は、ママ・ダリアに手紙を書きつづけるということだけ。イーイーがどんなに不機嫌になってもね、」

そう云うと、イーイーは笑った。もうそれで充分だという気がする。ぼくは、イーイーが云う文章をそのままキィボオドでたたいた。内容は、彼が最終的に報告書で書いたのと同様な、〈家族〉とは、この〈鐶の星〉にとって最も重要な単位のひとつで、共同生活の要としてそれがある、という内容だ。

「アナナス、」

「何、」

「きみがそんなふうに以前のことを忘れてるのは、もしかするとAVIANに《クロス》のことを知られて……、」

「イーイー、何の話をしているんだ。ぼくにわかるように云ってくれないか。」

「Serviceを受けたんだな。」

「……え、」

その夜のイーイーは、終始、脈絡のないことばかり口にした。

ママ・ダリア、追伸はこのくらいにします。この次は海へ行った話をご報告できるでしょう。

七月二十二日　土曜日
認識番号MD−0057654−Ananas
Dear Mama-Dahlia
〈鐶の星〉の《生徒》宿舎C号区1026−027室にて

翌朝、ぼくはずいぶん早く目が醒めた。居間へ行ってみると、すでにイーイーがママとパパの傍《かたわら》にいた。この朝にかぎらず、イーイーはいつもぼくより早く起きている。眠るのも彼のほうが遅い。睡眠時間がごく短いというのはイーイーの羨むべき特徴だ。居間であろうと、キチネットであろうと、どこででも寝てしまうぼくとちがい、彼はひとまえで眠るということがない。いっさい眠らないのかもしれないと思われるくらいだ。

ママとパパは長椅子で〈熟睡〉していた。ヘルパアこそ、睡眠など必要とせず、常に起きているものだと思っていたが、このように睡《ねむ》ることもあるらしい。《ヘルパア配給公社》のコンピュウタに関わることなので、何か特別の理由があるのかどうか、ぼくにはわからない。

ヘルパアたちが起きだすまでのあいだ、ぼくとイーイーは〈家族〉旅行にそなえて朝食を摂ることにした。イーイーが献立番号TAE－○○一八のペエストを注文する。献立ガイドには、ハイビスカスの味がするヴィタミンEとカルシウムの豊富なペエストだと説明書きがしてあったが、例によってぼくには何だかわからない。イーイーは《ヴィオラ》をふりかけたあとで顔をしかめながら、おいしい、と云った。ぼくは空洞化した躰《からだ》を埋めあわせるために、何かを詰めこめばよい。ペエストでもラバァでも同じだ。

「アナナスはママ・ダリアがあんな女でもいいのか。」

長椅子に横たわっているママを顎《あご》で示しながら、イーイーが訊いてきた。

「イーイーはどこが気に入らないのサ。《ヘルパア配給公社》で云ってくれれば、ぼくは別のヘルパアでもよかったのに、」

「どのヘルパアを頼んでも同じさ。」

「同じって、」

イーイーは顔をあげただけで答えない。ぼくにまなざしを向けたまま、ペエストを口へ運んだ。すぐに《ヴィオラ》を口にする。

「ぼくたちのところへ来るヘルパアに、種類はないということだよ。」

「……意味がわからない。それなら、どうしてぼくに選ばせたんだ。《ホリゾン・アイ》はわざわざ訊いたぢゃないか。ぼくは答えたんだよ、アーチイのママみたいなヘルパアがいいって。」

「はやく、食べてしまえよ。彼らもじきに目を醒ます。」

イーイーはわざとぼくの質問に答えなかった。それで、というわけではないが、ぼくはいつにもまして食欲が起こらず、食べるのをやめてトレイを放置した。数秒後に溶解する。固形物が流動物になってゆくそのようすは、あまり気持ちのよいものではない。数秒後、容器は蒸発し、跡形もなくなった。

「アナナス、けさの『アーチイの夏休み』を見たか、」

ぼくの沈んだ気分をよそに、イーイーはまた新たな話題を持ちだした。

「……忘れた。R－一七からの中継を見ていたんだ。ジロが衛星の軌道がずれているって云うものだから、確かめようと思って。」

「それで、どうなんだ。どうせ、ジロはでまかせを云っているんだろう。」

「信用できないから、CANARIAを使って、《青い鳥天文台》から過去の天体記録を取ってみたんだ。すると、ジロの云うとおりなのさ。十年ごとにR－〇四とR－一七の軌道は交叉するんだよ。原因は不明だって、それはジロも云ってた。」

「それぢゃ、衛星の引力のせいでエレヴェエタが故障したっていうのも、ほんとうなのか。」

「さあ、そこまではわからない。ただ、いつもはR－〇四の外側の軌道を通っているR－一七が、十年に一度、R－〇四の内側の軌道へ入りこんでしまうというのは、ほんとうなんだ。R－一七は二一個ある衛星のうち、もっとも巨大な衛星だろう。内側へ近づくと、《鐶の星》への影響も大きいことは確かさ。今度ばかりは、ジロの云っていたことは正しいってわけ。」

「ふん、できれば信用したくないけどな。」

「ぼくだって、どうせこの事実を知るなら、テレヴィジョンか何かで知りたかったよ。」

「テレヴィジョンで知ることなんてできないサ。《同盟》やADカウンシルにとっては《鐶の星》の実際の天文的位置関係なんて、問題ではないからね。」

「それじゃ、何が問題なのサ、」

イーイーは、さあ、というように肩をすぼめた。

「そうだ、アナナス、アーチイだけど、」

イーイーは長椅子のうしろにある窓を指差した。テレヴィジョンは今、ママ・ダリアの都市の夜明の天《そら》を映している。それはどこかの高層ビルディングからの映像で、陽がのぼりかけ、まだ灰色がかった雲がたなびくあいだを、朝焼けに映える人工天体がドォンピンクに煌《かがや》いて、ゆっくりと移動してゆくところだ。都市は赤いフィルタを徹《とお》して見たような朱鷺色《ときいろ》につつまれている。イーイーがチャンネルを換《か》えたので、幻影は瞬時に消え、『アーチイの夏休み』の映像になった。

場面は海辺のヴィラに着いたアーチイが、自分の部屋で荷物を整理しているところからはじまる。彼よりも先にヴィラに着いていたトランクは、水色に塗ったジュラルミンで、黒ウサギが描かれたタグが吊るしてあった。アーチイの部屋は二階の西南。広く開け放たれた窓から海の眺望がひらけている。夕霞につつまれ、少しずつ濃く沈んでゆく海。彼はまず、戸棚の抽斗《ひきだし》にプルオーヴァやパーカなどの洋服をしまい、数冊のクロス張りの本を机にならべた。ぼくのわからない文字がならんでいる本だ。次に、ズックとエスパドリュを寝台の下に入れ、ダブダブのために使い古しのタオルを床へ敷いた。オペラグラス、地図、ボールを机のうえへ置く。最後に取り出したテディ・ベアを寝台のうえに寝かせた。それらは彼が悩んだすえ、ようやくトランクに詰めこんだ品々だ。

それから、カナリアの鳥カゴを露台《テラス》の梁《はり》に吊るした。カゴの格子を透かして碧藍の海面と、眩《まぶ》しくひかる夕天《そら》が見える。露台の下はゆるやかな斜面が海岸までのび、ドラセナやハイビスカスが植えられていた。白く舗装された通りに青磁色《せいじ》のコンヴァアチブルが停めてある。ヴィラの庭には小さなプウルもあり、すでにブイとボールが浮かんでいた。水面《みなも》は暮れなずむ雲の色を映して、灰碧色にくすんでいる。海をわたる風は心地よく、夕陽の沈む水平線を見わたせる最高の窓辺だ。暮れかかった夕天は、遙《はる》か遠くまで淡《あわ》い紫におおわれていた。ボオトの白い帆がかすかに染まり、波間でゆれている。夕波は、辺り一帯に照り映え、速い汐《しお》の流れが漣《さざなみ》を躍らせた。

ぼくはレシーヴァを取りだし、テレシネマとは関係のない音声を受信した。いつも波の音を聞いている《青い鳥天文台》のLBAP–0059に合わせた。聞こえてくる汐騒は静かな凪ぎで、あの深い底からズシンと響く波の震動はなかった。かわりに、口笛のような鳥の聲が、海を渡ってゆく。その鳥の姿を、思い浮かべる。風を斬って翼をひろげ、海面すれすれまで滑空する。雨覆《あまおお》い羽は風車のように音をたてて、綿毛でできた鳥の躰を上空へ押しあげるのだ。

テレヴィジョンの画像は、晩霞《ばんか》の海を映しだしている。太陽が溶けて赤銅色に染まった海面は、水平線にそそぎ口でもあるかのように、西へ西へと吸いこまれてゆく。やがて、陽は完全に落ちてしまい、海もバルコニイも紫紺《しこん》の靄《もや》につつまれた。アーチイは大きく呼吸《いき》をしたあと、犬のダブダブといっしょに食堂へ降りて行った。部屋の扉から階段へぬける廊下に、今はじめて灯が点《とも》った。

「アナナス、問題はその先だ。」

「どういうこと、」

イーイーはテレシネマを見るようにと促したが、ぼくは彼の口から聞きたかった。

「逃げるのさ、」

「……何が、」

「アーチイのカ・ナ・リ・ア、」

「どうして、」

「露台《テラス》にカゴを吊るしておいたろう。朝になってアーチイが〈おはよう〉を云おうとしたら、もういなかったんだ。アナナスの仔犬といっしょさ、気がついたときはもういなかった。」

仔犬と云われて、また気が重くなった。そのとき、ママとパパはようやく起きだした。ほんの数秒前まで〈熟睡〉していたことなど、まるで感じさせない機敏な動きである。パパはワイシャツの折り目をととのえ、ネクタイを直し、カフスをはめた。アーチイのパパと同じく、手慣れた一連の動作として短時間でこなす。ママはまず、艶やかな髪を束ね直した。全体に濃いブルネットだが、ところどころブロンドがまざっていた。それから、長椅子にもたれて脚を組み、シガレットに火を点ける。組んだ脚のまま器用に靴を探しあて、跣《つまさき》で引っかけた。

その一部始終を興味をもって眺めていたが、ママは思いついたようにぼくのほうを振り返った。彼女の澄んだ碧い睛《め》は鮮明に煌き、大きく見ひらかれている。その睛を見つめていたぼくは、いつのまにか麻酔を受けたかのように躰の感覚がなくなっていることに気づいた。手脚が動かせなかった。力も入らない。ママが目をそらしてくれたので、ようやくぼくは呼吸《いき》をつくことができ、躰の緊張もとれた。

「……何だか、ヘルパアぢゃないみたいだ。」

ぼくの呟《つぶや》きを聞いたイーイーは、もの云いたげに睛を動かしたが、結局何も云わない。

「出かけよう、」

イーイーはROBINを持って歩きだし、扉へ向かった。

「ルートはどうする。」

ぼくも彼につづく。

「途中まで、ピスセスボオトに乗ろう。サーキュレでチュウブを走るよりは、『アーチイの夏休み』みたいに、コンヴァアチブルで行く雰囲気が出るよ。それに、アナナスはできるだけエレヴェエタに乗りたくないだろうと思ってさ。」

「ピスセスボオトなんて、久しぶりだ。」

イーイーの意見に頷いて歩きはじめたぼくは、不意に、後ろからママに抱きすくめられた。

「……ママ、」

イーイーは気にするようすもなく、さっさと扉を出て行ってしまう。つづいてパパも出て行く。ぼくとママは残っていた。ママはなかなか放してくれず、ぼくは身動きが取れない。気のせいか、ママの躰から脈を打つ音が聞こえる。ヘルパアでもこんな音がするのだろうか。

「MD–0057654, 3141313425–12148 114 11702411419W」

突然、ママがしゃべりだした。だが、彼女の唇は動いていない。それは、イーイーとシルルが交わしていたような、記号と数字の羅列で、ディスプレイに表示された文字を読むように、ぼくはその暗号が頭の中へ入ってくるのを感じた。拒否するのを許さない、やや強引な入りかただ。

「……そうか、そのことばを使うのか、」

意味はわからなかった。

「3141313425 – 12148 114 11702411419W」

「イーイー、ママは何て云っているんだ。教えてくれないか。わかるんだろう。」

先に外へ出てしまったイーイーからの返答はない。数秒後か数分後か。非常に長く感じた時間ののち、ママは力を抜いてぼくを解放してくれた。急いでイーイーを追ったが、意外にも彼は扉のすぐ外にいた。

「イーイー、」

ぼくたちは顔を見合わせ、沈黙する。

「急ごう。ピスセスボオトが出てしまう。」

彼はぼくに口をきく機会をあたえずに走ってゆく。こうして、ぼくたちはついに〈家族〉旅行へ出発した。

ピスセスボオトの乗船ゲートはD号区の内部《なか》にある。回廊から露台《テラス》のように突きだしたエアドロォムだ。ボオトは一〇〇階ごとに停泊し、ゆっくりとした速度で上昇と下降を交互にくり返す。ぼくたちは一〇〇〇階まで、ほんの少しだけエレヴェエタに乗り、そこからチュウブを通ってD号区の乗船ゲートへゆく。この棟は建物の八割が吹き抜けのアトリウムになっていた。それこそ巨大な鳥カゴのような構造で、回廊に囲まれたまんなかを、ピスセスボオトが漂っている。動きはゆるやかで、このビルディングで、もっとも遅い動きをする乗りものだった。ぼくたちはさっそくボオトに乗り、六〇〇階へ向かって下降をはじめた。五〇人乗りで、どの座席からも窓の外がよく見える。窓はパノラマで、椅子はちゃんと外を向くようになっていた。

去年の夏までは〈ルゥシーおばさん〉の率いるキャンプに参加していた。パァン池の畔《ほとり》で何人かの小グループに分かれ、テレヴィジョンの映しだす水棲植物や、鳥の観察をした。パァン池はビルディングの内部で、唯一、ハスやスイレンなど手で触れることのできる植物が生えていた。気のせいか酸素も瑞々《みずみず》しい。鳥の影が横ぎることもあったが、もちろん幻影である。この実習のときはいつもジロがリーダーになるグループになってしまい、彼の指示に従わなかったという理由で、何度も〈ルゥシーおばさん〉に通告された。そのたびに食事を抜かれ、パァン池の周囲を走るよう申し渡される。サーキュレで走るのではなく、自分の足で走るのだ。ぼくは内心喜んで罰を受けていた。ジロといっしょにいるより、ひとりで走っているほうがありがたかったからだ。しかし、走っているうちに躰の力が抜けて倒れてしまうことが数回あった。空腹のせいだと思う。意識も遠のいて、眠っているのと同じ状態だった。

しばらくのちに目を醒《さ》ますと、なぜか、いつもきまって安楽なシイトに寝かされていた。誰に運ばれたのかはわからないが、ぼくはそこで休息した。躰の緊張がほぐれ、手脚の重みも感じない。頭の中で何かを考える必要もなく、白い空白が広がってゆくようだった。今にして思えば、あれは《ロケットシミュレエション》のボオトのどれかだったかもしれない。シイトは背もたれが自在にうしろへ反り、躰をゆったりと横たえることができた。あまりにも心地がよいので、目醒めた後も、そのまま微睡《まどろ》んでいた。すると、どこからともなく〈ピパ〉が姿を見せる。はじめから、ボオトに乗りこんでいたのかもしれないが、まったく気づかなかった。

〈ピパ〉は、手を伸ばせば届きそうなところにたたずんでいた。ぼくが実際そうしなかったのは、なぜか手脚を動かせなかったからだ。躰を休ませ過ぎて、筋肉が一時的に萎えていたからかもしれない。〈ピパ〉は好奇心がほの見えるまなざしで、ぼくを見据えている。

〈どうしたのサ〉

ぼくはそう云うつもりだったのだが、声にならなかった。唇は動いていた。だが、声は出ない。ぼくの狼狽《ろうばい》を見てとった〈ピパ〉は、満足そうに睛《ひとみ》を煌かせた。

「もう、《クロス》はやめてもらうよ。違法行為だ。17♭415017425 20134 8139201819824W ML–0021234にも処置をする。」

〈処置って、何のことだ〉

　相変わらず声は出ない。そう云えば、〈ピパ〉の声はぼくの脳裏へ文字を書きこむように侵入してくる。先ほど、いったん空白になっていたので、耳を貸さないつもりでも強引に刻みこまれる。〈ピパ〉はシイトに片膝をかけ、両腕で自分の躰を支えるようにしてぼくのうえへ屈んでいた。きょうの服装は風合いのやわらかな白のコンビネゾン。襟《えり》は水兵服のように大きくひらき、細い鎖骨をのぞかせている。短いズボンから骨ばった膝を出していた。いつにもまして少年のように見える。だが、完全にそうだと云えないところが、〈ピパ〉の不思議さだ。

「2142023－1920 91420417 02142 12148Xねえ、そうしよう。《クロス》より面白いことは請けあうから。」

　不意に〈ピパ〉は躰を支えていた腕の力を抜いて、ぼくのうえへもたれかかってくるように見えた。それと同時に、シイトは真うしろへ大きく九〇度ほど傾く。ぼくは頭からシイトをすべり落ちるような恰好になり、そう思ったときは、ほんとうに落下をはじめていた。どこへ落ちてゆくのかわからない。秒速数百メートルくらいの、風圧で呼吸《いき》ができない速度で急降下する。ぼくは声をあげていたかもしれない。だが、自分の声を確かめることはできなかった。恐怖と心地よさが微妙にまじりあって、そのときのぼくをとらえていた。降下はどこまでいっても止まらない。自分の声のかわりにぼくの耳に響いていたのは、ヴォイスで聞く、あのひくい音声だった。

AM–003776J, AS–009882L, AH–004098K, AE–003098U, AM–004092N……

今思えば、あれはダクトを吹きぬける風の音だったかもしれない。

〈ルゥシーおばさん〉の率いる集団が、何組もD号区の廊下を歩いてゆく。ボオトがゆらぐせいで回廊も歪《ゆが》んで見えた。〈ルゥシーおばさん〉に連れられた《生徒》たちは、よく目を凝らしてみるとテレヴィジョンの映像にすぎなかった。同じ集団の《生徒》が何度も通りかかり、数十メートル歩いたところで、不意に消えてしまう。そのくり返しだ。

「ぼくたちみたいな年齢の子供は、この〈鐶の星〉ではみんな《生徒》宿舎に集められているんだろう。いったいどのくらいの《生徒》がいるのかな。きっと、顔も見たことがない《生徒》がいるんだよね。」

だが、隣にいたイーイーは無言だ。ぼくは自分の考えに気をとられすぎて、彼のようすが変化していることに気づかなかった。

「イーイーやシルルのことも知らなかったんだ。これは最近わかったことだけど、ぼくは一〇一〇階にある《児童》宿舎にいたんだよ。〇七五号室。CANARIAで調べて何号室……、」

みたんだ。実際、《児童》宿舎にいるころは、自分がどこにいるかなんて気にしたことがなかったから知らなかったけど。あのときは、ジロが室長で最悪だった。イーイーは

「ぼくはC号区じゃなかった。」

イーイーは冷《さ》めた声で応じた。

「だって、〈ルゥシーおばさん〉のいる《児童》宿舎だろう。それなら全部C号区にあるはずだ。CANARIAにそう説明されてた。」

「そんなことはない。《児童》宿舎はあちこちにあるのさ。」

「……シルルも、」

イーイーは首をふっただけで何も云わない。この話題はもうつづけたくないようだ。《児童》宿舎ではないとしたら、いったいどこにいたのかを訊いてみたかったが、イーイーはとりつく島がない。ぼくはそれ以上の追及を避け、口をつぐんだ。その後は気まずい沈黙がつづく。

「アナナス、」

沈黙を破ったのは、イーイーのほうだ。ぼくはほっとして顔をあげた。だが、安堵もつかのまで、射るようなイーイーの睛《め》と向かいあうことになった。

「きみはほんとうにC号区の一〇一〇階にいたのか。」

「そう……だよ。ちゃんとCANARIAで調べたんだから、間違いない。」

「CANARIAのデータなんてあてにならないさ。ADカウンシルが改竄《かいざん》しているんだ。試しに一〇一〇階へ行ってごらん。《児童》宿舎なんてないから。」

ぼくは極度の不安に陥った。《児童》宿舎のことを訊かれると、確かなことは何ひとつとして答えることができない。つい最近のことなのに、もう記憶がうすれているのだ。たとえそれが真実でないとしても、CANARIAのデータをうのみにするしかない。《児童》宿舎にいた当時はビルディングの構造ばかりか、最も身近な宿舎や教室の、構造も位置も知らされていなかった。この四月に《生徒》宿舎に入るまでは、そんな身近なことを知る自由はなかったということだろう。

「こんど、ジロに確かめてみるよ。彼なら、ぼくとちがってよく知っているから。」

一瞬、イーイーは凍りついたようなまなざしをした。こんなときにジロの名前を出したことを後悔したが、もう手遅れだった。

「アナナス、もうひとつ訊くけど、きみはジロといつ知りあったんだ。それを正確に覚えてるか、」

「……ジロと、」

ジロとは《幼児》宿舎のころからいっしょだった。高慢で、利口なことを鼻にかける性質はそのころからのものだ。まるでその性質であることをあらかじめ設定されたかのように、十数年何ひとつ変わっていない。彼はいつも同じだ。だが、ぼくは答えるのをためらった。ほんとうに昔からジロを知っていたのだろうか。こうして、あらためて考えてみると疑わしい。イーイーはぼくを不安がらせたまま、すでに傍《そば》を離れていた。

ぼくは気が抜けて、しかたなくパノラマ窓の外を眺めていた。ピスセスボオトは、D号区の建物の内部《なか》をまっすぐ降下するのではなく、魚のように迴遊《かいゆう》しながら降りてゆく。時間をかけて少しずつ目的地へ近づいていた。

「これが、〈家族〉旅行か。」

ひとりごとを云うつもりではなかったが、つい、口にだしてしまった。ぼくはこの旅行が、自分の期待していたものとはあまりにちがうことに落胆していた。『アーチイの夏休み』のようにはいかなくても、せめてワクワクとした気分だけは味わいたいと思っていた。しかし、それすら望めず、久しぶりのピスセスボオトも楽しむことができない。きょうにかぎってイーイーは、どうしてあんなに冷ややかなのだろう。《ヴィオラ》を持っていてほしい、と頼んだきのうのイーイーとあまりにちがう。ぼくは彼の気持ちを摑《つか》みきれないで、焦るばかりだった。そのうえ手首もわずかに痛みはじめた。

「……退屈してるのか、」

意外にもイーイーの快活な声が返ってきた。彼が笑みを浮かべていたので、ぼくはいっそうあわててしまった。

「……だって、イーイーが、」

「さっきのことは謝るよ。アナナスがいつもあんまり鷹揚にかまえているから、少しは忠告しておきたかったんだ。気をつけろって、」

「……何を、」

「アナナスは呑気《のんき》すぎるのサ。たとえばママのこと。なすがままになっていないで、少しは抵抗したほうがいい。あんなときはね……。」

イーイーは先ほど、ママがぼくを抱きすくめた件のことを云っているのだ。彼はさらに付けくわえた。

「ぼくのこともだよ。」

微笑みながら云う。彼はぼくの隣へ腰かける。

「気分が悪そうだな、船酔いしてるだろう。」

「そうぢゃないよ。手首が少し痛むんだ。」

イーイーはプラチナリングに軽く触れている。彼がそうすると、痛みがスッと消えた。彼はなおしばらくぼくの手首を握っていたが、不意にその手を放してROBINを膝のうえへ置いた。

「ゲームでもしよう。退屈してるから手首ばかり気になるんだ。」

ぼくたちはCANARIAとROBINを使ってゲームをはじめた。《Rocketers》という、互いに任意の数字を入力するだけのコンピュウタ主体のゲームだ。その数字にどう反応するかはコンピュウタの〈気分〉に任されていた。何も考えなくてすむので気楽にできる。

「退屈なわけぢゃないけど、……何で、もっとアーチイみたいに心から楽しい気分になれないのかな、と思ったんだ、」

「アーチイだって別に本心から楽しんでいたわけぢゃないさ。ただ、彼には夏休みを楽しまなければいけない理由《わけ》があったんだ。」

「……どんな、」

「さあね、アナナスが忘れていることを思いだせば、すぐわかることサ、」

イーイーがあまりに素っ気なく皮肉を云うので、ぼくはまた気分が沈んでしまった。《児童》宿舎のことなど、つい数カ月前のことなのに、ほとんど何も覚えていない。イーイーが呆れるのも道理だ。ゲームは一方的にイーイーが勝ち、ぼくたちはまた黙って隣りあっていた。気が重い。

ぼくは、ボオトの窓から回廊を眺めた。もう、どのくらい下降したのだろう。窓から見える回廊のようすはいくらも変わらない。彎曲《わんきょく》した露台が何百階にもわたって連続し、目のまえを通りすぎてゆく。回廊の中には家族連れや、子供たちがいる。すべて音声のないテレヴィジョンの映像だ。街頭の風船売り、花束、赤や青の帽子。日傘、噴水、炭酸水……。遠景にはホリゾントのように海が見えている。この先ママ・ダリアの都市へ行くこともないのに、どうしてこんなふうにくり返し日常の光景を見る必要があるのだろう。虚しくなるだけだ。

「どうしたんだ。」

イーイーがぼくの肩に手をおいた。セロファンのような爪をした、白く長い指。皮膚感のないその指が、きょうはとりわけ作りものめいて見える。

「……うん、」

「もうすぐ六〇〇階に到着するよ。ヘルパアたちに知らせてくる。」

イーイーは席を立ちあがり、ママとパパがいる前方の席のほうへ歩きだした。儀礼的な笑顔でママに声をかけ、ふたたび戻ってきた。彼が隣にならんだところで、ぼくは呟いた。

「きょうは、海へ行く気がしない。」

「アナナス、」

イーイーはなだめるようにぼくを促して、前を歩いて行った。ボオトがエアドロォムに接近する。

「……こんなはずぢゃなかった。」

イーイーにはもう聞こえていないことを承知で、小さく呟いて出口へ向かう。ボオトは少しずつ回廊のほうへ近づき、ほかの部分よりも幅広くなったエアドロォムに、ゆっくりと着陸した。船体はワイヤで手摺《てすり》に作り付けの舫《もや》い杭《くい》に固定され、人々はタラップを降りて、エアドロォムに上陸する。イーイーが先に降り、それにママとパパがつづいた。ぼくものろのろと降りる。下船した人たちは、次々に回廊の左右へ歩いてゆく。立ちどまっている者はあまりなく、たちまち人影はまばらになった。ぼくたちも進路を決めなければならない。このD号区からドォムのあるA号区へ行くには、チュウブをサーキュレで走るか、歩行者用の通路をゆっくり歩く方法があった。

「どうする、サーキュレなら二分だけど、」

イーイーはチュウブと歩行者用の通路が分かれるところで、立ち止まった。

「ママやパパしだいだ、」

「心配ない。彼らはサーキュレと同じ速さで走ることができるから。」

ママとパパの脚を示して、イーイーが云う。

「それなら、行こう。」

ママとパパはもう、チュウブをすべりだしていた。イーイーもすぐつづいてチュウブへ入り、またたく間《ま》にママとパパを追い越して、さらに先へ行った。彼は誰であろうと追い越さずにはいられない性質《たち》である。たとえ、《同盟》の幹部だろうと追い越してゆくにちがいない。彼らがサーキュレを使えばの話だが。

ぼくはわざわざゆっくり走っていたが、不意に、このままどこかへ隠れてしまおうかと思った。

「仔犬もカナリアも、ぼくと同じ気持ちだったのかもしれないな。迷子になったわけぢゃなく、きっと、逃げだしたかったんだ。それも、突然思いついたんだ。今のぼくみたいに……。」

チュウブにはママもパパも、イーイーの姿ももう見えなかった。ぼくはすでにひとりだ。そう気がつくと、考えはどんどん飛躍した。このまま、ひとりで旅行をつづけるのだ。ママやパパ、それにイーイーからも離れて、どこか今まで行ったことのないところへ行く。どうせつまらない〈家族〉旅行なら、ひとりのほうがいい。それに、ひょっとしたらイーイーが探してくれるかもしれない、そういう、身勝手な期待もあった。

パパ、ママ、それにイーイーがすべって行ったのとは逆方向にサーキュレを走らせ、ずいぶん長いあいだ走りつづけた。しまいに、S字型のD号区を通りぬけて、I号区へ入る。そこはとても大きな居住区で、CANARIAによれば、〈鐶の星〉に暮らす大半の人々が住んでいるところだ。どんな人たちが暮らすのかのぞこうと思ったが、人影はない。レゴを積み上げるように、まったく同じ型のピースを、何千何百と組んだ住宅群だった。

I号区のチュウブをサーキュレで走っていたら、信号音がして、CANARIAに通信が飛びこんできた。相手はイーイーである。

〈アナナス、どこにいるんだ。道に迷ったのか、それともわざと姿をくらましているのか。どっちなんだ〉

イーイーはぼくの魂胆をなかば見抜いたらしい。だが、ぼくはレシーヴァを取らなかった。いっそ、CANARIAのスゥイッチを切ろうかと思ったが、迷子になったのか、故意に姿を隠したのかを曖昧《あいまい》にしようと考え直し、そのままイーイーの通信を無視した。スゥイッチを切ってしまえば、わざとだということが、瞬時にわかってしまうからだ。

〈アナナス、ディスプレイは見ているんだろう。どうして何も応答しないのさ〉

文字がならぶ。ぼくはできるだけイーイーから離れようと思い、I号区の内部《なか》の平坦なチュウブをどこまでも走った。《生徒》宿舎のあるC号区では、《生徒》たちが速度をあげるという理由から、チュウブはきわめて複雑にカーヴしていたが、《生徒》が使う可能性のひくい区域では、カーヴも少なく走りやすい。ぼくはI号区をも突きぬけ、まだ一度も足を踏み入れたことのないP号区へ入った。ここは何だか空気がちがう。ほかのどの棟よりも大きく新しいからだろうか。

もう一度、信号音が聞こえたので、立ちどまってCANARIAのディスプレイを見た。

〈アナナス、暗号を解読したぜ。知りたくないか。MD−0057864〉

認識番号が入っていなかったら、イーイーかと思うところだったが、それはジロからの送信だった。すぐにキィをたたき、ジロのFINCHを呼びだして、彼が知りたがっていたぼくの居場所を知らせた。折り返しジロが送信してくる。

〈何でP号区なんかにいるんだ。相変わらず手間のかかるヤツだな、アナナスは〉

厭味をまじえた前置きにつづいて、P号区六〇〇階NO・一五のエレヴェエタホオルで待っている、という文字を入力して送信を切った。ぼくは彼の指定したエレヴェエタホオルへ向かうことにした。暗号を解読したというジロのことばに魅せられている。はじめての場所なので道順はよくわからないが、チュウブの表示灯《パイロット》を見ながら、サーキュレをすべらせた。ジロはここを知っているのだろうか。

　P号区は、いわば辺境の地域である。徒歩ではたいへんな距離も、サーキュレの速度だからこそ、簡単に行き来ができる。P号区は〈鐶の星〉のすべてのビルディングのうち、もっとも新しい建物である。〈鐶の星〉のビルディングはA号区を核に、渦巻き状に発展してきた。必要に応じて新しい棟の増築が行われ、随時移住するという方法で、現在の大きさになったのだ。今後、〈鐶の星〉の規模が大きくなれば、さらに新しく区域棟を建てるということもあり得た。

　P号区の壁や廊下は、どこも白く煌き、眩しいほどだ。しかも、天井は澄みきった天《そら》色《いろ》をしている。それはママ・ダリアの惑星にあるという氷河の白さと、碧硝子《あをガラス》のような極北の海に似ていた。氷の岩礁は天《そら》の碧にそまり、天は海の碧に澄む、あの光景を思わせる。アセチレンかマグネシュウムのように煌く白い壁は、そのほとばしる光の玉を、ぼくの瞼の裏に残像として焼きつける。ここではチュウブもなく、氷原のように白く平らな人工御影の廊下を、サーキュレですべってもよいと表示してあった。

　誰ともすれちがわず、ぼくのほかに動く影もない。氷のうえをすべるのはこんな感じだろうか。広い廊下に途惑いながらも、はじめて経験する白い世界に好奇心を持った。サーキュレはかなりの速度がでるので、遠くに見えると思っていたものが、突然目のまえに現れたりする。サーキュレ専用のチュウブとちがい、安全には自分で注意をはらわなければいけない。巨大なガラス円柱が不意に視界に入り、あわてて回避したこともあった。

NO・一五のエレヴェエタホオルへ行くと、すでにジロが来ていた。白い壁にエレヴェエタの扉があるだけの殺風景なホオルだ。その扉も白く、背景に溶けこんで見つけにくい。

「待たせるな、何をしてたんだ。」

ジロは、ぼくの顔を見るなり、文句を云った。

「これでも、せいいっぱい急いで来たのさ。」

「どうせ、景色にでも見とれていたんだろう。」

いちいちこちらの癇にさわることを云いながら、ジロはサーキュレですべりだした。

「どこへ、」

「ここは、内緒話には向かないからね。声が天井に反響してしまうし、立ち話もなんだろう。来る途中、ちょうどいい場所を見つけたんだ。そこへ移動しよう。」

そこで、彼のあとを追ってサーキュレを走らせた。どうしてこんなにムダな空間が多いのかと思うほど、P号区には部屋らしい部屋もなく、ほかの誰とも出逢わなかった。

「ジロ、どうしてそんなに詳しいのさ。ここへ来たことがあるのか。」

「FINCHで平面図を調べておいただけだ。呑気なアナナスとはちがうからね。」

ぼくは、よけいなことを訊かなければよかったと後悔する。やがて、たどりついたのは、もうP号区のはずれで、区界にある深い谷の見えるところだった。谷をはさんでO

号区の建物がある。その谷に沿って、いくつものバルコニイが、階段席のようにならんでいた。ジロはぼくたちのいる場所からほど近いバルコニイのひとつへ、サーキュレを向けた。バルコニイの廊下側には数段の階段と、天井から吊りさがった繊《ほそ》い鎖の仕切りがあり、廊下を通る人の目が気にならない造りだった。もっとも、ここにはぼくたち以外の人が来るようすはなく、廊下は見えるかぎりの涯てまで、しんと静まっていた。先に入って白い椅子に腰をおろしたジロにつづき、ぼくも鎖のカーテンをくぐって椅子へ腰かけた。椅子は石でできたものらしく、硬く冷たい。

「ここなら、盗聴される心配もない。」

ジロがやけに慎重なので、ぼくは逆に訝《いぶか》しく思った。

「そんなに、重要な暗号だったのか。」

「いや、彼らの交わした会話の内容自体はたいしたことはないんだ。」

「それなら、何が問題なのさ。」

すると、ジロはやや意地の悪い表情を浮かべた。

「アナナス、きみは事《こと》の重大さがまるでわかってないな。」

「……だから、訊いているんじゃないか。」

「少しは考えたらどうなのさ。」

今このときに、なぜジロとこんな会話をしなくてはいけないのかと、自分に腹がたった。ほんとうなら、イーイーと海を眺めていたかもしれないのに、実際は苦手にしているジロと、ビルディングの辺境で顔を突きあわせている。

「教える気がないのなら、もう帰れよ。ぼくはひとりでいたい。」

「へえ、それぢゃ、きみは暗号の内容が気にならないんだね。」

ジロは狡《ずる》そうな睛《め》をして云う。もちろん、それを知りたいから、こんなところで彼といっしょにいるのだ。しかし、もの欲しそうな顔を見せて、ジロを満足させるのも癪《しゃく》だった。ぼくはジロから顔をそらし、バルコニイの手摺《てすり》越しに奥深い谷をのぞきこんだ。谷壁や廊下が白いせいか、その谷も凍りついて決壊した氷山の亀裂、というようすだ。谷とはいえ、それは建物の壁面である。ビルディングは上へも下へも伸びているから、カミソリでそぎ落としたように垂直な断面がはてしなくつづいていた。なぜか、ところどころガラス質の部分があり、蛋白石《オパアル》の鉱脈のような光沢を放つ。ときおり、空中では結晶かスパンコォルらしき粒子が煌《きらめ》き、ぼくは突然、凍《こお》りつく寒さを覚えた。

「……寒い、」

あらためてジロを見ると、彼はちゃんとホワイトスウツを着こんでいた。手首や足首の部分はシリコンラバァで、全体は非常に薄いグラスファイバァでできたスウツだ。動きやすく、しかも防寒性に優れている。一方、ぼくは海のあるドォムへ行くつもりだったので、ランニングにパーカを着ただけの、まるで夏の恰好をしていた。

「何を云いだすのかと思ったら、今ごろ寒いだって、アナナスはそうとう鈍いな。」

「それぢゃ、あれはほんもののダイアモンドダストか。」

さきほど見た結晶は、空中の水分が凍ったものだ。ダイアモンドダストはテレヴィジョンで見たことがあった。まさか、この〈鐶の星〉でほんものが見られるとは思わなかった。そのうえ、人工石だと思って眺めていた氷壁や氷原に似た風景も、ほんとうに雪と氷の白さだったのである。

「P号区はまだ整備中で、階によっては空調や温風がきかないところもあるんだ。ここへくるときはホワイトスウッを着てくるのは常識だろう。」

「そんなこと知らなかった。少しは寒いと思ったけど。」

「アナナスはほんとうに何も知らないんだな。それだから、彼らに狙われるのさ。」

「……彼らって、」

「イーイーとシルルだよ。」

「イーイーは何も狙ってやしない。」

「さあ、どうだか。」

イーイーのことをジロに悪く云われるのは腹がたつ。

「ジロ、きみに訊こうと思っていたんだけど、ぼくたちがいた《児童》宿舎はどこにあったんだろう。」

「何だいまさら、そんな昔のこと。」

「知りたいんだよ。ジロなら、昔から知っていたんだろう。」

ジロが蔑むようなまなざしをしたので、ぼくはいっぺんに気力をそがれたが、答えは訊いておく必要があった。

「C号区だよ。一〇一〇階。」

「……〇七五室、」

「知っているなら、わざわざ訊くなよ。」

ジロはシリコンフィルムで防寒した手で雪玉をつくっては、谷間に向かって投げていた。なぜか、落ち着かないようすだ。日ごろは子供じみた所作を嫌うジロが、珍しい。彼は手摺に積もっていた雪をあらかた投げてしまい、ぼくのほうへ向き直った。

「《児童》宿舎なんて、どうだっていいぢゃないか。それがどうしたって云うんだ。」

ジロは何が気にいらないのか、急に怒りだす。いつもの冷静さを欠いていた。ぼくは椅子を立ちあがり、鎖のカーテンを通ってバルコニイを出た。所詮、ジロの云うことなど聞いてもはじまらないのだ。

「アナナス、暗号の解釈を聞かないつもりか。」

ジロを無視して立ち去る気でいたが、その前に、もう一点だけ確認をしておこうと思い、バルコニイへ引き返した。

「ジロ、きみはどうなんだ。シルルに何か、狙われたとでも云うのか。」

ジロは一瞬、顔をこわばらせたが、すぐにもとの自信満々な表情に戻った。

「べつに、彼のところへ入った伝言を盗み見ただけさ。アナナスの注意にしたがってね。」

「ぼくは何も、盗み見ろなんて云ってない」

「いまさらうろたえることはないだろう。どうせ、シルルは、彼のPHOEBE《フィービィ》をぼくの目に触れるところへ平気で放置していたんだ。ぼくが暗号を怪しんだり、まして、読むことができるとは思っていないからね。」

「ぼくはジロにCANARIAの記憶データを教えたことを、後悔してる。きみは間違ってるよ。」

「ふん、そんなことを云うのも、今のうちさ。」

ぼくは寒さを我慢できず、バルコニイを離れてサーキュレでエレヴェエタホオルへ向かった。それに、ジロの話を聞くのも不快だった。廊下にビーコンが点き、数百メートル先にあるエレヴェエタの方角を知らせる。ジロはすぐに追いついてきて、ぼくとならんで走った。彼は、強引に話しかけてくる。

「伝言はね、〈アタエラレタ義務ヲハタセ。RACC—0001257〉。わかるか、登録番号はRACC—、……《同盟》の委員だけが持つ記号だよ。」

「それがどうだって云うのさ。」

「アナナス、きみが怒ることはないだろう。」

ジロは、彼を振り切ろうとするぼくに容易《たやす》く追いつき、シルルのところへADカウンシルから送信されたという暗号の意味を、くどくどと説明した。

「いいか、次にぼくが読みとった伝言というのはこうだ。〈彼ラノチュウイヲ、〈家族〉

ニシュウチュウサセヨ。彼ラガ、ママ・ダリア、パパ・ノエルニ手紙ヲ書キツヅケルヨウ見守ルコトヲ望ム〉。」

「彼らって、」

「ぼくたちのことさ、きまってるだろう。」

「手紙のことなんて、わざわざ《同盟》に云われなくても、ぼくはちゃんとママ・ダリアやパパ・ノエル宛に手紙を書きつづけているさ。ジロだって。」

「……バカだな、アナナスは。」

ジロは呆れ顔で云った。ぼくたちはエレヴェエタホオルへ到着し、表示灯《パイロット》が点くのを待った。谷を離れてから、寒さはだいぶ楽になった。しかし、夏服では、じっとしているだけで凍ってしまいそうだ。ぼくはホオルの付近をサーキュレで走っていた。ホワイトスウツを着こんだジロは一カ所にたたずんでいて、ぼくが彼の近くを通りかかるたびに話しかけてくる。

「ぼくはもう、手紙なんて書くのはやめた。」

「そう、よかった。ママ・ダリアの返事がジロと同じ文面かと思うと、ぼくは無性に腹がたつんだ。」

ぼくは恒星をまわる惑星のように、ジロのまわりをぐるぐるまわっていた。《青い鳥天文台》で見たことのある星系グラフだ。ぼくが遠くなるとジロは大声でしゃべった。かなり離れていても、ほかに何の音も気配もなく、空気も冷たく澄み渡っていたので、彼の声は聞こえた。

「アナナス、聞けよ。ママ・ダリアやパパ・ノエルなんて存在しないんだ。コンピュウタでもない。ぼくたちはいいように騙《だま》されているのさ。手紙なんて出しても誰のもとにも届かない。案外、イーイーやシルルが読んでいるのかもしれないぜ。」

「くだらないことを云うなよ。」

ジロのことばに耳を貸さず、そそくさと彼から遠のいた。すると、ジロはしまいに、追いかけてきてぼくの腕を摑んだ。

「聞けよ。いいか、アナナス。イーイーとシルルはADカウンシルと関わりがあるんだ。何か指令を受けてぼくたちの傍《そば》にいるのさ。彼らの狙いが何なのか気にならないか。」

「……きみは、シルルと友だちなんだろう。」

「ああ、そうだよ。」

「だったら、それらしくふるまえよ。不満があるなら、シルルにキチンと話せばいい。かげでコソコソするのは最低だ。話しあったうえでも不満なら、部屋替えを申し出ればいいのサ。そうぢゃないか。」

「部屋は替えてもらわなくてもいいよ。ぼくは当分騙されたふりをするつもりだから。」

ジロに摑まれていた腕を振りほどき、その勢いで彼を突き飛ばした。待ちわびたエレヴェエタがようやく到着する。ぼくは寒さをしのぐためにいち早く乗りこんだが、ぼくに突き飛ばされたジロは、立ちあがっただけで、乗ろうとしなかった。エレヴェエタには、ほかの乗客はいなかったので、ぼくは扉を押さえ、ジロを待った。

「早く乗れよ。」

「アナナス、ぼくが読んだ一番あたらしい暗号は……、」

ジロは高慢な表情を浮かべた顔をぼくに向けた。

「乗らないのなら、扉を閉めるよ。」

「〈ML−0021234ノ動キニ、不審ナ点ガアル。監視セヨ〉っていうのさ。ML−0021234は確か、イーイーの認識番号じゃなかったか。」

「……それが、どうした、」

無意識でエレヴェエタの扉を閉めていた。とたんにジロの姿は見えなくなり、冷気もうすれた。しかし、ぼくは躰の芯から冷えていた。気温のせいばかりではなく、なぜか寒くてしかたがなかったのだ。

〈ML−0021234ノ動キニ、不審ナ点ガアル。監視セヨ〉

ジロが最後に読んだという暗号のことを考えていた。それは、ぼくがイーイーのROBINで発見したシルルからの星標《スタアマーク》つきの送信と、何か関連があるような気がする。もし、ジロの解読が正しいとすれば、おそらくシルルはADカウンシルに疑われていることを、イーイーに示唆したのではないだろうか。ぼくにわからないのは、イーイーが何を疑われているのか、ということである。また、どうしてシルルやイーイーがADカウンシルと関わっているのかがわからない。ぼくなど、《同盟》やADカウンシルの委員に直接会ったこともなければ、CANARIAで送信を受けたこともない。たぶん、ジロもないと思う。

　エレヴェエタの動きがおかしい。というより、扉を閉めたとたん考えごとに耽ってしまい、エレヴェエタの行き先に注意していなかった。一〇二六階の自分の部屋に戻るつもりでエレヴェエタに乗りこんだのだが、停止する階を指定するのを忘れていた。行き先ボタンは、最上階のゾーン・ブルゥに灯《ランプ》が点《つ》いているだけだ。あわててキィボオドで一〇二六階のボタンを押したが灯《ランプ》が点かない。信号が届かなかったのかと思い、再度強く押したが、それでも灯《ランプ》は点かなかった。エレヴェエタはどんどん上昇をつづけているらしい。振動がないので、故障で停止したのか、とも思ったが、壁に耳を押しつけてみると、ひゅうひゅうと鳴る風の音が聞こえた。シャフトの回転音もする。エレヴェエタが動いていることは確かなようだ。

　しかし、行き先がゾーン・ブルゥでは困る。何しろ、あそこは〈立ち入り禁止〉地区なのだ。ぼくのような《生徒》が、のこのこ出かけてゆくところではない。ぼくは、一〇二六階のボタンを押しつづけたが、どうしても灯《ランプ》はつかなかった。ほかのあらゆる階のボタンも試してみたが、どこも点かない。ついに、非常ボタンを押したのだが、それも反応はなかった。エレヴェエタは頑固にゾーン・ブルゥを目指しているのだ。

　いっそのこと、CANARIAでイーイーのROBINに通信を送り、助けを頼もうかという気になった。しかし、気まずくなっている最中なので、安易に呼びだすのは気がひける。しかも先ほど、イーイーからの送信をことごとく無視したのである。ぼくの呼び出しを、イーイーも当然、無視するだろう。

　彼を呼びだす代わりに、パパ・ノエルへの手紙を書くことにした。ほんとうはだいぶ息苦しく、不安で、誰かに助けてほしかったのだが、こんどくらいはひとりで持ちこたえてみたい。それに《ヴィオラ》もある。いつかイーイーが睡眠効果があると云っていた。意識のあることに耐えられなくなったら、《ヴィオラ》を飲んで、いつでも眠ることができる。さっそく背中のリュックに入れてある《ヴィオラ》を出して、手の中に包みこんだ。石英の結晶のような蓋《ふた》つきで、罎ばかりおおげさな、このたった一オンスの《ヴィオラ》が、不思議と落ち着きをあたえてくれる。これをよりどころに、息苦しいのをなんとか我慢したい。

　きのうは、ジロと乗ったエレヴェエタで閉じこめられた。あのときは、時間を追うごとにエレヴェエタ内の暑さが増し、ぼくは汗ばかり流していた。ところが、きょうは躰が冷たく、指や爪の先まで凍っている。キィをたたく指先もあまりよく動かなかった。外の谷が凍っているからだろうか。それとも、一五〇〇階あたりというのはもともと極寒なのだろうか。ともかく、エレヴェエタは動いているのだから、いずれどこかで停まるだろう。それまでの辛抱だ。

　たとえゾーン・ブルゥに到着しても、これは故障なのだからしかたがない……。ぼくは咎《とが》められたときの云い訳を、あれこれと考えた。〈立ち入り禁止〉地区に入ったのは故意ではない。自分ではどうにもならなかったのだ。ありのままを説明すれば、何とかなりそうだと楽観して、ぼくはパパ・ノエル宛の手紙に取りかかることにした。エレヴェエタは静かに上昇をつづけている。

尊敬するパパ・ノエル、

ぼくは今、エレヴェエタの内部《なか》にいます。どうしたわけか、まるで制御がきかず、ぼくの意に反して上昇をつづけているのです。ただでさえエレヴェエタの苦手なぼくは、不安と恐怖におそわれ、平静を保つのに非常な苦労をしています。こうして、パパ・ノエルへの手紙を書くことは、しばし、ぼくの神経をCANARIAに集中させ、エレヴェエタの内部にいることを忘れさせてくれます。

パパ・ノエル、ぼくの〈家族〉旅行はさんざんでした。というより、きょうにかぎっては、〈家族〉旅行がなくなってしまったのです。もとはと云えば、ぼくがイーイーやママたちと故意に別れ、道にはぐれたふりをしたことが原因です。ぼくはひとりで旅行をつづけましたが、結果として、エレヴェエタの内部で身動きの取れない状態となってしまいました。このエレヴェエタが向かっているのは、どうやらゾーン・ブルゥです。〈立ち入り禁止〉地区なのは承知していますが、行き先ボタンをいくら指定しても感知されず、ぼくの力ではどうにもなりません。
〈家族〉旅行は、カンジンの海へたどりつくまえに、破綻してしまいました。ぼくたち

〈一家〉は『アーチイの夏休み』にならって、コンヴァアチブルの気分でピスセスボオトへ乗り、意気揚々と出発したのです。D号区のアトリウムをピスセスボオトで漂うのは、アーチイ少年が海へ向かうときの、ワクワクとした気分に匹敵するはずのものでした。しかし、ぼくの気分は思うように浮き立たず、逆に理由のはっきりしない、不安と焦燥にとらわれてしまったのです。ママとパパといっしょであることは、想像したような楽しみをあたえてはくれませんでした。それぱかりか、あれほど、憧れていた〈家族〉旅行によって、いくぶんかは、得ることができたイーイーの信頼を、また失うハメになってしまったのです。

ぼくは少し、イーイーの個人的なことに干渉しすぎました。彼が《児童》宿舎のどこにいたかどうかを、くどく訊ねたのです。ふたりにとって重要なのは、現在の生活なのですから、彼の過去を問うときは、よほど慎重でなければならないはずでした。ところが、ぼくは迂闊な態度で、イーイーの過去に足を踏み入れようとしたのです。ぼくたちは友だちとしての日々を、はじめて出逢ったこの四月から出発させればよいのであって、それ以上過去に遡《さかのぼ》ることはなかったのです。

イーイーの過去やぼくの過去がどうであろうと、現在目のまえにいる彼を信頼することこそ重要です。心の中では何度もイーイーを信頼すると云っておきながら、実際には彼の過去について疑いを持ち、彼に不利なデータをジロにあたえてしまいました。ジロがシルルを疑うのは勝手ですが、イーイーにまで迷惑がかかるとしたら、ぼくは自分の失敗を、どう埋めあわせたらよいのかわかりません。しかも、こうしてパパ・ノエルへの手紙でも、自らの非を認めておきながら、面と向かってイーイーに謝ることはできそうにないのです。

これがぼくの〈家族〉旅行、第一日目の報告です。よもや、手紙がこんな内容になるとは、予想もしていませんでした。本来なら、海での楽しかった一日を物語るはずでしたのに。ママやパパ、それにイーイーと人工の浜辺ではしゃいだことをご報告できたら、どんなによかったでしょう。

エレヴェエタの表示灯《パイロット》がゾーン・ブルゥで点滅しています。そろそろ到着するのでしょう。……それでは、これで手紙を終えます。とても冷静な状態で書いたとはいえない手紙です。キィボオドをたたいているあいだだけ、今おかれている状況を忘れることができました。どうか、ぼくの手紙を迷惑に思わないでくださいますように。

七月二十三日　日曜日
認識番号MD–00057654–Ananas
Dear Papa–Noël
〈鐶の星〉P号区NO・一五エレヴェエタ内にて

エレヴェエタは表示灯《パイロット》の点いていたゾーン・ブルゥに到着した。いよいよ扉がひらくという段になり、かえって〈立ち入り禁止〉地区に無断で入る不安はうすらいだ。秘密をのぞくという誘惑と、未知の世界に対する好奇心から、何ひとつ見逃すまいとする気持ちになっていた。扉はゆっくりとひらき、目のまえにゾーン・ブルゥが徐々に姿を現す。空気の冷たさは、先ほどの氷の谷を思わせ、床は湖面のように鎮まっている。遙か遠く、水辺の木立のようなロケット群が見えた。暗く、どこまでもつづく天井部分には灰色にくすんだ靄《もや》がたちこめ、それは、雲のように少しずつ大きくなっている。天蓋《てんがい》に水蒸気がたちこめるせいで、自然に発生した雲だ。その厚い雲の切れ間からは奥深い闇がのぞいていた。天井は遙か高いのだろう。最上部はまったく見えなかった。

だが、この光景はどこかおかしい。遠ざかるにつれて、ゾーン・ブルゥを形成する鋼鉄の支柱はひずんでいるように見えた。まっすぐ天蓋を支えているはずの柱が反って見えるのだ。視点の周囲でフィッシュアイ・レンズをのぞいたようにフォルムが歪《ゆが》んだ。湖水の対岸にならんで林立するロケット・ランチャーも、同じ映像の連続にしか見えなかった。

全貌を見渡すことができず、ゾーン・ブルゥ全体は見当もつかない。エレヴェエタからのぞいているかぎりでは、ほんの一部しか視野に入ってこなかった。どこかに本物のロケットが隠されているのだろう。〈立ち入り禁止〉にしているくらいだから、管理も万全のはずだ。それにしても、ひとつの音声も聞こえてこないのはどうしたわけだろう。

ロケットの発着があるなら、誘導する音声や《Count Down》が聞こえてもよさそうなものだ。毎日、毎日、何らかのロケットが発射されるのだと思っていたぼくの期待は、見事にはずれた。ゾーン・ブルゥのしん、とした空気は人を寄せつけないものであり、凍りつく冷気となって漂っている。

「……なんて寒いんだろう。」

エレヴェエタの扉は、ひらいたままだ。ぼくはまだ基内に踏みとどまっていたが、あたりに誰の姿もなかったので、外へ出てみることにした。どこかにロケットがあるかもしれない。ここまで来てしまったのだから、せめて目にしておきたい。

ゾーン・ブルゥの床に一歩踏みだした途端、けたたましい警報が鳴り響いた。あまり激しい音だったので、一瞬、何事が起こったのかわからず、その場に立ち尽くしてしまった。だが、しだいに、警報は自分がゾーン・ブルゥに立ち入ったために鳴ったのだと気づき、こんどは狼狽した。エレヴェエタの内部《なか》で考えてきた釈明を、頭の中でくり返そうとしたが何も出てこない。警報ですくんだ途端、何もかも忘れてしまったらしい。あわててエレヴェエタの内部に戻ろうとしたが、手脚が硬直している。一歩も動けなくなってしまった。

それだけでなく、躰の重心が定まらずフラフラする。眩暈《めまい》を感じるときと同じで、躰の動きと目の動きが一致しないのだ。さらに周囲は歪みながらゆっくりと回転している。平衡を保とうとしているのに、足場を安定させることができなかった。床に対して垂直になろうとしながら、その床が平らなものだとはどうしても思えないのだ。頭の中は真っ白になっている。警報は鳴りつづけ、こんどはとうとう誰かの足音が聞こえてきた。硬い靴底で床を蹴る、妙に規則的な足音だ。ぼくは自分の正当性を裏づけるために、せめてエレヴェエタ内へ戻る動作をしようと試みたが、寒さで凍えた躰は思うように動かなかった。気温が低いせいなのか、手首のリングも重い。持ちあげることができないまま、磁石のような強い力で床に引きつけられた。抵抗するまもなく安定を失い、倒れこんだ。気ばかり焦って、立ちあがることすらできずにいた。

「何ヲシテイル。」

音声は、頭上で響いた。躰がすくむ。天井にヴォイスがあるのかと思って見上げたところ、異様に背の高い無表情の男が立っていた。一目で、〈ルゥシーおばさん〉や〈偏屈者のケネス〉と同じヘルパアの一種だと知れたが、これまでまったく見たことのない姿をしていた。ぼくの背丈は彼のほぼ半分ほどしかない。長い手脚が、よけいに背の高さを際立たせている。蒼味《あおみ》がかった容貌《かお》をしたその男は、関節や指先などが、製図器具のような印象をあたえる。もし攻撃をするときは寸分の狂いもないだろう。

「何ヲシテイル。」

男は同じことをくり返す。直感で、四度はくり返さないだろうと思った。おそらく三度目にぼくが何も応えなければ、捕まるのだ……。そう思ったが声は出なかった。頭の中は空白で、云い逃れも釈明も思い浮かばない。何とか唇を動かしてみたが、空気が洩《も》れるだけでことばにならなかった。

「何ヲシテイル。」

三度目だ。ぼくは必死の思いでエレヴェエタを指さした。せめて故障だということを知らせようと思った。扉がひらいたままのエレヴェエタを、指さすまでは何とかできたが、ことばは出なかった。唇は動くのだが声は出ない。男はぼくが示した方角にまなざしを向け、それからエレヴェエタのほうへ歩きだした。何とか、思いは通じたらしい。拘束されずにすんだ。まだ緊張で躰はこわばっていたが、恐怖は少しずつ和らいでゆく。そのおかげで、硬直したように動かなかった手脚もわずかに弛《ゆる》み、数歩ずつだが歩くこともできた。

男は停止しているエレヴェエタの基内に入った。ぼくは扉の外に立って、男のようすをじっと見ていた。男の指先から光のようなものが噴出し、一瞬コンピュウタ基盤が照り映える。さらに発光を閉じこめるようにふたたびパネルをかぶせる。手際よく作業を終えた男はエレヴェエタから出て、もう一度ぼくの前に立った。遙か上のほうに容貌《かお》がある。彼はぼくを見おろしながら、エレヴェエタを指し示した。

どうやら、このまま帰れ、ということらしい。目のまえに突きつけられた尖《とが》った指に気圧《けお》され、反射的にエレヴェエタへ乗りこんだ。男は早く扉を閉じろ、という指示を無言で出し、ぼくもそれを理解した。ただちに扉を閉め、行き先パネルのうえを指でたどった。まだ、指が震えている。少しのあいだ、どこへ行くかを迷ったのち、ドォムのある六〇〇階を指定した。

A号区のドォムは、すっかり夜になっていた。けさ、《生徒》宿舎の部屋を出てから、もうこんなに時間がたってしまったのだ。きょうの一日は、特別長く感じる。しかし、その長さは、目のまえに広がる夜の暗い海を見て、ようやく身にしみる性質のものである。昼間のあいだ、ぼくにはゆっくり考える時間などなかった。音のない夜の海は、ただの暗い闇でしかない。涯てもなく深く澱み、何もかもを呑みこんでしまいそうな暗黒だった。夜天《そら》と海のあいだ、海と人工の海岸の境もはっきりとしない。涯てのほうに何となく黒い淵が横たわっているだけだ。ヴォイスも今は沈黙していた。

夜の暗い砂浜を、ひとりで歩いてゆく。ルナ・パァクからはだいぶはずれたところだったので、あたりには誰もいなかった。照明もほとんどなく、足もともよく見えない。天蓋にはいくつかの星が煌き、そのわずかな光に反射した砂の粒子が、ときおりチカ、チカ、と信号のようにまたたいた。コンピュウタで制御されたドォム内の室温は、夜になるとそれらしく冷え、砂も冷たい。もし、昼の熱い砂を踏んだあとならば、この冷たい砂は素足を心地よく包んだことだろう。だが今は靴底を通してさえ、砂の冷たさが躰の中へ浸透する。砂はこれほどまでに冷えるものだろうか。

ぼくは相変わらず寒い。砂浜を歩きながら、ますますそれがひどくなった。夜の冷気が漂っているとはいえ、真夏にはちがいなく、涼しいと思うことはあっても、ふつうなら寒いとは感じないはずだ。寒いのは、さっき見た光景のせいだ。侵入者の誰をも拒む、ゾーン・ブルゥの冷たさが甦《よみがえ》ってくる。ロケットタワアもロケットも、すべて傷もなく新しいものなのに、かつて一度も動いた形跡がない。設備が老朽化しているわけでもないのに、ゾーン・ブルゥはなぜか廃墟と化していた。何百年ものあいだ氷に閉ざされ、静かな眠りについていたようなのだ。錆《さび》もなく、煌きも失われてはいなかったが、機能しているようすはない。建設途中で、暖房のきいていないP号区よりもさらに凍てついた世界だ。あるいは、ビルディングの外へはけして出られないことを象徴しているのかもしれない。

「……ゾーン・ブルゥがあんなところだったなんて、」

ママ・ダリアやパパ・ノエルの住む惑星へ向かう唯一の出口は、想像していたような、光り溢れる活気に満ちた場所ではなく、わざわざ〈立ち入り禁止〉にしなくても誰も近寄らないと断言できるほど、暗さのつきまとう場所だった。そこで見たものは、実際のロケットではなく、同じ映像の断片を連続してならべただけの幻影だった。音声も聞こえず、ざわめきもない。見あげるほどのロケット・ランチャーや、巨大なロケットの勇姿を想像していたぼくの期待は、見事にはずれた。ゾーン・ブルゥは、ビルディングの出口とは思えないようすの場所なのである。

レシーヴァを出して、波の音を聞いた。深く重い、うねりのある波の音が聞こえる。遙か遠くで雷鳴のように轟《とどろ》き、振動の余波は打ち寄せる波のように、ひとつ、またひとつと、ぼくのもとへ届いた。振動がぼくの躰を通りぬけたあとに、軽く皮膚が震え、空虚な闇が広がる……。夜の海よりも暗く深い、暗黒星のような重力のひずみがある闇だ。ぼくはレシーヴァをしたまま、冷えた砂の上へ腰をおろし、テレヴィジョンに映る夜の海と向かいあった。ドォムの彎曲した壁面に映るだけの幻影が、いくら立体映像であるとはいえ、どうしてこうも目のまえに迫って見えるのだろう。せりあがる波は、勢いよく打ち寄せ、波をふちどる白い水しぶきは、今にもぼくの膝にはねかかりそうだ。しかし、実際には海水はどこにもない。残像を見る視力の錯覚を利用した。多元構造のテレヴィジョンだった。半径が二〇〇メートルはあるドォムの中心部にいながら、壁面に映る幻影の海は手の届くほど間近に迫ってくる。躰が吸いこまれそうな漆黒《しっこく》の淵。

途方もなく暗く、容易にふさぐことのできない空虚な闇が躰の中に残った。それが〈家族〉旅行のすえにぼくが得たものだ。結局、ヘルパアのママやパパでは、どうにもならないということかもしれない。まだ、『アーチイの夏休み』に登場するママやパパを見ているほうが、〈家族〉というものを実感できる。イーイーとぼくも〈兄弟〉になれず、そんなふりもできなかった。彼はぼくの友だちなのだ。この人工の池や、滝、森や砂漠、まやかしと幻影ばかりの世界にあって、イーイーの存在だけが、正真正銘の真実である。ぼくはそれを、せめてものより所にしていた。しかし、そのイーイーという存在もまた、あやふやになっている。彼は意味不明な暗号を使ってシルルとことばを交わし、ぼくが少しでも深く彼の領域に立ち入ろうとすると、頑として拒否する。

ぼくはこの〈家族〉旅行に、いったい何を期待していたのだろうか。『アーチイの夏休み』に出てくるママやパパ、犬、カナリア、コンヴァアチブルの車、碧い海。どれひとつとして、ぼくの所有しているものはない。小さなトランクに詰めこむほんの少しの荷物さえ存在しない。ぼくは何も持っていないのだ。もしあのアーチイ少年に自慢するとしたら、イーイーという友だちのことだけだった。だが、そのイーイーですら、ぼくから遠いところにいる。

波の音を聞きながら、躰の中に広がってゆく闇をどうすることもできなかった。虚しく、やり場のない気持ちを抱いて、暗い海と向かいあった。考えてみれば、ぼくは自分がひとりきりであることを、これまで自覚せずにいたのだ。今はじめて、ぼくは自分がひとりであることを知った。ぼくがこの〈鏝の星〉で生きていることなど、誰も気にしない。裏返せば、ぼくの死すら、誰も気にしないだろう。自分がいつどこで生まれたかということさえ、わからない。古い記憶をひも解こうとした結果、つい最近の《児童》宿舎でのことまで定かではなくなった。ジロが〈生活習慣日誌〉をこと細かく記録していた点や、〈ルゥシーおばさん〉の養育など、すべてを体験しているはずなのに、ぼくにとって、かつての日々は映像の中のひとコマでしかない。〈ピパ〉の存在すらあやふやだ。ぼくはひとりで生まれ、ひとりで暮らしている……。

「アナナス、」

一瞬、誰に呼ばれたのかわからなかった。気のせいかとも思った。この暗い海辺に、誰かほかにいることなど、少しも考えていなかったからだ。声のしたほうを振り返り、そこにイーイーがいるのを見つけた。はじめにぼくの頭をよぎったのは、これも幻影なのか、ということだ。イーイーがそこにいるはずはない。しかし、彼は砂を踏んで、ゆっくり歩いてくる。黒とも紺ともつかない闇に、彼の白い容貌《かお》、腕、脚が、浮かびあっていた。幻影という背景から剝離《はくり》した別の映像のように、彼の姿が現れる。

「イーイー、」

「どうして逃げたんだ。」

「……逃げたわけぢゃない。」

「ぢゃあ、何さ。」

「ママたちは、」

「宿舎だよ。長椅子で横たわってる。」

イーイーはぼくの隣に腰をおろし、同じように海を見つめた。彼のもの腰は静かで、昼間の気まずさを、ここでまたくり返すつもりはないようだ。ぼくはよけいに自分の子供っぽさがうしろめたくなる。イーイーは片手にＲＯＢＩＮを抱えていたが、レシーヴァは忘れたと云った。

「波の音を聞いてごらんよ。ぼくのを貸すから。闇を見ながら聞くとすごくいいんだ。」

イーイーはぼくが差し出したレシーヴァを取って、耳に入れた。すぐに瞼を閉じて、じっと耳を傾けているイーイーの横顔を、ぼくは隣で盗み見ていた。頰や鼻筋は、彼の膝と同じくセラミックのようだが、瞼はポリエチレンかシリコンのように見える。いずれにしても、イーイーは皮膚感をまるであたえない少年だった。彼は、ときおり躰を震わせ、砂の中に埋もれた指先を動かした。イーイーの躰の中で響いている汐騒が、ぼくにも聞こえてくるようだ。何千メートルという深さで横たわる夜の海の、鉛のように重い轟き。これが昼間には透明な碧硝子《ガラス》に変わるのだから不思議だ。一五億キロ彼方の、あの碧い惑星には、いったいどうしてこんなに大量の水があるのだろう。それにひきかえ、〈鐶の星〉にはひとつの海もない。

「何か、聞こえた、」

黙りこんでいるイーイーに訊ねた。ぼくの肱《ひじ》に触れた彼の腕がかすかに動いたからだ。

「今ちょうど雨が降ってきたところだ。海面に降りそそいでいる。」

テレヴィジョンの海は星夜天《ほしぞら》を映していた。雨など降りそうもない。

「どうして、テレヴィジョンには音声がないんだろう。この海は晴れているね。雨なんて降っていない。それに、たとえ降ったとしてもこの闇では、見えない。」

「アナナス、睛《め》を閉じてごらん。きみにもこの雨音が聞こえてくるだろうから。」

「どうして、レシーヴァもないのに。」

「いいから、睛を閉じればわかる、」

熱心に勧められ、瞼を閉じてみた。レシーヴァをしていないので、目を閉じれば、闇がより深い闇になるだけのことだ。ぼくはそう思っていた。ドォムの内部《なか》を自然に動く空気の流れが、わずかな隙間を吹きぬけ、ひゅう、ひゅうと音をたてる。新鮮な空気を送りこむエアシュウトからも、風のうなりが海の咆哮のように低く響いてきた。しかし、雨音は聞こえてこない。レシーヴァがなければ、テレヴィジョンの光景はただの映像にすぎないのだ。

そのとき、不意にイーイーの手が、ぼくの耳を左右からつつみこんだ。冷たく、細い指の感触とともに、ぼくは降りそそぐ雨音を聞いた。広く横たわる海面を、静かに打っている。その音はイーイーの躰を通りぬけ、細い指先を伝ってぼくの耳に聞こえてくるのだ。ぼくとイーイーは、同時に同じ音を聞いている。もし、ぼくたちがテレヴィジョンではなく、ほんものの海を前にしていても、これほど正確に同じ音《あまみず》を聞くことは、おそらくできないだろう。ふたりでひとつの耳を持って、海にそそぐ天水の、一滴の音も聞きもらすまいとして、一心に耳を傾けていた。そうして、ぼくは瞼の奥に、よりはっきりと夜の海を見た。夜天《そら》からの滴《しずく》を残さず受けとめ、うっすらと水烟《みずけむり》をあげる海面。チラ、チラ、と光るトビウヲたちのヒレ。群れでゆれ動く星団のようなホタルイカ。降りしきる天水の繊《ほそ》い糸……。

雨音を聞いてほっとしたためか、先ほどまでぼくをとらえていた不安や、虚しさをこらえていた緊張がゆるみ、急に力が抜けてしまった。ぼくはイーイーに悟られまいとしながら、涙を流していた。躰じゅうが心地よく火照《ほて》ってゆく。恥ずかしいと思いながらも、こみあげてくるものを止めることができず、静かな安堵に満たされた。

「……アナナス、」

　しばらくのあいだ、返事をできなかった。肩の震えをこらえようと、必死になっていたからだ。だが、イーイーはすでに感づいて、ぼくの耳を押さえていた手を、こんどはそっと肩へのせた。彼の手が耳から離れて、フッと、波の音が跡絶《とだ》えたが、しだいにまた聞こえはじめた。レシーヴァも、イーイーの手もなしに、ぼくは波の音を聞いたのだ。それはぼくの躰の中に残った余韻なのだろう。やわらいだ雨音と、遙か遠くから打ち寄せてくる波のゆるやかな響き……。

「イーイー、」

　しんと静まったドォムに、ぼくの声がやけに大きく響いた。イーイーは少し間《ま》をおいて、返事をする。

「……何、」

「ぼくはさっきゾーン・ブルゥへ行ったんだ。」

「ゾーン・ブルゥへ、」

「……うん、」

「へえ、意外だな。アナナスにそんな思いきったことができるなんて。だいいちエレヴェエタはどうしたのさ。あのとき六〇〇階まで降りていたんだから、ゾーン・ブルゥまで軽く一〇〇〇階分は上昇したはずだろう。」

　ぼくが泣いていたことを、イーイーは気づかないふりをしてくれるつもりなのだ。必要以上に明朗な声で云う。

「はじめは、そんなつもりぢゃなかったんだ。ほんとうはエレヴェエタが故障して行き先ボタンが押せなくなっただけ、」

「ああ、わかった。《ヴィオラ》を飲んで眠ったんだ。それで知らぬまに、ゾーン・ブルゥについていたんだろう。」

イーイーはわざとのように快活に応じた。ぼくにそれが、たまらない。彼はたぶん、もとからゾーン・ブルゥのことを知っていたはずで、そこがどんなに素っ気ないところかをも心得ている。

「……ぼくはゾーン・ブルゥがあんなところだなんて思わなかった。」

「どんなだと思ってたんだ。」

「光に溢れた、楽しいところ、」

すると、イーイーはぼくの肩に手を置いたまま、思いきり笑った。ふたりが今感じている不安を、拭おうとするかのようにおおげさに声をたてた。

「……どうせ、ぼくは何も知らないさ。」

イーイーはぼくのレシーヴァを返しながら微笑んだ。

「そろそろ、帰ろう。」

ぼくは頷く。ふたりとも同時に砂浜を歩きだした。テレヴィジョンの海はよく晴れ、雨は降っていない。ぼくは途中で素足になった。コンピュウタの制御で、自動的に冷やされた砂だ。足の裏は冷たくなったが、こんどは砂の冷たさが心地よい。こんな砂浜が数キロにわたってのび、やがてドォムの出口へと向かう。

「どうだった、〈家族〉旅行は、」

「どうってことはないよ。あらかじめ、報告書に書いたとおりさ。」

イーイーはそう云って、パノラマカメラで映したという記念写真を見せてくれた。碧い海を背景に、イーイーはひとりで写っていた。こうして写真に撮ってしまうと幻影はかえって現実のものとなる。イーイーはほんとうの海にたたずんでいるようだ。白い額《ひたい》は、翠色《すいしょく》の海水を映してうす碧く煌き、睛《ひとみ》のすみれ色は、日を浴びて、より明るく澄む。《ヴィオラ》とそっくりの色をしていた。

「いい写真だね。」

ぼくはその隣に自分がならんでいないことを、いまさらながら悔やんだ。記念写真のイーイーは、ぼくがこれまで見たことのないような笑顔を浮かべていたのだ。

「あした、そろって写せばいいさ。」

ぼくたちはドォムを出て《生徒》宿舎へ向かった。

第4話★五日間のユウウツ

Melancholy of Five Days

敬愛するママ・ダリア、

数日のあいだに何通もの手紙を書いているぼくを、どうかくどい子供だと思わないでください。ママ・ダリアに手紙を書かずにおれないようなことが、呆れるほどたびたび起こるのです。おおげさな表現だと、お笑いになるかもしれません。でも今、〈ルゥシーおばさん〉から解放されて以来、最も重大な事態に直面していると云うことができます。危機と云いたいところですが、そんなことばを安直に使えば、イーイーの批判を浴びることが確実なので、やめました。

さて、本題です。同室のイーイーと《ヘルパア配給公社》へ行き、そこでパパとママを調達して〈家族〉旅行をするという計画のことはすでに手紙に書きました。ぼくはこのすばらしい〈家族〉旅行の報告をママ・ダリアにできることを、もっかのところ最大の愉《たの》しみにしていたのです。ところが、思わぬことで〈家族〉旅行は破綻してしまいました。この件について、恥ずかしいことですが、ぼくに非があることを認めます。詳しいことはパパ・ノエルへの手紙に書きましたので、くり返しません。どうか、パパ・ノエルにお訊ねになってください。

ここで問題なのは、〈家族〉旅行そのものではなく、その後起こったほかのあらゆる事件のことです。ぼくとイーイーは〈家族〉旅行の一日分が終了したあと（というのは、ヘルパアのパパとママが動きを停止してしまうので）、ふたりでA号区六〇〇階のドォムにいました。暗い夜の海を眺めながら、レシーヴァで雨の音を聞いていたのです。テレヴィジョンの海は星夜天《ほしぞら》でしたが、ぼくは目を閉じていましたので、それは問題ではありません。

海に降りそそぐ雨音は、はじめはとてもやわらかく響き、躰の奥底へ静かに沁み徹《とお》るようでした。天水《あまみず》がひと粒ひと粒落ちる音を、残さず聞き分けることもできました。雨音はしだいに勢いを増し、なだれ打つような響きになってゆきます。それとともに、ぼくの感情も静から動へとゆるやかにうつり、解放されてゆきました。ぼくはこれまで自分の感情を抑えているとは思ってもみませんでしたが、けしてすべてを露《あらわ》にしているわけではなかったのです。見栄や自負などもあるのでしょう。天水はそんな余分なものをすべて洗い流してくれるのです。実際の雨に打たれているわけではないのに、ぼくは躰《からだ》を伝ってゆく水の流れを感じました。手脚に降りかかる水の重みは、逆に躰の重みを忘れさせてくれます。地に足をつけている感覚が消えてしまうのです。水の中なのか、夜天《そら》に浮かんでいるのかもわからないまま、静かに漂っていました。精神が遊離するのはこんな感覚ではないでしょうか。いざ、感情を解き放たれてみると、その心地よさに酔ってしまいそうでした。そのとき、気がたかぶって涙を流していたことを白状します。

レシーヴァの音声を聞きながら、ぼくは雨の降りそそぐ夜の海を、思い描いてみました。テレヴィジョンの海は、まばゆい星夜天《ほしぞら》であり、平穏そのものです。一方、雨音を聞きながら瞼《まぶた》の奥で眺める海は、表面がかろうじて白い水烟《みずけむり》でおおわれているだけの、暗い海でした。ときおり、魚たちのヒレやウロコがひかります。海面近くに群れているのはホタルイカたちでした。波にゆれる光は、宙を漂っているようにも見えます。星群の中に迷いこんだとしたら、こんな光景を目にするのではないでしょうか。満天の星夜天《ほしぞら》はどこが天地なのか、見極められないほどで、宙を落下してゆくのは、こんな感じだろうと思いました。深淵へ吸いこまれてゆくようです。

ふと我に返ったぼくが見ていたのは、よく見慣れたテレヴィジョンの海でした。いつのまにか、瞼をあけていたのです。夜天《そら》にさんざめく大小の星々が、鏡のように静まった海面に映り、ドォムじゅうがまたたいていました。やがて、その星々も消え、ふたたび闇におおわれてゆきます。

夜天も海もないまぜの闇に包まれたドォムには、ぼくとイーイーのほかに人影もなく、しかも、イーイーが隣にいるというのに淋しくてしかたがありませんでした。目のまえにひろがる闇は呼吸《いき》をするごとにぼくの内部《なか》へどんどん迫り、そのまま躰の奥底へおさまってしまったのです。もともと空洞化していたぼくの躰は、いともあっさりと暗黒の闇を受け入れてしまいました。以来、真っ暗な闇を抱えています。霧のように自由に動き、夜の海のように重く沈む闇です。こんどはいくら呼吸《いき》をしても、吐きだすことができません。石のように硬いわけでもなく、綿のようにからみつくわけでもないのに、どうしても喉を通過させることができないのです。

ドォムの中で、寒さのために長いあいだ震えていました。夜の海は底知れず深く、どこまでもつづく途方もない闇なのです。ぼくは恐れていたのでしょうか。なぜ、躰が震えたのかはわかりません。もし、この闇にほうり出され、たったひとりで海を泳いでゆくのだとしたら、とても耐えられないだろうと思いました。でも、この海をいつかきっと泳いで渡らなければならないだろうと、そんなふうな確信もあるのです。なぜなら、ぼくはすでに海の淵までたどりついていますから、おそらく後戻りはしません。この地点から何度も引き返し、逡巡と戦慄を覚えながら、やがて、新鮮な水を飲むときの静かな気持ちに躰じゅうが満たされたとき、水平線の涯てにある何かを目指し、海へ飛びこむだろうと思います（その場合の〈海〉がどこにあるのかは、まだ不明ですが……）。

冷たい水がナイフのように躰をかすめてゆくことさえ想像します。海に躰をゆだねているぼくの内部《なか》では、飲みこんだままの暗黒の闇が、揺れ動く波に同調して波打つことでしょう。または衛星の動きによって、ママ・ダリアの都市の海が干満をくり返すように、満ちたり、引いたりするかもしれません。

ママ・ダリア、〈海〉とはそういうものですね。ぼくの考えは間違っていますか。それともぼくはとうに、深い海に向かって泳ぎだしているのでしょうか。どうぞ、教えてくださいあの碧《あを》い惑星の海はいったい、何なのでしょう。なぜ、こんなにもぼくを魅了するのですか。

　だいぶ話がそれてしまいました。脈絡がなく、申し訳ありません。ぼくはある事件について、ご報告しようと思っていたのです。というのは、ぼくとイーイーがドォムから《生徒》宿舎へ戻ったところ、すでに事件は起こっていました。ふたりとも扉をあけたとたん、まずいことになったと直感したのです。ぼくたちの部屋は扉をあけてすぐ居間になっていますから、異変はいちはやく目に飛びこみました。というのは、長椅子を占領しているはずのヘルパアのパパとママが忽然と消えていたのです。まさか、パパとママが消えているとは思いもしませんでした。

　ぼくとイーイーはあわてて辺りを捜索してみましたが、あてもなく探して見つかるほど、このビルディングは狭くありません。仔犬のサッシャが迷子になったときと同じく、ぼくたちはなすすべもなく部屋に戻ったのです。あらためて計画を練って探すことにしました。ただ、問題なのは、パパとママを期日までに《ヘルパア配給公社》へ返却しなければならないことです。もし、それまでに見つからないときは、ふたりとも「外出禁止五日間」の罰則を受けることになります。イーイーははじめからヘルパアにあまり興味がなかったので、捜索にも熱が入らないらしく、罰を受けてもかまわないという気になっているようです。ぼくも〈ルゥシーおばさん〉のいる《児童》宿舎にいるときから罰には慣れているので、抵抗はありません。仔犬を探したときほどの使命感もありませんから、体裁だけ整えればいいのではないか、くらいに考えています。こんなことを書くとママ・ダリアはさぞかし顔をしかめていらっしゃることでしょうね。
そして、実はきょうがいよいよ返却日です。パパとママはまだ見つかりません。これからぼくはイーイーといっしょに《ヘルパア配給公社》へ事の次第を報告しにゆくのです。それでは、結果はまたお知らせしますので。お叱りは数々あると思いますが、そのときに心して伺います。

七月三十日　日曜日
認識番号 MD−00057654−Ananas
Dear Mama−Dahlia
〈鏝の星〉の《生徒》宿舎C号区 1026－027 室

あの〈家族〉旅行以来、ぼくとイーイーは海やゾーン・ブルゥのことでゆっくり語りあう時間もなく、ヘルパアのパパとママを探すことに明け暮れていた。イーイーは罰則などたいしたことではないと云い、捜索にもあまり熱心ではない。冷静で大胆な彼らしく、ママとパパがいないと判明したときも、少しもあわてず落ち着きはらっていた。だが、毎日サーキュレでどこかへ出かけていたことだけは確かだ。この間、彼はぼくのまえから姿を消すことがたびたびあった。どこへ出かけていたのかは、さっぱりわからない。あるいは部屋に閉じこもっていたのかもしれないが、もの音は聞こえなかった。

ぼくもサーキュレであちこち探し歩いた。熱心さではイーイーを上回っていたと思うが、彼のように速くサーキュレを走らせることができないので、ムダに動いていたほうが多い。そのうえ、エレヴェエタも苦手だったので、捜索の範囲はごく限られた。こんなふたりの身の入らない捜索の結果、一週間はまたたく間《ま》に過ぎ、きょうは《ヘルパア配給公社》へ行く日なのである。

「心配することはないさ。」

イーイーはそう云ってROBINを携え、居間の長椅子にもたれかかっていた。彼は細長い脚の片方を折り曲げ、鋭角になった膝のうえへROBINをのせて、しきりにバランスをとろうとしている。うまく膝のうえへのったところで、何の意味もない。それだけでも、彼が今回の事態を真剣に考えていないことがわかる。

「べつに何も心配してないよ。」

いくぶんムキになって云った。イーイーに軟弱だと思われたくない。ドォムの海岸で涙を流したことはまったくの不覚だ。しかもイーイーに悟られたことが、あの日以来、重荷になっている。あのときイーイーもほとんど同じ気持ちだったにせよ、彼は涙など流さなかった。ぼくにしてもイーイーがいなければ泣くことなどなかったかもしれない。

「罰則といっても、たいしたことはないのさ。〈外出禁止五日間〉なんて、すぐすんでしまうぜ。」

イーイーはぼくを安心させようとして付けくわえた。自分自身に云いきかせる意味もあるのだろう。確かに、この罰則はヘルパアを返却できないことへの咎《とが》にしては軽い。だが、イーイーにとっては、サーキュレで走る自由を奪われ、部屋の中に五日間もこもることなど、一日だって我慢できないはずだ。

「出かけるまえに、念のためにきみのCANARIAとダイレクトにしておこう。」

「ああ、それがいい。」

ぼくとイーイーのサーキュレで走る速度のちがいを考えれば、はぐれることを踏まえた当然の措置と云える。ふたりともコンピュウタの準備を整え、イーイーはROBINで《ヘルパア配給公社》に面会の予約を入れた。その後、ぼくたちはそろって宿舎を出た。

うっかり忘れていたのだが、《ヘルパア配給公社》へ行くには、エレヴェエタに長く乗らなければいけない。ぼくはエレヴェエタホオルへ行った途端、また気分が悪くなってしまった。このところたびたび故障に遭遇したもので、エレヴェエタのことを考えるだけで息苦しい思いをするようになっている。わずかな時間なら何とかこらえることもできるが、《ヘルパア配給公社》まで行くには最低でも、五分はかかる。そのあいだに何事も起こらなければ問題はない。しかし、ジロによれば衛星軌道のズレで、ここ数日はビルディング内のさまざまな設備が影響を受けるというのだから、油断はできない。

「アナナス、顔色が悪いね、」

先を走っていたイーイーは、わざわざ引き返してきて、からかい気味に云った。

「大丈夫だよ。きょうはイーイーにひとりで行ってくれなんて頼まないから。」

ぼくはムリに強がって答えた。

「それなら、こんどはぼくがアナナスひとりで行ってほしいって頼もうかな。」

不意をつかれ、答えに窮した。しかも、イーイーは冗談とも思えない真顔でそう云うのだ。じきに微笑んで勢いよくサーキュレを走らせて行ったのだが、先ほどの真剣な表情が気にかかる。イーイーの姿はどんどん遠ざかり、ゆるやかに曲がるチュウブの涯てに見えなくなった。

イーイーは、ぼく以上にエレヴェエタが不安なのではないだろうか。もちろんそんな表情を見せたのはほんの一瞬だったし、あのイーイーにエレヴェエタを怖がる理由などあるはずもないのだが、ぼくにひとりで行ってほしいと口にしたのは、案外本心かもしれない。イーイーに数十秒遅れてA号区のエレヴェエタホオルについた。彼がたたずむ場所へ近づく前に、ぼくは何とか決心しようと努めた。イーイーの信頼を得るためには、ぼくがひとりで行くからと、ぜひとも云わなければいけない。

「どうしたのさ、アナナス、深刻な顔をして。エレヴェエタのことなら心配ないよ。ふたりいっしょだし、いざとなれば、きみは《ヴィオラ》をなめて眠ってしまえばいいんだからサ。」

確かに、いざとなれば《ヴィオラ》がある。たったひと滴《しずく》で、ぼくはいつだって呼吸《いき》のつまりそうな恐怖から逃避することができるのだ。……もし、逃避することが卑怯な場合でなければ。

「イーイー、こんどはぼくがひとりで行ってくるよ。」

ようやくの思いで口にした決心は、音声になると同時に冷ややかな空気の中を漂った。

イーイーは憮然とした表情をする。

「いったいどうしたんだアナナス、きみがひとりでエレヴェエタに乗る気になるなんて。」

「何の、」

「だって、ぼくはきみに借りがあるだろう。」

イーイーが怒ったように訊くので、ことばに詰まってしまった。ほんとうは彼が悦んでくれるのではないかと思って期待していた。

「……きみが、エレヴェエタに乗りたくなさそうに見えたんだ、……それで。」

しどろもどろになって、何とか自分の意志を伝えようとしたが、一度思惑がはずれてしまうとなかなか修正できない。結局は下を向いて黙りこむしかなかった。このまま、〈家族〉旅行のときのように気まずくなってしまうのだろうか。軽率さを悔やみながら顔をあげると、意外にもイーイーは微笑んでいた。

「アナナスは忘れてるよ。このあいだぼくがひとりで《ヘルパア配給公社》へ向かったときは、ちゃんと取引をしたぢゃないか。かわりに、〈家族〉旅行では〈兄〉になるってサ。だから、きみはぼくに対してひとつも借りなんてない。」

「イーイーの役に立つなら、ぼくもひとりでエレヴェエタに乗れそうな気がしたんだ。だから……。」

「そんなことか。だってきみはもう、ひとりでエレヴェエタに乗ったぢゃないか。ゾーン・ブルゥへ行ったろう。」

あれは偶然だ。だからこそ、自分の意志でエレヴェエタに乗りこむ機会がほしかった。あてのはずれた気持ちの整理には、思いのほか気力を消耗する。洩《も》れてゆく水のように、少しずつ躰から力が抜けた。なんともいいようのない疲労を感じる。プラチナリングが少しだけ疼《うず》いたが、幸い痛みはほどなく消えた。

「……そうだね、」

エレヴェエタホオルのソネが鳴り、表示灯《パイロット》が点《とも》った。ぼくとイーイーは顔を見合わせて頷きあい、何も云わずに扉のひらいたエレヴェエタに乗りこんだ。内部《なか》には誰も乗っておらず、ふたりとも、いつものように壁へ寄りかかった。しばらくは、互いに口をきかない。しかし、黙っているのが不安になったぼくは、何とか話題を見つけだした。

「イーイー、《ヴィオラ》はちゃんと持ってきた、」

「持ってるよ。」

彼は軽くズボンのポケットをたたいた。きっとそこに入れているのだろう。ぼくも自分の持っている《ヴィオラ》がリュックの中にあることを確かめた。側面のファスナーをあければすぐに取りだせる。《ヴィオラ》がそこにあるというだけで、何となく落ち着けた。

「〈家族〉旅行の計画は、狂いっぱなしだったね。ぼくはとうとうパパやママと海へ行きそびれた。」

溜め息をついているぼくの隣で、イーイーが突如思いついたようすで云った。

「アナナス。ぼくたちはまず、ドォムを探してみるべきだったかもしれないな。」

「え、」

「ヘルパアさ。彼らはドォムへ行った可能性もある。」

「……そうかな、」

ぼくにはどうしてもそんな気がしなかった。

「ドォムへ行ってみよう。《ヘルパア配給公社》の予約時間にはまだ間《ま》があるから。」

なかば強引に云い、イーイーは六〇〇階のボタンを押した。この点だけでなく、ヘルパアのママやパパに関連するイーイーの態度は何となくおかしい。そもそも、ヘルパアを同道しての〈家族〉旅行を提案したのは、イーイーである。手配や手続きは、どうかと思うくらい計画的だった。ママやパパを迎えられるよう、彼がぼくに仕向けたということはないだろうか。何もかも、はじめからイーイーが仕組んだことではないのか……。

しかし、ぼくはその問題について考えるのをやめた。

〈家族〉旅行へ出発したあの日以来、ドォムへ行っていない。海の闇はいまだに瞼のうらに焼きついている。躊躇《ちゅうちょ》するのは、すべて幻影だと承知していながら、暗く深い海の底へ引きこまれそうになるからだ。しかも、疲れきって眠りにつくときのように躰を横たえたまま、引いてゆく汐《しお》の力に抗うことはないだろう。そう思う。ほんの少しまえまで、海の光景は眩《まぶ》しい憧れの対象だった。その点は、『アーチイの夏休み』の少年と同じだ。しかし、夜の海の深淵をのぞいてしまったあとでは、烟《けむり》のように摑みどころがなく、それでいて鉛と化した重い水が、ぼくの躰の内部《なか》で横たわった。当初はこれほど尾をひくなど、予想もしていなかった。ところが、瞼を閉じるだけで暗い水面《みなも》が広がる。これほどまでにぼくに近づいてしまった海を、もう幻影だと思うことはできない。というより、幻影であることに耐えられないのだ。この手で海水をすくいたい。それがただのテレヴィジョンではなく、溢れるほどに水を湛《たた》えた、広大な海なのだと誰かに云ってほしい。

　ドォム内の海の風景はかつてのように憧憬を満たしてくれないばかりか、焦燥をかきたて不安を募らせる。ママ・ダリアやパパ・ノエルの暮らすあの碧い惑星は、ほんとうにあるのだろうか。いつかゾーン・ブルゥを飛び立ち、あの惑星へ行くことがあるのだろうか。あるいは、海に焦がれながらもビルディングを出ることなど生涯ないかもしれない。

エレヴェエタは順調に動いている。ぼくにとってそれは何よりの救いだ。CANARIAの透明なカヴァをのぞき、その隅にある時計の数字が刻々と変わるのを見つめていた。はやく五分が過ぎればよい。一秒は意外に長く、しかも一分に近づくにつれて膨張してゆく。一秒一秒がいつも同じ長さだなどと簡単には信じられない。ぼくは時計から目をそらし、隣で考えごとに耽っているイーイーの肱《ひじ》を偶然のように突いた。何か気にかかることがあるらしく、むやみに静かだ。

「イーイー、このあいだの〈家族〉旅行の写真を見せて。」

彼にパノラマカメラで写した写真をもう一度見せてもらった。ディスクをCANARIAに挿入して、ディスプレイで見る。ぼくはイーイーが写っている写真を、こっそりCANARIAにコピイした。すみれ色の睛《ひとみ》は何とも云えず美しく、ぼくはしばらくディスプレイに見入っていた。

「パノラマカメラを持ってくればよかったな。」

イーイーはまた、いつものうちとけた調子で云う。何か不安があるのではないかと気にしていたぼくは、少しほッとした。ここ数日、彼もぼくも感情は不安定だ。たがいに沈みがちで、黙りこむことも多い。そのせいで、単純な行きちがいをして、小さな諍《いさか》いや仲直りをくり返した。

「そんな気分になれないよ。パパとママは行方不明だし、《ヘルパア配給公社》へ行けば罰則が待ってるんだから。」

「気が小さいな。」

イーイーが咳《せき》こみながら笑い声をたてるのと同時に、エレヴェエタ内の照明がまたたいた。この照明はガスを封入したものではないから、本来はまたたかない。ぼくははッとして上を見あげた。円盤型の薄い照明は、一瞬ごとに点《つ》いたり消えたりする。

「イーイー、」

「平気さ、じきに六〇〇階へつくはずだ。」

だが、イーイーのことばはぼくに少しも安堵感をあたえなかった。照明がまたたきはじめたときから緊張しているぼくの神経は、かすかな変化も見逃さない。正常ならほとんど振動のないエレヴェエタが、震えるように動いている。これは何かの異常なのだ。

「ついてないな、また故障に出くわすなんて。」

ぼくは表面的にはまだそれほど、取り乱さずに云った。落ち着いていられるのは、イーイーが隣にいるからだ。それからしばらくのち、こんどはいっさいの振動がなくなった。隔壁に耳をあてれば聞こえるはずのシャフトの回転音や、ダクトを吹きぬける空気の音もしない。ただ、照明だけが蒼白《あおじろ》くまたたいた。

「停止した……、」

イーイーは壁に耳をあて、ごくあっさりとそう云った。ぼくと向きあい、すみれ色の睛《め》を見ひらいた。自分に不利なことは認めたくないが、彼の云うのはほんとうだ。いまや、エレヴェエタは下降の途中で完全に停まった。イーイーは落ち着きはらっていたが、睛にはいつもとちがう鈍い煌《かがや》きがある。かすかな戦慄の兆候さえ窺《うかが》えた。彼がたんなる故障を恐れるとは思えなかったので、理由はほかにあるのだろう。いったい何を恐れているのか、ぼくはイーイーの顔を見つめたが、それ以上は何もわからなかった。彼やシルルは感情をかくすことに長けている。一瞬スキを見せることはあっても、けして多くを悟らせはしない。

行き先を示す表示灯《パイロット》は六〇〇階に点いていた。エレヴェエタに乗ってからまだ五、六分しか経過しておらず、時間からみて六〇〇階にはまだつかないはずだ。

「どの辺りだろう、」

ぼくは非常ボタンを見つめながら、それがこのあいだのように作動しないときのことを考えた。だが、まもなくエレヴェエタはまた動きだした。外側から、かすかな振動が伝わってくる。緊張で神経が過敏になっているせいか、ふだんはほとんど気づかない揺れを感じた。安堵すると同時に肩の力がぬけ、自分がいかに恐怖心に囚われていたかを知って恥ずかしかった。イーイーはまたつづけて数度、咳こんだ。

「どうしたのサ、カゼでもひいたみたいだ。」

「乾燥した空気のせいかな。アナナスは何ともならないか。」

「うん、ぼくは平気。何なら、《ヴィオラ》でも飲んだら。喉を湿らせればだいぶちがうと思うけど。」

「いいさ、じきだから我慢する。」

　誰かが外からボタンを押したらしく、表示灯《パイロット》は七〇〇階で停まることを知らせ、まもなくエレヴェエタは静かに停止した。作動が正常な証拠に扉はすぐひらき、外から、純白のスカイスウッを着た男がひとり乗りこんで来た。光沢をおさえた二重構造のスウッだ。吊り橋などから落下したさいは、空気を吸入して膨らむ安全装置があり、躰にあたえる衝撃をやわらげるというものだ。カイトに乗るときのパラスウッにも似ていた。おそらくガラス繊維だろうが、ごく薄い。男は眼球の奥まった表情のない顔をしていたので、ひと目見てヘルパアだと知れた。乗りこむとすぐ、エレヴェエタ内のコンピュウタ基盤のパネルをはずして作業をはじめた。故障の作業員だろう。ここ数日の故障の多さで、保全委員会の修理態勢も迅速になった。ぼくは単純にそう思っている。

　だが、イーイーは凍結した睛を男の背中に向けている。純白のスカイスウッを着た男の背中には、いくつかの数字がならんでいた。螢光をおびたように浮きあがっている。それはカウンシルの登録番号で、この種のヘルパアにはよくあることだ。

〈021417198181841241319Y〉

　もし、イーイーの表情がこんなに険しくなかったら、ぼくはその数字を登録番号と信じて疑わなかっただろう。ヘルパアの持つ番号の表記にはさまざまな種類があり、長い番号もありうるからだ。しかし、イーイーの睛《め》は、その数字がただの番号ではないことを物語っていた。反復する数字と末尾のアルファベットは、ぼくにも思い当たる。数字はおそらく、彼とシルルが交わす暗号と同じものなのだ。

〈021417198181841241319Y〉

ぼくはその数字を覚えようと努めた。その文字に冷ややかなまなざしを向けているイーイーのようすでは、歓迎すべき内容ではないらしい。解読はできないが、ジロならわかるだろう（彼に解読してもらうのは釈然としないにしても）。やがて、男は作業を終えてエレヴェエタを出て行き、ふたたび扉がしまった。その間、わずか数分で、たんに修理をするヘルパアにすぎないような気もする。その後、エレヴェエタは何事もなく六〇〇階に到着し、ぼくたちは半円扉の外へ出た。回転扉を通れば、そこは、もう海岸の砂地だ。ルナ・パァクや岸辺が広々とどこまでもつづき、幻影の海が映しだされていた。映像は壁面だけでなく、何もない虚空でも再生することができる。ぼくたちはドォムの存在を意識することなく、淡翠《うすみどり》の海を眺めながら歩いた。

午后二時を過ぎている。海はおだやかな碧さで広がっていた。視界は仄白《ほのじろ》くかすみ、ドォムの中は夏特有の、湿り気を含んだ生温《ぬる》い空気が充満している。帆をたれた船がゆるゆると漂い、持ち主のないボールが沖へ沖へと流れてゆく。ぼくとイーイーは砂浜にいちばん近い段のバルコニイを歩いた。人工の風で巻きあげられた小粒の砂が、靴の下でシャリシャリ音をたてる。そんな音が聞き取れるほど、辺りは静かだった。海岸にはまんべんなく白い砂が鏨《し》きつめられ、日を浴びた反射が眩しい。砂は粗く精製された砂糖のように均一の結晶を持ち、ガラス質の粒子はときおり十字の光を放ちながら、砂の中で煌《きら》めいている。

レシーヴァをしないかぎり、幻影の海は何の音もたてない。ぼくもイーイーもレシーヴァはしていなかったので、砂を踏む足音のほかに、聞こえる音はなかった。遥《はる》かな沖で生まれた波が、休むことなく打ち寄せる光景を目前にしているのに、ひとつの音も聞こえない。静けさに満ちたその世界は、終わることなく虚しい永久運動をする振り子のようだ。誕生も死もない、恒久のいとなみ……、ふと背中が震えた。音のない映像の回旋曲《ロンド》が涯てしなくつづく。恒久は一瞬よりも恐ろしい。それは新しい発見だった。

「アナナス、」

不意に、イーイーは肩越しにぼくを振り返った。ふたりは縦にならんで歩き、イーイーが数歩だけ先を行く。

「ちゃんと記憶できたか。」

「何を……、」

不意打ちを受けて、ぼくは狼狽《ろうばい》を表情に出してしまった。暗号文を記憶したことを、イーイーはすでに見抜いている。

「なんなら、ぼくがくり返そうか。0214171981818……、」

「イーイー、」

「もうわかっているんだろう、この解読法まで。」

探るようにぼくを見つめるイーイーの睛《ひとみ》は、聡明だ。拙《つたな》い嘘など簡単に見破るにきまっている。

「知らない。ほんとうだよ。ぼくは知らないんだ。ただ、ジロが……、」

うっかりジロの名を出してしまってから、ぼくは口をつぐんだ。イーイーの表情が変わった。

「……ジロが、」

「このあいだ、きみとシルルでぼくのＣＡＮＡＲＩＡを使って交信したろう。だから、記録が残ったんだ。ぼくは、それをジロに見せた。」

「何で、」

イーイーはぼくを軽蔑しているのだろう。最も恐れていた事態になってしまった。こうなったら潔く告白するしかない。

「何でって、ぼくは何も考えていなかったんだ。ほら、エレヴェエタにジロとふたりで閉じこめられたときさ。ぼくは気が昂《たか》ぶっていて、ジロと口論するうちにきみたちが暗号を使うことをしゃべってしまった。」

「それで、ジロは解読できたのか。」

「本人はそう云っているけど、実際のところはわからない。ぼくは彼の云うことを信用しないんだ。」

「彼は何て、」

「……。」

不本意だが、ぼくは答えを選ばなければならなかった。とくにジロが最後に云ったことなど、イーイーに聞かせる必要はない。シルルがイーイーを監視している、というようなことは。

「ジロは暗号のことを変に勘ぐって、シルルに裏切られたと思ってる。だから、当分は素知らぬ顔で、今までどおりに友人のふりをして過ごすって。」

「なるほど、ジロらしいな。」

それだけ云って、イーイーはまた黙りこんでしまった。彼はジロに話したことを責めているのかもしれない。バルコニイに沿った舗道を、振り向きもせず歩いてゆく。

「イーイー、はっきり云ってくれよ。怒っているのか。」

後ろから声をかけた。イーイーは振り向かなかったが、即座に首を横へ振った。

「……そう、それならよかった。」

しばらくのあいだ、ふたりとも少し間隔をあけて歩いた。近づきもせず、離れもせず。ぼくはいつしかイーイーの歩調に合わせ、労せずに等間隔を維持できるようになった。その距離は、ぼくとイーイーの心の隔たりを表しているようだ。狭めようと思えば簡単にそうできるのに、どちらもためらっている。

「アナナス、」

イーイーは足を停めて振り返った。

「何、」

「きみはこのあいだ〈部屋〉へ呼びだされてからずっと変だ。」

「〈部屋〉って、」

まともに訊き返したぼくの顔を、イーイーは探るようにじっと見つめた。だが、最後に首を振った。

「忘れているなら、気にしなくていい。アナナスはもとからServiceのほうが好きなんだ。」

イーイーは深く息をつき、また歩きはじめた。

ドォムの中はよく晴れ、ぼくたちが〈家族〉旅行をするはずだったこの一週間のあいだに、季節は盛夏に変わっていた。日射しはより強く、真上から照りつける。だが、それもすべて幻影だ。紫外線はなく、いくら日を浴びても皮膚の損傷はうけない。そうでなかったら、イーイーのように透徹《すきとお》る素肌はあり得ないだろう。ぼくたちが肌で感じることができるのは、エアシュウトから吹きつけてくるやや湿気をふくんだ南風である。一五億キロ離れた碧い惑星では、この時期ごくあたりまえの白南風《しらはえ》。遠い惑星で起こる季節ごとのこんな変化を、幻影によって〈鐶の星〉にいながら知ることができる。ママ・ダリアやパパ・ノエルが碧い惑星で体験するあらゆる季節を、〈鐶の星〉のテレヴィジョンは映し、ヴォイスが効果音を加える。だが、ぼくたちは何ひとつ確認することはできないのだ。触れることもできない。幻影よりほんものらしく造られた人工の世界が、ぼくたちのすべてなのである。

しかも、幻影は肉体の外側にありながら、隙をついて躰の内部に入りこもうとしていた。そうでなければ、ぼくの躰の中にある空洞があれほどまでに重苦しく澱《よど》むことなどあり得ない。雨音が沁みてくることもないだろう。ぼくの躰は完全に閉じた輪郭を持っているわけではなく、油断をすれば背景と混じりあってしまうようなものかもしれない。このごろ、そんな気がしている。〈ぼく〉という形をつくっているこの躰は、これまで考えていたよりもずっと流動的で変化しやすいということを感じた。ともすると、ぼくの意識は躰の中におさまっていられなくなるのだ。

前を歩いていたイーイーが不意に立ちどまって咳をする。彼は海側を向いて、吹きつける南風《かぜ》に躰をさらした。白南風《しらはえ》は彼の躰を通りぬけ、ぼくのところまで吹いてくる。細く、すらりと伸びたイーイーの姿は、バルコニイのうえへまっすぐ立った帆檣《ほしょう》のようだ。彼が導く船はいったいどこへ向かおうとしているのだろう。その船に乗りたいと思う。イーイーが向かうところへついてゆきたい。彼は白くひかる瞼《まぶた》を閉じていたので、ぼくも横へならんで海をながめた。

コバルト硝子《ガラス》のように冴々とした碧と、ところどころまざる翠緑《すいりょくしょく》色の海原。水平線から勢いよく湧きあがる雲の群れ、石灰色《せっかいいろ》の羽根を持った海鳥たち。数百にのぼる群れが、魚をとっては海面で休息し、一羽、また一羽と、飛び立ち、やがて群れ全体が波間から湧きだす泡沫《あわ》のように舞いあがってゆく。彼らといっしょにぼくの躰も上昇してゆきそうだ。空はピンと張った傘をぼくたちの頭上にひろげ、鳥たちの群れを抱えこみながら、碧く煌いた。

「イーイー、教えてくれないか。さっきエレヴェエタの内部《なか》で見た暗号は、何を意味しているんだ。あの男は偶然現れたのか、それとも、きみに暗号を見せるためにわざわざ現れたのか……、」

「たぶん計算どおりだ。何しろ、すべてコンピュウタが決めるから。」

「つまり、《同盟》が、ということだね、」

「ADカウンシルさ。狡猾《こうかつ》なのはね、いつも彼らだ。ここ数日、パパとママを捜索するのに何度かエレヴェエタに乗ったろう。そのたびに故障があった。はじめは偶然かと思っていたんだ。原因が衛星の引力のせいならね。でも、ぼくがひとりで乗っているときに限って故障するんだよ、偶然にしてはおかしいだろう。」

目をつぶったまま答えていたイーイーは、瞼をひらき、また歩きだした。ぼくも後を追って、こんどはならんで歩いた。

「でも、さっきはイーイーがひとりで乗っていたわけぢゃないのに。ぼくもいっしょだった。」

「だから気になるのさ。アナナスまで巻きこんでいるのぢゃないかって。」

「ぼくはいいよ。いまさっきも思ったんだ。イーイーの乗りこむ船にぼくも乗りたいって、」

イーイーは立ちどまり、少しのあいだ沈黙した。砂のうえに跣《つまさき》立《だ》ち、躰を伸ばす。陽に霞《かす》んだ水平線にまなざしを向け、白い手を額《ひたい》へかざして眺めている。ゆるやかながら型にはまった一連の動作は、まるで沖合の船へ信号を送っているようだった。最後に、彼はぼくのほうを見ながら訊いた。

「……船って、どんな、」

「海を渡ってゆく船だよ。帆を張っただけの単純なボオトでいいんだ。」

すみれ色をしたイーイーの睛《ひとみ》が、かすかにうるんだように見えた。しかし、彼はすぐに皮肉な微笑みを浮かべる。

「こんな海、ただの幻影なのに、」

イーイーは海の存在などこれっぽっちも気にしていないという素振りを、なげやりなことばで装った。だが、彼は誰よりも海を信じているはずだ。ひょっとしたら、イーイーはほんとうの海を知っているのかもしれない。だからこそ彼の躰を通りぬけるとき、エアシュウトの風は白南風《しらはえ》になりうるのだ。そして、ぼくにとってのイーイーは、幻影の海をほんものにすり替えてくれるスコォプなのかもしれない。彼の睛《ひとみ》を徹《とお》して語られる風景を信じたい。遙《はる》かに視線をはせているうち、水平線の碧さがクシャミを誘発した。ぼくはつづけて数度クシャミをする。

「アナナスも、カゼなのか、」

イーイーが怪訝《けげん》な顔で訊いた。そう云う彼はこのところ咳ばかりしていた。

「ちがうよ。ぼくのはアレルギイみたいなものなんだ。」

「……アレルギイ、」

「冴えた碧い色を見ると、鼻にツンときてクシャミが出ることがあるのさ。いつもというわけぢゃないけど。」

「それなら、碧い色に対する抗体ができればクシャミも出なくなるんだな。」

「抗体って、どんな、」

ぼくはまじめに訊きかえしたが、イーイーは思いつきで口にしただけらしく、噴きだした。

「そんな真剣に訊くなよ。」

「だってサ、」

ぼくはまたクシャミをして、こんどは水平線の碧さを見ないようにして歩いた。イーイーは怒ったような表情をしている。

「クシャミが出るのはね、Shotを受けたがっているからだ。アナナスはまた覚えがないと云うだろうけどね。体質は変わっていない。」

「イーイー、何のことかわからないよ。急に何を怒っているんだ、」

「べつに、」

イーイーは取りあわず、速度をはやめて歩きだした。だが、数歩進んだところで、また立ち止まる。こんどは微笑んでいた。

「そのうちわかるサ、」

　ぼくには何も理解できそうにない。イーイーはさらに明るい表情を見せた。

「アナナス、《フィルミック》で〈記念写真〉を撮ろう。」

　ぼくたちは色とりどりの旗が翻《ひるがえ》っている舗道をサーキュレで走り、二〇〇メートルほど離れた《フィルミック》へ向かった。イーイーは驚くほど視力がよく、そんな先の文字まで見えてしまうのだ。ぼくに《フィルミック》という大きなプレートが見えたのは、二、三〇メートル手前まで近づいてからだった。《フィルミック》はバルコニイに隣接して開放廊下のある二階建てだった。外壁はクリイム色の漆喰《しっくい》で、玄関を中心に左右シンメトリになる。アーチ型の玄関には尾羽根をひらいた孔雀《くじゃく》の浮彫がほどこされ、鳥の脚が軒灯の柄を支えている。それぞれの窓辺には、風を受けて帆のように膨らんだ日よけが張りだされ、青と白の鮮やかな色合いが建物のクリイム色をひきたてた。《フィルミック》の両隣には宿泊用のハウスも建ちならぶ。

「アナナス、せっかくだから、《シネカ》にしてもらおう。そうすればROBINのディスプレイに映すことも、宿舎のテレヴィジョンで見ることもできるだろう。」

　イーイーの提案で、ぼくたちはただの記念写真より数倍リアルな、《シネカ》にすることにした。要するに、短編フィルムである。できあがったディスクを、端末機のCANARIAに挿入すれば、宿舎のテレヴィジョンに映すことができた。もちろん手軽にCANARIAの画面で見ることもできる。〈家族〉旅行がフイになったおかげで、ためておいたチケはほとんど残っている。ぼくたちは《シネカ》にするだけに充分なチケの度数を残していた。

《フィルミック》の玄関を入ってすぐに吹き抜けのホオルがあり、採光窓を嵌《は》めた円蓋《えんがい》が、白く塗られた柱で支えられている。正面は床から天井まで届く、高さ数十メートルの大きなテレヴィジョンだ。ドォムの幻影と同様、碧い海と光に満ちた空が映り、間近にうねっている波に引きこまれそうだった。画面の上半分は二階のギャルリから見るのだろう。そのほか、床に埋めこまれた水たまりのようなテレヴィジョンや、柱へ取りつけられた球状のテレヴィジョンもあった。ぼくは床に点々とちらばるテレヴィジョンのひとつをのぞきこんだ。けさ見そこなった『アーチイの夏休み』が映っている。ぼくは思わずそこへしゃがみ、画面に見入った。

アーチイは逃げたカナリアを求め、空《カラ》の鳥カゴを持って海岸を探している。彼は鳥カゴを手首に吊るして歩いていた。日の暮れるまで、一日じゅう海岸を探し歩いたアーチイは疲れきったようすでヴィラへ戻る。

戻ったときのアーチイは鳥カゴを持っておらず、プラチナの鐶だけを手に残していた。どこかで転んだのだろうか。そのことがまた彼を悲しませる。ママはレース編みの手をやすめ、息子の頬にキスしてやさしく慰めるが、次の瞬間には海岸通りで見つけた新しい帽子のことを考えていた。彼女は青のストローにするか、ヴァミリオンに染めたパナマグラスにするかを、昨夜《ゆうべ》から迷っている。パパは画面に顔を出したくないのかと思うくらい大きく新聞を広げて、古びたトーネット型の椅子に腰を落ち着けていた。何か気になる記事でも見つけたのだろう。新聞を持つ手が少しふるえた。アーチイはそんなママやパパから離れ、自分の部屋へ戻った。階段をいっしょについてきた白い犬が、寝台へうつぶせになったアーチイの横で睡《ねむ》る。

不意に笑い声が聞こえ、ぼくはテレヴィジョンから目をそらした。〈ピパ〉の声に似ていたような気がする。だが、その後はいっさいの音が跡絶《とだ》え、今聞いた笑い声はヴォイスを通じて聞こえてきたものなのか、それともこの《フィルミック》で聞こえたのかははっきりしない。

「イーイー、」

彼がいないことに気づいて、辺りを見まわした。しん、と鎮まっていたが、かすかに硝子《ガラス》の毀《こわ》れる音が聞こえた。Ga-shan, Ga-shan というあの音だ。

「イーイー、」

辺りは静けさに満ちていた。

「……アナナス、ここだ。」

いくぶん、力のない声が聞こえた。右側の扉の奥だ。声のしたほうへ駆けつけてみると、イーイーはそこにある白い応接用ソファにもたれていた。くつろいでいるというよりは、疲れを癒《いや》しているというようすだった。

「誰かいたのか、」

ぼくもそのソファへ腰かけ、イーイーの顔をのぞきこんだ。心なしか、蒼白い。額《ひたい》は体温があるとは思えないほど冷たかった。イーイーはぼくの手を軽くはらった。

「いや、誰も。」

「気分が悪そうだよ、」

「何でもない。いつものことサ。《ヴィオラ》がきれただけだ。今、飲んでおいたから、じきによくなる。」

イーイーはソファに沈んでいた躰を起こした。

「《ヴィオラ》の壜を落としたんじゃないのか。毀れるような音が聞こえたけど、」

「大丈夫、落としてない。」

イーイーは《ヴィオラ》がポケットにあることを示した。

「そうか、それならいいんだ、」

ぼくは何となく釈然としなかった。イーイーは誰かといっしょにいたような気がする。《フィルミック》の応接室らしいその部屋の、どこにも気配は残っていなかったが、ぼくは確かに笑い声を聞いた。

その部屋は塵ひとつなく、手入れされていた。青いリボンでふちどりをした夏麻《リネン》の円《テー》卓《ブル》掛け、水差し、花瓶、飾り戸棚、額縁、それらのものが、広い室内に点々と置かれている。あとは一面の真っ白な壁。

「これ、テレヴィスクリーンだよね、」

ぼくの問いには応《こた》えず、イーイーはソファに埋もれたまま、天井を見あげている。

「アナナス、あれを見ろよ、」

そこは緑の葉をつけた蔓草《つるくさ》でおおわれ、ところどころ房状の果実がのぞいている。いずれもつくりもので、色褪《あ》せて建物となじんでいた。柱や壁と一体となっている。イーイーのまなざしをたどってゆくと、からみあった蔓草の枝の中で黄色く小さな鳥がはばたくのが見えた。

「カナリアだ。」

巻き毛の黄色いカナリアはけしてぼくたちに近づこうとせず、天井に蔓延《はびこ》ったイミテエションの枝から枝へとせわしなく移ってゆく。

ぼくとイーイーは《フィルミック》で短いフィルムの撮影をした。Video Movieを借りだし、ドォムの海を背景にした。カメラは指示どおり自在に動き、ぼくとイーイーはひたすら海岸を走りまわった。しまいにカメラがあることも忘れ、駆けまわることに熱中した。ヘルパアのパパ、ママは結局ドォムにも見当たらない。

「ほら、やはりここにはいなかったぢゃないか。」

「誰が、」

自分で云いだしたことなのに、イーイーはすっかり忘れているらしい。

「ママとパパのことさ。ドォムにいるかもしれないと云ったのはイーイーだろう。」

「そうだっけ、」

彼は今さらのように人影のない海岸を見回している。はじめから何の根拠もなかったのだろう。あるいは、彼にはこのドォムへ来なければならない理由が、ほかにあったのかもしれない。たとえば、《フィルミック》へ来ることが、彼の目的だったとも考えられる。それほど、イーイーの態度には不自然な点があるのだ。

「さっき、笑い声を聞いたけど、」

ぼくは《フィルミック》の応接室で聞いた笑い声のことを黙っていられなくなった。

「笑い声なんて、ぼくは聞いていない。」

イーイーはスキのない態度で応《こた》えた。

「ぼくが行く前に、あそこに誰かいたんだろう。」

「誰が、」

逆にイーイーは、興味ありげに訊いてくる。ぼくの錯覚だと、彼のまなざしは指摘している。確かに、あそこで〈ピパ〉の声などするはずがない。〈ピパ〉があんなところにいる理由はないのだ。

そのうちに《ヘルパア配給公社》へ行く時間がせまってきたので、ぼくたちはドォムを後に、ふたたびエレヴェエタへ乗った。こんどは何事もなく四二九階に到着する。ほっとしたのもつかのま、《ヘルパア配給公社》の真っ白な廊下が、ふたたびぼくをユウウツにした。凍てついた白さのP号区や、ゾーン・ブルゥに比べれば寒くないだけまだましだが、表面に硝子《ガラス》の皮膜を張ったように艶やかなこの廊下は目の疲れを誘う。何の色もないはずのところが、紫や黄色に見えるのだ。照明器具や扉などすべてが白く、窪みや段差もほとんどない。床や天井の区別をすることも困難なので、自分がまっすぐ歩いているかどうか、それすらおぼつかない。わずかに各ブースを示す表示灯《パイロット》によって、居場所を確認できた。

そのうち、ぼくたちは指定された扉を探しあて、壁についているキィボオドでイーイーが予約番号TON–003771を入力した。

〈トウロクバンゴウヲ、ドウゾ〉

ディスプレイに指示が出る。

「ML–0021234とMD–0057654、」

イーイーはマイクロホンに向かって応えた。

「オハイリクダサイ。」

コンピュウタの合成音とともに扉がひらき、ぼくたちは内部《なか》へ入った。ヘルパアを借りに来たときと同じく、部屋はどこもかしこも白色である。イーイーはまた怒ったような顔で部屋を眺めていたが、こんどは室内のキィボオドには手を触れず、まんなかに置かれた白い長椅子に腰をおろした。ぼくも隣にならんで腰かけた。《ヘルパア配給公社》にかぎらず、《同盟》やADカウンシルの機関はだいたいどこも人を待たせる仕組みになっているらしい。まして、《児童》、《生徒》が相手ではなおさらだ。ぼくたちはしばらくほうっておかれた。

「いったい、いつまで待たせる気だろう。」

CANARIAの時計を確かめ、ぼくは苦々しく溜め息をついた。イーイーはやけに静かだ。

「イーイー、」

気になって声をかけると、彼は唇に指をあて、扉のほうを見た。

「さっきから、あそこにいる。」

「誰が、」

「だから、彼らだよ。あいつは《生徒》だろうと、ヘルパアだろうと相手を選ばないからね。」

「見てくるよ。」

「アナナス、」

ぼくが椅子を立ちあがったとき、扉がひらいて男が現れた。それは、あの碧い惑星のような睛《め》を持った《ホリゾン・アイ》だ。シリンダァラインの制服が似合わないのも先日と変わらない。彼は重そうな足取りで、大きな躰をゆすりながら歩いてきた。心なしか、以前より肌の色艶がよく見える。歳もずっと若く見えた。

男は椅子に腰かけるなり、机のうえにあったキィボオドを操作する。マイクを通して二、三の指示を出した。ぼくたちが面会に訪れていることなど、意に介さない風だ。遅れを詫びるどころか、かえって子供相手に時間をムダにするのはかなわないという態度である。そうしてさらに五分ほど仕事をつづけたあとで、男はようやくぼくたちのほうへ向きなおった。

「何か、飲むかね、」

イーイーもぼくも、黙っていた。ぼく自身は、子供扱いされていることに腹をたてていた。男はキィをたたいてどこかへ指示を出し、ふたたびぼくとイーイーを見た。

「それで、ヘルパアはどこに。」

「消えました。」

イーイーが平然とありのままを云う。《ホリゾン・アイ》は、ほとんど表情を変えなかった。

「消えた、というのはどういうことだね。」

「おわかりでしょう。逃亡したんですよ。」

「ヘルパアが逃亡したと云うのかね、」

男は片方の目に狡猾そうな光を浮かべ、イーイーを見ている。例のイミテエション・アイは、相変わらず焦点が定まらず、どこを見ているのかわからない。ぼくは眼球の中で、運河のように走るシアン色の筋に見入っていた。まえに見たときは、硝子《ガラス》の表面に白く濁ったような曇りがあった。きょうは研磨した水晶のように煌《かがや》いている。

「おそらく。」

「ほう、あまり聞かない話だな。」

「そうでしょうか。珍しいことではないと思いますが。もしくは、計画されて起こったことかもしれない。」

イーイーのその意見に、ぼくも不意をつかれた。ヘルパアのパパとママが消えたのは、たんなる偶然の事故だとしか考えていなかったからだ。

そこへ、扉がひらいて別の若い社員が入ってきた。シリンダァラインの制服を着ていたが、目のまえにいる太った男とちがい、胴の部分は細くスッキリと伸びている。この体型ならば制服も機能的に見える。彼はイーイーとぼくの円卓《テーブル》のうえに飲みものの入ったグラスを置き、つづいて同じグラスを《ホリゾン・アイ》の机のうえにも置いた。中味は乳白色の不透明な液体で、小さな気泡が浮かび、よく見るとグラスの底に銀色の細かい粒子が沈澱していた。

「ドウゾ、」

グラスを運んできた社員はひとことだけ口をきき、注《つ》ぎ足しの水瓶を《ホリゾン・アイ》の机に置いて出て行った。男は、ぼくたちに身振りだけで飲みものを勧めておいて、自分では小壜に入った水溶液を数滴そのグラスにくわえた。イーイーたちの使う精油《せいゆ》に似ている。その数滴を垂らした乳白色の飲みものはうっすらと碧く色づき、男は満足そうに口へ運んだ。

勧められたからといって、そう簡単にグラスに手をつけるわけにはゆかない。念のためにイーイーを見たが、彼はまったくグラスの存在を無視していた。グラスの中からジジ……と虫の啼《な》くような奇妙な音が聞こえている。あらためてのぞきこんだところ、中にひとつだけ浮かんでいる氷の気泡がはじけている音だとわかった。《ホリゾン・アイ》はといえば、いつのまに飲んだのか、すでにグラスを飲みほしていた。飲みものとの因果関係は不明だが、男の皮膚には若返ったような張りが出てきた。この部屋に入ってきたときは老人であることを疑わなかったが、今はもっと若く見える。

「きみたちが期限までにヘルパアを返却しなかったことは、動かせない事実だ。」

「逃亡したとしてもですか。」

「あり得ないだろう。彼らが何のために逃亡すると云うのだ。」

「《ホリゾン・アイ》、それはあなたがご存じのはずです。」

「……ML−0021234、きみは、いったい何を云いたいのか。」

男は乳白色の飲みものを、水瓶からもう一杯ついで精油をそそぎ、それも一息に飲んでしまう。

「べつに何も、」

イーイーは少しもひるまない。ぼくにもうひとつわからないのは、イーイーも男も、あたかもそれが決められた手順のように、はじめから対立しているということだ。確かに、《ホリゾン・アイ》はいかにも虫の好かない相手であり、イーイーは、どのおとなに対しても友好的な態度は示さない。それにしても、ふたりのやりとりは奇妙だった。核心が巧妙に隠されている推理劇を見ているようなのだ。カンジンなことにはけして触れない。それも、瞭《あき》らかにぼくに対してである。なぜなら、この部屋にいる三人のうち、意見を求められないのはぼくだけであったから……。

「ともかく、規則には従ってもらわなければならない。期限までに返却できない以上、罰則を受けてもらうことになる。」

「結構です。あくまでも、あなたには関わりがないとおっしゃるなら、」

わざとらしく云い、イーイーはぼくを促して扉へ向かって歩きはじめた。結局、ぼくがひとことも口をきかないうちに面会は終わった。何だか呆気なかった。《ヘルパア配給公社》へ来るまでは、ヘルパアのパパとママを期限までに返却できないことが問題なのだと思っていた。ぼくなりに、受け入れられそうな弁解を考えてもいた。だが、真の問題は責任が誰にあるかということだったのだ。エレヴェエタの調子がこれだけおかしいのだから、ヘルパアのコンピュウタに狂いが生じても不思議ではない。思えば、作動しない時間があったのも、故障のせいなのだ。当然のことながら、《ヘルパア配給公社》の社員は故障を認めず、紛失はぼくたちの不注意ということになった。

「アナナス、気づいたか、」

エレヴェエタへ向かう途中で、イーイーは唐突に訊ねてきた。ぼくは何のことかわからず、黙って首をひねった。イーイーはつづける。

「今さっきの男、このあいだの《ホリゾン・アイ》とはちがう。」

「……それぢゃ、あれはべつの《ホリゾン・アイ》なのか。まるで区別がつかない。背恰好までそっくりだったぢゃないか。」

「そうさ、〈ルゥシーおばさん〉だってみんな似てるだろう。よく観察すればほんの少しだけちがう、それと同じさ。」

「だって、《ホリゾン・アイ》はヘルパアぢゃないんだろう。」

「さあね、」

イーイーはいきなりサーキュレを飛ばしてエレヴェエタへ向かった。取り残されたぼくもあわてて後を追う。

「《ホリゾン・アイ》がヘルパアだということもあり得るんだね。このビルディングにはいったいどれだけヘルパアがいるんだ。」

「知らない。ヘルパアは、ぼくたちと区別なんてできないのサ。」

イーイーはどうでもいいことを語るように、憤りを混じえて云い放った。彼は、ぼくが知りたいことには何ひとつ答えてくれない。少しでも気にそまない点にふれると、頑なに沈黙する。イーイーは勢いよくエレヴェエタホオルへ向かった。先に行ってしまうのだろうと思っていたが、彼はそこで、後から到着したぼくを待ちかまえていた。たぐり寄せるようにぼくの肱《ひじ》を摑《つか》まえ、耳もとでささやく。

「《ホリゾン・アイ》はリングを狙ってるんだぜ。」

それだけ云うと、イーイーは到着したエレヴェエタへ乗りこんだ。ぼくもその後へつづいた。

尊敬するパパ・ノエル、
ぼくはまた、エレヴェエタの内部《なか》で手紙を書いています。先の手紙では、否応なくゾーン・ブルゥへ向かっているということを書きました。今は、《ヘルパア配給公社》から《生徒》宿舎へ戻る途中です。いまのところエレヴェエタに異常はありません。振動もなく上昇をつづけています。
パパ・ノエル、あの日、ぼくは〈立ち入り禁止〉のゾーン・ブルゥへ足を踏み入れました。エレヴェエタの故障によるほんの偶然です。歓喜と満足とを得られるだろうというぼくの予想は見事にはずれ、ゾーン・ブルゥは冷々と静まり返った、ひどく淋しいところでした。ロケットの発射塔としてぼくが想像していたのは、次々に〈Count Down〉があるような非常にシステマティックな活気と、煌きに満ちたロケットが整然とならぶ光溢れるステエションです。聞こえてくるのは電子音と信号音、パイロット・ランプがまたたき、搭乗を待つ人々でざわめいている、そんな光景でした。ところが、実際には人の気配すらなく、エンジン音やエネルギイを燃焼する爆音も聞こえないのです。乗客らしい人の姿も見かけませんでした。毎日何らかの発着があると思っていたぼくは、あまりの淋しさに逃げだしたかったほどです。

パパ・ノエル、あれがほんとうに外への出口なのでしょうか。ぼくがパパ・ノエルやママ・ダリアにお逢いしたいと思うとき、ゾーン・ブルゥからロケットに乗る方法しかないということはわかっています。けれども、そのゾーン・ブルゥがあれほど荒涼閑散とした場所だということを、ぼくは納得できません。ゾーン・ブルゥは近づく者を拒んでいます。見たところ、ロケットはすべて真新しく、新品同様でした。金属は曇りなく磨かれていますし、機体のカルボン・ファイバーも製造されたばかりのように真っさらでした。発射された形跡は一度もなく、積極的に使う目的がないことは一目瞭然です。それとも旧式すぎて発射できないのでしょうか。

ぼくはわからなくなってしまいました。もしゾーン・ブルゥが宇宙港としての機能を果たしていないのだとしたら、〈鐶の星〉の住人は、いったいどこから外の世界へ行くのですか。パパ・ノエルやママ・ダリアの都市がある碧い惑星へ行くためには、どうしたらよいのでしょう。それとも、ぼくはこんなことを考えてはいけないのですか。

ぼくは思いだします。まだ〈ルゥシーおばさん〉の《児童》宿舎にいたころ、〈鐶の星〉の子供はこのビルディングで成長し、生涯をここで過ごすのだと習いました。ぼくは幼かったのでしょう。〈鐶の星〉のビルディングで生涯を終えるということに、疑問を感じたことはありませんでした。《生徒》宿舎に移ってしばらくのあいだも、ビルディングから出ることなど考えていなかったのです。ビルディングはぼくの世界のすべてでした。成長するという、ほんとうの意味がわからなかったのです。それは今でもわかりません。

〈ルゥシーおばさん〉から解放されて、ぼくは自分で何かを選択する愉《たの》しさを覚えたのです。ビルディングのおおまかな構造も知りました。フィルムで碧い惑星を眺めることもできます。テレヴィジョンに映る碧い惑星への憧れや、パパ・ノエル、ママ・ダリアにお逢いしたいという思いが強くなるにつれ、ぼくの中でビルディングの外へ出たいという意識は、荒野に撒《ま》かれたまま忘れられていた種のように、突然芽生えてきたのです。それは強靭で、伸びるほどに存在を誇示します。

示唆をあたえてくれたのは友人のイーイーでした。彼はパパ・ノエルやママ・ダリアに逢いたいのなら、ゾーン・ブルゥからロケットに乗ればよいのだと云いました。それはごく簡単なことなのです。ところが、ぼくはそんなことにもまるで気づかなかったくらい、実は〈鐶の星〉のこともビルディングのことも知りませんでした。それに、もうひとつの疑問は、《生徒》宿舎を出たあとの、ぼくたちの生活です。この宿舎のあるC号区では、いわゆる〈学生〉を見かけませんが、彼らはいったいどこにいるのでしょう。ぼくたちは成長したら、どこへ行くのですか。〈ルゥシーおばさん〉はそんなことをひとことも教えてくれませんでした。数年後のぼくはどうなっているのでしょうか。もし、教えていただけるなら、ぜひ、お願いいたします。

話を少しもとに戻すことをお赦しください。意に反してゾーン・ブルゥにまぎれこんだ後、その足でぼくはドォムへ向かいました。すでに日没を過ぎ、海はどこまでも暗い闇でした。砂浜が波に洗われる辺りのほか、海水の横たわることすら感じないような暗黒です。闇の中で、かすかに白く光る波濤を声もなく眺めながら、息苦しさを解き放つために、声を出そうと試みていました。躰の奥底では、血潮や細胞が一体となって叫びつづけているのです。ところがその叫びは、ぽかんと空いた躰の中の空洞のせいで声になりません。何度試しても、空洞から空気が洩《も》れて、虚しい喘《あえ》ぎだけが喉を通過することになるのです。空洞を埋《うず》めるにはどうしたらよいでしょうか。ほうっておくと、ぼくが受け入れたくない闇に占拠されてしまいそうです。

パパ・ノエル、夜の海は、昼の海とこんなにもちがうものなのですね。けれども、ぼくはいっそう海に惹《ひ》かれます。この海を進む船に乗りこむ決心をしました。それがたとえ真空の、夜天《そら》という名の海でも同じです。ぼくは遙か一五億キロ彼方の、澄明に煌く水の惑星をめざしてゆくでしょう。

手紙をそこまで書き進んだとき、不意にエレヴェエタが停止した。はッとしてキィボオドから手を離す。表示灯《パイロット》が六〇〇階を示し、扉がひらこうとしているところだ。このエレヴェエタは一〇〇階ごとに停まるものだったので、故障でも何でもない。心臓はおおげさに脈打つ一歩手前で静まり、ふたたび規則正しい鼓動がはじまる。ぼくは小さく呼吸《いき》をして興奮を抑《おさ》え、ひきつづきCANARIAのキィをたたくことにした。乗り降りがあったかどうかはわからない。まもなく扉はしまり、エレヴェエタはまた上昇をはじめた。

異変に気づいたのは、手紙のつづきを書くにあたって、すでに書いた部分をディスプレイの表示で読み返していたときのことだ。四二九階の《ヘルパア配給公社》から乗ったエレヴェエタは六〇〇階を通過したばかりだ。それにしては手紙はずいぶん書き進んでいる。この分量なら、とうに《生徒》宿舎のある一〇二六階についていてもよいはずだった。

「イーイー、」

彼に訊いて、何が起こったのかを知ろうとした。ところが、ぼくの隣の壁にもたれていたはずのイーイーは消えていた。

「……イーイー、」

エレヴェエタの内部《なか》を見渡したが、イーイーの姿はどこにもなかった。だとすれば、彼はどこかでエレヴェエタを降りたのだ。パパ・ノエル宛の手紙に夢中になっていたぼくは、六〇〇階よりほかにエレヴェエタが停止したのかどうか、定かではない。まるで気づかなかった。

「そうだ、ROBINとはダイレクトになっているんだから、CANARIAで連絡してみればいいんだ。」

パパ・ノエルへ書きかけた手紙をいったんCANARIAに記憶させ、画面を切り換えた。

〈イーイー、今どこにいるんだ。連絡してくれないか。ぼくはまだエレヴェエタの内部《なか》だ〉

応答を待ったが、画面には何の変化もない。動揺してあわただしく打つ脈が、はじめの衝撃を脱して静まるのを待った。速い脈に運ばれた血液が勢いよく手足を循環してゆくのがわかる。こめかみで蒼白く浮きあがるようすが、目に見えるようだ。しだいにぼくはこの状況に慣れ、わずかながら落ち着きを取り戻した。もう一度、キィをたたく。

〈イーイー、レシーヴァをしてくれないか。話したいことがあるんだ。さもなければ、キィをたたいてくれ〉

自分でもレシーヴァをして、イーイーの声が聞こえてくるのを待った。もし、また《ヴィオラ》が切れたのだとしたら、イーイーの声は出ない。それならば、例の暗号文を打ってくるのだろう。しかし、《ヘルパア配給公社》へ向かうエレヴェエタの内部《なか》で確かめたとき、イーイーは《ヴィオラ》をちゃんと持っていると云っていた。この目で確認をしなかったから、絶対とは云えないが、イーイーがそう何度も同じ失敗をするはずはない。

「MD–0057654、」

そのとき、聞き覚えのある声がした。振り向いたぼくのまえに、少年でも少女でもない容姿の整った子供がたたずんでいる。厳密に云えば子供でもなく、もちろんおとなでもない。

「……ピパ、」

「ML−0021234を探してもムダだよ。彼は今、Serviceを受けているところだ。01111141318Y 02142 12148W 13E41819−24 15　8X だから、こっちもServiceをしよう。迎えに来たんだ。」

〈ピパ〉はいつかと同じ白のコンビネゾンを着ていた。だが、その姿はいくぶん靄《もや》がかかったように薄らいでいる。つい今まで夢中でキィボオドを打っていたせいか、視界がぼやけているらしい。目のまえにいるようでいて、遠く感じられる。ゴースト現象のテレヴィジョンを見ているようだ。

「イーイーがどうしたって、」

「MD−0057654、どうだっていいぢゃないか。ML−0021234のことなんて。RACH−38が何とかするサ。11　18184−114　508174W」

エレヴェエタの扉がひらいて、〈ピパ〉は強引にぼくの手を引いていこうとする。〈ピパ〉が手首をとらえている感触はハッキリしなかったが、ぼくの躰もまた思うように動かなかった。意識は明確なのに、躰は痺れて動かない。無理に抗うこともないのだが、宿舎へ戻るつもりでいたぼくは、自然な動作として、〈ピパ〉の手からのがれようとした。何とか、エレヴェエタの内部《なか》にとどまりたかった。だが、躰を意志どおりに動かせず、そのうち外へ連れ出されてしまった。

〈ピパ〉とともに降りたところは、とうに通過したものと思っていた六〇〇階のドォムだった。ゲートをくぐってまもなく、白い砂浜と碧い水平線が見えてくる。

「ピパ、どうしてここへ、ぼくは宿舎に戻るよ、」

「さあ、《ロケットシミュレエション》で遊ぼう。Vacancesぢゃないか。うんと、愉しいことをしよう。13E41819–24　15　8X」

いつにもまして〈ピパ〉は強引だった。相変わらず、ことばはところどころ聞き取れない。ぼくはそのまま《ロケットシミュレエション》に連れて行かれた。〈ピパ〉はブースを選びながら通路を歩き、ひとつの小さなハッチを見つけてひらいた。シイトとディスプレイのある小型ボオトだ。このボオトははじめてのはずだが、《ロケットシミュレエション》には、数百のブースがあるので、確証はない。内部《なか》もよく似ていた。

ぼくは〈ピパ〉に促されてシイトに腰をおろした。このシイトに坐ると、自然に躰の緊張がほぐれ、背もたれになじんでゆく。眠ってしまいそうなほど、心地よかった。

「19841318Y偶然だな。隣のボオトにML–0021234がいる。」

〈ピパ〉はボオト内のディスプレイを操作しながら、左側の壁を目で示した。

「イーイーがどうしてここに、」

「云っただろう。ML–0021234もServiceを受けているって。01111141318–24Y」

〈ピパ〉は宙を飛んだように見えた。狭苦しいボオトの内部《なか》とは思えないほど、どこまでも高く跳ねあがる。そして、ぼくを目がけて、こんどは勢いよく落下してきた。

「今、何て云ったんだ、」

その答えを聞かないうちに、ぼくは落ちてくる〈ピパ〉と衝突した。だが、衝撃はいっさいない。そればかりか、〈ピパ〉の姿は、ぼくの躰の内部へ吸いこまれるように消えてしまう。同時に、碧い海の映像が広がった。ぼくが抱えているあの空隙は、一瞬にして碧い海になる。まもなく、急激な落下がはじまった。まだシイトに横たわっているという実感はあったが、ボオトそのものはどこにもない。ディスプレイもフロントパネルも消え、ぼくは光り煌《かがや》くダクトを急降下する。ダクトは連鎖する光の輪だった。まっすぐではなく、カーヴやねじれもある。断続的にオレンジ系から乳白色へのグラデエションがくり返された。錯覚も重なり、いっそう急降下に拍車がかかる。歯止めのない速度と重力が加わり、気を失いそうだった。

かすかにガクンと振動があり、ぼくは我に返った。おかしなことにそこはエレヴェエタの内部でしかない。ぼくの指はＣＡＮＡＲＩＡのキィボオドのうえに置かれている。ディスプレイには入力した覚えのない文字が無数ならんでいた。パパ・ノエルへの手紙を書いているうちに、居眠りをしてキィを押してしまったのだろうか。つい今しがたの夢は何とも云えず心地よかった。躰と意識とのあいだで、落下してゆく速度が微妙にズレていた。さらに視覚も別の速度を持ち、落下している状態が、ときおり非常にゆっくりと漂っているようになる。ただ、こうして目醒めた後には、躰の内部に空隙が残った。何かが通りぬけた後のようだ。自分では塞ぐことのできないブランクがある。おそらく、キィボオドをたたいているうちに眠ってしまい、夢でも見ていたのだろう。覚醒の後、時間が経過するにつれて思いだすのは困難となり、エレヴェエタが一〇二六階を表示するころには、どんな夢であったのかも忘れてしまった。

ぼくはエレヴェエタを降り、宿舎へ向かってサーキュレを走らせた。

《生徒》宿舎へ戻ったぼくは、どこにいるのか見当のつかないイーイーを、あらためて呼びだした。

〈イーイー、具合が悪いのか。まさか、《ヴィオラ》がきれたわけぢゃないだろう。頼むから、応答してくれよ〉

心臓は、ふたたび高鳴った。イーイーはキィボオドすら、たたけないような状態なのだろうか。なす術のないことがもどかしい。一瞬、シルルに助けをもとめるかどうかを迷った。しかしぼくの頭の中で、彼は必ずしも信用できないという思いが広がる。ジロの暗号解読が、もしそれほどはずれていないとしたら、シルルはイーイーのことを監視しているかもしれない。そうでなくともイーイー自身、自分が監視されていると云っていたではないか。

ぼくはジロのことも考えた。彼ならば少なくとも、《ヘルパア配給公社》へ行く途中に、スカイスウツの男によって示された暗号を解くことができるだろう。エレヴェェタ修理に来た男の背中にあった、〈02141719181841241319Y〉という数字のことだ。数字の配列は間違いないと思う。今回、ぼくは自分の記憶力が意外に優れていることを発見した。頭の中に自然に浮かんだ数字なのだが、冒頭のゼロから末尾のYまで、はっきりと見えている。

「もし、あの暗号の意味がわかれば、イーイーの手がかりにつながるかもしれないな。」
試しにCANARIAを使ってジロを呼びだしてみた。彼はたいていゲームをするか、勉強をするかでFINCHに張りついているから、つかまりやすい。だが、反応はなかった。

何度かジロを呼びだすうちに、だんだん不安になった。ジロがこんなに長くFINCHのまえを離れているとは思えない。あるいはCANARIAが故障しているのではないだろうか。ぼくはパーソナルコードを知っているほかの《生徒》たちに、次々連絡をしてみた。運悪く、不安はほぼ的中した。誰ひとりとして、何の応答も返してこないのだ。全員のコンピュウタが同時に故障することなど考えられないので、故障しているのはぼくのCANARIAのほうだということになる。いくつかの操作を試してみた結果、キィボオドや記憶機能に異常はないことがわかった。時計も正しく動いている。先ほど書きかけたパパ・ノエルへの手紙も、ちゃんとファイルに記憶されていた。瞭らかなのは、通信機能が故障しているという事実だ。

「ジロの宿舎を訪ねてみよう。」

彼なら、簡単な故障は修理できるし、暗号の内容もわかる。また自慢されるかと思うと癪《しゃく》だが、しかたがない。ADカウンシルに故障の申請をするのは、そのあとでもかまわないだろう。ぼくはさっそく部屋の外へ出ようとした。コンピュウタによる自動施錠だが、内側からあけるぶんには、キィ操作も何も不要だ。扉に手を触れるだけでひらく。そのつもりで、ぼくは扉を押したが、びくとも動かなかった。そこでこんどは、本来必要のないキィ操作を、何度かくり返した。そのたびに虚しいエラー音が響く。

ぼくはいったん居間の長椅子に戻り、何がどうなったのかをよく考えてみることにした。CANARIAの故障と扉のひらかないことが、どう関係してるのかもわからない。もしかしたらイーイーから連絡が入るのではないかと思い、ぼくはしばらくのあいだディスプレイに目を凝らしていた。通信機能はダメでも受信機能は大丈夫なのではないかという期待もあった。それを確かめるには、どこかから連絡が入るのを待つしかない。

長い時間のあと（実際には十分ほどのち）、待望していた外からの呼びだしがあった。だが、残念なことにそれはイーイーではなく、ジロである。情けないのは、相手がジロであろうと、すがりたいと思う現在の状況だ。レシーヴァに飛びついたぼくの声は、今の立場をさらけだすようにうわずっていた。

「……ジロ、」

声が届くかどうか不安だった。何しろ、通信機能の故障はすでに瞭らかなのだ。ジロの反応を待つ。その間は途方もなく長く感じられた。

「アナナス、いったいどうしたんだ。」

　ふだん、彼をきらうぼくの態度を承知しているジロは、いくぶん途惑った声を出した。

応答機能が作動することに安堵したぼくは、急速に冷静さを取り戻した。

「べつに、何でもない。ただ、ちょうどよかったと思って。」

「何が、」

「宿舎の扉が、どうしたわけかひらかないんだ。それで、外へ出られないのさ。」

「システムが故障しているんだろ、保全委員会に訊いてみたらいいぢゃないか。」

いかにも、機転がきかないことをことさらに指摘され、ぼくはついむッとした。

「運悪くＣＡＮＡＲＩＡまで壊れているんだ。何度送信しても届かない。」

「どうして、今はちゃんと交信できてるぢゃないか。」

「そう、外からの通信を受けることはできるし、その回線で通話もできる。でも、ぼくのほうから呼びだすことはできないんだよ。」

「へえ、」

　ジロはなかばバカにしたような調子で相槌をうった。

「少しまえに、ジロのＦＩＮＣＨだって呼びだしてみたんだ。きみが無視したのでなければ、これは故障だろう。」

　ぼくは皮肉をまじえて云ったのだが、ジロはそれをあっさり無視した。

「いつ、呼びだしたんだ。」

「一五分くらいまえ、」

「それなら、ぼくはFINCHで《オス》をしてたけど、どこからも呼びだしはなかった。」

「……だろう、やはりCANARIAが故障しているんだな。」

故障だということがわかり、少しは気分がスッキリした。故障なら、修理に出せばよい。

「でも妙な話だな。レシーヴァの故障なのに、外からの送信には応えることができるなんて。」

「妙だけどしかたないぢゃないか。ほんとうに送信できないんだから。」

「いつ故障したのさ、」

「《ヘルパア配給公社》から戻る途中だよ。」

ぼくはジロに対して、〈家族〉旅行のいきさつとその顚末を手短かに説明した。話を聞き終えて「なるほどね」と、さもわかったふうに云うジロの声が通信機を通して聞こえ、FINCHをまえに、したり顔をしている姿が想像できた。

「アナナスも気のどくにな。」

「何が、」

「これはぼくの考えだけど、要するにきみは隔離されているのさ。」

「ほら、外出禁止令が出ていると云ったろう。扉がひらかないのはそのせいだよ。CANARIAの故障は偶然かもしれないけど、扉はおそらくAVIANコンピュウタで制御されているのさ、五日間は観念するんだな。」

話しつづけるうち、ジロの声は瞭らかに面白がるような調子に変わり、ぼくはそれが腹だたしかった。しかし、今のぼくにとって、ジロとの交信は重要だ。ふだんの数倍も辛抱強くしていなければならない。

〈外出禁止〉の罰則が関係しているらしいというジロの意見は、なかなか核心をついており、ぼくも賛成できる。《ヘルパア配給公社》が手をまわして扉を制御するというのは、いかにもあり得ることだし、罰則というのだから、これくらいの厳しさはむしろ当然でもある。確信を持って云えることは、五日間、この宿舎を一歩も出ることができないとの予測は、ほぼ間違いないという点だ。

「でも、イーイーはどうなるんだ。彼はまだ戻らないんだよ。」

「さあ、そんなことはぼくにはわからない。」

もし、イーイーが戻らないとしたら、ぼくは五日間をひとりで過ごすことになる。

「ジロ、シルルはそこにいるのか。」

「いないよ。少しまえに外へ出たきりだ。」

「コンピュウタは、」

「隔離、」

「PHOEBEか、ここに置いてあるよ。彼はあまり持ち歩かないんだ。故意に置いてゆくのだろうけどね。」

「何で、」

「アナナス、彼だってバカぢゃないから、ぼくが暗号文を見ていることくらい計算済みだ。解読できたとは思っていないだろうけども。」

「だって、それぢゃ……、」

「騙《だま》しあいの勝負さ、」

　要するに、彼らは互いに仕掛けているのだろうが、それを愉しんでいるフシもある。ぼくはふと、イーイーとシルルがどこかで逢っているのではないかという気がした。何しろ彼らは、ぼくにわからない暗号を使うのだから。

「ジロ、」

「PHOEBEにイーイーからの暗号が入っているかどうかを知りたいんだろう。あいにく何も送信はないよ。案外、イーイーの通信機も故障しているんぢゃないか。」

「だって、きみはさっきコンピュウタの故障は偶然だって云ったろう。」

「かもしれない、と云ったんだ。責められても困る。」

　ジロがそう云うのはもっともだ。ぼくはこんなときにまで、シルルをけむたく感じていた。彼なら、端末機などなくてもイーイーと話ができるのではないか、そんな気さえした。だが、事態はもっと深刻かもしれない。もし、宿舎の扉が五日間、完全に閉じられるのだとしたら、ぼくは閉じこめられ、イーイーは締めだされる。

そうなると、あの暗号のことが気にかかった。エレヴェエタの修理に来たヘルパアの背中に表示されたあの数字だ。あるいは、閉じこめられているぼくよりも、外にいるイーイーのほうが危険なのではないか。だいいち、彼は《ヴィオラ》を充分持っているのだろうか。一日に数滴で事足りるとしても、ひと壜には一オンスしか入っていないのだから、イーイーほど無計画だと、使い果たしてしまうこともあり得る。《ヴィオラ》の貯蔵庫は宿舎の浴室なのだ。イーイーは扉がひらくまで耐えられるだろうか。

「ジロ、このあいだ、ふたりの使う暗号を解いたと云ってたよね。」

「まあね、」

「また新しい暗号文があるんだ。早急に解読してくれないか。番号は……。」

「待てよ。アナナスはこの前、まじめにぼくの解釈を聞かなかったぢゃないか。」

「それは謝るよ。今度はもっと重要なことなんだ。イーイーが危険な目に遭っているかもしれない。ジロ、頼むよ。」

ジロがこのあいだのことを根に持ち、通信を切るのではないかと恐れていた。そうなれば、ぼくはまた誰かからの送信を待ちつづけなければならない。何とかジロの機嫌を損ねないようにしていた。

「アナナスもおおげさだからな。」

「いいから、ディスプレイを見て。」

ぼくはキィボオドをたたき、覚えこんだ暗号をジロに送った。

〈0214171981818……Y〉

「解読にはどのくらいかかるんだ。」

「バカ云うなよ。規則性はわかっているんだから、すぐにでも翻訳できるさ。いいか、け……い……こ、警告、」

「え、」

「それだけだよ、〈警告〉って。」

あまりにも短く、ぼくはどう考えてよいのか途惑っていた。〈警告〉だけではどうにもならないではないか。しかし、イーイーにとってよい意味でないことは確かだ。

「ほら、彼はやはり見張られているんだ。もしかしたら、どこかへ連れ去られたのぢゃないか。たとえばヘルパアのママやパパはどうして突然消えたんだ。……おかしいだろう。彼らがイーイーを誘拐したかもしれない。」

「どうして、」

ぼくはムキになってジロに迫り、そうした自分の焦りで、いっそう不安になった。彼の云うようにヘルパアのママやパパの行動は怪しむべきかもしれない。

「アナナスこそ、どうしてイーイーのことがそう気になるんだ。少しは自分の心配をしたらどうだ。一生そこから出られないってこともあり得るんだぜ。」

ジロは突き放すようにそう云い残し、送信を一方的に切ってしまった。ぼくはまた、外の世界から遮断された。通信しようと試みたが、CANARIAはただエラー音をくり返すだけ。PiPiPi……。イーイーからの音信もない。扉はひらかず、ぼくはここで五日間を過ごすことになるのだろう。なかばあきらめて、パパ・ノエルへの手紙を仕上げることにした。

パパ・ノエル、ぼくは今自分の宿舎に閉じこめられています。この表現はあまり正確ではありませんが、ぼくの気分にはもっとも近いでしょう。外出禁止五日間の罰則を受けることは、すでにお話ししました。宿舎に戻ると、その罰則はたちどころに行使され、扉の開閉をADカウンシルの制御下に置かれてしまいました。こうなると、ぼくは自由に部屋を出入りできず、故意か偶然かCANARIAの通信機まで機能しなくなっています。まったくの孤立無援であり、そのうえイーイーとも離れ離れになってしまいました。

彼はぼくがパパ・ノエル宛の手紙を書いていたエレヴェエタの中で、姿を消してしまったのです。ヘルパアのパパやママが忽然と消えてしまったばかりか、イーイーまでが消息不明です。おそらく、途中でエレヴェエタを降りたのだと思いますが、ぼくはキィボオドをたたくことに夢中で、気づきませんでした。CANARIAの通信機が使えない以上、いまのところイーイーと連絡を取る方法はありません。

心配なのは、イーイーにとって何よりも大切な《ヴィオラ》を、彼が充分に持っているかどうかです。ぼくがこうして部屋に閉じこめられているのでは、予備の《ヴィオラ》も役立ちません。イーイーはいつかのように、具合が悪くなっているのではないでしょうか。彼からの通信がＣＡＮＡＲＩＡに入ることを願っています。どうやら受信機は正常に作動し、相手と交信することも可能です。そのことは先ほどジロの呼びだしがあったときに確認しました。

これから五日間、ぼくはテレヴィジョンを見たり、ＣＡＮＡＲＩＡのキィボオドをたたいて退屈をまぎらせるつもりです。さいわいＲ－一七から見た〈鐶の星〉の映像や、あの碧い惑星の煌きを映すテレヴィジョンは、いくら眺めていても飽きません。保存食も五日分くらいは充分にありますし、いざとなれば、椅子のフォームラヴァでも間にあうのですから、飢餓の心配はしていません。ぼくの場合、空腹感はたんに胃が空であるということにすぎず、そこに入るものは食料でなくともよいようです。しかも、ゾーン・ブルゥに足を踏み入れて以来、躰の中の大半をあの夜の海のような暗黒が占め、空腹感を味わうこともなくなりました。このところ、いつも満たされていて、この一週間何も口にしていません。それでも、いたって健康そのものですのでご心配は無用です。

では、このユウウツな五日間が終わりましたら、またお手紙を書きたいと思います。パパ・ノエルも健康にはくれぐれもご留意ください。

七月三十日　日曜日

認識番号MD–0057654–Ananas
Dear Papa–Noël
〈鐶の星〉の《生徒》宿舎C号区 1026–027室にて

パパ・ノエル宛の手紙を便箋に印字したあと、封蠟《ふうろう》して宛て名を書いた。これは外出禁止の罰則が解けるまで、保留するしかないだろう。

ぼくは居間の長椅子に腰かけていたのだが、それまで真うしろのテレヴィジョンに何が映っているのかを確かめてみもしなかった。そんな余裕などなかったのだ。いつものように何の気なしにテレヴィジョンを見て、驚いて息をのんだ。そこには一面濁ったガスに包まれた重苦しい世界があった。表現のしようもないほど鈍い色がまざりあっている。灰色とも、鈍色《にびいろ》ともつかない濁ったガスの雲が渦を巻く。それ以外、何も見えないのだ。吹き荒れる嵐は、今にもテレヴィジョンを突きぬけてこの部屋を襲ってくるのではないか、というほど激しくうねる。

あわてて、テレヴィジョンのチャンネルをあれこれ切り換えた。ADカウンシルの管轄にある放送局はいくつものチャンネルを持っていて、スゥイッチを入れておきさえすれば、何かしらの映像がテレヴィジョンに現れた。チャンネル選びに規制はなく、個人の自由だ。場合によっては、どのチャンネルを選択していても、ADカウンシルの意向で映像が変わることもある。だが、こんなガスに取り巻かれた幻影が映ることは、過去には一度もなかった。

　ぼくはテレヴィジョンのチャンネルを切り換えるために、しばらくのあいだCANARIAのキィボオドをたたきつづけた。おかしなことに、いくら操作してもテレヴィジョンの画面はガス雲を映しつづけている。その光景が何であるのかは、ぼくもうすうす察していた。〈鐶の星〉のまわりがガスで囲まれていることを、学校で習ったことがある。もし、このビルディングにテレヴィジョンではないほんとうの窓が存在するなら、きっとこんな光景が目に映るだろう。

〈鐶の星〉は、地表から何万メートルという高さまで厚いガス雲におおわれている。そのため、ビルディングのまわりにはどこまでもガス雲しか見えないのである。だが、ありがたいテレヴィジョンの機能によって、通常そんな光景を目にすることはなかった。パパ・ノエル、ママ・ダリアの都市で見るであろう光景を、テレヴィジョンがこの〈鐶の星〉に置き換えて映す。

「どうしたんだろう。」

　何度操作をくり返してもテレヴィジョンの画面は変わらなかった。こうも故障が重なるものだろうか。だんだん不安を覚えはじめた。ヘルパアのパパやママが消えたことにはじまり、エレヴェエタの故障や、CANARIAの故障など、この数日ロクなことがない。イーイーからも何の連絡もなく、宿舎のテレヴィジョンまで壊れてしまった。この先まだ何が起こるとも限らない。

〈イーイー、いったいどこにいるんだ。連絡してほしい〉

ムダを承知でキィをたたいた。虚しさを呼び起こすだけのエラー音が響く。テレヴィジョンすら故障した《生徒》宿舎で、外からの連絡を待つことしかできない。しかも、ぼくがこんな状態にあることを知っているのは、不本意ながらジロだけなのだ。その彼でさえ、テレヴィジョンが故障しているとは知らないだろう。そのうえ、定期的に連絡をくれるほど親切でもない。日ごろから態度の悪いぼくに、同情などしないはずだ。ぼくとしても、ジロの親切などありがたくはない。

だが、そうした考えのあとに、ついCANARIAの呼びだしランプに目がいってしまう。たとえ、ジロからでも何か連絡がないものかと期待している自分が情けない。扉を閉ざされてから、まだ数時間しか経過していないのだ。これっぽっちの孤独に耐えられないなど、自分でも認めたくない。このビルディングのどこかで、小さな仔犬がひとりでいることを思えば、ぼくの感じている孤独などたいしたことではないはずだ。久しぶりに、あのサッシャのことを思いだした。

テレヴィジョンは〈鐶の星〉を厚くおおったガス雲らしき光景を映しつづけている。鈍色にくすんだ雲の筋が混濁し、うす気味悪く渦を巻いた。ガス雲の中にはときどき何か石や屑のようなものがまぎれていた。プラスティック片や、ロオプ、金属質に見えるものもある。ロケットや通信機器の破片だろうか。……冷静に考えてみれば、ゾーン・ブルゥから発射されたロケットや衛星は、このガス雲に耐え得るのかどうか疑問だ。もしこの光景がぼくの予想どおりビルディングの外だとしたら、そこは途方もない寒さのはずだ。ビルディングの内部では液体であっても、いったん外へ出れば液体は液体としてとどまることはない。碧い惑星とは問題にならないくらい大気の温度は低かった。たいていの気体が凝固してしまう。そんなところへ出て行くロケットは、いったいどんな燃料を使っているのだろう。

テレヴィジョンの近くにいるだけで、ガス雲の中へ引きこまれそうになる。足もとがふらつき、テレヴィジョンのほうへ倒れかかった。とたんにガスが目のまえで大きくうねり、躰が宙へ浮く心地だ。手脚にはバラバラになりそうなくらいの圧力が四方から襲いかかり、躰の安定を失った。足もとがゆらぐと同時に、精神のよりどころも失い、自分自身の存在を感じることができなかった。抗えない力によって手脚は躰から引き離されようとし、胴体へつなぎとめておけなくなる。日ごろ、苦もなく安定させている躰も、容易《たやす》く崩れ、ネジのはずれた精密機械のように分解してしまうのだ。軋《きし》む音で神経をさいなまれ、それ以上テレヴィジョンを正視することに耐えられなかった。居間をのがれて自分の個室へ入ったが、ここも同じく窓のテレヴィジョンは渦を巻くガスに視界を阻まれている。声をあげようにも、空洞化した体内に力が入らず、ひとことも発することができなかった。

このとき、ぼくの耳にヴォイスからの音声が聞こえてきた。いつもの、コントラルトだ。登録番号を読みあげている。ときおり、声が跡切れ、何も聞こえなくなった。故障かもしれない。テレヴィジョンを見ることをさけて目を閉じているぼくの瞼に、碧い海が映り、遙《はる》か沖から風に煽《あお》られた波が打ち寄せてくる。ぼくはその海にも安らぎを感じることができなかった。瞼をあけ、その碧さからのがれようとした。しかし、碧い海の光景は瞼をあけても消えない。あのテレヴィジョンのガス雲を見ている最中でさえ、海の映像はずっと目のまえにありつづけた。

やがてヴォイスは跡絶え、部屋の中はまたしん、と静まった。ぼくはいつのまにか眠りにつき、また目を醒《さ》ましたのだろう。ちゃんと寝台に寝ていた。照明も消えているが、テレヴィジョンの光景は相変わらずガス雲のままだ。画面から放出される白色光が、部屋を奇妙な明るさに照らしていた。拡散した蒼白《あおじろ》い光の粒子が飛んでいる。視界に斜線が入って見えるのもテレヴィジョンの放つ光のせいだろう。

ヴォイスがいつから跡絶え、自分がいつから寝こんでいたのかまるでわからない。ただ、少なからず時が経過したことは、ＣＡＮＡＲＩＡの時計によって瞭らかだった。その時刻が正しいとすれば、五時間ほど眠ったことになる。今は午前三時。寝台を出て居間へ行ってみた。人の出入りした気配はなく、ここもまたテレヴィジョンの放電光に満ちている。

ふだんならこの時刻、テレヴィジョンにはパパ・ノエルやママ・ダリアの都市のようすが映しだされていた。何本ものサアチライトが交叉する夜景が映っているはずだ。ぼくはよく真夜中に目を醒ますことがあり、その夜景とはなじみ深い。終夜走りつづける循環モノレールは白色ガスを封入した螢光管のように煌き、都市をめぐる軌道に沿って正確な円を描く。円弧は建物によってさえぎられ、ときどき寸断される。定間隔で点在する街路灯はフリーウェイの図形を浮かびあがらせた。整然とならぶ居住区。それらはすべて遙か下方に広がっている光景だ。光の動きはとらえられても、人影はまるでわからない。というより、フリーウェイを走るオートモビルもモノレールの乗客もない。人影はまったく見られなかった。システマティックな交通網だけが、無人の空間を動いているのだ。

ほとんどの人々は地下都市で過ごしている。理由はわからないが、ママ・ダリアの都市では、地上よりも地下のほうが主な生活空間となっていた。その点ではビルディングのぼくたちとさほど変わらない。宙を横切ってゆく巨大な輸送機は窓に遮光スクリーンを施している。そのため、目を凝らさないと存在を見過ごしてしまう。わずかに点滅する夜間灯や地上にある誘導用のガイドランプが、何かの信号のように夜天《そら》へ向けてまたたいていた。

所詮これらはすべて、テレヴィジョンが見せる幻影なのだ。このビルディングの外にそんな都市があるはずもない。〈鐶の星〉の住人にしてみれば、とうにわかりきったことであるし、ぼくだって百も承知している。一方で、ガス雲におおわれているという真実も容易《たやす》く受け入れることができない。あの濁りに満ちた厚いガス雲がビルディングを取り巻いていることなど、ふだん誰も思いださない。そんなことを平然と口に出すのはジロくらいのものだろう。彼は〈鐶の星〉の正確な暦を毎日ちゃんと確かめて、衛星の位置も把握している。しかし、今はぼくもビルディングの外側には渦巻くガス雲しかないことを、認めなくてはならない。これが本来の姿なのだ。

試しにイーイーの部屋の扉をたたいてみたが、何の応答もなかった。もう一度、CANARIAを使ってイーイーのROBINを呼びだしてみた。相変わらずのエラー音。ひょっとしたら、ぼくの眠っているあいだに彼が戻っているのではないかと期待したが、ムダだった。こうして何日も過ごすのかと思うと、ユウウツになる。もう眠る気にはなれず、居間の長椅子で朝まで過ごすことにした。背後のテレヴィジョンで、ガス雲がうごめくたびに居間の天井を影がよぎった。長椅子やぼく自身の影も、フラッシュをたいた瞬間のように鮮明になる。

ぼくはママ・ダリアへの手紙を書くことにした。これがいちばん気休めになるのだが、CANARIAを膝のうえへ置いたぼくは、もうひとつ有意義な過ごし方があることを思いだした。《ヘルパア配給公社》を訪ねるまえに、イーイーとふたりで撮った《シネカ》をまだ見ていなかった。あれこそ、最適の気休めとなるにちがいない。ぼくは自分の思いつきに心が躍った。

《ヘルパア配給公社》へ行くまえに立ち寄ったドォムで、イーイーとぼくは短いフィルムを写した。テレヴィジョンの真昼の海を背景に、ふたりで海岸を走りまわった。素足で砂をとらえながら、ぼくはあのアーチイ少年になったような気がした。真昼の砂地は熱く、いつかの夜の冷たい海岸が嘘のようだ。海水は淡碧《うすあを》く輝き、波は静かだった。わずかにゆらぐ波の影は、黒蝶のようにひらめいて水面で群れた。固定したカメラはぼくとイーイーの動きに感応してレンズの向きを変えるので、どんなときもフィルムの中にはぼくたちがいる。

ＣＡＮＡＲＩＡに《シネカ》を挿入し、食い入るようにディスプレイを見つめた。じきに碧い海が現れる。はじめにイーイーがカメラのまえを走り抜けた。彼は琥珀《こはく》色の髪でふちどった白い顔をレンズのほうへ向けて微笑んだ。彼の背景、ちょうど耳を水平に結んだ位置に海面が見えていた。とても幻影の海とは思えない。次にイーイーは姿を消して、ぼく自身が現れる。レンズに向かって何かをしゃべっていた。何を口にしたのかは思いだせない。もう忘れてしまった。ぼくはだんだんカメラに近づく。イーイーのときと同様、耳の高さにあった水面が頭上まであがった。空が消えて、海水の碧が空白のすべてを埋める。ぼくの後方をイーイーが素足で走っている。ぼくはまたレンズから後ずさりしてゆく。イーイーは相変わらずぼくのうしろで旋回しながら走っていた。そのうち彼は波打ち際に達し、ぼくの背後に硝子《ガラス》のように光る水しぶきがあがった。硝子《ガラス》玉は反射光を放ちながら落ち、イーイーの白い額にも水滴がひかっている。

「水しぶき……、」

フィルムをいったん止めて、今のところをスローモォションにした。イーイーの足もとまでは画面に入らないが、彼は確かに波を蹴散らして走っている。

「どうして、そんなことができるんだろう。波打ち際は幻影のはずぢゃないか。」

それとも、テレヴィジョンが水しぶきを映しだしたとき、偶然イーイーの動きと一致したのだろうか。額《ひたい》に飛んだ水滴は汗かもしれない。また、《シネカ》の再生をつづけた。こんどはぼくが後方に下がり、イーイーがまえへ出る。ぼくが走りまわっても、飛び散るのは砂ばかりだ。幻影の海に手を触れることはできないのだから、当然でもある。ぼくはそのまま前進してイーイーとならんでレンズをのぞきこんだ。ところが、ふたたび波打ち際まで下がったイーイーは、また飛沫《しぶき》をはねあげた。画面は、彼が翠色《すいしょく》の海水に足首をひたしているところまでをも映しだす。間違いなく、イーイーは幻影の海に躰を触れていた。

「……どうして、」

《シネカ》の中のぼくはうしろを見ていないので、イーイーのしていることに気づいていない。彼が海水に足をひたしているとは思いもしないで、レンズに微笑みかけていた。その後、ふたりはカメラのあることなど忘れきって砂浜で戯れ、日を浴びて遊んだ。よく注意してみると、イーイーの足は水にぬれたせいか、膝くらいまで砂の粒でおおわれていた。いっぽうぼくの足は燥いているので、わずかな砂しか残らない。

《シネカ》はそこで終わった。何度もくり返して再生し、ストップモォションにしたり、スローモォションにしてフィルムを見つづけた。だが、イーイーがなぜ幻影の海に入っているのかわからない。CANARIAのスゥイッチを切ってからもしばらく、ぼんやり椅子にもたれた。だが、そのうち気を取り直し、ママ・ダリアへの手紙を書いた。

敬愛するママ・ダリア、

　お元気でいらっしゃいますか。ぼくは今、宿舎の居間にたったひとりで腰かけています。同室のイーイーはいません。もうかれこれ半日も彼と離れ離れなのです。こんなに長く彼と離れていることは、同室になってはじめてのことです。仔犬のサッシャやヘルパアのパパやママが消えてしまった場合と同様、イーイーも何の前ぶれもなく姿を消してしまいました。それも、いっしょに乗っていたエレヴェエタの中で、彼を見失ってしまったのです。ぼくがしばらくパパ・ノエルへの手紙を書きつづけているあいだ、イーイーはどこかの階でエレヴェエタを降りたらしく、顔をあげたときには影もかたちもありませんでした。それきり、イーイーは宿舎へ戻りません。

　一方、ぼくはイーイーを探しに行きたくとも、部屋を出ることができないのです。なぜなら、ぼくとイーイーは《ヘルパア配給公社》から借りたヘルパアを期限内に返却できず（結局、自力で探しだすことはできませんでした。その後、彼らがちゃんと《ヘルパア配給公社》へ戻ったかどうかも不明です）、外出禁止の罰則を受けることになったのです。その外出禁止というのはぼくが考えていたよりも遙かに厳しく、融通のきかないものでした。〝外出禁止〟というのを自主性に基づくものだと考えていたのですが、実際は、より強制力の甚大な罰則だったのです。部屋の外へ出る自由は完全に束縛され、扉をあけることもできません。ADカウンシルのコンピュウタに制御されています。あるいはイーイーも締めだされているのかもしれません。罰則を受けずにすむのですから、彼は運がよかったとも云えますが、問題なのは《ヴィオラ》を充分持っているかどうかです。一回に必要な量はわずか数滴とはいえ、ひと壜には一オンスしか入っていないので、そう何日も持ちません。《ヴィオラ》がなくならないうちに彼が帰ってくるとよいと思います（外から扉がひらくのかどうかも不明です）。

ママ・ダリア、ぼくはよほど運が悪いのでしょうね。外出ができないことはしかたがないとしても、実は誰とも連絡を取ることができません。CANARIAの通信機が故障しているのです。そのうえ、部屋のテレヴィジョンも故障中で、いつものような夜景を見ることも不可能です。こんなにいろいろなことがいっぺんに重なり、不安でしかたがありません。ぼくがどんなに不運か、テレヴィジョンに映っている光景を見てくだされば、ママ・ダリアも理解なさるでしょう。けしておおげさに云っているのではありません。ぼくは精一杯辛抱して、ここへ腰かけているのです。

後方がテレヴィジョンになります。ママ・ダリア、あの光景を何と説明したらよいのか。毒々しいガスの嵐です。澱んでいるかと思うと、渦を巻き、うねり、荒れ狂う雲。飛び交う塵芥。ビルディングの外はほんとうにあんなふうなのでしょうか。とても正視できません。あのガス雲を目にしただけで、ここから逃げだしたくなります。せめて、テレヴィジョンの故障が直ってくれたなら、数日の外出禁止など平気でこなせるでしょう。

ユウウツなことを忘れるために、ぼくはイーイーとふたりで撮った《シネカ》をCANARIAのディスプレイで見ていました。そのフィルムを見ているうちに、ある不思議なことに気づいたのです。ママ・ダリア、幻影の海に手を触れることなどできるものでしょうか。フィルムで見るかぎり、イーイーは確かに足首を海水にひたしているのです。それとも、彼があまりに幻影に近づいていたせいで、彼の躰に海が投影されてしまったのでしょうか。

でも、そんなことより、ぼくはたまらなく海水に触れてみたくなりました。長いあいだこらえていたのですが、ここでママ・ダリアにお願いしてもよろしいでしょうか。ほんの少しでいいのです。どうぞぼくのもとへママ・ダリアの都市の海水を、お送りくださいませんか。たとえ、小さな壜に一オンスでも結構です。こんなお願いをしては、ご迷惑だと何度も打ち消したのですが、こらえることができなくなってしまいました。

躰の奥に夜の海のような、暗黒が横たわっています。それは液体のときもあり、気体のときもあります。前者のときは鉛を溶かしてあるかのように重く、後者のときは目に見えないひずみが生じています。あのゾーン・ブルゥの荒寥と、ドォムでの夜の海の体験が、ぼくの躰の中にこの闇をつくりました。漠然と考えるのですが、この闇を消せないまでも、せめてうすめるためには、イーイーが必要としている《ヴィオラ》のような液体が、ぼくにも必要です。それが、海水かどうかは定かではありません。けれどもぼくはその水に期待しているのです。ママ・ダリア、どうかお願いです。ぼくは躰の中の暗闇をのぞく方法を、ほかに思いつきません。たった一オンスで結構ですから、海水をお送りください。

ママ・ダリア宛の手紙をそこまで書いたとき、不意にCANARIAの呼びだし音が鳴った。ぼくはあわててディスプレイを受信に切り換えた。ヴォイスからはサテンをこすりあわせているような、かすれた摩擦音が聞こえてきた。だが、耳を澄ましているうちに、その音は雨音ではないかという気がした。ディスプレイに認識番号が表示される。

〈ML–0021754 PHOEBE〉

「シルル、」

「おはよう、アナナス聞こえるか。」

雨音のような摩擦音に、シルルのよくとおる声が重なった。雨音は、はっきりとした雨垂れの音ではなく、シャアシャアとこすれるような時雨の音だった。シルルの問いに、ぼくは思わず頷いたのだが、そうしても意味のないことに気づいて、レシーヴァを耳にした。ついでに時間を確かめた。シルルの云うとおり午前七時である。もう夜が明けたのだ。しかし、テレヴィジョンはガス雲のままだった。

「もう朝か、気づかなかった。ヴォイスから雨音がするね。」

「そうかな、ぼくには聞こえないけど。テレヴィジョンは快晴なのに雨音を流すなんて、《同盟》らしい。」

「快晴か。こっちは……ガスの嵐だ。」

「ガスの嵐、」

困惑したような沈黙のあと、シルルはゆっくりと訊ねた。

「イーイーは、」

「それはぼくが訊こうと思っていたことだよ。」

「戻らないのか。」

彼はジロからイーイーの行方が知れないことを訊き、それで連絡をしてきたのだという。

「……連絡もないよ。」

「そうか、こっちも同じくだ。」

ぼくは急に不安を覚えた。暗号文の連絡もなかったのだろうか。だが、そのことを確かめるまえに彼のほうで、暗号での連絡も今のところないと付け加えた。事態はぼくが考えていたよりも遙かに深刻になっている。ついさっきまで、イーイーとシルルはてっきり連絡が取れているのだろうと思って、なかば妬ましく感じていた。しかし実際は、彼らも連絡を取りあっていない。

「シルルなら、イーイーの行方を知っていると思ってた。」

「彼とはぐれたのは、A号区のエレヴェエタだって、」

「そう。六〇〇階で停止したあとで、気づいたときにはイーイーの姿はなかった。ぼくは手紙を書くのに夢中だったんだ。」

「手紙、」

「パパ・ノエル宛の手紙さ。」

「そう、きみはまだ書きつづけているんだね。」

「もちろんさ。ついさっきだって、ママ・ダリア宛の手紙を書いた。」

「いいことだよ。手紙は書きつづけたほうがいい。ぼくたちはいつもママやパパのことを思っていなければいけないから。ジロにもそう云っているのに、彼はもう書かないと云うんだ。」

　確かに、ジロはぼくにもそう宣言した。氷に閉ざされたP号区で、逢ったときだ。彼は騙されたふりをして、逆にシルルを騙すのだとも云った。そんなことを、ことさら口に出して云う必要もないのに。

「きみは書いてるの、」

　逆に訊いてみた。シルルにはイーイーと同様、パパ・ニコル、ママ・リリィという両親がいる。

「書いてる。アナナスほど頻繁じゃないし、どちらかといえば儀礼的なものだけど。」

　シルルの返答は意外だった。いっさい手紙など書かないと云うイーイー同様、彼も手紙など書かないだろうと、内心では思っていたのだ。

「シルルはママやパパに逢ったことはあるの」

「ないよ。アナナスと同じさ。ぼくたちはみんなママやパパを知らないし、逢うこともない。その必要もないんだ。ママもパパも明確な実体をともなわない存在だから。」

「そうだよね。ただ……」

　その先のことばは口にするのがためらわれた。シルルにそんなことを云うのは危険かもしれない。だが、ぼくを決心させたのはシルルの態度だ。イーイーとちがい、ママやパパのことを話すときの口ぶりは、それほどの皮肉に満ちてはいなかった。

「アナナス」

　ぼくが間をおくので、シルルが軽く先を促した。

「ねえ、シルル。このビルディングの内部で偶然にママやパパとすれちがうことって、あり得るのかな。ぼくはママ・ダリアやパパ・ノエルの顔を知らないけど、彼らが密かに姿を現しているということもあるだろう。」

「たとえ、そうだとしても、ぼくたちに確認することはできないよ。ママやパパはいつも同じ姿で現れるとは限らない。」

　シルルはなだめるような口調で云い、ぼくもそれを受け入れた。彼のことばは、いつになく具体性をおびている。核心をそらす話しかたがシルルの特徴でもあって、名指しで誰かを批判したり、独断で結論づけたりしない。それは彼の用心深さであり、長所でもある。きょうは口数が多いほうだ。そのせいか、ぼくのほうもふだん以上に話をした。

「シルル、ぼくに何ができるだろう。〈外出禁止〉の罰のことはジロに聞いているだろう。イーイーを探しに行きたくても、ぼくは部屋を出ることができない。CANARIAはイーイーのROBINとダイレクトにしてあるけれど、通信機が故障していて役に立たない。おまけにぼくは修理もできないしね。ジロは単純な故障だろうと云うんだけど。」

少し間をおいて、シルルはいくぶんためらいながら、口をひらいた。

「……イーイーからも連絡が入らないとすれば、それは仕組まれた故障だと思ったほうがいいよ。偶然にCANARIAとROBINが故障するということもあるだろう。だけど、イーイーはコンピュウタの単純な故障くらい容易《たやす》く直してしまうから。」

それはつまり、ぼくの能力不足を指摘されたようなものだったが、イーイーが機械に強いことは確かだ。

「それぢゃ、CANARIAとROBINは壊れるべくして壊れたと云うんだね。少なくともROBINはわざと故障のままになっていると。」

「……たぶん、」

シルルの歯切れは悪かった。しかも、ふだんの彼なら、とうてい口にしないような不確かな内容だ。

「誰かのせいで、なんだろう、」

「そう……、だけど、」

　彼は迷っている。このようすでは、おそらく真実を知らないまでも、かなり事実に近いことをシルルは知っているはずだ。彼は自分の確信を裏付けるために、ぼくのところへ連絡をしてきたのだろう。しかし、ぼくを仲間とは考えていないから、すべてを教えるつもりもない。そんなことくらいわかっている。ぼくはそういう思いをこめた沈黙で、相手を探った。

「……すまない、アナナス。ぼくの一存では答えられないんだ。」

「つまり、誰かに訊いてみなければと云うことか、」

「アナナス、」

　珍しく、シルルが狼狽《ろうばい》していた。しかし、ほんとうは彼があわてることはない。ぼくにとっては、たまたま投げた石が当たってしまったというくらいで、実は手にしていた石の大きさもわからない、根拠のない発言だったのだ。シルルの狼狽ぶりに、かえってぼくは困惑した。

「イーイーが消えたこととも、関係があるね、」

「アナナス、きみはそれ以上何も追及しないほうがいい。」

「どうして、」

「きみは知らないほうがいいんだ。……アナナス、頼むから。」

はじめからイーイーが絡んでいるのではないか、という気がしていた。あるいはこれも、イーイーを疑うように仕向けた、シルルの企みなのだろうか。彼の技巧に惑わされてはいけない。シルルのことばは、筋が通っているし、正しく思える。

「シルル、ぼくはきみが考えているより、もっと多くのことを知っている。たとえば、暗号のこともね……」

レシーヴァを通して、動揺と緊張が感じられた。だが、ぼくはそこで一方的に受信機を切った。シルルに云ったことは嘘だ。暗号の解き方はいまだにジロから聞いていないし、今後も訊ねるつもりはない。先ほどのひとことがシルルにショックを与え、わずかでも緊張させたというだけで、ぼくは充分すぎる満足を感じた。もう、半日以上も前のことになるあのドォムでの午后、碧々と広がる海に向かってたたずむイーイーの姿を見ていた。彼は舳先《へさき》を南へ向けて進む船の帆檣《ほしょう》となり、もしくは翼となって細長い腕を伸ばして水平線を指した。その無言の導きにぼくは乗ったのだ。

ふたたび、ママ・ダリアへの手紙をつづけよう。

ママ・ダリア、シルルは不思議な少年で、その静かな語り口には、思わず惹《ひ》きこまれてしまいそうな説得力があります。彼はイーイーとはまた別の魅力をそなえており、そのせいで、ぼくはこれまで何度も、彼の話法にはまりそうになりました。面と向かっているときはとくにそうなのです。彼の灰色の睛《ひとみ》は何ともいえない色合いで、あるときは銀色に、あるときは蛋白石《オパアル》のような煌きをおびています。灰色の睛《ひとみ》の中心にある海柱石《ベリル》のような色合いもまた、凝縮された海水のようで、見入ってしまう要素となっています。シルルの口調はあまりにも穏やかなので、秘められた悪意や偽りを見抜くことは困難です。あるいは、ほんとうに悪意や企みなどないのかもしれません。ぼく自身の屈折した感情が故意に彼を歪《ゆが》めて見ているとも云えます。

残念ながら、同時にふたりの意見を公平に聞き分けることは不可能です。どちらか一方をひたすら信じるしかありません。ぼくはイーイーを選びました。それがたとえ間違いだとしても、すでに船は走りだしています。もうこの船とともに進むしかないのです。

ひとつの考えがぼくの頭の中をかすめます。イーイーはビルディングから出る方法を、知っているのではないでしょうか。何の確証もありませんが、ぼくが彼を信じようとする気持ちの半分は、こうした過度の期待から成り立っているのです。イーイーには迷惑なことかもしれません。ぼくは彼とともにゾーン・ブルゥを出る夢を見ました。ひかる船に乗ってサファイア光を放つ碧い星を目指すのです。

あるとき、テレヴィジョンでその碧い惑星に帰還する宇宙船のフィルムを見ました。飛行士を乗せた船は海の上に着水するのです。その瞬間を見守っていた人たちの歓喜と安堵は、テレヴィジョンを見ているぼくにもはっきりと感じられるほどでした。空宙《そら》から帰還する飛行士たちと同じように、ぼくとイーイーもあの海を目指します。長い旅をして碧く澄んだ惑星に到着するのです。みごと着水したあかつきには、白い帆をかけた船で海原を疾走するでしょう。やがて水平線の彼方に都市が見えてきます。そこにはママ・ダリアやパパ・ノエルがいらっしゃる……。

　ほんの子供のぼくがビルディングを出ようだなんて、ママ・ダリアはバカなことだと思っていらっしゃるのでしょう。でもぼくはゾーン・ブルゥから立ち去るとき、いつかまたここへ来るだろうという予感がしました。あの日、ぼくはゾーン・ブルゥの入り口で完全に拒絶されましたけれど、きっともう一度行くにちがいありません。その機会があることを、何となく肌で感じています。


　今回は、海水をください、などと図々しいお願いをしたり、ビルディングを出ようなどとおかしな宣言をする、体裁の悪い手紙になってしまいました。もしかすると分もわきまえず、ママ・ダリアの子供としての領分を大きく逸脱しているのかもしれません。失礼は、どうぞお赦しください。こんなにも個人的な手紙を書いてしまったことを恥じています。けれども、あえて削除はしません。なぜなら、これはぼくの正直な気持ちだからです。

　時として、〈正直〉であることは罪悪となりかねません。そのことは、重々承知しています。〈正直〉という大義名分に惑わされ、それが、実は最も身勝手な自己主張であることも少なくありません。イーイーに指摘されるまでもなく（いかにも彼の云いだしそうな事項なので、断っておきますが）、正直であることは美徳ではないのです。〈勇気〉が、まったくの自己満足であるのと同様、陥りやすい錯覚なのだと云ってもよいでしょう（ママ・ダリア、ぼくは〈勇気〉ということばが大キライです。これほど偽善に満ちたことばがあるでしょうか。〈勇気〉を持って行動する、などということばの無意味なことと云ったら、躰の具合が悪くなるほどです。重要な決断にさいして必要なのは〈勇気〉ではなく、冷静さと大胆な心理ではないでしょうか。どちらもイーイーが兼ね備えているものですが。〈正直〉と〈勇気〉は同様の錯覚である、と書きました。しかし、はるかに〈正直〉であることのほうがマシです）。多くの場合〈勇気〉は賛美の対象となり、錯覚にもかかわらず認知を受けて正当化されています。

以上のことを踏まえたうえで、ここに書き記した内容はぼくの〈正直〉な気持ちであると申しあげます。

しめくくるつもりが、いっそう繁雑になってしまいました。閉じこめられているうえに、イーイーが不明のままなので、どうしても整然とした考えをまとめることができません。なにとぞ、非礼はお見逃しくださいますよう……。

七月三十一日　月曜日
認識番号MD−0057654−Ananas
Dear Mama-Dahlia
〈鐶の星〉の《生徒》宿舎C号区1026−027室にて

ママ・ダリア宛の手紙は、便箋に印字をして封蠟をしたあと、パパ・ノエルへの手紙と同じく、外出禁止明けを待って投函することにした。

ぼくはいくぶん空腹を感じてキチネットへ行ってみた。冷凍庫には何種類かのペエストがあったが、どれも口にする気にはなれなかった。どのみち、何を食べても味はわからないのだから、おいしいかどうかは問題ではない。イーイーに云わせると、ペエストはどれもひどい味だそうだ。《ヴィオラ》をふりかけなければ、とても口にできないらしい。ぼくは食べるのをやめて、また居間へ戻った。躰が軽く空虚に思えるのは、空腹のためではなく、おそらく何かほかの要因によるものなのだ。

ふと、イーイーの部屋をのぞいてみたくなった。この四月に同室になって以来、一歩も彼の部屋へ入ったことはない。扉から垣間見たかぎりでは、イーイーはいつもテレヴィジョンの画面を目一杯明るくしているらしく、まず部屋の白さが目だった。光が溢れている。だが、隙間から見えただけなので、ほんとうのところはわからない。彼は部屋を見せたがらない理由として、いつもちらかっているからだと云う。私物もわずか、置くものもたいしてないのに、何がちらかるというのだろう。

イーイーの部屋に入ろうとしたのは本心ではなかったが、扉へ近づいてみた。ノブを回さないまでも、扉のまえに立つくらいかまわないだろうと思ったのだ。そのとき、ぼくは聞き慣れたある音を耳にした。

「………」

イーイーの部屋から、Ga-shan と壜の割れるような音が聞こえたのである。あまりに唐突だったので、ぼくは息をのんだ。

「まさか……」

自分の耳が信じられなかった。彼は部屋にいるのだろうか。そんなことは少しも考えてみなかった。確か、以前にも彼はぼくの知らないうちに姿を消し、そのときもGa-shan という音で、彼が浴室にいるとわかったことがある。空耳という可能性もあるので、もう一度耳を澄ました。するとまた、かすかにGa-shan と聞こえた。

「イーイー」

扉をたたいたが返答はなく、ノブを回した。予想に反して、扉はなんなくひらき、ぼくは真っ白な室内を少しだけのぞいた。壁も天井も区別がなく、輪郭のない白さにおおわれている。しかし、あわてて扉を閉じた。ぼくの部屋とあまりにもちがうようすに困惑した。イーイーの部屋には何もない。ぼくの部屋にはかろうじて寝台や椅子があるのに、イーイーの部屋には、何かが存在したという形跡すらないのだ。それだけでなく、その部屋の異質な空気に耐えられなかった。ふたたびGa-shan という音。

ぼくは自分の部屋へ戻った。そして、イーイーの浴室と壁を隔てている浴室へ飛びこみ、そこで耳をそばだてた。ここなら声が届く。

「イーイー。いったいいつからそこにいるんだ。ずっと探していたのに。」

カプセルのような浴室の壁に、ぼくの声が反響している。天井は縦に細長いカーヴを持つ穹窿《きゆうりゆう》を成し、白熱球の淡い光を真上から降りそそいだ。水を使う音はいっさい聞こえてこない。それだけでなく、イーイーの存在を瞭らかにするような音は何ひとつ聞こえてこなかった。いつのまにか、Ga-shan と響く音も跡絶えていた。イーイーからは何の返答もなく、壁の向こうに人がいる気配はまるでない。ぼくは、壁をたたいてイーイーを呼んだ。

「イーイー、いるなら返事をしてくれよ。」

それでも応答はなく、しばらく耳をそばだてて待った。あれだけハッキリ聞こえた音が空耳だとは思えない。イーイーは壁の向こうにいるはずだ。それとも、どこか具合を悪くして、倒れてでもいるのだろうか。ぼくはむやみに壁をたたきつづけた。しかし、一向に応答はなく、壜の割れる音すら聞こえない。

「もう一度CANARIAで呼びだしてみよう。ひょっとして、通信機が直っているかもしれない。」

居間に置いてきたCANARIAを取りに戻って、ふたたび息をのんだ。なんとそこにイーイーがいたのである。一拍置いて、ようやく声が出た。

「イーイー、」

「アナナス、」

「……きみは、いったい何をしていたんだ。ぼくは、ずっと探して……、まさか部屋にいたなんて云うつもりぢゃないだろう、」

　ぼくは安堵した途端、逆に憤りがこみあげて、途中で口をつぐんだ。それ以上つづけると、とめどなく不満が噴出しそうだったからだ。イーイーはぼくの怒りが理解できないふうで、困惑した表情を浮かべた。

「だってアナナス、ぼくが部屋へ戻ったとき、きみの姿は見えなかったんだ。だから、ぼくは《ヴィオラ》を補給しておこうと思って、浴室へ行った。それが、いつもの癖で長くなって……、」

「……長くなって。いったいいつの話をしているんだ。ぼくがきみを探しはじめたのは、昨夜《ゆうべ》のことだよ。一晩じゅう浴室にいたと云うのか。」

「眠ってた。」

「浴室で、」

「だから、謝るよ。すまない。でも、眠っていたのはほんとうだ。ぼくはきみが戻ってくるまでには起きるつもりだったんだよ。」

「眠ることなんて、ないくせに。」

　思わず口にしたが、何の確証もなかった。

「……え、」

　ぼくの見幕がおさまりそうもないので、イーイーは途惑い気味だ。顔色はいつにもまして白く見えた。

「エレヴェエタの中でイーイーを見失ったんだ。ぼくはパパ・ノエル宛の手紙を書いていて、気がついたときにはもうきみはいなかった。」

「そうだね、ぼくはあのとき途中で降りてしまったから、」

「どうしてひとこと声をかけてくれなかったんだ。そうすればぼくだっていっしょに降りたのに。それとも、ぼくがいては都合の悪いことだったのか、」

イーイーに対しての猜疑心は、口をひらけばひらくほど募り、とめどなくあふれてくる。シルルがほのめかしていたように、すべてイーイーの承知していることなのではないだろうか。ぼくが文句を云っているあいだ、イーイーはすみれ色の睛《ひとみ》をじっと見ひらいて聞いていた。睛はなぜか翳《かげ》っている。

「イーイー、それぢゃきみは、ぼくよりも早く部屋へ戻っていたんだね。そして、カゼ気味なのもかまわず、まる一日浴室にいた、と、」

「そういうことになる。」

「ぼくは、きみが宿舎の外にいるものと思っていたよ。それで、探しに行こうと思ったけど、扉がひらかないんだ。カウンシルのコンピュウタに制御されているのサ。きみは知らないだろうけど。」

「……制御、自由にならないということ、」

「そう。」

ぼくが肯定したそばから、イーイーは自分で扉のところへ行き、ノブをまわした。彼が試しても、やはり扉はひらかなかった。

「ふうん、外出禁止というのはこういうことか。だから、《ホリゾン・アイ》は、意味深な表情をしていたんだな。」

ぼくはイーイーにそう云われて、はじめて気づいたことがある。彼を疑ったりする以前に、疑うべきものは《ヘルパア配給公社》をはじめとするカウンシルそのものではないだろうか。シルルを動かしているのも、結局はカウンシルなのだから。

「イーイー、CANARIAの通信機もまるで使えないんだ。それに、ほら、この部屋のテレヴィジョンを見てくれよ。」

指さしたぼくの視線を追って、イーイーはテレヴィジョンの中で渦を巻くガスの雲を見ていた。彼のすみれ色の睛《ひとみ》にガスの雲が映り、ぼくはそれを見つめる。不安の翳がいっそう濃く射すのを見た。ひと呼吸おいて、彼は視線をぼくのほうへ向けた。そのときには、ときおり見せる冷ややかな煌《かがや》きをおびた睛だった。ぼくはその睛に少なからずひるんで、こんどこそ彼の信頼を失うかもしれないことを覚悟した。イーイーが何も云わないので、ぼくはつづけて口をひらく。

「テレヴィジョンがこんななのも、罰則の一種だろう。カウンシルのコンピュウタが制御しているのなら。」

イーイーはぼくの意見とはちがう考えらしく、頷かない。そのかわり、不意に手を伸ばして、ぼくの瞼のうえにかざした。

「アナナス、瞼を閉じてみて、」

彼の細い手が視界をさえぎる。その白さは催眠効果をたかめるのか、ぼくは逆らうこともなく、なかば眠るように瞼を閉じていた。イーイーの手はぼくの瞼に触れはしないが、すぐ目のまえにあるのを感じる。そのまま、数秒が過ぎ、やがてスッと空気が軽くなった。イーイーが手をどけたのだ。しかし、いくら瞼をひらこうとしても、まるでひらくことができない。

「アナナス、今何が見える、」

「……イーイー、ぼくは瞼を閉じているんだよ。何も見えるわけがないぢゃないか。」

「そんなことはないサ。見えるはずだ。」

「無理だよ。ただ暗いだけだ。」

瞼を閉じているだけにしては、暗すぎるほどの闇だった。ふつうなら、部屋の照明を透かして見ることもできるはずなのに、それすらどこにあるのかわからない。漆黒《しっこく》は深く、天井や壁、床といったものの位置を測ることができず、奇妙な遊泳感覚にとらわれた。確かに靴底は床をとらえているはずなのだが、躰は浮かんでいるようなのだ。

「……イーイー、きみはどこにいるんだ。」

「ここだよ。」

「どこ、」

「ほら、ここ。」

ぼくはイーイーの声をたよりに、彼の姿を探した。何も見えないせいなのか、奇妙に躰が軽い。自分がそこに立っているという感覚がまるでなかった。まえへ行こうとするとき、手脚の動く感触はなく、気持ちだけがスッと離れてゆくようだった。だが、それでは歩いているのか、たたずんでいるだけなのかもはっきりしない。躰は水に浮いているようだ。直立しようとして平衡を保つこともなく、横になるときのように背骨が軋む感じもなかった。ただ、力を抜いてなされるまま漂っていればよい。ほどなく、イーイーの冷たい手が左手首に触れた。リングが一瞬だけ、静電気をおびたようにピリピリと振動する。しかし、すぐに感触は消えた。リングがはずれたかのようで、いつもの引きつった痛みもなかった。イーイーはつづいて右手首を摑《つか》んだが、それも定かではない。ぼくは相変わらず、横になっているのか、たたずんでいるのかもわからなかった。自分の躰が存在するのを確認できない。そんなものはもはやないような気さえする。

暗闇の中に、すみれ色の睛が何かを反射して光った。琥珀色の髪も見える。だが、ぼくは瞼をあけているのではない。真っ暗な中にイーイーの姿だけが浮かびあがっているのを見ている。見慣れた細長い手脚が、いつもより白い。彼のほうへ近づいて行こうとしたが、動かすべき自分の脚がどこにあるのかわからなかった。自分の手で触れて確かめようとしたときは、おかしなことに、手のありかを見失っていた。痺れているわけでもないのに、指一本動かせない……。

似たような感覚を、別のときに味わったことがある。夢を見ているときだ。たとえば、それは波の打ち寄せる海岸……。ぼくは間近に海を見て、汐騒を聞き、南風に吹かれている。そのまま、なぜか飛ぶように移動する。波の上をゆっくり漂い、旋回したり、急上昇したりする。瞼を見ひらいているのだが、風景以外のものは何も見えていない。自分の手や脚もその場になく、実は寝台に横たわっているのだということを、納得している。瞼を閉じた状態で何かを見るということは、目のまえにある新しい風景を見いだすことではなく、すでに知っている風景をくり返して見ているということだろう。そのかわり、それは存在しないものだから、触れることはできない。幻影と同じだ。

ぼくはイーイーを知っている。だから今、瞼を閉じた暗闇の中に見えているのは、いつか見たことのあるイーイーの幻影だ。目のまえにいる、ほんとうのイーイーとはちがう。だが、はたしてイーイーは実在するのだろうか。彼が幻影でないと誰が保証できるだろう。あの《フィルミック》で撮影したフィルムで、イーイーは幻影の海の中に入っていたではないか。彼がたんなるイマジネエションの産物だとしても不思議はない。

「こんどは何が見える、」

ふたたび、イーイーが訊く。ぼくはまず、どの方角を見たらよいのか迷った。しだいに靄《もや》が晴れるように視界がひらけ、翠色《すいしょく》の煌きが見えてきた。どこまでも、どこまでもつづく淡翠《うすみどり》は、眼下いっぱいに広がっている。その中に、白い島が点在した。

「アナナス、あれが《カナリアン・ヴュウ》だ。よく覚えておくといい。きみはすぐ忘れてしまうだろう……、」

イーイーがどこでささやいたのかわからない。ぼくたちは勢いよく海原の上空を飛んでいたが、手脚も胴体も、そんなものはいっさいなかった。ただ、次にイーイーの手の冷たさを感じたとき、ぼくははっきりと床に足をつけていると自覚した。

「アナナス、こんどは目のまえだ。海が見えるだろう。」

「……海、」

ぼくはためらった。見たいと思う反面、底知れない深さが怖くもある。しかし、イーイーが「海」と云った時点で、すでに暗示にかかったらしい。彼の背後に広がる海原が、ポツポツとひかるのを見ていた。ホタルイカの群れだろうか。

「夜の海じゃないよ。アナナス。真昼の海だ。」

イーイーはまるで、ぼくが見ている風景を承知しているかのような口ぶりをする。

「どうしてきみにわかるんだ。」

イーイーは答えるかわりに、かすかな笑い声をもらした。ひかる碧い海水《うみ》がどこまでもつづく真昼。口笛のように響く海鳥の聲《こえ》と、対照的に静まりかえる波の音。水平線はほとんど動かない。ときおり、反射した太陽光が電流のように波間を走った。ふと、ぼくはその映像が、目のまえにあることに気づいた。平衡感覚が徐々に戻ってくる。いつからかはわからないが、ぼくは瞼をあけていた。テレヴィジョンにはいつものようにママ・ダリアの都市の風景が映っていた。あのガス雲は、今はもう見えない。碧い海も消えていた。

「イーイー、」

「そうだよ。テレヴィジョンなんて、きみしだいでどうにでもなるんだ。」

「どういうこと、」

「故障はしていない、ということだよ。ガス雲しか見えなかったのは、アナナスがその光景を故意に想像したからだ。」

「……ぼくが、」

「そう、幻影ほど不安定なものはない。アナナスが見ようとしなければ、消えてしまうこともあるのサ。」

「そんなこと、納得できないよ。テレヴィジョンはADカウンシルが放送するもので、ぼくの自由になどならない。せいぜいチャンネル・コードを選ぶことができるくらいだ。」

　CANARIAのキィボオドをたたき、試しにチャンネルを換えてみた。瞬時に海は消えてなくなり、R—一七から見た〈鐶の星〉の映像が映った。銀色の鐶は硝子《ガラス》棒のように、惑星を貫いている。

「きっと故障が直ったんだ。」

　ぼくが認めようとしないことについて、イーイーはとくに何も云わなかった。ただ見守るようなまなざしを向けている。いつもの鋭い煌きよりも、沈んだようすの陰影が気になった。

「イーイー、ROBINは故障していないか。ぼくのCANARIAは通信機が使えないんだ。」

「さあ、どうかな。昨夜《ゆうべ》から使っていないから気にしていなかったけど、」

イーイーはROBINを手もとに持ってきて、キィボオドをたたいた。PiPiPi……とエラー音が響いている。ROBINも故障しているようだった。

「ダメみたいだな。」

イーイーはROBINを慣れた手つきで分解して（ぼくはその方法を知らなかったが、小さな窪みを押すだけで底蓋《そこぶた》がはずれた）、内部の基盤を取りだした。表面に波紋のような筋のついた数ミリほどの厚みの円盤である。円盤はスライドさせると二枚に分離し、中から鏡のようにひかる面が現れる。そんな仕組みになっているとは、まったく知らなかった。

イーイーが円盤のひかる面に指先を触れた途端、それは、眩《まぶ》しくスパァクした。数秒間、光を放ったあとで、こんどはヴァイオレットに変わる。ぼくは魅せられたように、イーイーの手もとを見つめていた。彼は円盤をもとのように二枚重ね、ROBINの内部へ戻した。器具などいっさい使わず、細長い指から目に見えない磁力でも放出しているかのように、部品に触れてゆく。手慣れたようすの指の動きは鮮やかだ。彼はパネルを閉じて、キィボオドをたたいた。

「直ったの、」

「たぶんね、CANARIAも直ると思うよ。」

そこで、CANARIAをイーイーに預けた。彼はROBINのときと同じように、円盤型の基盤を取りだし、スライドさせる。ひかる面にルビィやシトリンのイルミネエションが反射した。テレヴィジョンはいつのまにかママ・ダリアの都市の映像に戻り、夜景が映っている。イーイーが指先をふれた面は、サファイアブルゥに煌いた。

「ROBINとちがう色だね。」

「知らなかったのか。この基盤は、それぞれみんなちがう色を持っているんだよ。たとえば、シルルのはミルキィホワイトだ。」

シルルと云われ、ぼくは急に、彼から連絡があったことを思いだした。

「イーイー、そういえば、けさシルルが連絡をしてきたんだ。ROBINと連絡が取れないと云って。」

「……そう、」

演技かもしれないが、イーイーはあまり歓迎しないような表情を見せた。ぼくは内心ほっとした。彼は〈家族〉旅行に出る前にシルルとケンカして、それ以来シルルとは接触していないはずだ。例の暗号の通信も、ぼくの知るかぎり、入ってこないし、シルル本人が、イーイーと連絡の取れていないことを認めてもいる。そのさい、シルルは奇妙なことを云っていたが、ぼくはあらためて思いだした。彼は、今回罰則を受けるような事態を招いたことに対して、イーイー自身も関係があるとほのめかしたのだ。テレヴィジョンやコンピュウタの故障も偶然ではなく、イーイーが関わっていると云う。その点を、ぼくはうやむやにしたくない。無謀だと思いつつも、イーイーの口から訊いておきたかった。

「あまり詮索するのは危険だと云われたんだ。とくに、今起こっていることを深く知ろうとしないほうがいいって、」

「シルルに、」

「……どういう意味かわからなかった。ただ、彼の云い方だと、テレヴィジョンやコンピュウタの故障は、イーイーにとっては計算済みだというふうに聞こえるんだ。つまり、壊れるべくして壊れた、ということだよ。」

　イーイーの真意を確かめようと思い、ぼくはあえて、呆れるほどまともに本題を切りだした。澄んだすみれ色の睛《ひとみ》が、驚いたようすで見ひらかれる。硝子にも似た硬質な皮膜と、水のようにうるんだ睛は、じっとぼくを見つめ返す。そこには迷いや、ためらいのようなものはなく、ある種の潔さと強い意志とが窺えた。ぼくは安堵した。イーイーは答えるのを拒んではいない。訊ねられることを、なかば予期していたにちがいない。

「……アナナス、ぼくがきみに云っておきたいのはね、」

　イーイーの睛《め》を見つめたままうなずいた。しかし、イーイーはその後もしばらく黙りこみ、何度か苦しそうに咳をした。彼のカゼは思いのほか治りが悪いらしい。ぼくはイーイーが口をひらくまで、静かに待ちつづけた。数回、彼の咳が続く。

「忘れていることを、はやく思いだしてほしいということだよ。きみは何もかも知っているはずぢゃないか。ぼくが、あの〈部屋〉に閉じこめられることだって……。まだ混乱しているなんておかしい。」

「……〈部屋〉って、」

いくぶん非難するようなイーイーのことばに、ぼくは途惑っていた。もう何度も聞いたことばだ。だが、どうすることもできない。いったい何を思いだせというのだろう。確かにぼくは忘れっぽい。それは自分でも自覚している。だが、これほど真剣に責められるほどのことを忘れているつもりはない。

「イーイー、ぼくは何も……、」

「わかってる。ムリしなくてもいい。きみはServiceのせいでまだ昏睡状態にあるんだ。」

イーイーは咳こみながら、あきらめにも近い微笑みを浮かべた。

第5話★もうひとつの出口 Zone Red

尊敬するパパ・ノエル、

五日間の外出禁止が、ようやく解けました。消息がわからなかったイーイーも戻り、今はまたふつうの生活をしています。〈家族〉旅行の計画が失敗に終わってからは、新たな旅行計画もなく、宿舎の中にいることが多くなりました。このところ、外出するたびに面倒が起こるもので、外へ出るのは少し億劫《おっくう》になっています。テレヴィジョンが正常に機能していれば、部屋にいても退屈することはありません。おそらく、このまま休暇の終わりまで過ごしてしまうでしょう。

さて、今回はぼくが最近考えつづけていることを、パパ・ノエルにお話ししたいと思います。実はもうずいぶん以前から、手紙にほんとうのことを書けなくなっているのです。けれどもそれは、嘘を書いているというわけではありません。まして、「誠意」を欠いた手紙を記すつもりは毛頭ないのです。この点を説明するのは非常に難しいのですが、何とかまとめてみたいと思いますので、どうぞ、ぼくの話を聞いてください。

過《あやま》ちを正当化するつもりはありません。しかし、どんな場合にも、嘘のない正直な気持ちを明かそうとするのは、所詮ムリな話です。気持ちや気分をことばに置き換える時点で、多少の差異が生じることは避けられません。さらに、キィボオドをたたくことでいっそうの誤差が出てきます。しかも、その誤差はぼく自身にも予測できないものなのです。気持ちや気分には形がなく、一方、ことばは文字という形で視覚に訴える手段を持っています。このふたつがどうしてイコールになるでしょうか。しかも、このビルディングでふつうに行われているような手紙の形式であれば、文字という形を持ったぼくのことばは、ビーム・ノオトに変換されたうえで、はじめてパパ・ノエルのもとへ届くのです。この混乱をぼくは我慢できません。

実際の気持ちや気分、口から音声として発せられる言語、文字という形を持った言語、ビーム・ノオトとしての言語、これらひとつひとつは、まったく別のものです。とうてい同列にはなり得ません。それぞれ、あきらかに別のものでありながら、あたかも同じであるような顔をして存在し、矛盾がまかり通っています。この中で、唯一平面上に存在し得る言語としての文字。それこそ、ぼくが手紙をよりどころとする根拠です。

手紙というのは、読まれることを前提として書かれるわけですから、無意識のうちに真実からのがれようとする力がはたらきます。なぜ、真実を避けるかといえば、ぼく自身が、自分のほんとうの気持ちに気づくことを恐れているからです……。パパ・ノエルやママ・ダリアのこと、またはイーイーやシルルのこと、ジロのことを、ぼくが心底ではどう思っているのか、それを知るのはとても怖いことです。ぼくにはまだ、あらゆる点で覚悟ができていません。先ほど、気持ちや気分は、文字とは同一にならないものだと書きました。文字というものを使うかぎり、本心に近づくことはないのです。つまり、真実を書こうとすればするほど、逆に遠ざかってしまうということではないでしょうか。手紙とは嘘を書くための方法にほかなりません。

外出禁止の罰則を受けていた五日間、たいへんだったのははじめのひと晩だけでした。翌日の昼過ぎ、消息のわからなかったイーイーが、実は浴室にいたことが知れて、ぼくはひとりではなくなりました。テレヴィジョンや通信機の故障もイーイーが直してくれたので、その後の三日はあっというまに過ぎていったのです。そのあいだ、ぼくたちはほとんど眠らずに話をしていました。ぼくは、ときどき睡魔に負けて微睡《まどろ》むことがありましたが、イーイーはおそらく一睡もしなかったのではないでしょうか。ぼくがうっかり眠ってしまい、しばらく後《のち》に、はっとして跳び起きると、イーイーはきまってこちらの顔をのぞきこんでいるのです。そのたびに、瞬《まばた》きをしない彼のすみれ色の睛《ひとみ》が、不思議な光をおびて煌《かがや》いていました。

考えてみれば、ぼくはイーイーが眠っているところを見たことはありません。寝室がべつなので当然でもありますが、イーイーは人まえで居眠りやうたたねをしない少年です。活発で、力がありあまっているようすなので、これまでは、たんにタフなのだろうと思っていました。でも、ぼくは今、こんなふうに考えています。イーイーは注意深く、人まえで眠ることを避けているのです。先に《ヴィオラ》を失《な》くしたときのことでもわかるように、イーイーは自分以外の誰かに弱みを見せることを、極端にキラっています。とくにぼくに対して弱さを見せることは、罪悪だとでも考えているのではないでしょうか。それに、おそらく彼はそれほど睡眠を必要としないのでしょう（あるいは、その逆で、ひとたび眠るとなかなか目醒《めざ》めない体質なのだとも考えられます。なぜなら、浴室で一晩以上眠っていたと云うのですから）。とにかく、疲れを知らない少年であることは確かです。

不思議なことですが、イーイーについては深く知れば知るほど、ますますわからなくなります。外出禁止のこの期間に、イーイーは珍しく自分のことをよく話しました。そのひとことひとことは、ぼくにとって新鮮な驚きの連続だったわけですが、どう受け取ってよいのか途惑うことばもありました。彼はぼくを昏睡状態にあると云います。こんなにハッキリ目醒めているのに、どうしてでしょうか。そのせいで、視覚までが狂うのだと云うのです。

パパ・ノエル、ぼくは今、ママ・ダリアからの手紙を待っています。おふたりの住む都市から、碧《あを》い水が運ばれてくるのを待っているのです。厚かましいとは思いましたが、ママ・ダリアに碧い水を送ってくださるように願いでたのです。あの海水がどんなものなのか、どうしても知りたくなりました。パパ・ノエルには仔犬をねだり、ママ・ダリアには水をねだり……。我ながら、この図々しさに呆れています。そのうえ、せっかくくださった仔犬を迷子にしてしまって。引きつづき探しています。……どうぞ、お赦しください。

では、またお便りをいたします。海の水はぼくにいろいろな答えと、示唆をあたえてくれるでしょう。

八月五日　土曜日
認識番号 MD–0057654–Ananas
Dear Papa-Noël
〈鐶《わ》の星〉の《生徒》宿舎C号区 1026–027 室にて

パパ・ノエル宛の手紙に封をしたところへ、どこかへ出かけていたイーイーが戻った。両腕に手荷物を抱えている。その箱はこれまでにも何度か見たことのある《ヴィオラ》の何日分かが、詰まっている箱だ。彼が何日くらいでひと箱ぶんの《ヴィオラ》を使いきってしまうのかはわからないが、その都度きちんと送られてくる。よほどちゃんとしたシステムになっているのだろう。箱は《ヴィオラ》と同じ色をしたプラスティック製で、天地左右のわからない立方体である。イーイーによれば、〈アイボール〉のような形をしていた。側面に、イーイーの認識番号が記してある。彼はそれを受け取りに、《金の船郵便公社》へ行っていたのだろう。この宿舎で暮らす《生徒》たちの郵便物は、

C号区の一〇〇〇階にある郵便公社へ届く。ママ・ダリアやパパ・ノエル宛の手紙を差しだすのも、この郵便局であり、返事はいくつかの衛星を通過してきたビーム・ノオトによって、直接端末機《CANARIA》のディスプレイで受け取ることになっていた。

「また、手紙か。」

イーイーはぼくの書いた手紙をのぞきこみ、不満げに呟《つぶや》いた。読ませてほしいとは云わなかった。外出禁止の最中に書いていた手紙も、イーイーは読んでいない。このところ、ずっとイーイーには手紙を見せなくなっている。故意ではなかったが、彼のいないときに手紙を書くことが多い。

「読むなら、封を切ってもいいよ。」

ここそこ手紙を書いていると思われたくなかったので、ぼくはすでに封をした手紙をイーイーに差しだした。

「いいさ、べつに。何も、ぼくの悪口を書いているわけぢゃないだろう。」

「あたりまえだよ。でも、ぼくにその気がなくても、イーイーには迷惑な内容かもしれない。いつか、そういうことがあったぢゃないか。きみは、手紙を書き直してほしいと云った。」

イーイーの表情が硬くなった。

「……あの手紙か、」

「ごめん、ぼくは何も書き直したことを、イーイーのせいにしてるわけぢゃないんだ。」

弁解するぼくに対して、イーイーは予想もしていなかった笑みを浮かべた。

「アナナス、きみを責めてるなんて思わないでくれよ。そうぢゃないんだ。」

「どういうこと、」

「もう、怖くないんだ。処分されたってかまわないのサ。」

「イーイー、」

彼の云っていることが、よくわからない。誰に対して、怖くないと云うのだろう。処分というからには、ADカウンシルか《同盟》のことを云っているのだろうか。イーイーは先ほどの笑みを消したあとで、皮肉に微笑んだ。どちらも笑顔なのに、まるでちがう表情になる。

「……ぼくは、いつかビルディングを追いだされるかもしれない、」

「イーイー、追いだされるって、どうして。」

「だって、ビルディングの空間は限られているんだから、不要ならば外へ出すしかないだろう。」

「……ぼくたちが、このビルディングを出ることなんてあるのか。そんなことはできないはずぢゃないか。一生ここで暮らすのさ。イーイーだってそう云っただろう。」

答えはなかった。イーイーはしばらく黙りこんだ後《のち》、前ぶれもなくROBINのキィをたたきだした。

「アナナス、きみは自分で重大な過ちを犯していると思わないか。」

「……え、」

いきなり、そんなことを云われて、ぼくはうろたえた。

「過ちって、」

「つまりさ、きみが手紙を紙に印字するのは奇妙だということサ。何のためにぼくたちのような末端の《生徒》にまでコンピュウタがあると思う。記録や記述のすべてを任せるためだろう。さっきも云ったけど、ビルディングの空間は限られているんだ。それぞれが紙を消費したら、当然、厄介なことになる。処理するのには膨大なエネルギイを必要とするからね。」

「……屁理屈のようだけど、手紙はビルディングには残らないサ。ママ・ダリアやパパ・ノエルのところへ運ばれるんだから、ビルディングで紙屑になることはないと思うよ……、それに個人で使う紙の量がそれほど問題になるとは思えない、」

「でも、違法だろう、」

「そう……かな、」

いくぶん不安だった。手紙を印字することが違法行為だとすれば、《同盟》から処罰を受けることもあるのだろうか。イーイーはぼくの不安を見てとって笑う。

「心配することはないさ。紙を使うことは違法だけど、手紙を書くことは奨励されているんだ。《同盟》とＡＤカウンシルの矛盾はこんなところにまで影響するというわけ。アナナスはとくに熱心に手紙を書いているから、《同盟》が紙のことで咎《とが》めても、ＡＤ

カウンシルが支援してくれるかもしれない。」

　それを聞いて少し安堵した。イーイーはいったい何のつもりでぼくを脅かしたのだろう。彼はさらにことばをつづける。

「ところでサ、紙屑や廃棄物のないこのビルディングに、どうしてあんなバカバカしく大きいダストシュウトがあると思う。極力減らす努力をしても、不要なモノは必ず存在するからだよ。とくにADカウンシルにとっては、ぼくたちの躰《からだ》すら不要になることもある、」

「……躰、」

「たとえばの話さ。それで、そういう不要なモノをどんなふうに処分すると思う。」

「小さな屑ならサックチュウブか、スクラブブラシで吸いこんで、そのままダストシュウトへ入るだろう……それから、」

　イーイーは異議を唱えるように首をふった。

「もっと大きいモノはどうする。」

「どんな、」

「だから、ぼくたちの躰などだよ。」

「それは、たとえばの話だって、さっき云ったぢゃないか。わかりっこない。」

「見てごらん、」

　イーイーは先ほどからキィをたたいていたROBINのディスプレイを示した。このビルディングの平面図のようである。ところどころに赤い表示灯《パイロット》が点《とも》っていた。それぞれ、各棟のあいだの隙間に面している。すべての赤い点を線で結べば、時計回りの渦巻きができた。

「それは何の図面、」

「ビルディングにある主なダストシュウトの位置を示す図面サ。各棟ごとに一番大きなダストシュウトが示されてる。さほど大きな廃棄物は出ないはずなのに、異常なくらいおおげさなダストシュウトだろう。」

ある意味で廃棄物というのはかなり個人的なものだから、ぼくもイーイーも自分の部屋にひとつずつのダストシュウトを持っていた。ごく小さなものである。すでにイーイーが指摘したように、ママ・ダリアの都市で最も多く見受ける廃棄物、あの膨大な紙屑が出ることはない。紙を使わないこのビルディングでは、紙の廃棄は違法行為そのものだ。情報が印刷物になることはなく、すべてコンピュウタを媒体として伝達される。何かを記録するのも、筆記するのもすべてコンピュウタでこと足りた。紙幣すらないチケ制、度数の管理はコンピュウタが行っている。端末機があるかぎり、わざわざ印刷する必要はなかった。

ふつう、ぼくがダストシュウトへほうりこむのも、紙屑ではなく、不要な衣類や、部屋にある壊れたごく小さい備品などだ。ほかのどの《生徒》も同様だと思う。ところで、図面ではそんな細かいダストシュウトは省かれている。小さなダストシュウトの位置を知るには、各階の平面図を呼びだす仕組みだった。

「この赤い表示灯《パイロット》の点いた場所が、主要なダストシュウト。」

イーイーはひとつひとつの点を、指でたどっている。なぜか、表情が硬い。

「へえ、けっこうたくさんあるね。そんなに廃棄物が出るとは思えないけど、」

「AVIANは不要なものに対して過敏なんだ。感染対策サ。《同盟》やADカウンシルに指示して、疑わしいものは即刻処分させる。ヤツら、しまいにビルディングを空《カラ》にするかもしれない。コンピュウタと共存するつもりが、AVIANだけ残ることになるんぢゃないか。……滑稽な話だ。」

AVIANの存在が何を意味するのかぼくには未だわからないが、このビルディングの内部《なか》で重要な位置を占めていることは確かだ。そのAVIANを、イーイーはたびたび揶揄《やゆ》している。

「各棟から投棄されたゴミは、最終的にすべて同じ場所へ集まる。」

「……どこへ、」

「このダストシュウトが何で赤い表示灯《パイロット》なのか、知ってるか。」

彼は、ぼくの質問には答えず、逆に問いかけてきた。

「さあ、」

「アナナスは、ビルディングのどこまで降りたことがあるんだっけ。」

「四二九階、《ヘルパア配給公社》までだよ。」

「一〇〇階より下には何があると思う。」

「どうかな、あまり考えたことはないんだ。当分、確かめる機会なんてないだろうから。どうせ、ゾーン・ブルゥみたいに立ち入りが制限されているんだろう。」

「似たようなものだ。〈立ち入り禁止〉というより、むやみに立ち入れないよう、コンピュウタで制御されている。《同盟》にとってはゾーン・ブルゥよりも重要な地域なのさ。ゾーン・レッドと呼ばれている空洞だ。だから、平面図も赤のライトってわけ。」

「ゾーン・レッド、」

「聞いたことはあるだろう。ダストシュウトを落下するものはすべて、このゾーン・レッドに集められる。」

確かに、ダストシュウトの出口を誰かがゾーン・レッドと、そんなふうに呼ぶのを聞いたことはある。ただ、ぼくにとって心を搔《か》き立てられる場所でもなく、ゾーン・ブルゥほどの誘惑に満ちていたわけでもなかったので、意識の中には残らなかった。今、イーイーに云われるまでは忘れていた。まして、《生徒》宿舎から遠く離れた、ビルディングの最下層部にあるのだから、とうてい知る由もなかった。

「あらゆる不要なものを回収し、そこで抹消するのサ。おかげでビルディングは安全、清潔。危険で余分なものはいっさいなく、暮らしやすいことこのうえなし……。」

イーイーは皮肉な調子で云う。それは彼の反抗心というより、癖のようなものだ。

「場合によっては、このダストシュウトから誰かがほうりだされることもあり得る。誰もが、その可能性を考えておくべきだ。……ぼくや、アナナスでさえも。」

　イーイーはROBINのディスプレイに示されている図面を消し、こんどは溜め息をついた。イーイーの云わんとしているところは、もうひとつよく理解できない。ぼくがパパ・ノエル宛の手紙で悩んだように、彼も、無意識のうちに真実を避けてことばを選んでいるにちがいない。イーイーはさらに何か云おうとして、キィボオドに置いた手を休めていたが、そのうち気が変わったようにぼくのほうを見た。

「そう、忘れるところだった。さっき《金の船郵便公社》に行ったら、MD—0057654宛の郵便があると掲示パネルに出ていたんだ。アナナスに何か小包が届いているらしい。」

「ママ・ダリアから、」

「さあ、それはわからない。CANARIAで確かめたら、」

　さっそくぼくはCANARIAのキィをたたいて《金の船郵便公社》に問いあわせた。期待どおり、それはママ・ダリアからの小包だとP&Tコンピュウタが答える。ぼくの願っている品が届いたに違いない。

「受け取りに行ってくる。」

　立ちあがって部屋を出ようとしていると、イーイーにうしろから呼びとめられた。

「今行くとジロがいるぜ、」

　イーイーは真剣な目をしてぼくを見つめた。ジロのことで何か気になることでもあるのだろうか。それとも、ママ・ダリアからの小包が問題なのだろうか。ぼくは、イーイーの答えを引きだそうとしたが、彼はそれ以上の意志表示をしなかった。

「いいさ、ジロなんか相手にしなければ。」

CANARIAを抱えて部屋を出たぼくは、期待に満ちた気持ちをおさえ、サーキュレを走らせた。


《金の船郵便公社》に入った途端、ジロの姿を見つけた。少しイヤな気分になったが、彼のほうから声をかけてこないかぎり、素知らぬふりをしようと思った。彼はP&Tコンピュウタのまえで何かを受け取っていたが、まだこちらには気づいていない。なるべく目にとまらないよう、ぼくは隅のほうで順番を待った。

郵便公社は、すべてP&Tコンピュウタによって機能している。S字型にカーヴした壁面に竪型《たて》ディスプレイとキィボオドのあるコンピュウタがズラリとならぶ。手紙を投函するスロットと、送られてくる小包を受け取るソーサーもあった。ぼくは、まずP&Tコンピュウタのまえへ行き、認識番号を入力して、次の指示を待った。指示はレシーヴァで聞くことになっている。本人である証明が必要だが、P&Tコンピュウタのスコォプをのぞけば、睛《め》の色やもようで本人を確認できる仕組みだ。P&Tコンピュウタは間をおいて、ぼくが本人であることの確認を済ませ、テレヴィジョンを切り換えた。

〈カクニンシマシタ。MD−0057654ニ、コヅツミガキテイマス。ソーサーヲ、アケテクダサイ。アクセス・コード5−0198デス〉

ぼくは指示どおりキィをたたき、P&Tコンピュウタの下層部についているソーサーの蓋《ふた》をあけた。両手で軽く抱えられるほどの、白いプラスティック製の箱が置いてある。ぼくがそれを取りだすと、ソーサーの蓋は自動的に閉じた。箱の上部に、差出人としてママ・ダリアの名があり、受取人の欄にはぼくの認識番号が記されていた。箱の大きさのわりには重く、カタカタと音がした。それはぼくに、壜入りの海水なのではないかという期待を抱かせるのに充分な効果音である。これほど簡単に手に入るものなら、もっと早くママ・ダリアに願い出ればよかった。ぼくははやる気持ちで《金の船郵便公社》を離れ、エレヴェエタホオルへ向かった。

その時点では、ジロのことなどすっかり忘れていたのだが、サーキュレを走らせている途中で、ぼくを煽《あお》るように追い越して行った背中を見て、思いだした。ジロはエレヴェエタホオルの手前で待ちかまえていた。

「やあ、アナナス。ひさしぶりだな。」

ジロの挨拶は、ピンと来ない。確かに、逢うのはひさしぶりなのだが、べつに彼に逢いたいとは思っていなかったので、ひさしぶりだという実感はわかなかった。外出禁止の罰を受けているあいだに、CANARIAを使って交信したことが、最も最近のジロとのかかわりである。それからすでに一週間ほどになる。

「郵便公社へ来るたびに、ジロに逢うのはどうしてだろうな。」

皮肉な調子で云ったのだが、ジロは自分のいいようにしか解釈しないので、ほとんど効果はなかった。というより、彼はぼくがキラっていることは重々承知のうえだから、何食わぬ顔で聞きすごし、厭味で切り返してくる。

「ぼくたちが、ママ・ダリアの〈子供〉だからだろう。手紙や荷物はどの《生徒》へも、だいたい同じころ届くのさ。」

そう云われてみればジロの手にも、ぼくと似たような小包があった。まさか、彼のところへもママ・ダリアから、海水が届いたわけではあるまい。ぼくの驚きを見てとったジロは、いっそう調子に乗って、ぼくを苛立《いらだ》たせた。

「アナナスはまだ、ママ・ダリアに手紙を書いているらしいな。」

「……たとえそうだとしても、ジロに報告する必要はないと思うけど。」

ぼくはジロにそう答えながら、差出人の登録番号など、手がかりになりそうな文字を、ジロの持っている箱の表面に探ろうとしていた。すると彼のほうから箱を差しだしてきた。

「これは、ママ・ダリアからさ。ほら、」

ジロは、差出人のところに記してあるMama-Dahliaという文字が見えるように、ぼくのほうへ向けた。

「へえ、そう偶然だね、」

「それも、アナナスのところへ来た荷物と中味はたぶんいっしょだ。」

ぼくは心底驚いた。

「きみまで海の水を送ってくれって、ママ・ダリアに頼んだのか。」

「何だ、海の水って。」

　ジロは、ぼくの見当はずれをバカにした調子で訊きかえした。

「……だから、ママ・ダリアの都市にある海水のことさ。」

　自分の早合点であると、すぐさま感づいた。しかし、引っこみがつかなくなって、苦しまぎれの答えをした。どうやらこの箱は、ぼくの期待していたものとはちがうらしい。もし、海水でないとすれば何なのだろう。

「アナナス。きみを納得させることが、どんなにたいへんか。こんどというこんどは、ぼくもよくわかったよ。」

　ジロは、おおげさに溜め息をついて見せた。

「うぬぼれるなよ、当然だろう。ぼくは一度だって、ジロの云うことに納得したことなんてないんだから。」

　ジロの挑発で、ぼくはすっかり冷静さを失くした。

「云ったろう。ママ・ダリアは架空の存在だ。だから、彼女は海水を送ってくることなんてできない。」

「わかってるよ。ママ・ダリアからの手紙は、ほんとうはADカウンシルの誰かが書いていると云いたいのだろう。それならそれで、ぼくはかまわないさ。代筆だっていい。でも、一五億キロ彼方の碧い星には、ママ・ダリアがいるんだ。」

「……碧い星があるなんて、アナナスは本気で信じているのか。」

ぼくが思ってもみなかったことを口にしたジロは、真剣に憐れむような目つきをした。いったいジロが何を云おうとしているのか、ぼくにはさっぱり理解できない。彼を睨《にら》みつけて踵《きびす》を返し、勢いよくサーキュレを走らせた。どこへ行くかは決めていなかったが、とりあえずジロから離れたかった。手にした箱の中で、カタカタと音がしている。

ママ・ダリアから届いた箱をあける場所をぼくは探した。《生徒》宿舎ではいけない。イーイーにはママ・ダリアに海水をねだったことすら話していないので、もしほんとうにこれが海水だった場合に、また彼の機嫌を損ねてしまう。どこか誰にもじゃまされない場所で、そっとあけてみたい。箱の中味が知れてから、イーイーに説明するつもりだ。《生徒》向きにできたC号区の曲がりくねったチュウブを、ぼくはサーキュレで走りつづけた。《金の船郵便公社》のある一〇〇〇階には、《生徒》宿舎はなく、フィルム図書館や、博物館など、公共の施設が集まっていた。どの場所にも《生徒》たちの姿があり、ひとりきりになるのは難しい。どのみち、C号区にいるかぎり《生徒》に逢わずにいることはできない。ぼくは〈シックルヴァレ〉を渡り、べつの棟へ移動することにした。

CANARIAのディスプレイに一〇〇〇階の平面地図を呼びだし、どの棟へ行ったらよいかを検討した。ここ一〇〇〇階ではH号区とのあいだに、〈吊り橋〉があると平面図に示されていた。さらにH号区とP号区のあいだにも〈吊り橋〉があり、いつかのあの凍りついた世界へたどりつく。ぼくは何となく、氷に閉ざされたP号区なら、多少寒くても、誰にもじゃまされずにゆっくり小包をあけることができる、と思った。

わずかに不安を抱いたのは、〈吊り橋〉を渡るときにママ・ダリアからの箱を、取り落とさずにすむかどうか、ということだ。CANARIAは服のベルトに固定しておくこともできるが、白い箱のほうは、どうしても手で持っていなければいけない。〈吊り橋〉を渡るからには、ある程度サーキュレを速く走らせる必要もあり、万が一、〈シックルヴァレ〉から箱を落とすようなことがあれば、二度と拾えないだろう。この隙間は、ひたすら奥深く潜り、どこまでもつづいている。

イーイーの云うように、ビルディングを貫くダストシュウトの涯てにもうひとつの出口があるとするならば、この〈シックルヴァレ〉や、そのほかの隙間がたどりつくところもまた、ゾーン・レッドのような場所かもしれない。もっと詳しく知りたいという好奇心もあったが、あえて探検してみようという気は起こらなかった。

H号区へ渡る〈吊り橋〉を目指した。ただ、H号区にとどまるつもりはなく、そこを通り越して、あの凍りついたP号区へ行く。あそこなら、見知った顔に出逢うことはまずないだろう。ママ・ダリアからの箱をあけるには、都合のいい場所なのだ。P号区といえば、偶然にエレヴェエタで上昇してしまったゾーン・ブルゥのことを思い浮かべる。寒々しいロケットタワアのようすや、使われた形跡のないロケット群が頭に浮かんだ。

ぼくはP号区へ向かっている理由を、あえてママ・ダリアの小包をあけるためだと、考えるようにした。

まもなく、チュウブをぬけて〈吊り橋〉へはいった。ママ・ダリアから受け取った箱を両腕で抱えこみ、サーキュレの速度をあげる。あまりに距離が長いため、〈吊り橋〉の向こう岸は錐《きり》であけた穴ほども小さく見えた。何事もなく渡りきるには、気の重い距離だ。前方から、細い針のような旋風が渦を巻いて迫り、額《ひたい》や頬に容赦なく突き刺さった。ここは隙間の幅がG号区へ渡るいつもの〈吊り橋〉よりも広く、規模も大きい。〈吊り橋〉の長さも倍くらいある。ケーブルやロオプを菱形に組んだガードは、実際は何本もの直線を重ねあわせたものだが、スピードに乗ったまま眺めると曲線化して、幾重にも重なる波形をつくった。近づくとともに大きくうねり、ぼくはその波の中を吸いこまれるようにしてくぐってゆく。

〈吊り橋〉のまんなかを通り過ぎた辺りから、瞼をあけていられなくなった。風圧が一段と増してきたのだ。だが、ひとたび速度のついたサーキュレを急にゆるめることは難しい。ぼくはやむなく目を閉じて、〈吊り橋〉を通りぬけようとした。自分では目を閉じてもまっすぐ走ることは可能だと思っていた。実際、サーキュレは快調に直進している。

「あッ、」

ほんの一瞬の衝突だった。直進しているつもりで、勢いよく〈吊り橋〉の側面に突っこんでいた。支柱としてX字型に組んだ頑丈なケーブルにぶつかり、はずみで、ぼくの躰は数メートル前方へ飛んだ。数秒間、失心状態となる。気づいたときには落下防止のワイヤネットにほうりこまれていた。〈吊り橋〉は、柔軟なロオプと、頑丈なケーブルをうまい具合に組んであり、それぞれの隙間は繊維ガラスの保護膜かワイヤネットになっている。〈吊り橋〉の外へほうりだされるという事故は、ほとんど考えられず、聞いたこともない。

ワイヤネットには、チュウブの側面と同様に衝撃を吸収する特徴がある。そのため、たいていは接触や衝突をした場所の付近で、膝をついて倒れるくらいの事故ですむ。ぼくの躰はゴムのように伸びたロオプに支えられ、そこで止まった。擦り傷も、打ち身もない。ここまではほんのちょっとした災難だったといえるが、接触したはずみで、ママ・ダリアからの小包を躰から放してしまった。運悪く、かなり高くほうりあげられたために、ガードの外へ飛びだしていたのだ。ガードの高さはぼくの身長の二倍はある。その上部はワイヤネットがなく、空隙の大きいケーブルだけだった。白い箱はいったん空中高くあがり、つづいて〈吊り橋〉の外へほうりだされる。起きあがって箱の行方を探したときには、すでに深い闇の中へ吸いこまれつつあった。

「まずいな、」

しかし、なぜか、動揺はあまりなかった。白い箱は、スローモォションのフィルムでも見ているかのように、ゆっくりと遠ざかってゆく。実際、箱は毎秒数十メートルという速さで、落下しているにちがいない。だが、拾いに行きさえすれば手もとに戻るのだという、ぼくの甘い見通しが落下速度をゆるやかに感じさせる。白い箱はすでに、ビーズ玉ほどの小さな点にしか見えなかった。いくらもしないうちに、ビルディングの一番下へ到達するだろう。壊れることはないと思う。その点も、心配していなかった。一五億キロの彼方から運ばれてきたものが、そう簡単に壊れるはずはない。

あらかじめ、箱が落下する危険性は予測できたのだが、それを無視して全速力で〈吊り橋〉を渡った。ある意味では、この底深い隙間のことを意識していたかもしれない。もし、箱が落下してしまえば、ビルディングを下ってゆく明確な目的が得られる。ぼくはゆっくり立ちあがり、〈吊り橋〉の残りの部分を渡りきった。

H号区ははじめての場所で、まるで勝手がわからない。かなり大きな建物らしく、いきなりまっすぐに広大な廊下がのびていた。幅は五十メートルほど、長さは数百メートルはあると思う。充分に体操競技のできる大きさだ。見たところ、天井はそれほど高くなく、両側は前後左右どこまでも、等間隔で同じ形の柱が立ちならぶ。そのため、立つ位置と角度によって、一直線上にある柱は一本に重なって見え、一足歩くたびごとに柱の本数は増減した。しかも、天井と見えたのは梁の一部で、その梁と梁のあいだにほんとうの天井がある。オジーヴ型の穹窿《きゅうりゅう》で、《生徒》宿舎の浴室の天井と同じく、弾頭を連想させる形だ。それらが、同じ大きさの升目《ますめ》に整然とならんでいた。

エレヴェエタを探しながらサーキュレで進み、廊下を突きぬけてまもなくそれらしいホオルを見つけた。手前側へ突きだした半円型の壁に、エレヴェエタの扉が五組ならんでいる。扉の表面は曇りなく磨かれた金属だったが、そこに映るぼくの姿は部分的に歪《ゆが》められていた。金属の表面を手でなぞってみてもオウトツはなく、反射角がちがうとも思えない。しかし、屈折は均一ではない。計算されたものらしいわずかずつのひずみがあった。のぞきこんでいるぼくの姿は金属面との距離によってさまざまにひずんで映り、首や、手足など細部だけが伸縮する。しまいにどれがほんとうの姿なのか特定できず、長く見つめているうち気分が悪くなった。

エレヴェエタはそれほど待たずに二、三基が相次いで到着した。誰も乗っていない五基のうちのまんなかのエレヴェエタを選んで乗りこんだ。C号区のエレヴェエタとちがうのは、内部の壁が彎曲《わんきょく》していないことだ。《生徒》が少ないこの辺りでは、サーキュレで乗りこむことは考えられていない。足場は設けられておらず、ぼくは腰の位置にあるガードにつかまっていた。サーキュレは便利な道具だが、《生徒》以外の人たちはあまり使わない。ビルディングの内部を移動することがほとんどないからだ。たいていコンピュウタの通信で用が足りてしまううえに、ヘルパアたちの大半は、とほうもなく速く走る機能がついている。したがって《生徒》の数が多いC号区以外の棟の設備は、サーキュレで使いやすいようにはできていなかった。

扉近くに行き先表示の出る小さな反射パネルが見えた。これがあるときは、手持ちのコンピュウタで信号を送るだけで、行き先を指定することができる。CANARIAのキィをたたいて、信号を送った。ひとまず、〈Ground Floor〉を指定する。とにかく、あの白い箱が落ちたにちがいない、ビルディングの最も低いところへ行けばよいと思っていた。イーイーにゾーン・レッドのことを聞いていたが、そこがどんなところなのかは見当もつかない。

しかし、パネルにはブザとともに、〈Error〉表示が出てしまった。何度信号を送っても同じで、試しに五〇〇階を指示した。すると、すんなりと〈五〇〇〉という数字が表示される。四〇〇、三〇〇、二〇〇……、そうして順番に試した結果、一〇〇階までしか表示されないということが判明した。やはり、コンピュウタで立ち入りを制限されていると、イーイーが話していたとおりだ。ぼくは動揺しながらも、一〇〇階を表示しておき、ひとまずそこまで降りることにした。そこから先はまた考えればよい。実際に一番下まで行くことは、できないのかもしれないが、ともかく先のことは一〇〇階についてから考えることにした。

いよいよ、これから九〇〇階分もエレヴェエタで下って行くのである。かつて一度もそんなに長くエレヴェエタに乗った経験はなく、四二九階より下層部へ行くことなど考えもしなかった。おそらく八分から九分、悪くすれば一〇分以上かかるだろう。たったひとりきりで我慢できるか不安だ。すでに緊張して、エレヴェエタ内の手摺《てすり》を強く握りしめていた。白い箱を落としたことも大問題だったが、この先、一〇〇階まで行かれるかどうかも重大だ。ぼくがこんなところにいることは、誰も知らない。もし何かあってもすぐには探しだしてもらえないだろう。せめてイーイーには知らせておこうと思い、CANARIAのキィボオドを膝のうえへ置いてしゃがんだ。

〈ROBINのイーイーへ、応答を頼む。こちら、CANARIAのアナナス〉

呼びだし音を鳴らし、イーイーのROBINへ通信を送った。しばらく待ってみたが、期待していた返答は得られない。外出しているのなら、彼もROBINを持って出るだろうから、おそらく居間に置いたまま浴室にでもいるのだろう。だとすれば、呼びだし音はまず届かない。ぼくはイーイーのROBINに伝言を入れておくことにした。

〈ML−0021234 イーイーへ、今、H号区のエレヴェエタで下降している。一〇〇階まで行くつもりだ。《金の船郵便公社》の帰り道、受け取ってきた小包を落としてしまったんだ。だから、拾ってくる。少し戻るのが遅れるけど心配はいらないよ。ひとりでもエレヴェエタに乗れることを証明してみせるさ。それぢゃ、またあとで。MD−0057654 アナナスより〉

次に、ジロと連絡を取ることにした。彼はぼくと同じくママ・ダリアから、白い箱を受け取っている。彼のことだから、とうに中味を確認したはずで、ぼくはそれを聞きだしたかった。彼の箱と、ぼくの箱の中味が同じであるはずはない。

キィをたたいてジロを呼びだそうとしたのだが、逆に彼のほうから時を同じくして通信を送ってきた。ぼくはCANARIAを受信にして、レシーヴァを装着した。途端にジロの、少し鼻にかかった声が飛びこんできた。

「やあ、アナナス。箱をあけてみたか。」

思ったとおりその話だ。

「……まだだよ。」

「へえ、どうして、」

まさか落としたとは云えなかったので、ぼくは答えるのをためらった。ジロに連絡を取ろうとした時点で、こちらから切りだして箱のことを訊くつもりが、先を越されて調子が狂った。人の弱点を的確に突いてくる点でも、ジロは特殊な才能を備えているということだろう。いつもながらジロの厭味な調子は、レシーヴァを取るべきではなかったと、ぼくを後悔させた。

「宿舎に戻ってからにしようと思ったんだ。まだ、途中だから、」

苦しまぎれの嘘は、ジロを調子づかせるだけだ。そんなことはとうにわかっていたのだが、この場合黙りこむか、下手な嘘をつくかの選択をするしかなかった。

「途中って、いったいどこにいるんだ。《金の船郵便公社》からなら、五分もあれば宿舎へ戻るだろう。それとも、また転んだのか。」

ジロは弱みにつけこむような態度をいっそう露《あらわ》にした。彼の勘の良さはだてではないから、ぼくが白い箱を失くしたことくらい、とうに気づいている可能性もある。そのうえで、ぼくをからかっている。

「寄り道をしてるのさ、」

「だから、どこで、」

「……H号区、」

「H号区、アナナス、そこで、何してるんだ。貯蔵庫や倉庫がある棟だろう。あまりウロウロするなよ。危険物や機密倉庫もあるから、場所によっては封鎖地域になっているはずだ。警備のヘルパアに見つかって面倒なことにならないうちに、サッサとほかへ移動しろよ。」

「ご忠告をどうも。感謝するよ。……でも今はダメだ。エレヴェエタの中だから。」

考えてみれば、エレヴェエタの内部というのは完全な密室で、外からは手を出せない。ジロにしろ、警備のヘルパアにしろ、ぼくを追うことも、捕まえることもできないのだ。そのことに気づき、ぼくはいくぶん強気になった。少なくとも、ジロにはどうすることもできない。たとえ彼が追いかけてきても、そのころにはぼくも一〇〇階についているだろう。

「どこのエレヴェエタだって、」

「知らない。H号区のどこかだよ。一番下まで行こうと思っているんだ。」

ジロが追ってこないことを前提に、ありのままを答えた。それを聞いたジロは不意をつかれたようすで沈黙している。ビルディングの中のそれぞれの棟の役割について、ぼくはほとんど考えたことがない。自分の暮らすC号区が、《生徒》の宿舎や、そのほか教育関連施設の集合体だということは知っている。だが、そのほかの棟については、あやふやだった。位置的に中心部にあるA号区が、機構的にもこのビルディングの中枢だということはわかっている。ＡＶＩＡＮもそこにあるのだろう。そのことはイーイーの口から聞いて最近知った。彼に云わせれば、誰もが知っていることらしい。だが、ぼくにはまったく知識がなく、興味もない。自分が暮らすビルディングに対して、ここまで関心がないことを、自分でもおかしなことだと思う。本来、知らないことに関して、何とか知識を得ようとすることが自然で、ぼくのようにあらかじめ興味を喪失しているのは、きわめて不自然なことだ。それが、躰の中にある空洞と関連しているような気がする。ごく当たりまえのことを忘れてしまうクセも、そのせいかもしれなかった。

H号区がどんなところなのか、特別に気にかけたことはない。《生徒》宿舎に来てからは、《児童》宿舎にいた当時ほど情報が制限されるわけではなく、H号区内の構造や施設について知ろうと思えばいくらでも知る機会はあった。だが、必要なときに必要な情報だけを知ればいいと、ぼくはそれくらいにしか考えていなかったのだ。

「アナナス、バカなことを思いつくなよ。H号区は場所によって、《同盟》の許可がなければ入れないことになっているんだ。封鎖されている階も多いし、もちろん一〇〇階以下は、そう簡単に立ち入れない。むしろ、絶対と云ってもよいほど入ることなんてできないはずだ。少しは身のほどを考えろよ。」

「……だって、」

ジロの声が少し緊張していた。高慢なのはいつもと変わらないにしても、ニュアンスはいくぶん変化したので、ぼくもことの重大性を意識しはじめた。ジロにしては珍しく厭味な要素の少ない口ぶりでもあった。

「いくらなんでも、アナナスだって知っているだろう。一〇〇階以下はどの棟でも立ち入りが制限されている地域だ。たとえC号区であっても、《生徒》の分際では侵入できないさ。全体が《同盟》の直轄になっているんだ。ADカウンシルの委員でさえ、容易には立ち入れないというぜ。警備のヘルパアがたくさんいて、はずみで通り抜けるなんてこともできない。」

ジロの話を聞いているうち、ぼくはエレヴェエタのディスプレイに一〇〇階までしか表示されないわけを悟った。それより下へ行くには、特別の許可か何かが必要なのだ。

「でも、ぼくは行かなくちゃ。」

「どうかしてるな、アナナスは、」

「どうもしてないサ、」

呟くように云い、CANARIAの受信機を一方的に切った。白い箱の中味をジロから訊きだすことはできなかったが、未知の場所へ向かう決意はかえって固くなった。こうしてエレヴェエタで降下してゆくことを、危険だとは思っていない。侵入して何かを破壊するわけでも、盗むわけでもない。落としたものを拾いにゆくだけなのだ。まして、中味が何なのかも確認しないまままあきらめるわけにはゆかない。

エレヴェエタは順調に下っている。といっても振動がないので、正常に動いているということであって、上昇しているのか、下降しているのかは、実際確かめる方法がない。エレヴェエタは常に上昇しているようでもあり、下降しているようでもあった。内部《なか》にいるかぎり、正確な動きは把握できない。ぼくはもう一度イーイーを呼びだそうと試みたが、反応はなかった。ほんとうに浴室だとすれば、一晩入っていた記録もあるくらいなので、当分連絡が取れないかもしれない。CANARIAの時計では、一〇〇階まではまだ一〇分ほどかかりそうだった。ぼくはこのH号区のことを、ジロの口からもう少し訊きだそうとしたが、成り行きで通信を切ってしまったので、結局、半端で役に立たない情報を得ただけだった。

CANARIAを使って建物の平面図を呼びだす方法もあるのだが、H号区の平面図を展開するコードを記憶していない。ぼくはいつだってCANARIAを有効に使いこなせず、カンジンなときに臍《ほぞ》を噛《か》む。イーイーならば、そんなことはないだろうと思い、自分の怠慢が情けなかった。決意や後悔をくり返している最中に、ふたたび、CANARIAの呼びだし音が鳴った。たぶんジロだろうと思い、レシーヴァを取らずにようすを見た。ぼくが一方的に交信を中断させたので、文句のひとつでも云うつもりだろう。つづいて、ディスプレイに認識番号が入った。

〈ML−0021754〉

「シルル、」

驚いてレシーヴァを耳に入れた。

「アナナス、聞こえるか。」

「ああ、聞こえるよ。でも、何の用、きみがぼくを呼びだすなんて、珍しい。」

「……アナナスはたぶん怒るだろうけど、さっきジロと話しているのを聞いたんだ。彼、ぼくの隣でしゃべっていたから筒抜けさ。それで気になったんだけど、きみ、これから一〇〇階まで行くつもりだというのは、ほんとうか、」

ぼくは返事をしなかった。ジロはともかく、シルルにまで、とやかく云われる覚えはない。

「今、エレヴェエタの内部《なか》なんだろう。いったいそのエレヴェエタにどこから乗ったの。H号区のエレヴェエタは、通常動いていないはずなんだ。認可がなければ動かせないから。」

シルルはまったく厭味のない、穏やかな口調で云う。ぼくは沈黙していたがシルルの忍耐もそうとうのものらしく、どうかと思うくらい辛抱強く待ちつづけた。

「……シルル、いったいどうして。ぼくに何を云わせようとしてるのさ。」

「心配してるんだ。アナナス、どこにいるのか教えてくれないか、」

「盗み聞きしたはずぢゃないか。自分でそう云ったろう。」

ずいぶんな云い方だと、自分でも思った。シルルに対して、どうして抑制のないこんな口をきいてしまうのかわからない。しかし、シルルは単純に腹をたてたりはしなかった。

「もちろん、盗み聞きしたことは謝る。きみがぼくを信用していないのも承知のうえで、訊いているんだ。頼むから、折れてくれないか。」

彼は反抗する気を挫《くじ》くコツを、憎らしいほど心得ている。ぼくは彼の要望どおり、居場所を教えた。

「〈吊り橋〉を渡って、やたらと広い廊下を通りぬけたところさ。でも建物のどの辺りかなんてわからない。平面図を呼びだしてないから。」

「〈吊り橋〉って、どこの、」

「C号区とH号区のあいだ。《金の船郵便公社》のある階だ。」

「それなら、H号区のNO・〇七号基ってわけか。」

「何が、」

「アナナスが乗っているエレヴェエタがさ。」

「へえ、NO・〇七号基って云うのか、」

自分の乗っているエレヴェエタが何号基であろうと、たいした問題ではないと思った。すでにそうとう降下しているのだし、あと数分もすれば一〇〇階へつくだろう。

「アナナスはどうして、そんなエレヴェエタに乗ったんだ。イーイーは知っているのか。」

「いや、彼はたぶん知らない。それに、どうして知らせなければいけないのサ。ましてシルルにはもっと関係ない。これはぼくの都合だ。」

強い調子で抗議した。行動を監視されているようで気分が悪い。危うくシルルの話術にはまりそうになったが、あらためて反発を覚えた。彼やジロの云うとおり、このＨ号区は確かにぼくのような《生徒》が入りこんではいけないのだろう。だが、このエレヴェエタに乗るまで、誰にも咎められることもなく、〈立ち入り禁止〉の表示も目につかなかった。まして、不法に侵入したわけでもないし、警備の目を盗んでコソコソと乗りこんだのでもない。うしろめたいことは何ひとつしていないのだ。

「……アナナス、きみを怒らせるつもりはなかったんだ。」

「何を云ってもムダだよ。ぼくはとにかく一〇〇階まで行くつもりさ。その先は向こうについてから考える。」

ジロのときと同じく、ぼくは自分のほうからＣＡＮＡＲＩＡのスゥイッチを切った。

時刻表示を見る。乗ってから十分が過ぎた。そろそろ一〇〇階に着いてもよいころだ。ぼくはＣＡＮＡＲＩＡを持って立ちあがり、扉がひらくのを待った。いつのまにか、ディスプレイに表示されていた〈一〇〇〉の数字が消えている。まもなく、扉が音もなくひらき、うす暗い闇とともに人気のないことを示す冷たい空気が漂ってきた。ところどころに赤色ビーコンが点《とも》っているのが見えたが、灯《あかり》はそれだけで、かなり暗い。闇に目が慣れるのを待ち、さらに目を凝らす。ビーコンの点ったホオルにつづいてトンネルのようなものが見えた。二列にならんだ照明が暗い闇を貫き、遙かかなたの一点へ向けてのびている。

以前、ルナ・パァクの《ロケットシミュレエション》で、ママ・ダリアの都市をシュータ・モビルで走る体験をした。地下都市にあるトンネルを通ったのである。この光景とよく似ていた。横幅の広い半円型のトンネルで、天井の左右には照明の硝子《ガラス》玉が連なっていた。煌《かがや》きは、ときに蒼白《あおじろ》く、ときにヴァミリオンの光彩を放った。けして交わることのない二連のゆるやかなカーヴを描き、どこまでもつづいてゆく。ステアを握っていたぼくは、等間隔にならぶ照明と、出口のない閉塞した空間によって奇妙な麻痺状態に陥った。速度計は急激に数字を重ねてゆくのだが、その速さを躰で感じることはできない。むしろ背景はストップモォションをかけたかのように、静止した状態に見える。単調すぎて、変化を認められないのだ。速度が増すことで得られる心地よさは、視覚による陶酔はもちろんのこと、身体的には自分の躰の重さを意識の外へおくことができる点にあるだろう。躰はシイトアンカーで固定されていながら、視覚はシュータ・モビルの位置する地点よりも一歩先を浮遊していた。まるで、躰と意識が分離してしまったようなのだ。

シイトから浮く心地で、脊椎や肋骨が弛緩する。たいていそんな夢心地の真っ只中、ぼくはステアリングに失敗してトンネルの側面に激突した。この場合、アンカーでシイトに固定された躰が受ける衝撃はほとんどない。臨場感を高めるため、人工的につくられた震動くらいのものだ。しかし、シミュレエトに没頭して幻覚状態にあった場合、視覚による刺激は躰にも敏感に反応した。うっかりすると骨折をしたときほどの衝撃を受けて、気を失ってしまうこともある。躰がバラバラになったのかと思うくらいの痛みを覚え、声をあげることもできない。だが、ある意味で、それは躰が要求している刺激でもあるのだ。身体に関わる危険のほとんどないこのビルディングにおいて、人工の衝撃や痛みによる疑似陶酔、高速回転による空間識失調、あるいはソニック・ブームによる聴覚の刺激は、睡魔と同じくらいに抗いがたいものであった。そんな陶酔の後に目醒めた場合、ゆったりと点るヴァミリオンの照明が、発酵した果実のように見える。ぼくはなおしばらく放心したあとで、《ロケットシミュレエション》のハッチを出て、宿舎へ戻った。大半の《生徒》が同じ目的でシミュレエトに群がる。リアルなものが何もないこのビルディングの内部《なか》では、衝撃や苦痛もリアルなものとはなり得ない。

今、目にしている暗闇も、《ロケットシミュレエション》で得られる感覚と同様の麻痺状態を呼び起こした。トンネルの先に何があるのか、まるでわからない。期待に満ちた恐怖が、ぼくをつつみこんでいる。

エレヴェエタの扉口にとどまっていたのは、ゾーン・ブルゥのときを思いだしたためだ。扉を出た途端、けたたましい警報が鳴るのではないかという気がして、ためらっていた。するとこんどはエレヴェエタのブザが鳴り、ぼくは追い立てられるように外へ出た。ほとんど同時にエレヴェエタの扉が閉じて、未知の場所にたったひとり残される。

恐怖や慄《おのの》きといった感覚はなかったが、それは神経の麻痺状態にすぎない。

赤色ビーコンのかすかな灯《あかり》が、球を半分にした円蓋《えんがい》を浮かびあがらせた。しだいに目が慣れ、ジュラルミンかシルミン金属でおおわれているのだろう。仄白《ほのじろ》くひかる。先ほどトンネルのように見えたところは、エレヴェエタホオルへつづく長い廊下が見えてきた。先ほどトンネルのように見えたところだ。チュウブ同様、まったくの円筒形で内部にはオウトツもない。サーキュレで走るには都合がよさそうだ。暗がりなのでトンネルの距離はつかめなかった。幅はせいぜい二メートルほどである。天井も低い。手を伸ばせば、どうにか届いてしまう。はじめは慎重にほとんど歩くくらいのゆっくりとした速度でサーキュレを動かし、その廊下を進んで行った。

チュウブの場合より、サーキュレはうまく床へ密着する。ふだんはまともにできないスパイラル走行も可能だった。円を描きながら前へ進むのだ。C号区のチュウブではこんな走り方はしない。万が一のときは完璧に制御できるという自信がなければ、スパイラル走行は危険だった。いくらリスクが少ない環境にあっても、常識の範囲というものがある。場所によっては勢いあまって〈吊り橋〉のガードを飛び越し、塔と塔のあいだのダクトへ落ちてしまいかねない。あえて、実践するのはイーイーくらいのものだろう。だが、このトンネルでは、自然にスパイラル走行になる。そういう設計なのかもしれないが、走りやすかった。走ってゆくうち、上下左右がわからなくなり、頭の中では、もはや方角もはっきりとしていない。速度は否が応でも増して、勢いよくトンネルの外へ飛びだした。当然、惰性でそのまま走りつづける。

スパイラル走行していたせいで、平衡感覚は狂っていた。自分がどこを走っているのか咄嗟《とっさ》にはわからない。しばらくして、勾配《こうばい》のある壁を走っていることに気づいた。斜度は二〇度くらい。漏斗《ろうと》状に深く落ちこんでゆく壁の、ほんの一部分である。そのふちにあたる部分を中心方向へ傾いた姿勢で、ぐるぐるとまわっていた。漏斗状の壁そのものも回転しているように感じる。中心部へ向かって斜めに傾いているその壁面には、何重にもなった色とりどりのリングもようが映しだされ、それがかなりの高速で動いている。リングとリングの間隔や幅はまちまちで、錯覚なのか、回転速度もしまいにバラバラになる。回転方向が逆に見えるリングもあり、自分と壁のどちらが動いているのか区別がつかない。さらに回転が速まるとリングどうしが重なりあい、色も混濁して新たなもようを描く。いったん数十本が重なり、また細い一本ずつに分かれてゆく。目まぐるしい変わりように眩暈《めまい》がした。いくつものリングが高速で流れ、足をすくわれそうになる。壁が動いているはずはないのに、バランスを保つのは難しかった。

少しずつ速度が落ち、リングのもようは安定してゆったりと回転しはじめた。それにしたがい、サーキュレの速度も低下した。今巡っていた漏斗の円周が、実は途方もなく大きいということがわかってくる。高速で走っているときはあっというまにまわってしまい、円形だということも実感していた。しかし、ゆっくりした速度では、全貌を把握するのは困難だ。円形であることはわからない。少し床の傾いた直線コースを走っているのかと思ってしまう。中心部（といっても、優に半径数百メートルのかなた）に巨大で平らな影が見えた。表面は波打っているようにも見える。今のところ、ぼくは中心点に対して等間隔を保って走っていた。だが、黒々と横たわる影が気になったので、中心へ向かって移動をはじめた。

「何だろう、」

まったく異質な空気の流れが漂ってくる。ドォムの夜の海より一段と暗く、比べものにならないほど大きい。パァン池や〈シックルヴァレ〉など、ほかのどんな空間にも勝っている。想像もつかない広さという点で、うっかり足を踏み入れたゾーン・ブルゥに似ていた。どうも黒い影は巨大なダクトの口のようだ。この漏斗状の施設がビルディングのほかの部分とどのようにつながっているのか想像もつかないが、白い箱はあのダクトへ落ちてしまったのかもしれない。こんな場所で、取り落としたちっぽけな箱を拾うことなど、不可能に近い。海に落ちたひと滴《しずく》をすくいとるか、砂漠に行ってひと粒の硝子《ガラス》を拾うようなものだ。

おそるおそるダクトの口へ近づいて行った。白い箱を取り戻せないまでも、せめて、それが何かを確かめたい。中心へ近づこうとしたが、自分の躰《からだ》を思いどおり動かせなかった。前へ進んだつもりでも、横へ動いてしまう。空間がひずんでいるのか、はじめにそこが床だと思ったのとはちがう方向へ引っ張られる。もしあれがダクトなら、竪坑《たてこう》の方向へ重力が働くのがふつうだ。斜面になった漏斗状の壁をすべり降り、円周を小さくしながら中心へ向かってゆく。ふつうなら、それで自然にダクトへ近づいてゆくはずである。ところが、ダクトの開口部が黒い影のように見えてきたと思うと、躰はまた斜面を逆に上ってしまう。中心部へ向かうには、予想外のエネルギイが必要なのだ。吹きつけてくる風圧もすごい。しまいに疲れはて、サーキュレが走るままに任せて、漏斗のもっとも大きな円周をまわっていた。漏斗のふちにあたるところには、幅二メートルほどの通路があった。ぼくはその少し下を走っている。遥かに下方に見えるダクトの開口部は、一枚の鉄板のように黒い。物質として黒いのではなく、光を徹《とお》さない闇としての漆《しっ》黒《こく》である。深さは尋常でないのだろう。

「……ダクトか、」

開口部だけしか見えないが、ダクトの深さはちょっと想像がつかない。表面は半径一〇〇メートルはあるだろうか。中心部に向けて渦を巻くエアフィルタが上層部をおおっていた。それこそ渦を巻きながら噴射している。ダクト開口部の周囲には、鋼鉄フェンスが張られ、落下する心配はなさそうだ……。そう思っているそばから、不意に重力方向が変わった。今まで、遠心力がはたらいて中心から遠ざかっていた躰が、こんどは中心部へと引き寄せられてゆく。たちまち、ダクトのフェンスが近づいてきた。離れていたときは高さ二、三メートルにしか見えなかったのに、今は優に一〇メートルはある。それだけ距離があったということだろう。目測を誤ったのだ。フェンスはかなり細かいメッシュになっているが、安全性の点で問題がある。黒い口をあけたダクトの規模に比べれば、高さ一〇メートルのフェンスなど、ほんの申し訳程度だ。いつ突きぬけてしまうともかぎらない。

だが、怖いという実感は湧かなかった。むしろ惹《ひ》きつけられている。あるいは無意識のうちにフィジカルな衝撃を受けることを、躰は欲しているのかもしれない。この暗く沈んだ空洞に落ちるのはどんな気分だろう。近づくことは危険であると同時に、何か避けがたい誘惑のように思えた。ダクトの奥で、エアシュウトから圧縮ジェットが噴き出している音が聞こえる。その音がさらに大きく聞こえてくるにつれて、生身の躰など一瞬にして砕けるであろうジェットのエネルギイに対して、こらえようのない期待に満たされる。しかし、その理由を見いだそうとするとき、躰はいっそう空虚になり、抜け殻のように軽く漂う。向心力か風圧かわからないが、躰はフェンスに圧《お》しつけられ、身動きできなかった。フェンスの向こうでは生温《ぬる》い風が吹き荒れている。

「……これが、ゾーン・レッドなのか。」

いったい、どうしてこれほどのダクトが必要だろう。ビルディングは半永久的に壊れない設備と、コンピュウタで形成されている。ぼくたちの生活用品もわずかな衣類のほかは、廃棄物の出るようなモノはほとんどない。どう考えてもダストシュウトとしてのこんな巨大な穴は異様だ。

ゾーン・レッドに沿ったフェンスは、左右どこまでもつづいている。歩きはじめたところでまた重力方向が変わり、ぼくはフェンスのうえへ横たわる姿勢になっていた。起きあがれないのは、風圧のせいだ。躰が磁石になったようにフェンスから離れない。重力はダクトの縦方向と垂直になっているのだと思う。しばらくフェンスに横たわってようすを見ていたが、そのうちまた、足もとへ重力が移動した。重力はおそらく周期的に変わるのだ。ぼくはフェンスを離れ、サーキュレで走った。ここからぬけだすなら今だ。円を描きながら斜面を昇ってゆく。途中でまた中心部へ引き戻されそうになり、斜面にしがみついた。模造大理石のようだったが、継ぎ目に指をかける。重力が円周部へ変わるのを待って、ようやくダクトからぬけだし、外周部の通路を走った。

先ほどのエレヴェエタホオルへ戻ろうとしたが、不思議なことにいくら走っても、いっこうに風景は変わらない。床、壁、天井、柱とも、執拗に同じ様式をくり返した。円形なので無理もないが、エレヴェエタと通じているあのトンネルがどれなのか、見当がつかない。どれも判で押したようにそっくりだ。ふたたびダクトのある中心部へ引き寄せられないうちに、うまくトンネルへ入ってしまいたい。さもないと、また漏斗状の斜面を落ちることになるだろう。

そのとき、足音が聞こえた。背後から、少しずつ間隔を狭めて近づいて来る。確かに足音にちがいないのだが、いくらサーキュレの速度をはやめても遠ざかることはない。サーキュレの速さに追いつくのだとすれば、警備のヘルパアかもしれない。彼らは驚くほど駿足だ。いつかゾーン・ブルゥで見たようなメタリック・シルヴァの指を持った体《たい》躯《く》の大きいヘルパアかもしれない。ぼくが侵入したことに今ごろ気づいたのだとすれば、随分遅《ずいぶん》い。

だが、びくびくしないことにした。ゾーン・ブルゥへ入ったときは確かに、エレヴェエタの故障という事故だったが、今回は、ふつうにエレヴェエタに乗ってここへ来た。〈立ち入り禁止〉の表示はどこにもなかったのだから、不法侵入にはならない。そのうち、なぜか足音は聞こえなくなった。耳を澄まし、かすかな音まで聞きとろうと全神経を集中させたが、気配はすっかり消えている。空耳ではなかったはずだと思い、ぼくはこわごわうしろを振り返った。人影などひとつもなかった。はるか後方まで、斜めになった床がつづいている。フェンスをめぐらしたダクトは遠く、辺りには誰もいない……。

「なんだ、気のせいか、」

ホッと呼吸《いき》をつく。肩越しにうしろを振り返ることに気を取られていたぼくは、前方にまるで注意をはらっていなかった。数十メートル走ったところで、いきなり何かに衝突して倒れた。弾力のあるやわらかい衝撃だ。目のまえに、誰かが立っている。斜面をすべり落ちそうになり、その男に支えてもらった。

「……すみません、」

あわてて躰を立て直し、男と向かいあった。暗くてよく見えないが、どこかで見たような顔だ。躰つきは太り気味で、髪もうすい。そのくせ皮膚は妙に艶がよく、シリコンゴムのようになめらかだった。

「ここで、何をしているんだね、」

一見穏やかな口調で、男はぼくの顔をのぞきこんだ。片方の睛《め》だけ、視点がズレている。その睛《め》を見て思いだした。《ホリゾン・アイ》だ。制服ではなく、躰にゆるやかなフルーラインの服を着ていた。男は、ぼくを見知っているという表情は示さない。ということは、イーイーが指摘していたとおり、ぼくが逢ったふたりの《ホリゾン・アイ》とは別の《ホリゾン・アイ》なのだろう。もっとも、ビルディングの生活では登録番号さえあればよく、容姿だの体型だのの個人的な特徴はほとんど意味をなさない。したがって《ホリゾン・アイ》を持つこの男が、以前に会ったことのある男なのか、初対面なのかはわからないわけだ。《同盟》やＡＤカウンシルの委員は、その存在も所在も瞭《あき》らかにしないことで、自分たちの立場を守っている。

「落とし物を拾いに来たんです。〈吊り橋〉を渡っているときに、手にしていた箱をうっかり隙間へ落としてしまったので。」

　正直に答えたのは、ひょっとするとこの男から、落とした箱を拾う方法を聞きだせるかもしれないと思ったからだ。

「落とし物か。それで、きみは、どうやってここへ来たのかな。許可がないと立ち入れないはずだが、」

「そんなことはありません。ぼくはＨ号区からふつうにエレヴェエタに乗り、一〇〇階を指定して降りて来たんです。どこにも〈立ち入り禁止〉とは書いてありませんでした。」

ぼくは自分の正当性を主張する。

「なるほど、エレヴェエタで一〇〇階へね。それは、間違いないかね。」

男は一瞬だけ鋭い目つきをして、妙に強引な念の押しかたをした。碧《あを》い惑星を思わせる《ホリゾン・アイ》は、またしてもぼくの気を惹きつける。《ヘルパア配給公社》で見た男の睛とそっくりだった。ちがう人物だというのは先入観にすぎず、同一人物かもしれない。男は《ホリゾン・アイ》ではないほうの睛《め》でぼくを眺め、人のよさそうな顔をして微笑んだ。《ホリゾン・アイ》はぼくではなく、もっとずっと後方を向いている。

「……確かにここへはいろいろなものが落ちてくるな。たとえば、いつか、仔犬なんてものもあった。」

「仔犬、」

つい大きな声を出してしまった。仔犬とはサッシャのことだろうか。そんなことはあり得ないと思いつつ、もっと詳しく聞いてみたかった。

「ごく稀にだよ。きみも知っているように、テレヴィジョンの幻影で成り立つビルディングには、落ちるほどのものが存在しないのでね。宿舎であれば寝台や椅子はほとんど作り付け、衣類は季節ごとの交換制、または制服、食糧は廃棄率の低いキュウブ及びペエストなど、捨てるとすればわたしやきみのようなボディだけだろう。」

「ボディ、……それで、仔犬はどうしましたか。」

話が一段落したところで、何とか割りこんだ。男の講釈を長々と聞くつもりはない。

仔犬の行方が知りたいのだ。

「たぶん、元気にしているだろう。わたしが拾ったのを〈兄弟〉に預けてある。ちょうどこれから引き取りに行くところだ。」

「どういうことですか、」

わからなかったのは、この男の口から、〈兄弟〉ということばが出たことだ。ぼくだって〈兄弟〉の何であるかくらいは知っている。イーイーとその真似ごともした。しかし、このビルディングでは、実際の〈兄弟〉〈姉妹〉なんてものは存在しないはずだ。それはぼくのような《生徒》にかぎらず、おとなだって同様である。少なくともこれまではそういう人たちを見たことがない。イーイーにしろ、ジロにしろ、《生徒》宿舎にいる誰ひとりとして、〈兄弟〉のいる《生徒》などいない。この〈鐶の星〉では、〈家族〉といえば、《生徒》なら同室の友人ひとり。あとは一五億キロかなたの碧い惑星にいるママやパパだけなのだ。

「というと、」

男にはぼくの質問の意味が通じなかったようだ。

「〈兄弟〉とおっしゃったからです。」

「そのことか。〈兄弟〉についての概念はきみも学んだはずだろう。」

「ええ、でもこのビルディングに存在するとは習いませんでした。」

「例外もあるということだよ。」

「それなら、ママやパパも存在する可能性がありますね。《生徒》に割り当てられた両親ではなく、ほんとうのママやパパがいる……、そう思ってもよいのですか。」

男の睛が、狡猾《こうかつ》な煌《かがや》きをおびた。

「きみの認識番号を訊かせてもらおう、」

顔には微笑みさえ浮かべていたが、男はぼくの進路をはばむような位置に立って、なかば答えを強要した。

「MD-0057654です、」

「では、MD-0057654、質問を取り消す気はないかね、」

男の意図が読みとれない。イーイーならうまくはぐらかすのだろうが、ぼくは無防備な態度でのぞむしかなかった。

「取り消すのはかまいません。どのみちぼくはあなたが何と云おうとも、ママやパパがいることを信じていますから。……それより、この施設のことを訊いてもいいですか。」

男は、もったいぶって返事をひきのばしたうえで、頷いた。

「まあ、それならいいだろう。どうせきみは見てしまったのだからね。」

そう云って、手招きする。また向心力がはたらき、フェンスのほうへ引き寄せられた。ぼくはできるだけ抵抗していたが、男の腕が伸びてきて強引にフェンスのほうへ引っ張った。男はさらに、うしろからぼくの肩を摑《つか》み、グッとフェンスへ押しつける。ぼくは否応なくダクトをのぞくことになった。フェンス越しとはいえ、黒々とした空洞があらゆるものを飲みこみそうなようすで口をあけている。

「いいか、このダクトはだてに大きいわけじゃない。確かに紙屑はごくわずかで、食品などの廃棄物もない。しかし、捨てなければならないモノはいくらでもあるんだ。ごらん、この深いダクトはどこまでもつづいている。だが、間違って落ちたものを抄《すく》うことは可能だ。きみも体験しただろう。ダクトは下へ向かっている場合もあり、上に突きぬけることもある。どちらにもなり得るのだ。」

ひきつづき、男は淡々とダクトの性質を解説する。彼の手がゆるんだスキに立ちあがろうとしたが、またすぐにバランスを崩して倒れた。ダクトの向きは目まぐるしく変化し、向きだけでなく、開口部の大きさ、フェンスの高さなど、すべての輪郭が安定していない。見極めようとすればするほど、歪《ゆが》みは大きくなる。距離も空間も、何ひとつ確かなものはなかった。視界が安定しないと、躰を正常に保つこともできない。まっすぐ立つということが非常に困難だった。手脚と胴体が離れてしまいそうだ。男の姿は何重にもぶれて、そのどれもが実体のように見える。ひとりの男とは思えない。いつのまにか増えていた。何とかしようと焦るうちに、だんだん気分が悪くなる。思わず口を塞ぎ、呼吸《いき》をこらえた。もう長いあいだまともに食事をしていない。胃の中には何も入っていないはずなのに、ひとたび口をひらけば嘔吐は止まらないのではないだろうか。そんな気がした。

男はフラつくぼくの躰を押さえ、強引にフェンスのうえへうつぶせにした。真下に広がる空洞をのぞく。距離は摑めないが、ケージに入って闇の中へ吊り下げられている心境だ。奥底でひくい唸り聲《ごえ》が響いた。エアシュウトのジェットだろうか。だが、その咆哮はもっと感情をゆさぶる。波濤をうねらせ、岩礁に砕ける、あの夜の嵐。降りそそぐ雨と、吹きすさぶ風の叫びだ。……海、それも深い夜の、重くのしかかる鉛の闇。このフェンスが破れたら、真っ逆さまに落ちてゆく。途方もなく広い海洋の中では、ぼくの躰など天水《あまみず》の一滴に等しい。誰が気づいてくれるだろう。……誰も気づきやしない。……イーイーでさえ。

何とか男の手からのがれようともがいた。だが、仰向けになってはみたものの、こんどは鳩尾《みぞおち》を強く押された。男は拳ひとつでぼくの動きを封じこめている。

「……このダクトへ落ちたものはどうなるんでしょう。もし、うっかり落としてしまったとしたら、落とし主に戻るのですか。」

「もちろん、持ち主がわかれば返却する。……で、きみは何を落としたのだったかな。」

「白い容器の小包です。《金の船郵便公社》で受け取ってまだ開封もしていませんでした。」

「郵便物には、きみの認識番号が入っているんだろう。……そうであれば、いずれ戻るだろうから、心配はいらない。自分で苦労して拾う必要はないということだ。」

男の手が離れたのを見て、すかさずフェンスの傍《そば》をのがれた。こんどはうまく立ちあがり、斜面のほうへ躰を押しつける。だが、相変わらず進路ははばまれていた。男はいつでもぼくを捕らえられる位置をキープしている。

「仔犬のことが気になるんです。あなたの拾った仔犬は、ぼくが迷子にした仔犬かもしれない。」

「きみの仔犬には何か目印をつけておいたかね。」

「ええ、青い首輪をしているはずです。そうではありませんか。プラチナのリングもつけていましたが、それは紛失してしまいました。《同盟》のどなたかが拾ってくださり、届けてくれる手筈でしたが、行きちがいがあったようです。現れたのは《同盟》の委員ではなく、ぼくと同じ年恰好の少年でしたから。」

「……ほう、少年か。」

男はぼくのことばを聞いてことさらに感心し、ひきつづき意味もなく笑みを浮かべた。

「リングというのはきみがしているぢゃないか。」

男はぼくの左手首を見る。

「ええ、おっしゃるとおり、これと似ています。でも、同じものではありません。それに、あんな少年のことはどうでもいいんです。ぼくの仔犬を返してください。サッシャという名前なんです。」

「残念だが、わたしの拾った仔犬とはちがうようだ。」

「ぼくの仔犬は、黒色をしています。」

男は、なだめるような表情を浮かべた。

「心にとめておこう。そういう仔犬を見つけたら、きみに連絡をする。で、どこへ知らせたらいいかね、」

「C号区一〇二六階、〇二七室のアナナスです。」

「……アナナス、」

男はぼくのCANARIAよりはるかに小さく、性能のよさそうな携帯コンピュウタに記録しながら首を傾《かし》げた。

「あ、いいえ。MD–0057654です。」

「……わかった。さっき聞いた番号だな。とりあえず郵便物はすぐ見つかると思うから、安心していたまえ。」

男はそう云いつつ、すでに斜面を昇りはじめていた。太っているわりに軽々と、それもサーキュレなしにそうとうのスピードで歩いてゆく。そのまま漏斗状の谷底から、やすやすと外周部まで昇り、迷わず数メートルほど先の廊下を曲がった。ぼくもあわてて後を追った。そこは探していたトンネルだ。男は驚くほどの速さで歩いてゆく。スパイラル走行をしながら追ったが、歩いている男のほうがサーキュレのぼくより数倍速い。

男が立ちどまったところに、半円型の壁に埋めこまれたエレヴェエタがあった。扉の数もさっきのエレヴェエタと同じ五カ所だ。間違いない。男は手にタブレットのようなスティックを持っている。先端が光を放ったかと思うと、まもなくソネが鳴り、五基のうち右端の一基にエレヴェエタが到着した。

「乗りたまえ。」

静かだが強引な口調に気圧《けお》され、あわててエレヴェエタへ乗りこんだ。パネルにはすでに、一〇〇〇階の表示が出ている。もとのエレヴェエタにたどりつき、安堵していたぼくの背後で、音もなく扉が閉じた。しかし、またすぐにひらいて男の姿が見える。彼はぼくの左手首のリングをじっと見た。

「MD-0057654、その《リング》をほうっておけば、いずれ、痛みだすだろう。もしはずしたいときはわたしのところへ来なさい。はずしてあげてもいい。」

「ご親切にどうも。でもたぶん、その必要はありません。」

「さあ、それはどうかな。」

「……どういう意味ですか。」

実際、ぼくはリングのことを話題にしたくなかった。男の云うように、いずれ手首が痛みだすだろうことは、予想がついている。すでに今も、ときおり痛むことがある。だが、ぼくはこのまま痛みをごまかしながら過ごせればよいと思っていた。はずすのはかなり困難なことだろう。今は面倒なことを考えたくない。

「きみは、理由を知る必要はないが、リングは誰にとっても必要なものだ。奪われないよう、せいぜい気をつけたまえ。」

意味ありげな口調で男がそう云い終えると同時に扉は閉じ、こんどは完全に彼の姿を視界から消した。ひとりになったあと、それまでこらえていた息を一気に吐きだし、深い安堵感を得た。こわばっていた肌はみるみるゆるんでゆく。全身で呼吸するような気分を味わい、ぼくは強がってはいたものの、自分がいかに緊張していたかを思い知った。いくら酸素を吸いこんでも足りないくらいだ。

気がつくと、ぼくはエレヴェエタの壁にもたれて居眠りをしていた。緊張がゆるんだあとに、意識していなかった疲労が出たのかもしれない。乗りこんでから、どれほどの時間が経過したのかまるでわからない。しかも、エレヴェエタが今どの辺りを上昇しているのかも、見当がつかなかった。扉横のパネルには、乗りこむときにあの男が設定した〈一〇〇〇〉という数字がそのままになっている。エレヴェエタが動いているのかどうかを知ろうと、壁に耳をあててみた。もし、一〇〇〇階に向かって上昇しているのなら、途方もない竪坑を吹きぬける空気の咆哮を聞きとることができるはずだ。それにシャフトの回転する音も。

「……静かだ、」

エレヴェエタ内部のあちこちの壁で、耳を澄ましてみた。遙か遠くで、ダクトに特有の、吹き荒れる暴風音がする。しかし、壁のすぐ向こう側は静かだ。ひょっとすると、エレヴェエタは停止しているのではないだろうか。そんな疑いを持った。

CANARIAのキィをたたいて、扉をあけてみようと思った。どこかの階に停止しているのなら、当然扉はひらくだろうし、故障ならエラー音が響くだろう。だが、思いがけず、ぼくがキィをたたくより先に扉がひらいた。さらに意外なことには、扉の外にイーイーがたたずんでいたのだ。

「イーイー、どうしてここに、」

「何云っているんだ。ROBINに妙な伝言を入れたのはアナナスじゃないか。だから、迎えに来たのサ。」

云われてみればそのとおりなのだが、どうも納得がゆかない。だいいち、ここはどこなのだろう。ぼくが合点のゆかない顔をしているあいだにイーイーはエレヴェエタに乗りこみ、扉はゆっくり閉じた。外のホオルはよく見えなかったが、赤色のビーコンが見え、その先にトンネルのようにうす暗い廊下がつづいていた。ゾーン・レッドのあったホオルと同様だ。

「イーイー、今きみがいたのは何階なんだろう。ぼくは自分がどの棟のどの階にいるのかさっぱりわからない。」

イーイーはどういう意味があるのかわからないが、即座に微笑んだ。そのかわり、すみれ色の睛《ひとみ》だけは凛《りん》とした光をおびている。いつもなら、呆れたような表情を浮かべ、溜め息のひとつでもつくところなので、調子が狂った。

「H号区の一〇〇階、NO・〇七号エレヴェエタ。……シルルが知らせてくれたとおり、ぼくはここへ来たんだ。」

「……ここ、」

「ここって、イーイー、ここはH号区一〇〇階だって云うのか。」

「そう、間違いないよ、アナナス。」

それでは、ひとつも動いていないことになる。ぼくはもうずいぶん前に、《ホリゾン・アイ》と別れてエレヴェエタに乗った。今ごろは一〇〇〇階についていてもおかしくないほどの時間が経過しているはずだ。それともずっと停止したエレヴェエタの内部《なか》で眠っていたのだろうか。イーイーは先ほどの微笑みを浮かべたままぼくを見ている。

彼の云うことが真実なのかどうか、知るすべはない。もう一度扉の外を確かめてみたかった。ここがほんとうに一〇〇階なら、あのうす暗い廊下の先に空洞があるはずだ。さっきエレヴェエタに乗りこんだところが、そのまま見えるはずだ。サーキュレを走らせれば空洞を確かめることなどわけない。数十秒とはかからないだろう。そのつもりでCANARIAのキィをたたいたが、コンピュウタはすぐさまエラー音をたてた。再度キィをたたこうとするぼくをイーイーが軽く制した。

「……これは資材用のエレヴェエタだ。一〇〇階から一〇〇〇階までおよそ五分の高速で直行する。H号区は全体がデポだから、エレヴェエタも重荷用。ぼくたちみたいに軽いと、それだけ速度も増すってわけ。心配ないよ、アナナスの気持ちが悪くなる前につ いてしまう。」

「ああ、」

ぼくが知りたかったのは、今の場所がほんとうに一〇〇階だったかどうかということだ。イーイーを疑うわけではないが、どうもスッキリしないことが多すぎる。そもそも、降りてくるときには十分近くかかったエレヴェエタが、加速を期待できないうえに空気抵抗も大きい上昇であるにもかかわらず、五分で一〇〇〇階についてしまうというのは、どういうことだろう。操作の仕方しだいで、速度も調整できるのだろうか。だが、イーイーを信じたい一心で、それ以上何も訊くことができなかった。そこでちがうことを訊いた。

「イーイー、シルルが知らせてくれたと云ったよね。仲直りしたの、」

「どうかな。シルルとははじめから仲が良かったとは云えないかもしれないし……、」

　イーイーには珍しく、もってまわったような云いかたをした。ぼくはさらに話題を変えた。

「ゾーン・レッドを見たよ。何だか妙な感じがした。目まぐるしく重力方向が始終変わるんだ。たった今床だと思って立っていたところが、しばらくすると側面になる。ダクトも下向きかと思うと、目を離したスキに上へのびている。天地がまるでわからないのサ。遠心力や向心力が不意にはたらいて、そのたびに躰をふりまわされる。いったいどういうんだろう。」

「怖かった、」

「……少しね、ふりまわされて眩暈《めまい》がしたのかもしれないけど、ダクトをのぞいていたら吐き気がした。夜の海みたいな気がしたんだよ。咆哮と怒濤、うねった波が海流にぶつかってさらに大きく、重い波になる。」

「ほかに何が見えた、」

「ほかって、」

「ロケットタワアや、エアロボオト、ギグ……、」

「……イーイー、だって、ぼくが行ったのはゾーン・レッドだよ。ゾーン・ブルゥじゃない。」

「確かに、エレヴェエタが下降してたかどうか、アナナスは断言できるのか。ダクトが下向きにも上向きにも見えると、自分で云ったじゃないか。そこがゾーン・ブルゥだとしても不思議はないだろう。」

イーイーは何を云いたいのだろう。笑みの消えた表情からは何も探りだせなかった。彼自身が何かに脅えているように、いくらか蒼ざめている。やがて、〈一〇〇〇〉と表示されたディスプレイが点滅をはじめた。じきに到着するのだろう。イーイーの云ったとおり、五分程度の短い時間だった。降りるときにはジロやシルルとCANARIAで交信をして、それでも時間を持てあましたほどなのに、その同じ距離をこんなにもわずかな時間で通過してしまうとは驚きだった。

「痛むのか、」

イーイーに訊かれ、はじめて自分が左手首を押さえていることに気づいた。

「……少し、でもたいしたことはないよ、」

ゾーン・レッドにいた男は、このリングをはずすことができると云っていた。そんなことを思いだした。ぼくは男の暗示にかかってしまったらしい。これまでごくたまにしか痛まなかった手首に断続的な痛みを覚えた。脈打つたびに鈍痛が走る。やがて激痛になるかもしれない。そう思うだけで冷や汗が出た。

「アナナス、」

「大丈夫、もう痛まない。……平気だ。それより、ママ・ダリアから来た小包だけどね、ジロのところへも同じ体裁の小包が届いたと云うんだ。がっかりする話だろう。」

わざとらしく話題を変えたぼくの態度は、ふだんなら当然イーイーに怪しまれるところだが、反応はなかった。そのときの彼は、たぶんぼくの話など耳に入らなかっただろう。視線はＲＯＢＩＮのディスプレイに釘付けになっていた。

〈13142018 13E0211141318 17018 114 12$4124 83♭44 182017 2419194 162　1819814l3W RAAD-0001238A〉

それはＡＤカウンシルの委員からの通信だ。何と書いてあるのか、相変わらずぼくにはわからないが、文面には威圧するような雰囲気が漂っていた。あの純白のスウッを着たヘルパアの背中に表示されていた文字は、ジロの解読によれば〈警告〉を意味するという。彼はじっとディスプレイを凝視していたが、しまいにはＲＯＢＩＮを横へよけてしまった。しばらくのあいだ、イーイーは硬い表情を浮かべて沈黙し、外部とのあらゆるかかわりを拒んだ。ぼくが彼の傍《そば》にいることは何の意味もない。

エレヴェエタはH号区の一〇〇〇階に到着した。例の広々とした廊下が目のまえにある。イーイーはさっそくサーキュレで走りだそうとして、その動きを止め、ぼくを振り返った。

「競走しようか。おあつらえ向きに、こんなに広いコースがあるんだから、」

先ほどの沈黙が嘘のように、予想外に明るい表情だった。ぼくもそれに合わせた。

「勝負にならないよ。お先にどうぞ。ぼくはゆっくり行くから、」

「なんだ、つまらない。」

イーイーは不満そうだったが、今さっきADカウンシルからの通信を受けたときとは打って変わり、快活さを取り戻していた。ぼくは何だかホッとして、走りだすイーイーを見送った。その一方で、イーイーはいつだって自分ひとりで何もかも受けとめ、答えを見つけてしまうのだということに、物足りなさを覚える。

サーキュレで飛ばして行った彼は、とうに〈吊り橋〉に差しかかっていることだろう。

イーイーに教わったように、大腿部の筋肉を使ってサーキュレを走らせようとした。結果として、訓練もなしにいきなりそんなことをしても、エネルギイのムダだということを学んだ。イーイーの姿が視界から消えてから五分ほどして、ぼくはH号区とC号区を結ぶ〈吊り橋〉の橋づめについた。イーイーはそこで待っていてくれた。

「摑まれよ。瞬《まばた》きするあいだに渡ってしまうから、」

「まさか。いくらイーイーでも、この〈吊り橋〉を渡りきるには三分はかかると思うよ。」

「賭ける、」

イーイーは冗談なのか、まじめなのか、判断のつかないまなざしをする。ぼくは返事をためらっていたのだが、イーイーも辛抱強く待っている。どうやら、本気らしかった。

「いったい何を賭けようって云うのさ。」

訊かれるのを待っていたとばかり、イーイーはすみれ色の睛《ひとみ》を煌かせた。

「もしぼくが勝ったら、アナナスに聞き入れてほしい頼みがあるんだ。」

「どんな、」

まだ賭けをしようと決めたわけではない。だが、イーイーの頼みが何なのかは知りたい。彼は話をつづける前に、それが冗談でないということを示すつもりらしく、妙に改まった硬い表情を浮かべた。

「アナナス、これから話すことはおそらくきみを怒らせるにちがいないと思う。ぼくにとってはこの頼みを打ち明けること自体、すでに賭けなんだ。……滑稽だけど、」

何を迷っているのか、イーイーはなかなか本題に入ろうとしない。

「賭けをしてもいいよ。素直に頼むのは性に合わないんだろう。」

この数カ月イーイーと同室で暮らし、彼の性質を少しは理解できるつもりでいた。あの《ヴィオラ》の壜を毀《こわ》したときのことでも瞭らかなように、イーイーは弱みを見せたり、人に頼ったりするのを極端に嫌う。頑ななまでに、自分ひとりで何もかも解決しようとするのだ。だが、予想を裏切るように、イーイーは力ない笑みを浮かべた。

「ちがうんだ。ぼくは確かに素直じゃないけど、頼みごとができないほど自負が強いわけでもない。自尊心と云ってもよいけど、そんなものいつだって捨ててもかまわないんだ。アナナスもその点は誤解しないでほしい。誰でもほんとうに捨てられないのは、もっと野暮ったいものサ。たとえば、……スピリット、ボディ、そうだろう。」

「……ごめん、」

わけもなく謝ったぼくを慰めるように、イーイーは微笑んだ。

「何も謝ることはないよ。そんなつもりで云ったんじゃない。ただ、最終的に残るものは何だろうって、そう思ったんだ。ぼくたちはすでにたいしたものを持っていないよね。あのアーチイに比べたら、トランクに詰めるようなものを何ひとつ持っていないぢゃないか。アナナスが仔犬をほしいと思ったのも、自分だけの〈何か〉がほしかったからだろう。だけど、そういうものは失くなってしまうのサ。……問題は、失くしたあとに何が残るかということ。」

「虚しいね、」

「……そう思う。ママもパパもいない、〈兄弟〉もない、家もない、トランクに詰めるほどの荷物もない。食べることさえやめて、水も飲まない。ぼくたちはこんなに身軽なのに、まだ失くすものがある。……アナナスは気づいてるか、」

「……。」

「形を遺《のこ》すものがなければないほど、失くすものが少なければ少ないほど、始末がいいように思うだろう。制御しやすいし、目が届く。エネルギイもいらない。このビルディングで、捨てること、使わないことが奨励されるのはそのためだよ。ダストシュウトがそこらじゅうにあって、不要なモノはいつでも投げこめる。長いあいだ、そうして暮らしてきた結果、誰もが身軽になった。今ではもう捨てるモノが見当たらない。……でも捨てたい。捨てるという衝動を抑えられない。巨大なダストシュウトもある。それで、どうなったかというと……。」

「待てよ。イーイー、いったい何のことを話しているんだ。」

「わかってるだろう。身のまわりに捨てるモノがなくなったとき、最後に捨てるのはボディとスピリット、……どちらを先に手放すか、今は誰もがそれを悩んでる。」

また、躰の中の空白が広がったような気がする。暗い海のような闇が、何の重さもなく、抄《すく》い取ることも、押し流すこともできないまま、躰の中にあった。閉塞しているわけではなく、咆哮をあげる風は吹きぬけている。しかし、食べものや水を押しこんでも、もはや埋《うず》まらない。ウレタンやラバァでさえも、通りぬけてしまうだろう。この、空白を消滅させるには、躰を崩壊させるしかない。それがいちばん手っ取り早いのだ。……イーイーの云うのはそういうことだろうか。

「……きっと、先に捨てるのはボディだ。」

ぼくは答えた。イーイーは結論を避けるように、ほんの少し笑みを浮かべた。

ふたりとも、しばらく無言でいたが、そのうち、イーイーが話題を変えて口をひらいた。

「……さっき、アナナスはママ・ダリアからの小包とそっくり同じ箱が、あのジロのところにも来たと云って憤慨してたろう。中味を確かめたか、」

ぼくは首を振った。

「確かめる前に落としたんだ。」

「ジロに訊いておいたよ。たぶん、アナナスのところへ来た小包も中味は同じだから。」

「ぼくもそう思う。」

「届いたのは、《ロスマリン》という精油《せいゆ》。澄明な碧い色をしてた。ぼくやシルルの精油と同様、一オンス壜に入ったもので、一二本が箱の中に収められている。」

「……碧か、それ海水だといいのに。」

ぼくはまだ、ママ・ダリアが海水を送ってくれたのだと思いたかった。あの碧い水なら、いくらでも飲みたい。

「海水は碧くないさ。碧く見えるのは光のせい。それに飲むようなものぢゃない。」

「平気さ。ぼくには味覚がないんだから。」

目前にある〈吊り橋〉を、休むことなく吹きあげる風が通過してゆく。吹雪のように唸り、ときにはビリビリと音をたてて、ケーブルのリンクやターン・バックルが振動で摩擦を起こすたびに静電気の青い火花を散らした。光彩を放ちながら、飛び散るスパンコォルやビーズは〈吊り橋〉からスーッと糸をひきながら、落下してゆく。

「アナナス、《ロスマリン》は海水ぢゃない。だいいち、水溶液ではないのサ。もっと確実に躰の中へ浸透してくるものなんだ。……ぼくが頼みたいのはね、ママ・ダリアから送られてくる《ロスマリン》を口にしないでほしいということだよ。」

イーイーはいきなり本題に入った。

「……どうして、」

「さっきアナナスは云ったぢゃないか。もし、選ぶとするなら、スピリットよりもボディを先に捨てるだろうって。……それがきみの望みなら、《ロスマリン》の封を切らないほうがいい。」

「だから、どうしてサ、」

「理由は云えない。そのために、賭けをするんだ。アナナスはこの頼みを不慮の災難だと思ってもらいたい。」

「……そんなこと、」

ぼくは理由を知りたかった。賭けをしてまで頼もうとするイーイーの願いを、今の今まで聞き入れるつもりでいた。しかし、それがママ・ダリアが送ってくる精油のことだとは思いもしなかった。だいたい、ボディとスピリットを分けて考えること自体、不合理であり不可能だ。本来、失うときは双方とも同時ではないか。

「イヤなら、無理に賭けをしようとは云わない。まして、賭けを抜きに頼むなんてことはないよ。」

「なぜ、」

イーイーは答えにくそうに微笑んだ。

「これを云うと、アナナスはいっそう有利になるな。……つまり、賭けを断る理由が明確になるということだけど。」

「………、」

「考えてもごらん。ママ・ダリアから送られてくる《ロスマリン》を飲まないとして、手紙にはなんて書くのサ。まさか、飲んでいません、とは書けないだろう。アナナスはたぶん、嘘を書くことになる。ぼくの頼みは結果として、嘘を強いることになるんだ。きみは嘘が大キライなのにね。」

イーイーの云うとおりだ。もし、賭けに負けた場合、ママ・ダリアの手紙に真実など書けない。間違いなく、《ロスマリン》を飲んでいるふりをするだろう。だが、すでにパパ・ノエルへの手紙でも嘘を書いている。嘘を肯定するのではないが、手紙での真実は、ぼくにとってもうだいぶ以前から意味のないものになっていた。手紙とは、嘘を書かなければ成立しないものだ。

「イーイー、ぼくは嘘をついてもいい。それくらいできるサ。」

「賭けをしてもいいということか、」

「条件次第だ。それに、イーイーがどのくらいの速さで〈吊り橋〉を渡るのかも興味がある。瞬《まばた》きをするあいだに渡りきるというのは、ことばの綾《あや》だろう。ほんとうはどうなのさ。」

「何秒なら賭けにのる、」

「何秒って、……いくらイーイーでもそれは無理だよ。最低でも一分はかかる。しかもぼくが掴《つか》まって行くんだ。ぼくなら、空身でも三分以上は確実。」

そう云うのを聞いて、イーイーは声をたてて笑った。

「アナナスは負けるつもりで賭けをする気か。それとも、ぼくの速さを侮っているのかもしれないね。三十秒で渡ってみせる。もちろんきみを掴まらせて。それが条件だ。」

「……わかった。そこまで云うなら、賭けにのるサ。」

ようやく話がきまって、ぼくはイーイーの胴に腕をまわし、振り落とされないようにしっかり掴まった。彼は目にゴーグルをつけている。ぼく程度の速度しか出ない《生徒》には無用のものだが、イーイーやシルルなど高速で飛ばす《生徒》には必需品だった。

「CANARIAの時計は準備できたか、」

「大丈夫。カウントダウンはじめるよ。十、九、八、七、六、五、四、三、二、一、ゼロ、」

とたんに恐ろしいくらいの風圧を躰に感じた。もちろん目などあけていられず、瞼《まぶた》を閉じていた。耳にかかってくる負担もそうとうなものだ。風は耳もとで唸り、圧力で頭痛がする。下手をすると摑まっているイーイーの躰から手を放してしまいそうだった。指を強く組みあわせる。どうすればこんな速度を出すことができるのだろう。大腿部の筋肉がどうの、といった問題ではないと思う。生身の躰でこんな空気抵抗を受けるのはもうこりごりだ。イーイーはぼくがしがみつくような状態なのに、よくもこんな速度で走ることができる。彼の躰のバネや運動神経は、常識をはずれているとしか思えない。このぶんでは、ほんとうに三十秒もあれば〈吊り橋〉を渡りきってしまうかもしれない。信じがたい速さだった。床に足をついているとは思えず、引力に反して躰の頭部に重心があるようだ。走るというより、落下している感覚だった。空間が歪《ひず》み、〈吊り橋〉のうえなのか、ダクトをすべり降りているのかわからない。

「ア・ナ・ナ・ス、時計を。」

ぼくはイーイーの背中に耳を押しつけていたのだが、声はそこから聞こえるような気がした。いつもながら、これだけの運動をしてもイーイーの躰は少しも火照《ほて》らない。体温はひくいままだ。感触も冷たさもセラミックのようなのだ。まもなくイーイーは驚異的な速さで〈吊り橋〉を渡りきった。ぼくは、できうるかぎり正確に時計を止める。イーイーは〈吊り橋〉を渡ってからも疾走し、C号区一〇〇〇階の中央広場をいっきに突きぬけてしまった。ようやく停止したのは、C号区とA号区をつなぐ別の〈吊り橋〉を渡りきったところだった。

「何十秒、」

彼が訊く。ぼくもはじめて時計を見た。息切れがしていて、よく数字が見えない。走っていた本人のイーイーは、肩で息をするでもなく汗もかかずだ。ぼくは掴まっていただけなのに、しかもほんの短時間のことなのに、呼吸は乱れ、全身に汗をかいていた。ようやく時計の数字が目にはいった。

「……二、八、すごい二十八秒、」

「本気で走ったんだから、当然サ、」

息ひとつ乱さないで〈本気〉とは、イーイーもいいかげん人を食っている。それこそ〈本気〉を出したらどうなることか。

「アナナス、」

「わかってる。ママ・ダリアが送ってくる《ロスマリン》は口にしない。それでいいんだろう。」

イーイーは安堵したように、頷いた。彼はなぜこんなまわりくどい方法でぼくを納得させようとしたのだろう。賭けなどしなくとも、彼が理由を話してくれたら納得できたはずなのに。理由を聞かせたくないというイーイーの真意を知りたかった。

イーイーとぼくは勢いあまってA号区まで突きぬけてしまったので、また〈吊り橋〉を渡ることになった。こんどはふたり前後してゆっくり渡り、《生徒》宿舎へ戻った。

きょう一日をぼくは非常に長く感じた。

敬愛するママ・ダリア、

お元気でいらっしゃいますか。先日はたいへん失礼なお願いをしてしまい、申し訳ありません。個人的にものをねだるという行儀の悪さを、今さらながら反省しています。どうぞお赦しください。先日手紙に記した件については、ぼくを哀れと思って黙殺くださいますよう重ねてお願いいたします。

きょう、《金の船郵便公社》にて、ママ・ダリアからの小包を受け取りました。申しあげるまでもなく、この小包をぼくのお願いした海水にちがいないと、早合点しました。けれども、この碧い精油はなんてすばらしい海の碧をしているのでしょう。ラベルに《ロスマリン》と書いてありましたので、CANARIAを使って調べてみたのです。ママ・ダリアの都市で《海の露《つゆ》》と呼ばれている可憐な植物の名称なのですね。薫《かお》りが優れていることでも有名だと知りました。

壜の封印を切ったなら、さぞかし良い薫りがするのでしょう。残念なことですが、ぼくには嗅覚がないので匂いを確かめることはできません。けれども悪いことばかりではありません。薫りがわからないのをよいことに、この《ロスマリン》を海水だと思うことができます。水滴のひとつひとつが海の露《つゆ》となって喉に沁みとおり、躰の中にある濃く深い海を稀釈《きしやく》してくれるのです。せめてこの体内の海が翠《すいしよく》色になってくれたなら、どんなに身軽くなれることでしょう。もし、この《ロスマリン》が数の限られた貴重なものでなかったら、毎日、水のように飲んでもよいと思うほどです。けれども、精油はごくわずかの量しかありませんので、少量ずつ躰の中に溶かしこむしかありません。それでも、毎日毎日この滴を躰の中に落としてゆくうちに、暗黒の海はうすめられてゆくのでしょう。やがて、翠色の海が体内を満たしてゆくような気がします。そのときこそ、ぼくはこの〈鐶の星〉を出発できるかもしれないと思うのです。

ひとつだけ不満をあげるなら、ぼくの精油が、あの好ましくない同級生ジロと同じ《ロスマリン》であることです。イーイーとシルルは《ヴィオラ》と《ジャスミン》という、ちがう種類の精油を持っているのに、ぼくはなぜジロと同じでなければならないか、納得できません。

いったい精油はぼくたちにどんな効用をもたらすのでしょう。栄養剤やヴィタミン剤のようなものでしょうか。こんな少量ではほとんど躰への影響などないのでしょうが、ぼくにとっては暗黒の塊になった海を溶解する役目を担っているのかもしれません。イーイーは《ヴィオラ》をきらした場合、声が出なくなるという症状をひき起こすのですが、ぼくは今のところ《ロスマリン》を使い忘れたとしても（習慣がないので、つい忘れがちです。ときにはまる一日使わずに過ごしてしまうこともあります）、変わった症状が出るということはありません。ジロはもちろん習慣や規律というものが日ごろから大好きなので、それこそ薬を服用するときのような正確さで、食事のたびに律義に《ロスマリン》を数滴、垂らしています。よい薫りのおかげで食が進むと云っていますが、これはたぶんぼくへの当てつけでしょう。ぼくは相変わらず、あまり食欲がありません。わずかな水分とキュウブだけで一日間《ま》にあってしまうのです。

ママ・ダリア、《ロスマリン》の花は海の露、と呼ばれるにふさわしい、小さな美しい鳥のような形ですね。ぼくはいつかママ・ダリアの都市にいたという鳥の伝説に心惹かれました。海面に卵を産むハルシオンという鳥のことです。何だか《ロスマリン》と響きが似ているので、ふと思いだしました。どんな鳥なのか気になり、以前《銀の鳥公社》で調べてみたのです。伝説の鳥については絵図などはないということでした。ママ・ダリアはご存じでしょうか。もし、ご存じでしたらお教えください。きっと《ロスマリン》の花びらのように美しい鳥にちがいありませんね。あんな鳥が海を渡ってくる光景を見たいものです。

ハルシオンという鳥の名を知ったのは、またしても『アーチイの夏休み』というテレシネマの影響なのです（ところで、アーチイのカナリアは、とうとう見つかりませんでした。このところ、テレシネマの話題をしませんでしたが、ぼくは『アーチイの夏休み』のつづきを何日も見忘れていたのです。あまりにも自分のことで混乱していたために、テレヴィジョンを観る時間がありませんでした。先日、ひさしぶりにつづきを観ました。物語は新たに展開し、アーチイはもうカナリアにこだわっていなかったのです）。

カナリアを探していたアーチイは、海岸で見知らぬ少年に逢います。その少年はぼくにとってのイーイーのように、はじめて逢ったその瞬間から、アーチイを魅了してしまうのです。ぼくもテレヴィジョンの中のその少年に惹かれました。印象がイーイーと似ているというわけではありません。どちらかといえば、睛《め》の色や顔立ちがシルルに似ていました。しかし、睛の色はシルルよりももっと濃く、黒っぽいのです。でも、ひとくちに黒といってしまうには、あまりにも深く、煌く水の奥に途方もなく長い時間が閉じこめられている睛でした。さらに、この少年の美しさを引き立てているのは、均質で、輝きをおびた褐色の肌でしょう。そのせいで、細い手脚もバネのようにしなやかに見えるのです。彼はときどき、ぼくなど考えもおよばないほどの月日を生きてきたようなまなざしをしました。少年はカナリアを失って哀しむアーチイに伝説の鳥ハルシオンの話を聞かせました。少年の口の動きに合わせ、「ハルシオン」ということばを口にしてみるとき、ｙとｏのあいだで少し鼻にかかるその発音はなぜか心地よく響くのです。少年の声として聞いているような錯覚に陥りました。彼の声がぼくの耳の中で共鳴し、波となって躰じゅうを駆けめぐります。この少年にどこかで逢っているでしょうか。かすかな覚えはあるのですがハッキリと思いだせません。

　アーチイもまた少年に対してぼくと同様の好意を抱いたのでしょう。すっかり少年に魅了され、もうカナリアのことで嘆かなくなりました。彼には新しい友人ができたのです。こんどは唄を歌うだけのカナリアとちがい、魅惑に満ちたことばと、かつてない秘密をもたらしてくれる友人なのです。少年はファン・リという名前でした。彼らはたちまち親しくなります。ぼくとイーイーはまだ親しいというにはほど遠く、アーチイとファン・リの親密ぶりは、羨ましいものです。彼らは、出逢ってから数日で、お互いの信頼を勝ち得ました。それも海のおかげではないかと、ぼくは思います。

ファン・リは口笛が得意で、鳥の啼《な》き真似はもちろん、さまざまな曲を奏でることができました。その音を聞くことができたら、どんなに素晴らしいでしょう。残念ながら、少年の口の動きで想像してみるしかありません。テレシネマの音声を無性に聞きたくなるのは、こんなときです。一方、アーチイくらい口笛の下手な少年も珍しく、彼はいくら練習しても音を出すことができないのです。ファン・リは熱心に教えるのですが、アーチイの進歩はまったくありません。ファン・リの唇から洩《も》れる音には、楽器が異なるほどの、幾とおりもの種類があるとCANARIAの解説が伝えます。ファン・リが口笛を吹くごとに、頰や喉の筋肉の動きが見られます。石や貝殻の笛を使うこともありました。

彼らは海岸にうつぶせて、アーチイがファン・リの話に耳を傾けます。ファン・リは海に棲《す》む生き物の話がことのほか得意でした。とくに印象深いのはスピネルという甲イカのことです。体長は四、五センチしかないのですが、外套に螺旋状《らせんじょう》の貝殻を持った小さなイカなのです。不思議と心惹かれました。

ああ、ママ・ダリア、ぼくはきっと海をまえにしたとき、イーイーのほんとうの信頼を得ることができるのではないでしょうか。そんな気がするのです。海を持っている少年たちを羨ましく思います。

何だかグチのような手紙になってしまいました。このへんで失礼します。どうぞ、お元気でお過ごしください。

八月十二日　土曜日
認識番号MD－0057654－Ananas
Dear Mama－Dahlia
〈鋲の星〉の《生徒》宿舎C号区　1026－027室にて

「どう思う、これ。おかしいところがあったら直してくれないか。」

ママ・ダリア宛の手紙を書き終えて、CANARIAをそのままイーイーに渡した。彼に手紙を見せる習慣はしばらくまえからなくなっていたのだが、今見せているのは、これまでの手紙とはだいぶ性質のちがうものである。率直に云ってしまえば、すべて嘘だった。

最後まで読み終えて顔をあげたイーイーは、満足げな笑みを浮かべた。

「きみにこんな嘘の手紙が書けるなんて、正直なところ、期待していなかったよ。」

褒めことばと受け取れる発言だったが、ぼくは安堵とともに、途惑いも隠せない。

「複雑な気持ちだな。嘘を書いて褒めてもらうなんて、」

すると、イーイーは慰めるように微笑んだ。

「いつも云っていることだけど、手紙に真実を書く必要はないんだよ。嘘でかまわないのサ。なぜかと云えば、誰も手紙に真実なんか求めてやしないんだから。それが手紙の宿命なのさ。でも、この手紙は、間違いなくママ・ダリアを満足させるはずだ。彼女の目的はきみが《ロスマリン》をちゃんと飲むことなんだから……、」

「そこがわからないんだ。イーイーが答えてくれないのは承知しているけど、なぜママ・ダリアはぼくに《ロスマリン》を飲んでもらいたいと思うのか、ぼくは知りたい。」

「……どうしても、アナナスが思いだせないと云うなら、いつか話してもいい。でも今はダメだ。」

「いいサ、そのことはもう訊かないことにしたんだから。」

ぼくは手紙文をそのままＣＡＮＡＲＩＡのファイルに記憶させた。その手順を終えたところで、おりよく通信が入ってきた。《金の船郵便公社》Ｃ－一〇〇〇番局のＰ＆Ｔコンピュウタからだ。

〈C－1000 P&Tヨリ、MD－0057654ヘ、拾得ブツヲオアズカリシテイマス。当局ニテゴカクニンノウエ、オヒキトリクダサイ。翌日ゴゴニジマデニゴ連絡ノナイバアイ、ホンヒンハ、カウンシルノ管轄トナリマスノデ、ゴ諒承クダサイ〉

「きっと、ママ・ダリアの小包が見つかったんだ。認識番号の記載があれば戻るって、あの男が云っていたけど、こんなに早く戻るなんて思わなかった。イーイー、ちょっと取りに行ってくるよ。」

ぼくは気もそぞろにCANARIAを抱えて立ちあがった。

「アナナス、」

「何、」

「あの男って誰、」

ゾーン・レッドで出会った男の話を、イーイーにしていなかった。故意に隠すつもりではなかったが、黙っていようという気持ちがまったくなかったとも云えない。イーイーはぼくの失策を見逃さなかった。

「《金の船郵便公社》から戻ったら、詳しい話をするよ。ゾーン・レッドで出口を探していたとき、妙な男に出会ったんだ。」

「……《ホリゾン・アイ》だろう、」

鳩尾《みぞおち》を圧迫されたように、呼吸《いき》がつまった。

「……知ってたのか、」

イーイーの表情は、静かに変化した。はじめは唇をほんの少し動かし、つづいて微笑むのではないかというように見えたが、一瞬あとには鋭く真剣なまなざしをぼくに向けた。

「アナナス、こんどはきみにもわかっただろう。《ホリゾン・アイ》はリングをねらっている。」

ぼくは頷いた。

「誰にとっても必要なものだって、妙なことを云うんだ。奪われないように気をつけろってサ。」

「そう云ったのか。……あの男、気づいているかもしれないな。……たぶん気づいているんだ。」

イーイーはひとりごとのように呟いた。

「……何に気づいているんだ。あの男って、どの男サ。」

「《ホリゾン・アイ》だ。」

イーイーはぼくから視線をそらしながらそう云う。逆に、ぼくはイーイーのすみれ色に煌く睛《ひとみ》から目が離せなかった。凍てついた煌きの奥で、澄明な硝子体《ガラス》がゆれている。何か不安でもあるのか、ひかり具合が安定していない。憎悪や敵意、逡巡や後悔といった感情がないまぜになっている。その、どれひとつとして輪郭は瞭らかにならないまま、彼の睛を曇らせていた。《ホリゾン・アイ》は複数いると、彼自身が云っているにもかかわらず、実際、彼が口にする《ホリゾン・アイ》はひとりしかいないように思える。

「……すぐ戻るよ、」

のがれるように部屋を出た。イーイーの睛をそれ以上見つめていると、こちらまでわけのわからない不安に苛《さいな》まれる。そんな息苦しさに耐えられなかった。同時に、イーイーの存在をより近くに感じたことも確かだ。日ごろ、大胆でタフな彼にも、当然ながら不安はあり、それと闘っているのだということを知って安心した。

ゾーン・レッドで会った《ホリゾン・アイ》は、ぼくのリングがきついばかりでなく、はずせないということも見抜いていた。男が拾ったという仔犬は、ほんとうにサッシャだろうか。もしそうなら、あの小さな仔犬が生きているということに望みが持てる……。

《金の船郵便公社》の前でシルルに逢った。ぼくはちょうど遺失物として扱われていた《ロスマリン》を引き取ってきたところだ。シルルはすぐその白い箱に気づいた。

「無事、戻って何よりだね。」

「そうなんだ。こんな簡単に戻るなら、無理してゾーン・レッドに行くこともなかったと思うよ。」

シルルのことばを受けて、ぼくは素直に答えた。H号区のエレヴェエタで彼の声を受信した当初、ぼくはその忠告をけむたく感じた。それなのに、実際シルルと面と向かって話をしようとすると、不満や文句は云えなくなる。抗議など無意味なことのように思われるからだ。彼の静謐な灰色の睛《ひとみ》のせいかもしれない。あまり親しくないこともあって、イーイーよりもさらに何を考えているのか、読みとりにくい。ただ、ぼくの直感として、シルルはいつも非常に努力して自分を抑えているように思う。本来、この少年の内に秘めている感情は激しいにちがいない。

「……アナナス、きみはゾーン・レッドへ行ったのか、」

シルルの声が突然かすれ、灰色の睛を大きく見ひらいた。芯にある海柱石《ベリル》の碧をした部分から放たれた光線が、針のような鋭さでぼくの睛に向かってくる。感情を表に出さないシルルにしてはあからさまな変化だった。きわめて稀なこの反応を、ぼくはいくぶん訝《いぶか》しく思ったが、はじめはたいして気にとめなかった。

「うん、行った。このビルディングにあんな広い場所があるなんて知らなかったよ。ドォムなんか問題にならないくらい広いんだ。シルルはあそこへ行ったことあるの、」

このとき、シルルの顔色は蒼白だった。ようやくぼくも、少年のようすがいつもとちがうことをはっきりと認識した。歓喜であれ、恐怖であれ、シルルの表情に感情が現れることはごく稀である。その彼がふだんでさえ蠟《ろう》のように白い顔を、さらに白くしているのだ。

「シルル、どうかしたのか、」

「……どうやってゾーン・レッドへ、」

シルルが狼狽《ろうばい》していることは瞭らかだった。

「エレヴェエタさ。きみに忠告されたけど、かまわず一〇〇階を指定して下降したんだ。しばらくして気がつくと、〈一〇〇〉と表示されていたディスプレイの数字が消えていた。そのうちに、エレヴェエタの扉がひらいて、ぼくはそこで降りた。誰にも咎められなかったし、立ち入りを禁止する表示もなかったよ。」

シルルやジロが心配したようなことは何も起こらなかった。ぼくはその点を強調した。

しかし、それでもシルルの顔はますますこわばってゆく。もともとイーイーと同様で、感情を露《あらわ》にすることが極端に少ないシルルだが、それだけに蒼ざめてゆく顔色の変化は顕著だった。

「……アナナス、きみが降りたのはどんなところだったか覚えてるか、」

「ああ、もちろん。さっきのことだからまだよく覚えてるよ。」

「どんな、」

「まず、エレヴェエタを降りたところには赤色のビーコンが点々と点いて、その先に長いトンネルのような廊下があった。チュウブよりずっと走りやすく、スパイラル走行ができる。通りぬけたところは途方もなく大きな漏斗状の施設で、中心部には半径が数百メートルくらいある空洞があった。空洞のまわりは二重構造の鋼鉄のフェンスで囲ってあるのさ。漏斗状のところはサーキュレでも走れるんだけど、何の都合か、ときどき重力が変化して、上下左右がわからなくなる。」

「……もし、話のとおりなら、アナナスは、ほんとうにゾーン・レッドへ行ったらしい。」

「そうさ、ぼくは確かにゾーン・レッドへ行ったんだ。シルル、きみらしくないよ。何がそれほど気にかかるというんだ。」

シルルは、考えをまとめようと努力しているふうだったが、そもそも彼がそんなふうにことばに詰まること自体、おかしい。そつがなく、整然としたふだんの話しぶりからは想像もつかなかった。

「どうしたかって、……アナナス。ゾーン・レッドがあるのは一〇〇階ではないんだ。いったい、きみがなぜゾーン・レッドに行けたのか、ぼくにはわからない。」

「……だって、」

「誰にも咎められなかったと云うんだろう。きみは自覚していないようだけど、このビルディングのシークレット・ゾーンへ封鎖を越えて入りこんだ……。きみのしたのは、そういうことなんだよ。ゾーン一帯は《同盟》の中枢にあたるところだ。AVIANもある。きみは何の禁止表示もなかったと云うけど、実際は厳しく立ち入りが制限されている。何重もの封鎖線があるんだ……。アナナスがそれを知らないのは、AVIANがゾーン・レッドの存在そのものを瞭らかにしていないからサ。どこにあるのか、ほんとうのことを誰も知らない……、機密とはそういうものだろう。所在や実体はけして明確にならない。一般の《同盟》委員もADカウンシルも、そのほかの機関さえも知らないのサ。噂はあっても、実体は定かではない。……それがゾーン・レッドなんだ。」

シルルの声は滞りがちで、話もまとまらず、語尾へ行くほど聞き取りにくかった。

「シルル、悪いけど、ぼくには何が問題なのか、さっぱりわからない。」

それを聞いて、シルルは自分自身の気持ちを確かめるように深呼吸をした。

「……説明しよう。いいか、ゾーン・レッドへ入るには特別のアクセス・コードが必要だ。それを知らなければエレヴェエタはゾーン・レッドへ到着するまえにAVIANの判断で自動的に停止する。つまり、通常ならば、必ず一〇〇階で停止するんだ。一〇〇階以下はビルディングのほかの部分から完全に独立して、A号区からP号区までひとつになった巨大なサイトを形成しているのサ。その最下層部がゾーン・レッド。もちろん、そういうことになっているだけで、実際はちがう場所にあるかもしれない。案外、最高層部にあるという可能性も捨てきれない。……このビルディングは、そういう構造になっているんだ。」

「でも、エレヴェエタはちゃんと一〇〇階で止まったんだから、AVIANの停止装置は正確に作動したということになるぢゃないか。ぼくはもっと下へ行くつもりだったけど、一〇〇階より下は指定できなかったんだ。シルル、きみは何か勘違いしている。ぼくが降りたのは確かに一〇〇階だ。もちろん、アクセス・コードなんて知らない。」

「アナナス、一〇〇階にゾーン・レッドはないよ。各棟を結ぶ通路と広場があるだけ。」

そう云われても、いっこうにピンとこなかった。たとえ、シルルの云うようにぼくの降りたところが、一〇〇階ではないとして、それがどうしてこうも問題になるのだろう。ここ数カ月エレヴェエタは故障が多く、操作不能に陥ったあげくにゾーン・ブルゥに入ってしまったのも、ついこのあいだのことだ。今回またエレヴェエタのせいでゾーン・レッドに入ってしまったとしても、何の不思議もない。

「それなら、きっとまたエレヴェエタが故障したんだろう。」

いくぶん腹を立てて、そう云った。ぼくにとっては、そこが一〇〇階であろうとなかろうと、たいした問題ではない。もともとビルディングの構造などに興味はないのだ。それよりも、ようやく手にした《ロスマリン》のほうが気になり、一刻も早く宿舎へ戻りたかった。そこで、シルルとの話を一方的に打ち切ったぼくは、エレヴェエタに向かってサーキュレを走らせた。しかし、シルルも後を追って来て、まもなく隣へならんだ。

「……誰かが意図してきみをゾーン・レッドへ送りこんだ。わかるか、アナナス。誰かが、アクセス・コードを無断で送信して、エレヴェエタのロックを解除したんだ。……このビルディングの中で、そのアクセス・コードを知っているのはごく少数なのに。」

「へえ。誰が何のために、そんな手の込んだことをするのサ、」

いよいよシルルのことばに憤りを覚えた。こんなことは珍しい。というより、シルルがいつもの彼らしくないのだ。慎重で、用意周到なふだんの冷静さを失い、頭に浮かぶことばをそのまま口にしているかのように、無防備な話しかたをしている。たぶん彼は冷静さを欠いているせいで、洩らしてはいけないことまで口走っているはずだ。アクセス・コードの存在など、もし彼が知っているとしても、口外してはいけないことなのではないだろうか。それでなくともきょうのシルルは饒舌《じょうぜつ》すぎる。彼はぼくの問いには答えず、混乱したようすでサーキュレを走らせていた。彼も高速で飛ばす性質なので、いつもどおり走ればとうにぼくを追い越しているはずだが、なぜか、ぼくよりも遅れ気味で、走り方も虚《うつろ》だった。

瞭らかに、彼は平常心を失っている。ゾーン・レッドの話をするまではいつもどおりのシルルだった。ところが、ゾーン・レッドと聞いた途端顔色を変えた。しかし、彼はぼくがゾーン・レッドへ降りたこと自体を問題にしているのではないらしい。彼がこれほどまでに狼狽するのは、もっと別の問題があるからだ。ゾーン・レッドそのものに興味があるのでもない。少なくとも、シルルはゾーン・レッドのことをぼくより詳しく知っている。

シルルを振り切って逃げてもよかったのだが、ひとつだけ確かめたいことがあった。彼はぼくが声をかけるまで、思いつめたような灰色の睛をエレヴェエタホオルの天井に向けていた。呼びかけに応じて振り向いたシルルに、ぼくはＣＡＮＡＲＩＡのディスプレイを示す。

「シルル、これを見てくれないか、」

そう云いながらキィをたたき、覚えておいた数字や記号を再現した。ぼくがディスプレイに示した文章は、ＲＡＡＤで始まるＡＤカウンシルの委員からイーイーに送信してきた暗号文だ。ゾーン・レッドからの帰りのエレヴェエタで、イーイーが顔をこわばらせていたあの文面である。暗号の意味はぼくにはわからない。そのくせ、いとも簡単に覚えてしまえるのだから不思議だ。シルルにとっては一目瞭然の内容だろう。彼の反応を見たかった。たぶん、イーイーと同じような反応をするはずだ。この暗号には彼らにとって何か重大なことが記されている。ぼくは暗にそれを確認したかった。

〈13142018 13E02114131８ 17018 114 12$4124 83♭44 182017 2419194 162　181981413W

RAAD-0001238A〉

シルルはなかなか反応を示さない。瞬《まばた》きひとつしない。CANARIAのディスプレイを見つめ、指先ひとつ動かさないで長いあいだ、じっとしていた。呼吸すら、停止しているのではないだろうか。

「シルル、」

ぼくの声に驚いたようすで、シルルははッとして躰を動かした。彼は一度、声にならない呟きを洩らし、つづけてかすかに聞こえるくらいの声を呻くように発した。

「……イーイーはどうかしてる。」

「え、」

「何でもない。もう、ほうっておいてくれないか。……ぼくはひとりになりたい、」

それだけ云って、シルルはまた沈黙し、ふたたび口をひらこうとはしなかった。ある程度、厳しい反応をするだろうとは予想していたのだが、これほどのショックを彼にあたえるとは思わなかった。イーイー自身がこの暗号文を読んだときよりも、シルルの衝撃は大きいように見える。暗号にはいったい何が書かれているのだろう。解読の方法をジロに訊いてみたくなったが、ようやく我慢した。ぼくがそれを知ってもしかたがない。イーイーが云うことだけを聞いていればいいのだから。

サーキュレを走らせ、しばらくしてから振り返った。遙か後方で、シルルがぽつんとたたずんでいるのが見える。

《ロスマリン》を抱えて《生徒》宿舎へ戻ったぼくは、白い箱の封を切らずにイーイーに差しだした。彼は居間の長椅子に寝ころんでROBINのキィをたたいていたが、ぼくが戻ったことを知ると躰を起こし、片側によって場所をあけた。

「どうしたのさ、イーイーが寝ころんでいるなんて珍しい。そんなのはじめて見るよ。」

「〈吊り橋〉でハリキリ過ぎたらしい、躰がだるくなったから少し休息しようと思ってサ。」

イーイーはきまり悪そうに苦笑した。数度、咳をする。

「カゼなんぢゃないか。無理もないな、ぼくも自分で走ったわけぢゃないけど、きょうはすごく疲れた。」

それにしても、「だるい」などということばをイーイーの口から聞くとは思わなかった。彼はいつ見ても活発で、じっとしていることに耐えられないほど軽快に動いている少年なのだ。白い箱を眺めていたイーイーは意味ありげに笑みを浮かべ、箱をぼくに戻した。

「せっかくだから、自分で箱をあけてごらんよ。《ロスマリン》を眺めるのはかまわないんだから、」

「ぢゃあ、そうしよう。」

イーイーが場所をあけてくれたところへ腰をおろして、さっそく箱をあけようとした。

ところが、どこがあけ口なのか、さっぱりわからない。溶接したあとのまるで見えないセラミックの容器には、爪を差しこむ隙間ひとつないのだ。隣で面白がっているイーイーの気配が、よけいにぼくの集中力を鈍らせた。しばらくあれこれと格闘したが、箱はいっこうにひらかない。一方、笑いをこらえているイーイーは、意地悪く観察を決めこんでいた。ぼくはしばらく箱をこね回したところで、とうとう降参した。

「イーイー、教えてくれよ。これはどうしたらいいのサ、」

「さあ、」

わざとらしく首を傾げたイーイーは、今にも噴きだしそうな表情をしている。

「イーイー、」

「だって、それはアナナスのところへ来た郵便物ぢゃないか。」

「それは、そうだけど、」

イーイーは声をたてて笑いだした。何だか不思議だった。シルルをあんなに深刻にした同じ暗号を、イーイーもほんの数十分前に読んだばかりだ。しかも、暗号を受けた張本人である。それがもう、彼はこんなに快活に笑い、何事もなかったかのようにふるまうのだ。あるいはこのようすは演技だろうか。ぼくは複雑な思いで、箱を手にしてたたずんでいた。イーイーはようやく笑うのをやめ、教えてくれる素振りを見せて箱を指さした。

「アナナス、それは卵の殻と同じだと思えよ。箱をあけるなんて、どだい無理な話。たとえママ・ダリアにだってあけることなんてできないよ。」

「……それ、どういうこと、」

「つまりサ、毀《こわ》せばいいってこと。床でも壁でもいいから、思いっきりたたきつけてごらん。」

「そんなことして、中味の《ロスマリン》まで毀れたらどうするんだ。」

「平気サ、中の壜は特殊なビーズジェルで保護されてるから、外側が砕けても《ロスマリン》にはヒビひとつ入りやしない。それより、床でも壁でもいいから、投げつけてみろよ。スカッとするぜ。堂々と毀せるものなんて、そうないだろう。」

イーイーの説明を聞いているうちに、ひとつの疑問が解けたような気がした。彼が浴室に入ると必ず聞こえてくるあの Ga-shan, Ga-shan という音のことだ。ひょっとしたら、《ヴィオラ》を詰めてある箱を毀す音なのではないだろうか。いや、そうにちがいないと確信したとたん、こんどはぼくのほうが可笑しくて笑いをこらえられなくなった。彼はスカッとするために、あの箱を、それこそ思いきり床に投げつけているのだ。

「アナナス、何がそんなに可笑しいんだ。」

「だって、」

ぼくはしばらく笑いをこらえようとして苦しんだ。イーイーは不思議そうにぼくを見ていたが、そんな愉《たの》しい気分は長つづきしなかった。まもなく、ＲＯＢＩＮに通信が入ったのだ。ふたりともはッとしてディスプレイを注視した。

〈ML−0021754 9E08 83♭44 16204 1920 194 191714121518W〉

それは冒頭の認識番号が示すとおり、シルルからの暗号文だった。イーイーは厳しい表情でディスプレイを見つめている。ぼくはその場を離れ、部屋へ戻った。イーイーとシルルがどんな暗号を交わそうと、気にしてもはじまらない。暗号文を暗記してしまったら、ぼくはジロのところへ行きたくなる。このさい、知らないほうがお互いのためにいいと思う。

ぼくは寝台に躰を横たえた。そうしてみて、はじめて疲労がほんものであることに気づく。イーイーではないけれど躰じゅうがだるい。腕も脚も弾力のないゴムのように筋肉がのび、横たえたまま、もう持ちあげることもできなかった。瞼も重い。考えてみれば、きょうはあまりにもいろいろなことが起こりすぎた。ぼくは結局《ロスマリン》の入った白い容器をそのままにして、瞼を閉じた。だんだん眠くなる。

「……アナナス、」

イーイーの呼ぶ声が遠くで聞こえた。ぼくは寝台に起きあがって辺りを見回した。眠っていたのだろうか。空耳かもしれないと思った。だが、こんどは扉をたたく音も聞こえる。

「アナナス、眠っているのか、」

「あ、ううん。今行く。」

ぼくは部屋の扉をあけた。イーイーはすでに長椅子に戻っている。躰をひねって上肢をうしろへ向けた恰好で腰かけ、背もたれに肱《ひじ》をのせていた。彼は長椅子の背後にあるテレヴィジョンを見ている。ADカウンシルの放送局が映す、いつもながらの碧い惑星の夜景だ。淡々と光の弧を描くモノレール、ジェットストリィムに研磨された夜天《そら》でキラキラと点滅をする星群、何棟もならんで垂直にのびる高層アビタシオンのイルミネエション……。けして、静止しているわけではないのに、都市の時間は完全に停まっている。正確にくり返される運動には先も後もなく、必ずもとの点に戻った。云い換えれば、時間など無にひとしい世界だ。規則正しく動く計器類のように、点滅する。しかし、その世界で人々が息づいているとは思えない。

「アナナス、あの都市へ行ってみようか。」

「……え、」

「ゾーン・ブルゥからエアロボオトを盗みだしてサ、飛び出すんだよ。この〈鏝の星〉を、」

「それ本気なのか、」

「もちろんさ、」

「すごい、ずっと思っていたんだ。イーイーが早くそう云いださないかって。ひそかに期待していたのさ。」

何の考えもなしに、同意した。イーイーと、あのゾーン・ブルゥを出発すると想像しただけで目的が達成されたくらいに満足だった。実行できるかどうかは問題ではない。

だが、イーイーの睛《め》を見て、はッとした。イーイーは鋭く真剣なまなざしをぼくに向けている。彼にとっては冗談ではない、まじめな話なのだ。ロケットを盗むなんて、口で云うほど簡単ではないし、たとえ盗みだせたとしても、どうやって動かすというのだろう。想像のうえでの計画にすぎないことを、ぼくたちは悟らなければならない。

「ムリだよ、イーイー。ロケットは誰が動かすのさ。こんどもまた、ヘルパアを雇うっていうわけにはいかないだろう。」

「その必要はないサ。今どき、ロケットの計器類はシステマティックにできてるから、これを動かせないのはアナナスくらいのものだ。」

「へえ、ずいぶん自信があるな。」

「まあね、」

「でも、そのまえに、ゾーン・ブルゥへ入ることだって難問だよ。このあいだはたまたまエレヴェエタが故障して、それで侵入してしまったけれど、そんな故障が二度も都合よく起こるはずがない。」

「さあ、それはどうかな、」

イーイーはやけに自信に満ちた表情をした。

「どうって、」

「故障なんて、起こせばいいんだ。そうだろう、」

「イーイー、」

やはり、ゾーン・レッドへぼくが入りこむようエレヴェエタを操作したのは、イーイーなのだろうか。シルルがほのめかしたことは、当たっている。それだけでなく、あるいはゾーン・ブルゥへ侵入してしまったのも、彼の仕業《しわざ》なのかもしれない。ぼくは迂闊にも不審な目でイーイーを見てしまい、当然ながら彼はそれを見逃さなかった。

「怖いならやめておけばいい。たとえ、アナナスが行かなくても、ぼくはひとりで行く。」

イーイーはそっぽを向いて宣言した。彼がなぜ決断を急ぐのかはわからない。ぼくたちは計画を練るだけでも充分満足できるはずなのに、イーイーは実行を望んでいた。

「イーイー、いったいどうして。なぜ、そんなに急ぐんだ。」

イーイーは鋭く冴えた睛《め》をしてぼくを見ている。同室になった当初、よく見せていたまなざしだ。

「早晩、追いだされるから、それなら自分から出てゆくほうがましだと思ったんだ。」

「追いだされるって、誰に、」

「……………、」

イーイーは黙っていた。

「あいつ、……《ホリゾン・アイ》、」

「ちがう。彼なら怖くないんだ。目に見えているから。」

「それなら、誰が、」

ぼくにはますますわからないことばかりだ。イーイーはいつもカンジンなことになると口を閉ざしてしまう。結局、ぼくの知りたいことは何ひとつ訊きだせないまま、疑問ばかりが増えた。

第6話★仔犬を連れた人

A Man with Puppy

尊敬するパパ・ノエル、

そろそろ夏も終わろうとするこの季節、いかがお過ごしでしょうか。きょうぼくは少しだけ希望の持てるお話をすることができます。迷子の仔犬の件ですが、とうとうほんの小さな手がかりを見つけました。というのもゾーン・レッドで、仔犬を拾ったという人物に会ったのです。

ところで、ゾーン・レッドという区域は、なんだか不思議なようすをしていました。シルルによれば、ビルディングのA号区からP号区までをひとつにした巨大なサイトだということです。その点、ゾーン・ブルゥと大差ありません。イーイーにしても、シルルにしても、このビルディングの構造について、かなり詳しい知識を持っています。ぼくはゾーン・レッドという場所があることすら知りませんでした。今回、はじめて足を踏み入れ、その圧倒的な大きさに驚かされました。エアフィルタにおおわれた奇妙な空隙がぽっかりと口をあけているのです。考えられないくらい巨大なダクトなのです。でも、パパ・ノエルの都市のように紙屑や廃棄物などのないこのビルディングで、いったいなぜこんな大きな設備が必要なのでしょう。何を捨てるのでしょうか。

パパ・ノエル、ぼくの仔犬はもうじき生後四カ月になります。もし無事に育っていれば、この数カ月で、ずいぶん大きくなったことでしょう。すでに、ぼくのことなど忘れてしまったにちがいありません。そう思うと少し淋しい気持ちです。あのままいっしょに暮らしていれば、今ごろ、ぼくの賢い友人となってくれただろうと思います。

〈家族〉旅行がうまくいかず、ドォムの暗い海を見つめていたあの夜、ぼくは、自分がひとりであることをはじめて意識しました。同時にこれまでいかに守られていたかを自覚したのです。〈ルゥシーおばさん〉のいる《児童》宿舎で暮らしていたころ、危険や恐怖を感じることはありませんでした。孤独や淋しさもなく、あるのは規律の厳しさに対する不満ばかりだったのです。ぼくは〈ルゥシーおばさん〉の口うるささや、ジロの憎たらしさに毎日悩まされていました。けれども、《児童》宿舎のぬくぬくとした生活を離れた途端に、淋しさや、恐れを感じるようになりました。パパ・ノエルやママ・ダリアを頻繁に長い手紙で悩ませてしまうのも、そのせいです。誰かに虚しさを打ち明けていないと、不安だけが必要以上に膨張してしまいそうだったのです。これほど危険が少なく恵まれた生活で、なぜ不安や恐れが生まれるのか、疑問に思われるかもしれません。それこそ、ぼく自身が疑問に思うくらいです。

ゾーン・ブルゥやゾーン・レッドのことが気になるのはもちろんですが、不安の要素はもっと別のところにあります。ぼくの躰《からだ》に空洞をつくるもののことです。このビルディングのどこかにあるはずのプウルで泳いだことを、手脚はちゃんと覚えています。ところがプウルは見つかりません。泳ぐ場所といえばパァン池だけなのです。いったいぼくはどこで泳ぎを覚えたのでしょうか。それは思いだせません。おかしなことに、今となっては《児童》宿舎のあった場所すら定かではないのです。ぼくはいったいどこで生まれ、どこで育ったのでしょう。何のためにこの《生徒》宿舎へ来たのでしょうか。また、これからどうなるのでしょう。手本となるべき年長者がいないのです。《生徒》宿舎を出る年齢になったら、どの棟へ行くのですか。ご存じでしたらどうぞ教えてください。

CANARIAの呼びだし音で手紙を中断し、レシーヴァを耳に入れた。

「アナナス、」

声はジロだった。

「何だ、ジロか。いったい何の用さ、」

「ちょっと出てこないか、面白い話があるんだ。」

「いま、忙しいから後にしてくれよ。パパ・ノエル宛の手紙を書いているんだ。」

ぼくは気がすすまなかったので、ジロの誘いにのることを渋った。

「へえ、手紙だって。きみはまだそんなことをつづけてたのか。」

「ジロだって、書いていただろう。」

「とうにやめたよ。ムダだからね。」

以前はあれほど熱心に手紙を書いていたくせに、今では手紙を書いているぼくを軽蔑するような云い草だった。

「何でムダなのさ、」

「だって、誰が読むのか考えてみろよ。相手はコンピュゥタだろう。パパ・ノエルやママ・ダリアなんて存在しない。」

「そんなことはないよ、ママ・ダリアもパパ・ノエルもちゃんとあの碧《あを》い惑星で暮らしているのさ。だから、ぼくたちはあの惑星の暦にならい、〈鐶《わ》の星〉のほんとうの一年も一日も忘れて過ごしている。生活習慣についても、日ごろからテレヴィジョンで暮らしぶりをたたきこまれているんじゃないか。」

「アナナス、きみのために云っておくけどね、《金の船郵便公社》が手紙を運んでいると思ったら大間違いだよ。たとえビーム・ノオトだって、ビルディングの外へ出ることはないのさ。実際は、あそこにあるP&Tコンピュウタがぼくたちの手紙を読むんだ。アナナスはスロットに挿入しているんだったな。たぶん、そのまま廃棄されてダストシュウト行きだ。……どうだ、驚いただろう。」

「……ジロ、」

「云ったろう。ママ・ダリアやパパ・ノエルなんて存在しないって。姿を見せないのがその証拠さ。いくら離れて暮らしていても、実在するならテレヴィジョンで姿くらい見せそうなものだろう。アナナス、そんな意味のない手紙なんて後《あと》にして、出てこいよ。」

べつにジロの云うことを真《ま》に受けるわけではないが、彼がどんな情報を摑《つか》んでいるのか、気にならないでもなかった。

「……どこへ、」

「C－五二一はどうだ。」

「パァン池へ、」

「十分後だ。ぢゃあな、」

ジロからの通信はそこで切れた。彼はぼくが応じたわけでもないのに、もう行くものと決めている。そういう強引でひとりよがりなところが、彼を好きになれない理由のひとつでもある。しかし、ぼくは手紙を書きつづけることはせず、CANARIAを持って部屋を出た。

イーイーはといえば、彼の部屋にいるようすもなく、居間にも姿は見えなかった。ROBINもないところをみれば、どこかへ出かけているらしい。ぼくは宿舎を出て、エレヴェエタホオルへ向かった。サーキュレで走りだしてすぐ、手首がまた痛みだした。部屋の中を動く程度ならそれほど負担にならないが、サーキュレで速度を出そうとすると、手首だけでなく躰じゅうが重くなる。リングの痛みは、ここ数日ひどくなるいっぽうだった。ぼくは遅れることを承知で、ゆっくりサーキュレを走らせた。

「遅かったぢゃないか。またエレヴェエタの内部《なか》で居眠りでもしてるのかと思った。」

二分ほど遅れて到着しただけなのに、ジロはさっそく厭味を云う。

「そんな話なら、ぼくは帰る。」

自分でも幼稚だと思いながら、ぼくは踵《きびす》を返してエレヴェエタホオルへ戻ろうとした。

「アナナス、待てよ、そんな話のわけはないだろう。」

パァン池には真夏の日射しが満ちている。水面《みなも》の反射は鋼青《はがね》のような金属性の煌《かがや》きを放って眩《まぶ》しく、長いあいだ凝視することができなかった。数百メートルもの高さがある硝子の温室には、熱帯や湿地の植物がひとの背丈の何倍にものびていた。幻影の〈太陽〉は、温室の梁《はり》にそって動いてゆく。……そう見えるのだが、実際動いているのは〈太陽〉ではなく、球形の温室のほうだ。池に水を満たしたまま、ゆっくり動いている。

「フォイルボオトに乗ろう、」

ジロに誘われるまま、彼の操縦する円盤のような形をしたフォイルに乗った。船底に翼のある水中翼船で、快適迅速に水面を走ることができる。しかも、ステアは軽く、ぼくたちのような《生徒》でも充分操ることができた。ただし、ぼくはまったく操縦をしたことがないので、ジロに任せている。フォイルはなめらかな波紋を残して、パァン池の対岸へ向かって走りだした。

かなり広い池で、ほかのフォイルと接触する心配もあまりない。それにふつうは、操縦に自信のある《生徒》しか舵《かじ》を取らないことになっていた。ジロはさすがに巧みで、ぼくたちのフォイルはやがて、スイレンとハスの群れ咲く浅瀬で停まった。初夏らしい風を味わった。フォイルはやがて、スイレンとハスの群れ咲く浅瀬で停まった。辺りは静かで、近くには誰もいない。遠くに池の岸が見えているが、そこはテレヴィジョンの幻影だ。パァン池同様に、日射しが燦々《さんさん》と降りそそいでいた。しかし、水遊びをする人の姿はない。近くに監視塔のようなものが建ち、昼間だというのにサアチライトで辺りを照らしている。池の畔には数キロにわたって封鎖線が敷かれ、立ち入りを制限しているようだ。冴えわたる碧々《あをあを》とした水の面《おもて》が眩しくひかる。

この池の植物は《青い鳥天文台》の委員が実験用として育てている。幻影ではなく、花を散らし、果《み》をつけることのできる天然の植物だ。もっともADカウンシルは快く思っておらず、C－五二一の外へ植物を持ちだすことは禁じられていた。ただ、ここに生えている植物は、ラバァやシリコンでできていると云われれば納得してしまうような感触のものばかりだった。

この池でこっそりハスの果をとって口にすることは、《生徒》たちのひそやかな不法行為として、好まれていた。だが、ぼくは味覚がないので、ほかの《生徒》にくらべれば愉《たの》しみも半減している。イーイーの睛《ひとみ》の色に似た、煌くようなすみれ色の蕾《つぼみ》が、円《まる》い葉かげにひっそりと隠れていた。ぼくはいよいよジロがその面白い話とやらをはじめるのだろうと思い、なるべく興味のないふりを装って、彼がしゃべりだすのを待った。期待していると思われては癪《しゃく》だ。しかし、ジロはまったく予想外の質問をしてきた。

「泳げるんだろう、」

彼は遙《はる》か遠くの岸を見ながら訊いた。封鎖線の黄色のランプがグルグルとまわっている。警報でも出ているのだろう。

「たぶんね、ジロはいつも笑うけど、昔どこかのプウルで泳いだことがあるんだ。」

ぼくは、自分がプウルで泳いだときの温《ぬる》い水の流れを感じながら答えた。

「ぼくは泳げない。」

「……へえ、」

ふたつの点で、ジロの云ったことは意外だった。まず、彼が泳げないということ、もうひとつは、泳げないという事実をぼくに瞭《あき》らかにしたこと。高慢で自信家の彼が、苦手をわざわざ口にするなど、考えられない。プウルなどどこにもないと、日ごろから口にしていることを考えれば泳げないのも当然かもしれないが、プウルがなくとも泳ぎくらい覚えられると、ぼくは勝手に思いこんでいた。イメージトレーニングという方法があるからだ。ジロの口から泳げないということばを聞いても、にわかには信じられない。

「嘘だと思っているんだろう。」

ジロはぼくの目をのぞきこむように、見ている。

「そういうわけじゃない。誰にだって苦手はあるさ。だけど……、」

「……だけど、」

「きみはぼくに対して弱点を見せるのなんか、死んでもイヤだと思っているはずだ。事実、きみにできないことがあるなんて、想像がつかない。……それともこれが面白い話、」

「バカを云うなよ。」

ジロは非難するような目を向けたあとで、眩しそうに何度か瞬《まばた》きをした。彼は〈太陽〉を背にしていたので、船体に反射する光をまともに受けたらしい。陽をよけるため瞼《まぶた》に手をかざすジロの睛の色は、海の碧色をしていた。とくにまんなかの部分が冴えた碧で、澄み渡った水辺の影のような冷たさがある。その碧さのせいでぼくはまたクシャミをした。クシャミをしながら、彼の睛がこんな色だったろうかと、しばらく考えこんでいた。碧色は刻々と変化し、やがて色が褪めてゆくように淡《うす》くなった。水面の碧が、睛に映っていたのである。それにしても、ジロの睛が以前から淡青色《みずいろ》だったかどうか、はっきりと思いだせない。彼はもう一度、ぼくを見た。

「アナナスがぼくを高慢な自信家だと思っているのは知ってる。なんて驕《おご》ったヤツだと思っているんだろう。きみはいつもそういう態度だ。《生活習慣日誌》のことを根に持っているのさ。そうぢゃないか。」

「……わかっているなら、ぼくをこんなところへ呼びだすことはないだろう、」

宿舎へ帰りたくなった。ジロとこんな云い争いをするのは、時間のムダだ。

「アナナスがそういう態度だから、ぼくはあえて泳げないことを打ち明けたんだ。落ちあう場所にこの池を選んだのは、きみとまじめに話がしたかったからさ、」

「何だか、ジロの云っていることって、ぼくにはさっぱりわからない。」

「どうして、」

「……どうしてって、べつにジロが泳げなくても、泳げても、ぼくには関係ない。それがこれからする話にどう影響するのか、それだってわからないよ。」

　さすがにぼくはユウウツになってきた。彼ははじめ意外そうに目を丸くし、次にフッと曇らせた。

「ぼくにだって恐怖心や不安があるってことを、知ってほしかったんだ。」

「それなら、はっきりそう云えばいいだろう。まわりくどいのはキライさ。」

　どうしてぼくはジロにこんな態度を取るのだろうかと、自分でもそう思った。まるで小さな子供のようにふるまっている。もうずいぶん以前からジロのことを高慢で、気にさわる少年だと決めつけてきたが、いつごろからそうなのかは思いだせない。こうして向かい合っていると、親しくしてもいい少年のような気もする。しかし、彼が何にでも自信を持つ、高慢で優秀な少年だということはぼくが彼の性質を意識する前から決められた規則のようなものだ。

「アナナス、《ロスマリン》を使ってるか、」

「うん、ちゃんと。もしきみがまだ〈生活習慣日誌〉をつけているなら、記録してほしいよ。規則正しく服用しているって、」

ぼくは嘘をついたが、うしろめたさはほとんどなかった。ママ・ダリアやパパ・ノエルに嘘をつくことにくらべたら、ジロに嘘をつくくらい何でもない。

「そうか。」

何が不安なのか、ジロは冴えない表情で小さく息をした。溜め息をついたのか、それとも、ただの呼吸なのか、区別がつかない。彼は淡青色《みずいろ》のまなざしをぼくに向け、何度《な》か瞬《まばた》きをした。そのたびに陰影が変わった。パァン池の水面が漣《さざなみ》だち、ジロの睛《ひとみ》の内部でもかすか《か》に揺れ動いている。

「……ぼくの睛《め》、何だか変ぢゃないか、」

ジロは不意に口をひらいた。急にそう云われても、困る。

「変って、どこが。」

ぼくは途惑いながら訊き返した。

「よくわからない。何となくしっくりこないんだ。シルルに訊いても、いつもと変わらないって云うんだけど……、」

「それなら、いつもと変わらないんだろう。ぼくよりシルルのほうが信用できるよ。きみたちは同じ部屋で長くいっしょにいるんだからね。」

そんな根拠のない云いぶんを、ジロは珍しく素直に頷いて聞いている。ジロの話は面白いどころか、ぼくに新たな不安をあたえた。ジロの睛が何色だったのか、どうしたわけか、まるで思いだせない。もとから淡青色《みずいろ》だったような気もするし、以前はちがう色だったような気もする。さらにぼくを途惑わせるのは、いったいいつからジロを知っていたのかと考えるとき、その明確な答えを見つけられないことだ。これまで《幼児》宿舎からずっといっしょだったのだと信じこんでいたが、そんな《幼児》宿舎や《児童》宿舎がどこにあるだろう。ただ、ひとつはっきりと云えることは、ジロには淡青色《みずいろ》の晴が不思議とよく似合うことである。

「シルルのことだけどさ、」

また、ジロのほうから口火を切った。

「うん、」

「彼のところへ、きょう仔犬を連れた男が訪ねて来たんだ。体格がよくて、皮膚がやけになめらかな男だ。しかも……、」

「《ホリゾン・アイ》、」

ぼくが先回りして答えるのを、ジロはなかば予測していたようだ。事実を確認して安堵の表情を浮かべた。

「……知っていると思った。」

「何で、」

「男がくる前に、シルルのPHOEBEに例の暗号文で何度か連絡があったんだ。MD-0057654っていう認識番号も一度だけ話題になったことがある。」

「ぼくが何で。仔犬のことかな、」

「仔犬、」

「そうさ。男が連れていた仔犬は黒の毛並みで、碧と黄の睛をした犬だっただろう。青い首輪もしていたはずだ。」

「そうだったかもしれない。よく覚えていないけど。」

「無責任だな、ジロも。あんなに印象深い仔犬なのに、」

改めて仔犬を取り返したくなった。あれはパパ・ノエルがぼくのために用意してくれた仔犬なのだ。行方知らずだからこそ、とうにあきらめた仔犬だったが、消息を確認した以上、ほうっておくことはできない。ただ、不安なのは仔犬がぼくのことなど忘れていて、知らん顔をすることだ。仔犬が悦《よろこ》ばないものを、ムリに連れ戻してもしかたがない。たった一週間ほどしかいっしょに暮らしていないので、仔犬がぼくを覚えていてくれる望みは薄い。

「アナナス、ぼくが話そうとしたのは仔犬のことぢゃない。イーイーのことさ。」

「へえ、どんな、」

「シルルに監視させているらしいという暗号のことを、以前に話したろう。」

「ああ、」

その話はP号区のエレヴェエタに乗りこむさい、ジロに聞いた。ぼくはそのままゾーン・ブルゥへ運ばれたのだ。イーイー自身の口からも、監視されていることは聞いている。

「とうとう処分が決まったらしいよ。」

「処分って、」

「さあ、暗号ではただ、〈ML-0021234を処分することにした〉とだけ、」

「ジロ、それがきみの云う面白い話なのか、」

「怒るなよ、ぼくはアナナスのために話しているんだから、」

突然、温室内が閃光《せんこう》につつまれた。稲妻に似せたフラッシュが水面に突き刺さるように走っている。ぼくたちが話に夢中になっているあいだ、気象状況が変化していたのだ。幻影の黒い雲がたまり、やがて、硝子《ガラス》天井の散水機から、天水が降りそそぐだろう。ぼくとジロはフォイルのシイトに深く潜りこみ、サンルーフを閉じた。まもなく、魚の眼のようにひかる水滴が硝子の上で無数に煌《きらめ》き、ひと粒ずつ池の中へすべり落ちる。

「それで、《ホリゾン・アイ》は何をしに来たんだ。」

「わからない。シルルは、その男とどこかへ出かけたから。」

雨は激しくサンルーフへたたきつけ、硝子を白く曇らせた。この雨はテレヴィジョンではないので、池の面《おもて》に降りそそぐ音が聞こえている。映像によってつくりだされた稲光が、〈太陽〉の消えた仄暗《ほのぐら》い温室で閃《ひらめ》き、辺りを照らしだす。水面は鱗《うろこ》のように光をおび、群れを成してゆれ動いた。

「ジロ、フォイルを向こう岸へ戻してくれないか。」

「いいよ。」

ジロはふたたびフォイルを走らせ、烟《けむ》るような雨の中を突きぬけて対岸へ向かった。雷雨はかなりひどく、岸が見えないくらいだ。横なぐりの雨はサンルーフにたたきつけて、視界をさえぎっている。驟雨《しゅうう》のせいで水面も逆毛立ち、フォイルも左右にゆれ動いた。フォイルはスイレンの群棲地をよけきれず、花冠や茎を巻きあげて走った。飛び散ったスイレンがサンルーフに張りついている。

「アナナス、あの《ホリゾン・アイ》は誰なんだ。ADカウンシルの委員なんだろう。」

「知らないよ。イーイーは顔見知りらしいけど、」

「いつから、」

「ぼくにわかるわけないいさ。自分で考えろよ、得意だろう。」

シルルがあの男と出かけたというのが気になる。イーイーにとって不利になるようなことを、何か企んでいるのではないだろうか。

「アナナス、」

「何、」

「あの日、ゾーン・レッドへ行ったのか、」

「行ったよ。途方もなく大きな空洞があるだけの、つまらないところさ。」

そう答えても、ジロは何とも云わなかった。彼のことだから、ゾーン・レッドがどんなところか、それぐらいは承知しているにちがいない。

いつしか雨雲のあいだから、ふたたび〈太陽〉が輝きはじめた。にわか雨が終わり、天気は急速に回復する兆しをみせていた。雨はまだ降りそそいでいるが、先ほどまでのように乳白色に見える雨ではなく、一滴、一滴の向こうに対岸のテレヴィジョンの緑を透かして見ることのできる雨だった。雨に烟る常緑の木立が見える。もちろん幻影だ。雷鳴はとうに聞こえず、まもなく雨もやんでしまった。ぼくたちはフォイルのサンルーフをあけ、陽の光を浴びた。ジロはフォイルをゆっくり走らせている。ときおり、硝子《ガラス》天井から落ちてくる水滴が、首筋や、額《ひたい》をひやりとさせた。

「ジロ、《ロスマリン》てどんな味がする、」

彼がなんと答えるか、ぼくはママ・ダリア宛の手紙を捏造《ねつぞう》するときに想像してみた。ぼくの味覚が役に立たないことをからかうために、ことさら《ロスマリン》の薫《かお》りのよさを自慢するだろうと予想した。だが、実際のジロは、答えるまでにずいぶん考えこみ、とうとうフォイルを停めて、ぼくのほうを見た。

「はじめ、壜の封印を切ったときは、なんてきつい薫りだろうと思ったんだ。こんなものをスウプに入れたり、ペエストにふりかけているシルルが不思議だった。それが、だんだん慣れてきて、味がひきたつような気さえした。でも、このごろまた腑に落ちないことがあるんだ。」

「どんな、」

「アナナスはもとからフォームラバァを口にするくらいだから、感じないだろうけど……、」

「悪かったな、どうせぼくは味音痴さ、」

ジロが何げなく厭味を云うので、ぼくはムッとして彼の話をさえぎった。

「このごろ、何を食べても同じ味なんだ。」

「《ロスマリン》をふりかけるからだろう。いやなら使わなければいいじゃないか。」

そう云うと、ジロは不思議そうに首を傾《かし》げた。

「いやだなんて思わないさ。《ロスマリン》をふりかけたものはなんでもおいしい。」

やはり、ジロはぼくの予想どおりのことを云う。

「ぼくを憐れむつもりなら、もう充分だから終わりにしてくれよ。きみが《ロスマリン》の薫りを自慢することくらい、予測がついているんだから、」

「アナナスはすぐそれだ。人の話を最後まで聞かないで怒りだす。」

「ジロの口が悪いからだよ。」

ぼくはひとりで拗《す》ねていたが、ジロはいつものように皮肉をたたみかけてくることはなく、小さく溜め息をついた。

「ご同様なのさ、」

「誰と、」

「アナナスとだよ。《ロスマリン》をふりかければ、何でも同じ味になる。スウプもペエストも、フォームラバァも海綿も……、しまいには《ロスマリン》さえあれば何もいらないくらいだ。」

「……ジロが、」

彼がぼくと同様にフォームラバァや海綿を口にするところなど、とても想像できなかった。ジロの高慢な態度や、意地の悪さは、すべて完璧にこなせるという自信に裏付けされている。事実、ジロは頭もよく、運動能力も優れていた。その彼が、ぼくと同じようにあたりかまわず何でも口にするなど、信じられない。

「どう、アナナスにとっては、こんなに面白い話はないだろう。」

「そんな話、べつに面白くない。」

ぼくの答えにジロは拍子抜けしたようすだった。彼にしてみれば、自分がフォームラバァや海綿を食べてしまうことを打ち明けるのは、そうとう覚悟のいることなのだろう。しかし、ぼくには、ジロがなぜそんなことを打ち明けるのか、理解できない。彼は彼らしく高慢に、何でもできるという態度を貫いてほしかった。ぼくはジロと親しくなりたいとは思わないし、今後ともそんな気は起こらないだろう。だからこそ、ジロはぼくに対して、正直な態度をとる必要はない。彼だってそのくらい重々承知しているはずだった。

「早く、岸へつけてくれよ。」

ジロに催促した。岸まではまだ百メートルほどある。天気はすっかり回復して、水面はまた陽に輝いた。ジロはなかなかフォイルを走らせようとしない。ぼくはさらに催促しようと、彼の肱《ひじ》を摑んだ。だが、ぼくが声を出そうとするのをジロがさえぎった。

「アナナス、正直に答えてくれ。」

「何を、」

「ぜひきみに答えてもらいたいことがあるんだ。」

そういうことだったのか、ぼくは即座に思った。ジロがあんな話を打ち明けたのは、のがれられない状況を押しつけるためだったのだ。正直さを取引しようなんて、いかにもジロの考えそうなことで、ぼくは途端に腹がたってきた。

「きみに、答えることなんてないよ。」

「まだ何も訊いていないいぢゃないか。」

「聞かなくてもわかるのさ。フォイルを早く岸につけてくれよ。」

「質問に答えるほうが先だ。」

ジロは頑として譲らない。こうなるとぼくも頑なにならざるを得なかった。黙ってジロを睨んでいると、彼はまたしゃべりだした。

「アナナス、きみほんとうに《ロスマリン》を使っているのか。」

ぼくは黙っていた。

「ねえ、アナナス、きみは変だと思ったことがないか。なぜ、ぼくたちが生かされているのか。」

「どういう意味さ、」

ジロが何を訊ねようとしているのか、それさえわからなかった。彼はぼくの表情を見て、呆れた顔つきをしたが、また、思い直したようにことばをつづける。

「このビルディングでは、どうして異常に人口が爆発しないのか、考えたことはないか。《生徒》宿舎以外の学生の施設はどうしてないのか、《同盟》やカウンシルの関係者ではない、ふつうのおとなたちはどこにいるのか。……ほら、不思議だろう。」

どれも、ぼく自身が抱いている疑問と同じだった。しかし、そんなそぶりを見せる必要はない。

「奇妙なのはそれだけぢゃない。アナナスは、ボーッとしてるから、気づかないだろうけど、ぼくたちは瞭らかに、培養されているんだ。《児童》宿舎のときも、いまの《生徒》宿舎でも、申し分なく、安全で快適に過ごしているだろう。」

「《児童》宿舎のときは、べつに快適ぢゃなかったよ。」

かつての不満をぶつけるように、強く否定した。しかし、ジロはぼくを一瞥して黙らせ、またことばを継いだ。

「アナナスにも、困ったな。そんな単純なことぢゃないんだよ。ぼくたちはね、純粋培養で何不自由なく暮らすかわりに、《同盟》やＡＤカウンシルに対して、ちゃんと代償をはらうことになっているのさ、そのために生かされているんだ。」

「代償って、何を、」

「さあ、それはぼくにもまだわからない。」

「何だ、ジロのくだらない推測か。」

手の届くところに、今にもひらきそうに真っ白なスイレンの蕾があった。ジロは何を思ったのか、突然、《ロスマリン》の壜を取りだし、蕾に数滴を落とした。白い蠟《ろう》細工のようなスイレンの花弁に、淡《うす》碧い《ロスマリン》の水滴がはじけた。水玉をつくり、花びらのわずかな窪みにとどまっている。ぼくはじッとそのようすに見とれていた。水滴はしだいに花びらの中に滲《にじ》むように吸いこまれ、白いスイレンはいつしか、碧色に染まってゆく。

「見たか。アナナス、これがぼくの面白い話サ。この碧い色。ぼくはこのごろ目の調子が悪いんだ。景色が碧いフィルタをかけたように見えるんだよ。変な話だけど、涙も唾液も碧い。血液もね。何もかも碧みがかってる。どうしてだろう。」

「……さあ、知らない、」

ジロは責めるような睛をしてぼくを見つめた。

「《ロスマリン》のせいなのさ。わかるだろう。アナナス、もう一度訊くけど、きみはほんとうに《ロスマリン》を使っているのか、それとも……、」

ぼくは答えを強制するジロを振り切って、着ていたプルオーヴァを脱ぎ、池へ飛びこんだ。岸までくらいなら、なんとか泳げる。水の冷たさが心地よかった。

パァン池の岸に泳ぎついて最初に見たものは、仔犬を連れた男のうしろ姿だった。数十メートル先を歩き去ろうとしていたが、太った体型のその男は、シリンダァラインの例の《ヘルパア配給公社》の制服を着ていた。ママとパパを借りるさいに応対した男と同じだ。遠すぎて《ホリゾン・アイ》かどうか確認できない。黒い仔犬は青い首輪をしており、サッシャに似ていた。もし、サッシャだとすれば、迷子になったころより、ひとまわり大きくなった気がする。

ぼくは仔犬のほうへ近づこうとしたが、そのときになって男の隣を歩いているシルルに気づいた。ジロの云ったように、彼は《ホリゾン・アイ》と会っていたのだ。両手をうしろで組んで、まっすぐな脚をほとんど膝を折らないで運んでゆくようすが、いかにもシルルらしい。男はシルルが遅れると立ちどまり、彼がならぶのを待っている。しまいにシルルの肩に腕をまわして歩いた。シルルは拒絶するふうでもなく、《ホリゾン・アイ》が仔犬の首を摑むように、うしろから彼の首を摑んだときもそのままにしていた。話をしているのか、シルルはときどき頷いたり、相手のほうを向いたりする。彼は途中で、《ホリゾン・アイ》が連れている仔犬を抱きあげ、ほおずりした。やがて、〈温室〉の出口についたところで（そこは、回転式の硝子扉がついている）、シルルは男に仔犬を渡し、会釈をして別れる。彼らのどちらかに追いつこうとしたが、泳いだままの恰好ではそれもできず、思いとどまった。温室の内部《なか》こそ、真夏の気温に調整されているが、ひとたび外へ出れば、ビルディング内の室温は常に少し寒いくらいの華氏六八度に設定されている。

プルオーヴァはジロとともにフォイルに残して来てしまったので、ロッカールームに預けておいたリュックとサーキュレ、それにCANARIAを持って、エレヴェエタホオルへ向かった。そこにはすでにシルルも仔犬を連れた男の姿もなく、ぼくはホオルでひとりぽつんとエレヴェエタを待っていた。そのあいだ、水にぬらしてしまったCANARIAの点検をしておくことにした。スライド式のガラスカヴァを閉めておきさえすれば機密状態になるので、ほとんど水の入りこむ心配はない。カヴァがきちんと閉じていることを確かめ、ロックをはずした。外側は水にぬれていたが、キィボオドやディスプレイは大丈夫だ。中途のままだったパパ・ノエルへの手紙を読み直そうと思い、CANARIAを膝のうえへのせた。すると、ディスプレイに、見慣れた認識番号が入力されていることに気づいた。イーイーからの伝言だ。

〈アナナス、ドォムのルナ・パァクで待っている。手があいたら、至急こっちへまわってくれないか。ML−0021234〉

伝言は数分前のものだ。リュックからパーカを出して着こみ、さっそくドォムへ向かった。パァン池からはエレヴェエタで三十階ほど移動し、チュウブを渡るだけでよい。念のため、エレヴェエタの内部《なか》からイーイーのROBINを呼びだした。彼からは、すぐに応答があった。レシーヴァを耳にした途端に、イーイーの声が飛びこんできた。

「アナナスか、今どこにいる、」

「C号区のエレヴェエタ、ずっとパァン池にいたんだ。あと五分くらいでそっちへつくよ。」

「わかった。ルナ・パァクの《ロケットシミュレエション》のまえにいる。」

イーイーの声は少しかすれたような感じがした。そういえば以前にもこんなことがあった。五日ほどまえに、躰がだるいなどと云っていたくらいだから、おおかたカゼがぶり返したのだろう。まもなくエレヴェエタはC号区の六〇〇階についた。ここからは、窓のないチュウブがA号区に連絡している。ぼくはサーキュレを走らせてドォムへ急いだ。


ドォムは薄暮を迎えようとしている。ヘリオトロォプに烟る海が横たわり、ルナ・パァクのイルミネエションがようやく煌きはじめたところだ。イーイーは約束どおり、《ロケットシミュレエション》のある建物のまえに立っていた。ルナ・パァクの中でもとりわけ大きく、真上から見ると円形劇場風の建物だが、正面からは屋根の平らな幅広の建物にしか見えない。砂浜のうえに濃い影を落としていた。その淡紫《うすむらさき》の影の中にはいっているイーイーの手脚は輪郭線が暗闇に滲んで、よけいに細長く見える。彼はぼくの姿を見つけて合図を送ってきた。

「悪かったな、わざわざ呼びだして。」

やはり、イーイーの声はかすれている。

「いいさ。どうせ近くにいたから。それより、カゼが悪くなったな、その声。」

イーイーは自分でも原因がわからないというふうに肩をすくめた。

「昨夜《ゆうべ》からなんだ。アナナスこそ、なんだその恰好。」

イーイーはぼくのぬれた髪と服を見て、怪訝《けげん》そうな顔をした。

「パァン池で泳いだんだ。」

「その服装で、」

ジロに呼びだされてパァン池まで行ったことと、その後のいきさつを簡単にまとめてイーイーに話した。

「プルオーヴァを着ていたけどフォイルの内部《なか》へ脱いできた。」

「それぢゃ、フォイルから飛びこんだのか。」

イーイーが呆れたように云うので、ぼくはだんだん自分のしたことを後悔した。冷静になって考えてみれば、ジロがフォイルを岸につけるまで待ってもよかったのだ。泳ぎたいという衝動に駆られたせいかもしれない。だが、ぼくは自分が泳げることを確認でき、満足していた。

「……だって、ジロがしつこく訊くから、逃げたかったんだ。」

「訊くって、何を、」

イーイーはわずかに眉をひそめる。《ロスマリン》のことでジロが執拗に質問したことを説明すると、こんどは溜め息をもらした。

「アナナス、もしきみがジロのことを少しでも好きなら……、」

イーイーは唐突に、意外なことを云いだした。ジロに対して先ほどぼくがとった態度を当然弁護してくれるものと思っていたのに、心外だ。

「まさか。ジロには〈生活習慣日誌〉のときから恨みがあるんだぜ、」

即座に否定して、ジロがどんなに虫の好かない人間かを述べたてようとしたが、イーイーはそれを穏やかにさえぎった。それだけでも、いつものイーイーとちがう。彼だって、ジロのことを快く思っていないはずなのに。

「だから、少しでもと、云ってるぢゃないか。もし、ほんの少しでもジロを赦せるのなら、アナナスは彼に《ロスマリン》を飲まないよう云うべきなんだ。」

「どうして、」

その質問にイーイーが答えないことはわかっていた。ママ・ダリアがよこした《ロスマリン》について、ぼくが得ている情報以上のことをイーイーが知っていることは確かだ。しかし、彼は口を固く閉ざしている。今に限らず、ぼくの知りたいという欲求を満たしてくれたことは、一度もない。案の定、こんどもイーイーは黙ってぼくを見つめているだけだった。

「考えておくよ、」

そう云うぼくに、イーイーは軽く頷いた。いったい《ロスマリン》とは何なのだろう。ジロもくどいほど何度も《ロスマリン》を飲んでいるかと訊いてきたし、イーイーは賭けをしてまで、口にするなと云う。イーイーの真意を知りたかった。もし、躰に悪いものなら、そんな精油をなぜママ・ダリアは送ってきたのだろうか。イーイーが好ましく思っていないはずのジロにまで忠告をしようというのだから、よほどのことだろう。

「乗ろうか、アナナスが来るのを待っていたんだ。」

イーイーは《ロケットシミュレエション》のほうへ歩きながら、ROBINを使って搭乗の手続きをした。

「込んでるだろうね、」

「……RC–00125、受付番号が一二五だよ。そうとう混雑してるな。」

イーイーが顔をしかめながらそう云い、《ロケットシミュレエション》のあるドーナツ型のステューディオに入った。内部《なか》はユニット式のブースに細分化されている。ユニットの大小はあるが自在に組み合わせができ、前後左右、斜め方向などへ迷路のように複雑に連結されていた。各ブースでは軽量のエアロボオトやギグ、巨大な輸送船などのさまざまなロケット、フォイル型やシガー型ボオトのシミュレエトを楽しむことができる。臨場感は種類によって異なり、視線や指先の微妙な動きに感応するもの、また実際に熱さや冷たさを体感させることによって、ほんとうに危機に直面しているような錯覚に陥るものもあった。照明を落としたブースに隔離することで一種の催眠効果があたえられ、幻影と現実の区別ができなくなるのだ。実際、自分が動いているわけでもないのにリアルな震動や重力を受け、空気抵抗も感じた。場合によっては緊張が高まったあまり意識を失う《生徒》も出る。回旋運動の激しいブースに長時間入っていると、眩暈《めまい》や幻覚を起こす危険性がきわめて高い。空間識失調を起こすのだ。

ビルディングの生活は、定められた規律を守っているかぎり、リスクを負うことは皆無である。華氏六八度に保たれた気温は年間を通して変わることがなく、宿舎の生活も快適だ。危険や恐怖がそれほど日常化していないため、《生徒》たちは刺激をもとめて、この《ロケットシミュレエション》を訪れる。フィジカルな痛みや、衝撃に対して、ぼくたちは異様なくらい飢えていた。擦り傷程度の怪我なら、チュウブを走っていても体験できる。しかし、骨折やそれ以上の怪我をすることはなく、たとえ怪我をしても治療はあっと云うまだった。その場で薬をもらうか、怪我が重い場合は麻酔を打たれてどこかへ運ばれる。怪我をしたことがないので、詳しくは知らないが、《生徒》間ではそんなことがまことしやかに噂されていた。

スチューディオはいつでも少年たちの群れで混雑している。戦闘的なものは置かないよう配慮されていたが、《生徒》たちがもとめているのはむしろそういうものだ。かれらはゲーム性の高いシミュレエションに殺到した。コンピュウタのゲームとしても人気のある《スパシアル7》や《オス》のコマとなって動けるシミュレエションは、もっとも人気が高い。コンピュウタと一体となり、ゲームの中に入りこむのだ。たとえば《オス》なら、自分の躰から手脚が消えて、両面が白と黒とに分れたチップになってしまう。チップを裏返したり、持ちあげたりする指示を出す代わりに、自分が動きまわるのだ。

実際はちゃんと椅子に腰かけているので、頭の中で想像するのと同じだが、その場合よりも遙かに体力を消耗する。たとえば、チップがゲーム盤の上で回転するとき、ぼく自身は椅子に固定されているにもかかわらず、立ちあがって回転しているような眩暈を覚える。その後、回転が止まって、盤上に激しく叩きつけられたなら、背骨や肋骨に、声が出ないくらいの衝撃を受けた。打ち身や擦り傷こそできないものの、感覚としての躰の痛みは、しばらくぬけない。それが、たんなる視覚によって呼び覚まされた記憶なのか、幻影でも身体的な経験をすることができるのかは、はっきりしない。

ぼくとイーイーは空いているブースを探して移動し、通路をぐるぐると歩いた。途中、ほかの《生徒》たちとすれちがうこともなく、混雑は実感できなかったが、どのブースもふさがっていた。ようやく見つけたブースはかなり旧式の、液体燃料タイプの《ロケットシミュレエション》だった。ごく小型のボオトロケットで、燃料も少なく、主に近距離にあるいくつかの人工衛星を結ぶ個人用のロケットだ。長距離を移動できないかわり、切れ味の鋭い旋回や高速を愉しめる点が救いだ。

「しかたない、これで我慢するか。」

さすがにイーイーも不満そうだったが、あとは順番を待ってならぶしかないとなれば、あきらめざるを得ない。彼のことだから、ならんで順番を待つことなど、それこそ願い下げだろう。ぼくたちはブースに入り、さらにその内部のコックピットを模した楕円《だえん》球《きゅう》のボオトに乗りこんだ。ブースの機密性は高く、ハッチをしめてしまえば、外部の音は聞こえない。内部では振動や効果音もあり、ロケット旅行の気分は充分に味わえた。ふたり掛けのシイトがあり、ぼくとイーイーはそれぞれに腰をおろした。背もたれはかなりうしろへ傾き、ほとんど真上を向く感じだ。天井に近いところに画面があるが、シイトもディスプレイもボオトが動きだすと正位置に戻る。ボオトの向きが変わるからだ。

「この型だと、数十万キロの移動しかできないね。ほんとうは惑星間を航行できるロケットがよかったんだろう。」

イーイーの先回りをして彼の不満を代弁した。

「アナナスだって、そうぢゃないか。こんなボオトで行かれる距離は知れてるからな。とてもママ・ダリアの碧い惑星まではたどりつけない。」

「そうさ、エアロボオトじゃないとね、」

ふたりとも、おそらく頭の中ではゾーン・ブルゥから外へ出ようと話しあったことを、頭においていたはずだ。シミュレエトのようにうまくロケットを操ることができれば、ママ・ダリアの都市へ行くという企ても、それほど大それたことではない。コンピュウタに制御された近ごろのロケットの運航は、《生徒》にとってもそれほど問題ではないからだ。むしろ、船を盗みだすことのほうが難しい。ぼくたちが〈鐶《わ》の星〉の外へ出るには、まずゾーン・ブルゥへ侵入し、そこを脱出することが最大の難関となる。ぼくはそんなことを考えながら、手もとにあるシイトアンカーをロックした。

このロケットボオトは小回りがきくので、自分の舵《かじ》能力を試す愉しみがある。個人の運動能力や反射神経がそのまま反映されるのだ。イーイーもそれを承知していて、わざと浮遊物のたくさんある地域をコンピュウタで設定してテレヴィジョンに映した。シミュレエト地域は数種類の中から選択できるようになっている。イーイーが設定したのは、いわば上級コースで、操舵にはかなりの手腕が必要だ。この種の軽量ロケットの場合、わずかな障害物も命取りになる。

いかに反射神経、運動能力ともに優れたイーイーであれ、そうとう手こずるだろう。もとより、上級の腕前などかけらもないぼくにとっては問題外だ。確実に十秒以内でボオトを大破させてしまうにちがいない（もちろん、テレヴィジョンの画面上でだが）。この《ロケットシミュレエション》の優れた点は、衝撃の振動も人工的につくりだせることである。小さな接触や衝突でもちゃんと反応し、ボオトが大破すると、しばらくシイトを立ちあがれないほど躰が痺れた。大破は〈事故〉と見做《みな》され、その時点でシミュレエトは終了する。つまり、操舵が下手な場合、継続してボオトを操ることがまず難しい。

「ぼくからはじめてもいい、」

イーイーのほうへ傾いていたステアを自分の手もとへ戻した。上級者の彼のあとでは自分があまりに下手なので、気がそがれるからだ。

「どうぞ。あまり細かく動かさないほうがいい。ステアは安定させて、いつも定位置にあるようにすること。ボオトの底辺に対して躰は垂直になるように、画面に合わせて移動すること。視点は数百メートル先へ置き、進路の予測を立てること。目をつぶらないこと。これはカンジンな手順だよ。障害物が見えたときには避けるより、飛び越えることを考えるんだ。左右にぶれるのはロスだから、」

イーイーの助言も、頭では理解できるのだが、躰はそのとおりに動いてくれない。どこに浮遊しているか予測できない障害物を、現れた途端に判断し、とっさに飛び越えること自体、実は左右に逃げるよりも難しい。結局、事前に頭の中でイメージしておかなければならないのだが、勘が悪いので予測はことごとくはずれた。ステアの動きは左右の移動なら平面でことたりるが、上下の移動にはステアそのものを立体的に動かさなければいけない。そもそもぼくにとっては、もとの位置に戻ることがとても困難なので、方向を見失ってしまうのだ。

はじめた途端、とんでもないところへ飛びだしてしまった。ステアはぼくの指の圧力にあまりにも過剰に反応してしまうのだ。浮遊物の群れは、はるか下方に見えた。かなり派手に設定区域をズレてしまったらしい。イーイーの指摘どおり、上下に動くことを心がけたのだが、ステアを動かす感覚が定まらず、強く引き過ぎて飛びだしてしまった。何とか進路を修正して、浮遊物の群れの中へ戻った。しかし、落ちつくまもなくつづけざまに小さな浮遊物と接触した。軽い振動、コースがさらにずれ、スパァクでディスプレイがひかる。ようやくひとつふたつを避けたかと思うと、次々に十ほどの浮遊物を避けきれずはねとばした。そのたびにボオトは大きく左右にゆれる。

「アナナスの操縦じゃ、とても実際のボオトなんて乗れないな。」

イーイーは呆れたように云い、笑い声をたてた。

「こんな旧式だから、いけないんだ。ママ・ダリアの都市へ行くときは完全自動制御のエアロボオトを選ぶさ。」

もちろんそれは負け惜しみで、ぼくは技量の悪さを嘆きたい。設定燃料はまたたくまに尽きて、ディスプレイに終了のサインが出た。ステアをイーイーに預け、シイトに深々と寄りかかった。安全な姿勢を保つためだ。しっかりとシイトアンカーを掛けなおす。実は、少し緊張していた。イーイーがステアを握ったあとの事態を想像したからだ。彼の操舵は巧みだが、限度を知らない。自在で急激な方向転換、鋭い切れと胸のすくような回転の連続。前ぶれのない急上昇、急降下は当たりまえ。ぼくなど、数秒間で目がまわりそうになり、いつもディスプレイを正視できずに途中で目をつぶった。三半規管が標準よりも早く狂ってしまうらしい。

「イーイー、頼むからほどほどにしてくれよ。」

しゃべっているうちに、イーイーはボオトを急発進させた。いきなり、最高速度で船首を真上に向けて垂直に上昇。速度を表示するパネルの横で、すぐさま警報ランプが点滅。制御不能になるのを警告している。躰の中の水分は頭部へ移動し、耳と胃が同時に痛くなった。実際にボオトが空間を移動しているわけではないのに、上昇したぶん、圧力は小さくなり、躰は軽くなる。もし、躰を固定するアンカーがなければシイトから浮きあがってしまうだろう。イーイーは小ぶりの浮遊物をひとつやり過ごして、こんどは急降下した。落差は数十キロに及ぶ。筋肉が緊張して気管が圧迫され、息苦しくなった。

ぼくは予想どおり早々と目をつぶってしまい、ディスプレイなどほとんど見えていなかった。それでもステアに合わせてつくりだされる震動で、激しい動きの一端を体感することができる。イーイーはほとんど躰を動かさない。ときおりふたりの肱と肱が触れるのは、ぼくの躰がシイトの中で揺れ動くためだ。彼はいつも楽な姿勢で終始して、指先のかすかな動きで非常に大胆な操舵をした。一方、ぼくの躰は画面を見ていないときもボオトの動きにそって波打ち、アンカーで固定しているにもかかわらず、安定しなかった。その点、イーイーはシミュレエションを充分愉しんでいる。

「あッ、」

声をあげたのはイーイーだった。軽い衝撃があった。浮遊物と接触したのだろう。ぼくならば、巨大な浮遊物に正面衝突することなどしょっちゅうだが、イーイーはいっさいそんなミスをしたことがない。彼が浮遊物を避けそこなうなど、ぼくの知るかぎり、過去には一度もなかったことだ。

「珍しいな、イーイーが浮遊物をかすめるなんて、」

彼も心外らしく肩をすぼめて、不満そうな顔をした。

「……何でもない距離だったのに、どうかしてる。」

「たまには、そういう日もあるサ。」

イーイーも頷いて、ふたたび速度をあげた。こんどは左右に現れる障害物をスラロォム航行して巧みに避けてゆく。なおかつスパイラル航行もくわわり、螺旋《らせん》を描きながら蛇行するという、およそ視界の定めようがない操舵だった。だが、ボオトの軌跡は寸分の狂いもなく、正確な図形を描いた。目のまえに飛びこんで来そうな浮遊物を、直前で回避するイーイーの操舵はさすがだ。しだいに調子をあげて速度を増していった。はじめは緊張していたぼくも、その環境に少しずつ慣れ、イーイーの巧みなステアリングを面白いと思うようになる。その矢先、ボオトはふたたび浮遊物と接触した。イーイーがステアを握っていて短時間に二度もこんなことがあるなんて、考えられないことだ。イーイーは苛立《いらだ》たしげにレバーを手でたたき、さらに速度をあげた。こんどは浮遊物を避けようとして、ステアリングが狂い、軌道を大きくはずれた。ボオトは急旋回してすぐに定位置に戻ったが、イーイーは自分でも失敗が信じられないようすで、唇をかんでいる。

「イーイー、ステアが故障しているんだよ。でなければ出力オーバーで制御不能になったのサ、きっと。」

イーイーの顔色が変わるのを見て、柄にもなく彼を慰めようとした。しかし、イーイーはそこでボオトを停めてしまった。

「イーイー、」

「故障なんかしてないよ。アナナスのときは何ともなかっただろう。」

「ぼくは故障の反応がでるほどボオトを操れないんだ。それに、たった今、壊れたということだってあるサ。」

イーイーは静かに首をふった。

「……ボオトのせいじゃない。瞭《あき》らかにぼくのミスだ。」

彼はしばらくディスプレイを見つめたまま、黙りこんでいた。ぼくの操舵ミスにくらべれば、ほんの少し接触しただけのことだ。ボオトが大破したわけでもなく、たいした失敗ではない。しかし、イーイーにとっては大問題なのだ。こんなミスはまるで経験したことがないか、滅多にないことだろう。声をかけるのが億劫《おっくう》になるくらい深刻な表情をしていた。

「イーイー、」

「…………、」

「イーイー、試しに別のシミュレエションに乗ってみないか。」

ぼくはシイトアンカーをはずして先に降り、ハッチ近くでイーイーを待っていた。彼はしばらくシイトに腰かけていたが、そのうち気を取り直したように、立ちあがった。彼らしく身軽い動作でボオトを降り、こちらへ歩いて来る。

「気にすることないよ。」

もう少しまともなことばをかけたかったのだが、月並みな慰めにしかならなかった。わずかな失敗は、ぼくなどしょっちゅうだったので、ほんとうにたいしたことはないと思っていた。イーイーはぼくの顔を見て微笑もうとしたが、それも途中でやめてしまった。彼は自分の望むたいていのことを、失敗もなく完璧にこなす少年だ。ジロとちがい、

〈ルゥシーおばさん〉や教師の望む完璧さには興味を示さない。そのかわり、〈吊り橋〉での賭けのように不可能に近いようなことは苦もなく成功させ、とりわけ自信を持っている。ことに速度や敏捷さを要求され、瞬発力や一瞬の判断がものをいう場合、かつ、大胆でタフな神経を試すものに関しては、失敗をするほうがおかしいくらいにそつがない。イーイーは大きく嘆息を洩らした後で、呟《つぶや》くように云った。

「……実を云うとね、さっきこのドォムへ来る途中、サーキュレでも失敗したんだ。」

「イーイーが、」

「ピンカーヴをひとつ曲がりそこねた。いつもなら、あんなカーヴ、なんていうことはないのに。」

そのことばに嘘はないだろう。イーイーはサーキュレで転ぶなどということは、おそらく経験がないはずだ。彼の技量があればこのビルディングのどんなチュウブも楽々と通りぬけることは可能であり、転ぶことなどあり得ない。事態を説明する確かな理由を考えていたぼくは、イーイーのかすれた声を聞いて、互いに納得できるような云い訳を思いついた。

「イーイー、カゼのせいだよ、きっと。この数日、だるいと云っていたぢゃないか。具合が悪いから、調子がでないのさ。」

だが、それもイーイーに対しての効果は希薄で、彼はよけいにすぐれない表情を浮かべた。

「……ただのカゼならいいんだけど、」

「そうに決まってるよ、カゼ以外のどんな症状だっていうのサ、」

ぼくとイーイーはそのブースを出て、別のあいているブースを探した。ステューディオ全体の照明はうす暗い。幾何学もように梁をめぐらした天井は、闇にかすんでいた。格納庫か、シェルタアの内部にいるようだ。曲がりくねった通路では、ブースのあき具合を示す表示灯《パイロット》がひときわ目立っている。通路は枝分かれしたり、また思わぬところで合流したりする不規則なものだ。階段はないがスロォプになっていて、全体はひと続きだった。ぼくとイーイーは歩きながらブースを探す、というより、ただやみくもに通路を進んでいた。ふたりとも、それほどシミュレエションをつづけたいとは思っていなかった。しかし、どちらもやめようとは云いださなかった。ある曲がり角で、前を歩いていたイーイーが急に立ちどまった。

「どうしたんだ、」

イーイーに追いついたところで、彼が足をとめた理由を知った。目のまえに、あの《ホリゾン・アイ》がいたのだ。ゾーン・レッドで会ったときと同様のフルーラインの服を着ている。驚いたことに、プラチナリングを手にしていた。サッシャのリングではないだろうか。辺りにサッシャがいるのだろうかと見回してみたが、見つからなかった。もともより、こんな暗いステューディオの内部で探すには、仔犬はあまりに小さく、また黒すぎる。

男は、イーイーを見て微笑んだ。寛容さと、尊大さを合わせ持った、余裕のある笑顔だった。こうしてみると、どの《ホリゾン・アイ》も体型や顔つきがほんとうによく似ている。ヘルパアならば、類似しているのはむしろ当然なのだが、もし、〈兄弟〉だとすれば、ずいぶん奇妙なことになる。〈父〉も〈母〉も〈兄弟〉もいないはずのこの〈鏝の星〉で、ヘルパアでもないのにそっくり同じ顔をした何人もの男がいるのだ。

イーイーは男の笑みに対して、これもまた余裕のある冷笑を浮かべた。イーイーがおとなに対して見せる表情としては珍しいものではない。むしろ、いつもどおりだった。しかし、彼らの出合い頭の沈黙がいかにも奇妙だったし、ふたりが交わしているまなざしも独特のものだ。イーイーとこの男は以前からの顔見知りにちがいない。

「その後、調子はどうだね、」

男のことばは、ぼくの推理を裏づけるものだった。イーイーは聞こえないふりをしている。それがあまりに露骨なので、ぼくのほうがハラハラした。ちょうどあいているブースを見つけ、イーイーに小声で呼びかけた。

「イーイー、ここがあいてる。」

ぼくとイーイーは前後してブースへ入った。扉の外で仔犬の吠える聲《こえ》を聞いたが、扉をあければ、男とイーイーの険悪な沈黙が継続しそうな気配だったので、ぼくはサッシャとの再会をあきらめた。あの男が連れていることはわかっているのだから、あわてることはない。縁があれば、いつか逢えるだろう。

次のブースには、はじめからディスプレイに碧い惑星が映っていた。距離から考えて、その惑星のE－〇一衛星から見た光景だろう。シミュレエトは衛星から惑星までの航行を体験できるものだ。

「ほら、あの碧い惑星の冴々とした煌き。あれを見るだけでも新鮮な水を飲んだような気分になる。カゼにはいちばんいい薬さ、」

ぼくのその意見に、イーイーは何とも答えなかった。彼はただ、碧い惑星を見つめている。先ほど《ホリゾン・アイ》に出会ってから、イーイーの額や頰はどんどん白くなっていた。冷笑を浮かべたときの余裕はもはや失《う》せて、表情も硬い石のように凍てついて見える。

「どうかしたのか、」

イーイーが何も云わないので、心配になって彼の顔をのぞきこんだ。硬質な額《ひたい》と頰がディスプレイの光に煌いている。彼はシイトに腰をおろしてからも、すみれ色の睛《ひとみ》をじっとディスプレイに向けて動かない。まるで睛《め》を見ひらいたまま気を失っているのかと思うほど、外部に対するいっさいの反応がなかった。思わず、シイトに置かれたイーイーの手のうえへぼくの手を重ねた。凍りついたような冷たさが、手のひらを通して伝わってくる。そうしていると、彼の抱いている硬質な不安がぼくの内部にも広がる。それは透明度を失ってどんよりと澱《よど》んだ海の映像となり、しだいに躰の中へ沁みこんでくる。イーイーの白い手の中へ、重ねているぼくの手が溶けてしまいそうだった。……この感じ、これが、イーイーの云う《クロス》なのかもしれない。

「イーイー、」

「そういうことか、」

イーイーは突然声を出し、つづいてすみれ色の睛《ひとみ》を鋭く煌かせてぼくを見た。

「何が、」

睛の煌きには、いつもの凛とした冷たさのほかに、理由はわからないが、わずかな慄《おのの》きが見てとれた。

「《ヴィオラ》のせいだ。」

「え、」

「このあいだ、新しく受け取った《ヴィオラ》のことサ。溶液の色が少し薄まったと思ったんだ。着色料を控えただけかと思ったのに、」

イーイーが何のことを話しているのか、ぼくにはひとつも理解できなかったので、きっと間の抜けた顔をしていたにちがいない。彼は小さな子供を見ているようなまなざしを向けた。口もとにはうっすらと微笑を浮かべている。

「躰がだるいのも、声がかすれるのも、サーキュレやシミュレエションでバカみたいな失策をするのも、偶然ではないってことサ。《ヴィオラ》が薄まったせいなんだよ。」

イーイーは蒼白な顔に、憤りを滲ませていた。

「薄まったって、そんなことがあるのか、」

「アナナス、これがどういうことだかわかる、」

「……どうって、」

「彼らの〈流儀〉なのさ。ぼくは、しまいに躰がきかなくなるかもしれない。」

「……彼ら、」

「ADカウンシルだよ。きまってるだろう。」

「まさか、どうしてそんなこと、」

信じられないことだったが、イーイーが《ロケットシミュレエション》で失敗したり、サーキュレで転ぶということのほうがよほど、前代未聞だ。

「イーイー、それなら《ヴィオラ》を使わなければいいぢゃないか。」

「ムリだよ。知っているだろう。ぼくは《ヴィオラ》が切れた途端、躰がきかなくなるんだ。声も出なくなる。たとえ薄まった用足らずの《ヴィオラ》でも使わないわけにはいかないんだ。」

「それぢゃ、どうすればいいのサ、」

「さあね、どうなるかは、ぼくにもわからない。」

イーイーは一転して毅然とした表情になり、ボオトのスゥイッチを入れた。ぼくはあわててシイトのアンカーを降ろした。

「アナナス、いいか。」

「………、」

ボオトは砂塵を巻きあげて垂直に上昇し、そこから急発進した。尾翼のないドロップ型。磨きあげたガラスのフロントから、白い砂で埋まった花崗岩《みかげ》の海が遠ざかる。反転して右旋回した辺りで、ぼくは眩暈《めまい》のために天地の区別ができなくなった。イーイーはまるで自分の限界を試すかのごとくムキになって、速度をあげ、回転させる。ボオトがどこへ向かっているのかまるでわからない。気づいたときには、遙か後方に蒼白い衛星の半球が見えていた。浮遊物は何もない。イーイーはその後もうっぷんを晴らすかのように、派手な回転や急旋回をくり返し、しまいには錐揉《きりも》み状態のまま、半球だけが蠟細《ろう》工のように浮かぶ暗黒の真空を突き進んだ。ぼくはほとんど目を閉じて、シイトにしがみついた。ディスプレイに映しだされる映像を見なければ、回転や急旋回しているようすはわからない。だが、躰はグルグルとまわっている。胴体と手脚がバラバラになりそうだ。

「イーイー、」

目を閉じたまま、隣にいるイーイーに声をかけた。

「何、」

「ぼくが持っている《ヴィオラ》なら、以前のものだから、薄まっていないだろう。あれを使ったらいいぢゃないか。」

「ひと壜じゃ、数日しかもたないよ。」

「でも、」

不意に躰が楽になった。イーイーがスパイラル航行をやめたらしい。ぼくはそっと片方の瞼をあけ、ボオトがゆれていないことを確かめて両方とも目をひらいた。回転するような余韻はまだ残っていた。シイトに坐っているのに、躰は宙に浮いているようだ。イーイーはステアを自動制御にし、ぼくのほうへ向き直った。

「エアロボオトを使えば、数時間でホラ、あの碧い惑星に到着する。」

イーイーはディスプレイに映っている碧い惑星を指さした。サファイアに煌く、水の惑星。ひょっとしたら、あの水がイーイーを救えるのだろうか。《ヴィオラ》の原料となる植物が、あそこにはあるのかもしれない。碧い惑星にたどりつきさえすれば、ぼくたちはどうにかなるのだろう。だが、そんなあやふやな情報を、イーイーがよりどころにしているとは思えない。碧い惑星に《ヴィオラ》の原料があるという保証はどこにもないのだ。あの都市にいるはずのママ・ダリアやパパ・ノエルはぼくたちに手をさしのべてくれるのだろうか。ぼくは不安だった。

ママ・ダリアはぼくのことなどわからないにきまっている。彼女はぼくだけのママではない。ジロのママでもあり、そのほか大勢の《生徒》たちのママなのだ。たったひとりの〈子供〉にかまっていることなど、できないだろう。パパ・ノエルだって、イーイーのママ・リリィやパパ・ニコルだって同じだ。勝手にビルディングを飛びだしてきた〈子供〉のことなど、気にかけはしないだろう。せいぜい認識番号を訊ねるくらいのものだ。

そして、何よりもあまりにも淡々としたイーイーの口ぶりが気になった。彼は碧い惑星の存在を信じているのだろうか。

ディスプレイの、碧い惑星は少しずつ近づいている。あの《ホリゾン・アイ》の睛の内部とそっくりの、碧い海を白くとりまく雲の群れ。半球は暗く沈み、半球は明るく光り煌いた。眩しい碧さが目のまえに広がってくるにつれ、ディスプレイに手をさしのべたくなる。

〈ああ、ママ・ダリア、ぼくの中へあの水が沁みてくるのです〉

ダクトの咆哮が聞こえた。

シイトの心地よい振動で、ぼくは目を醒《さ》ました。うっかり眠っていたらしい。ディスプレイには冴々とした碧い惑星が、先ほど見たときの数倍も大きく煌いていた。

「イーイー、」

ぼくはあわててイーイーを探した。彼が姿を消しているような気がしたからだ。しかし、イーイーはちゃんと隣のシイトにいて、浅く腰かけた膝のうえへ片肱をつき、前へ乗りだすような姿勢でディスプレイに見入っている。額から鼻筋にかけての研《と》ぎ澄まされた輪郭が、惑星の碧さを反射して凍《アイスブルウ》碧に煌いていた。碧い惑星の透徹った半球は闇の中で徐々に大きくなる。いまや、ディスプレイの三分の一を占めるほどになった。表面をおおっている碧い海は硝子のように硬質だ。それが流動的な液体だとは信じがたい。

ぼくの視線に気づいたイーイーは、こちらを向いて微笑みかけた。

「目が醒めたらしいな、」

そんなことを云われ、きまりが悪かった。ぼくは緊張感が足りないのか、唐突に眠りこんでしまう。

「どのくらい眠っていたんだろう。」

「さあ、もう二時間くらいたったかな。」

「え、そんなに、」

イーイーは澄ました顔で頷いたが、ぼくが懇願するような表情を向けると、ようやくまじめに答えてくれた。

「嘘だよ。ほんの十分くらいだ。もしアナナスが二時間も寝てたら、そのまま放置して先に宿舎へ帰るサ。」

「薄情だな、」

「そうかな、人が話をしている最中に眠ってしまうアナナスのほうが、よほど冷たいと思うけど。」

イーイーは笑いながらぼくを皮肉った。彼の云うことがあまりにもっともだったので、何も反論できない。

「ごめん、眠るつもりはなかったのに、つい、」

「いいさ、べつに咎めてるわけじゃない。……さあ、そろそろ帰ろう。」

イーイーはシイトを立ちあがり、ハッチのほうへ歩きだした。ぼくも後を追って歩きかけたが、もう一度ディスプレイを振り返った。白い雲に取り巻かれた碧い海が見える。碧さは影の境界に近づくにつれ少しずつ変化して、淡青色《みずいろ》から、紺青《こんじょう》へ、やがてすみれ色を濃くしていった。それは、イーイーの睛の色だ。夜の影と、ひかり煌く真昼の半球のちょうど境に、澄明なすみれ色が滲みだしていた。しかし、そのすみれ色にはどこかしら危うい印象がつきまとう。

「アナナス、」

ハッチの外にいたイーイーに促され、ぼくはようやくディスプレイの前を離れた。迷路のように入り組んだスロォプをたどり、ふたりとも黙々と出口へ向かう。《ロケットシミュレエション》のステューディオを出るまで、ぼくたちはほとんど口をきかなかった。あんなにも大きく、手の届くほどのところに見える碧い惑星は、実際には途方もなく離れている。一五億キロ。その事実に気が重くなった。

ドォムはもうすっかり暗くなっている。ママ・ダリアやパパ・ノエルの都市に合わせ、天蓋《てんがい》は夜の装いをしていた。ポラリス、スピカ、アンタレス……。ルナ・パァクのイルミネエションが濃紺《のうこん》の闇にちりばめられ、集合したり、はじけたりしながら色を変えた。遊戯物の輪郭にそって、にぎやかな曲線や螺旋を描いては消えた。音もなく、間断なくくり返す点滅が虚しい。

「イーイー、さっきのあの男だけど、」

《ホリゾン・アイ》のことを考えていた。イーイーから訊きだすことが難しいのは承知していたが、できれば、もっと詳しく知りたかった。ぼくがゾーン・レッドであの男と出会ったことも、ただの偶然とは思えない。

「きみやシルルはどうしてあの男を知っているんだろう。」

シルルの名前を出すと、イーイーの表情が硬くなった。

「……シルルはあの男を知っていると云ったのか、」

イーイーは不意に足をとめて、逆に答えをもとめてくる。

「シルルがそう云ったわけぢゃないよ。さっき、パァン池で男といっしょにいるところを見たんだ。《ホリゾン・アイ》だと思う、《ヘルパア配給公社》の制服を着てたから。今さっきの男とは〈兄弟〉なんだろう。そのこと自体、理解できないんだけど。シルルとならんで歩いて、何か熱心に話をしていた。」

「……シルルが、」

イーイーにとって、シルルがあの男と会っていたことは、あまりよくないことを意味するらしい。彼はぼくが隣にいることなど忘れたかのように口を閉ざしている。ドォムを出てエレヴェエタホオルへ向かう途中も深刻な表情をくずさなかった。

「あの男、どうしてぼくたちの行く先々に現れるんだろう。」

もちろん、答えを期待して呟いたのだが、イーイーは相変わらず少し硬い表情で、無言のまま歩いてゆく。

ふたりで乗りこんだエレヴェエタには、ほかの乗客は誰もいない。扉が閉じ、エレヴェエタはいつもとちがう振動を起こして動きだした。ぼくの頭からスーッと血の気がひき、指先が冷たくなった。異常を感じたほんの一瞬で、すぐさま反応する。揺れないはずのエレヴェエタは小刻みに揺れつづけた。不安は募る。ぼくは隣にいたイーイーをあてにするつもりで、彼のほうを向いた。イーイーは前方のパネルをじッと凝視した。

「アナナス、見ろよ。ゾーン・ブルゥにランプが点いている。」

ぼくは即座に、扉の横にあるパネルを見つめた。確かに、ゾーン・ブルゥの青ランプが螢光をおびて煌々《こうこう》と点《とも》っていた。そのほかの階を示すランプはすべて消えている。パネルの傍《そば》へ行き、銀青に煌いているゾーン・ブルゥのランプをまじまじと見つめた。エレヴェエタ内は仄暗いので、光線は一粒ずつの粒子となって見える。放出される光は強く、銀色のシャワァを浴びている気分だった。

「……どうして、さっきまでちゃんと一〇〇〇階の表示灯《パイロット》が点っていたのに。」

「試しに、ほかの階を指定してみろよ。おそらくムダだろうけど、」

イーイーの意見に従い、ぼくはそのほかの階を指定するため、蛇行して二列にならんだ表示灯《パイロット》を順番に指で触れてみた。正常なら、指先のわずかな熱量を感知して一瞬でランプが点く。だが、どれひとつとして反応しなかった。ぼくがゾーン・ブルゥへ侵入してしまったときと同じく、エレヴェエタはまったく制御不能らしい。最後に赤いカヴァのボタンも試してみたが、やはり作動しなかった。

「アナナス、非常ボタンを押してもムダさ。なぜかと云えば、これは故障じゃないから、」

イーイーが落ち着きはらっていたおかげで、ぼくの動揺もやわらいだ。ふたたび彼の隣へ戻り、エレヴェエタの内壁に寄りかかった。背中が冷たい。

「どうする、」

イーイーの判断に従うつもりだった。いずれにしろ、エレヴェエタが途中で停まらないかぎり、ふたりともこのままゾーン・ブルゥまで行くしかないだろう。ぼくひとりならばうろたえてしまうが、イーイーといっしょなので少しは平静でいられる。彼はしばらく考えこんだ末に、突然、ROBINを取りだした。壁にもたれたまま、片膝を折り、バランスを取りながらそのうえでキィボオドをたたく。自分の認識番号も、相手先も入力せず、いきなり送信をはじめた。誰に連絡をしているのかはわからない。イーイーの細い指は迷うことなくキィをたたいてゆく。ぼくはキィを目で追っていたが、イーイーの指の動きが速過ぎて、とても読み取ることができなかった。途中で、相手がレシーヴァを取ったらしく、イーイーもレシーヴァで通話をはじめた。そのときはじめて、ぼくは相手が誰であるかを知ることができた。イーイーが呼びかけたのは、ぼくもよく知っている人物だった。

「……シルル、ふたりで話をしよう。ぼくもきみに話がある。何も、アナナスまで巻きこむことはないだろう。」

今このときに、なぜシルルと連絡を取るのか、ぼくには理解できない。ふたりのやりとりはそれからしばらくつづき、やがてイーイーはROBINのカヴァを閉じた。彼は行き先ボタンのあるパネルを一瞥し、小さく呼吸《いき》をついた。ぼくも彼の視線を追ってパネルを見た。ゾーン・ブルゥを示した表示灯《パイロット》はいつのまにか消え、かわりに一〇〇〇階の表示灯《パイロット》が点っていた。先ほどの異常がシルルのせいだとは思えないが、イーイーが彼と連絡をとった途端、エレヴェエタは正常に動きだしたのだ。偶然にしては、タイミングがよすぎる。

「イーイー、」

「アナナス、頼むから、黙って一〇〇〇階で降りて、先に宿舎へ戻っていてくれないか。」

ぼくは返事をためらった。カヤの外におかれることが不満なのではない。そんなことにはもう慣れている。イーイーのことが気にかかっていたのだ。先ほどの通話のようすから、シルルと何か話をつけるらしい。しかし、ただの話しあいではなさそうだ。シルルの背後に《ホリゾン・アイ》がいる……。彼はあの男たちに何を命じられているのだろう。

「もし、ぼくがエレヴェエタを降りたら、イーイーはどこへ行くのさ、」

「シルルがP号区を指定してきたから、そこへ行く、」

「ゾーン・ブルゥへ行くわけぢゃないね、」

　イーイーが頷いたので、少しだけ安心した。一瞬、彼がぼくをおいて、ひとりでどこかへ去ってしまいそうな気がしたのだ。ぼくがイーイーの云うまま降りるかどうかを迷っているうちに、エレヴェエタは一〇〇〇階へついてしまった。

「アナナス、」

　懇願するような声でイーイーに促され、しかたなくエレヴェエタを降りることにした。ここでぼくが我をはっても、イーイーが困るだけだ。だが、扉のところで立ちどまった。確かめておきたいことがある。

「イーイー、ひとつだけ答えてくれないか。」

　彼は黙ってぼくを見つめている。静謐な睛《ひとみ》だ。今なら、何を訊ねても答えてくれるかもしれない。ぼくはそんな直感を持った。イーイーは覚悟を決めたような表情をしているのだ。訊ねたいことは数えきれないほどある。だが、ぼくはひとつだけと自分で云った以上、あれこれ訊ねるつもりはなかった。

「シルルは裏切るかもしれないだろう。それでもイーイーは彼を信じるの、」

　彼らのあいだの確執が何なのか、ほんとうのところはわからない。イーイーはわずかに微笑んだ。

「……アナナス、シルルがぼくを裏切るかどうかは、誰にもわからないことサ。それは彼の問題だ。ただ、ぼくは彼をまだ少しだけ信じている。たぶん、きみがジロを憎みきれないのと同じくらいにはね。わかるだろう。」

「たとえが悪い、」

「それならば、云い換えよう。ぼくはまだ少しだけシルルを信頼してる。その少しはアナナスがぼくを疑っているのと同じくらいの量なんだ。」

イーイーはそう云うとまた、笑みを浮かべた。彼は呆然としているぼくを軽く押しだすようにして、エレヴェエタの扉を閉じた。あわててＣＡＮＡＲＩＡのキィを押したが、もう扉はひらかない。取り残されたぼくは、動揺したまま各階どまりのエレヴェエタに乗り換え、イーイーが最後に云ったことばの意味を考えていた。どこをどうたどったのか、それすらわからない状態で宿舎へ戻った。ぼくはパパ・ノエル宛の手紙のつづきを書くことで、イーイーのことばの答えを見いだそうとした。


パパ・ノエル、ぼくは新しい悩みを抱えてしまいました。イーイーのことばどおりなら、彼がシルルを信頼する度合いと、ぼくがイーイーを疑う度合いは互いに釣りあっているのです。もしぼくがイーイーに対し、ほんの露《つゆ》ほども疑いを持たないならば、彼はシルルを信頼することをやめるというのでしょうか。でも、ぼくはそれを望むことはできません。イーイーとシルルが互いを信頼していることは、ごく自然なことだからです。裏返せば、ぼくがイーイーを疑うことも、ある意味では自然なことなのです。不可解なことや、些細な疑問を気にせずに人を信頼するということは、なんて難しいのでしょう。

一度もお逢いしたことのないパパ・ノエルを信頼する以上に、同じ部屋で暮らし、その姿も声もぼくの間近にあるイーイーを信頼することが、こんなにも難しいのです。彼のことを知る以上の勢いで、新たな疑問が生まれるのを、防ぐことはできません。

ぼくはこの頃になって、イーイーが自分のことを話したがらないわけを何となく理解できるような気がしています。たとえひとつの疑問を解決したところで、新たな疑問が生じることは避けられません。疑問が尽きるということはないのです。だから、彼はあえて疑問だらけのままの自分を、ぼくの前に置きたかったのでしょう。考えてみれば、イーイーと同室になった当初の疑問は、ぼくが勝手に答えをあてはめた場合をのぞいて、いまだにほとんどが解決していません。それでも、ぼくは以前より、イーイーを信頼しています。彼がどんなに秘密を持っていても、あのすみれ色の睛が真実であるかぎり、ぼくはそれで充分だと思えるのです。以前にお話ししたことがあるかもしれませんが、イーイーの睛は彼の最も正直な感情が現れる場所です。けれども、ほんの一瞬です。

きょう新たな発見をしました。ルナ・パァクの《ロケットシミュレエション》で遊んでいるときに気づいたのですが、イーイーの睛もあの『アーチイの夏休み』の少年と同じく、海の色をしているのです。確かに、水の翠《みどり》ではありません。けれども、あの碧い惑星が夜の影におおわれるその境界線に、イーイーの睛とそっくりなすみれ色の海がありました。もちろん《ヴィオラ》の水滴とも同じ淡《うす》い紫です。《ヴィオラ》もまた海の色だったのですね。それを知ったことはぼくの収穫でした。《ロスマリン》の色ばかりが海水ではないのです。すみれ色の海もあるのです。こんなにも近くに……。ぼくがイーイーの睛に惹かれるのは、そういう理由だったのです。
それでは、またご連絡をいたします。もしできれば、海についてもう少し詳しくお話しください。いったいどうしてあの惑星にはあんなに水が溢れているのでしょう。どうして〈鐶の星〉には一滴の海水もないのでしょうか。雨も、池も森も、ちゃんと人工的につくりだせるにもかかわらず、なぜ、海はできないのでしょう。もし、ほんとうの海とそっくりな水がこの〈鐶の星〉に存在するなら、是非一度、眺めてみたいものです。

八月十日　火曜日
認識番号MD–0057654–Ananas
Dear Papa-Noël
〈鐶の星〉の《生徒》宿舎C号区 1026–027 室にて

パパ・ノエル宛の手紙を書き終えたぼくは、居間の長椅子で横になった。イーイーの帰りを待っていたのだが、彼がなかなか戻らないので、またうとうと微睡《まどろ》んだ。いつしか、寝入ってしまい、ソネの音で起こされる。誰かが部屋を訪ねてきたのだ。ぼくは肱をついて躰を起こし、手もとにあったＣＡＮＡＲＩＡのディスプレイでモニタを受信した。ジロの姿が映る。

「アナナス、入れてくれよ。」

ぼくは彼を部屋に入れたくなかったが、考え直した。ひとりでイーイーを待つのは不安だ。扉をあけると、ジロは遠慮するふうもなく入ってきて、長椅子のぼくの隣へ腰かけた。

「そこはイーイーの席だよ。」

「彼なら、留守だろう。」

「もう、戻るさ。」

腹がたったので、少しのあいだジロを無視した。ジロもジロで、何の用で来たのか知らないが、ただ椅子にもたれて時間をつぶしている。

「用がないなら、帰れよ。」

するとジロは思いだしたように、手にしていた包みを出した。

「何。」

「アナナスのだろう。さっきフォイルに置いていったぢゃないか。」

包みの中は、ぼくがパァン池に飛びこむさい、脱いでフォイルに残してきたプルオーヴァだ。

「ありがとう。でも、まさか、わざわざこれを届けに来たわけぢゃないだろう。」

決めつけられて調子が狂ったのか、ジロは軽く頷いたきり、話しだす機会を逸してしまったようだ。また、しばらく黙りこんだ。

「ジロ、きみのほうで何も用がないのなら、ぼくは部屋へひきとるよ。」

ほんとうはぼく自身が、ジロに話すべきか迷っていることがあった。椅子を立ちあがり、部屋に向かって歩きながら、話しかけるきっかけをジロがつくってくれたらよいのにとも思った。迷っているのは、《ロスマリン》のことだ。イーイーは、もしほんの少しでもジロが好きなら、《ロスマリン》を飲まないように伝えるべきだと、云った。彼に話すべきだろうか。そのときジロのほうで、ためらい気味にぼくを呼びとめた。

「……アナナス、」

「何、」

「きみは《ロスマリン》を使っていないね。」

一瞬、呼吸《いき》がとまりそうになった。ジロがそんなことを云いだすとは予想していなかったからだ。

「……なんで、そんなこと。」

「アナナスは忘れてやしないか。《ロスマリン》の薫りはとても強いんだよ。ほんの数滴でも、服や髪につけばなかなか消えない。ほら、ぼくがそう。もう慣れてしまったけど、部屋じゅうに充満してぬけない。きみには嗅覚がないから、わからないだろうけどね。」

ジロは、ぼくが多少なりともうろたえたのを見てとり、勝ち誇ったような目をした。うっすらと笑みさえ浮かべている。彼のそういう狡猾《こうかつ》さがぼくはキライなのだ。

「何が云いたいんだ。はっきり云えよ。」

もう、ジロに《ロスマリン》を使わないよう忠告する義務を感じなかった。もともと、なぜ使ってはいけないのかわからないのだし、そんな忠告をしてもジロには何の意味もないだろう。

「アナナスこそ、なぜ、《ロスマリン》を使わないんだ。その理由をはっきり訊きたいね。」

ジロはぼくの質問には答えず、なかば脅かすように睨んだ。

「使っているよ。そりゃ、ぼくはジロとはちがうから、ときどき忘れてしまうけど。」

「ほんとうに。」

「嘘をついてどうなるのさ。〈生活習慣日誌〉にでも書いて報告するつもりか。」

ぼくが強固に主張したので、ジロは一度は納得した。しかし、彼は椅子を立ちあがって勝手にキチネットに行き、炭酸水を持って戻ってきた。それをふたつのグラスにそそぎ、片方をぼくに差しだした。彼はポケットから《ロスマリン》を出して、それぞれのグラスに一、二滴ずつ落とした。

「さあ、乾杯しよう。」

「どうしてさ、今はべつに喉なんか渇いてない。」

それは嘘だ。ぼくはいつだって喉が渇いている。どこまで拒めるか自信がなかったが、結果として、その《ロスマリン》の入った炭酸を飲まずにすんだ。イーイーが戻って来たのだ。ぼくは心からホッとした。イーイーは事態を悟って眉をひそめ、ジロを睨んだ。

「殴られたくなかったら、サッサと出て行けよ。」

「どうせ、イーイーが絡んでいることはわかっているんだ。アナナスが思いつくことぢゃないからな。」

「だからどうした、」

「《ホリゾン・アイ》がぼくを訪ねてきて云ったのさ。アナナスにちゃんと《ロスマリン》を使わせるようにって、」

ジロが得意げに云うのを、イーイーは口もとに憤りをかくさない笑みを浮かべて聞いていた。

「……つまり、ジロはもうすっかりやられてるってわけだ。それならばしかたがないな。」

イーイーは哀れみの表情で、扉を指さした。

「帰ってくれ、」

イーイーが本気で怒っているのを、ぼくははじめて見たように思う。彼の怒りはジロに向けられたというより、《ホリゾン・アイ》に対して向けられたのかもしれない。ジロはイーイーに気圧《けお》されたようすで、黙って部屋を出て行った。ぼくはホッとすると同時に、ジロに裏切られたような気がした。彼はもちろん虫の好かない人間だったけれど、卑劣ではなかった。高慢で、厭味なところはあっても、優秀さはほんものだった。その彼が、あんな態度をとるなんて、イーイーでなくとも怒りを覚えるのは当然なのだが、その一方でぼくは妙に冷静な気持ちにもなっていた。というより、気持ちまでもが渇いていたのかもしれない。

「イーイーが戻ってくれて助かった。ぼくはジロがあんなことを云いだすなんて思わなかった。」

「ぼくもだ、」

「そうだよね。だって、イーイーが云ったんだよ。もし、ほんの少しでもジロを赦せるのなら、《ロスマリン》を使わないように伝えるべきだって、」

ぼくが非難をこめて云うと、イーイーは睛を曇らせて頷いた。

「……忠告が遅すぎたのさ。」

「どういう意味、」

イーイーの答えはなかった。たびたびそうであるように、彼はぼくを見据えたまま黙っている。もしそのすみれ色の睛がこれほど澄んでいなかったら、ぼくはまた不平を云うところだった。彼の睛を見て、何度ことばを呑みこんだことだろう。こんどもまた追及を断念した。それに、知ることが何の意味も持たないことを、ぼくはもう学んだのだ。

「シルルとは話がついたのか、」

「彼は、ぼくの考えが理解できないって、何度もくり返すんだ。だから、ぼくのことなんか、ほうっておいてくれてもいいと云っておいた。心配には及ばないって、」

「でも、これで終わりぢゃないんだろう。」

「……さあ、わからない。」

　イーイーはそう云ったあとで、少し笑みを浮かべてぼくを眺めた。

「どうしてアナナスがそんな顔をするのさ。シルルのことを、きみはたいして良く思っていないんだろう。」

「そうだけど、……ぼくはさっきジロとあんなふうに別れて、すごく哀しかった。彼のことは好かないけど、それでも今までは何とかうまく、付きあっていたんだ。」

「後悔してるの、」

「ちがうよ。さっきのジロは、もう今までのジロぢゃなかった。だから、もういいんだ。でも、こんなふうに思うんだよ。ジロはぼくの知らないことをたくさん知っていたし、ぼくの知らない大勢の人たちと知りあいだったはずだ。そういうことを含めて、全部一瞬にして失《な》くなってしまったのさ。気化するみたいに、跡形もなく。それが、哀しい。……ぼくはきっとイーイーの云うように、ほんの少しはジロのことを好きだったのかもしれない。」

「そうだよ、アナナス。キラいになるのは、すごく難しいことなんだ。なぜなら、自分のことも否定しなければならないからさ。そんなのは負担だろう。」

　イーイーの云うとおりだ。誰かをキラうというのは、同時に自分の一部を失くすことでもある。ジロはいつでもぼくの近くにいて、互いに反目しあいながらも、長い年月を過ごしてきた。愉しくも懐かしくもないそんな日々だが、そのあいだ、ぼくが確かに生きていたという証明はジロにしかできない。

「……ねえ、イーイー、もっとジロとうまく付きあうよう、努力するべきだったかな。」

「彼が《ロスマリン》を使うまえならね、」

イーイーはそう云って、先ほどまでジロがいた場所へ腰をおろした。だるそうに椅子にもたれ、瞼を閉じた。ぼくはそのときになってイーイーの膝に、擦り傷があることに気づいた。

「イーイー、またサーキュレで転んだんだろう。」

「ああ、これか……、」

イーイーは自分でもいまさら気づいたように、擦り傷のうえに手をおいた。同室になってから五カ月ほどになるが、ぼくはイーイーがたとえ擦り傷であろうと、怪我をしているのをはじめて見る。そのくらいイーイーの運動能力は優れていたし、失敗をしなかった。しかも、彼の場合、人並み以上に無謀なことをするにもかかわらずだ。

「こんなのは、きっと序の口サ。」

イーイーはポケットから《ヴィオラ》の壜を取りだして、円卓《テーブル》へ置いた。壜の中に入っているすみれ色の精油は、見た目には以前と変わらない。

「アナナス、きみに預けてある《ヴィオラ》を、ここへならべてごらん。新しいほうの色が薄まっているのがわかるから。」

ぼくはリュックの中に入っている《ヴィオラ》を出して、イーイーが先に置いた《ヴィオラ》の隣へならべた。微妙だが、ふたつの壜の色はちがっていた。イーイーはふたたび濃い色のほうの《ヴィオラ》をぼくに差しだした。

「こんど《ヴィオラ》が送られてくるときは、もっと薄い色になっているのさ。数も減らされるだろう。そして、ぼくの手脚はだんだん萎えてゆく。陰険なやりかただよね。」

「イーイー、」

「……大丈夫さ、」

イーイーは微笑んで、また瞼を閉じる。ぼくは不安だった。ぼくたちはなぜこんなにも害のある《ヴィオラ》や《ロスマリン》を使わなければならないのだろうか。フォームラバァや海綿を口にしてだって充分生きていかれるのに、なぜママ・ダリアはぼくに《ロスマリン》を寄こしたのだろうか。もし、イーイーが何も云わなければ、ぼくは何のためらいもなく、それどころか海の碧色をしたこの《ロスマリン》を、悦んで口にしただろう。

そもそもぼくは海の碧さに惹《ひ》かれ、あの惑星を取り巻く海の水を飲みたいと、長いあいだずっと欲していたのだ。《ロスマリン》を見たとき、これは海水からできているのだと確信した。でも、自分がなぜ海に惹かれていたのか、海のことばかり考えているのか、その理由はよくわからない。ぼくは微睡《まどろ》みかけているイーイーを揺り起こした。

「イーイー、ゾーン・ブルゥへ行こう。ぼくたちは急がなきゃいけないんだ、そうだろう。」

これまで、ママ・ダリアやパパ・ノエルのいる都市に行ってみたいという気持ちは、実行できないことを納得したうえでの、たんなる憧れにすぎなかった。ゾーン・ブルゥへ行き、ビルディングを脱出したいという考えも、漠然としたものだったのだ。だが、今ぼくの隣で疲れたように長椅子にもたれているイーイーを見て、ぼくは彼のためにゾーン・ブルゥへ行かなければいけないと思う。あの碧い惑星へ行けば、《ヴィオラ》の原料など捨てるほどあるにちがいない。そうでなければ困る。

イーイーの返事はなかった。彼は瞼を閉じて、眠っている。ぼくのまえでかつて一度も眠ったことなどないイーイーが、目を閉じているのだ。皮膚感のない、シリコンカラァのような瞼だった。呼吸《いき》をしているせいで、かすかに躰が動くのでなかったら、ぼくは彼が生きていることを疑ったかもしれない。


イーイーが居間の長椅子で眠りについてから少しして、彼のＲＯＢＩＮの呼びだし音が鳴った。ディスプレイをのぞいたぼくは、そこにML–0021754というシルルの認識番号を発見した。彼は数秒待ったのち、イーイーが応答しないことを悟ると、例によって暗号文を伝言する。

〈94 21142　170818 194 2114817 20134 514818W〉

ぼくはその伝言文が終わるのを見計らい、自分のＣＡＮＡＲＩＡでシルルのＰＨＯＥ

BEを呼びだした。

〈MD-0057654 Ananas シルル、きみと話したいことがある。応答を頼む〉

ぼくの送信に対し、シルルは即座に音声で応答してきた。そこで、ぼくもレシーヴァを耳にする。

「アナナスか、イーイーはどうしてる。」

「眠ってる。だから、きみの伝言を彼はまだ見ていない。」

伝言のことを口にすると、シルルはしばらく沈黙した。そのあいだは、ぼくにとってはただの空白に過ぎなかったが、シルルはたぶんさまざまに思いをめぐらしたことだろう。ぼくが暗号を解読したと思っているにちがいない。

「……アナナス、伝言を読んだのか、」

「いいや、ぼくは解読なんて得意ではないし、必要も感じてないよ。」

その答えを聞いて、シルルはさらに混乱したようだ。またしばらく間《ま》があった。こんどはぼくのほうが辛抱強く待つつもりなどなかったので、シルルの沈黙にこちらから割りこんだ。

「シルル、きみさえよければ、宿舎の外へ出て話さないか。」

「どこで、」

「……ドォムで、」

場所を指定する段になって、あれこれと迷ったあげく、結局は通い慣れたドォムを指定した。シルルも同意して、ぼくたちはドォムの東ゲートにあるバルコニイで逢うことになった。イーイーがまだ眠っていることを確かめ、ぼくはそっと宿舎をぬけだした。

先にドォムへ到着していたシルルは、ぼくを迎えてかすかに頷いた。宿舎からドォムまではほとんど同じ距離なのに、数分間は差がついたのではないだろうか。サーキュレを走らせる速度が、彼とでは格段にちがうのでしかたがない。

「だいぶ冷えるようになったね。」

静かな口調で、シルルはぼくに同意をもとめた。そのわりに、彼はかなり薄着でいる。素肌のうえにごく薄い生地の真っ白なパーカを着ている。その漂白したような白さが、濃紺の夜の海を背景にして浮かびあがった。そして、シルルの肌の色は、パーカの白さに劣らないくらいに白い。ぼくは、たぶんシルルが感じている以上に肌寒かった。厚手のトリコットを着ていたが、風の冷たさが凍《し》みる。コンピュウタは冷夏の情報をもとに気温を設定しているらしい。

ふたりとも、ここで逢ったことがいかにも偶然であるかのように、本題に触れようとしないで黙りこんでいた。ひとたび口をひらいてしまえば、気の重くなる話ばかりだとわかりきっていたので、互いに敬遠していたのだ。だが、このままいつまでも黙っているわけにもいかない。ようやく、シルルが先に沈黙を破った。

「さっきの伝言のことだけど、アナナスはほんとうに何も……、」

ぼくは頷いた。

「云ったとおりサ。解読なんてしていないし、その必要もない。そもそも暗号を使うこと自体、フェアぢゃないと思うよ。」

ぼくにしては珍しく、強気だった。シルルはふだんどおり、ごく穏やかに聞いている。彼がこの調子だと、また、うまくあしらわれてしまうかもしれない。先日逢ったときのシルルの混乱ぶりは、滅多にないことだったのだ。

「……もう一度逢いたいと、イーイーにはそう伝言したんだ。あの暗号にはそういう意味がある。それを信用するかどうかはアナナスの自由だよ。」

予想どおり、シルルは微笑みさえ浮かべ、あっさりと譲歩してきた。これは、ある意味で彼の戦略なのだ。ぼくはシルルを警戒しつつ、探りを入れることにした。

「イーイーとはまだ話しあう余地があるってことだね、」

「彼さえ、その気なら、」

ゆっくりとした足取りで、シルルはバルコニイから砂浜のほうへ階段を降りて行った。ほとんど躰をゆらさず、背筋を伸ばした静かな歩きかただ。彼は夜の海を正面に見据える階段の下で、いったん足を停め、またすぐ歩きだした。ぼくも後を追って、砂の上を歩いた。砂は冷えきっていたが、燥《かわ》いていて、エアシュウトから吹きこむわずかな風に流されて動いている。砂の中にまじる硝子の粒は、あちこちで水滴のようにひかった。

ぼくは途中で素足になり、砂を踏みしめながら歩いた。砂の粒子は均一で、人工的につくられたものだということが、一目でわかる。テレヴィジョンの幻影である波打ち際の辺りには、海の中で砕け、粉々になって漂着した貝殻や魚の骨が点々と白くちりばめられている。しかし、そのかけらが砂浜まで運ばれてくることはなかった。貝殻というものを、ぼくは《児童》宿舎にあった標本でしか見たことがない。それすらも、イーイーによれば本物ではなく、石膏やシリコンに着色したものだという。だが、本物でないというのは、稀にしか本物が存在しないこのビルディングでは、むしろ日常だった。

ふたりとも黙りこんだまま、長いあいだ歩きつづけ、ドォムの側壁に近づいてゆく。幻影の海は、ぼくの足もとをすくうように間近にあった。夜は深まり、蒼白《あおじろ》い満月がのぼる。いつもより波は静かだが、ひと波ごとに水位があがるように見えた。汐が満ちているのだろう。同時にぼくの躰の中にある水分も月のほうへ引き寄せられてゆく。水分というより血液そのものが、月光の侵食でぬき取られるような気がした。

こうして歩いていると、触れることのできる人工の砂浜がどこで跡絶え、どこからが幻影なのか、区別するのは難しい。ただ、けして聞こえてこない汐騒のせいで、夜の海はまだ迫ってはこなかった。ぼくにとっては、映像よりも音声のほうが遙かに怖い。レシーヴァはポケットにしまっていた。ぼくは足を速め、先に行くシルルに追いついた。

「……シルルに訊きたいことがある。」

彼の隣へならび、ようやくカンジンなことを切りだす決心をした。彼を誘いだしたほんとうの目的を、ぼくは果たさなければならない。

「どんなことを、」

「精油のこと。どこで製造され、誰によって送られてくるのかをぼくは知りたいんだ。きみやイーイーは知っているんだろう。」

唐突な質問だったが、シルルはさほど驚いたようすを見せなかった。ある程度予測していたらしく、落ち着いている。

「イーイーは何て云ってるの、」

「……何も。ほんとうを云うと、彼には訊いてないんだ。」

イーイーに対しては口にできないことを、なぜシルルには訊くことができるのか、ぼくにもわからない。外見はもの静かだが、瞭らかに芯の強そうなこの少年を憎らしく思う気持ちが、どこかにあるのだろう。だから責める。シルルは抗議するようなまなざしをして、しばらくぼくを見つめていた。

「アナナスは誤解してる。ぼくもイーイーも、きみが期待しているほど何もかもを知っているわけぢゃない。というより、全体を考えたら、ほとんど役に立たないことしか知らされていないんだ。」

「でも、ぼくはそれ以上に何も知らない。暗号のことも、ゾーン・ブルゥやゾーン・レッドのことも、きみたちは知っているぢゃないか。イーイーの《ヴィオラ》がこのごろなぜ薄いのか、きみはその理由だってちゃんと知っているんだろう。」

「《ヴィオラ》が、」

シルルは驚いたようすで訊き返した。

「きみ自身がかかわっていることだろう。」

ぼくはシルルが《ホリゾン・アイ》から何か指令を受けているにちがいないという思いがあって、非難をこめた。

「ぼくが何で、」

シルルは困惑した表情を浮かべた。それは少しずつ不安と慄《おのの》きで蒼白く変化し、灰色の睛《ひとみ》に翳《かげ》りが見えた。彼は動揺をかくそうとしない。その、あまりの率直さに、ぼくは驚かされた。

「ほんとうに、」

シルルはうわずった声で訊く。

「そう、……知らなかったのか、」

「薄まったのは、いつから、」

「ぼくには、はっきりわからないけど、イーイーの調子がおかしくなったのは昨夜《ゆうべ》からだよ。咳《せき》こむようになったのはもっと前だけど。」

「具合が悪いのか、」

シルルは憂いをおびた目を瞠《みは》った。

「声がかすれているし、躰もだるいって。それに、サーキュレで走っていて転んだと云ってた。そんなこと、ふつうなら考えられないだろう。イーイーにかぎってサーキュレでしくじるなんてサ。」

　シルルは頷いたきり、黙りこんでしまった。表情はこわばっている。彼は《ヴィオラ》が薄まることを、予期していなかったのだろうか。砂浜に立ちどまり、凍りついたような睛を海に向けていた。

　ぼくはシルルから少し離れて、やはり海を眺めていた。波音の聞こえない幻影の海は、濃い洋墨《インク》のように見える。透明でも不透明でもなく、水分なのか、気体なのかわからない闇が横たわっていた。ぼくはその場で目を閉じ、いつかのようにレシーヴァがなくても汐騒が聞こえるかどうかを試した。だが、聞こえたのは波の音ではなく、バルコニイやルナ・パァクから洩《も》れてくる、かすかなざわめき声なのだった。時として起こる喝采とどよめき、笑い声のまじる歓声、哄笑、声高の雑談、グラスや食器のかちあう音、何度もくり返される回旋曲《ロンド》、円舞曲。それら遠くから押し寄せてくる声の渦は、何百、何千という人々がいるようなざわめきに聞こえたが、バルコニイにもルナ・パァクにも、実際には人影がない。……ざわめきはドォムの各箇所にあるヴォイスから、放送される音声にすぎなかった。また、割れんばかりの拍手が起こり、オルガンが鳴り、笑い声が響いた。

　まやかしの音声は妙に腹立たしい。ぼくはヴォイスの音声を聞くまいとして、耳を手でふさいだ。すると、こんどは遙か遠くで響く轟音《ごうおん》のような、鈍い音が聞こえた。ごうごうと唸《うな》り、ビルディングのダストシュウトを吹きぬけていく送風の音にも似ていた。

しかし、もっと重く躰に響いてくる音だ。

「……何の音だろう、」

　ぼくはシルルとの距離が離れていることを忘れて、呟いた。しかし、その声は偶然にもこちらを向いていたシルルに届いたらしい。

「どの音、」

　シルルはぼくの隣へ歩いて来て、虚空を見つめた。

「こうして、耳をふさぐと聞こえるんだ。……何か、遙かに低いところで轟《とどろ》くような音。」

　耳を強く押さえれば押さえるほど、轟音ははっきりと聞こえた。何かの動力を休みなく働かせている音だ。しかし、手を放すと何も聞こえなくなる。

「……アナナス、」

　それまで無言だったシルルが、ためらうように呼びかけてきたので、ぼくは耳から手を放して振り返った。

「何、」

　シルルはまだ迷っているようすで、小さく息を吐きだした。だが、次の瞬間には決心を固めたらしく、顔をあげた。

「もし、アナナスが知りたいのなら、《ヴィオラ》や《ジャスミン》がどんなふうに作られるのかを話してもいい。」

「ほんとうに、」

かすかに頷いたシルルの表情は硬く、思いつめたように見えた。そのことに気づいたものの、ぼくは知りたいという要求を優先させた。シルルが滅多にそんな表情を見せないという点には注意をはらわなかったのだ。

「そのかわり、ぼくから聞いたことをイーイーに洩らさないでほしい。……彼はたぶん憤慨するだろうから。」

そんな念の押し方も、シルルらしくない。うすうす気づいていながら、ぼくは疑いを当然のようにはらいのけ、より多くの情報を得ようとした。

「もちろん、約束する。」

確約に安堵したようすで、シルルは砂浜へしゃがんだ。ぼくも隣へ腰をおろす。

「アナナスはいつか、ゾーン・レッドへ入っただろう。エアフィルタでおおわれた空洞のあるところ。あそこには、このビルディングの中央処理コンピュウタであるAVIANがある。もちろん一〇〇階なんかぢゃない。あのときも云ったけれど、きみが一〇〇階だと思いこんだだけで、ほんとうはゾーン・レッドのもっとも核になる部分へ行ってしまったんだ。」

「そう云うけど、確かに一〇〇階の表示があったんだよ。それはどう説明するのさ。」

「表示なんてあてにならない。それに……、」

「それなら、ぼくたちのいる《生徒》宿舎も一〇二六階にあるとはかぎらないってことになるね。ゾーン・レッドは同時にゾーン・ブルゥでもあるということだろう。」

シルルはそれを否定せず、静かに頷いて、抗議をつづけようとするぼくを黙らせた。

「……聞いて。アナナスの云うように、このビルディングには上も下もない。その点はきみの考えが正しい。なぜなら、地面もないからさ。」

「地面がないって、どういうこと、」

「《鏝の星》の地表は、遙か下にあるんだ。ビルディングは回転しながらガスの雲の中に浮いている……。」

「どうやって。こんな大きなビルディングを浮かべるなんて、そんなことできるものか、」

シルルは何も答えなかった。彼もカンジンなことになると口をつぐんでしまう。あるいはそれ以上のことを知らないのかもしれないが、これではイーイーと変わらないではないか。ぼくは不満をぶつけた。

「シルル、ぼくが知りたいのはね、そんな不明瞭でいい加減なことぢゃない。ビルディングがどこにどんな形で建っていようと、宙に浮いていようと、そんなことはどうでもいいんだ。ぼくがそれを知っていても何の足しにもならないんだから。誰かに口どめされているなら無理に知らせてくれる必要はないさ。それよりも、《ヴィオラ》はどこでつくられているのか、それを教えてくれないか。碧い惑星のどこかなのか、それともこのビルディングなのか。シルルはそれを教えてくれると云ったんだよ。ぼくが知りたいのはそれだけサ。ほかのことはどうでもいい。《ヴィオラ》も《ジャスミン》も《ロスマリン》も、みんな、あんなふうな容器に入っているんだから、当然、製造する〈工場〉があるんだろう。それとも、碧い惑星から直接輸送されてくるのか。それを聞かせてほしい。あやふやなことはもうたくさんだ。」

ぼくがまくしたてるのを、シルルは灰色の睛《め》でじっと見つめて聞いていた。彼はぼくの興奮がひと区切りつくのを待って、静かに云う。

「……それをどうしてイーイーに訊かなかったのか、ぼくは知りたい。」

「話すと云いだしたのはシルルぢゃないか。イーイーはぼくが何を訊いても答えないと思うよ。シルルは何でも訊いたらいいと、いつかそう云っただろう。でも、イーイーはきみとちがう考えなのさ。」

強い調子で責めるぼくの云い分を聞いて、シルルはいったん目を伏せた。だが、思いつめたようすでまたぼくを見つめる。

「アナナスなら、イーイーを救えるのかもしれない……、そう思っていていいんだね。ぼくには荷が重すぎる。」

「……シルル、」

「《ヴィオラ》を製造しているのは、たぶん、このビルディングの内部《なか》だよ。だって、外から運ばれてくるはずはないんだから。ゾーン・ブルゥを見ただろう。ロケットの出入りなんて、いっさいない。外部との接触もまったくない。ビルディングからは何ひととつ出て行かないし、入ってもこない。《ヴィオラ》や《ジャスミン》については、Ａ号区のどこかに〈工場〉があって、何らかの方法で精製して容器に詰めるんだ。アナナスは不満だろうけど、正確な場所は今のところぼくにもわからない。」

「でも、〈工場〉があるというのは確かなんだね。」

「たぶん。」

もしかしたら、精油はあの煌く海水からできているのではないかと、ひそかに期待していたぼくのあてははずれた。しかし、〈工場〉がこのビルディングの中にあるのなら、それはかえって好都合でもある。万が一、〈工場〉に忍びこむことができれば、《ヴィオラ》の原液をこの手で得ることも可能だろう。

「シルル、その〈工場〉へ行けば、《ヴィオラ》の原液もあるのかな。」

《ヴィオラ》の原液を手に入れることができれば、イーイーはもう薄い《ヴィオラ》を使うことはないし、《ヴィオラ》がなくなる心配もしなくてすむ。彼は好きなだけ《ヴィオラ》を使い、以前のように思う存分走りまわることができるのだ。しかし、シルルはなぜか返答をためらっている。しばらくして、彼は無理だというように首をふった。

「《ヴィオラ》や《ジャスミン》の原液は保存がきかないんだ。常に新鮮なエキスが必要なのさ。そのためにＡＶＩＡＮコンピュゥタは……。」

そのとき、ぼくは犬の吠える聲を耳にして、後方にあるバルコニイを振り返った。ヴォイスの音声ではない。ぼくはまずサッシャのことを思い、吠え聲《こえ》をたてた犬の姿を探したが、どこにも見当たらなかった。そのかわり、犬の飼い主である男の姿を容易《たやす》く見つけることができた。男はまるでぼくたちに存在を知らせることが目的であるように、たたずんでいるのだ。

ぼくとシルルはいつのまにか砂浜をずいぶん歩いたので、バルコニイからは遠く離れていた。それにもかかわらず、ふたりとも、バルコニイの突端にたたずんでいる問題の男を、一瞬のうちに見つけた。躰つきからして、《ホリゾン・アイ》にちがいない。それが《ヘルパア配給公社》の男か、ゾーン・レッドの男か、またはパァン池でシルルと親密にしていた男か、そのすべてなのかはわからない。いずれにしても、《ホリゾン・アイ》にはちがいない。あの躰つきは厭でも目につく。男を確認したときのシルルは瞭らかに狼狽して、砂のうえに描いた図をあわてて消して立ちあがった。一方、男のほうでは、ぼくたちの姿をとうに見つけていたらしい。というのも、あのいつでも正面を向いている《ホリゾン・アイ》が遠目にも光をおびていたからだ。

「アナナス、ここで別れよう。」

シルルは蒼白い顔でそれだけ云うと、ドォムのゲートへ向かって走り去った。彼の白いパーカがくっきりと闇に浮きあがる。遠ざかるにつれてしだいに薄れ、いつしか見えなくなった。ぼくがシルルの行方に気を取られているうちに、バルコニイからは《ホリゾン・アイ》の姿も消えていた。シルルを追って行ったのかもしれない。しかし、機転のきく彼のことだから、うまくやり過ごすだろう。だいいち、ぼくたちの話を男に聞かれていたとは思えない。

　ドォムにはぼくひとりが残り、夜の海にそって砂のうえを歩いた。いつ風が出てきたのか、波は先ほどよりも高くなっている。白く縁どった布がなびくように、波打ち際で、一段と大きくうねり、その波のうえをさらにべつの波が追い打ちをかけて、重なるようになだれこんだ。南の海上から（実際はドォムの南側にあるエアシュウトから）、湿気を含んだ生温《ぬる》い風が波に乗って勢いよく吹きこみ、そのまま砂浜を突きぬけてゆく。暗い夜天《そら》の下でも、雲が流れてゆくようすはよくわかった。南から運ばれた群れが集結し、群れが群れを呼んで、しまいに夜天《そら》全体をおおう。

　こうなると、あとは雨が降りだすのを待つばかりだ。もちろん、ドォムにも雨は降る。天蓋に隠された散水装置から水が噴きだし、ママ・ダリアやパパ・ノエルの都市の記録をもとに《青い鳥天文台》のコンピュウタが計算する。年間の降水量は、碧い惑星のデータをもとに割りだされ、そのときどきの数値に応じて雨が降った。ママ・ダリアの都市とちがう点は、雨の成分に沁みている硫酸塩の量だろう。ＣＡＮＡＲＩＡの解説によれば、ママ・ダリアの都市ではいわゆる《ライム・レイン》の警報がたびたび出る。雨の日は地上に出るのを控えよ、という注意だそうだ。

　エアシュウトから吹きこむ風は少しずつ湿り気をおび、髪や服にまとわりついた。やがて、砂の中に落ちる滴《しずく》の音が、パラパラ、パラパラと聞こえ、しだいに数を増してゆく。硬質で微粒な砂のうえに落ちた滴は、すぐには沁みこまず、露のままひかっている。それから、少しずつ砂に沁みて、王冠の形をしたくぼみを残すのだ。はじめのうち、点々と砂浜に残っていた天水の跡はごくわずかで、楽々と数えることができた。しかし、途中で急激に勢いを増してからは、砂の中からも水がほとばしるかのように天水は滔々《とうとう》と降りそそいだ。

南風《かぜ》を含んだ温《あたた》かい雨で、辺りは白く烟った。ぼくは雨にぬれながら、相変わらず砂浜を歩いてゆく。ドォムの中には雨音だけが響き、先ほどまで聞こえていた喝采やざわめきは跡絶《とだ》えていた。ヴォイスは今、何の音声も流していない。ぼくはレシーヴァを出して耳に入れた。日ごろ、テレヴィジョンの映像と、ヴォイスの音声のズレに慣らされてしまっているせいか、雨にぬれながら雨音を聞くというのが、どうもしっくりこない。そう思って、レシーヴァを耳に入れたとたん、奇妙な音声が聞こえてきた。ぼくは《銀の鳥公社》に周波を合わせたはずなのだが、聞こえてきたのは鳥の聲《こえ》ではない。どうやら、混線しているようだった。

AM–008345K, AM–006799H, AF–004567K, RACC–0001345, RAAD–0001789, RAAD–0001256……

抑揚のない音声で呼びだされているのは、《同盟》の委員たちのようだ。Aではじまるのは A D カウンシルの一般の委員、R A C Cは《同盟》の委員、R A A DはA Dカウンシルの幹部委員だ。コンピュウタによる合成音は、たいてい性別のないものが多かったが、この声は瞭らかに女性のものだった。調子は単調だが、珍しく深みのあるコントラルトで、ぼくは思わず聞き入っていた。もし、ママ・ダリアの声を聞くことができたら、こんな声であってほしい。そう思うほど、ぼくはその声が気に入った。……しばらく聞いていているうち、それがすでにどこかで聞いた音声だと思えてきた、ぼくの知っている誰かの声に似ている。

AF–0045679B, AM–0021223J, AM–0043788M, RACC–0001267, RAAD–0002997

……

「アナナス、」

不意に名を呼ばれた。雨でかすんだ海岸に人影がぼーッと浮かんでいる。その細長い手脚で、すぐに誰なのかがわかった。

「イーイー、」

「何をしているのサ、こんなに雨が降っているのに。」

「休んでなくていいの、」

「病人みたいに云うなよ。」

不満そうに眉をひそめたイーイーは、瞼を閉じて夜天《そら》を見あげ、しばらく雨にうたれていた。彼の、石膏質の額は雨をすべてはじいてしまう。水滴は彼の額や頰のうえでガラス玉のようにはねてすべり落ちた。そのうちに天水の勢いは急速に弱まり、やがて霧になってゆく。

「バルコニイのほうへ行かないか。」

イーイーに促され、霧の中をバルコニイへ向かって歩いた。まえを行くイーイーは心なしか脚をひいて歩いている。

「イーイー、その脚……。」

「何が、」

「もしかして……、」

「ああ、ここへ来る途中、またいつもの調子でサーキュレを飛ばしすぎて壁にぶつかったんだ。たいしたことはない。」

イーイーはもう転ぶことに慣れてしまったのか、はじめてのときのように狼狽も見せず、平然としていた。

「イーイー、そうなる理由がわかっているんだから、少し気をつけないと、」

云うや否や、イーイーは勢いよく振り返った。髪に残っていた水滴がひかる。

「ぼくにどうしろと云うのサ。サーキュレで走るのをやめろと云うつもりか。それとも、アナナスみたいにのろのろと走ればいいのか、」

予想もしなかった見幕でイーイーに怒られ、ぼくはしばらく声が出なかった。自分の躰が思うようにならないということが、どんなに彼を傷つけているのか想像にかたくない。だが、日ごろのイーイーらしくない感情の解放に、ぼくは途惑いを隠せなかった。

「何もそんなつもりで……、ことばが足りなかったのは謝るよ。でも、イーイーの云いかただってひどい。」

　気まずい間《ま》があった。ぼくはまた後悔している。イーイーが普段どおりふるまえないことを百も承知しているくせに、彼を責めているのだ。しかし、沈黙していたことで、イーイーは落ち着きを取り戻したのだろう。先ほどとはうって変わった穏やかな表情でぼくを見た。

「ごめん。アナナスにあたることはないのに、どうかしてた。」

「ぼくも悪かったんだ、」

「弁解するのは、かえってみっともないけど、今のぼくは精一杯努力しても、なかなか冷静でいられない。感情に走らないでいることがこんなに難しいなんて、思わなかった。ほんの少し躰の調子が悪いだけでこれぢゃ、この先何度、アナナスに謝る羽目になるのかわからないな。」

　イーイーはひとごとのように云って苦笑した。

「イーイー、今後はいっさい、謝る必要なんてないから。」

「どうして、」

「さっきの件で、ぼくには何もできないってことがよくわかった。だから、せめてイーイーがどんなにヒステリックになったときにも、ぼくは怒らないことにする。それがイーイーに対するぼくの最大級の讃辞なんだ。」

「アナナスが怒らないなんて、信じ難い。」

イーイーは陽気に云う。ぼくたちはふたたび歩きはじめ、まもなくバルコニイについた。先ほどまでの雨は、ただの霧に変わり、夜の闇と解けあいながら漂っていた。バルコニイの椅子は湿っていたが、ぼくたちは海のほうを向いた椅子を選んで腰をおろした。

「もし今度ぼくが怒ったら、罰としてイーイーのために働くよ。ひとつだけ、何でも命令していい。」

まじめな気持ちでそう云ったのだが、イーイーは本気にしていないのか、声をたてて笑った。

「ひとつだけと、区切るところがアナナスらしいな、」

「だって、際限なくイーイーの命令をきいていたら、身が持たないだろう。」

「平気さ、アナナスは案外、誰よりもタフなんだ。」

イーイーはまだ笑っていた。彼は冗談としか思っていないようで、ぼくは笑うに笑えず、ただ気の抜けたようにたたずんでいた。

「アナナス、あの犬、」

突然、イーイーは、ぼくたちのいたバルコニイの端を指さして立ちあがった。彼の指をたどって視線を移すと、そこに見覚えのある黒い犬がいる。

「サッシャ、」

すぐさま駆け寄って、犬の頭をなでた。迷子になったときより、ずいぶん大きくなっている。しかし、ぼくは迷わずこの犬をサッシャだと思った。行儀がよくておとなしく、毛並みは迷子になったときと変わらず、あるいはそれ以上にスベスベだった。あの碧い首輪をしている。仔犬はぼくを見て盛んに尾をふった。

「サッシャ、ひさしぶりだね、」

このまま連れて帰れば、もとのようにぼくの犬になる。犬をなでている感触はとても心地よく、ぼくはもうその犬を連れ帰るつもりでいた。

「アナナス、」

「イーイー、サッシャに間違いない。連れて帰ってもかまわないだろう。」

「本気なのか、」

イーイーは気になるところがあるらしく、わざわざ念を押した。《ホリゾン・アイ》のことを考えているのだろうか。

「……そのつもりだけど、イーイーが賛成しないなら、よすよ。だって居間で飼うことになるんだから。」

「反対しているわけぢゃない。」

イーイーは自分でも犬の額をなでた。サッシャは誰にでもなつく犬らしく、イーイーにも甘えている。見回したところ、男の姿はなかったので、ぼくはサッシャを連れて帰ることに決めた。

「アナナス。その仔犬のリングはどうしたんだ。首輪についていたはずだろう。」

「……きっと《同盟》の誰かが持っているのサ、」

「どうかな、」

イーイーはそう云ったあとで微笑み、仔犬を抱きあげて歩きだした。

第7話★碧い海の響き

Soft-Hearted Noise

敬愛するママ・ダリア、

はやいもので、八月ももうなかばを過ぎました。テレヴィジョンは毎日、ママ・ダリアの都市の猛暑を映し、連日、華氏一〇〇度近くに達していると、ヴォイスが伝えています。灼《や》けるような街、高層ビルディングのうえで煌《かがや》くアンテナのリング、真昼でも点滅をつづけるビーコンが火毬《かきゅう》のようにひかる地上。都市はほとんど全体が白くひかり、輪郭を失って見えます。熱射によって、紙のように燥《かわ》いた土瀝青《アスファルト》、ねじれた鋼鉄の支柱や鉄塔、垂れさがったケーブル、放置された車輪、ヒビ割れた道路。アビタシオンの外壁は地層のような断面を見せ、表面の部分から少しずつ剝離《はくり》しています。

一方この〈鐶の星〉のビルディングでは、これまでずっと華氏六八度で保たれてきた室内温度が、たびたび華氏五〇度を割るようになりました。華氏五〇度といえば、防寒服なしではいられませんし、暖房も必要になります。外出時には防寒用のホワイトスウツ着用の義務、食糧節約、活動制限。もちろん、あらゆる場所の空調が故障しているわけではなく、宿舎内は正常です。問題は宿舎からほかの場所へ移動するあいだなのです。

ことにチュウブをサーキュレで走るような場合、速度が増せば増すほど、躰は冷えてゆきます。凍るような風にさらされた結果として体温が下がり、極端な場合、体内の水分が皮膚の表面に噴出して結晶することもあります。

幸いなことに今のところ、《生徒》宿舎の空調はちょうどよく、パーカやプルオーヴァだけで部屋の中にいることができます。夏の適温ですから、だいたい華氏七八度くらいだと思いますが、もう一、二度室温が高ければ、暑いと感じるくらいでしょう。テレヴィジョンで、直射日光を浴びたフリーウェイが亜鉛鉱のように煌くのを見ました。鈍い光は執拗なくらい視神経を刺激するので、途端に額が汗ばんできます。もう暑くてたまりません。

このごろの海は、一見したところとても穏やかなのですが、海流は意外に速く、セイリングボオトなどが勢いよく沖へ進んでゆきます。また、予期しないときに大波が来て、壁のように海面が立ちあがるのです。遥か沖ではかなりうねっているようですし、そろそろ季節が変わるのでしょう。水平線の色合いも、凍碧《アイスブルウ》から濃紺《のうこん》に変わりつつあります。ママ・ダリアの都市にある実際の海ではいかがですか。〈鐶の星〉の夏は終盤を迎え、まもなく、新しい季節がはじまります。その新しさは、ビルディングじゅうのすべてを入れ換えたような変化です。季節が変わるたびに、それまでの風景や時間は、すっかり閉じてしまうように思えます。このまえはどんな季節だったのか、思いだせません。ぼくは今、過ぎゆく夏のことしか頭にないのです。

次に手紙を書くときは、おそらく新しい季節になっているでしょう。

八月十三日　日曜日
認識番号 MD–0057654–Ananas
Dear Mama–Dahlia
〈鐶《わ》の星〉の《生徒》宿舎C号区 1026–027 室にて

ぼくが書き終えたママ・ダリア宛の手紙を、イーイーは長椅子に深く沈みこんで読んでいる。上肢はほとんど背もたれにあずけ、折り曲げた片脚を椅子のうえへのせていた。もう片ほうの脚は投げだしている。このところ、彼の躰《からだ》はますます調子が悪く、煩わしいカゼのような症状がつづいていた。それでも微熱などはなく、体温は、相変わらず凍ったように冷たい。躰の中では脚の衰えがもっとも顕著で、サーキュレが無理なのはもちろん、ふつうに歩くことも億劫《おっくう》になりつつある。ときによっては、立ちあがるのもようやくという感じだ。

「珍しく、短いな、」

イーイーは、このところずっとつづいているかすれ声で云った。

「……書くことがないんだ。」

「それなら、無理に書かなければいいじゃないか。」

「だって、急にやめたら、おかしいと思われるだろう。」

ぼくにとって、手紙を書くことの意味は、すでに失われていた。手紙にはけして真実を書けないと、だいぶ以前から悟っていたが、イーイーの具合が悪くなったことで、それは決定的となった。ママ・ダリアやパパ・ノエル宛の手紙に、彼の躰が日を追うごとに弱ってゆくようすなど書けないし、書く必要もない。描写することで、症状を固定してしまうのではないかと不安になる。この一週間でイーイーは見た目にも瞭《あき》らかに衰え、サーキュレで外出することもない。だいいち今の脚の状態では、とてもサーキュレで走ることなどできないだろう。宿舎の中で移動するのにさえ、ぼくの助けを必要とするほどだ。個室にもあまり戻らず、たいてい居間の長椅子で過ごしていた。付きあいで、ぼくも居間にいることが多くなった。シルルからの連絡もこのところ跡絶えている。

「誰だって、嘘を書きつづけることなんてできないサ。もう気づいているだろう。嘘を書くことは、事実を書くよりも骨が折れるんだ。事実は見たままや感じたままを、素直な気持ちでことばに置き換えるだけでいい。事実であるという堂々とした勲章があれば、誰も文句を云わないし、自分でも納得するだろう。何よりも、ほんとうのことを書いている正直な自分に陶酔できるぢゃないか。どういうことかと云うと……、」

イーイーの話に同意できない部分があったので、不満の視線を投げかけた。彼はそれに気づいて、話を中断する。

「何か、文句がありそうだな。」

「……だって、イーイーは今、これまでの態度と矛盾することを云ったぢゃないか。」

「どんな、」

「云わなくても、承知だろう。ぼくは少し前まで、手紙には真実しか書いていなかった。それが当たりまえだと思っていたあのころ、イーイーはぼくの書くすべての手紙に文句をつけていたんだよ。きみの云うように、堂々と勲章をつけて事実をならべたてていたにもかかわらずだ。」

　イーイーはぼくが文句を云うのを、微笑みながら聞いていた。彼のそんな表情をまえにしては、文句をつづける気力もそがれる。ぼくは口をつぐみ、イーイーにつられて微笑んだ。

「……いいよ、もう。つづきを聞かせて、」

「どこからだっけ、」

「正直なことを書いている自分に酔うってところ、」

「……まさしく、アナナスのことだよね。」

「イーイー、」

「つづきを話すまえにアナナスが勘ちがいしている点を訂正しておくけど、事実と真実はこの場合、同じぢゃないよ。事実は、それが事実であることですでに完結しているから、書くことの意味なんてはじめから存在しないんだ。一方、真実は不安定で、いつでも平気で嘘と入れかわる。……ところでアナナスに訊くけどさ、きみが書こうとしている手紙はいったいどっちだ。」

　こんなムチャな二者択一があるだろうか。どちらを選んでも、手紙を書くことは否定される。はじめからイーイーはそのつもりなのだから当然で、それこそぼくが答える意味は失われていた。だいいち、ぼくはもうだいぶ前から、真実と訣別しているのであり、いまさら、どうこう云われる覚えもない。

「どうしてそう、責めるんだ。ぼくが手紙で嘘を書いていることは、イーイーだって知っていることとぢゃないか。」

「だからさ、嘘はつまり、真実だろう。……事実ぢゃないけど。」

「きみの論理で云えばね。でも、ぼくには真実と嘘がひとつのものだなんて納得できない。」

「アナナスは別のものだと思うのか、」

　イーイーが急に厳しい表情をしたので、ぼくは答えに詰まっていた。以前、似たような議論をした。ヘルパアを返却できず、外出禁止の罰を受けていたときのことだ。テレヴィジョンが正常ならばけして見ることのない光景を、ぼくは見てしまった。ガスが渦を巻くビルディングの外のようすだ。ぼく自身が真実を見ようとしているから、見えてしまう光景なのだとイーイーは云った。だが、その光景は事実であるとは云えない。テレヴィジョンにそんな映像が映るはずはないのだ。輪郭線はすべてぼやけている。実像と幻影、真実と嘘、覚醒と睡眠……、イーイーとぼくも……か。

「イーイー、ぼくにはわからない。ほんとうはよく考えてみなくてはいけないと思うんだけど、そうすると躰の中に、ひずみができるんだ。喉は何かつかえたみたいに息苦しいのに、躰の中はカラッポで何もない……。風船みたいだ。考えれば考えるほど、何もわからなくなるんだよ。空虚になるだけなんだ。」

「それなら、もうこの話はよそう。」

イーイーは疲れたように微笑んで、瞼を閉じた。彼はこの先どうなってゆくのだろう。まだ、あの碧い惑星へ行く何の手がかりも摑んでいないのに、イーイーは刻々と弱っている。あすにも動けなくなってしまうかもしれない。ぼくはもう一度、ゾーン・ブルゥへ行ってみなければならない。危険をともなうかもしれないが、もうこれ以上ひきのばすことも、イーイーの回復を望むこともできないとしたら、今すぐに出かけても遅すぎるくらいだ。

イーイーが眠りについたのを見届け、CANARIAを抱えて宿舎を飛びだした。彼はいまや、ぼくのまえでも平気で眠ってしまう。ゾーン・ブルゥへ行ってどうしようという計画は何もなかったが、じっとしていることはできない。エレヴェエタホオルへ向かって、はやる気持ちでサーキュレを走らせた。急に思いたって部屋を飛びだしてきたので、うっかり防寒用のホワイトスウツを着こむのを忘れた。はじめは気が昂《たか》ぶっていて気づかなかったのだが、チュウブの中を進むにつれ、寒さで凍えそうになった。また一段とビルディング内の室温は下がっているらしい。躰の中の水分が凍って、石を抱えているような気分だ。それとも、あの何ともいえない空隙が凍りついてしまったのか。それははじめほんの握り拳ほどだったが、だんだん躰じゅうに広まった。しかも冷たく重い。あまりの寒さに引き返してホワイトスウッを着てくるべきかどうかを迷った。だが、そのうち、C号区にあるいつものエレヴェエタホオルへついてしまった。

そこでシルルに逢った。彼はちゃんとホワイトスウッを着ている。今となっては外出するときの義務で、怠るのはぼくくらいのものだろう。ぼくはホオルの壁にもたれているシルルの前でサーキュレを停めた。彼は、ときおり銀色の光彩を放つ灰色のまなざしを向けてくる。そして、静かに微笑んだ。

「きみを待っていたんだ。アナナス、ここでずっと、」

「え、」

「呼びだすわけにはいかなかったから、」

「……どうして、」

「イーイーに知られたくない。」

あらためてシルルと向きあったぼくは、彼の睛の灰色が、緊張と興奮のあいまった不思議な煌きをおびていることに気づいた。いつものシルルとどこかちがう。彼はもともと穏やかな表情と静謐な睛の持ち主だが、今、彼のまなざしに現れている煌きは、消滅する寸前にひときわ強い光を放つ白色矮星《わいせい》のように、つづいて起こる暗闇を示唆していた。シルルのそんな睛を見て、ぼくはいちだんと寒さに震えた。とりわけ手首のリングが凍りつくほど冷たく感じられ、そこだけ痺れるように痛んだ。

「アナナス、ホワイトスウッは」

ふたたび口をひらいたとき、シルルの声は意外に明るかった。

「……忘れた。考えごとをしながら出てきたから、」

「アナナスらしい、」

彼は笑みを浮かべて、ちょうど到着したエレヴェエタに乗りこんで手招きした。

「……どこへ、」

ぼくは一瞬、乗るのをためらった。

「アナナスはどこへ行くつもりでエレヴェエタホオルへ来たの、」

「ゾーン・ブルゥ。」

シルルは驚いたように睛を見ひらいた。彼がそういう反応をするだろうことは、予想がついていた。おそらく、また彼らしく憂いのある静謐な睛と穏やかさをもって、それがどんなにバカげたことかと諭すだろう。

「シルルがたとえ止めても、ぼくは行くよ、」

先に牽制しておいた。にもかかわらず、シルルは静かに微笑んでいる。

「ぼくも行こう、」

「……シルル、」

彼は誘うようにぼくをエレヴェエタへ引き入れた。イーイーと同じ冷たい手。間近に、彼の灰色の睛があり、海柱石《ベリル》の色に煌く中心点が見える。扉が閉じるとともにシルルは一転して厳しいまなざしを浮かべた。

「アナナスに訊きたいことがある。」

基内には外の乗客は誰も乗っていない。シルルはあんな憂いをおびた表情で油断させておいて、ぼくを追いつめるつもりかもしれない。エレヴェエタ内部の空間が歪《ゆが》むと云ったのは、ほかならぬシルルだ。行き先ボタンのあるパネルに近づこうとしたが、そこにはもうシルルがいて、信号を送っている。エレヴェエタはすでに上昇をはじめ、かすかにシャフトの回転する気配がした。ゾーン・ブルゥにランプが点《とも》る。ふつうでは点灯しないはずのゾーン・ブルゥのボタンが、いとも簡単に点滅した。

「ぼくに訊きたいことって、」

シルルが隣に戻ってきたので、先まわりして切りだした。彼はぼくの勢いに虚《きょ》を衝《つ》かれたような表情を浮かべ、そのせいか聞きとれないほどの小さな声で答えた。

「イーイーのことだけど。」

「……イーイーの、」

シルルはうなずいたが、そのまま口をつぐんでしまい、しばらく沈黙がつづいた。チュウブや廊下などが華氏五〇度を割りこんでいるのとは対照的に、エレヴェエタ内部はむしろ以前より暑く感じられる。構造が機密なので、空調が故障すれば基内の温度があがるのも当然だ。ぼくはパーカを脱ぎ、下に着ていたシリンダァネックのファスナを鳩《みぞ》尾《おち》のあたりまでひらいた。それでも暑いくらいだ。吐く息の熱さで汗が滲みだしてくる。ホワイトスウッツのシルルはさぞ暑いだろうと思うのだが、平然としていた。それでも、ぼくが怪訝な顔を向けているものだから、ようやくホワイトスウッツの上半身だけを脱いだ。中にも、真っ白で薄いスウェットを着ている。細身の躰を際立たせるような素材だ。シルルの躰つきはどこか人工的で、鎖骨《さこつ》が浮きあがって見えることが、むしろ不思議に思えた。

「イーイーはもうずっと具合が悪いんだ。今も横になっているけど、」

シルルはぼくがいくぶん敵意を持って切りだした瞬間だけ、顔をあげていたが、今はもううつむいて、床の一点をじっと見つめている。部分的に琥珀色をした長い睫《まつげ》が、彼の目の下に淡《あわ》く影をつくっていた。エレヴェエタの内部《なか》はますます暑く、ぼくはシリンダァネックのシャツを脱いだ。暑さはいっこうにおさまらない。一方、シルルはいつもの涼しげな表情を浮かべている。硬質な額は汗を滲ませることもなく、白い石のように鎮まっていた。

こんなことをしているうちにエレヴェエタはゾーン・ブルゥへ着いてしまうだろう。苛立《いらだ》ちと不安を覚えながら、パネルに点っている青ランプへまなざしを向けていた。すると、シルルは急に思い立ったように、パネルのほうへ歩いてゆく。

「アナナス、」

「何、」

「ゾーン・ブルゥへ行くまえに、付きあってほしいところがあるんだ。」

いよいよ来た、と思った。

「……どこ、」

ぼくはいくぶん警戒していたが、シルルからは疑うべき気配は感じられない。彼は静かに唇を動かした。

「〈マーレ〉、」

「……何をしに、」

「話を聞いてほしい。」

〈マーレ〉というのは、C号区の一二五〇階にある人工砂漠だが、ぼくはまだ一度も行ったことがない。《鐶の星》が属する恒星系内に火夏星《アレス》と呼ばれる惑星があり、その海を模して造られたサイトだった。火夏星《アレス》には水分がない。海といっても、そこにあるのは砂の海で、テレヴィジョンによってつくりだされた涯てしない砂丘と、人工の砂漠が同時に存在する。〈マーレ〉の大きさはA号区のドォムをひとまわり小さくしたくらいの規模で、ガラスフィルタ付きのドロップボオトで砂のうえを走ることができる。このドロップボオトはけっこう人気があり、イーイーやジロは夢中になっていた。だが、乗りこなすには高度な技術と勘が必要で、自分の技量を重々承知しているぼくには、縁のない乗りものだ。パァン池のフォイルボオトもそうだが、速度が出る乗りものについては、腕に自信のない場合は手をださないことが《生徒》間で暗黙の了解事項となっている。ぼくは〈マーレ〉へ行くことを承知し、シルルはパネルの行き先を変更した。

数分後、ぼくたちは〈マーレ〉に着いた。エレヴェエタホオルにほど近いゲートをくぐって、ふたり乗りのドロップボオトを借りる。すでに砂漠は夜になっていた。エレヴェエタでの汗が急激に冷えだしたので、ぼくはシャツを着こんだ。歪んでバカみたいに大きい火夏星《アレス》の衛星が夜天《そら》に浮かんでいる。映像が悪いのかテレヴィジョンの状態がよくないのか、衛星も星も水の中にいるように揺らいでいた。ときおり閃光《せんこう》が夜天《そら》を駆け、そこだけ空白になった。だが、また正常に戻る。

「操縦はシルルに任せるよ。ぼくは苦手だから、」

シイトにつくなり、ぼくはドロップボオトのステアホイールをシルルに預けた。

「乗ったことは、」

「ない。ここへ来るのもはじめてだ。」

ぼくはむやみに不機嫌になって答えた。

「イーイーの云うとおりだ。きみは……覚えていないんだね、」

「……何を、」

シルルは静かに微笑んだきりで、ぼくの問いに答えようとはしない。気をそらすように、ステアホイールを手にした。

「ときどき交替しよう。ぼくたちのほかに誰もいないから、どう乗っても平気だ。」

シルルの云うとおり、この人工砂漠にいるのは、今のところぼくたちだけだった。しかし、起伏のあるこの〈マーレ〉では、一カ所で全貌が見渡せるわけではない。誰もいないと決めつけるシルルのことばはどこか不自然だった。イーイーから聞いていた話では、《生徒》たちに人気の高いドロップボオトは、いつも行列して乗るほど混雑するという。きょうはたまたま空いているらしく、列をつくっている《生徒》はいなかった。

「アナナスも練習してみればいい。慣れてしまえば簡単だ。それに、ほんとうはきみも操舵できるんだよ。……きっと躰が覚えている。」

ドォムの海岸よりも起伏の多い砂地がどこまでもつづいていた。日没からまだ間もないらしく、地平線に接する夜天《そら》は赤銅色《しやくどういろ》に輝き、砂の平原も呉藍《くれない》に染まった。砂丘の輪郭がクロォム線のようにひかる。風の流れにまかせ、刻々と変化する砂の波もようは、見あきることがない。砂烟《けむり》は霧のように漂い、瞬時に視界を掻《か》き消した。ふたたび辺りが晴れたとき、それまで目のまえにあったはずの砂丘は跡形もなく消え去っている。砂漠は一時《いっとき》として同じ姿を見せることはなかった。

気温はひくく、ボオトを走らせてゆくうちに、素肌は夜気を含んで湿ったように冷たくなった。ぼくは脱いでいたパーカをふたたび着こむ。それでも風が肌に沁みた。

「寒いの、」

シルルが訊ねる。ぼくは小さく頷き、首が隠れるシリンダァネックのファスナを引きあげた。風が入らないように頰骨までおおうことができたが、寒さを防ぐにはいたらない。砂丘から吹き下ろす夜風は容赦なく吹きつけ、体温を奪った。指先が凍るようだ。

「フィルタを閉じようか。そうすれば風が入らないし、ヒータアを入れることもできる。」

シルルの気遣いが、うっとうしかった。彼はイーイーのことを訊ねたくてぼくを誘っている。そんなことは瞭らかなのに、なかなか本題に入ろうとしないのだ。

「このままでいいよ。そのうち馴れるサ。」

やや、投げやりな口調で、シルルの提案を辞退した。シルルは閉じかけていたフィルタをまたもとへ戻し、いったんは走りだしたが、すぐにまたボオトを停めた。

「このスウツを貸すよ。ぼくは平気だから。」

素早くホワイトスウツを脱いで、それをぼくにすすめた。ぼくはまたしても断ろうとしたが、憂《うれ》いをおびたシルルの睛《ひとみ》に負けた。灰色の睛が暗く沈んでいる。真っ白なスウェットをまとったシルルの白い肌は、病的なくらい白い。血液も白いのではないかと思えてしまう。

「シルルだって寒いだろう。着ていろよ。」

「大丈夫だから、貸すんだよ。ぼくがこれを着て歩くのは寒いからではなく、気温の変化に鈍いことを隠すためなんだ。だから、きみが遠慮することはないのさ。」

熱心にすすめられ、ぼくはスウツを借りることにした。さすがに暖かい。彼が気温の変化に鈍いというのは初耳だったが、ほんとうかもしれない。汗もかかず、暑さや寒さを感じない体質は、イーイーと同様だ。

シルルはふたたびボオトのステアホイールを握り、こんどは浮力をかけて速度をあげた。水しぶきのように砂を噴きあげ、砂丘の表面に水尾《みお》を残しながらいくつかの小高い砂の山を越えてゆく。斜面ではドロップ形の影を落として進み、ボオトが噴射する圧縮ガスのせいで、砂は常にサラサラと水のように流れた。見渡すかぎりの琥珀色《こはくいろ》。夜天《そら》は赤い靄《もや》につつまれる。稜線は黄金《きん》色の熱を放出し、たてがみのように大きく波うった。砂丘はわずかな時間に、刻々と姿を変えてゆく。平らだったところが突然くぼみ、その砂が突風に運ばれてゆくと新たな砂丘ができる。絶えず起こる小さな龍巻や旋風、砂烟。ときには、噴水のように砂を噴きあげ、空中から地表に降りそそいだ。ぼくたちはボオトのフィルタをあわてて閉じ、ボオトの中に砂が零《こぼ》れるのを防ぐ。あちこちで、不意に砂が噴きあげている。小さな火山がたくさんあるようだ。

シルルは話があると云っていたのに、いっこうにその気配を見せない。黙っているわけではなく、ときどきボオト操作のコツなど、とりとめのないことを話した。もの静かな語り口は平素と変わらず、鎮まった表情には何の苦悩や迷いも浮かんでいない。不安のゆらぎを見せていた睛も今は落ちついている。ぼくをとくに呼んで何かを訊きだそうとしていた深刻さなど、少しも窺《うかが》えなかった。彼はふだんの静かなまなざしを進行方向へ据えて、巧みにドロップボオトを操る。

砂漠は平らな部分が少なく、なだらかな起伏が幾重にもつづいていた。浮力のついたボオトは、ひとつの砂丘を乗りこえるたびにゴムボールのように弾み、その一瞬、シイトから躰が離れてゆくような気がした。砂丘の勾配《こうばい》が急であればあるほど、ボオトは高く跳ねあがり、数秒間、慣性のままに宇宙を飛んだ。そのかわりに、着地は静かで衝撃もほとんどない。シルルのステアリングがよほど手慣れている証しだろう。ぼくはしばらく乗り心地のよさに酔っていた。

「アナナスも試しに操作してみたら、」

シルルはぼくにステアを渡した。速度は急激に落ち、浮力の衰えたボオトは、ふたたび砂のうえをすべってゆく。波のように飛沫《しぶき》をあげる砂がボオトの両側に飛び散った。ぼくはいったんステアを手にしたが、こうしていつまでも砂漠を走りつづけるわけにもいかない。ゾーン・ブルゥへだって行かなければならないのだ。不安定なステアリング操作で、ボオトが傾《かし》ぐ。しかし、すぐにジャイロが反応してもとへ戻った。

「……シルル、ぼくに訊きたいことって何、」

その辺りではいちばん高い砂丘のうえへドロップボオトを停め、フィルタをあけた。今まで、硝子によって遮断されていた冷たい空気が、ぼくたちを満たしている。ホワイトスウツを着ているおかげで、その冷たさも心地よかった。遙かな稜線を、砂烟が走る。

「イーイーは、どんなふう、」

シルルは、ようやく彼がいちばん訊ねたかったはずのことを口にした。ぼくもイーイーの容体のことをまっさきに訊かれるだろうと思っていた。

「相変わらず。何となく、いつもだるいと云ってる。手脚が鉛のようだったり、石のようだったりするって。……日を追うごとに悪くなるよ。」

そう云うとシルルは頷いて、ポケットから見覚えのある小壜を取りだした。尖《とが》った蓋《ふた》の形から、精油の壜であることはすぐにわかったが、驚いたことにそれはシルルの使う翠色《すいしょく》の《ジャスミン》ではなく、イーイーの使うすみれ色の《ヴィオラ》の小壜だった。

「……イーイーに渡してほしい。」

「シルル、どうしてそれを、」

「きみは疑うかもしれないけど、これはほんものだ。毒でも薬でもない。いつか、イーイーがエレヴェエタの中で具合が悪くなってぼくを呼びだしたことがあったろう。それで、ぼくが彼の部屋へ《ヴィオラ》を取りに入った。……あのとき、イーイー自身のほかにも誰か《ヴィオラ》を持っていたほうがいいと思って、無断で余分に持ちだしたんだ。いつか役に立つだろうと思っていたけど、こんなに早くとはね。」

シルルは、ぼくがイーイーに請われて《ヴィオラ》を持っていることを知らない。ぼくもそれを彼に告げることができなかった。

「これなら、以前と同じ濃度だから、イーイーの躰は回復すると思う。」

「でもシルル、たったひと壜じゃ、数日後にはまた薄い《ヴィオラ》を使うことになるよ。何の解決にもならないさ。」

まさかその点にシルルが気づいていないとは考えられなかったが、ぼくはわざわざ指摘した。シルルは海柱石《ベリル》の色をした睛《ひとみ》の中心点を小さくし、その一方で灰色の睛全体を大きく見ひらいた。わずかに気を昂《たか》ぶらせているようすが窺える。彼には珍しいことだが、このところ、いく度かそんな表情を見せた。

「アナナス、ぼくはたぶんイーイーに必要な精油を手に入れられる。〈工場〉を見つけたんだ。だから、これから行って、盗みだしてこようと思う。」

重大な事柄のわりに、シルルは極力冷静さを保っている。口ぶりは淡々としていた。そんな彼の不自然なようすも、ぼくは問題にしなかった。精油の〈工場〉が見つかったことのほうが重要だ。

「行くなら、ぼくも行きたい。案内してくれるんだろう。どこなんだ。」

「……アナナス、無理だ。教えられない。」

「どうして、」

ぼくは詰め寄ったが、シルルは頑として聞き入れようとしない。穏やかな表情を浮かべたまま、ふたたび静かにドロップポオトを走らせている。単調な起伏のつづく砂漠を進んだ。

「シルル、それなら、きみが直接イーイーに手渡せばいいだろう。どうしてぼくに頼むんだ。イーイーだってそのほうがいいにきまってる。」

短気にそう云ったぼくを振り返り、シルルは睛を曇らせた。

「彼は、ぼくの持って行ったものなど受け取らないよ。だから、アナナスに頼むんだ。」

シルルはふたたび正面を見据え、ドロップボオトを右へ大きく旋回させた。だが、砂丘のつづく風景は、これまでとまったく同じといってよいほど変化しなかった。いっこうにほかのドロップボオトと出逢わないし、ゲートも見えなかった。

「もし、イーイーがきみに不審を抱いているとしたら、それはきみが《ホリゾン・アイ》にそそのかされているからだろう。どうしてあんなやつの云いなりになっているんだ。」

「アナナス、」

「ぼくは知ってる。パァン池で、きみが《ホリゾン・アイ》と歩いていたところを見たんだ。」

ドロップボオトは突然、浮力を失って、砂を噴きあげながらすべりはじめた。視界が砂で掻き消され、左右の振幅も大きくなる。シルルがステアのうえに肱《ひじ》をついて、手で顔をおおっているからだ。そのまま伏せて、しばらく動かなかった。ボオトを制御する者のないまま、砂しぶきをあげながら、蛇行して走った。小さな砂丘は強引に崩して突き進み、大きな砂丘は横滑りしてゆく。砂の波が上からおおいかぶさって、ボオトを押し流した。シルルはステアを抱えこむように伏せていたが、その姿勢のまま、ぼくのほうへ顔だけを向けた。灰翠色《はいすいしょく》の睛を抗議するように見ひらいていた。

「そうさ、アナナスは何でも知っているんだ。きみはいくらでもぼくを嗤《わら》うことができる。」

「……シルル、」

「ぼくは知りたかっただけなんだ。それさえわかれば、ほかのことはどうでもいい。」

「……〈工場〉のこと、」

　答えはなかった。シルルはふたたびステアを握って、強く引いた。ボオトは急加速する。砂丘の急斜面をボオトで滑空し、その勢いのまま数十秒、宙に浮かせてふたつの砂丘を飛び越えた。一瞬、生身の躰で夜天《そら》を飛んでいるような心地がして、自分の体重を感じなかった。ボオトは操舵がきかなくなったように、横滑りをはじめた。シルルはふたたびステアのうえに伏せていた。肩を震わせている。

「シルル、」

「イーイーも、きっときみと同じことを思っている。そんなことくらい覚悟していたはずなのに……、」

「イーイーはぼくとちがう。一時の感情で簡単に結論を出したりしないサ。冷静に判断する。それはシルルだって知っていることぢゃないか。彼はまだきみのことを好きだし、信頼もしてる。」

　ぼくのことばでは、何の慰めにもならない。シルルは反応を示さなかった。それでも、躰を起こしてボオトの動きを修正した。こんな状態にあっても、ステアリングは完璧だった。ボオトはたちまち水平に安定し、適度な速さで砂漠を進んでゆく。景色はどこも似たり寄ったりだったが、いつのまにか前方にゲートが見えてきた。ぼくはどこを走っているのか、ひとつも注意をはらっていなかったのに、シルルはちゃんとコンパスを見て走っていたらしい。ボオトはゲートの脇へピタリと停まり、ぼくたちはシイトを立ちあがった。

「アナナス、あすの晩はもっとたくさんの《ヴィオラ》を手に入れてくる。同じ時刻にここで待っていてくれないか。」

出し抜けに、シルルは《ヴィオラ》の受け渡しを指定してきた。

「……いいけど、シルルはひとりで大丈夫なのか。〈工場〉って、ほんとうは〈立ち入り禁止〉地域なんだろう。危険なところぢゃないのか。」

シルルは一瞬、ためらうような表情を浮かべたあとで、微笑んだ。

「平気だ。このビルディングには、危険な場所やリスクを負う状況なんてひとつもないだろう。ほんの少し咎《とが》められるだけさ。それはアナナスだって承知していることぢゃないか。」

シルルはそれが何でもないことのように請け合う。彼は何か、ふっ切れてしまったような潔さを見せていた。

「シルル、」

「心配いらないよ、アナナス。明晩、またここで逢おう。」

「……誰か、きみのために《ジャスミン》を持ってるの、」

いまさらそんなことを訊く自分が、何だか偽善者のように思えて、ぼくは口ごもりながら云った。

「何のこと、」

「きみが《ジャスミン》を失《な》くしたら、……いったい誰が助けてくれるんだ、」

「誰も、助けてなんてくれない。バカなヤツだと思うだけさ、」

シルルは決心の固さを示すように、強い調子で云った。

「それなら、行くなよ。」

ぼくはシルルの腕を摑んでいた。彼をこのまま〈工場〉へ行かせてはいけないという気がする。シルルは微笑んで、静かにぼくの手をふりほどいた。

「ほんとうは、アナナスが《ロスマリン》を飲めば済むことなんだよ。でも、きみは一滴も口にしないだろう。」

「……え、」

ここで、シルルに《ロスマリン》のことを云われるとは思っていなかった。

「イーイーを救う、もっとも確実な方法は、アナナスが《ロスマリン》を……、」

彼はハッとしたように口をつぐんだ。

「……シルル、それ、どういう意味、」

「やめよう。ぼくはこんなことをきみに云うべきぢゃない。」

「シルル、云いだしたことを途中でやめるのは、卑怯だよ。最後まで話してくれないか。」

ぼくはシルルにつめ寄った。彼から訊きださなければ、もうほかに《ヴィオラ》や《ロスマリン》のことを訊く相手も手段もない。ぼくには焦りもあった。

「いちばん確実にイーイーを救える方法は、彼と《セット》であるアナナスが《ロスマリン》を飲むことだ。そうすれば、きみはイーイーというレシピエントのドナーになれる。」

「……《セット》、」

「《ロスマリン》を飲めば、体質が変化する。精油を抽出するのに必要なのは、ほんとうの植物じゃない。ドナーなんだ。」

「………、」

「アナナス、ぼくはもうこれ以上打ち明けることはできない。あとはきみ自身が考えて判断してほしい。……ほんとうなら、ジロのように本質には何も気づかない〈エンゲージ〉になっているはずなのに、……きみはちがってた。どうしてちがうのかぼくにはわからないけれども。きみはただのドナーではないのかもしれない……。」

シルルは何かに怯えている。頬は、けして解けない氷のように蒼白く、唇をかすかに震わせていた。ぼくは声をかけようとしたが、先にシルルが口をひらいた。

「ぼくのことより、はやく、その《ヴィオラ》をイーイーに届けてほしい。たとえ一滴でも彼にはずいぶん助かるはずだ。」

「そうだね。今すぐ宿舎へ戻るよ、ゾーン・ブルゥへ行くのはあとにする。」

「それがいい。……ぼくはこれからすぐ〈工場〉へ行くから。」

結局、シルルを止められないのだろうか。なぜ不安を感じるのか、その理由がハッキリしていれば無理にでも制止するのだが、あまりにも漠然としている。行かせたくないという気持ちが消極的だったことも否めない。

突然、咆哮が聞こえてきた。今になって気づいただけかもしれない。ダクトはたぶんずっと唸っていた。あのひくく響く怒濤のような、ビルディングの奥底から吹きあげてくる一陣の風。ふと耳にするだけで躰を揺さぶられるあの音。深く満たされた海のどよめきと、水面を渡ってくる南西風。ときには荒れた海の聲高い叫びのようであり、またあるときは静かに打ち寄せる漣《さざなみ》のように間断なく響くのだ。この音声に耳を傾けていると、意識が遠のくような気がする。というより、凝縮されていた意識が拡散し、蜜蜂の巣のような空隙が広がる。すると、今まで瞭らかにならなかった映像が不意に現れてくるのだ。水平線の碧。満ち足りて広がる海。白い飛沫《しぶき》をあげる波濤。

「……アナナス、」

〈マーレ〉のゲートを出ようとしたところで、不意にML-0021754がぼくを呼びとめた。ぼくは、その一瞬前まで、自分がドォムの海岸にいるものと思っていたので、おかれている情況をよく把握できずにいた。

「何、」

「さっきの話は忘れてほしい。《ヴィオラ》はぼくが手に入れてくるから大丈夫だ。〈工場〉さえ見つかれば……。」

「ML−0021754、何の話をしているのサ。〈工場〉なんて、はじめからないだろう。どうしたんだ。きみらしくない。ただのシミュレエトだよ。ML−0021234の《ヴィオラ》は、ADカウンシルから送られてくるから、ぼくたちが心配することはないさ。」

「アナナス、」

「ML−0021754、コード・ネームは使わないほうがいい。気をつけないと、ADカウンシルに呼びだされることになる。」

それまで聞こえていた咆哮が唐突に聞こえなくなった。ぼくは何だか意識を失くしていたような気がする。目のまえに困惑したような表情のシルルがいた。このところ、耳の調子がおかしく、断続的にこのような症状が起こる。まるで、映像を寸断し、まったく別の情景を無理やり差しこんでいるようなものだ。しかも、後になってみると割りこんできた映像がどんなものだったのか、少しも思いだせない。ただ、躰の奥へ沈んでゆくのだ。

「シルル、《ヴィオラ》は頼んだよ。ほんとうはぼくも〈工場〉へ行きたいけど。」

どうしたわけか、シルルはぼくの顔を見て驚きを表した。晴の中心部にある海柱石《ベリル》が、一瞬膨張した。

「アナナス、きみは〈挿入〉されているのか。そうか、だから断絶が起こるんだ。……でも、いったい何のために、」

「シルル、〈挿入〉って何のこと。」

ぼくの顔を見つめて、シルルは事態を把握しようと努めていた。しばらく黙っていたが、やがて気を取り直したように頷く。

「アナナスが〈挿入〉を受けていたなんて、思わなかった。ということは、やはりきみはドナーじゃないということか。それにしても、どうしてアナナスが〈挿入〉を受けるんだろう。」

「シルル、どうしたんだ、」

「まさか、イーイーと《クロス》をして……、」

シルルはひどく歯切れが悪い。訳のわからないことばかり云う。暗号以外にも、彼らは符牒を持っているのだろう。ぼくには理解できないことばを頻繁に発した。

「《クロス》って何、」

ぼくの質問に対して、シルルは意外そうに顔をあげたが、少しのあいだ何も云わなかった。

「今のはひとりごとだから、気にしないでほしい。……また明晩。」

足早に立ち去ろうとするシルルの後を、ぼくも歩きかけた。

「シルル、」

「さあ、はやくイーイーのところへ、」

「……うん、」

ぼくは気分がすぐれなかった。目醒めの悪い朝に似ている。何とかサーキュレを走らせ、エレヴェエタホオルへ向かった。


「どこへ行ってたんだ、」

宿舎の扉をあけるなり、イーイーは長椅子に横になったまま、非難するようなまなざしを向けてきた。

「ごめん、イーイーが眠っていたから、ちょっと散歩していたんだ。」

ぼくはシルルに借りたホワイトスウツを脱ぎながら答えた。宿舎の中は防寒スウツを着ているには暑すぎる。

「誰と、」

「誰って、散歩のことなら、ぼくはひとりで……、」

イーイーが鋭いまなざしを向けたので、ぼくは口ごもった。

「シルルと逢っただろう。」

「え、」

「《ジャスミン》だよ、その薫《かお》り。アナナスにはわからないだろうけどね、」

イーイーはホワイトスウツに視線を向けながら云う。ぼくは迂闊《うかつ》にもシルルから借りたスウッに《ジャスミン》の薫りが沁みていることを忘れていた。嗅覚がないぼくにはまるでわからないが、イーイーはたちどころに気づいたのだろう。ぼくはうろたえながらも、何とか云いつくろい、エレヴェエタホオルでシルルと逢って、いっしょに〈マーレ〉へ出かけたことを告白した。

「ドロップボオトに乗ったのさ。シルルのステアリングはとても巧みだった。ソツがなくて確実で。どんなに跳ねあがっても、ボオトはほとんど揺れない。」

感じたままを素直に口にする。イーイーは当然だというように頷いた。

「彼はあれで、ぼくより数倍うまいのさ。」

「すべてに、淡々としてる、」

「そう。でも、ほんとうは意外に大胆なんだ。それに、やたらと単独で行動するから始末が悪い。」

イーイーによる分析は、シルルをよく理解していることを示している。彼は誰に向けるともなく笑みを浮かべており、それがシルルに対して向けられたように思えた。ぼくは何となく不満を感じて目をそらしていた。イーイーは椅子のうえで躰を起こそうとする。

「横になっていればいいぢゃないか。椅子ならぼくにかまわず使っていてもいいよ。ぼくは床で平気だから、」

それに対するイーイーの反応は冷ややかだった。

「どうしてそんなに気を遣うんだ。病人扱いはよせよ、」

ことごとく歯車が噛みあわない。イーイーは怒ったようすで顔をそむけている。

「……ごめん、」

ぼくはようやく口にだした。彼は手を借りずに躰を起こそうとしたものの、やはり思うようにならないらしく、つらそうに椅子へもたれた。

「アナナス、悪いけど横にならせてもらう。」

跡切れがちに云って躰を横に倒したが、それすら、かなり負担のようだった。ストップモォションのような、ゆっくりした動きだ。

「ぼくのことなら、気にしなくてもいい、」

ぼくは、イーイーが肱に頭をのせて横になるのを見守っていた。ほんとうはそんなイーイーを見ていたくない。

「……怒らないんだね、」

「約束だから、」

そう云うと、イーイーはまた力なく笑う。横になったまま、《ヴィオラ》を出して飲もうとした。そこで、ぼくは手を貸すふりをして、すばやく壜をシルルにもらったものとすりかえる。イーイーは気づかず、ぼくが手を添えたことも咎めなかった。

「アナナス、」

「何、」

「ぼくは、きみに謝らないといけない、」

イーイーはぼくが渡した角砂糖《ランプ》を、何の疑いもなく口に入れながら、そう云った。濃いほうの《ヴィオラ》を沁みこませたものだ。

「何のこと、」

「いまさっき、きみを怒ったこと。悪かったと思ってる。」

「気にしてないと云っただろう。」

イーイーは笑みを浮かべ、ふたつめの角砂糖《ランプ》をかじった。シルルから手渡された《ヴィオラ》がほんとうに以前の《ヴィオラ》と同じものかどうかはわからないし、その保証はゼロに等しい。しかし、先ほどのシルルがイーイーを裏切るようには思えなかった。

「……どうしてた、」

「え、」

「シルル、」

「……うん、」

イーイーがシルルのことを訊いてくるのは予想できた。しかし、いざ、彼の口からその名を耳にすると、やはり狼狽《ろうばい》する。彼らは諍《いさか》いを起こすことはあっても離れることはないのだ。シルルのことをどう話してよいのかわからない。確かに、これまでとちがったようすをしていたのだが、それを具体的にどう説明したらよいのか、答えあぐねていた。それに、《ヴィオラ》のことを話すべきではないかと迷いもした。

「シルルとどんな話をしたんだ。」

イーイーはいつのまにか椅子のうえで躰を起こしている。ほんの数滴の《ヴィオラ》で、彼の躰がここまで回復するということ自体、ぼくには驚きだった。あすの晩になれば、シルルのおかげでさらに多くの《ヴィオラ》が手に入るだろう。そうすれば、イーイーはもっと確実に回復する。

「イーイー、シルルはもう長いこと《ヴィオラ》を持っていたんだ。気づいてた、」

返事はなかったが、この場合の沈黙は肯定と同じだった。ぼくはイーイーが起きあがったことで、余裕のできた長椅子の端に腰をおろした。

「この壜の《ヴィオラ》が終われば、どうせまた躰がきかなくなるんだ。ひと壜だけあっても意味はないよ。」

イーイーは醒《さ》めた表情で壜を眺めた。

「でも、今はだいぶ楽だろう、」

「少しはね、こうして椅子のうえに起きていることができる。」

ぼくはシルルが〈工場〉へ向かったことは黙っていた。

「シルルに連絡を入れて、感謝しておかないとな、」

イーイーは久々にＲＯＢＩＮを膝のうえへのせてキィボオドをたたいた。指の動きはほぼもとどおりと云ってもよいくらいに速い。シルルのもたらした《ヴィオラ》の効果は確実に現れていた。もともと《ヴィオラ》には即効性があるが、こんども効果はてきめんだ。彼はＲＯＢＩＮの通信機でシルルのＰＨＯＥＢＥを呼びだした。だが、応答はない。シルルは先ほど〈マーレ〉で別れたときに〈工場〉へ行くと云っていたから、今ごろすでに忍びこんでいるかもしれない。首尾よくはかどっているだろうか。

イーイーはシルルを呼びだすのをあきらめ、ＲＯＢＩＮのディスクを入れ換えた。それから、スキャナを接続してしきりに何かを入力している。円卓《テーブル》に置いたＲＯＢＩＮのディスプレイには何だかわけのわからない図形が描きだされていた。

「それ何、新しい暗号、」

のぞきこむと、イーイーは首をふって否定しながら、ぼくに見えるようにディスプレイを膝のうえへのせた。

「サーキュレに乗れないなら、何かほかに移動する道具がいるだろう。これはライドランナーさ。坐った姿勢でキィ操作ができるんだ。こんな部屋に閉じこもっているなんて最低だからね。これなら、ホイールが左右にふたつついて、指先で軽く操作するだけでチュウブを自在に走ることもできるし、高速も出る。とても今までのようにはいかないけど。」

彼が見せてくれた図面にはリムやハブを示す線が描かれている。ママ・ダリアの都市で見かけるホイールチェアの変形だが、もう少し軽量で、機能性も高く、高速の運動にも対応できそうなフォルムだった。

「これをどうするの、」

「ADカウンシルのコンピュウタにこの図面を送り、ぼくの躰に合わせて作ってもらうのさ。躰の型をとって合わせせるんだ。」

「コンピュウタに図面をひいてもらえばいいのに。」

「そう。ふつうは好みの型を申請するだけでいいんだ。でも、ぼくの場合、自分の使いやすいようにしたいからサ。」

「そうか、」

ぼくにはそんな図面をひくことなどとても無理だが、イーイーはキィボオドとスキャナを使って器用に図面を描いている。彼がその作業に熱中しているので、ぼくはそのあいだ『アーチイの夏休み』のつづきを見ることにした。背もたれのうしろにあるテレヴィジョンを見ながら、CANARIAを長椅子の肱かけにのせ、ディスプレイを見やすいように斜めに立てる。いつものように解説を読みながらテレヴィジョンに見入った。

《アーチイはママの運転するコンヴァアチブルに乗り、シティへ向かって走っている。後部シイトに乗ったアーチイは犬のダブダブといっしょにぐっすり眠りこんでいた。カナリアは逃げてしまい、名残りといえば、アーチイの手首に残るプラチナリングだけだ。把手として鳥カゴについていたそのリングを彼は手首にしている》……ぼくはそんな画面を、半分眠気をもよおしながらぼんやりと見ていたが、ふとあることに気づいて画面に釘づけになった。

今までに放映された『アーチイの夏休み』では確かに、アーチイの睛の色や、彼のママの派手なルウジュの色までも知ることができたはずである。ところが、ぼくがここで目にしている『アーチイの夏休み』は、画面から完全に色彩が消えているのだ。ママやパパの服はただ白っぽく、コンヴァアチブルの車色もくすんで見えるだけで何色なのかはわからない。

「イーイー、ねえ、ちょっと見てくれないか、この画面。」

彼に見えるよう、ディスプレイを向けた。イーイーはキィボオドをたたいていた手を休め、CANARIAのディスプレイをのぞく。

「何、」

「ほら、色がわからないだろう。これって故障かな、」

「ぼくにはいつもと同じように見えるけど。」

「……同じって、」

ぼくたちはしばらくのあいだ、そろって沈黙した。ふたりが見ている画面は、それぞれの目に同じ形では映っていないらしい。

「イーイー、コンヴァアチブルの色は何色、」

「青磁色《せいじいろ》っていうのかな、蒼がかった淡《うす》い緑だよ。」

「ママの服は、」

「きょうは、キャラメルオレンジのスウツだ。」

「パパの髪の色は、」

「アナナス、どうしてそんなことを訊くのさ。」

「イーイー、ぼくには色がわからない。目がどうかしたみたいだ。」

ぼくが見ている画面では、コンヴァアチブルの色も、ママの服の色も、どちらも似たような灰色に見える。ぼくはそれをテレヴィジョンの故障だと思った。電波か回線の調子が狂って、色が映らないのだろうと考えたのだ。ところが、ぼくには白黒に見える画面が、イーイーには正常に見えているらしい。おかしいのはテレヴィジョンではなく、ぼくの目なのだ。

「見せて、」

イーイーはぼくの肩をそっと摑んで、睛を見つめた。彼の澄明な睛の面《おもて》に、不安に慄《おのの》いているぼくの顔が映っている。そういえば、彼の睛にも色がなかった。髪も白い。

「悪い癖だな。アナナスはまた、忘れたんだ。平気さ。目を閉じてごらんよ……、」

イーイーに従って瞼を閉じた。彼がぼくのほうへ近づいてくる気配はあったが、躰に触れる感触は何もない。自分の腕を動かすこともできなければ、イーイーの腕を摑むこともできなかった。だが、確かに彼を身近に感じる。手脚を重ねているかのようなのだ。身近に寄りそっているのではなく、境界線を持たない同一の感覚だ。視覚も聴覚も自由に交叉し、互いの区別がなくなる。

「イーイー、」

躰はなく、精神だけが宙を漂流しているような気分だ。すがるものは何もなく、手を出すこともできない。瞼をひらこうとしても、いっこうにそれができない。ぼくはどこを漂っているのだろう……。

不意に、風景が見えてくる。……どこかおかしい。ぼくは瞼をひらいているという実感が湧かなかった。だが、確かに目をひらいている。うっすらと水平線が見えた。碧い海。テレシネマの画面が、目のまえにあるのだ。

「……イーイー、」

どうしたことか、声を出すこともできない。唇を動かしたはずなのに、ことばを出せず、躰も自由に動かせなかった。拘束されて動かないのではなく、手脚に自分の意志が伝わらない。

視線はいつのまにか、CANARIAの画面に向いていた。海岸に沿った道路を青磁《せいじ》色《いろ》のコンヴァアチブルが走っている。キャラメルオレンジのママのスウツ。風景はピントの甘いフィルムのように、少し輪郭や明暗が薄らいでいた。だが、先ほど、イーイーが云ったとおりの色彩に見える。……これは、イーイーの睛を徹《とお》した風景なのか。ぼくは彼の躰の内部《なか》にいる。身体感覚も視覚もすべてイーイーのものだ。……ふたたび、瞼が閉じられる。もちろん、ぼくの意志ではなかった。

「アナナス、」

イーイーの声と同時に、ぼくは自分の躰を認識することができた。瞼をあける。曇天にくっきりと浮かぶ断崖の白さや、濁ったような海の色が、目のまえに迫った。テレシネマの色彩が見える。楽しかったアーチイの夏もそろそろ終わりだ。彼はコンヴァアチブルの後部シイトに寄りかかり、遠ざかる海を眺めていた。

「……何だか、妙な感じだった。」

声を出すこともできた。ぼくの躰は何もかももとどおりだ。

「どんなふうに、」

「……躰が消えてしまうんだ。感触がなくなる。でも、冷たさを感じた。それも、ぼくの感覚ではなく、イーイーと同化しているみたいだった……。」

イーイーは黙って聞いていたが、そのうちなぜか弱々しい笑みを浮かべた。

「何も不思議がることはないのに。ぼくたちはいつもこうして《クロス》していたぢゃないか。アナナスはそんなことまで忘れているんだな。……それとも、ぼくの望みがバカなのか。」

「……イーイー、」

彼はさらに厳しい表情をした。

「はやく思いだせよ。」

「……何のこと、」

さっぱりわけがわからず、イーイーの棘《とげ》のある態度に途惑った。何とか機嫌を直してもらいたい。懇願するように見つめたが、彼はその視線を受けとめてはくれなかった。

「どういうことなんだ。イーイー、ぼくが何を忘れていると云うのさ。はっきり云ってくれよ。どうしていつも中途半端に責めるんだ。」

「案外、アナナスは忘れたふりをしているだけかもしれない。」

「………、」

イーイーにそれ以上訊いてもムダだということは、経験からわかっている。何を思いだせば、イーイーの苛立ちがおさまるのだろう。今回に限らず、イーイーはたびたびぼくに何かを思いだすように云う。しかし、何ひとつ思いあたらなかった。気分を換えるために、ぼくはまたテレヴィジョンに目をやった。

きょうのぶんの『アーチイの夏休み』が終わり、何も映像のない、白く濁った画面が映っていた。ビルディングのすべての機能が正常に動いているときは、テレシネマののち、ただちにテレヴィジョンはママ・ダリアの都市を映しはじめたものだ。空白ができることなどなかった。だが、このところ、何の映像も映らないことがある。数分ののち、テレヴィジョンはママ・ダリアの都市を映しだした。

夜も更けて、偵察飛行する航空機のシグナルももはや見あたらない。ただ、無数のサアチライトが闇の中で交叉していた。高層ビルディングや電波塔にも灯火はなく、そこだけいっそう黒い影を落としていた。そんな闇の中を、白っぽい気球《パイロット》が漂ってゆく。ゾンデを付け、リモコンで作動しているらしい。昆虫の眼のような表示灯を明滅させながら、高層ビルディングのあいだを縫って浮遊していた。音信号を出しているらしく、地上の受信機が呼応するように灯を点す。受信機は都市のあちこちにあり、闇の中で赤く静かに明滅した。何かの危険を知らせているようだ。

ぼくはテレヴィジョンから目をそらし、CANARIAのカヴァを閉じた。イーイーはキィボオドを操作していたが、意味のある作業とは思えなかった。ぼくにもわかるほど、タッチが乱れている。彼はしばらくして放心したように顔をあげた。根をつめて疲れたのか、いくぶん蒼ざめた顔色をしている。ぼくは気を取り直し、努めて快活に訊ねた。

「図面はできた、」

彼は頷いた。少しの間があり、ぼくは気まずさを覚えながら、待った。

「今しがたコンピュウタに送ったところだよ。」

イーイーは疲れたようすで溜め息をつき、目頭を指先でおさえている。

「……横になったら、」

再度、同じ過ちを犯してしまったが、イーイーは素直だった。疲労のせいか蒼ざめている。しかし、横にはならず、そのまま不意に躰を折り曲げて椅子のうえへ伏せるように倒れこんだ。

「イーイー、」

具合が悪くなってうつぶせたのかと単純にそう思った。だが、彼の肩に手をかけてみて、そうではないことが判明した。イーイーは意外にも、小刻みに肩を震わせているのだ。けして顔をあげようとはしないし、声も圧《お》し殺している。しかし、彼が泣いていることは確かだった。

「……イーイー、」

こんなことははじめてだ。声を出すことはこらえているにせよ、イーイーがぼくの前で泣くなど、けしてあり得ないことだと思っていた。あまりに突然のことで、ぼくはうろたえた。ことばをかけることなどできず、ただイーイーの肩にそっと手を置いた。細く、冷たい肩だ。想像以上に華奢だった。そのうち、躰の震えがピークに達し、イーイーはとうとう我慢しきれずに呻《うめ》くような声を出した。しかし、そのことばは、口にした本人よりも、はるかに大きいショックをぼくにあたえたのだった。

「シルル……、」

ぼくは宿舎を飛びだし、ドォムへ向かった。たまらなく海が見たくなったのだ。おそらく海は夜を迎え、いつかのように深く澱《よど》んだ暗闇となっていることだろう。ドォムへたどりつくまでの時間が、長かったのか、あるいは短かったのか、そんなことはわからない。何かひとつにまとまった考えを持つことができなかった。漠然と思い描いていたのは、もう宿舎へは戻らないだろうということだ。……イーイーとも逢うことはない。さまざまな思いにとらわれて吸いこまれるように夜の海へたどりついた。ルナ・パァクにもバルコニイにも灯はなく夜天《そら》も雲におおわれていた。雲の灰色がかった白さがあるぶん、ドォムの中は夜とはいえいくらか明るく感じられる。

テレヴィジョンであるにもかかわらず、ドォムに充満した冷気が水蒸気を呼び、数百メートルはある円蓋の高みには、実際にひと群れの雲が発生していた。幻影とあいまった灰色のかたまりは、のしかかるほどに厚く垂れこめ、ドォム内に独特の息苦しさを漂わせている。だいいち、夏の終わりにしてはこの気候は寒すぎる。またしてもホワイトスウッを忘れたぼくは、海側から吹きつける風の冷たさに躰を震わせながらサーキュレでバルコニイを走った。エアシュウトからは水滴まじりの風が霧散していっそう空気を冷やし、吐く息も白く見える。冷たい水滴が、躰にまとわりついて体温を奪ってゆく。数秒後には震えがとまらないほどになった。

夏の真昼にはあれほど澄明な海も、今は石灰を流したように澱んでいた。波は沖あいで荒く断崖のように立ちあがるのが見え、その嶺を飛沫《しぶき》が白い泡となって縁どる。海岸に近いところでは海流全体が大きくうねり、しけの海のように荒々しく砕ける波濤が幾柱も連なって迫ってきた。海面を突きあげる波は、浸食された鍾乳石と同じに濁った白さで、海岸に押し寄せてくる。いっさいの船影はなく、ときおり静電気をおびた雲が鈍くひかるだけだ。天蓋全体がピリピリと震え、フラッシュをたいたように真っ白くなった。しかし、またしばらくすると灰色の雲を映しだす。

ぼくはサーキュレをはずして海岸をひたすらまっすぐ歩いた。砂を踏んで歩く足音は、雲の厚みに吸収されてしまうのか、耳をすましていても聞こえてこない。綿に沁みてゆく水分のように、音は静かに雲の中に消えてゆくらしい。静けさに耐えられなくなり、レシーヴァを耳にして歩いた。周波数を《銀の鳥公社》に合わせ、風鳥の聲《こえ》を聴くコードを探したが、あてずっぽうでは、なかなか見つからない。ほかのどんな鳥でもいいと思ったが、それも探しだせなかった。

目的のアクセス・コードを思いだせないぼくは、CANARIAの本体から取りはずしたキィボオドをむやみにたたいていた。たびたびアクセスしているにもかかわらず、アクセス・コードを忘れてしまったらしい。よもやそのコードを忘れるとは夢にも思わなかった。ふだんごく当たりまえに使っていたコードなのだ。頭で考えるより先に指が動いてしまうくらい、頻繁に呼びだすコードだった。コンピュウタの回路が損壊したように、記憶は跡形もなく削られ、うろ覚えの数字すら浮かんでこない。まったく喪失してしまったのだ。それでもぼくは、停めることのできない機械のようにキィをたたきつづけていた。

どこにも照明はなく、ドォムの明るさの大半は雲の放つ独特の光によるものだ。昼のあいだに吸収した光を少しずつ放出する。ときおり思いだしたようにポォッと強く海を照射した。それがどこかで閃く稲妻なのだと気づいたのは、ずいぶん後のことだ。うすく夜天《そら》をおおった雲が、ヒビ割れた硝子《ガラス》のように見える。思うような鳥の聲を見つけだせないばかりか、かなりひどい混線状態で、ぼくは自分の意志に関係なく、一方的にレシーヴァから流れてくる音声を聞かされた。それはいつかも耳にしたことのある抑揚のないコントラルトだ。本来なら、ヴォイスから流れてくるはずの音声である。

AM−008355K, AM−006800H, AF−004568K, RACC−001347, RACC−0001790, RAAD−0001257……

声は尽きることなくつづいた。たんに登録番号を読みあげているだけなのに聞きのがすことができず、ぼくはすがるように耳を傾けた。以前にもママ・ダリアの声かもしれないと思ったことのあるその響きは、単調でありながら、どこか強靭にぼくをつつみこんで離さない。しかし、声を聞いてママ・ダリアの顔を思い浮かべることはできなかった。

海上を渡る咆哮が響く。エアシュウトに吹きこむ送風の音だ。汐騒や海風、ダクトをぬける風、無数の鳥の囀《さえず》り、それら、あらゆる音声が一体となって耳の奥へ流れこんでくる。あれこれのイメージが錯綜して、特定できなくなった。頭の中で何かが膨張してゆく。

いったいなぜそんなにも長く登録番号を呼び出しているのかわからない。すでに一〇〇人近くのぶんを読みあげたのではないだろうか。音声はなおも綿々とつづいた。

〈ビルディングは、常に《浄化》を必要とする閉塞した空間である。内部は常に流動していなければならず、停滞は縮小衰退を意味する。よって、《侵入者》が外部から召喚され、一時的な混乱を呼び起こす。むろん、AVIANは、すべてを承知している〉

眩しい光に撃たれて、我に返った。ぼくは砂浜に倒れていた。倒れるまでの経過を、何も覚えていない。躰に光が突き刺さったのかと思ったが、それは幻影だった。光が徹《とお》ったところに手をあててみる。何ともなっていない。鼓動が高鳴り、その音を鎮めるために、静脈から心臓へ送りこまれる血液の流れをはっきりと感じた。このとき、稲妻の閃光が雲を貫いた。厚く垂れこめた雲全体がマグネシュウムをおびた石綿のように鈍く仄《ほの》めき、その合間から閃光が鋭い刃で夜天《そら》を切り裂く。やがてさらに重くなった雲が、海へおおいかぶさった。じきに雨が降るだろうという期待に満ちて、ぼくは夜天を仰いでいた。風は冷たく、ともすると剃刀のように頰を傷つけながら吹きすぎる。シリンダァネックの服の中へ首をすぼめて歩いた。

　少しして、夜天から音もなく降りはじめたのは雨ではなく水分の多い雪だった。この夏の終わりにコンピュウタは何を思ったのか、ドォムを凍らせようとしている。テレヴィジョンの幻影だけでなくドォムの空調までが真冬のようになった。エアシュウトから氷まじりの雪がふり撒かれ、まっさきに天蓋を霜でおおった。幻影の雲がかすんでゆく。バルコニイの手摺《てすり》やルナ・パァクの屋根にも白く積もった。雪の降りかたは激しく、たちまち視界が掻き消される横なぐりの雪になった。海岸もうっすらと雪におおわれ、しだいに白さを増してゆく。砂浜の白い粒子にまじる氷の結晶はしだいに固く結びつき、いつしか海岸を硝子のような表皮でおおった。地吹雪が起こり、砂や雪をいっぺんに舞いあげる。

「ホワイトスウッを着てくるんだった。」

雪まじりの風に押され、海岸に膝をついて倒れたが、また立ちあがって前へ進んだ。雪を避けるため、屋根のあるバルコニイか、周囲にならんだ建物のどこかへ入ろうと思った。しかし、方角がまるでわからない。つい先ほどまで、ぼくの右側にはバルコニイや手摺が見えていたのだが、今は、吹雪いている白い雪の渦しか見えない。雪と雪の合間に見えるのも、さらに細かい雪の乱舞だ。ときおり、大きな雪片が鳥の翼のようにバサバサと音をたてて天蓋から落ち、肩や胸にぶつかった。雪は今や渦を巻いてあちこちからぼくを取りまき、うしろも前もわからなくする。硬い氷の破片が飛んでくることもあり、顔を腕でおおい隠しながら、ただひたすら足を前へ進めていた。

正確にはそれが前へ進む一歩なのかはわからない。ドォムの外周壁へ向かっているのか、中心部へ向かっているのか、その見当もつかなかった。もし、海が幻影でなかったら、冷たい水に足をすくわれ、寒さで躰が麻痺していることだろう。とうに、溺れているはずだ。しかし、幸い海はテレヴィジョンに映る幻影だった。ドォムの外壁にぶつかることはあろうが、少なくとも海水に躰がつかることはない。ともかく一歩でも歩いていないと、雪で埋もれた砂浜にたたきつけられそうな風である。ひとたび立ち止まれば、ぼくを目がけて雪が渦を巻き、降りつもった雪の重みでたちまち身動きできなくなるだろう。そんなときだけ、雪は高汐のように連なって押し寄せてくるのだ。

はじめは湿っているだけだった服がしだいに水滴を落とし、やがて、だんだん凍結して重く感じられるようになる。指先はとうにかじかんで、石膏のように硬かった。息を吹きかけようにも、その手を口の高さまで持ちあげることもできない。

「イ……ィ、」

思わずイーイーに助けを求めようと彼の名を口にしかけたが、その途端、口の中へも雪と氷がなだれこんで、声が出なくなった。硝子のような氷の破片は鋭く尖り、喉に突き刺さる。痛みはいつまでも残った。

とうとう躰が動かなくなるのを、どうすることもできなくなっていた。ひざまずいたぼくの背中へ霙《みぞれ》まじりの風が吹きつけ、躰を前へ押し倒す。霙はなお、重みをまして、ぼくを地面へ押しつけた。雪の積もった海岸にくずおれて気づいたのだが、雪の下の砂は意外に温かい。暖をもとめて夢中で雪を掻き、その下にある砂を手ですくい取って、まず指先を暖めた。わずかに動く指でその砂をすくいとり、さらに膝や頬へこすりつける。それでも、しだいに躰は動かなくなる。だが、一方でその麻痺したような感覚が心地よくもあった。かろうじて脈を打っている心臓の鼓動が、頭の中に響く。

「……アナナス、」

ぼくを呼ぶその声が誰のものか、すぐにはわからなかった。もちろん人影などなかったし、探しようもない。吹雪いている白い嵐の中で、声のした方角を探そうとした。しかし、睛をめがけて飛びこんでくる雪をはらうのが精一杯だった。睫にも雪がたまり、たちまち凍ってゆく。涙腺も凍結しているらしく、やたらと目が燥《かわ》いた。睛のガラス体がパラフィンのように脆《もろ》く剝《は》がれてしまう気がする。瞬《まばた》きをすることもできない。睛に飛びこんでくる雪を避けるために、顔を手でおおっていた。

「アナナス、探す必要はないよ。ぼくだ、わかるだろう、」

声は吹雪の中とは思えないほど、はっきりと聞こえた。たとえ耳もとでささやいたとしても、これほど鮮明には聞こえないだろう。

「……誰、」

「わからないの、きみはぼくの声を知っているぢゃないか。」

「……え、」

「ほら、ぼくだよ。」

「……シルル、」

「そうだ、アナナス。……ぼくだ。」

「どこにいるの、」

「きみの目の前にいる。」

「見えないよ。」

「……いいんだ、アナナス。きみには見えない。」

目がどうかしたのだろうか。一時的なこととはいえ、先ほど色彩を失くしたばかりだったので、何とかシルルの姿を探しだそうと、飛びこんでくる雪片を避けながら目を雪の中へ向けた。しかし、見えるのは白く渦巻く雪だけだ。手探りで、彼の居所を知ろうとしたが、それも無駄だった。声はすぐ間近で聞こえるのだが、姿をとらえることはできない。燥《かわ》いた目が痛み、指先を使って手で瞼を閉じた。睫が瞼を固定してしまい、二度とひらかないような気もする。

「シルル、どこにいるんだ。まるで見えない。」

そう云いながら、自分がシルルにすがろうとしていることに、ためらいを感じた。そもそも、ドォムへ来てこんな思いをしているのも、シルルのせいではないか。イーイーが彼の名を口にしなければ、こんなところへ来ることはなかっただろう。だが、シルルの声が今のぼくを慰めていることは間違いない。もし姿が見えるなら、彼にしがみついていたと思う。

不安なのは、あんなに取り乱したイーイーを今まで見たことがなかったからだ。《ヴィオラ》のせいで躰が衰弱してゆくことに気づいたときでさえ、驚くほどの冷静さを見せていた。そのイーイーが、なぜあのとき自制心を失ってしまったのだろう。イーイーの混乱ぶりは、彼以上にこのぼくを取り乱した状態へと陥れる。

「アナナス、こんなところにいてはダメだ。ゲートまで案内するから、ぼくの声を聞いて歩くんだ。……いいね、」

平素のように、おとなびた物腰で促すシルルの声を耳にしたが、ぼくは躰を動かさなかった。このまま凍えていたいとさえ思った。伏せた雪の中から起きあがることが億劫だったのだ。

「アナナス、」

シルルの懇願するような声は、ぼくの隣に寄り添っているくらい近くで聞こえた。だが、彼の姿はどこにも見えない。気配さえ感じることはできなかった。それが吹き荒《すさ》ぶ雪のせいではないことを、ぼくもだんだん理解した。なぜだかわからないが、シルルはここにはいない。どこかから、音声だけを送ってくるのだ。もしかしたら、どこかのモニタ画面で監視しているのかもしれない。それなら、それでいいと思った。彼に今のぼくがどんなに心地がよいかはわからないだろう。

「シルル、……ぼくのことなんか、いいよ。きみは、イーイーのことを心配したら、」

「アナナス、」

シルルの厳しい声が、ぼくを立ちあがらせ、ゲートのほうへ導いてゆく。疲労の頂点に達していた躰は、誰かに命令されるのを望んでいたのかもしれない。声に誘導されるまま素直に足を運び、重い躰をひきずりながら歩いた。腕がとくに鉛のように重い。屈みこんでしまいそうだ。きっとプラチナリングのせいにちがいない。

「もうすぐだ。ほら、東ゲートを示す青ランプが見えるだろう。あそこを目指して歩けばいい。」

シルルの声に促され、前方に目を凝らした。彼の云うとおりぼんやりとした光が雪に霞んでいた。何度も転びながら、ようやくゲートへたどりついた。扉をくぐり、A号区の廊下へ出た。そこもけして暖かくはなかったが、吹雪のドォムよりは数段ましだ。髪や服についた重い雪をはらいのけ、冷たい水滴をぬぐった。ひと心地ついて辺りを見まわしたときには、シルルの気配はすでになかった。声も聞こえない。

「……シルル、」

ドォムの中でサーキュレを失《な》くしていたぼくは、しかたなく、チュウブを歩いてエレヴェエタホオルへ向かった。重い足と疲れきった躰には、途方もなく長い距離だ。いったいみんなどうしてしまったのだろう。ほかの《生徒》と出逢うこともなく、チュウブはなぜか水びたしで、その水がところどころで凍っている。どこかから水が沁みだしている。滴《しずく》の落ちる音が響きわたり、照明も不安定に点いたり消えたりする。迅速正確が取り柄の保全委員会は、近ごろ怠慢で、故障はなかなか修繕されず、放置したままのことが多い。定期的に廊下を磨くはずのジェット・ロォラアやスクラブブラシも作動していないようだ。チュウブの煌きは失われていた。風の咆哮がダクトの遙か底から吹きあげてくる。その咆哮の発生するビルディングの奥深いところで、汐騒が沈澱物のように澱んでいた。重苦しく暗い海はそのまま、ぼくの躰の底へ沈んでゆく。

〈エレヴェエタにはじまった故障の範囲は、いまやビルディングのあちこちに及んでいた。チュウブといい、ドォムといい、もはや正常なものはひとつもない。しかし、懸念するには及ばない。あくまでも一時的な災禍である。AVIANの自己再生が終了すれば、ビルディングは自然蘇生する。プラチナリングが動くことで、その周辺は《浄化》されてゆく。対象はあくまでもランダム・サンプリング。《ホリゾン・アイ》に告ぐ。

万が一、ビルディングの根幹にかかわる事故が起こった場合は、ただちにリングの回収を命ずる。以上、AVIANはゲームを楽しんでいる〉

ダクトの咆哮にまじって、ヴォイスが聞こえた。ぼくは数十秒ほど、意識を失くしていたように思うが、ハッキリしない。

「……痛い、」

雪の中で冷えたせいなのか、リングをした手首が突然、激しく痛みだした。はじめは断続的な痛みだったのだが、しだいにうずくまってしまうほど骨にこたえる。手首をかばいながら、ぼくはようやくエレヴェエタホオルへたどりついた。ちょうど扉のひらいたエレヴェエタがあったので、何も考えず、即座に乗りこんだ。寒さはだいぶやわらぎ、ほッとひと息つく。髪や服に凍りついていた水滴が溶けて、首筋や手脚をつたい落ちた。

「アナナス、」

「え、」

驚いたことに、ぼくを呼んだのはジロだった。

「どうしたんだ、その恰好、」

ジロは雪と砂と泥にまみれたぼくを見て、そう云った。

「ジロには、……関係のないことさ、」

彼と、ふたたび口をきく機会があるとは思っていなかった。もう二度と逢うまいと思っていた。そのジロが、いま目のまえにいて、ぼくの不恰好極まりない姿をとやかく云う。こちらが拒絶しているのを感じたのか、ジロもしばらく黙っていた。はやく、エレヴェタが一〇〇〇階につくといい。こんなふうにジロと向きあっているのは苦痛だ。リングの痛みに悩まされるだけで充分だった。

「アナナス、」

気の重い沈黙のあとで、ジロが不安そうな声を洩らす。ぼくは返事をしなかったが、ジロは話をはじめた。

「シルルはどこへ行ったんだろう。この数日帰ってこないんだ。きみたちの部屋へ行っているわけじゃないだろう。」

「……彼なら、今さっき逢った、」

「どこで、」

「ドォム、それに昨夜も〈マーレ〉でいっしょだった。」

「〈マーレ〉で何を、」

「ジロには関係のない話をしながら、ドロップボオトに乗ったんだよ。」

あてこすりを云ったのだが、例によって彼には効果がなかった。はじめからぼくの話を聞く気などないのだろう。また長いこと黙っていたが、しばらくして唐突にぼくの腕を摑んだ。

「……何、」

「シルルはもういない。……アナナスが逢うはずはないんだ。」

ジロはぼくを摑んでいる指に力を入れた。同じことを何度もくり返す。

「何のこと、」

「云ったままさ。シルルはもうぼくたちの前に姿を見せることはないんだ。そうだろう、アナナスだって承知していることじゃないか。」

「へえ、でも、ぼくは今夜も彼と逢う……約束を……、」

エレヴェエタが急に揺れたので、ぼくは口をつぐんだ。シャフトがどうかしたのか、上昇はつづけているようなのに、ガクンガクンと動く振動が止まない。横揺れさえする。何かにひっかかるような動きはだんだんひどくなり、しまいに一度大きく揺れたかと思うと、ピタリと止まった。こんどはシン、として何の音もしなくなる。エレヴェエタそのものが、停止したらしい。

「停まったな、」

ジロのひとことがぼくの不安を決定的なものにし、それはただちに冷や汗となって流れだした。だが、まもなく暑さのせいで流れる汗と交替する。エレヴェエタが停止した途端、空調も働かなくなり、酸素はリフト内に残るだけの分量しかない。そう思うだけで呼吸《いき》が苦しく、暑くてたまらなかった。ドォムにいたときは冷えきっていた躰も、いまや火照《ほて》るほどの熱をおびている。エレヴェエタ内にはかろうじて灯が点っており、暗闇にはなっていなかったが、チラチラとまたたいていたので、消えるのも時間の問題のような気がした。ぼくは暑さをおさえようと、何度も深呼吸をくり返したが、そのたびに暑い空気を吸って、よけいに火照るだけだった。しまいに喉まで熱くなり、呼吸《いき》をするのも億劫になる。ひとところにじっとしていられず、エレヴェエタの内部《なか》を歩きまわっていた。

「アナナス、少しは静かにしていろよ。きみが動き回っても、エレヴェエタの故障が直るわけぢゃないだろう。」

「じっとしていると、よけい暑苦しい。それに手首が痛いから、動いているほうが気がまぎれるんだ。」

「手首って、」

「リングだよ。」

「見せて、」

ジロに見せてもしかたがないと思ったが、そろそろ、歩き回るのもつらくなっていた。ぼくは彼の傍《そば》に腰をおろした。ジロは自分もサーキュレをはずして床に坐った。

「いつからこんなにきついんだ、」

「ひどく痛みだしたのは、ついさっき。それまでは、ときどき痛むくらいで何ともなかったんだ。」

「だいぶ腫れてるな。ムチャに動かすからだ。」

ジロの指が鐶に触れた一瞬、静電気のように蒼白い火花が散った。そのあとでリングは急に冷たくなる。ぼくもあらためて自分の手首をつくづくと眺めた。リングは、ごく細いものだったが、そのまわりの皮膚はあきらかに腫れあがっていた。血行が悪くなっているのだろう。

「じっとしていても動いていても、痛むのは同じことさ、」

「はずしてみせようか、」

ジロはいかにも自信がありそうに云う。ぼくはもちろん請け合わなかった。彼にそんなことができるはずはない。

「冗談で云うなよ。できるはずがないだろう。」

「はずせるよ。《ロスマリン》を飲めばいいのさ。《ホリゾン・アイ》がそう云っていた。一時的に筋肉が弛緩するんだ。そうすればはずせるだろう。簡単なことぢゃないか。」

ぼくは遅ればせながら、自分が失策をしたことに気づいた。ジロははじめからそのつもりだったのだろう。ぼくに《ロスマリン》を飲ませることが彼の目的だったのだ。

「なるほど、そういう企みなのか、」

「アナナスのために云っているんだ。ぼくたちは昔からの知りあいだから。」

エレヴェエタはいっこうに動きだす気配を見せず、ビクともしない。ジロはぼくの傍へ来て、《ロスマリン》の壜を差しだした。

「さあ、アナナス。これを飲めば楽になるよ。暑さもおさまるし、リングをはずすこともできる。」

突如、ぼくの頭の中に夜の暗い海の光景が広がった。月灯りさえない、黒々とした海。

ひくく響いてくるのは、数千メートルにおよぶダクトを吹きぬける風の咆哮だ。無数の鳥が囀るように混濁した音声がまじる。誰かの声のようにも聞こえるが、そのことばを聞きとることはできない。一体となったすべてが、ひとつの音なのだ。汐騒でもあり、砂嵐でもあるような音。

「わかっているサ。要するに、ドナーになるということだろう。……それで、もうきみはドナーとして働いているのか。蒸留塔となって、ML−0021754に《ジャスミン》を提供しているわけだ。そのための《セット》だものな。ADカウンシルの組みあわせる《セット》は成功率が高い。相性が合わないと、拒否反応が出るから、無作為に見えてもけっこう神経を使っているんだ。きみも《ホリゾン・アイ》と親しいんだろう。」

「何を云っているんだ、アナナス、どうかしたのか。」

彼はぼくのことばの意味を呑みこめないようだった。

「へえ、それぢゃ、きみは何も知らないで《ロスマリン》を飲んでいるのか。」

「ドナーって何だ、」

「いいんだ。気にするなよ。MD−0057864。ドナーのきみはそういう〈エンゲージ〉だから、知らなくて当然なんだ。ML−0021754のために蒸留塔としてせいぜい働くことサ。」

「アナナス、きみはいったい……、」

そのとき、エレヴェエタの照明が消えた。ぼくは、たったいま目を醒ましたような感覚を味わった。変な気分だった。辺りは完全な闇になり、すぐ近くにいるジロの姿も見えない。そのかわりエレヴェエタは動きはじめていた。シャフトの回転する音がかすかに聞こえてくる。ぼくはジロから遠ざかった。エレヴェエタ内を這って移動するぼくの後方で、静電気のようにわずかな火花が散った。しかし、振り返ったときにはもう闇しかなく、目を凝らしても何ひとつ見えない。やがて、奇妙なほどの静けさがエレヴェエタの空気を支配した。

「……ジロ、」

彼からの応答はなく、それ以後、何も話しかけてこない。呼吸をする気配すら感じさせないほど沈黙している。ぼくもほとんど躰を動かさず、息をひそめていた。というより、今までもずっと意識があったはずなのに、なぜか眠りから醒めたばかりのような、虚《うつろ》ではっきりしない感覚があった。ついさっきまで何をしていたのか思いだせないのだ。目醒めると同時に失われてゆく夢のように、覚醒するにしたがって跡形もなく消えてしまう。気がつくと、夢を見ていたという記憶以外何も残らない。

やがて、エレヴェエタが停まった。音もなく扉がひらき、そこがどこかを確かめもしないで外へ飛びだした。そもそも、上昇していたのか、下降していたのかもわからない。エレヴェエタを降りて振り返ったとき、扉はすでに閉じかかっていた。ジロが降りたようすはない。先ほど、火花が散ったと思ったのは錯覚ではなく、ジロの身に何か起こったのかもしれない。エレヴェエタはあのまま上昇すれば、ゾーン・ブルゥへ向かうはずだ。

「いまさら、後悔しても遅いな。」

辺りを見回し、そこが見覚えのある一〇〇〇階のエレヴェエタホオルであることを知った。ここで次のエレヴェエタを待ってもよかったが、ぼくはC号区へ移動することにした。しかし、サーキュレなしでは途方もなく時間がかかるだろう。実際、足を踏み入れたチュウブは、予想以上に歩きにくかった。サーキュレで走りやすいように設計されているため、徒歩では何度も転びながらでないと前へ進めない。リングの痛みもあって、腕があがらない。A号区とC号区との境まで来たとき、そこに架かっている〈吊り橋〉を見て、立ち止まった。空隙は想像を遙かに越えて深く、闇に向かって切れこんでいる。ある程度の速度によって、平衡と方向性を保ちながら渡るというのが、〈吊り橋〉を渡る常識だ。もともと、歩いて渡る構造にはなっていない。そのうえ、ここも空調の故障が影響して、ケーブルやワイヤが霜におおわれていた。はたして、ワイヤネットやガードがほんとうに安全かどうか疑わしい。急激な凍結によって金属の軟化が起こっていることも考えられた。

〈吊り橋〉の長さは、優に一〇〇メートルはある。空隙の深さは数千メートル。おそるおそる一歩踏みだしてみた。その途端、今までひとつも揺れていなかった〈吊り橋〉が、急にグラリと動いた。サーキュレで渡るときには経験のないことだ。あわてて手近なケーブルを摑む。しかし、凍りついた金属のケーブルは冷たく、数秒間も触れていられない。あまりに低温なので、一瞬熱いと感じる。ケーブルと皮膚が密着して、そのまま張りついてしまいそうになった。すぐに手を放すが、反動でバランスを崩して膝をついた。〈吊り橋〉が大きく揺れる。歩いて渡ることが、こんなに怖いものとは知らなかった。橋の幅は十メートルはある頑丈な〈吊り橋〉だったが全体は霜におおわれ、揺れるたびにキシキシとひび割れる音がした。ケーブルを連結するリンク部分が凍りついているせいで、〈吊り橋〉に必要な、揺れに対する柔軟性も失われていた。ひとたび発生した振動の波は緩衝されることも、吸収されることもなく伝わり、〈吊り橋〉の全長を何往復もした。

ぼくは不意に深く切れこんだ空隙をのぞきこんだ。なぜ、そんな気になったのか自分でもわからない。数千メートルに達する谷の深みに吸いこまれそうになる。光も届かないその暗闇に落下してゆくさまを考えた。風が唸り、躰全体をつつみこむような咆哮が聞こえる。震えがとまらない。躰の中にある空洞に灰色の靄《もや》が澱み、しだいに重く沈んだ。〈吊り橋〉の残り半分を、どう渡ったのかほとんど覚えていない。気づいたときにはC号区のチュウブに立っていた。その場所に今たどりついたのか、それとも長くたたずんでいたのか、それすらはっきりとしなかった。何かを失くしたという喪失感だけが残る。ほんの一瞬目をそらしたスキに見失ってしまった光景のことは、いつまでも気にかかる。そのくせ、二度と見いだすことはない。

「……ジロ、」

理解できたのは、ぼくの近くにいたひとりの少年が消えてしまったということだ。

「アナナス、」

突然、うしろから声をかけられた。

「そんなところにいたのか。いったいどこへ行っていたんだ。」

「イーイー、」

彼はリム付きの、動きやすそうな椅子に腰かけている。ROBINで設計していた図面どおりのライドランナーだ。いくぶん前傾姿勢になっているところなど、いかにも彼の設計らしい。速度を出しやすくしているのだろう。

「どう、なかなかのものだろう。」

彼は手もとにあるノブの操作だけで動くそのライドランナーを、回転させたり、前後左右に動かしてみせた。

「シルルに、ドォムで逢った。」

「アナナス、」

「彼のところへ早く行けよ。」

イーイーを責めるのはよくない。充分すぎるくらい承知しているはずなのに、さっきの記憶が新しすぎて、こらえることができなかった。すぐさま怒るだろうと思ったイーイーは、むやみに明るい表情は消したものの、静かなまなざしでぼくを見ていた。

「約束違反だ。怒らないと云ったくせに、」

「イーイーが望んでいることを勧めたまでだ。」

彼に背を向けて歩きだしたが、すぐに追いつかれてしまった。ライドランナーの具合はいいらしい。

「シルルには、もう逢うことはないよ、」

「ぼくも、もうイーイーには逢わないつもりだった。」

自分を納得させるつもりで、そう云った。今、これからでも、ぼくはどこかへ立ち去ることができる。イーイーから離れて、ビルディングのどこかで暮らしていけばよい。こんなぼくの現実離れした云い分にたいして、イーイーはなぜか満足そうな顔をしている。

「そう。きみのためにはそのほうがよかった。」

「イーイー、」

「ぼくといっしょにいるのは、アナナスのためにならないんだ。ぼくは他人の集めた蜜を盗む蟻みたいなものサ。だから、アナナスはね、ぼくの傍にいるとロクなことにならない。」

イーイーの話を聞いていたぼくは、脳裏に碧い海の光景が〈挿入〉してくるのを、どうしても避けることができなかった。……吹き渡る風の音。遙かな沖あいから打ち寄せてくる波濤、豊かな海水のうねり。はじめは心地よく思えるこの光景を、ぼくはいつも無防備に侵入させてしまう。頭の中のほかの光景を押しのけて碧い海が広がった。そのせいで、しばらくすると集中力がなくなり、自分が何を考えているのかわからなくなるのだ。

「何のこと、」

「シルルが話しただろう。」

「ぼくはねＡＶＩＡＮの思うままにはならない。MD–0057864と《セット》を組めと云うのさ。そんなのはごめんだ。拒否していれば、ＡＶＩＡＮは何度でもRACH–45にServiceを命じるだろう。それこそ誤算だということに、ＡＶＩＡＮはまだ気づいていない。RACH–45がService をするのは、自分が愉しむためサ。それに、ぼくがほんとうはShotをしてほしいと思っていることも、ＡＶＩＡＮは知らない。そのうえML–0021234、きみと《クロス》をしてるのだから、いくら〈挿入〉をくり返したって、ぼくには効くはずがないよね。」

「………、」

「ML–0021234 はどうなんだ。このごろ、〈部屋〉に呼ばれる回数が増えてるぢゃないか。Service を受けているんだろう。……隠してもダメだよ、知っているんだ。〈マシン〉のあの音が聞こえるからね。ぼくとはまたべつのShotだね。RACH–45 は、ぼくとML–0021234 が《クロス》していることを知っているのサ。でも、ＡＶＩＡＮの思惑どおり、《クロス》を解除する目的でServiceをしているわけぢゃない。ただの遊びさ。」

「アナナス、」

ぼくはまたしても、突然眠りに落ちていたらしい。自分のおかれている状況が、少しのあいだ理解できなかった。イーイーの表情には、瞭らかに途惑いが見てとれた。

「アナナス、……何か思いだしたのか。」

「……え、」

「今、AVIANのことを口にしてた。〈部屋〉のことも。」

「ぼくが、」

何のことか、ぼくにはさっぱりわからない。今また、眠っていたと思ったのは事実なのだろう。

「イーイー。ぼくは何も覚えてない。」

イーイーはすみれ色の睛をいくぶん曇らせた後で、静かに何度か頷いた。

「……わかった。もう何も訊かない。」

ぼくはイーイーが何を理解したのか、わからなかった。

「立ったまま眠っていたみたいな気がする。」

「……そう、ほんの少しね。」

イーイーはライドランナーを手慣れた操作で動かしている。こういう操作にかけて、イーイーは驚くほど順応性が高い。

「乗り心地は、」

　ぼくはライドランナーの細部に目を凝らしながら訊いた。

「なかなかいいよ。サーキュレみたいなわけにはいかないけど、これでもけっこうスピードが出るんだ。〈吊り橋〉だって渡れる」

「そう、」

　イーイーの脚は、もはや飾りものでしかなく、美しいだけのセラミックにひとしい。ライドランナーのシイトから突きだしている膝の形は、燥いた貝殻のように見えた。

「アナナスのサーキュレは、」

「……失くした。気がついたらなかったんだ。新しく申請しないと、」

「ぼくのを使えばいい。宿舎にあるよ。このライドランナーと競走しよう。たぶん、ぼくが勝つと思うけど、」

　イーイーの云うとおりだろう。彼は躰を以前のように思うままに動かせないにしても、競走の勘はぼくの数倍も優れている。こればかりは、たとえサーキュレの性能がよくてもかなわないことだ。イーイーのサーキュレを使ったところで、彼のように走ることはできない。サーキュレを操るぼく自身の能力が問題なのだ。ぼくは大きく頷き、先に走りだしたイーイーのうしろ姿を眺めながら、壁や天井が凍りついたチュウブの中を歩いて行った。

　翌日の夜、ぼくは〈マーレ〉へ出かけた。シルルはもう来ないだろう。正確に云えば来られないのだ。だが、《ヴィオラ》の手がかりが何か残されているかもしれない。ぼくはそれを期待することにした。

〈マーレ〉の夜は完全な闇ではなく、黄色みをおびた天蓋におおわれている。うっすらと飴色《あめいろ》にひかる砂漠は、昨夜よりもさらに冷えこんでいた。ところどころ、硝子の破片のようにわずか二、三センチの小さい氷柱ができ、光彩を放った。踏みしめると、サクサクと音がする。しかし、今夜はホワイトスウッを着ていたので、それほど寒さを感じなかった。砂漠には今のところぼくのほかに人影はない。

ヴォイスからは、静かに波の寄せる音が聞こえてくる。砂漠とはかけ離れたその音が、不思議と〈マーレ〉に調和している。砂も海面のようにうねり、刻々と映像を変えていた。そのようすは海原に似ている。振り子のようにくり返す波の音を聞いているうちに、頭が錘《おもり》のように揺れ動いた。必要以上の重みを持ち、しまいには躰で支えきれなくなる。もし、この場で横たわることができたら、そのまま寝入ってしまいそうだ。突然、波の音がヴォイスではないことに気づいた。レシーヴァから流れてくる音声でもない。ぼくの意志にかかわらず見える碧い海の光景と同じく、なかば強制的にぼくの耳へ流しこまれる音声なのだ。

〈RACH–45はMD–0057654の耳に、ピアスのように小さいレシーヴァを装着した。レシーヴァによって流しこまれる音声は、遮断を意味する。一切の音声が断たれ、MD–0057654は《イニシャライズ》の状態になった。この静寂のブランクこそが〈挿入〉には重要である。RACH–45 は自由に MD–0057654 の内部《なか》へ入り、また出ることもできた。その場合、RACH–45 は、MD–0057654 との交信において音声を必要としない。〈挿入〉とは、映像と、音声、それにShotによってMD–0057654を〈浄化〉することにほかならない。RACH–45 はMD–0057654 のブランクへ、〈浄化〉が終了するまでくり返し〈挿入〉をほどこす。《イニシャライズ》は、まったくの白紙になるのではなく、無垢で純粋な《生徒》をつくるための手段である。そのため、MD–0057654は《イニシャライズ》以前の精神年齢より後退するだろう。

白いシイトに横たわるMD–0057654は、一歩も動けない。RACH–45は頃合いをはかって〈挿入〉を開始した。MD–0057654 に、〈子供〉のときからの友人について訊ねる。《イニシャライズ》されたMD–0057654は何も答えない。正常な反応だ。RACH–45は『MD–0057864–Girot《ジロ》をMD–0057654–Ananas《アナナス》の《幼児》宿舎以来の友人とする』と告げる。〈挿入〉。しかし、エラー信号。異常が発生した。MD–0057654は《クロス》を行っている。そのために、《イニシャライズ》が完全でなく、〈挿入〉に支障をきたすのだ。RACH–45はただちに調査を開始。MD–0057654が《クロス》している相手はML–0021234–Eheh《イーイー》であることが判明する。即刻、MD–0057654にはRACH–45、ML–0021234 にはRACH–38が、それぞれServiceで対応するようAVIANからの指示がでた〉

ML−0021754−Sileleを待つあいだ、ドロップボオトに乗った。ボオトに浮力をあたえ、全速力で前進する。制御不能になる寸前の、緊迫した動力音が好きだ。ステアは軽ければ軽いほどいい。場合によっては手を触れなくても、動かすことはできた。ぼくの意のままに回転させたり、方向転換する。ただ、集中力がいるので、軽くステアを握って、操舵した。ステアの反応はよく、気持ちに忠実だ。スピンやスラロォムも容易《たやす》い。このところ、しばらくドロップボオトに乗っていなかったが、勘は狂っていないようだ。浮力がつくことで、摩擦による速度低下はない。フィルタを閉じて密閉すれば、難易度の高いスクリュー航法も可能だ。とにかくぼくは、最高速で走りまわるのでなければ、ボオトに乗った気がしない。

突然、前ぶれもなしに砂が噴きあげ、ステアを強く引いた。同時にボオトもガクンとはねる。そんなとき、勢いあまって横転することもあった。しかし、ボオトにはジャイロが搭載してあり、自然に正位置に戻る機能がついている。しだいに、ドロップボオトで砂漠を走ることに熱中していた。砂漠は多少の起伏があるにしても、どこまでも砂の原がつづくだけの単調な場所のように思える。ところが、実際は平原ではなく、砂だけでありながら地形も色彩も変化に富んでいた。漠然と眺めているときには気づかなかった。ただ、似たような風景がつづくだけだと思っていたのだ。

砂の海は一時として同じ形をとどめず、絶え間ない流れと動きがある。砂は風に煽《あお》られて砂溜まりをつくり、やがて成長して小高い丘になる。いくつかの砂丘が連なって尾根をつくり、斜面には波もようができてゆく。その波は風によって動き、べつの波と合流する。砂は常に動いていた。砂丘の下には、必ずといってよいほど直径が数十メートルはある浅い窪みが広がり、そこには、手ですくいあげたなら糸を引きそうに微粒な砂がある。粒子とはいえ、タルカムパウダァほども微粒な砂になると、肌に吸いつく感触があった。ひと粒ひと粒の結びつきが強固なのだ。表面は水のように流動的で張力もあり、奥底から砂が噴きあげているところなど、砂の気泡もできている。そうした飴色の海へ、フィルタをかぶせたボオトで飛びこむ。すると、水中へ飛びこむのと同様の砂しぶきがあがる。黄金《きん》色をおびた琥珀色の砂が水の輪をつくってボオトを取り囲み、ゆるやかに波打った。

ふたたび、ヴォイスから汐騒が聞こえてきた。こんどは燥いた海岸を吹きぬける風の音までもが聞こえ、音声は質感をともなって耳の奥へ伝わった。気がつくと、ドロップボオトのステアを握っていた。どうしてまともに動かせもしないドロップボオトに乗る気になったのか、それはわからない。ダクトの咆哮や汐騒のせいだろうか。この音声を聞くと、ぼくはどうも精神が不安定になる。予期せぬブランクができてしまうのだ。意識を喪失するという、ある種の幻覚状態に陥っていた。

遙かに高い天蓋でバリバリと音がしている。何の音か考えているあいだに、水滴が落ちてきた。砂漠に風を送りこむエアシュウトから、なぜか水が零《こぼ》れ落ちているのだ。たちまち雨のように降りそそぎ、微粒な砂が斜面にそって流れだした。砂まじりの水が間《かん》歇泉《けっせん》のように勢いよく噴きあがる。大量の砂が噴出した反動で地面が大きく崩れ、ボオトごとすくいあげられた。ジャイロもきかない。ボオトは、もはや崩落した砂の海に呑みこまれていた。殴打されたような衝撃があり、頭がクラクラする。湿って泥のようになった砂と、噴出する水が同時に雪崩こんでぼくの躰を押し流し、口の中にまで容赦なく泥が入った。いつのまにかボオトからほうり出されている。こんどは砂ごと流されているのがわかった。躰が砂の中で回転する。どこへ流されているのかはわからないが、意識は妙にはっきりとしていた。しだいに砂の流れはゆるやかになってゆく……、

「アナナス、」

はじめはレシーヴァから聞こえてくる声かと思った。しかし、閉じていた目をうっすらとあけると、そこにイーイーの顔がある。一瞬、テレヴィジョンを見ているような気がした。彼はライドランナーに乗ったまま、躰を折り曲げるように屈めてぼくの顔をのぞきこんでいるのだ。ぼくのほうはといえば、何か硬いものの上に寝ていた。イーイーのすみれ色の睛はどうしたわけか、風化した硝子のようにひび割れて見える。

「イーイー、」

「大丈夫か。」

「……ここはどこ、」

「〈マーレ〉だ。」

「……〈マーレ〉、」

ぼくは自分がなぜそこにいるのか、理解できなかった。イーイーは〈マーレ〉だと云うが、砂漠はどこにも見えない。ただ巨大で空虚なシェルタのような空間でしかなかった。天蓋や梁《はり》は、灰のようにくすんでいる。波の打ち寄せる音も聞こえていた。

「砂漠はどうしたんだ、」

「……消えたのサ。」

イーイーは髪や服についた砂をはらいながら云う。彼が〈マーレ〉に来たときはまだ砂漠があったのかもしれない。

「……そうだ、思いだした。シルルを探しに来たんだ。でも、彼はいなかった。汐騒が聞こえて……、そのあとのことはわからない。どうしたんだろう。」

「ドロップボオトに乗ったんだ。浮力をかけて砂丘を越えた。最高速のスクリュー航法でね、」

イーイーはまるで自分がボオトに乗ったかのように、リアルな状況を説明した。

「ムリだよ。イーイーとはちがう。ぼくにはドロップボオトの操縦なんて、まともにできないんだ。きみだって、それは知っているぢゃないか。」

イーイーは、なぜか微笑むだけで何も云わない。彼は、はてしなく広がるかつての〈マーレ〉で、ライドランナーを走らせた。手もとのノブを操作するだけで、急発進も方向転換も容易い。スラロォムも、軽くジャンプすることも可能だ。とはいえ、サーキュレで走りまわるときの軽快な動きには、とうていおよばない。イーイーは走り心地を確かめるように、何度も発進や回転をくり返したあと、ゆっくりとぼくの傍へ戻ってきた。

「アナナスも乗ってみないか、なかなか愉しいよ、」

明るく笑って、そんなことを云った。だが、サーキュレで走るようなスピードや爽快さを味わえないことは、イーイー自身が誰よりも痛感しているだろう。ぼくが沈黙していると、彼は押しつけるようにノブをぼくの手にまかせた。

「同情するのはまだ早い。このライドランナーの性能を試してからにしろよ、」

「試してみてもいいけど……、」

ライドランナーに乗ってみることにした。イーイーに手を貸して、シイトから床へ降ろした。彼の躰は一段と軽く、まして、もとから折りたためてしまうような細さだったので、抱きあげるのも容易い。ぼくの半分くらいの重さしかないように思えた。彼はぼくに摑まることはできても、脚で立ちあがることはできない。完全に麻痺しているわけではないので、多少動かすことはできるのだが、躰を支えるだけの力が入らないのだ。

「筋肉なんて、正直なものサ。使わなければ、たちまち弛緩《しかん》する。」

イーイーはそんなことを云って、そのまま床へ坐りこんだ。ぼくはライドランナーに腰かけ、イーイーにノブの操作を習った。肱かけのパネルに取りつけたノブに手を置き、プレートのうえでわずかに動かすだけだ。

「これが前進、後退、左右旋回、横に移動することはできないんだ。必ずライドランナーの向きを変える。ブレエキ、アクセル……、サーキュレよりも反応が速いから、軽く触れるだけで動くよ。まるで脳から直接指令が行くみたいにサ、」

イーイーの云うとおり、ノブにほんの少し触れようとしただけで、すでにライドランナーは急発進した。またたくまに数十メートル走った。予想以上に速度が出る。脚を動かさずに乗るせいか、浮遊感覚も加わった。アンカーで躰を椅子に固定しても、飛びだしそうになる。横転しそうな急回転や、方向転換を何度も体験し、支柱のあいだをスラロォムして、行く。主に四つの操作とその複合で動かすこのライドランナーは、けっこう気に入った。

気温がひくくなったのか、天井や床から沁みだしていた水分が、床のあちこちで凍りはじめている。平板な金属の床は凍るとなおさらすべりやすく、ライドランナーの太いリムが空回りして予期しない方向へスピンすることもあった。しかし、そうして無秩序に走ることはぼくにとって望ましい。どんなに無謀な走り方をしても、誰かに迷惑をかけることはなかった。空洞と化した〈マーレ〉には、イーイーとぼくのほか誰もいないのだ。砂が失われ、金属のシェルタと化した〈マーレ〉は、不意に、天井からフィルムかガラス繊維のように薄い板を落とす。どこかから洩《も》れてくる風がフィルムをすくいあげ、遙か天井高く運んだ。そのたびにカサカサと燥いた音がする。

風が吹きおろすエアシュウトから、咆哮が聞こえる。共鳴した〈マーレ〉の支柱が小刻みに振動した。金属の震えは天蓋に反響して増幅する。強風は、遙か遠くの轟音《ごうおん》のように唸った。ぼくの瞼の奥に、寸断された碧い海の映像が交錯した。磨ぎ澄まされた硝子の碧。ぼくはライドランナーを反転させ、床に坐っているML–0021234のところへ戻った。

「ML–0021234、さっきぼくと《クロス》しただろう。きみはいつも唐突に《クロス》してくるんだ。」

「……アナナス、」

「ドロップボオトを操作したのはきみだ。そうだろう。ぼくはあんなにうまくない。」

「アナナス、きみはやはり忘れていなかったんだね。」

「忘れるって何を、」

ぼくはライドランナーを降りて、ML–0021234がシイトに戻るのを手伝った。代わりに、彼が持ってきてくれたサーキュレを借りる。

尊敬するパパ・ノエル、

八月の中盤であるこの時期に、雪が降っています。ビルディング内の寒さはますますひどくなる一方で、華氏五〇度を割ることも珍しくありません。氷点下になることもあります。先日はチュウブに氷柱《つらら》ができているのを見つけました。十五センチほどもあるものです。廊下に霜がつくのはすでに日常茶飯事で、〈シックルヴァレ〉や〈吊り橋〉

はすっかり凍りついています。かろうじて宿舎の室温は華氏七〇度に保たれているのですが、それもいつまでもつかわかりません。

……こんなことをくだくだと書いていてもしかたがないので、もうやめましょう。ビルディングのことをいちいちご報告する必要はないですね。けれども、ほかに書くことがありません。手紙を書くのはカリキュラムの一貫ですから、ムリにでも書かなければ、カルテに注意事項を書き添えられてしまいます。字数がようやく規定に達しました。これで終了です。

八月十五日　木曜日
認識番号 MD–0057654–Ananas
Dear Papa–Noël
〈鐶の星〉の《生徒》宿舎C号区 1026－027 室にて

パパ・ノエルへの手紙を綴っているぼくの隣で、イーイーは眠っていた。妙なもので、キィボオドをたたいているあいだ、ぼくは別の人格になったように、真新しい気分を味わっていた。途中でダクトの音が響いてきたせいかもしれない。今はもうおさまった。CANARIAに向かうまでは、パパ・ノエルに伝えることもたくさんあったように思うのだが、いざキィボオドをたたく段になったとき、頭の中は空白状態だった。

手紙を書き終えるのと前後して、イーイーが目を醒ました。彼はただちに《ヴィオラ》を沁みこませた角砂糖《ランプ》を口にいれた。シルルにもらった濃い《ヴィオラ》だったので、角砂糖《ランプ》を口にした途端、イーイーの顔色は目に見えてよくなった。壜にはまだ数日分くらいの《ヴィオラ》が残っている。

「目が燥く、」

イーイーは、《ヴィオラ》の数滴を目の中に落としながら瞬《まばた》きをした。彼の睛についてはぼくも気になっている。この数日とくにすみれ色が濃くなった。以前は透けて、灰色がかった部分もあったのに、今では全体が濃いすみれ色をしている。ジェラチン・ペーパーのように見える一片一片が、あらゆる方向へ光を反射していた。ぼくがイーイーの睛に見入っていると、彼は首を傾げた。

「何かついてる、」

「……そうぢゃないんだ。何だかイーイーの睛のすみれ色が濃くなったような気がして、」

「水晶体が濁っているからさ。硝子だって古びてくると煌きが鈍るだろう。そのぶん色彩は濃くなる。長いあいだに空気中の余分な成分を取りこむからさ。」

「視力は、」

「落ちてる。」

イーイーがあまりにもあっさりと答えるので、ぼくは一瞬ことばを失った。

《ヴィオラ》のせいで躰の具合がおかしいことははっきりしているのだから、それが視力に影響するとしても不思議ではない。むしろ当然あり得ることだ。しかし、今の今までそんなことに思いもおよばなかった。

「どのくらい見えるの、」

イーイーはぼくに顔を近づけて、笑みを浮かべた。

「この位置ならアナナスの顔が見える。」

ようやく焦点が合うくらいの至近距離だ。すみれ色の睛に惹《ひ》きこまれそうになる。

「……そんなに悪いの、いつから、」

「昨夜はもう少し遠くまで見えた。寝て、目を醒ますたびに悪くなるな。瞼をあけるとき、ほんの少しでも何かが見えるとほッとする。」

ぼくは頷くことしかできなかった。このままイーイーの視力はますます悪くなってゆくのだろう。

「イーイー、まだロケットの操作はできる、」

「たぶん、アナナスよりはましだよ。見えなくても勘で操作できるから。」

イーイーは明るく答えた。

「それなら、ゾーン・ブルゥへ行って、ロケットに乗ろう。あの碧い惑星へ行けば、《ヴィオラ》だって《ジャスミン》だってあるんだろう。そう云ったよね。きみの躰がそれ以上悪くならないうちに、〈鐶の星〉を出ようよ。」

「……アナナス、」

「どうせ、こんなにコンピュウタの調子が悪いなら、きっとゾーン・ブルゥへ入るのだってわけないさ。警備も手薄になっているにちがいない、ぼくはそう思うんだ。」

その距離に立てば見えると、先ほどイーイーが云った位置で彼の睛を見つめた。ぼくたちは互いをしばらく見据えていた。だが、イーイーは何かうしろめたいことでもあるかのように、珍しく先に視線をそらした。

「ぼくは行けない。アナナスはひとりで行くんだ。」

淡々と云い、イーイーは久しくなかったあのひかる睛をして、ぼくを見ている。

「……どうして。ぼくがまともに操縦できないのはイーイーだって承知しているぢゃないか。」

「そのために、《ロケットシミュレエション》で練習しただろう。」

「ほとんどイーイーが操縦したんだ。」

「ライドランナーの操作があれだけできれば大丈夫さ。……もともとのアナナスはけっこうステアリングがうまかった。」

「……もともとって、どういうことサ、」

「ぼくが昔知っていたアナナスのことだよ。」

「……昔、」

「そうとう錯綜しているらしいね。……断片的に思いだすのに、その端からまた忘れるんだ。」

イーイーは、困惑を隠せないようすで云う。だが、ぼくもイーイーの態度に疑問を感じ、CANARIAを手にして立ちあがった。

「どこへ、」

「黙って出かけちゃいけないのか、」

ぼくは答えを見つけだせない状況がむやみに腹立たしく、イーイーにもそれをぶつけてしまった。

「……そうか、」

イーイーはぼくの見ている前で《ヴィオラ》を睛に差して瞼を閉じ、そのまま眠ったように動かなくなった。イーイーはぼくの態度を容認してくれた。というより気力が保てないのだろう。ぼくたちにとって、猶予のならない事態が迫っているということだ。ぼくはホワイトスウッを着て部屋を後にし、エレヴェエタへ向かった。ドォムへ行くつもりでいた。

エレヴェエタを降りて、見覚えのあるドォムの回転扉をくぐった。ヴォイスは完全に故障したらしい。汐騒の音が聞こえ、翠色の水平線から打ち寄せる波の映像と呼応していた。映像と音声が一致しないはずのこのビルディングでも、こんなことが起こるのだ。風に煽られた波濤は、喝采にも似た響きとともに海岸へ打ち寄せている。

RACH―45はぼくにMD―0057864と《セット》になるよう指示していた。しかし、ぼくはそれを拒否したばかりか、同じレシピエントであるML―0021234と《クロス》もしていた。《クロス》はコンピュウタのランダム・アクセスの障害となるため、固く禁止されている。したがって、矯正のためのService を受けることになった。一方、ML―0021234はぼくをドナーだと思いこみ、正規の《セット》であることを疑っていなかった。そのうえで《クロス》していたのだから、ぼくよりなお悪い。

夏の休暇前に、RACH―45によって、〈部屋〉に呼びだされた。Serviceの内容がどんなものか、ぼくは知らない。アンカー付きの、寝椅子にちかいシイトへ横になり、レシーヴァをつける。手首にはプラチナリングを嵌《は》められた。気がかりなのは、ML―0021234のことだ。彼もまたServiceを受けているはずで、その回数はぼくより頻繁だった。偶然に彼の〈部屋〉と隣りあったときなど、何度となく〈マシン〉の音を聞いた。ぼくが受けているShotよりもさらに段階の進んだ〈挿入〉が行われているらしい。彼はどんなServiceをあたえられているのだろう。

突然、汐騒が聞こえなくなった。ヴォイスが跡切れたらしい。ぼくはドォムの入り口にいたのだが、どうしてそこにいるのか、それすらわからない。目を醒ました直後のように、眠る前に何をしようとしていたのかを思いだそうとした。エレヴェエタを降りて、ドォムの海岸を歩いていたはずである。何の目的もなく、《ロケットシミュレエション》

へ向かっていた。それがいつのまにか、白い〈部屋〉の中にいた。〈部屋〉は、床や壁、天井といった区別がなく、オウトツもつなぎ目もない乳白色の金属でできていた。空間というより、霧の中を漂っているような感覚で、その内部にいると、上下左右といった認識は不要になる。重力の在り処《ありか》さえ、確認する意味はなかった。

以前から、人前で唐突に眠ってしまう癖はあった。しかし、このごろは歩いている途中や、確かに目醒めているはずのときに、意識を失ってしまう。夢から醒めたような心地だけ残るのだが、夢の内容はまるで思いだせなかった。ただの空隙になってしまうのだ。

「アナナス、」

ぼくのうしろからライドランナーに乗ったイーイーが入ってきた。

「イーイー、」

「ここに来ているだろうと思った。」

イーイーは安堵したような表情を見せる。彼が少しでもぼくを頼る態度を示すのは珍しいことだ。

「どうかしたのか、」

「どうもしない。あのまま、少しだけ眠っていたんだ。目が醒めたら……、それで……、アナナスに逢いたくなって……、」

「イーイー、よく聞こえないよ。目が醒めたら、どうしたっていうのさ。」

イーイーとは思えないくらい歯切れが悪かった。彼の傍へ近づいて行き、もう一度くり返してくれるのを待った。だが、彼はなかなか口をひらこうとしない。形のよい唇をむすんだまま、ドォムのテレヴィジョンのほうへ向き直り、白くかすんだ海を眺めている。靄がかかるなんて、春先の海のようだ。とても晩夏の海とは思えない。いつもなら、紫色をおびた澄明な天《そら》に、群雲が浮かぶ季節だった。

「ハルシオン……。」

「え、」

「ほら、あそこハルシオンが飛んでる。」

イーイーは白い帆をひろげた船が浮かぶ辺りを指して、呟いた。だが、ぼくには彼の云うハルシオンなど、どこにも見えない。イーイーはかなり視力がよかったので、ぼくには見えない鳥の姿まで見えるのかもしれない。それにしてもイーイーらしくない虚な横顔が気になった。

「ハルシオンなんて、変だよ。伝説の鳥なんだろう。それも、冬至のころに卵を産みに来るのだと聞いてるよ。『アーチイの夏休み』の中であの少年が云っていた。今は夏じゃないか。」

ぼくが指摘するのを黙って聞いていたイーイーは海を指さすのをやめ、かざしていた腕を力なくおろした。

「イーイー、」

「アナナス、ぼくの正面へ来て、」

云われるまま、彼の正面へまわり、ライドランナーの高さにかがんだ。

「どうしたのサ、」

だが、訊くまでもなかった。ぼくがのぞきこんだイーイーの睛は、細かくひび割れていた。濃いすみれ色の表面はなめらかな球面ではなく、細工を施した紫瑛《シリカ》のようだ。屈折の方向もバラバラで光を乱反射する。それは一瞬、同系色の玻璃《がらす》を集めた万華鏡のように美しい。しかし、実はところどころ剝離しているのだ。モザイクのように一片ずつ崩れてゆき、いずれすべて喪われてしまうだろう……

「……いつから、」

ぼくはようやく気を鎮め、おそらく、まともに見えていないと思われるイーイーの睛を見つめて呟いた。

「さっき、目が醒めたときだよ。瞼をあけているのに何も見えなかった。部屋が暗闇になるはずはないから、ああ、とうとうだなってね。それだけさ。」

先ほどまでの不安な表情が嘘のように、イーイーは淡々と語った。ぼくとしては、こんな速さでイーイーの躰が蝕まれてゆくとは思っていなかった。

「ドォムまではどうやって、」

「この椅子のナヴィゲーションシステムは完璧なんだ。ＲＯＢＩＮと連動していて、キィボオドで行き先を指示すれば、あとは自動制御。」

イーイーはキィボオドを手にして、それを差しだした。以前と変わらないのは彼の明晰さだけだ。そのことはイーイーにとってなによりも苛酷であるにちがいない。

「……アナナス、少し散歩しよう。」

イーイーに促され、ぼくも白くひかる浜辺のほうへ歩きだした。

敬愛するママ・ダリア、

テレヴィジョンによれば、そちらでは相変わらずの猛暑がつづいているようですね。もはや、地上を歩く人をまったく見かけなくなりました。エネルギイ不足も深刻だと聞いています。灯の消えた高層アビタシオンがならぶ居住区は、海底の魚礁のように見えました。監視と偵察のために飛ぶ航空機が、ちょうど魚たちのようで、その意味ではテレヴィジョンを見る楽しみは相変わらずともいえるでしょう。

夏の終わりだというのに、ビルディングは凍結しています。凍ったチュウブをサーキュレで走るには、今まで以上の集中力と技量が必要ですし、どんなに注意をはらっても転倒を避けることは困難です。通行止めのチュウブを迂回して遠回りすることも珍しくなく、目的地までの所要時間が計算できなくなりました。エレヴェエタもいっそう故障がちで、たとえ稼動しているものでも、照明が不完全だったり、行き先指示を送ることができなかったりと、本来の機能をはたせないエレヴェエタが目立ちます。

ママ・ダリアはぼくがこんなビルディングの変化を案外平静に受け止めていることを、

疑問に思われるでしょうか。ぼく自身も不思議なくらい落ち着いているのです。理由は何もありません。ただ、ぼくはこうなることをずっと以前から知っていたような気がするのです。……なぜかはわかりません。

このところのイーイーは、ますます衰弱しています。今にもバラバラになってしまいそうです。彼の躰はどうなるのでしょう。……消えてなくなってしまうのでしょうか。

ママ・ダリア宛の手紙をそこまで書き進んだとき、眠っていたイーイーが目を醒ました。ぼくたちはドォムの散歩の途中、ひとけのないバルコニイで休憩していた。イーイーがライドランナーを走らせたまま、何の前ぶれもなく眠ってしまったからだ。

「何をしていたんだ、」

イーイーはぼくのキィボオドをのぞいた。

「手紙を書いてたのさ、」

「読んでもいい、」

イーイーはいつもの癖でそう訊いたのだろうが、ぼくは返すことばに詰まっていた。

「……だって、イーイーは目が、」

「読んでくれるだろう、」

ぼくは再度、口ごもった。手紙を見せるのはかまわないが、声をだして読むことはできない。そんな生々しさに耐えられなかった。しかも、彼のようすについて長々と記した部分を書いたり消したりしていた。

「イーイー、……ごめん、声をだして読むなんてこと、……ぼくにはとてもできない。」

「声をだす必要はないさ。ただ読むだけでいいんだ。」

イーイーはにこやかに云う。

「どうやって、」

合点のいかない顔をしているぼくを、イーイーは手招きする。

「ぼくの睛を見ながら読んでくれればいいんだ。簡単だろう。」

「だけど、それぢゃぼくはディスプレイを見ることができない。」

「見なくても平気さ。頭の中に入っている。きみには容易いはずだ。」

イーイーが何を根拠にそこまで断言するのか、途惑いを覚えた。ぼくにそんな記憶力があるはずはない。休暇前のことさえあっさりと忘れてしまうのだ。

「無理だよ、そんなの。」

「アナナスなら、できるさ。情緒的なことは記憶できなくても、数字や記号は厭でも覚えてしまう。不満そうにしてもダメだよ。……それがきみの能力なんだから。《生徒》として、そういうカリキュラムを終了しているんだ。たぶん、覚えがないと云うだろうけど。」

　イーイーがあまり確信を持って云うので、読むことを承知した。試してみて、一行も読めなければ、ぼくが手紙を覚えていないことをイーイーも納得してくれるだろう。試してみるほかはなかった。ぼくはイーイーの睛を見つめた。濃いすみれ色のヒビ割れた硝子細工。澄明な紫瑛《シリカ》の奥には、磨かれた天《そら》と、鎮まった水の淵がある。かつての《ヴィオラ》のような澄んだすみれ色の水海《みずうみ》。


〈敬愛するママ・ダリア、テレヴィジョンによれば、そちらでは相変わらずの猛暑がつづいているようですね。もはや、地上を歩く人をまったく見かけなくなりました……〉

　よどみなく、ぼくは手紙を読んだ。一字一句が、読み終えたすぐあとから溢れ、跡切《とぎ》れることがない。読んでいるというより、新しく生まれてくることばが、偶然、過去のものと一致しているという感じだ。イーイーのことについて書いた部分を読むのに、彼の睛を見ていなければならないのは辛い。声を出して読むのと変わらないくらいリアルだ。ぼくはうろたえ、たびたびイーイーから目をそらした。

「アナナス、目を伏せてるだろう。跡切れ跡切れになる。」

「あんなことを書くんじゃなかった。消したはずなのに、残ってる。まさか、イーイーに読ませるハメになるなんて思わなかったんだ。きみはこのところぼくの手紙なんて気にしなかったから。こうなることがわかっていたらもっとちゃんと削除しておいたのに。」

「つづけて、」

「イーイー、もう読めない。バカみたいなことばかり書いたんだ。きみに読んでもらうような内容ぢゃないのさ。だから、もういいだろう。」

　イーイーの睛に向かって懇願した。彼は微笑んでいたが、睛は凍っている。

「最後には何が残ると思う、」

「最後って、」

「躰がなくなったときだよ。」

　イーイーは、やや蒼ざめた表情で云う。彼がどんな答えを望んでいるのか、ぼくはそれを探ろうとして沈黙した。

「アナナス、きみの考えを訊いているんだ。ぼくのことを気にするな、」

「そんなことを云って、きみはまた、ぼくに失望するんだ。」

「しないよ。」

「そうだね、もう充分失望させてる……。いまさら気にしても遅いくらいだ。」

「アナナスこそ、」

　風が吹いている。たよりなく、方向の定まらない温《ぬる》い風だ。ぼくは海岸のほうへ視線を向けた。砂の中から沁みてきた水はなぜか、満ちたり、引いたりしている。テレヴィジョンの波ほどハッキリとはしないが、確かに波打っているのだ。エアシュウトから吹く風のせいだろうか。幻影ではない潮の満ち干を目にするなんて、思いもよらなかった。

「何も残らなければいいと思う。喪失したその瞬間にすべて無になってしまえばいい。二度と思い起こすことなんてないんだ。」

「ほんとうに何も残らないと思うのか。」

問い返すイーイーの声はほとんど聞きとれない。

「願望なんだよ。覚えているのは辛いだろう。……もし、飼っていた犬を喪ったら、その犬を忘れるためには、慈しんでいたのと同じだけの月日がかかると、イーイーはいつか云ったよね、それがほんとうなら、ぼくの天秤は一生釣りあわない。ぼくたちがいっしょにいた時間はそんなに短くないだろう。ものすごく長いんだ。……長いんだよ、」

最後のほうは口に出さなかった。イーイーの睛を見て話せば通じると、確信していたからだ。彼にはぼくの声なき声が聞こえる。その期待どおり、イーイーは静かに耳を傾けていたが、話を聞き終えると、見えていないはずの睛で正確にぼくを見据えて微笑んだ。

「ファンタスティックな願望だな。」

「気に入らないのか、」

「そうぢゃないけど、ぼくにはふさわしくない。ほんとうのことを知ったら、アナナスだってそう思うよ。ぼくを軽蔑するかもしれない。」

「《クロス》のこと、」

「それだけぢゃない。……ぼくの望みはバカげてるな。」

エアシュウトから吹きこむダクトの咆哮にまじって、ふたたび汐騒が聞こえる。雨雲の広がりを見てざわめく鳥の群れのようだ。かすかにあのコントラルトも響いていた。無数の聲はしだいに雨音に似た間断のない音声になる。

ML―0021234は、ぼくがほんとうはドナーではなくレシピエントであることを知らないのだ。いくら《ロスマリン》を飲んでも、ぼくは《ヴィオラ》を抽出する蒸留塔にはならない。AVIANが故意に仕組んだこのエラーは、ビルディングを《浄化》するためには、むしろ必然の要素だ。ただし、ML―0021234とぼくが《クロス》してしまうことは、AVIANにとっては計算外で、〈挿入〉をする妨げとなる。せっかく〈挿入〉した映像が《クロス》によって破壊され、ブランクができてしまう。AVIANの機能を《浄化》するためには、重大な損失だった。

汐騒が不意に跡絶え、ぼくの頭の中は少しだけ軽くなった。

「何の音、」

イーイーが訊ねた。

「どの音、」

「ほら、水の流れる音がしてる。ヴォイスぢゃないだろう。」

「砂浜の下から水が沁みだしているんだ。なぜかはわからないけど、波のように満ちたり、引いたりしてる。」

「……そうなのか、」

　イーイーはテレヴィジョンのほうを向いたまま、虚に呟いた。海は白くひかっている。反射光が白い紙をちぎってならべたように水面をおおっているのだ。ひとひらずつ、波間を漂い、明るさのちがう光を放っていた。紙切れは、かたよって群れ、ときおり風に舞って裏返しになる。すると凍翠色《アイスブルウ》のセロファンが現れるのだった。波がくるとまた翻る。紙は散り、いつしか群れる。……波がくる。こんどは白い面《おもて》が白銅のようにひかった。

「アナナス、シルルは消えてしまったんだよ。……知っているだろう。でも、彼は無に戻りはしなかった。ぼくは彼のことをちゃんと覚えているんだ。灰色の睛がときどき銀色に見えたことも、ぼくより遙かにステアリングが優っていたことも、」

「何で、それをわざわざぼくに云うのさ。ぼくが訊きたいことは何ひとつ話してくれないのに、」

　いつもならおとなびた表情で軽くかわすイーイーが、じッとぼくを見据えた。

「シルルの声が聞こえるんだ。彼らしく、静かな声でどこかから話しかけてくる。」

「その声なら、ぼくも聞いたよ。」

　イーイーは意外そうに、睛を瞠《みは》った。

「いつ、」

「〈マーレ〉で。彼と逢った同じ日に、ぼくはドォムへ行ったんだ。テレヴィジョンは故障していて、ひどい天気だった。いつのまにか吹雪になって何も見えないのさ。立ち往生していたら、シルルの声が聞こえて、ぼくをゲートまで誘導してくれた。……でも、彼の姿は見えなかったんだ。」

イーイーは頷いたきり、何も云わない。互いにしばらく黙りこんだ。

「……イーイー、」

正午をどのくらい過ぎたのだろう。ドォムの長閑《のどか》さはいちだんと増し、砂糖を含ませたように密な雲がひとつ、ふたつ浮かんでいる。ぼんやりとした空の色を映して、淡いシオンに染まっていた。ぼくはバルコニイの先端に出て手摺にもたれ、イーイーと向きあった。うつむいていた彼は顔をあげ、正確にぼくの睛を見る。見えていないことが信じられないほど狂いがなかった。

「よく晴れてる、」

「雲が淡い紫なんだ。海の色もだよ。光の具合では、紫瑛《シリカ》みたいに見える。」

ぼくはぼんやりと、空を眺めた。

「紫はね、悪い徴候だ。きみは冴えた碧にアレルギイがあるから、気づいていると思うけど、このごろ、碧い惑星の映像が変に紫がかっているだろう。ぼくの睛みたいに。」

イーイーに指摘されるまでもなく、ぼくはテレヴィジョンに映る碧い惑星が、ときおり碧く見えないことが気になっていた。とくに影に近い部分では、完全なすみれ色だった。

「もうだいぶ前からだ。」

「ぼくの睛を見てもわかるだろう。あの惑星はもうウルトラヴァイオレットを防げないんだ。無防備に光のシャワァを浴びているしかないのさ。大気も海水も、どんどんウルトラヴァイオレットを吸収する。」

空気中のウルトラヴァイオレット量が高まるほど、碧さは喪われてゆくのだと、イーイーは云う。プランクトンを殺された海水は、はじめ異様なほど碧く透徹《すきとお》り、しだいに漂白されて淡《うす》紫色になる。やがて、濃い紫色をおびてくるのだ。あの冴々とした碧はもう甦《よみがえ》らないのだろうか。

「そろそろ、宿舎へ帰ろうか。」

イーイーはバルコニイから海岸へ降りるスロォプのほうへライドランナーを移動した。

「海岸を通って帰るのか、」

「このまま水が沁みてくれば、いずれここも散歩できなくなるだろう。海岸を歩けるのも今のうちさ、」

「そうかもしれない、」

ぼくたちはそろって海岸へ降り、ドォムの東ゲートへ向かった。イーイーのライドランナーはこの程度の砂のうえなら難無く進むことができる。砂浜に反射した日ざしが、イーイーの白い膝のうえで戯れた。

第8話★南国の島

Canaria Islands

敬愛するママ・ダリア、

ビルディングは現在八月を終えようとしているところで、何事もなければ夏休みは数日後に終了します。九月になると新しい学習課程があたえられることになっています。

RACH-45の指示で、シークェンスにしたがって習得してゆくことになるでしょう。

このごろ、RACH-45のServiceが頻繁です。理由として、ぼくがMD-0057864との《セット》を拒んでいるということが挙げられます。AVIANは〈挿入〉がはかどらない原因を、ぼくの《生徒》としての資質に問題があると判断しているため、Serviceによって矯正しようというのです。けれども、ほんとうの問題はRACH-45にあるのだと、ぼくは思います。RACH-45はML-0021234とぼくとがくり返している《クロス》を、立場よりは感情面で阻止しようと躍起になっています。そのため、Serviceはケアとしての役割を逸脱して、より遊びに近くなっていることを否めません。RACH-45の手によってServiceは空洞化されているのです。

ママ・ダリア、ぼくがML-0021234との《クロス》をつづけながら、他方、Service

でのShotを抗いがたいものと感じているのは、忌むべきことでしょうか。

「どうしたんだ、」

ぼくが突然キィをたたくのをやめたので、イーイーが怪訝《けげん》な顔をして訊いた。彼はしばらく前から、ライドランナーの背もたれを倒して、躰《からだ》を休めている。重力になるべくさからわないその姿勢が、いちばん楽だと云う。

「……なんでこんな手紙を書くんだろう。自分でも何を書いているのか、さっぱりわからない。」

ぼくは今書いた部分を呆然と読み返し、そっくり消去した。だが、新しく書く気分にもなれない。

「いいぢゃないか、手紙なんて、そんなものサ、」

イーイーはぼくが感じている深刻さを、少しも理解しなかった。

「まるで、他人の手紙を読んでいるみたいだ。」

「それなら、たぶん他人が書いたんだろう。」

「……誰が、」

「さあ、」

気のなさそうに話題を切りあげたイーイーは、それ以上ぼくに口をはさむ余地をあたえなかった。もっと重要なことがあるとでも云いたげに、窺《うかが》うようなまなざしでこちらを見ている。だが、沈黙を破ろうとはせず、床から仔犬をすくいあげて頭をなでた。

おとなしく寝ている仔犬を膝にのせ、イーイーはライドランナーにもたれている。彼自身も、しばらくまえから眠ったように瞼《まぶた》を閉じていた。ぼくはその皮膚感のない白い容貌《かお》を注視していたが、不意にすみれ色の睛《ひとみ》に見据えられた。中核部は紺色に近い。

「……眠っているのかと思ってた、」

うろたえたぼくは、咄嗟《とっさ》に目を伏せた。イーイーの睛《め》が見えていないことに気づいて、まもなく顔をあげた。そのとき、イーイーは椅子に深く躰を沈めて、ふたたび瞼を閉じようとしているところだった。氷のように硬質な感じのする肌は、白さをとおりこして淡《あお》く見えるほどだ。数秒間、沈黙がつづいた後、すみれ色の睛が再度ぼくのほうを見つめた。紫紺の芯のところに、一点だけ白い斑《はん》がひかっている。

「アナナス、ゾーン・ブルゥへ行こうか。」

「……え、」

イーイーがなぜそうも唐突に云いだしたのか、理解できなかった。ゾーン・ブルゥへ行くなら、もっと計画的で、慎重に行動するべきではないか。たとえ彼に思うところがあるとしても、あまりにも無頓着だ。

「そんな顔をするなよ。ロケットを盗みだして、碧い惑星へ行くのサ。どう、いい考えだろう。」

イーイーは口もとに笑みを浮かべ、いかにも軽く云ってのける。

「ロケットを盗むなんて、そんなことできるわけがないよ。」

ぼくはイーイーの真意を探るつもりで、彼の提案をすぐさま否定した。

「それぢゃ、アナナスはこのままビルディングにいるつもりか。この部屋だって、いつ凍りつくかもわからないのに。」

凍えるのを恐れた発言とは思えない。イーイーは何か別のことを憂え、焦っているのだろう。ぼくにもそれは感じとれたが、理由はわからない。夢のようなことはけして口にしないイーイーが、存在すら、あやふやなゾーン・ブルゥのことを云いだすこと自体、そもそも腑《ふ》に落ちない。

「本気で云っているのか。」

「もちろんサ、」

今度も屈託のない表情で云う。ぼくはしばらくイーイーの睛《め》を見ていた。何かの兆しが現れていないだろうか。たとえ不躾に過ぎても、彼にはぼくが見えないのだからうしろめたさを感じることはない。

だが、状況はまもなく逆転する。イーイーは正確な視線を投げ返してくるので、ぼくは催眠をかけられたように目を離すことができなくなった。すみれ色の睛《ひとみ》は磁石のようにぼくをとらえ、時間が経つごとに濃さを増す。その紫はしだいに、瞼の奥へ沁みこんでくるようだ。

水の輪の広がる静かな水面《みなも》が見えた。水の色はしだいに碧く、海の色に近づいてゆく。それとともに、水面も大きく揺れ、遙か遠くから白い刃をたてた波濤が駆けてくる。ぼくには、いつしか海の光景しか見えなくなっていた。イーイーの睛も顔も、姿もない。あるのは、波を躍らせる海だけだ。そしてぼくは白く燥いた砂浜に素足でたたずんでいる。砂は灼《や》けるように熱い。吹きつける南風《かぜ》。白い帆をあげたボオトや、風向計のはためくようすも見えた。波の音はない。そのかわりダクトを吹きぬけてゆく風の音がかすかに聞こえた。その音はしだいに鮮明になり、ついには唸り聲をあげる。躰の奥から響いてくるような咆哮。

「ML−0021234、《カナリアン・ヴュウ》へ行くならエアロボオトにしないか。《フィルミック》の前で待ちあわせよう。たぶんServiceはぼくのほうが先に終了するだろうな。きみのはいつも長びくから。」

「………、」

RAAD−0099098, RAAD−0022401l, RACC−86554032, RAAD−00023871, RAAD−0033786Y, RACC−0099128G……

「……イーイー、」

ぼくは変な気分だった。耳鳴りか、幻聴かわからない音声を聞いた。それとも突然ヴォイスがしゃべりだしたのだろうか。だが、まもなく音声は跡絶《とだ》えて、今は何も聞こえてこない。ぼく自身も、つい今しがた何か理解できないようなことを口走っていた。耳にしたことのないことばが自分の口から洩《も》れるとは、どういうことだろう。知りもしない言語を、何かの拍子に口にすることがあり得るだろうか。唐突に起こる意識の断絶に、ぼくは振りまわされていた。

イーイーは眠っているようだ。ぼくの呼びかけにも反応しない。疲れたようすで、ライドランナーにもたれていた。ぐったりとした手脚はラバァのように伸び、完全に躰の力がぬけている。ぼくがいつか《離脱》したときの状態に酷似していた。彼が眠るところを幾度見ただろう。だが、こんな姿を見るのははじめてだ。意識などなく、抜け殻のように見える。

「イーイー、」

ぼくはイーイーの腕を摑《つか》んで持ちあげようとした。だが、たちまちフォームラバァのように手首が長く伸びてしまい、あわてて手を放した。すると、もとに戻る。やはり、感触はぼくが《離脱》しているときと同じだ。骨や関節があるとは思えない。そのとき、イーイーが瞼をひらいた。同時に手脚の硬さが戻っている。

「アナナス。ゾーン・ブルゥへ行こう。あそこからロケットに乗って碧い惑星へ行くんだ。」

先ほどと同じ提案をくり返す。

「そうすれば、きみの躰ももとに戻ると云うのか。何か当てがあるんだね。」

イーイーは静かに頷く。ぼくはフラッシュのように点滅する海の光景に絶えず悩まされていた。寸断され、細切れになった海の映像が、執拗に目のまえで展開していた。瞬《まばた》きをしているわけではないのに、真昼の海が蜃気楼のように煌いたり消えたりする。

「ML−0021234、Serviceは終わったのか。顔色が悪いな、疲れているだろう。」

「アナナス、」

イーイーは怪訝な顔をしていた。ぼくはやはり意識の断絶か、欠落があったらしく、少し前のできごとを思いだせない。何を考え、何を実行しようとしていたのか、まるでわからないのだ。ただ、碧い海の光景が鮮やかに瞼の裏へ残っている。イーイーは目に見えて衰えてゆくが、ぼくの場合は躰の内部で何かが崩壊しようとしていた。

「アナナス、きみは今何て云ったんだ。」

「……何か、云ったっけ、」

すると、イーイーは即座に首をふった。

「覚えていないなら、気にしなくていい。ぼくの錯覚だ。」

仔犬が目を醒《さ》まし、イーイーの膝をすべりおりた。そのまま、長椅子の下でうずくまる。イーイーは《ヴィオラ》を取りだし、ほんの少し口にした。もうわずかしか残っていない。新しい《ヴィオラ》は届いていなかった。彼の手にした《ヴィオラ》が最後の頼みの綱ということだ。

「イーイー、きみの云うとおりかもしれない。ゾーン・ブルゥへ行こう。どのみち、ぼくたちの行くところはほかにないいんだから。」

イーイーは頷き、ほとんど同時にライドランナーを走らせた。先を急ぐように扉へ向かう。先導を引き受けたとでも云いたげに扉口で振り返った。

「ホワイトスウッツを着てくる、」

ぼくは個室へ戻ってホワイトスウッツを着こみ、イーイーの待っているチュウブへ出た。彼はパーカを着ているだけだったが、注意を促してもたぶん平気だと云うだろう。チュウブは扉のすぐ外まで凍りついていた。サーキュレは少しくらいオウトツがあっても走ることはできる。しかし、表面が凍っているせいで、速度はかえって増す傾向にあった。ブレエキもききにくく、転倒する可能性は高い。

エレヴェエタホオルへ向けて、ふたりとも、しばらくならんでチュウブを走った。ビルディングのどこへ行くかは決めていなかったが、いずれにしてもエレヴェエタで移動することになるだろう。誰ともすれちがわない。あんなにも大勢いたはずの《生徒》がどこへ消えてしまったのか。そんな疑問を口にするのも煩わしいくらい、日常は変化している。

チュウブは、衝突防止のラバァがすっかり隠れるほどの氷におおわれていた。吹きぬける風に摩耗され、表面は平らだ。硬く凍った雪が硝子《ガラス》状になり、そのうえへ新たな粉雪が積もる。こんな状態だと、サーキュレはかなりの高速が出る。ライドランナーも同じだろう。途中から、イーイーはぐんぐん速度を増してエレヴェエタホオルへ向かった。ぼくはしだいに引き離されてゆく。

ダイアモンドダストが舞い、渦を巻きながらうしろへ飛び去った。ゆるやかなスロォプ、躰をかがめて前傾姿勢になる。まえは何も見えず、サーキュレの進むままにまかせた。耳もとを吹き過ぎる風が唸り、バタバタと海鳥のはばたきのような音をたてた。サーキュレは摩擦で氷を削りながら疾駆する。思ったとおり、かなりの速度が出ていた。たいていは硝子のうえを走るように平坦だったが、場所によっては凍り具合が均一でなく、氷塊に足を取られることも数回あった。躰全体が風圧を受け、自分の躰を抱えこむように、ひくい姿勢を保つ。吹き過ぎてゆく風の轟音《ごうおん》に、耳鳴りがした。

「……まただ、」

ヴォイスは、水平線からたたみかけるように押し寄せる波の音を、チュウブに響かせた。円柱を連ねた柱廊のように立ちあがる波濤。白い牙を剝き、闇を呑みこみながら近づいてくる。渾身の力をこめてせまる怒濤。咆哮はジェット気流のようにダクトを突きぬけ、ビルディングを揺るがせた。凍りつき、ひと気のない静寂が漂うチュウブのなかに、サーキュレのエッジが氷を削りだす音と、ヴォイスの流す海の響きが奇妙に共鳴し、あらたな音声が生まれた。

〈ＡＶＩＡＮは予備の〈挿入〉先として、新しい《生徒》を選択中。MD-0057654への〈挿入〉が難航しているためだ。このままでは、〈浄化〉が滞る恐れが生じた。この事態の主な原因は、MD-0057654が《クロス》をしていることにある。相手はML-0021234。再三、Serviceをほどこしてきたが、成果はあがらず、MD-0057654はいまだにML-

0021234との《クロス》をくり返している。ML–0021234にも別個のServiceを施す。双方とも、改善の兆しが見えるまで、Serviceをつづけるよう RACH–45とRACH–38 に指示した〉

ふだんとはくらべものにならない速度で走っているのだろう。ときどき眩暈《めまい》を感じて意識が遠のいた。眠りと覚醒をくり返しているようなのだ。だが、高速で走っているため、倒れることはない。そのかわり、まっすぐすべっているのに、躰は回転しながら宙に浮くようだった。数百メートルを落下してゆく感覚。加速がつき、ホワイトスウッを剝《は》ぎ取られるようだ。奇妙な解放感を味わう。皮膚さえも、指のあいだをすりぬける砂のように崩れてゆく、そんな錯覚をした。前傾姿勢をとって頭を下に向けていたぼくは、エレヴェエタホオルへついたことに気づくのが遅れた。本来ならホオルへ向けて大きく左折するカーヴがあり、速度を落とす必要があるのだ。

突然、躰に激しい衝撃を受ける。跳ね飛ばされて宙を飛んだ。加速と惰性のすべてが重力になる。呼吸《いき》ができず、声をあげることもできない。何か強い力で背中を押し潰される。百キロを越える速度で、目のまえを塞ぐ氷塊に衝突していた。氷塊はもう何日も凍っているらしく、岩のように硬い。エレヴェエタホオルからD号区方面へ行くチュウブをそっくり塞いでいるのだ。衝突の瞬間は自分でも不思議なくらいよく覚えている。氷塊も躰もスパァクし、フラッシュをたいた一瞬のように、視界が眩《まぶ》しい光につつまれた。しかし、次の瞬間には真っ暗になった。氷は真珠色に煌き、尖《とが》った輪郭線だけが暗闇に浮かぶ。躰は高々と宙を飛んでいた。天井で跳ね返って半回転し、こんどは空中で倒立して頭から落下する……。叫び声をあげようとした。だが、息苦しいわけでも、喉がつまったわけでもないのに声をあげることはできなかった。

ぼくはいつのまにか躰から《離脱》していたのだ。宙を舞う自分の躰を目で追っていた。躰を失ったまま追いかけようとしたが、動けない。イーイーはぼくが落下した位置を音でつきとめ、近づこうとする。だが、床へ落下したあと、ぼくの躰はもう一度ゴムボールのように跳ねた。そのため、イーイーが予測したよりも数メートル先へ転がり落ちてしまった。彼はぼくを見失い、周囲を見回している。

ほうりだされたぼくの躰は、エレヴェエタの前でフォームラバァのようにだらしなく伸びていた。形はとどめているが、皮膚は見た目にも奇妙な弾力をおびている。どの段階で弾力を持ったのかはわからない。床や天井に激しくたたきつけられたことは確かで、多少の怪我はしているだろう。

イーイーはむやみに動こうとはしない。ぼくが気絶したか、死んだのではないかと考えているかもしれない。二、三回周囲を見回していたが、そのうち、不意にエレヴェエタのほうへ注意を向けた。ハッとしたように瞳《め》を見ひらいたのだが、小さく呼吸《いき》をすると、こんどは挑むような表情でエレヴェエタの扉を見据えた。シャフトの音がかすかに聞こえる。誰かを乗せて上昇してくるようだ。

辺りの静けさを破って、エレヴェエタのソネが鳴る。まもなく、表示灯《パイロット》が点滅をはじめ、シャフトの回転音もはっきり聞き取れた。やがて音が静まり、エレヴェエタが停止した。ひらいた扉の中に、人影が見える。イーイーはエレヴェエタが来ることも、そこに誰が乗っているかということも承知していたのだろう。ひとりの女が姿を現したことについて、いっさい驚きを見せなかった。その人物が誰かということもわかっているらしい。まったくの無表情で、エレヴェエタを降りてくる女を迎えた。彼には見えないはずだが、すみれ色の睛《ひとみ》は正確に相手を見据えている。……ヘルパアだ。ガァネットのピアス。それは間違いなく、ぼくとイーイーが〈家族〉旅行をするために借りた、あのヘルパアのママなのである。

「ML−0021234Z 151420171620148 1920 134 1517413317425 15018 21 3190219 0214212148X」

ママはイーイーに向かってそう云ったのだが、彼は黙っている。まなざしも今はそらしていた。

「94 1820818 1801981850819 320 214201718 3418 ♭421♭4134124131 8W」

真紅のツー・ピイスを着たママは、まもなく死んだように横たわったぼくの躰を見つけ、遠目に眺めて笑みを浮かべた。額のあたりでウエーヴをつけたブルネットを、きょうは束ねもしないでそのまま流している。雪との対比で、黒っぽさが際立つ。髪は額《ひたい》にふりかかり、彼女はその髪を頭のうしろから手をまわすような仕草でもとへ戻した。

「1920 134 3 9 17841 3W 13E41819–24 15018X」

「……《Arianac《アリアナック》》はやめろ。」

イーイーは苛だったように云う。ママはいっこうに気にかけない。イーイーの傍《そば》へ行って親しげに彼を見つめ、手をのばして頬に触れようとした。イーイーはすばやくライドランナーを方向転換させ、彼女を拒否した。両端がさがり気味の紅《あか》い唇で、ママは何事かをしゃべっている。黙っているときでさえ、溜め息をもらしているようにほんの少し、唇をひらいていた。瞬《まばた》きはほとんどせず、濃い睫《まつげ》の奥からイーイーを見据える。ぼくの耳は《離脱》によってどうかしてしまったのかもしれない。フッとすべての音声が跡切れる瞬間がある。ほんのかすかな音も跡絶え、空間を感じることもできない。あるいはまた、ダクトの咆哮にさえぎられた。そのせいか、視覚まで安定しない。ママの姿に目を凝らそうとすればするほど、輪郭はぼやけてしまう。画像の乱れたテレヴィジョンのように、ママの躰にバイアスがかかる。そのまま変色して、ちがう映像が姿を現した。海だ。碧い海がママの躰をつつみこむ。その一瞬だけ、ぼくは氷のうえでなく、白い砂を踏んで海岸にたたずんでいた。波を煽《あお》る、熱い風が吹いてくる。だが、すぐにバイアスは消えて、ふたたびママの顔や、紅いスウッが見えてくるのだ。それから、またバイアス。海は何度か、フラッシュのようにまたたき、そのたびに、ママの手脚もスローモォションのように動いた。

《浄化》を手際よく進めるためには、プラチナリングの停滞は禁物である。AVIA

Nは《ホリゾン・アイ》によってプラチナリングの位置を知る。《ホリゾン・アイ》はヘルパアを使い、彼らにプラチナリングの奪取を謀らせた。ただし、ヘルパアたちはプラチナリングの機能を知らない。ただ、奪取せよという指示だけをあたえられていた。それらのプロセスを経て、プラチナリングは予定どおり《生徒》たちのあいだを動いているようである。プラチナリングの所有者は機能低下、障害、損傷を引きおこす。よって、対象外とする場合は、あらかじめアクセス・コントロォルしておくことが必要である〉

ルウジュと同じ色の紅いツー・ピイスは、彼女のボディと一体化して皮膚のように動く。伸縮し、柔軟性のある素材なのだろう。手脚や首の細さにくらべ、アンバランスなくらいボリュームのある胸部が目を惹《ひ》く。ママはまだ唇を動かしていたが、イーイーは聞きとろうとするでもなく少しも関心を示さなかった。しかし、イーイーのライドランナーは、ひとりでにママの手もとへ引き寄せられてゆく。ママは何もせずにイーイーのほうを見ているだけだった。その睛の何とも云えない光がライドランナーを牽引するようだ。あの光に抗うことは容易でないだろう。イーイーはのがれようとしたはずみに、ライドランナーからすべり落ちて動けなくなった。制御を失ったライドランナーは無人のまま走って数メートル先で止まる。

ママは床へ横たわっているイーイーに近づき、彼を跨いで立った。彼を見下ろしながら、シガレットに火を点ける。イーイーはママを睨んではいるが、それが彼にできる精一杯の抵抗のようだ。顔をそむけることはできないらしい。脚を動かせないばかりでなく、躰の自由がきかなくなっているのだ。何の変化もないまま、数分が過ぎる。紫烟《しえん》だけが漂った。

「どんな用があるのか知らないけど、ぼくは何の協力もできないよ。」

先にしびれをきらしたイーイーが口をひらいた。かろうじて声は出せるらしく、かすれてはいたが不安を感じているようすはない。

「14#20 114 2027418–1920X」

ママはシガレットを投げ捨て、イーイーを跨いだまま、彼の両腕をすくうように持ちあげた。上肢を抱えあげるような恰好だ。ママはイーイーを抱き寄せて耳もとへ何事か呟いたが、彼は黙っている。ママはもう一度、こんどはイーイーの顔をあの睛で見据えながら、同じことばを口にした。

「14#20 114 2027418–1920X」

「そこにある。アナナスの左手首だよ。取るなら、取ればいいさ。それくらいお手のものだろう。」

イーイーが抵抗をあきらめたようにそう云うと、ママはチラッとぼくの手首を確認した。それからイーイーの顔を自分のほうへ上向け、ながながとキスした。彼は無表情でされるままになっている。それから、ママはぼくの傍《かたわら》へ膝をついてしゃがんだ。《離脱》しているにもかかわらず、ママの冷たい手がぼくの手首を摑むのがわかった。強く握りしめる。十秒ほどして彼女は手を放し、ぼくの腕はもとのように氷のうえへ投げだされた。手首のリングが消えている。それは今やママの手の中にあり、指のあいだから洩《も》れるくらいの真珠白の光をおびていた。膨張するように輪郭《わ》がぼやけてゆく。煌きはますます強く、眩しいほどになり、高速で回転をはじめた。鐶は何重にも連なり、光をおびたスプリングのような状態に広がってゆく。しだいに、巻きつきながらママの手首にからみ、もとから彼女のものであったかのようにピッタリと嵌《は》まった。

そのとき、ママの背後でラバァのように横たわっていたはずのぼくの躰が、不意に上肢を起こした。もちろん、まだ《離脱》した状態はつづいていて、ぼく自身は躰から離れたところにいる。

〈どうして〉

声にならない声で、ぼくは呟く。躰は、ふつうの皮膚と骨格を持ち、ラバァのように見えるところはない。ぼくは立ちあがって、いきなりママの背後から抱きついた。リングを取り戻そうとするかのように、彼女の手首を摑んでいる。だが、リングはぬけない。不意を突かれたママは、小さく驚きの声をあげたが、すぐに摑まれた手をふりほどいて素早く向きを変えた。こんどは逆にぼくを抱きしめる。ぼくはのがれようとして少しもがいていたが、無理なことを悟ると、抵抗をやめておとなしくなった。

「1620E 41819-24 1 08 19A0171782l4X ML-0021234」

〈ML-0021234〉

おかしなことに、ママはぼくの躰をつかまえながら、イーイーの認識番号を口にする。当のイーイーは、ママから少し離れた氷のうえへうつぶせていた。先ほどまでのぼくと同じく、ラバァのように伸びた手脚を投げだしている。彼もまた《離脱》しているのだろうか。だとすると、ぼくの躰を動かしているのはイーイーなのかもしれない。

「1920 418 0 2018013I9Z19148W」

ママは笑みを浮かべて、先ほどイーイーにキスしたように、ぼくの顔を傾けてキスする。ぼくは放心したように睛を見ひらいたまま、ママのキスを受けていた。そのときのぼくの躰は、抜け殻のような状態だった。腕も脚も、力が抜けている。ママが手を放すと、そのまますべり落ちるように氷のうえへくずおれた。ラバァに戻ったようだ。イーイーはもうぬけだしたにちがいない。ママはすでにぼくのことなど忘れたように歩きだし、扉をひらいたままのエレヴェエタへ乗りこんだ。

エレヴェエタから数メートル離れた氷のうえで、イーイーは躰を折り曲げ、顔だけをうつぶせていた。手脚には、彼らしく、皮膚感のない硝子《ガラス》のような質感が戻っている。はじめ、気を失っているように見えたが、ゆっくりと顔をあげてぼくを見た。驚いたことに、彼はかすかな身振りで〝動くな〟と指示した。ぼくが声をあげそうになると、さらに黙るよう指示を出す。見えていないはずの彼のすみれ色の睛がぼくを見ている。しかも、ぼく自身は躰から《離脱》しているのにだ。躰を離れてもぼくの身体意識が消えないように、イーイーはぼくの存在を躰ではなく、意識の在《あ》り処《か》としてとらえるのだ。

……ぼくはイーイーに従って、躰へ戻ろうとはやる気持ちをおさえた。

ママに放置されたぼくの躰は、イーイーから少し離れたところで仰向けになっていた。ラバァのようにぐったりとして、今は瞼も閉じている。イーイーは手を伸ばし、ぼくの腕を摑んで引き寄せようとした。力が入らないらしく、少し引き寄せては休む。息をついて、また手を動かした。そんなふうに、手もとへくるまで何度か同じ動作をくり返した。イーイーはようやくぼくの躰を引き寄せ、仰向けになっている胸のうえへ頭をのせた。耳をあてる。……鼓動が聞こえた。それがイーイーのものか、ぼくのものかはわからない。速い心拍数。もし、イーイーの聞いている音なのだとしたら、ぼくは彼の耳を通して、自分の鼓動を聞いているということになる。これまでも、ぼくとイーイーのあいだで、視覚と聴覚は不思議に交叉した。彼の聞く雨音を聞き、彼の見た海を見る。自分の感覚かどうかわからないその状態は、不思議なほど心地よかった。

イーイーはぼくの胸へ頭をのせたまま瞼を閉じていたが、ふと思いだしたように少しだけ躰を起こした。すみれ色の睛が冷ややかに見ひらかれる。エレヴェエタに乗りこんだママを見ているのだ。

「ML―0021234」

ママは、踵《かかと》を使って扉のほうへクルリと向きを変え、イーイーを見据えた。イーイーはいつもの醒めた笑みを浮かべている。扉は音もなく閉じかけたが、イーイーがROBINのキィを使ってそれを停止させた。ひらいた扉の向こうで、ママは訝《いぶか》しそうに首を傾げた。

「1514201716201148X」

「気をつけてどうぞ。」

皮肉をこめたイーイーのことばが、凍りついたエレヴェエタホオルに沁みとおった。ふたたび扉を閉じたエレヴェエタは、そのまま動きだす。ROBINのナヴィゲーションが点滅し、エレヴェエタの稼動を示している。上昇しているのか、下降しているのかはわからない。ただ、エレヴェエタが動いていることは確かだった。こんどはイーイーも身動きしない。すべての音が跡絶《とだ》えたように辺りはしん、と静まった。シャフトの回転音も、ダクトを吹きぬける気流の叫びも、今は聞こえない。いっさいの音が遮断される。ただ、静謐な冷たさだけが漂った。

〈リングはヘルパアによって回収された。返却の必要はない。AVIANはあらかじめ定められた手順どおり、リングをビルディングの外へ廃棄するよう指示した。ダクトのヴァルヴを開放。ロケットはいつでも発射できる状態にある。リングが消えたのちも、一部に混乱は残り、〈浄化〉の後始末にはまだいくらかの時間を費やすことになる。ビルディングが自然な状態に戻るまで、AVIANは気晴らしにゲームをつづけた〉

数分が過ぎる。あるいは、もっと長い時間だったかもしれない。イーイーはぼくの心臓のあたりに頬をあてて、瞼を閉じている。眠ったようにじっと動かない。こんどは先ほどのような鼓動も聞こえない。彼が呼吸《いき》をしているかどうかもわからなかった。……

生きているのだろうか。急に不安を覚えた。彼は躰をぼくに重ねたまま、まったく動かない。指先まで、凍ったように静止している。冷たさを感じることはできるのに、躰の重みはなかった。《離脱》しているぼくもまた、動きがとれない。イーイーが生きているかどうかを確かめたいと思うのだが、手脚を動かすことはできなかった。

やがて、イーイーはゆっくりと瞼をひらいた。すみれ色のまなざしがぼくを見つめている。彼の躰の冷たさがいっそうハッキリと伝わってくる。手脚まで凍りつくようだ。イーイーが感じている氷の冷たさを、そのまま受けているのかもしれない。躰や意識が誰のものか、何のためにあるのか、そんなことはどうでもいい。ぼくはイーイーの感覚を共有している。そして、またイーイーにもぼくの感覚が伝わってゆく。碧い海が見えたが、凍った硝子のように冷たい海だった。凍《アイスブルウ》碧の氷塊がいくつも浮いている。ブリザードの中にシールの群れが見えかくれする。吹雪と見まごう真っ白な海鳥、氷の絶壁、灰色の雲。

……冷たい。それが背中の下にある氷の冷たさだと気づいた瞬間、躰じゅうに痛みを感じた。骨がバラバラになりそうだ。呼吸《いき》が詰まる。痛みは、氷塊に衝突したはずみで投げだされ、天井近くから落下したときのものだろう。そのとき、ぼくの意識は躰の中へ戻っていた。にわかに痛みを覚え、声をあげそうになった。だが、イーイーの手がすばやく動き、細い指でぼくの口を塞ぐ。

「……静かに。ほら、ビルディングが震動してる。……わかるか。耳を澄ましてごらん。」

イーイーのことばを聞き、神経をまわりの気配に集中させた。どこかで爆発音がした。というより、正確には音ではなく、一瞬にして何かが消えた衝撃波が伝わってきたのだ。エネルギイの消滅。空気がピリピリと震え、天井に付着していた雪が岩盤のように音をたてて落ちる。ぼくのうえにも降りかかってくるのを、イーイーがおおいかぶさって防いでいる。ビルディングの奥深いところから、何かの衝撃が波のように伝わった。その波の動きは同一方向へ進むのではなく、放射状、または螺旋《らせんじょう》状に広がりながら、ビルディングを震わせた。ぼくの躰も振動する。

「……どうしたんだ、」

思わず呟いた。イーイーはわずかに躰を起こし、ぼくの顔をのぞきこんだ。

「《帰還》したな、」

「……え、」

誰が、と訊こうとしたが、そういう雰囲気ではなかった。茫然とするぼくをよそに、イーイーは静かな笑みを浮かべている。

「骨や関節が崩壊しそうだろう。そうとう叩きつけられたからね。……でも、すぐに治るサ、外傷もほとんどない。」

ぼくは痛みを感じた額を手でおさえた。指先でわかる程度に腫れている。イーイーはぼくの手をどけて、そこへ彼の額をあてた。硝子のような感触。冷たさが、痛みを消し去る。

「《離脱》のこと、気づいていたんだね、」

イーイーはぼくに額を押しあてたまま、かすかに頷いた。しばらくそうしていたが、やがて少し離れ、こんどはぼくを見据えた。

「一部始終を見ていただろう。」

イーイーのすみれ色の睛は、迷わずぼくを射る。至近距離だとしても、その的確さは驚くほどだった。見えていないことを疑いたくなる。

「イーイー、ぼくが見えるのか、」

彼は微笑んで否定する。

「視力はなくても、《見る》方法はいくつかある。」

「どんな、」

「ひとつは、視覚以外のすべての感覚を使って想像すること。とりわけ有効なのは空気の流れ。気配が跡絶え、静かな波が伝わってくる。もうひとつは、ぼくの目となってくれる誰かの視覚をとらえ、交叉させるんだ。」

ぼくは、イーイーがそう云うことをいくらか予想していた。彼から実際そう説明を受けて、今までの疑問がいっぺんに解けた思いがした。ぼくとイーイーには境界線がなくなるときがある。

「そうだったのか。……互いに感覚が交叉するんだ。ぼくも何度かそう思ったことがある。さっきも、きみが聞いていたぼくの鼓動が聞こえた。これが《クロス》。」

「そうだ。前にも云ったよね。ぼくたちはずっと《クロス》していたんだ。アナナスは忘れてしまっただけ。」

背中から伝わってくる氷の冷たさが、ぼくの気持ちを清浄にする。何も不都合はなく、平穏だと思いたい。ビルディングは静けさに満ちていた。凍りついた壁がすべての音を遮断している。今はヴォイスも、ダクトの咆哮も聞こえてこない。イーイーはふたたびぼくの胸のうえへ頭をのせた。

「イーイー、さっき《離脱》していたぼくの躰を動かしたのも、きみの仕業だね。ママの手に渡ったリングを取り返そうとしただろう。」

イーイーは少しだけ顔をあげて、訝しげにぼくを見つめた。

「リングを取り返そうとしていた……、」

「そうだよ。ママのうしろから抱きついて。……覚えていないのか。」

「リングを、」

「何だ、意識して取り戻そうとしたわけぢゃなかったのか。」

イーイーは黙りこんでしまった。彼はいくらか動揺しているようだ。あのとき、ぼくの躰が動いたのは、イーイーとの《クロス》ではないのだろうか。リングを取り戻そうとした動作に何の意味があるのか。イーイーはそれを考えているらしかったが、結論は得られなかったのだろう。指先で軽く目頭を押さえている。

「イーイー、ママはどうしてリングを持っていったんだろう。あれがそんなに重要なものだとは思わなかった。」

「あれは、ロケットに〈挿入〉してコンピュウタを動かすためのキィだよ。」

イーイーは不安とも、動揺ともつかない翳《かげ》りのある表情で答えた。

「……キィ、」

ぼくの胸のうえに頭を置いたまま、彼はかすかに頷く。

「それなら、あのリングがあればロケットに乗れたというのか。許可もなしに、」

「さっきの衝撃波、アナナスにもわかっただろう。」

「うん、」

あっさりと答えをそらされたことに、ぼくはいくぶん途惑った。

「彼女は消滅したんだ。たぶん一瞬で跡形もなく消えてしまったはずサ。ロケットごと消えた彼女の存在を示す証拠は、おそらく何ひとつ残っていない。アナナスの云うとおり、喪われたものは跡形もなくなるんだ。」

「どうして、」

「考えられることは、処分されたか、もしくはロケットの操作ミス。」

イーイーはまたしてもわざとのように、質問の意味を取りちがえた答えをした。

「ちがうんだ。話をそらさないでほしい。ぼくが訊いたのは、なぜイーイーが予想していたのかということだよ。きみはママが脱出できないことを確信していたんだろう。彼女が消滅することを知っていたんだ。それは、どうして、」

「……、」

　イーイーは無表情に戻り、黙っている。

「プラチナリングも消えてしまった。あれがあればビルディングを脱出できたかもしれないのに。そうなんだろう。ビルディングを出るにはあのリングが必要だったんだ。それをママに奪われてしまった。」

「あれはイミテエションさ。」

　イーイーは、さほど重要でないことのように、淡々とした表情で応えた。

「だって、あのリングが唯一の本物だと云ったのはイーイーじゃないか。ママは消滅などしなかったんだよ。ビルディングを出て碧い惑星へ向かったのサ。そうなんだろう。」

　非難するぼくを、イーイーはまなざしを揺るがせることもなく見つめている。彼はなおしばらく沈黙したあとで、ふと笑みを浮かべた。

「リングが脱出の切り札にはならないということを、ママは証明してくれたのサ。それだけのことだ。でも、まだあきらめるのは早い。少なくとも、ビルディングからの《離脱》はできるかもしれない。」

「どういうこと、」

　イーイーはぼくのホワイトスウツの中へ手を入れる。その手は冷たく氷のようで、心臓が止まりそうな気がした。そのうえ、彼の手よりも冷たい何かを、ぼくの胸のうえへ置いた。氷のように冷たく、金属のように硬いものだ。碧い惑星で使われる白銅貨のような、小さく、平らな感触がした。その冷たい何かは強く押しつけられ、皮膚を通過してぼくの躰の内部《なか》へ入ってくるようだ。心拍数は加速のついたように速まり、何だか、心臓はそのまま停止してしまいそうになった。彼はそれをホワイトスウツの内側にあるポケットへしまいこんだ。ぼくが取りだそうとすると、手で制した。

「見なくてもいい、」

「どうして、何を入れたんだ。」

イーイーは沈黙したまま答えない。放心したようにさえ見える。だが、その睛《ひとみ》は翳り、今までに見たことのないような哀しみにうるんでいた。顔色は、みるみる蒼ざめてゆく。彼は両肱で躰をささえていたが、不意に力を抜いて、ふたたびぼくのうえへ倒れるようにうつぶせた。

「イーイー、」

彼は泣いている。ぼくはそのときになって、つい今しがたイーイーの睛《め》にあらわれていた哀しみが、より絶望に近い感情であることを悟った。そして、彼がこの表情を見せるのは、これで二度目だということにも気づいた。シルルがぼくたちの前から消えてしまったとき、イーイーは今とおなじように肩を震わせ、声を圧《お》し殺して泣いた。思えば彼の絶望は、あのときからはじまっていたのだ。いったい何がイーイーをこんなに追いつめるのだろう。それを悟ることはできなかった。

「行こう。」

やがて、イーイーは躰を起こしてぼくから離れた。その睛には、もはや哀しみも絶望もない。最後に逢ったシルルが見せていたような、すべてを捨て去った表情をしていた。

「ゾーン・ブルゥへ、行くんだね。」

「ちがう、宿舎へ戻るんだ。きみに見せたいものがある。」

イーイーはROBINを使ってライドランナーを呼び寄せた。


ライドランナーを発進させたイーイーは先にチュウブへ入ってゆく。その後へぼくもつづいた。気温はさらに低下したらしく、空気は硝子のように突き刺さる。風に吹きさらされた頬や、睛《め》に痛みを感じた。エレヴェエタホオルの氷柱《つらら》は先に見たときよりも確実に成長した。チュウブも厚く氷におおわれたせいで、狭く感じられる。ホワイトスウツを着ていても寒さが沁みとおり、躰が冷えた。じっとしているだけで体温が奪われるようだ。

「いったいビルディングはどうなるんだろう。チュウブも雪で埋もれているなんて。」

「〈シックルヴァレ〉から吹きこんでくるのさ。」

イーイーは白い雪に掻《か》き消されたチュウブの奥を示した。〈シックルヴァレ〉に近いその辺りでは、かなりの雪が猛然と吹雪いている。勢いあまった風に運ばれて、チュウブの中にも雪が舞いこんだ。はじめはひとひらずつ数えるほどの雪だったが、しだいにその量は増えつつある。勢いは衰えそうもない。チュウブは雪の通路となり、ついには塞がれてしまうだろう。ぼくの見ているこの白い光景が、イーイーにも見えているのだろうか。たたずんでいるだけで、〈シックルヴァレ〉から吹きつけてくる風に足をすくわれそうだった。

イーイーのライドランナーは方向を感知することもでき、難なく進んでゆく。ぼくもすぐに追いかけたが、一〇〇メートルも進まないうちに真正面から吹きつけてくる風に押し戻された。後ずさり、バランスを崩して倒れた。チュウブの中は、追い越してゆく風と吹きこんでくる風が渦をまいて衝突し、さらに回転の速い旋風をひき起こしている。風はときに薄い布のようにぼくの躰を巻きこみ、翻弄する。ひとたび強い風に襲われると立ちあがれないほどだ。しゃがみこんでいても、氷のうえを引きずられる。突風はじきにおさまるが、なかなか躰を起こすことができない。

立ち往生してうずくまっているところへ、イーイーが戻ってきた。ぼくの腕を摑んで助け起こしてくれる。そのまま、自分のほうへ引き寄せた。ふたりともじっと動かない。ぼくは膝をついて顔を上向け、イーイーはライドランナーから少し前へ傾きかげんに乗りだしていた。彼の濃いすみれ色の睛《ひとみ》にはヒビが入り、いつ粉々になってもおかしくないように見える。こんなときに、毀《こわ》れる瞬間を見たいと思う欲求を、ぼくは否定できなかった。

睛《ひとみ》の中に、紫がかった冷たい水海《みずうみ》が静かに広がっている。水面はしんと鎮まり、深い翳《かげ》を落とす。ときおり、水の輪が浮かび、表面がかすかに揺れた。ぼくは、瞼を閉じた。それでも、海はまだ見えている。静けさは、広く、奥深く沁み徹《とお》った。

「0 1841　9$1419W」

イーイーのその呟きに、音声はなかったように思う。菫青《きんせい》の映像に重なるテロップのようだ。ぼくは頭のなかで、その記号を反復した。意味はわからない。閉じているぼくの瞼のうえに、イーイーの髪がかすかに触れる。額や頬、そして唇に、張りつめたような冷たさが静かにうつろった。

「……イーイー、今何て云ったんだ、」

彼は黙っている。冷たい指先で、ぼくの鎖骨を軽くおさえていた。

「アナナス、きみはどう思う。あの碧い惑星のこと、」

「どうって、」

ぼくは瞼をひらいた。すぐさま、イーイーの凍てついたまなざしがそそがれる。彼が何を訊きだそうとしているのかを測りかねて、ぼくは答えるのをためらった。彼は先をつづけて云う。

「碧い惑星なんて、ありはしない。あれは、まやかしの映像なんだ。きみだって知っているはずだ。テレヴィジョンを使って、存在すると思わせているだけサ。誰も実際に見た者はいないだろう。ゾーン・ブルゥも存在しない。ロケットも。ビルディングを出ることなんて不可能なんだ。外にはなにもない。碧い惑星は、ＡＶＩＡＮがつくりだした幻影にすぎないのサ。それも普遍的なものではなく、AVIAN自身も気づかないうちに、だんだん形を変えてゆく。」

イーイーがしゃべっているあいだじゅう、ぼくはヴォイスの音声に悩まされていた。はじめは、《同盟》の委員を呼びだす数字の羅列だと思っていた。

……AM–008876J, AF–0033217K, AM–0066578Y, AL–0035674L

そんなふうに延々とつづいてゆくあの合成音だ。しかし、次にはダクトから吹きあげてくる咆哮だと思い、また次には荒々しい波濤を砕く海の轟《とどろ》きのようにも聞こえた。音声は収縮し、膨張する。しまいに渦を巻いた。

〈AVIANは、MD–0057654とML–0021234を《コンビネエション》とすることにした。それによってML–0021234の実態は消滅し、《クロス》も回避できる。但し、この場合の併合の比率は各々のForceによって異なる。完全に二分されることもあるが、《生徒》としての機能が高いML–0021234が、MD–0057654を吸収してしまうこともあり得るだろう。AVIANはあえて結果の予測はせず、ゲームの成り行きに任せた〉

刺すような風にさらされているイーイーの頰や額は、辺りの白さよりも、さらに白く見える。唇だけが、真紅《あか》くきわだっていた。……彼はもうひとこともしゃべろうとしない。瞬《まばた》きすらせずに、黙って睛《め》を見ひらいていた。ぼくは彼の白い容貌《かお》へ、自分の手の甲をあてた。頰も瞼も体温を失い、冷水のように研ぎすまされている。表面だけでなく、そのずっと奥まで凍りついているにちがいない。唇は氷点下に置かれた硝子のようで、そこには先ほどぼくに触れたのと同じ冷たさが残っていた。

「イーイー、碧い惑星はあるよ。休暇に入ったら、ぼくたちはそこへ行こうって、Tripの約束をしたばかりぢゃないか。きみこそ、もの忘れがひどい。」

「………、」

イーイーは、ぼくの手をふりきって、チュウブを走りだした。吹雪の中へ入ってゆく。横なぐりの雪に掻き消され、数秒後には姿が見えなくなった。吹雪が跡切れたとき、チュウブにはもう誰ひとりいなかった。ぼくもこんどはアイスバーンに足を取られないよう、神経を使いながら進んだ。ゆるやかに下るスロォプのせいで、自然に速度が増した。もし、氷塊や雪の壁に衝突したら、また《離脱》してしまうかもしれない。そう思うと慎重になり、サーキュレがあまり速く走らないようにした。ゆっくり、歩くような足取りで進む。しだいに速度は衰え、ぼくは立ちどまった。前へ進むことに何の意味があるだろうか。

チュウブの中は視界が真っ白になるほど、雪が渦を巻いて吹雪いている。遠くを見ようとするのだが、睛に飛びこんでくる雪が付着して冷たい水が解けてゆく。目をうるませると、その水分までもが凍ってしまいそうだ。やがて睛が凍ってしまうのではないかという気もした。瞼が動かなくなり、吹きこんでくる雪片を避けることもできない。たちまち視界は失せ、右も左もわからなくなった。視界が白い。ひたすら真っ白だ。もはや雪でも氷でもなく、何も存在しない白。チュウブも雪も、イーイーも、ぼく自身すら、はじめから何もなかったかのように、跡形もなく消えてゆく。

気を取り直し、またサーキュレを走らせた。真っ白で何も見えない状態はまだつづいていた。このまま走りつづけていいのだろうか。イーイーはそうとうライドランナーを飛ばしているらしく、いくら走ってもそれらしき影や形は見えなかった。ライドランナーの通った跡もない。

「……イーイー、」

何でもないことだと、自分を落ち着かせようとしたが、鼓動が速くなる。彼を見失ったのではないだろうか。それればかりか、チュウブや風景も見失っている。イーイーの姿が見えないばかりでなく、このままでは《生徒》宿舎へ帰りつくことすら難しい。宿舎が前方にあるという保証は何もなく、イーイーもいない。シルルやジロが消えてしまったように、彼もまた消えてしまうのだろうか。いったい誰が残るのか。それとも、誰も、何も残らないのだろうか。

「イーイー、」

視界に入らないほど離れていれば、当然、声も届かない。しかし、その当然が異常なことのように思えた。ぼくは何度かイーイーを呼び、逆に、虚しく反響する自分の声で焦りをかきたてられた。返答はない。彼が消えてしまったらほんとうにひとりになる。ぼくはＣＡＮＡＲＩＡのレシーヴァで彼を呼びだしてみた。

「イーイー、」

〈どうしたんだ、そんな声を出して〉

即座に、返答があった。しかし、その声には聞き覚えのない抑揚がついていた。ROBINを呼びだしたのだから、確かにイーイーなのだろう。だが、なぜか合成音めいて聞こえる。雪のせいでレシーヴァの具合が悪いのかもしれない。ぼくはそう考えようとしたが、不安は募った。

「イーイー、きみはどこにいるの、」

〈宿舎だ〉

「わかった。ぼくも急いで戻るよ、」

CANARIAの通信を終え、サーキュレを走らせることに集中した。しかし、凍ったチュウブは何とも走りにくく、重心が安定しない。蹴る力が安定しないので速度も出なかった。進路も左右へ大きく振れてしまい、気持ちはまえへ走ろうとしても躰がついていかない。雪も遠慮なくたたきつけてくる。

〈アナナス〉

こんどは確かにイーイーの声だ。耳慣れた、澄明な声。ぼくはホッと呼吸《いき》をついた。今しがたの合成音のような声とはちがう。しかも、その声はすぐ耳もとで聞こえるのだ。彼は身近にいる。

〈0 1841　9$1419W〉

イーイーは先ほどと同じ、ぼくにはわからないことばを口にした。

「イーイー」

それきり、イーイーの声は聞こえない。姿もない。声だけでなく、彼に関するすべての気配が跡絶えてしまった。チュウブは先ほどよりもいっそうしんと静まっている。雪は音もなく吹雪き、断続的に降りつづけた。やがてダクトを吹きぬける咆哮が聞こえ、白く埋め尽くされた雪の合間に、碧い水平線を見たような気がした。ぼくは一瞬自分がどこにいるのかわからなくなる。碧い海が見えるなんて、ここはドォムなのだろうか。方向も見失い、立ち往生していた。碧い海の映像はさらに強引に割りこみ、ぼくはとうとう白く燥《かわ》いた海岸線のまんなかへ立ち尽くすことになった。だが、瞬きをすると、また雪におおわれたチュウブへ戻る。雪が辺りをおおっていた。

「……イーイー」

その後も、碧い海の光景は何度となくくり返された。しまいに、ひとりの少年がぼくのまえを通り過ぎる。彼はぼくの存在にまるで気づいていなかったが、まなざしはぼくに向けられていた。そこにレンズがあるように、少年はこちらを見ている。水の翠《みどり》をした睛《ひとみ》、輝くばかりの笑顔をしていた。どうして、それほどまでに屈託のない笑みを浮かべることができるのだろう。彼は黒い仔犬を連れている。クローズ・アップからロング・ショットへ、コマごとにズームして、少年は少しずつぼくから遠のいた。シャッタアを切るように映像は寸断され、合間で何度も吹雪のただ中にあるチュウブの光景に切り換わった。その雪の中には少年などいない。フラッシュ・バック。ふたたび燥いた砂浜で、少年は笑顔を浮かべてたたずんでいる。唇を動かし、何かしゃべった。レンズの方向からビーチ・ボールが飛んでくる。彼はそれを拾いあげ、くるりと背を向けた。誰かに手をふり、勢いよく走りだした。海岸線にそった通りを駆けてゆく。そのうしろで、走りだした少年にレンズを向けている父親の背中が見えた。ふと、少年は指さしながら上空を見あげる。光に溢れた碧霄《へきしょう》にビーチ・クラフトが飛んでいた。少年は両手をふってビーチ・クラフトを歓迎する。プロペラ機の窓からオレンジ色の帽子が舞い落ちてきた。小さな飛行場へ向けて、少年は走りだす。

ぼくは彼の後を追いかけようとしたが、そこはもう海岸ではなく雪の舞うチューウブの中だった。白く渦を巻く雪景色と重なるように、うっすらと碧い海が見える。黒い犬を連れた少年が、吹雪のチューウブを進んで行くのか、海岸の露台《テラス》を走っているのか、もはやわからない。映像は完全に交錯している。やがて少年は、建物の中へ入る。階段、廊下、扉。場面は目まぐるしく変化した。かと思うと、雪に掻き消される。鳥カゴのような網製のダクトをエレヴェエタが降りてくる。扉がひらく。少年は吸いこまれるように黒い犬とともにエレヴェエタへ乗りこんでしまった。シャフトの回転する音。鋼鉄の軋《きし》み。だが、ぼくが追いついたときには、エレヴェエタなどどこにもなく、ただ雪が降りつづけるばかりだった。雪の向こうもまた雪。どこもかしこも白く、とうとう何も見えなくなった。

ＣＡＮＡＲＩＡの送信を切ってから十五分ほどかかり、ぼくはようやく宿舎へたどりついた。ふだんなら、一分もかからない距離だ。扉をあけ、居間へはいる。まっさきにイーイーを探した。ライドランナーがない。サッシャの姿もなかった。

「イーイー、」

彼はまた浴室にいるのだろうか。しかし、《ヴィオラ》のせいで躰を思うように動かせなくなってからは、不自由だと云って浴室へこもることはなくなっていた。イーイーの〈部屋〉の扉は閉じていたが、いっこうに気配を感じることはできなかった。ぼくは自分の〈部屋〉へ行き、イーイーの浴室と向かいあわせになった浴室へ飛びこんだ。壁によりそって、何らかの音を聞きとろうと耳を寄せた。しかし、どんな小さな音も、Ga-shan, Ga-shanという例の音も聞こえてこない。

目まぐるしく動きまわったせいで、見ることにも、聞くことにも集中できなかった。立ちどまっていても、躰は回転しているようだ。ふたたび居間へ戻ったぼくは、まず落ち着くために長椅子へ腰をおろした。ふと、円卓《テーブル》に目をとめた。プラチナリングが置いてある。

「……イーイー、」

彼なのだろうか。イーイーが本物のリングを持っていた……。いちばんありそうなことである。その点にどうして思いあたらなかったのか。イーイーはぼくの知らないうちにイミテエションとすり替えていたのだ……。

「イーイー、」

個室の前へ行って彼を呼んだ。しかし、やはり返事はない。もう一度ROBINを呼びだそうと思い、CANARIAを手にした。すると、いつのまに送信されていたのか、ディスプレイに伝言が入っていた。まるで気づかなかった。時刻は二十分ほど前になっている。おそらく、ぼくがチュウブでもたもたしているあいだに送信されたのだろう。それはイーイーからの手紙だった。

親しい友人であるアナナスへ、

はじめてきみに手紙を書く。もう気づいていると思うけれど、円卓《テーブル》の上にリングを置いた。きみは、そのプラチナリングを持ち、今すぐゾーン・ブルゥへ行くんだ。迷うことはないよ。どのエレヴェエタでもゾーン・ブルゥへ行くことができる。きみは苦もなくロケットを見つけるだろう。すべて、リングが導いてくれるから。

コックピットでは何もする必要はない。データはすでに入力済み。リングをスロットに嵌《は》めこんだら、シイトアンカーをおろし、あとはコンピュウタに任せること。《ヴィオラ》を持っているだろう。それを飲んで躰を休めるといい。きみが眠っているあいだにロケットは〈鐶の星〉の引力圏を離れ、航行軌道に乗るだろう。不器用なアナナスでも大丈夫。

アナナスは怒っているかもしれない。リングをすり替え、きみから本物を盗んだのは、このぼくだ。この夏休みに入る直前のことさ。アナナス、きみがどのくらい無防備だったか考えてごらん。あの日（たしか夏至の土曜日だった）、きみはシフォンケエキとまちがえて〈海綿〉を食べていたよね。ぼくがジロの悪戯《いたずら》にちがいないと云ったのを覚えているだろう。あの後、ぼくはジロを殴ると云って部屋を飛びだし、戻ってきたときには、シフォンケエキのかわりにべつのキュウブケエキを持っていた。きみは気づかなかったけれど、あのケエキには《ヴィオラ》を沁みこませてあったのさ。アナナスにとってのスイミンヤクというわけ。

リングをはずすのは簡単だった。きみは《離脱》したり、眠ったりするとフォームラバァのようになってしまう。つまり、きみの意識がないあいだ、リングをはずすのは簡単なんだ。それを発見したときはぼくも驚いた。誰しも自分がどんな姿で眠っているかを知らないのだから、不思議ではないよね。何度もリングをきみに戻そうとしたんだ。それなのに、持ちつづけてしまった。でも、結果としてはこれでよかった。ぼくは躰の不調を《ヴィオラ》のせいだと思いこんでいたが、それは考えちがいだったようだ。おそらく、リングが問題なのサ。きみがリングを持ちつづけていたら、ぼくのように手脚のきかない躰になっただろう。

リングを手にするかどうかは、きみの選択に任せる。ただ、これがあればビルディングを離れ、碧い惑星へ向かうことができる。AVIANはははじめから、不要になったリングをビルディングの外へ出すつもりでいたからね。そのつもりでロケットを用意してあるのサ。それも、シミュレエトと区別がつかないように仕組んである。

これだけは云っておきたい。肌で触れるものや味わい、匂いやボディさえ、アナナスにとっては無意味だ。きみが獲得するのは真に自由で解放された感覚。抹消された記憶の空白は、何も書かれなかった頁《ページ》と何ら変わらない。ビルディングを出るというのは、そういうことサ。躰や精神、音声や映像、それらの結びつきには何の法則もなく、安定性もない。きみは好きなときに好きなものを見、聞き、感覚を自分のものとすればいい。自らすべての拘束を解いて、きみはこのビルディングからこそ《離脱》して行くんだ。ＡＶＩＡＮでさえ、きみが手に入れようとする自由を妨げることはできない。

手短かに書くつもりが、すっかり長くなった、……この手紙を読んだら五分以内に行動すること。これは命令だよ。でないとリングのせいで躰がきかなくなる。ロケットはすでに発射準備状態に入っている。キィをはめればすぐカウントダウンがはじまるだろう。いいね、アナナス、これが最後のチャンスだ。きみの云うとおり、碧い惑星はあるにちがいない。否、なければならない。ＡＶＩＡＮの意表をついてきみはビルディングを《離脱》するのサ。……健闘を祈る。

追記

〈419 11418 150171411418 18E41321141141319Z11418 ♭421　1918 174181941319W〉

……この部分をきみがいつか理解することを信じている。

イーイーより、友情をこめて

八月二十五日　金曜日
認識番号 ML-0021234-Eheh

「イーイー、いったいどういうつもりだ。ぼくだけロケットへ乗りこめと云うのか。……そんなことできるはずはないじゃないか。きみはどうするんだ。」

　手紙を読み終えたぼくは、どこにいるかもわからないイーイーに向かって彼を非難した。それから、リングを摑んで宿舎を飛びだす。ゾーン・ブルゥへ行けば何かわかるだろう。イーイーも先にそこへ行っているかもしれない。チュウブは先ほどよりもひどい吹雪で前方はまったく見えなかった。それればかりか、通り過ぎたところまで雪に掻き消され、振り返っても宿舎の扉は見えない。チュウブそのものも、存在しないかのようだ。ぼくは吹雪の中へひとり取り残され、自分がどこにいるのか、また、ほんとうにチュウブを走っているのか、まるでわからなかった。吹雪は容赦なく全身にたたきつけ、咆哮をあげながら吹き荒れた。進む距離よりも圧し戻される割合のほうが多い気がする。ホワイトスウツは防水性が高い。それでも、次々と襲いかかる雪は、少しずつスウツの表面に付着した。はらい落とさずにほうっておくと結晶して、躰が重くなる。だが、その重みのおかげで風雪に圧し戻されずに躰をささえることもできた。

　吹雪はときおり寸断された。宿舎へ戻ろうとしていたときと同じで、碧い海の映像がぼくの前をよぎっては消えた。白いボオトや、波間に揺れるボールが見える。陽を浴びて輝く、砂浜が眩しい。遙か沖合からは、柱廊のように立ちあがり、飛沫《しぶき》を連ねた波が打ち寄せてくる。しかし、そんな光景も瞬時に消え、波の柱廊はたちまち氷柱《つらら》となってぼくの前へ出現した。荒れ狂う吹雪。風が耳もとで唸る。それでも、ぼくは何とかエレヴェエタホオルへたどりつくことができた。すでに扉をひらいていたエレヴェエタを見つけて、迷わずすべりこむ。同時に扉は音もなく閉ざされ、エレヴェエタは静かに動きだした。

空気は温《ぬる》い。躰の緊張がゆるんだ。ホワイトスウツに付着した雪をはらい、ホッと呼吸《いき》をつく。それから、壁に耳をあてた。はじめはなぜか、自分の鼓動が響いていた。凍えていた躰が体温を取り戻し、気分が落ち着くとともに音を聞きとることができるようになる。かすかな振動にまじって、ダクトの咆哮が吹きぬけてゆく。碧い海の光景がほかのどんな場合よりも鮮明になった。冴えた碧色の海が、ぼくの目のまえに広がっている。エレヴェエタの内部《なか》に海があるはずはないのに、碧い色を瞼から拭うことができなかった。

瞬きをしても、目を見ひらいても消えない。海水の碧とは対照的な燥いた砂浜が目に映る。先ほどまでは冷たく凍っていた躰が、だんだんと熱くなった。ぼくは思いのほか疲弊した躰を動かすのに苦労しながら、ようやくホワイトスウツを脱いだ。それだけでも疲れが増して、しのぐことのできない暑さに喘《あえ》いでいた。呼吸《いき》をするたびに躰が熱をおびる。強い力で床に圧しつけられているようで、全身が重かった。だるくてしかたがない。とくに、手脚はほとんど動かせず、息苦しさと熱気で視界はぼやけている。自分の手のひらすら、じっと見つめることができない。

もはや暑さを我慢できなくなり、外へ出ようとした。どこかの階で止めて扉をあけようと思い、指示ボタンのあるパネルを探した。だが、そんなものはどこにもなかった。周囲はぼくが思っていたよりもよほど狭く、立ちあがることもできないほどだ。そのときになって、ぼくは自分の乗りこんだものが、エレヴェエタであるかどうかを疑いはじめた。静かに波の寄せる砂浜、波間に浮かぶブイ、点々とちらばるパラソル、雲の影、上昇気流に漂う鳥、風を測る気球。そんな光景が、ディスプレイの中で展開されていた。

「ロケットなのか……、」

ぼくがそう思う間もなく、誰かの声が聞こえた。

〈アナナス、何をしているんだ。はやくリングをスロットへ入れろ〉

イーイーだ。

「でも、どうやって。スロットなんてないじゃないか。それに、きみはどこにいるんだ。」

〈ぼくのことは気にするな〉

もう遅い。その時点で躰はほとんど動かなかった。考える気力も衰え、イーイーの声がどこからするのか、それもわからない。彼の声だと決めつけていたが、ぼく自身の唇からもれたことばのような気もした。わけもわからず、ひとりごとを云ったのかもしれない。

「……イーイー、」

手にしたリングに持ちあげられるように、ぼくの腕が宙をさまよっていた。躰は意志を持たず、リングの磁力に引きつけられて動く。だが、どこにもスロットはない。碧い海が目のまえにあった。ぼくはディスプレイのうえにおおいかぶさっているのだろうか。海が真下にある。光を屈折させる水面や、泡沫《あわ》の煌《きらめ》きまで手に取るように見え、ゆったりと水の中を泳いでいるようだ。投げだしたぼくの腕に、波の影が重なる。海の色はほとんど透明に見えた。烟《けむり》のように流れる光が、ぼくの腕に反射して戯れる。しだいに、指先からも力が抜け、ぼくはとうとうリングを手から離してしまった。プラチナの細い鐶は、ディスプレイの碧い水の中へ落ちる。

リングはそれほど深くない水中に沈んでいた。そのリングを見つめているうちにぼくの躰を揺らす振動がはじまった。ビルディングの奥深くから、何かが突きあげてくる。エネルギイが注入されているのだろうか。さっきまでの暑さが嘘のようにひいて、こんどは急激に躰が冷えてきた。ホワイトスウッを探して着こんだ。それでも、寒くて凍えそうだ。ディスプレイパネルが、せわしなく点滅している。先ほどまで、そんなパネルは目に入らなかった。次々と数字が表示される。

100、134、125、457、890、356、1209、567、235、654、169、1057……

さまざまな数字が、点《つ》いては消えた。あらゆる表示灯《パイロット》が、赤や青にひかる。まるで何かの信号のように、点滅をくり返していた。ときおり、信号を確認するようなフラッシュが起こる。やがて、数字は〈600〉を示し、それからはいっさいほかの数字を表示しなかった。

「……なんだ。やはり、エレヴェエタだったのか、」

振動は少しずつ小さくなり、やがて完全に停止する。扉がひらいて、エレヴェエタホオルとそれにつづく回転扉のゲートが見えた。硝子越しに、白い海岸と碧い海辺が煌いている。

「ドォムだ。」

ぼくはエレヴェエタを降りて、ゲートに向かって歩いてゆく。もうその辺りから、夏の熱気が漂っていた。休暇のはじまりにふさわしく、ドォムはよく晴れていた。碧い水平線がのびやかにつづき、白い積乱雲が湧きあがる。南風が波濤を煽り、飛沫《しぶき》をあげながら船が疾駆していた。ぼくは東ゲートから入って、《フィルミック》へ向かった。柱廊式のテラスや木蔭からの心地よい風が吹きこむ休憩室がある。淡翠《アクアグリイン》の影が射す円卓《テーブル》について、海を眺めるだけでも、何かふだんとちがう日常を味わうことができた。この涼しい場所から、夏休みをはじめる。それはなかば法則にも似た、愉《たの》しみである。だが、ぼくは自分が《フィルミック》へ向かっていることに途惑いがあった。ぼくはなぜ今、そこへ行こうとしているのだろう。カナリアの聲《こえ》が聞こえている。あれは、《フィルミック》の天井に棲みついた黄金《きん》色の小禽《ことり》だ。

燥ききった白い海岸線がどこまでもつづく。沖あいでは冴々と凍てつく碧さでありながら、砂浜を洗う波は淡翠硝子《アクアガラス》のようだった。海水に含まれたカルシウムや石膏の粒子は、水中まで射しこんでくる太陽光に反射して、キラキラと輝いた。糸のように繊《ほそ》い光が、水面に黄金の縫いとりをする。しまいに素足となり、灼《や》けつく砂の熱さに跣《つまさき》だって歩いた。

きょう、ML–0021234とぼくは午前中に海岸で待ちあわせ、《カナリアン・ヴュウ》へ行く計画を立てていた。うまくスクリュウ型のエアロボオトに乗れたなら、最高のTripになる。だが、ふたりとも午前中にServiceを受けなければならなくなり、Tripの予定を変更して午后に延ばした。《カナリアン・ヴュウ》までは一時間半ほどなので、正午《ひる》過ぎの便でも夕刻までには向こうへつくだろう。夕映えの海もいいかもしれない。《フィルミック》の玄関ホオルで待つ約束だったが、どうやらML–0021234はまだ終了していないようだ。彼の〈部屋〉の白い扉は閉ざされている。静けさがあたりに満ちていた。何の音もなく、振動もない。ML–0021234のServiceはいつになく長い。ぼくは先に《ロケット・ランチャー》へ行き、エアロボオトが空いているかどうかを確かめておくことにした。午前中に来ることができなかったので、どのエアロボオトも先に来た《生徒》たちで塞がっているかもしれない。スクリュウ型のエアロボオトは、回転速度と加速運動を音も振動もなくくり返す。その動きがTripの効果を高めるのだ。ML–

0021234などは、それくらいの刺激がないと満足しない。それは、躰のあらゆる束縛を解くような心地よさで、同じ感覚を、ほかのどんな方法をもってしても、味わうことはできなかった。

予想どおり、《ロケット・ランチャー》ではどのハッチも閉じた状態で、モニタにOccupiedのサインが出ている。もちろん、エアロボオトの空きはまったくない。かろうじて扉がひらいていたのは、貧相な小型ギグ一基だけだった。エアロボオトの半分ほどの容積しかなく、シイトもひとつである。ぼくはそのギグでML–0021234が来るまでの時間をつぶすことにした。周辺をひとまわりしてこようと思う。このギグにはその程度の航行能力しかない。スクリュウ型などにくらべれば、平凡な回転や加速しか期待できず、時間つぶしにしても、もの足りなかった。ハッチを閉じて、シイトに腰を落ちつけた途端、ML–0021234から端末機に送信があった。Serviceが長びくので、先に《カナリアン・ヴュウ》へ行ってくれとのことだ。終わりしだい追って合流すると云う。ひとりでTripをするのはつまらないが、ML–0021234はおそらく、意表をつき、途中で《クロス》してくるつもりだろう。Tripの最中に《クロス》するのはスリリングだ。失敗すると、ふたりとも躰を飛びだしてしまう。だが、それこそ、ぼくたちが味わうことのできる最高の感覚だ。正直に云えば、《クロス》をするからには、そこまで到達してこそ意味がある。ぼくはML–0021234が《クロス》してくるのを期待しながら、ロケットのコンピュウタを《On》にした。

指示にしたがってアンカーを降ろしたところで、前面のディスプレイに次のようなサインが出る。

《リングを返却する》

ぼくは《Yes》を選択して、次に進んだ。その小型ギグは天井からフロントパネルにかけて全面がディスプレイとなっていて、シイトはやや後方に傾いていた。躰の重心より頭の位置が下になった状態だ。フロントパネルの表示灯《パイロット》が点滅をはじめた。ディスプレイは光をおびてだんだん明るくなる。重心が変化してギグは少しずつ傾き、そのぶんシイトは自然な位置になった。ディスプレイには鮮やかなスペクトラムが映しだされ、つづいて発進した小型ギグのこれからの進路や、選択別目的地までの所要時間を表示する。

「おかしいな、」

乗りこんだ小型ギグは、軽く周辺を遊泳するだけのはずだ。しかし、このギグで《カナリアン・ヴュウ》まで行かれるらしい。画面には《カナリアン・ヴュウ》までの航路や、中継地点、給油地、緊急着陸所などが記されていた。さらに、再度ディスプレイを確認して愕然とした。遊覧だけのつもりで、サインの注意事項をよく読まずにキィをたたいた。その結果、うっかり《カナリアン・ヴュウ》行きを指示していたのだ。最終決定項目である《リングを返却する》のサインで、ぼくは《Yes》を選択した。そのため、否が応でもこのまま航行をつづけることになる。ML–0021234が途中で《クロス》してくるにしても、Tripは長い。

「問題は、どう時間つぶしをするかだな。」

キィを操作して、船内で上映できるテレシネマの案内をディスプレイに表示させた。リストに目を通したぼくは、見逃したテレシネマのタイトルを見つけた。

「へえ、ついてるな。『アーチイの夏休み』がリストに入ってる。」

ぼくは、キィボオドを使ってさっそくそのテレシネマのコードを入力した。

《テレシネマモードに切り換えよ》

サインの意味がわからなかったので、説明を求めた。テレシネマの画面に合わせた音声が入ると云う。

「へえ、音声を同時に聞けるのか。珍しいテレシネマだな。」

ディスプレイにはまもなく翠色《すいしょく》の海が映り、だんだんとスクリーンいっぱいに広がってゆく。真上から海を見おろしたシーンだ。画面下に少しずつ波打ち際が見えてくる。

深くシイトに沈みこもうとしたとき、背中に何か尖ったものがあたった。ぼくはそこに手をあてて、落ちていた壜を拾いあげた。《ヴィオラ》だ。レシピエントならば、何らかの精油を使うことになっている。とはいえ、ぼくはレシピエントでありながら、精油を使わない。理由はわからないが、躰には何の影響もなかった。その点が、ML–0021234やML–0021754とは決定的にちがうのだ。彼らは精油が切れると、声が出なくなるなどの不調を訴える。

拾いあげた硝子壜《ガラス》は、ML–0021234という認識番号を刻んだ封印をしてある。何かの具合で、ML–0021234の《ヴィオラ》がぼくのところへまぎれてしまったようだ。後で逢ったときに返そう。《ヴィオラ》をホワイトスウッにしまおうとして、ぼくはポケットに何か冷たい感触のものがあることに気づいた。小さくて、硬い。非常な冷たさが指先に伝わってくる。躰の芯まで冷えてしまいそうだ。

「何だ、」

ぼくはそれをポケットから引きだそうとしたのだが、取りそこねてしまった。指先から零《こぼ》れ落ちる。あわててシイトから起きあがり、何を落としたのかを確かめようとした。ギグの重心はいつのまにかまた動いていたのだろう。真下に碧い海が横たわっていた。それだけでなく、どこを見回しても碧い海が見える。ぼくは目を閉じているのだろうか。海は瞼の奥にひろがっているのかもしれない。水の色は、煌くような碧から、少しずつ紫色へと変化してゆく。はじめ、水面には漣《さざなみ》がたっていたが、その水の中へ、ぼくが取り落とした小さなものが落下した。何かはわからない。すでに水の中へ吸いこまれ、見えなかったからだ。滴《しずく》がはね、水の輪が生まれる。波紋はゆっくりと広がり、やがて水面は氷ったように鎮まった。二度と動かない。音声も振動もそれ以後、まったく跡絶えてしまった。しん、とした静けさだけが残る。

《《イニシャライズ》》できなかった《生徒》の内部《なか》へは、AVIANといえども新たな

ってている。

要素を〈挿入〉することは不可能である。MD−0057654は、なぜか《イニシャライズ》不能な《生徒》だ。このような《生徒》は遺棄《いき》されるか、または処分を施すことになっていた。だが、AVIANはこの予想外の結果を歓迎していた。このゲームには、あらかじめ決められた揺るがせない答えなど存在しない〉

グラデエションを映しだしていたテレヴィジョンが一瞬真っ白になり、やがて翠色の水面がゆらめきだした。ディスプレイではいつのまにか『アーチイの夏休み』がはじまっている。

プロローグの後、映像は、夏の休暇をひかえて旅仕度に余念のないアーチイの家へ切り換わる。アーチイのママはどれもこれも持って行こうとして、トランクばかりが増えてゆく。シガレットをくわえながら家の中を行ったり来たり、途中で気が変わって雑誌を読みはじめ、いっこうにはかどらない。パパはこれがいちばん重要だと云わんばかりに、パノラマカメラの手入れに熱中していた。そして、アーチイの部屋へは黄金色《きん》のカナリアが舞いこんでくる。そうした映像の合間に、碧い海の光景が執拗にフラッシュバックした。静けさのうちにエアロヴィデオは淡々と上映された。《Arianac》は音声のない言語で、その振動波形によって映しだされた映像が言語を象っていた。

〈何だか、退屈な展開だったので、ぼくは途中から眠ってしまった。カナリアが逃げたくらいで意気消沈する少年の話など、まともに見ていられない。《オリエンタル・イースト》の少年も、わかりきったつまらないことしか云わないので閉口する。彼の口にしたことは、テレヴィジョンやヴォイスの受け売りにすぎない。そんなことでいちいち感心している少年もどうかと思う。ようするに彼らは《生徒》として未発達だということだろう。眠っているあいだにエアロヴィデオはだいぶ進み、ようやく終盤のようだ。こんなエアロヴィデオを見たいなどと、云うのではなかった〉

《カナリアン・ヴュウ》を後にして帰路につくという日、アーチイは犬のダブダブと海岸を散歩していた。休暇シーズンの終わりとともに海辺の光景も途端に淋しくなる。常春の海洋島とはいえ、保養に訪れていた人々のほとんどは立ち去ってしまうのだ。彼らの都市ではすでに季節風が吹き、日ごとに寒くなっていることだろう。乾燥の進んだ地域では砂嵐も起こる。

　南の島で過ごしたつかのまの夏を、碧い海の色とともに瞼へ刻み、潜水艇やプロップジェットで、次々と出発する。つい先日まで海岸に溢れていたパラソルはまばらになり、キャンディストールやハンモックを貸すビーチハウスなども天幕《テント》をたたみはじめていた。都市で暮らす多くの人々が、彼ら流の一致団結した移動システムでいっせいに立ち去ったあと、海岸は静かな日常生活に戻る。《カナリアン・ヴュウ》ではまだまだ春がつづく。……恒久につづくと云ってもよいだろう。明けても春、暮れても春、あしたもあさっても、一年後も、十年後も、《カナリアン・ヴュウ》は春をつづけてゆく。

　アーチイは海岸を歩きながら口笛の練習をした。音は出ない。この島へ来てからというもの、毎日毎日、熱心に練習をつづけてきたのに、彼はまだ習得できずにいた。数日前、練習用の貝笛をファン・リにもらったのだが、やはりうまくいかなかった。笛は吹けるようになったので、アーチイはしかたなくそれを吹いていた。

「アーチイ、」

ひとりの少年が近づいてきて声をかけた。

「やあ、ファン・リ、」

「何時の船で《P. B. A.》へ戻るの、」

「午后三時にシードロォムから《P. B. A.》行きの最終便が出るから、それに乗るんだ。それ以後は直行便がなくなる。夏休みは終わりさ。」

「プロップジェットで帰るのか。確か、きみの一家はコンヴァアチブルで来たんだろう。航空機では帰れないじゃないか。」

「コンヴァアチブルはこの島の人に売却したのサ、《P. B. A.》では今後すべてのオートモビルが使用できないことになったんだ。オイルがないって。夏のあいだに突然、環境カウンシルで可決されて、その記事が新聞に出た朝、パパは紙面をにらんだまま硬直してた。いまさら規制しても遅いのにね。」

「ママは。あのコンヴァアチブル、愛車だったんだろう。」

「……平気。ママは新しい環境にすぐなじむから。でも乗りおさめに、これから出発時刻までドライヴさ。」

アーチイはまた口笛を練習する。ファン・リが隣でコツを教えるのだが、どうしてもうまくいかない。

「力を入れることはないのさ。息をいっぱい吸いこめばいいというわけでもない。頬の筋肉を使うんだ。」

ファン・リは不器用なアーチイに根気よく教えた。彼は貝笛と交換にアーチイから譲りうけた《リング》を首から紐で吊るしている。彼の着ている服の金具にふれるのか、ときおりChi-lin, Chi-linと鳴った。砂浜は白く静かで、ふたりの少年のほか誰ひとりいない。点々と置かれたパラソルが風になびいているだけだ。人々の大半は早い便の航空機で《カナリアン・ヴュウ》を離れている。上空に航空機のエンジン音が響き、やがてまた、しんと静まった。

突如、クラクションが鳴り響く。海岸線にそった道路に青磁色《せいじいろ》のコンヴァアチブルが停車していた。ふちの広いヴァミリオンの帽子をかぶり、サングラスをかけたアーチイのママが手をふる。ダブダブが走りだし、コンヴァアチブルのほうへ向かった。

「それぢゃ、元気でね。《P.B.A.》についたら手紙を書くよ。きみは《O.E.》だったね。最終便は夕刻だろう。」

アーチイはあまり別れ際を長びかせたくなかったので、素っ気ないくらいに足早に立ち去る。彼が数歩、走りだしたところでファン・リが呼びとめた。

「手紙なんて無意味だよ。届きやしないさ。」

「……どうして、」

怪訝そうに訊くアーチイに対して、ファン・リはわざと目をそらした。

「どんなところへ戻るのか、わかってるはずだろう。」

ファン・リは歯切れの悪い云いかたをする。アーチイは肩をすぼめ、ふたたび車へ向かって走った。まもなく海岸べりの、少しなだらかな斜面のうえに停車しているコンヴァアチブルに乗りこんだ。ママが運転し、パパは助手席でパノラマカメラのシャッタアを切っている。シャッタアはやけに大きな音がした。カメラに映るひとコマひとコマが夏の風景をつないでゆく。

コンヴァアチブルは日をあびて白くひかる道を走った。アーチイはうしろ向きになり、過ぎ去る光景を眺めた。遠のくファン・リの細い影、燥いたアスファルト、薄荷色《ペールミント》の日よけを降ろしたホテルの露台、窓辺でゆれるゼラニウムとキンレンカ、黄金色にこぼれる花びらのあいだを舞うハミングバード。日蔭で微睡《まどろ》む黒猫、ひだまりにはねる泉水の滴《しずく》、はためく万国旗……、そんな情景が、ゆるやかにカーヴする道の向こうへ巻きとられてゆく。水平線はかすみ、雲母《うんも》のような漣《さざなみ》が躍る。

まもなく入り江近くの教会で二時半の鐘が鳴り響いた。アーチイの一家はコンヴァアチブルを売ることになった男にキィを渡し、トランクに入れたパラソルやブイ、ママの帽子箱などを道ばたへおろした。コンヴァアチブルは走り去り、入り江には三人と犬一匹が残る。ここから、沖あいのシードロォムまでボオトで渡り、プロップジェットに乗るのだ。

シードロォムで《P.B.A.》行き最終便の搭乗を待っていたアーチイは、急に夏休みが終わるという事実に耐えられなくなった。まだ帰りたくない。口笛も吹けないままで、泳ぎだってまだうまくない。もっと日に焼けて、もっと泳いで、もっと睡《ねむ》る。手に提げたランチボックスの中で、拾い集めた貝殻がカタカタと鳴る。温室のようなガラス張りのロビィに搭乗案内が響いた。《P.B.A.》だけでなく、各サイトへ向けての航空機が離陸するのだ。出発便の航空番号が読みあげられる。

ARCC−1237＊1508, ARCC−1435＊1511, AIN−556＊1508, AIN−559＊1520, ATT−09＊1515……

アーチイはロビィの外に、カナリアの姿を見つけた。ガラス越し、海上に浮かぶボォトの帆檣《ほしょう》にとまっているのだ。ほどなく搭乗開始。番号登録、コンピュウタ検査を終え、彼は搭乗ゲートに向かっていた。しかし、突然トランクをほうって踵《きびす》を返し、ママやパパの制止を振り切って走りだした。ダブダブもいっしょだ。けして立ちどまらない。誰の声も聞こえない。犬の吠える聲が、恐ろしいほど静まりかえったロビィに響く。誰もが、過ぎ去った夏に思いをはせ、無口だったからだ。汐騒や風の音を耳の奥へ閉じこめておくため、よけいな音に耳を傾けないようにしていた。……アーチイは自分がなぜ走るのかを知っている。《P.B.A.》へ戻ったら、何をしてはいけないのか、何をしなければならないのかを知っている。

一四歳以下の子供たちはウルトラヴァイオレットから身をまもるため、地上へ出てはいけない。ガラス張りの室内にいることもいけない。もちろん、海へ近づいてはいけない。消毒、殺菌のくり返し。……それらはすべて、もう数十年にわたって実施されている事項だ。この夏休み、アーチイが愉しんだように、日を浴びることや、海辺で遊ぶことは禁止されていた。

《カナリアン・ヴュウ》は唯一の楽園である。大気はどんな気流にも奇跡的に影響されず、海流もまだ美しい。海からの汚染に対してはラグーンが防波堤となっている。人々は何年も順番を待ち、生涯に一度の夏休みをこの群島で過ごした。アーチイ一家はイミテエション家族。《P.B.A.》では珍しいことではない。家族はつくられる。食糧管理と人口制限の結果だ。

そして、この夏、外惑星への移住が検討された。碧い惑星が蘇生するまでの一時的措置との広報。だが、それは恐慌をおさえるための政治的な判断にすぎない。この星系のどこに、移住可能な土地があるだろうか。自らの手で招いた破綻をのがれることはできない。

ある春、七歳のアーチイは子供たちを集めた《コロニア》を出て、コードを刻んだリングをもらった。シェルタ内のロビィで待つこと三十分、やがてママとパパが迎えに現れる。コードを照合。彼らにあたえられたマニュアルは、「父と母、それにひとり息子の三人家族」。息子はマニュアルどおり、一一歳で仔犬をほしがり、ダブダブと名付ける。一家は《休暇》の許可証をもらった。それから二年半の気の遠くなる順番待ち。この夏、ようやく念願の《カナリアン・ヴュウ》へやってきたのだった。

アーチイはロビィを走りぬけ、シードロォムのテラスへ出る。するとそこには、彼の行動を予測していたかのようにボオトがあり、帆檣にカナリアがとまっていた。

「180818–1920 1306417X 15111413642５ 3018 110 12417Y」

不可思議なコントラルトに促されるまま、アーチイは海へ飛びこみ、ボオトまで泳いだ。彼はこの夏まで、実際に泳いだことはなかった。《P.B.A.》の学校で、テレヴィジョンを前に自分が泳ぐところを想像しただけだ。水音を聞きながらイメージトレーニングをする。体験したことのない彼にとって、ボオトまでの二〇〇メートルは途方もない距離である。にもかかわらず、躊躇なく海の中へ飛びこむ決意をしたのは、どこからともなく響いてきた声に促されたからだ。誰の声かはわからない。アーチイにはなぜか、耳から聞こえるのではなく、自分の体内から響いてくるように思えた。懐かしく、生まれる前から聞いていたような声。真昼の海の汐騒のようだ。

走りだしたアーチイを見て、ママとパパはすぐに彼を連れ戻そうとしたが、念のためマニュアルをひらいてみて驚いた。彼らの息子は、一三歳で死亡することになっている。死因は溺れかけた愛犬を助けようとしての溺死。マニュアルはあきらかに、何者かによって改竄《かいざん》されていた。しかし、両親は気づかないふりをする。……追跡はなかった。

シードロォムのテラスから、アーチイは海へ飛びこんだ。途端に恐怖を覚える。海水は見かけよりも冷たく、重い。氷点下の水へ身を投じてしまったかのように、躰が一瞬にして硬直した。鉛のようで、手脚ひとつ動かない。自然に浮くのだと思っていたが、躰は逆にみるみる沈んでゆく。あわててもがいたが、動くほどに頭が潜って海水を飲んだ。ようやく海面に顔を出せたと思うと、呼吸《いき》をつくまもなく横から波がたたきつける。掴まるところもなく、水が沁みて目も見えなくなった。泳ぎは充分過ぎるほどイメージトレーニングしたはずなのに、実際の水の感触がこれほど手に負えないものとは思わなかった。海面は壁のように盛りあがり、視界をおおってしまう。乗り越えることも通りぬけることもできない。そのくせ、硬いわけではなく、水の分子となって口や耳から躰の中へ入りこんだ。ボオトなど、まるで見えない。どこへ向かって泳げばいいのかわからなかった。

「20111425–21142018Y 21142018 $419　8 81318142O280　24 320 30136417W」

アーチイはゆっくりと、ボオトへ向かって泳ぎだした。静かに響いてくる声のおかげで、もう恐怖はなく、不思議なほど落ち着いている。まるで別人になったようだ。ボオトへはいあがる。そして、後《あと》から追いついてきたダブダブを引きあげた。

まもなくボオトは海岸へつく。ダブダブはさっそく走りだす。淡い翠《みどり》の海原がどこまでもつづき、風も心地よい。彼らは、人々の去った海岸をゆっくり歩いた。遙か上空で、巻き毛のカナリアがはばたき、アーチイは口笛を吹く。はじめて音が出た。カナリアは大きくまわりながら飛んできて、彼の肩にとまった。可憐な聲で唄を歌い、その聲が汐騒と溶けあう。プロップジェットの音がして、碧い空に煌く機体が見えた。やがて針の穴のように小さくなって消えてゆく。午后四時、最終便の去ったシードロォムはふたたび夏が来るまで、海底に沈む。

《エピローグ》

数日後、海岸通りで一軒だけひらいているホテルのテラス。プウルサイドに面し、水面でゆれる光が少年の額に反射する。アーチイは犬のダブダブといっしょに昼食を摂っていた。白い布を掛けた円卓《テーブル》。ふちは淡い翠の糸で刺繡されている。硝子《ガラス》の水瓶《すいびん》には新鮮な水が溢れ、布のうえに滴《しずく》を零《こぼ》す。バスケットにはパン、白いチーズ、ジェリィとババロア、パッションフルウツ。……アーチイはもはやそれが日常だと思いこんでいた。すべては以前から彼のまわりにあった。それに間違いない。円卓《テーブル》のうえに置いたラジオから、奇妙な音声が聞こえてくる。電波が混線しているのか、熱帯雨林の鳥たちのように雨の中に沁み徹《とお》る声だ。ときに鳴き交わし、ときに共鳴する。波のように膨らんだり、縮んだり……、やがて万華鏡のごとく千々に乱れ、渦を巻き、拡散する。

〈……サンクチュアリに避難してください。TLD検査の数値が基準値を越えました。サンクチュアリに避難してください。TLD検査の数値が基準値を越えました……〉

やがて、ラジオからそんな声が聞こえてきた。あらかじめ録音された音声らしい。発音も速度も一定していた。パッションフルウッを食べていたアーチイは、ラジオを聞いてかすかに首を傾げる。しかし、また新しくパッションフルウッを手にして、ナイフで皮をむいた。もぎたてのフルウッは、日を浴びて火照《ほて》った躰を冷やした。喉をとおって溶けるジュウスは、躰の中へゆっくりと沁みこむ。ラジオはしばらく同じ音声をくり返していたが、突然、跡絶《とだ》えた。一瞬のフラッシュのようだ。……ノイズも聞こえない。

アーチイはラジオを切って、傍《かたわら》にあったポータブルのレコォドをかける。カナリアがいつも唄を歌ってみせる旋律と同じだった。

「なんだっけこの曲、」

アーチイはダブダブに問いかける。

「《Canaria Islands》、」

そして、自分で答えた。ほかに誰も答える人はいなかった。彼とダブダブが残ったこの島に、もはや人影はない。ついきのうまで、住人たちもいつものように暮らしていた。ところが、事態は急変する。早朝、緊急の、そして最後の救援機が来た。しかし、アーチイは乗らなかった。それだけのことだ。

少年と犬を映すレンズはカナリアの眼となって高く、高く、空へのぼってゆく。テラスもプウルもまたたくまに小さく、模型のようになる。プラスティックとグラスファイバァの玩具。パラソルもコンヴァアチブルも、ビーチハウスも万華鏡のガラス片のようにちりばめられ、点描となり、しだいに光の中へ白くぼやけてゆく。……少年と犬の姿も点描の中に埋もれ、もう識別できない。レンズはさらに上昇する。島の全貌があきらかになった。日に温《ぬる》み、淡翠色《たんすいしょく》をした海に点々と小さな島が浮かぶ。広々と、どこまでもつづく海洋。船もなく、航空機もなく、ただ翠の海がひかる。カメラはそれこそ鳥のようにゆったりと空を漂った。水平線に区切られた円盤がレコォドのように回転する。振動が伝える旋律は《Canaria Islands》。フェイド・イン……。

《Canaria Islands》

ねえ、パパ、
あの戸棚の中の、ぎゅう詰めになった人形たちを見てごらん
教会の尖塔《せんとう》のかたちをした鳥籠《とりかご》もある
ごたまぜになった音符を
ならべ換えるのは楽ぢゃない
手のひらの小禽《ことり》がスプウンの餌をついばんでいる
カラス麦は黄金《きん》いろ
天井から吊るした水差しに
時計草の果《み》がからまっている

漆喰《しつくい》の階段をのぼってこよう

ねえ、パパ、
速足《はやあし》で歩いてごらん、日時計と反対まわりに
青と白の旗が立っている彼処《あすこ》まで
影法師はまんなかへあつまるよ
まだらの仔猫《こねこ》が逃げてゆく
白い羽毛の鳥がはばたいたって云うんだ
だけど違うさ、あれは石鹼《シャボン》だよ
椅子《いす》をゆらそう
振り子みたいに行ったり来たり
だけど、もとの場処《ばしょ》へは戻らないんだ
どうしても

ねえ、パパ、
ぼくの謎掛け、解いてごらん

テレヴィスクリーンがいっぱいに広がる淡碧《うすあを》い海。はるか下のほうに点々と海洋島が

見える。波頭が陽に反射してニッケル鋼のようにひかった。さざめきながら、水面で剝《はく》離《り》する。

《Splashdown Or Not》

画面にメッセージが出た。そのまま見過ごしているとふたたび表示が出る。催促するようにせわしなく点滅した。

《Splashdown Or Not》

CANARIAのキィボオドをたたいて、《Yes》を入力し、転送した。いったん文字が消え、次に《Splashdown》の表示だけになる。テレヴィジョンでは島の輪郭はとうに見えなくなって、さらに高度を下げ、入り江が近づいていた。白い帆をかけた船が停泊している。海に面してホテルやレストランがならび、強い日射しのもとでは、芝生の翠が眩しい。真昼だというせいもあって人影は見あたらない。木蔭で午睡《ひるね》でもしているのだろう。しかし、窓辺はアネモネやストックでうずもれ、人々の生活している温《ぬく》もりがある。たった今、その場を離れたのではないかと思うくらい、どの家でも窓硝子は開放され、テラスには可憐な花が咲く。あるいは猫の尾が悠々と歩き過ぎる。誰もいない椅子が、テラスに置かれている。読みかけの新聞、煙草の灰もそのままだ。いったいどんな急用があって、席を立ったのだろう。日常の風景が平然と存在しながら、人影はまったく見られなかった。

ギグに振動があり、ガクンと揺れた。つづいて、不安定にゆらぐ。ディスプレイには

《Splash-down Finish》のサインが出ている。文字と重なり、翠色の海が映っていた。陽を浴びて、ジェリィのようにひかり、ギグの揺れと同じように動く。海は遙かかなたまで、静けさに満ちてつづいた。沖あいのラグーンが汐騒も風の唸《うな》りも消してしまう。何ひとつ音もなく、それこそ、海鳥のはばたきさえも聞こえなかった。《Splashdown Finish》のサインが点滅をはじめ、シイトに腰かけたぼくの頭上でハッチのジェリィキャップがひらいた。乗船後にギグの重心が変わったため、真うしろにあったハッチの位置はいつのまにか頭上へ変化していた。《Air&Atm. Adjust》のサインの後、躰を固定していたアンカーがはずれ、ぼくは一時間半ぶりに自由の身となった。

　このギグのコックピットは狭く、アンカーで固定された退屈をしのぐためには、眠るしかない。目醒めはまだ虚《うつろ》だったが、手をのばし、頭の上にあるハッチをあけた。途端に陽が降りそそぎ、目がくらむ。思わず瞼を閉じたが、それでもまだ眩しい。長いあいだ、幻影の太陽しか見ていなかったからだろう。なかなか光に慣れない。淡紫《うすむらさき》の残像が水玉のように散った。いったいどこに潜んでいたのか、巻き毛のカナリアが勢いよくハッチから飛びだしてゆく。ずっとギグの内部にいたのだろうか。気づかなかった。閉じこめられていた鬱憤《うっぷん》を晴らすように、空で懸命にはばたいている。陽の光に黄金の羽根が輝く。

　しばらくじっとして瞼の奥の残像が消えるのを待ったあと、もう一度、ゆっくり瞼をひらいた。開け放ったハッチから、碧く晴れわたった空が見える。上々の天気。夏休みをはじめるには申し分ない。休暇は二カ月半もある。泳ぎの練習をしたり、日光浴をしたり、いろいろなことができるだろう。シイトの背もたれのうしろにラダーがあり、ぼくは一段ずつ昇った。ハッチの外に広がる海は、たった今までテレヴィジョンで見ていた光景と同じだ。気温も高く、碧霄《へきしょう》が眩しい真昼の海。一八〇度の視界には翠色の海面がはてしなくつづき、残りの一八〇度にはパラソルが鳥のように戯れる海岸があった。その海の真っ只中に、着水したギグがゆらゆらと漂っている。

「……定刻どおりだな、」

ギグは海面に浮いているので揺れが激しい。躰のバランスを取るのがやっとだ。コンピュウタはおおかた正確だが、着水位置をもう少し海岸に近づけてもらいたかった。このぶんでは三〇〇メートルほど泳ぐことになるだろう。この日にそなえ、イメージトレーニングは重ねてきたが、実際に泳いだことはない。水に浮くかどうかさえ、自信がなかった。ライフジャケットを身につけてギグの外へ出た。カナリアの姿はもう見えない。ぼくは軽く伸びをして、海へ飛びこんだ。何の衝撃もなく、水しぶきもあがらなかった。手脚は軽く、水を掻く手ごたえもない。

「イメージトレーニングのとおりだ。」

ぼくはさらに泳ぎつづけた。

ようやく、岸まで二、三十メートルのところへ泳ぎついた。もう水は浅く、膝までも届かない。残りは水の中を走って行くことにする。水の重みはまったくなく、脚は浮いているように軽かった。走るのも容易く、水しぶきすらあがらない。

〈黒い犬を連れた少年が海岸を歩いている。彼は打ち寄せてくる波間に、ゆっくりと視線を向けた。水の翠をした少年の睛には、揺れ動く波のほか何も映らない。だが、波間には岸に向かって泳いでいるひとりの少年がいた。その少年はもうほとんど岸に近いところを、水をはねあげながら走っていた。ふたりの少年の視線は確かに交叉していたが、ふたりとも互いを認めることはできなかった〉

「2E41819 18413Y 94 134 154131 818 15018 16 4 154171 413134 21841 170819 828W」

〈翠の睛をした少年が呟いている。まなざしは上空を飛ぶ黄金色のカナリアに向けられていた。一方で波間にいる少年は砂浜にたどりついて、自分の泳いできた海を振り返る〉

「一番乗りだ。」

ぼくは誰もいない海岸を見渡した。燦々《さんさん》と降りそそぐ陽を浴びた砂浜は白く煌いている。その眩しさのために、わずかな影もくっきりと浮かびあがり、海岸線には黒い石が転々と落ちているように見えた。まだ誰も、この《カナリアン・ヴュウ》に到着していないらしい。

「811 13E240 1511201 8 20134 1842 14 15417……11A$8114W」

〈少年は呟くように云う。遠ざかるカナリアを目で追いながら、何度かくり返した。彼の足もとで、黒い犬がわけもわからずはしゃいでいた〉

「……アーチイ、」

ぼくは海岸を歩きながら、ふとテレシネマの少年のことを思いだした。彼が夏休みを過ごした島の光景が広がる。海に面したホテルの庭では、赤や青のゼラニウムの花が散ってた。パラソルが風にはためいている。だが、何の音も聞こえない。風の音も、水の音もしない。ただひとりの影もなかった。

「811 13E240 15112018 20134 1842 14 1541718141З134 3 318 11A$8114W」

〈カナリアは上空遙か、消え去ろうとしていた。翠色の睛をした少年はもうカナリアを見失っていたが、それでもまだ虚空に向かって何事かを呟いていた。一方、波間を泳いで島へたどりついた少年のほうは、白い砂浜のつづく海岸を歩いていた。燥いた砂の熱さが、少年の喉を涸《か》らす。彼は一度、砂のうえへ倒れこみ、それからまたゆっくりと立ちあがった〉

「……誰もいない。この島には誰もいない。ぼくひとりだ。」

ぼくの口から、不意にことばがもれた。まるで誰かがぼくの口を使ってしゃべっているようだ。いったいなぜそんなことを云うのかわからない。夏休みはこれからはじまるのだ。今夜にも表示灯《パイロット》を点したエアロボオトが続々とやってくるだろう。《生徒》たちを乗せて、エアロボオトは頻繁にビルディングを飛びたっていた。

「811 13E240 15112018 20134 184 114 15417181413134W」

〈真昼の恒久につづくと思われる静けさが、辺りをおおい尽くしていた。汐騒も跡絶え、船の走る気配さえもない。黒い仔犬は数十メートル先まで駆けて行っては、また少年のところへ戻ってくる。少年は仔犬の頭を軽く撫でた。彼は空とも、海ともつかないどこかへ向けて、微笑んでいた。彼にはそうすることしかできなかった〉

「……どうして、」

静けさに圧しつぶされそうだった。海をわたる風の音も、汐騒も、空を飛ぶ鳥の羽音も、ぼくには、もう聞きとることができない。

「811 13E240 15112018 20134 1842 14 15417181413134W」

「……誰だろう。ぼくは誰かを待っていたはずなのに思いだせない。」

日射しはいよいよ強く照り、暑さが増した。水平線が眩しい。涼しげな碧い色を見つめているうち、なぜか涙がでてくる。拭っても、また零れ落ちた。しだいに、溢れる涙は止まらなくなった。たった今、《カナリアン・ヴュウ》に来たばかり。これから待ちかねた夏休みがはじまるというのに、何を嘆くことがあるだろう。愉しいことばかりのはずだ。だが、先ほどから、躰の中に何もないと感じていた。ダクトのように突きぬける空虚な風穴がある。塞ぎようもなく、何もかもが吹き飛び、喪われてしまいそうだった。空腹ともちがう。食べものなどほしくない。水もいらない。もう何もいらない。何も見たくない。

こうしているあいだにも空虚さは増して、内部から躰を蝕んでゆく。躰じゅうのあちこちで組織が崩れ、滝のように流れだす。少しでも動こうものなら、バラバラになってしまいそうだった。……ぼくは身動きがとれない。何か重大なことを忘れているような気がした。思いださなくてはいけない。ついさっきまでは、覚えていたことだ。このままでは崩壊してしまう。何もかも喪われてしまうのだ。

だが、もう遅い。……いつのまにか炭酸水の泡のように消えてしまった。消えたものが何だったのかもわからない。形跡すらなく、もう何も見えない。ブランクも残さずに喪われてしまった。完全な抹消だ。《カナリアン・ヴュウ》での休暇は、愉しいことばかりのはずだった。長いあいだ、ほんとうに長いあいだこの碧い惑星と海に憧れ、ようやくここへ来ることができたのだ。

波の音は聞こえない。凪いでいるわけでもなく、海岸には幾重にも波が寄せている。ラグーンの涯てには、いっそう濃い碧色の波濤がそそり立っている。もう一度、波打ち際に行き、海水を手ですくった。躰を涵《ひた》し、頭から潜る。しかし、海水は幻影のようにぼくをすりぬけ、光と戯れた。目に沁みることも、髪をぬらすこともない。飲むこともできなかった。

ぼくは砂浜に横たわった。自分の端末機を手もとへ引き寄せる。ディスプレイに見知らぬ文字がならんでいた。《Arianac》とはちがう、まったく知らない言語だ。文章らしいことはわかる。だが、読むことはできなかった。最後まで文章をたどってゆくと、ようやく読める文字が書いてあった。ぼくはホッとして文字を読んだ。

〈ことばは消えても文字は残る……、それがぼくの望みだ〉

署名は ML–0021234 となっていた。ぼくは画面を切り換え、キィボオドをたたきはじめた。

ぼくの最高の友人である、ML–0021234 へ、
きょうから夏休みだというのに、早々に手ちがいがあったことを不幸に思う。きみが今ここにいないなんて、まったくの興ざめサ。ぼくは少し前に《カナリアン・ヴュウ》へついた。ギグの着水はまずまずで、三〇〇メートルほど海岸から離れたところへ降りた。ライフジャケットを着け、イメージトレーニングどおりに泳いだのだが、思っていたような海水の感触は得られなかった。水は温《ぬる》くも冷たくもない。正直なところ、これならテレヴィジョンの海と同じだ。わざわざ、一五億キロもエアロボオトに乗って、一時間半の退屈を我慢してまで来ることもなかった。ぼくは今、疲労を感じている。ギグの退屈疲れではなく、躰の中に暗渠《あんきょ》か空隙ができたような感じだ。すぐにもここを引きあげようと思う。
ところで、ぼくはきみにRACH–45の話をしただろうか。自分では〈ピパ〉と名乗っている。ぼくの教育担当をしているヘルパアだ。ギグで遊びながら、きみが《クロス》してくるのを待っているあいだ、いきなり〈ピパ〉が現れた。いつものServiceサ。き

みには怒られるけど、ぼくは案外このServiceが好きなんだ。とくにShotがね。〈ピパ〉は、少女か少年かわからない躰つきで、十代前半くらいにしか見えない。外見は子供みたいなものサ。無垢とは縁がないけどね。どちらかと云えば、Sensualなんだ。きみのRACH-38はどう。

きょうのServiceの最中に、〈ピパ〉は妙なことを訊いてきた。それが、ほんとうにバカバカしいことを訊くのサ。《Arianac》以外の言語を知っているか、とか、プウルで泳いだことはあるか、とかね。ぼくは生まれてこのかた《Arianac》しか知らないし、もちろん、プウルで泳いだこともない。呆れるだろう。そのあとで、Serviceをしたんだけどね。そっちは問題ないんだ。

手紙なんてガラでもないけど、あんまり退屈だからサ。《カナリアン・ヴュウ》へのTripがこの程度なら、Serviceを受けているほうがいいな。Shotがあるときはかなり刺激を受けるだろう。たまにはいいよね。ぼくは、宿舎へ戻ったら規定の手紙を何通か書かなくてはいけないんだ。もちろん、学習カリキュラム用のだよ。新しい〈家族〉をあたえられた。ママとパパさ。彼らに手紙を書くんだ。子供としてね。〈ピパ〉が云うには、ぼくにはまだビルディングの《生徒》としての自覚が足りないってサ。自分では模範《生徒》だと思っているのに。暗に、きみと《クロス》していることを咎めているんだろう。知るものか。この程度の不正はしておかないとね。〈ピパ〉に容易く牛耳られるなんて、癪だろう。

手紙はこのくらいにする。あまり長い手紙を書くとチケを減らすことになるから。《カナリアン・ヴュウ》はきみが来るまでもないところサ。ひとまず、それを知らせたかっただけだ。戻ったら、《クロス》で楽しもう。それともテレシネマを観ようか。今夜から、『アイビスの秘密』というのを上映するらしい。《カナリアン・ヴュウ》へのTripより有意義だと思うよ。夕刻までには戻る。夏休みを今夜からやりなおそう。

六月二十二日　月曜日
An Addressee ML–0021234　Transmission MD–0057654

〈遙か上空を飛ぶ鳥にカメラをくくりつける。映像は、そんな視点で海辺をとらえていた。翠色《すいしょく》の海の上空を飛んでいる。旋回、滑翔、急降下。そしてまた上昇。滑空。真夏の光を浴びた海は、どこまでもゆったりと広がっていた。海浜は白く反射して、辺りは白い焔《ほのお》を焚《た》いたようにひかる。そのせいで、すべての輪郭線がぼやけ、オウトツや陰影は平面を塗りわけただけのもようにしか見えない。黒い幻影、白い影。

砂浜や海面、ホテルの露台や通り、椅子や円卓《テーブル》、コンヴァアチブルや自転車、何もかもが、一枚の布に転写されたもようなのだ。揺れ動くときは、すべてのもようが同じ波形を描いてうねり、連鎖するように振動を伝える。

ひとりの少年が黒い犬を連れて歩いていた。あるいは白い犬かもしれない。眩しすぎて定かではない。彼は奇妙なフラッシュピンクのソックスをはいていた。前髪を同じ色に染めている。少年は微笑みながら、すみれ色の睛《ひとみ》を水平線の彼方へ向けた。細身の躰で帆檣《ほしょう》のようにたたずむ彼の正面から、白南風《しらはえ》が吹きつけている。やがて、少年は誰ひとりいない海岸を走りだした。黒い犬が彼を追いかけてゆく。その島には彼のほか誰もいない。白い砂浜も、碧い海も、空も雲も、すべてが彼だけのためにあるのだった〉

暗号、解くにおよばず　あとがき《あとがき》

長野まゆみ

本文の中で暗号と称している部分は、実際は文字を記号化しただけの滑稽《こっけい》で他愛のない代物だ。むろんデザイン上の観点から、それなりの規則に従って数字や記号をならべてあり、読み解くことはできるが、解いたところで本文の内容を左右するものではない。そこに伝達すべき要素があってこその暗号である。本文の場合、暗号という形態を必要としただけで、内容に意味はない。

そうした事情を踏まえ、なお解いてみたい、とお思いになるなら、暇つぶしにお試しあれ。とある外国語のアルファベットに数字と記号をあてはめただけのものだ。幸か不幸か日本語は「私」を表すことばの種類が多く、また、主語も動詞も省くことのできる言語である。その点を逆手に取り、日本語↓外国語↓暗号と翻訳した。解くには、暗号↓外国語↓日本語の順に置換してゆくわけだが、最終的な日本語の部分には、いくつかの選択の幅が生じ、どれを選ぶかは書き手にゆだねられる。「私」にするか「ぼく」にするか等。英語で云うところの be 動詞や have 動詞は、応用の範囲が広く、ひとつの日本語を限定するのは困難だろう。

正確な意味での解読は不可能であることを、あらかじめお伝えする。また、意図された誤植脱字を含んでいるほか、日本語↓外国語の段階で、作文がでたらめな箇所もある。それは意図ではなく、筆者の語学力の問題（はっきり云って皆無に等しい）。

ところで、本文の暗号は英語ではない。アルファベットひと文字にひとつの数字を嵌《は》めているとすれば、主語にあたる文頭の部分の数字が、桁数として半端であることにお気づきだろう。それに、やたらと〝ー〟が入る。その辺を手掛かりにすれば、あとは子どもだましのからくりなので、根気と辞書さえあれば解読は可能だ。

ただ、暗号の解読によって、本文の不可解な部分を解決することはできない。暗号はそのためにあるのではないことを、申しあげたい。

重要なのは、本文では主人公のアナナスがあれを暗号だと思いこんでいるだけで、実際は単純な会話に過ぎないこと。本来は、アナナスも理解できるはずのものである。彼のような無意識の記憶喪失は、傍《そば》にいるイーイーには非常に迷惑だろうが、筆者にはありがたく、彼のおかげで書くべきことが生じる。

それにしても、『テレヴィジョン・シティ』を書き下ろした当時、「暗号の解き方を知りたい」という問い合わせの多さに、正直驚いた。こんな子どもだまし的遊びの部分は、読み飛ばして貰えるものと思いこんでいたのだ。試しに解読なさった方はおわかりだろうが、この作業はまさしく「骨折り損のくたびれ儲け」で、害あって実利なし。

逆に筆者が読み飛ばしてほしくない、と思う部分の読み飛ばしが、けっこう多いことも判明した。イーイーがただ一度だけ書く手紙の暗号部分について、「そこだけでも、知りたい」との問い合わせが相継いだ。云うまでもなくこの箇所は、本文中で翻訳されているので、どうかもう一度読んでほしい。どの外国語を引用したかの手掛かりにもなる。

なお、今回の文庫化にあたり、暗号部分にかなりの手を入れた。何しろ、この部分は数字の羅列であり、正解は、筆者にしかわからないため、他者では誤植を発見しにくい。元原稿と照合しても、数字をならべる規則性は筆者だけが承知しているという状況では、どうしても誤植は残る。その点でも、翻訳には手間取るだろう。

願わくば、暗号などに惑わされず、筆者が苦心した回遊魚のような登場人物たちの動き（常に動いていなければ生命に関わる状態）を、愉《たの》しんでいただければと思う。

この原稿を書いていた当時は、上巻の巻末に添えたインタビュ記事にもあるとおり、ワープロはたんなる筆記用具だ、と考えていたが、近ごろは少し変化した。私は学生時代、現代国語、古文、漢文は縦書きでノートを執り、日本史を含むそのほかの教科は横書きだった。周囲も概《おおむ》ね同じだ。そういう世代なので、手紙も、縦書きと横書きのいずれかを時と場合によって使い分ける。

ところで、ワープロでの原稿書きは、ローマ字入力の横書きだ。印刷をする際に、縦書きの書式設定をするまでは、すべての作業を横書きのまま行う。ルビはふらず、印刷した原稿に手書きをする。登録されていない漢字も、その際に書き込む。ディスプレイで縦書きの文章を読むのは骨が折れる。私にはどうも馴染まない。登録も横書きなら、素読みも横書きのまま行う。

ただし、ディスプレイ上の小説を横書きで読むのは、自分で書いたものにかぎる。そのほかの小説は、やはり紙に印刷したもので、縦書きでなければ駄目だ。独り勝手な話だが、事実なのである。自分の原稿の場合、入力と同時に脳のどこかへも書き込まれるからではないか、と思っている。ご丁寧なことに、間違って消去してしまった場合、脳のほうでも同時に消えてしまう。バックアップシステムはないとみた。

『テレヴィジョン・シティ』上巻に次のような箇所がある。

〈ぼくの躰は完全に閉じた輪郭を持っているわけでなく、油断すれば背景と混じりあってしまうのかもしれない。考えていたよりもずっと流動的で変化しやすいということを感じた。ともすると、ぼくの意識は躰の中におさまっていられなくなるのだ。〉

つまり、自分と環境との境界線が失われてゆくということだ。実はこの問題は次に書いた『夏至南風《カーチイベイ》』に引き継がれ（境界を書くつもりが、教会になった。〔冗談ではない。念の為）、私の中ではいまだに生きている。最近執筆した『新世界』では、自分の領域をイメージできないために、はてしなく膨張する躰を持った人々が登場する。

彼らは、ことばや現象をデジタル化することはできても、イメージとして保存できないのであるが、それはすでに現実として起こっていることではないか。そんなこんなで、私は近ごろワープロを単なる筆記用具とは思えなくなった。何であるかは、まだわからない。

解説

まだ「人類」ではある！

田野倉康一

一九九二年に最初の単行本が刊行されて以来、『テレヴィジョン・シティ』は長野まゆみの作品の中でもとりわけそのスケールの大きさ（長大さ！）とSFチックな物語のたたずまい、イメージできそうでできない「ビルディング」や時に思わせぶりな暗号、そして作りものじみていたり性別不詳だったりする登場人物たち等々、全開の長野まゆみワールドによって多くの読者に支持されている。この度、ジュンク堂書店池袋本店で開催される企画展「長野まゆみと詩人たち」にあわせて『テレヴィジョン・シティ』の上下合本が刊行されることになったのも、この作品が多くの読者にとってリアルでありつづけていることを端的に示している。後に五冊本で刊行される長野まゆみの代表作のひとつ（と僕は考えている）『新世界』は、この作品の直系の子孫だ。

不思議な寂寥感がある。ファンタジーと言うにはあまりに淡々としていて、SFと言うにはどこか理不尽でしかも美しい。詩的なるものが常に文明批評を孕むとすれば、まぎれもなく詩的な長野まゆみの未来モノ小説群は、『テレヴィジョン・シティ』以来、そこにまっすぐぼくたちの未来をかさねてしまうような「世界」を描きつづけている。

十年前、文庫化された『新世界』1stに解説として書いた文章の冒頭である。このように書き出してみると、そのまま『テレヴィジョン・シティ』にもみごとにあてはまる。元々の長野ファンはそこに「ファンタジー」を探すだろうし、『テレヴィジョン・シティ』で初めて長野まゆみと出会った読者の多くはこれを「SF」として手にしたのではないか。未来モノである以上、どうしてもSF的要素は避けられないところだが、長野まゆみのそれには、一般的な「SF」とは大きく異なるところがある（もっとも長野本人にはSFを書いているつもりはおそらく、ない）。このことは『テレヴィジョン・シティ』でも『新世界』でも同様なのだが、そこに描かれる「世界」の説明がむやみに整合しないのだ。普通SFはその本当らしさを担保するために、まことしやかな説明《ウソ》によって読者に荒唐無稽な話を「ありそうな話」だと思わせる。つまり整合性の高い説明（特に科学的な）はSFの虚構《リアリティ》を組み立てるための必須の条件なのだ。ところが長野はこのカンジンなところに頓着しない。たしかに「ありそうな話だ」と思わせるところは同じなのだが、それは作中の説明、すなわち物語の整合／不整合とはかかわらない。いや、かかわらないどころかむしろその不整合ゆえのリアル、と言っても過言ではないだろう。たとえば『新世界』では、「1st」の末尾が「2nd」の冒頭につながらず、各巻、各章の間で時空間は好き放題に前後する。「上空にある」と繰り返し語られる「通信所の交換器」がどこか一箇所だけ「二階にある」といった具合だ。おまけに『新世界』の住人たちは「一元的な性別シフト」を持たないのだから、そもそも「人類」ですらない。『新世界』にも「謎」はあふれているが、それらはすでに人間的なスケールをはるかに超えてしまっているせいか、積極的に謎解きしようという気にもならないし、たぶんする必要もない。ところが『テレヴィジョン・シティ』では、作家本人が「暗号、解くにおよばず」と言っているにもかかわらず、みんなこぞって解きたがる。「ビルディング」を絵や図に描いてみようとする。それはなぜか。

カンタンに言ってしまえば『テレヴィジョン・シティ』の住人は、そのなれの果てとは言えども一応、ギリギリ「人類」であり、そのスケール感（宇宙観）も、土星を思わせる「鐶の星」、地球を思わせる「碧い惑星」といった「人類」のスケール内にかろうじてとどまっている。つまりまだ「わかるかもしれない余地」があるのだ。もっとも物語中に本当の「人類」が何人いるのかは不明だが。

また、廃棄された各個人の不要物は、どこかでひとつの大きなダストシュウトに収束されます。ただ、テレヴィジョンの幻影とコンピュウタによって生活が成り立っているこのビルディングでは、先にもお話ししたことですが、私物を所有することはなく、当然ながら捨てるモノもありません。（中略）このビルディングは形の遺らないもの、目に見えないものがほとんどです。にもかかわらず、なぜ各部屋にダストシュウトを完備する必要があるのか、わかりません。これ以上何を捨てればよいのでしょう。

主人公アナナスがママ・ダリアに宛てて書いている手紙の一節なのだが、ここではすべての子どもたちが出生からコンピュウタの管理下にあり、実態としての両親も、家族も存在しない。従ってアナナスがこだわって書くこの手紙も、次第にその「無意味で不合理」が明らかになってゆく。にもかかわらず、長大な物語はこのアナナスが書きつづける（しまいには書くことがなくなっても書きつづける）手紙をひとつのダイナミズムとして動いてゆくことになるのだ。近代的合理主義が科学テクノロジーと結んで非合理をひたすら排除隠蔽する運動としてあるとすれば、手紙の文面にあるように、この「ビルディング」の施設と生活は、まさにその究極にあると言うことができるだろう。

究極の科学テクノロジーによる究極の合理主義世界の物語はしかし、この世界では最も非合理な行為とされる「紙に書く手紙」によって動かされてゆく。と同時に描かれる事物もまた、さまざまな必然が主張されるわりにはむしろ常に不確定で可変的な何ごとかとして描かれる。テレヴィジョンの映像は「ヴォイス」の音声と一致せず、ヘルパアは実のところ性別不詳、「生徒」だって少なくともその「ボディ」は皆作りものめいている。ビルディングは上下があいまいで「ゾーン・ブルウ」は実は「ゾーン・レッド」

なのかもしれない。度重なる「挿入」によって「記憶」が操作されようとするが、アナナスは完全にはイニシャライズされず、イーイーとの「クロス」は究極の非合理としてコンピュウタ「AVIAN」の管理からも逸脱するだろう。かくしてイーイーは「AVIAN」による《コンビネエション》によって消去され、「時間」は物語冒頭に戻る。安全で快適な社会を志向すればその究極は「外部」を持たない「世界」だろう。「ビルディング」は外部を持たない徹底的な空間的「内部」として描かれるが、実は「時間」もまた、閉ざされているのだ。

ことばは消えても文字は残る

イーイーの最後のメッセージであるこの言葉は、ここまで語ってきたような場所に置いてみると、おそらく字面以上の意味を持つ。ここで言う「文字」は、時間とともに、あるいは発した主体とともに消滅してしまう音声言語ではなく（それ自体非合理なものとしてこの世界ではオフィシャルな言語として扱われない）、また、実はすでにその恒久性を疑われている電子媒体に書き込まれた文字でもない。それは紙に書かれた文字のように、たとえばアナナスの「ボディ」や「スピリット」に刻み込まれたイニシャライズ不能の何ごとか、作者の言葉を借りれば幻影とは交換不能の「記憶」のありようにほかならず、このいわば究極の非合理／不整合こそ最後の「人間的なもの」として残されているということなのだろう。物語前半部の漠たる孤独感も後半になると、その孤独感さえ相対化され、遺棄されてしまう非合理にすぎない、と読者は知ることになる。

作者が言うように、人間の本性がなまけることにあるとすれば、テクノロジーのゆき着くところは何もせず、何も起こらず何もないところにある。だがそれが実現している「世界」における「人類」は、人類滅亡より救いようのない「世界」の住人となってしまっているのだ。しかもそれは時間的にも閉ざされているため、実は滅亡どころか本来の意味での衰退をすることもできない。おそらく「生徒」とはもはや、「碧い惑星」も、ひょっとして地上の人類もとっくに滅んだ末の、ただ種を維持するだけの装置として生かされているのではないか。「生徒」の動きこそがかろうじてこの「ビルディング」を活性化（?）し、種の維持を可能にしているのではないか。言い換えるなら「動き／差異」を作り出すためにだけ「生徒／少年」たちはいる。長野によれば「少年」とは性別分化前の存在だと言う。すでに精子も卵子もコンピュウタに管理されているだろうと考えれば、「ビルディング」には「女」もまた不要だし。

（詩人）

本書は一九九二年十月、単行本書き下ろし作品として小社より刊行され、
一九九六年六月河出文庫上下二巻で刊行されたものを合本に致しました。

新装版
テレヴィジョン・シティ

一九九六年 七月 四日 初版発行
二〇一六年 四月一〇日 新装版初版印刷
二〇一六年 四月二〇日 新装版初版発行

著　者　長野《ながの》まゆみ
発行者　小野寺優
発行所　株式会社河出書房新社
〒一五一－〇〇五一
東京都渋谷区千駄ヶ谷二－三二－二
電話〇三－三四〇四－八六一一（編集）
〇三－三四〇四－一二〇一（営業）
http://www.kawade.co.jp/

ロゴ・表紙デザイン　粟津潔
本文フォーマット　佐々木暁
印刷　株式会社亨有堂印刷所
製本　小泉製本株式会社

Printed in Japan　ISBN978-4-309-41448-5

夏至南風

長野まゆみ　40591-9

海から吹いてくる夏至南風は、少年の死体を運んでくるのか？〈海岸ホテル〉に、岷浮の街にうごめくみだらな少年たちのネットワーク。その夏、碧夏はどこに連れ去られ彼の身に何が起こったのか？

銀木犀

長野まゆみ　40491-2

銀木犀の茂みの中には、ちょうど少年ひとりが身を屈めて休むことができる隠れ処があった――樹木におおわれた古い庭に通う燈水のまえに現れた少年は誰？『カンパネルラ』の別バージョン！

夏至祭

長野まゆみ　40415-8

ぼくはどうしても失くした羅針盤を探し出したいのさ――。半夏生の夜まで、あと二週間、集会はその夜に開かれるのに、会場の入口を見つけるための羅針盤を落としてしまった――。好評の文庫オリジナル。

賢治先生

長野まゆみ　40707-4

少年たちを乗せた汽車は、ひたすら闇のなかを疾ります……ケンタウリ祭の晩に汽車に乗ったジョヴァンナとカンパネッラ。旅の途中で二人と乗り合わせた宮沢賢治。少年たちとの蒼白い銀河交流の行方は？

コドモノクニ

長野まゆみ　40919-1

きっとあしたはもっといいことがある、みんながそう信じていた時代の子どもの日常です（長野まゆみ）。――二十一世紀になるまであと三十一年。その年、マボちゃんは十一歳。懐かしさあふれる連作小説集。

少年アリス

長野まゆみ　40338-0

兄に借りた色鉛筆を教室に忘れてきた蜜蜂は、友人のアリスと共に、夜の学校に忍び込む。誰もいないはずの理科室で不思議な授業を覗き見た彼は教師に獲えられてしまう……。第二十五回文藝賞受賞のメルヘン。

新世界　1st

長野まゆみ　40791-3

兄さん、ぼくはいつから独りなんだろう。太陽から二億三千万キロ離れた夏星（シアシン）。謎の物質“ゼル”をめぐる闘いのなか、“永い眠り人”はふたたび目醒めるか。全五巻で贈る巨篇ファンタジー！

超少年

長野まゆみ　41051-7

本当の王子はどこに？　……十三歳の誕生日。スワンは立て続けに三人の少年から“王子”に間違えられた。王子は〈超（リープ）〉中に事故にあい、行方不明になっているという。〈超〉人気作、待望の文庫化！

天球儀文庫

長野まゆみ　40768-5

星の名前を教えてくれる宵里は、いつもアビを魅了する。秋の新学期から夏期休暇まで、二人が過ごした美しい日々と、不思議な出来事の数々。幻の初期作品四篇が一冊になった！

猫道楽

長野まゆみ　40908-5

〈猫飼亭〉という風変わりな屋号。膝の上に灰色の猫をのせ、喉を撫でつつ煙管を遣う若い男。この屋敷を訪れる者は、猫の世話をするつもりが、〈猫〉にされてしまう……。極楽へ誘う傑作！

野川

長野まゆみ　41286-3

もしも鳩のように飛べたなら……転校生が出会った変わり者の教師と伝書鳩を育てる仲間たち。少年は、飛べない鳩のコマメと一緒に“心の目”で空を飛べるのか？　読書感想文コンクール課題図書の名作！

野ばら

長野まゆみ　40346-5

少年の夢が匂う、白い野ばら咲く庭。そこには銀色と黒蜜糖という二匹の美しい猫がすんでいた。その猫たちと同じ名前を持つ二人の少年をめぐって繰り広げられる、真夏の夜のフェアリー・テール。

八月六日上々天氣

長野まゆみ　41091-3

運命の日、広島は雲ひとつない快晴だった……暗い時代の中、女学校に通う珠紀。慌ただしく結婚するが、夫はすぐに出征してしまう。ささやかな幸福さえ惜しむように、時は昭和二十年を迎える。名作文庫化！

三日月少年の秘密

長野まゆみ　40929-0

夏の夜届いた《少年電気曲馬団》への招待状に誘われ、ぼくは遊覧船でお台場へ。船は知らぬまに“日付変更線”を超え、出会った少年と二人、時をスリップしてしまう……空中電氣式人形の秘密が今明らかに！

三日月少年漂流記

長野まゆみ　40357-1

博物館に展示されていた三日月少年が消えた。精巧な自動人形は盗まれたのか、自ら逃亡したのか？　三日月少年を探しに始発電車に乗り込んだ水蓮と銅貨の不思議な冒険を描く、幻の文庫オリジナル作品。

遊覧旅行

長野まゆみ　40477-6

月の船、流星のささやき、楽園の島――旅の途上で出逢った、街、人、夢の数々。空想の船に乗って、京都・大阪・神戸をゆく、魅惑の幻想旅行記。ＪＲ西日本「三都物語」キャンペーン連載。

夜啼く鳥は夢を見た

長野まゆみ　40371-7

子供たちが沈んでいる、と云われる美しい沼のほとりに建つ一軒の家。そこで祖母と二人きりで暮らしている従兄の草一を、紅於と頬白鳥の兄弟が訪れる。沼の底へ消えた少年たちの愛を描く水紅色の物語。

螺子式少年

長野まゆみ　40447-9

行方不明の野茨を探して、百合彦と葡萄丸は《仔犬座サーカス団》を訪ねた。そこには野茨そっくりの少年はいたが……。近未来世界にくり広げられる、サスペンス・ファンタジーの傑作。

著訳者名の後の数字はISBNコードです。頭に「978-4-309」を付け、お近くの書店にてご注文下さい。